海肚脐国

燃族

日出海湾

成水村

伐木营寨

神龟族

活木神宫

大窝

树衣族

甜水村

神木森林

长臂女人住处

赤土高地

肚脐眼

芋头洞

落天山

甘薯族

青苔洞

石像族

少首长壤沟

先王山

饿鬼岛

汤加垒硼

日落村

囚鱼沙坑

捉魂窟

鲸族

急流海湾

枯井小山

光明港

虾尾岬角

南风海滩

鲨鱼海湾

蜥蜴族

飞鸟族

半山集市

黑玉山

夜明洞

鲨族

百鸟巢

鸟王街

烤火山

悬空洞

灯芯湖

虾族

雏鸟岛

尖嘴岛

飞鸟国

大海的肚脐

严影 著

海天出版社
HAITIAN PUBLISHING HOUSE
·深圳·

图书在版编目（CIP）数据

大海的肚脐 / 严影著. — 深圳 : 海天出版社,
2021.6
ISBN 978-7-5507-3140-0

Ⅰ.①大… Ⅱ.①严… Ⅲ.①长篇小说－中国－当代
Ⅳ.①I247.5

中国版本图书馆CIP数据核字(2021)第042948号

大海的肚脐
DAHAI DE DUQI

出 品 人　聂雄前
责 任 编 辑　果凤双
责 任 技 编　梁立新
责 任 校 对　万妮霞
封 面 设 计　陈睿兮

出版发行　海天出版社
地　　址　深圳市彩田南路海天综合大厦（518033）
网　　址　www.htph.com.cn
订购电话　0755-83460239（邮购、团购）
设计制作　深圳市龙瀚文化传播有限公司 0755-33133493
印　　刷　深圳市华信图文印务有限公司
开　　本　889mm×1194mm 1/32
印　　张　13.25
字　　数　380千
版　　次　2021年6月第1版
印　　次　2021年6月第1次
定　　价　48.00元

目录

迷航 1

海肚脐国 12

鸟王墨口 20

吹海螺者 27

噬梦蟹 34

飘飘锦衣 43

神木林 54

亡神的皮 58

肚脐眼 62

活壁画 69

香诱 78

新年的海鸟 88

搁浅的巨灵 98

神的骨头 104

废墟里的半神 118

亡灵之歌 124

欢庆葬礼 135

日落村 141

空心岛 150

一个与己为敌的神魔 162

红帽子的投信鼠 171

百鸟巢穴 178

半山集市 182

山顶的戏剧 196

鸟王的故事 204

三十韵歌 213

琉璃刀下鬼 227

红色能言之木 239

长耳人的盛筵 251

地底的呐喊 260

日落村的新娘 275

捉魂窟 283

小虫儿和他的大巫师 297

刺麻人 307

寻路之子 315

文身与大氅 321

长沟之战 333

百鸟巢的婚礼 339

古老的船舰 343

粮仓的秘密 352

人寂神亡 363

和平之笛 375

鬼疫 384

结庐煮茶 393

鸟王盛典 404

一年之后 414

后记 417

迷航

宣德八年，明帝国的一支宝船队在汪洋中迷失了方向。

从离开大明时算起，已经过了三个年头。

船队在浓雾中灯火闪烁，正如一座海上的不夜城。

一艘名为八艇号的巨舶，雄踞在鱼形阵的艨艟中央。船上人影穿梭，串成一条鎏金缎带，军士卸下沉重的梅花铁甲，慵懒地依着栏杆，商旅在甲板上遛马，异族的戏伶在船楼上舞动不休，台下铺排一溜八仙桌，肤色迥异的宾客享受着流水的盛宴，在抵达下一座海岛之前，船上的美食佳酿总也不会告罄。

如此肆意放纵，但是谁会在意呢？这是一片没有皇权约束的海洋。

粮船上的天竺山羊、安南海鳌、暹罗黑猴、爪哇豪猪都搂紧了养着膘，岛国的翠燕、大明人的鸡鸭鹅已在海船上孵育了七八代，家族兴盛，彻夜的喧闹使得它们黑白颠倒，公鸡常常在暮光中欢快地打鸣。香料、蔬菜就种在土盆里，大豆在水里发芽，瓜果晒干了做成蜜饯，或撒上盐糖醋，腌泡在陶罐中。船底的水密舱中装着淡水，活水舱里养着海鱼。

船队的使者兼译员小稻子，是个十五岁的少年，此刻，正独坐在暗室中望天。海风吹进蚌壳薄片镶嵌的晶莹的窗户，连绵的雨云笼罩在上方，隐没了指路的天南星。船底的深水是墨汁的颜色，没有翻腾的鱼，也没有海鸟的鸣叫。

霹雳惊雷，照亮船队的桅杆，如一片移动的森林，暴风雨要来了。传说中的国度，是否就在前方？

小稻子铺开一张海图。图上标记了船队经过的异邦港口，东南大洋只有几个虚点，写着"吉里地闷、大爪哇、图依汤加、西瓦"等字样，眼下这片沉寂浩渺的无极之洋，就是船队此行的尽头。少年手指在海图上摩挲。

小稻子原名稻苗，是一名太监。老家泉州是大明最热闹的商埠，街头巷尾流传着宝船队的种种海外奇闻,市集里随处可见西洋的舶来品。稻家靠着倒卖番货生财,可是洪熙元年的一场没头没尾的海禁,把番货变为禁品,泉州港百业凋敝,悄然兴起了送男童进宫的风气,为商多年的父亲认准了机会,亲自给儿子去势,又借了一大笔治装费,在南京旧都混堂司谋了份差事。

没过多久,海禁结束,那些郑和航海的离奇传闻,似乎又吹回了这片土地,各种消息荡过了高高的宫墙,吹进了小稻子的耳朵里。管事太监常见他蹲在墙角,不时对着墙面捶打。宣德五年,下西洋之事不再是空谈,小稻子与一众年少宦官被内书房挑中,随船出使。

小稻子横躺在船舱的卧榻上,四周散落着从岛民那儿买来的古怪藏品,贝壳、海螺、椰子树皮编织的草帽,还有各种鱼钩。室内奇香四溢,发自一个檀香木盒,里面装着胡椒、豆蔻、没药,还有各类种子,都是大明没有的,每到一处随手采摘,如今已然洋洋大观。每种都标注了番名,以及是否可以食用。

盒子是小米子收集的,小米子是小稻子好友,供职于惜薪司,在正使、副使、少监、内监组成的船队中枢中,属最末一等。小米子出身御医世家,永乐年间,因为一桩妃子与年轻宦官有染的丑闻,抖搂了老皇帝阳衰的秘密,皇帝震怒,御医一族人受到牵连。小米子幼时净身,入宫做了太监。

床脚下摆放着一排木偶,这是大洋诸岛最稀奇的珍藏品,岛民大多有刻木为偶的习俗,这种人偶,有些是神,有些是先祖,还有许多是传奇故事里的英雄。据说在前方的目的地,那里的人会用石头雕刻人偶。

"大人……"

一阵急促的敲门声后,门开了,通事费信大步走进。他扫了一眼昏暗的舱室,取出一块圆玻璃片嵌于眼窝,用青皂巾束紧,隔着这副"鬼眼精",他的眼珠大如牛眼,费信称此为"暖碇",给他带来光明。

"大人还在睡觉?"费信眯眼聚到一处。

"费大人找我?"小稻子轻声问道。

"正使周满口谕，此次登岛，派你出使。"

"咦……出使哪里？"

费信两手扒住门框，如唱戏文："你道是何处？沧瀛之外有宝地……"

"已然到了吗？"

小稻子一个跃步正要抢出屋外，忽然回身拿手帕抹了把脸，随意对镜戴上束发冠。船舱外噪声阵阵，脚步密集。小稻子冲下长阶，人流正涌向船头，喧声沸腾，挤在甲板上眺望，指点着漆黑的迷雾，可是眼前黑洞洞的，什么也看不见。

船头撞进一团浓墨，雾中影影绰绰，仿佛掉进了庞大的漩涡，领头的小船眼看着一艘接一艘地没入雾中。

我们正朝哪儿去？

起浪了，船开始倾侧，客商如被抛掷的货物，军士如醉汉左右摇晃。

中军帐铜锣响起，减速灯高悬，一个纤瘦的身影在船头船尾来回奔跑，手中抓着测速的浮标。

"小米子！"小稻子呼喊。

"大哥！"小米子驻足，遥指船头，"快看，我们找到了！"小稻子微微一笑，鼻翼下滑出一对小梨涡。

一百零七天了，大洋上始终不见一片陆地。这座幽暗的岛屿，如果真如传言所说，将是我们寻找已久的地方，地图上的那个遥远的虚点，大洋上最后一片陆地——大海的肚脐。

船队起航于宣德五年的冬天。

南京城的龙江关，一扫往日的清冷，迎来了人们期盼已久的吉日良辰，岸上人潮粥沸，从显赫的朝廷大员到市井贫民，全站在深冬的寒风中，仰望着这支浩荡的船队。船队将去往哪里，又会带回什么珍奇番货呢？

水师穆然伫立，一位黑衫老人缓步攀上天元号宝船，江岸开始呼唤"三宝"的名字，仿佛齐声的佛唱。老人鞠躬，恭敬地还以大礼，他就是大明的国使——郑和大人。

郑和满头的银丝藏入了高高突起的发冠，浓重的腮红给两颊增添了少许血色，弯曲的双腿难以支撑他魁梧的骨架，在左右侍卫的扶持下才勉强站立。水手们已经整整九年不曾见到国使，他们远远地就瞧见当年虎步阔视的统帅已经老了，满含热泪地和民众一起高呼三宝的名号，心里却很清楚，这恐怕是最后一次陪伴国使出海了。

九年的苦等，人们都以为船队不会再出航了，但对郑和而言，下西洋的圣旨来得还不算太晚，脚下海浪的微颤，如同初次起航时一样，涛声依旧，一场崭新的航程正等待着他。

那刚刚竣工的大报恩寺琉璃塔，仿佛一盏崔巍的明灯，在阳光下散发着缤纷烂漫的色彩，塔檐上悬挂的风铃，敲打出轻柔的声响。郑和握紧栏杆，声音苍劲有力，如春雷滚过天穹：

承蒙朝廷威福所降，尔等随我七下西洋，统舟师之众，掌钱帛之多，实乃古今罕有。你瞧那大海洪涛接天，巨浪如山，海外诸番迥隔于烟霞缥缈之间，而我船队云帆高张，昼夜星驰，如行于大道之上。宝船满载礼物而往，宣扬朝廷恩德，教化异邦之民。上慰神明帝君，下惠平民百姓，尔等需谨记使命……

此去，又将是千里山川，万里海疆，天下之大，还远远未曾穷尽。可是，随行的多是年轻的官兵，他们生硬的技艺和青涩的面孔一样，都是没被海浪雕琢过的混沌模样。此行，他们能送郑和走多远呢？

巨船缓缓起锚，水面上激起一波急流。身旁，一圈稚嫩的笑脸正欢喜地望着他，穿着统一的新衣，全是小太监的打扮。

船上肯定用不了这么多年轻的内侍："你们从哪儿冒出来的？"

小太监们面面相觑。一个圆润的声音答道："禀爷爷，孩儿们是追随您来的！"

小太监们偷偷地嬉笑起来，郑和瞧见，说话的是个小梨涡。

"小娃娃莫开玩笑。"

小梨涡再开口时,说的是种鹦鹉饶舌般的异国语言——

"爷爷难道忘了?"

内使官员喝止道:"放肆!"郑和摆了摆手,扬起了头。九年间,他渐觉老迈,尤惧下西洋再无后继者,航海事业中道废止,由此他屡次建言,在宫中设立内书房,挑选伶俐的小宦官学牵星术,了解异国风物、语言。方才小梨涡所说的渤泥语,正是东南海一个亲密友邦的语言。

这些孩子想必就是内书房选出的新秀吧,郑和问:"你叫什么?"

"小稻子。"小梨涡答。

"四海张颐望岁丰,此花不与万花同。小稻子,好名字。"

接下来,郑和不再理会苦绷着脸的内使,也对航向船速不闻不问,老人的目光烁如激流,一一询问孩子们的名字,考较内书房所学。

庞大的船队首尾衔接,如一条巨龙,滑过长江,游向大海。

船队行至南洋,年老的国使生病了。船队在满剌加停滞不前。

小稻子拎着一篮皂角和香草,小米子捧着一捆干柴,匆匆忙忙地朝郑和的主舱跑去。

大人的舱厅里,簇拥着七位正使,还有副使、阴阳官、官校、旗军、通事、办事等文武官员,还有异国的君主、使节、商贾,现在已近子夜,可室内灯火明亮,人们还在热切地商谈着。他们的谈话,用的都是异国的语言,少年们放慢了脚步,生怕打扰了众人。

"两个驼手楞脚的,"一名少监招手道,"怎地这般磨蹭?"

"回少监大人话,小的们带来了蔷薇露、伽南香、苏合油……"

"休再啰唣,快给大人烧水。"

沐浴房中,小米子取出打火石,打了几下,却未打着。空气闷热,他一路疾走,打火石早被汗水浸湿。小稻子拿出打火石给他,开始添柴,并将各类香草倒入澡盆。

"子时已过,众人请回吧,大小事宜明天再议。"少监宣布。随后,他便和所有人退出房间。

二人搀扶着郑和步入盆中，"小娃，这汤可香呐。"

"回爷爷话，放了草药。"小米子道。这些异国番商卖的珍贵香草，最能祛湿解乏。

小稻子捧来一碗茶。

"甘味。"郑和赞叹一声，他认出这蔷薇露是天方之物。一阵倦意袭来，郑和的身体松弛下来，在水里微合上眼。再睁眼时，二人正在用澡豆为他洗身子。

"多亏了这池汤水，我这身子舒畅多了。"

郑和将饮了一半的蔷薇露浇灌在一株山茶花上。"虽然离开了大明，可我最牵挂的，还是这株家乡的山茶啊。"

小米子将瓷盆稍稍移到更敞亮的地方，摸了摸山茶花的叶片。

"你们如何知晓这些香草的作用？"郑和问道。

"孩儿们根据《西洋番国志》买的香药，不懂之处，还查了医理典籍。"小稻子答。

能独自从番商处买来香药，想必知道不少番国的语言，"是哪部医理典籍？"

小稻子望向小米子，小米子回话："是《回回药方》上的记载。"

"哦？"这两本书，是船队的随员和医者历经诸般磨难集成的著述，只是内容奇异，观者寥寥，学以致用者更少。他们一个懂夷语，一个通医典，这样的才能，在这风云莫测的航路上大为可用。只是不知道，他们为什么要离家万里，到这船上来冒险呢？

常人会答："为了能服侍大人。"可没想到，小稻子居然直言直语："不瞒爷爷，孩儿进宫时欠下的治装费，只有随船出海才能还清。"

太监没有亲人，所以好论资排辈，下称上为爹，看似亲如一家，实则无奈得很。称郑和为爷爷，自称儿孙，已成习惯，但郑和看得出来，小稻子是真诚地喜欢这么叫他。

郑和摇头。他想起十岁那年，兵荒马乱，同族人和高过车轮的孩子

6

都被明军屠杀，只有他净身做了太监，他以为一生都是宫里的奴隶，叫人呼来喝去，拳打脚踢，可谁曾想，他服侍的少主当上了天子，受皇帝的信赖，赐兵牌与无字敕书，代行皇命，七下西洋。去过的地方，也许比任何一个大明人都远。

"孩儿还想……去外面的天地看看。"小稻子说。

"你想做个流民？"

小稻子并不像别的奴仆，只知道惶恐地乖乖跪拜，他有些迟疑，黯然俯身道："孩儿不敢，孩儿说错话了。"

"我自然明白你的心思。只要你学会了他国的语言，四海都是你家。"老人对小稻子颔首赞许。

小米子道："我要收集各国的草药，熟悉番国的药方。"

"学医识药，天下之大，何处不能行善救人？"老人对小米子也点头称许。

常年受颠沛之苦，郑和的表情似乎一贯是木然的，脸庞粗如橘皮，眼睛半睁半合，此刻，忽然两眼睁大了，语调也陡然升高了：

"我们一样，都是奴仆。我虽然身有残缺，却从来不输于人。我从小伴随在陛下左右，带兵打仗，剿灭海贼，保国安民，为主解忧，你看这天下之大，无穷无尽，哪里没有我们的安身之处？"

小稻子怔怔地听着，小米子放下手里的柴薪。

"小稻子，小米子。"

"在！"

郑和话悬在口，却咳嗽着粗喘起来。他朝着二人之间虚无处盯了一会儿，掬了一瓢水，打湿了面庞。

"东南瀚海，绝少人迹，我愿遣宝船一队，一探究竟。然而，前途难测，无知生惧，小稻子，我看你学习番国语言，比通事更快，小米子，你的医药探索将来必有大用，你们可有胆量替我前去，出巡番国，坐镇人心？"

"爷爷是要遣我们走？可您的身体……"

"这些烧水添柴的活儿，自有别人来打理。"小稻子还要开口，老人抬手止住。

二人跪下，作揖。

"孩儿们不惧风险，必当不辱使命！"

"遥远番国，自是人物各异，言语侏离，倘若迷失，切记北辰为北，灯笼骨星在南，观星寻路，不忘归途。"

"属下谨记。"

西洋海疆大明人已探索多年，而东南大洋却很少到达。一个来自旗舰天元号的事先无人知晓的指令，把船队分成了两部分，一支继续西行，另一支将由正使周满率领，驾八埏号宝船前往未知的东南大洋。小稻子和小米子就在这支分船队上。

正使太监周满，肥胖矮小，极不显眼，平日里，像一袋杂粮搁在檀木椅上。天气好时，他便船头船尾嘎吱嘎吱地溜达。偶尔，他会靠着栏杆，突然加入某个得其兴味的谈话中。他喜欢赞叹苍翠的海岛，那种景致让他思乡，可只有再建几座小桥亭台，推动一下土山，才能和他记忆中的园林相媲美。可惜，很少有知趣的番客和他所见略同，不免被他以华夷之辨、尺泽之鲵教导一番。

八埏号宝船队先是辗转于南洋的贸易大国，随后开始盘桓于无尽的海途，当船队深入东南海一年之后，天象开始出现异常。

人们发现太阳不再东升，而是从北方升起，黑夜也越来越长，南方的星空跑到了北边，象征皇帝座驾的紫微星更是藏匿无踪，这让船上的阴阳官错愕不已。他正因多食生鲜而久痢不止，在摘不下来的便盆上，他指天宣告：际天极地众星紊乱，实是大凶之兆，前途必有凶险！

消息从八埏号散播到粮船、兵船，也传到了一个苏鲁马益港的商船上，该国的客商试图告诉大家，这在他们国家是十分常见的事情，但知情者寥寥，最终，谁也说不清楚天象变化的缘由。此后，天象大乱，还有陌生的星宿出现在夜空，但是，船队却一直没遇到什么特别不吉利的事情。

前途难测，正使周满却泰然处之，他命令火长和舵工降低了一半的航速，船队在岛与岛之间辗转。夜晚，明月普照，小太监们拿出罗盘、牵星板焦虑地比画着。周满细声发笑，踱步到他们身后，热情又慈爱地伸手，将测距的仪器挪到恰当的位置。

"属下有劳大人指点。"小稻子道。

周满看见小稻子朝他鞠躬，一众后生都仰视着他，便腆起肚子，挺直了腰，清晰而果决地说道："不要慌。我心安处即故乡。"

小爪哇以南，传闻有一片大陆，名为大爪哇，其疆域之大，不亚于中土大明，初涉足时，大明人在海边打捞出海参，在生韭菜的山上发现了金矿，长生姜的土里找到了铜矿，内陆发现了檀香木，可此地荒野百里杳无人烟，无法开采，派去开路的六橹船更是在复杂的河道中触礁沉没。大明人临行前，在一棵老榕树下建了座神龛，祭拜妈祖和观世音菩萨，保佑船队平安离开这处蛮荒之境。

在三岛国以东的海域，船队发现了一个"礁之天堂国"，都城是个龙宫，海树开花，水道纵横，仆役往来，为龙宫里的王族送来食物和水。

王族邀请大明人观赏珊瑚礁上的巨蛤农场，海蛤缤纷大如华盖，张着一口口黝黑的唇舌。岸边海龟壳堆积成冢。正当大明人往宝船上搬运玄武玳瑁、鲂须发簪，还有各种鸟雀翎毛时，一场呼啸的飓风开始席卷这个国度，船队不能久留，待风暴稍息，他们匆忙起锚，一路喧嚣而去。

此后的旅途变得漫长，海上只有无数个溜山芥岛，蛮烟瘴雨，无人居住，而在有人的岛上，岛民裸形无衣，树叶遮体，住在草编的茅屋中，他们不识米谷，只捕鱼虾为食，生性嚣蛮，寇掠为生，即使偶尔有人驾着简陋的小船前来，所携带的商品也少得可怜，贸易鲜有回报。

"这片瀚海着实让人生厌。"船员道。

"倦了，返航吧，别让阉人再掌舵了。"客商们时有不敬之言。

不出半月，船队发现了一个名叫"图依汤加"的海上帝国。它深藏于东洋瀚海，掌管着成千个岛屿，首都姆阿坐落在一个不起眼的海岛上，宫廷里有黑黄两种肤色的人。国王图依拥有一支庞大舰队，统御四海。

汤加人驾着巨大的海船横梗在海道上。他们的双体船身，是两根挖空的原始巨木，六百名划桨手端坐其间，肥硕的国王站在甲板间高高升起的船楼上，如一座雄伟的肉山。当时，船队负责翻译的通事们，全然不懂图依汤加帝国的语言，激战看似无可避免，周满和将军们拉扯出了军旗，水兵们忙着给枪上火药，商人们躲进了船底的货舱。

化解这场危机的，却是小稻子。初次听到汤加语时，通事们都感到陌生，只有小稻子听出了一些通俗的词汇，这和图依汤加帝国复杂的水上贸易有关。人们依然还记得，那个面带梨涡的少年，是如何拨开水手们燃着的火枪，躲过汤加人扔来的石头，高喊出岛民语言里"朋友"一词的情景，汤加人的敌意在少年一声声怪叫中，惊奇地安静下来。

小稻子跟随船队这三年，学会了夷语十来种，它们之间总有些许联系，图依汤加语也是如此。

汤加人称大明人为"蜂蜜色的朋友"，受邀参加国王图依的盛宴。龙涎香熏，满目珍奇，异域的水果取之不尽，黑色的牡蛎肥大鲜美。国王随后展示了他的珍宝，洁白的珍珠多如米粒，而乌黑的珍珠更是世间独有，起初，一些水兵误以为这是汤加人制作的铅弹，挑了些大小合适的上膛射击，但是效果不佳，在飘满珍珠粉的空气中，只有贩夫们嗅出了商机。

不过，在所有商品中，最珍贵的恐怕要数一幅海图拼盘。不同于绘制的海图，它是一座沙盘模型，以石头标明海岛，木签连接标示海流。此图是大明未知的边疆，在九瀛之边无尽地延伸，这里没有大陆，只有如散落的珍珠般零星的岛屿。

征得国王许可，周满让费信仿制了一份大明样式的海图。

汤加国王能痛快地喝下一大桶的卡瓦树根酒，他唾沫横飞地告诉周满："在东方，汤加帝国的边界上，紧挨着几个纳贡小国，而更远的地方，只存在于一个口耳相传的神话中——有一块名叫'西瓦'的大陆，曾经居住着一个比我们更强大的民族，他们把祖先的容颜刻在魁梧的石像上，将神谕记录在芭蕉叶中，借着祖先的灵力，他们自比天神，不再向任何神灵进贡。神一怒之下，用他的撬杠撼动地面，海浪上升，大陆、海洋以及天空都被扭曲了，陆地沉入海底，整个王国淹没了。西瓦人不得不驾驶巨船，逃离了沉没的大陆。倘若大明人能航行到那儿，想必那就是大洋的最深处，四方的尽头了。西瓦人比我们更富有，神坛比我们的要高大，他们懂的知识比我们更多。"

此言方毕，周满掐了掐人中，灌下一大碗醒酒的凤梨汤。他放眼棕榈叶掩映的海景，对近旁的小稻子沉声道："找到西瓦。"

海洋的浩瀚穷尽了哪怕最强大的帝国的想象。在周满的敦促下，大明船队展开了一日百里的航程。他们离开时，小稻子已能说出从青到熟十种椰果的汤加名字，每次奉命出使少年都必不可少。这门新语言在大洋上散布极广，足见汤加国力强大，多族同出一源。

当大明人漫游到西瓦时，这个传说中的大陆，只剩下潟湖周围薄薄的一圈沙堆，王国的繁华已经深埋海底。这里住着十几户西瓦人，靠潟湖里庞大缤纷的鱼群存活。数十棵椰子树提供唯一的木材和水源，他们的茅屋或许一场飓风就能吹走，可岛民编织的树皮草帽却十分结实。有些汤加的船只远远路过，也要绕道来买上几顶。

西瓦人告诉船队，这里并非最后的土地。

当神毁灭了西瓦国，一部分祖先乘两艘巨船逃离了，朝着日落的方向，神允诺给他们一个孤岛。他们观察星空和水色，感受海水细微的回流以辨别岛屿的位置，当用来配种的牲畜和粮食都所剩无几的时候，他们听见了荆棘鸟的叫声，寒冷的汪洋中出现了一座岛屿。神赐的土地在夕阳中熠熠生辉，大海是神的肚皮，海浪是他的肤发，这座孤岛在神的肚皮上突起，祖先们祭拜过鸟与海狮，以及天地间诸神，将新的家园命名为——"大海的肚脐"。

从此，西瓦的祖先建立了一个伟大的王国。那里的人能活三百岁。

西瓦人原先有用玉石拉长耳垂的习俗，现在耳垂上改插烟管，一片精心培植的烟草地，长着金黄的烟草，这些宝贝就是祖先从"大海的肚脐"运来的，抽两口烟已经是他们为数不多打发时光的办法。在失去联系前，远行的族人会定期送回食物和衣物，并接走愿意离开的人们。那些未能远行的人，留存至今，早已不知道大海的肚脐具体的位置，只知道要去那儿，得等待秋天吹来的大风。船队想请几名西瓦人做向导，可是无人应征，他们宁愿住在遥远的传说里。

如果大明寻找的是大地的边疆，天穹的尽头，就朝那儿去吧。

如能相遇，请转达西瓦族人的哀思。

海肚脐国

宝船队在雨雾中徐徐而行。前方，一座大岛，一眼望不到边。

高耸的绝壁，如同坚固的壁垒。海水低吼着，击碎在尖利的礁石上。滚滚雷声，从岛上传来。小米子放下涂有牛油的铅锤，捞出海底泥沙，查看水深和岸距。

天黑了，船队停航，亮火。

周满浑圆的肚皮，顶开喧闹的人群，招呼小稻子近身。

"这是个光前裕后的大好时刻，我本来决心亲自出使。"周满甩了甩袖子，叫随员太监们收声，"可这艘船没了我，又不知会生出多少事端。小稻子，我命你暂代使者之职，替我登岛。见到了人就给他礼物，要让人家知道我们的好意。如果大海的肚脐人是教化之民，你就宣读皇帝诏书，我自会再差遣人去。"

"如果遭岛民驱赶，如何是好？"小稻子问。

"那他们就是野人，那里就是蛮夷之地。"周满踮了踮脚，从身旁的指挥使手里夺过一把短手铳，交给小稻子，"暴风雨要来了，如果找不到良港避雨，我们也就不能久留了。"周满转身而去，小稻子赶忙躬身领命。

"不知这岛上有些什么稀奇，可做文章。"费信取出潮湿的纸笔，码起字来。每遇新的岛屿，他便要伏几濡毫，集见闻成册，题书名《星槎胜览》，费信自诩此书又大又全，必能超过此前其他人的西洋见闻杂志。

小稻子见他写道——

西瓦以南有一烟岛，名为海肚脐国。乘西行东向回旋海流，好风一百零七日至。

费信自觉文章芜俚，诗词蹩脚，曾请内书房新秀小稻子笔削斧正，少年羞涩地婉拒。通事写书为了博名，书中不仅有奇风异俗，更有许多不着边际的妖魔怪谈，虽然粗俗荒诞，但读来有趣得很。

"大人发现了什么古怪？"小稻子问。

"在下二十余年游历，阅尽天下异闻，无论前方发生何事都不足为奇。只是若能编进史书，以备皇帝陛下亲自御览，啊……"

"大哥——"小米子一声响亮的呼叫，"带上我吧！"

"不成。"小稻子贴近了耳语道，"你看这座岛黑洞洞的没有光，周满大人也不敢去，说不准藏着不少豺狼野兽。"

"我有虎头玉佩保平安，倒要瞧瞧这地方有什么野兽，骨头、内脏能否药用。"

小稻子瞧了一眼小米子的玉佩，神兽的脑袋在灯火下晶莹闪亮，自怀中摸出一把轻巧的短手铳，掂量了一番，这是大明新制的火器。

"出使要紧，没工夫游玩，你可别走丢了。"说罢，将手铳递给小米子。

指挥使龙大渊道："使者大人，轻舟备好了。"

闪电撕破天穹，天河决堤，漩流喷涌，暴雨倾泻而下。小稻子、小米子和费信匆忙爬下扶梯，坐到小舟上，舟上有龙大渊带领的二十名水兵。

费信歪斜地支着身子，呻吟道："这个天煤黑的，水汽泱泱的，一伸手不见指，落水就听个响儿。"

"费大人别急，此次有我来做翻译，且有龙大人的精锐水兵护行，定能迅速办妥。"小稻子道。大明的宝船只有在深水港湾才能停泊。此行希望能找到当地人，为船队做向导。

这儿真的是西瓦人说的"大海的肚脐"吗？岛上乌黑一片，为何没有一丝灯火？即使是野蛮部落，也会生火引航吧。

小稻子脚分八字站在船头，海水呼啸，海风贴身滑走："此时老家是春天，此地却是深秋。"

小米子哆嗦着，在风雨中缩成一团豆沙粽子："穿冬衣摇夏扇——不知冷暖了。"

大浪中飘荡着一个声音，穿风破雨而来。小稻子扶着船舷，屏息静听，这声音，像是有人在唱歌！

哦……寻路的孩子，快乐的人们哟……

为何离开你美丽的家园，来到这伤心的海岸……

为何要破浪而来，敲醒这寂静的夜空……

哦……寻路的孩子，快乐的人们哟……

歌声苍茫而浑厚，刺破黑暗，抚平风暴，四方变得沉寂，仿佛在屋檐下听雨。

"小米子，听见了吗？有人在唱歌。"

小米子聆听了一会儿，摇摇头。不怪他听不懂，这是岛民的语言，他只捡过几个惯用词。

"费大人，您听听？"通事费信能做爪哇语的翻译，但自从跟了小稻子，便一直过得清闲。

"啊，大人，您说什么呢？"

"前方黑岸上，有人唱歌，像是岛民语言。"

通事的脖子平时难得见光，此时伸出领口半截："哦，对对，前方确有鸟鸣，好像唱的是——呱呱呱，啾啾啾，啾啾呱呱啾，大人要是喜欢，下官可以给您物色一只雀儿……"

小稻子一挠头，退下船头。这里不是一座荒岛。可是，谁会在这样的寒风暴雨中歌唱呢？巨浪咆哮，轻舟在水流间上攀下跳。

"大哥抓稳了。"小米子伸手拉扯，一手拽住桅杆。

一明一暗，一道网状的闪电照亮了小岛，峭壁上立起一列庞然大物，高峻而挺拔，那是一排巨树，还是突起的山岩？

"呀，何方神圣？"龙大渊扶正歪斜的头盔，一只手摸向腰间大刀。

"不寻常啊不寻常，"费信捋须凝神，众人都盯着他，他缓缓开口，"依我看，那不过是些陡峭的山石，可在这人迹罕至的边缘之地，遇到些个千百岁的海兽，也不是什么稀罕事。"

指挥使声音粗哑道："嘿嘿嘿，费大人真风趣。"

"我曾到过一处秘境，乃是西洋海上的龙涎屿，每至春季，波击云腾，蛟龙欢戏其上，而遗下涎沫，将那龙涎取回晾干成泥，便是上好的龙涎香，一斤值铜钱四万九十文。"

龙大渊嘟哝一声："竟有此事？"

在漫长的航程中，船队不时会遇到海兽出没。南洋深处有一片蛮荒的陆地，住着一种大如小山的巨鸟，终日与它的天敌——羽翼似战刀的巨鹰相逐。汪洋之上，有一类比战船更大的墨鲸，出没如浮岛，吞江吐海，船只不敢靠近。只有无垠的天地才能容下它们硕大的躯体，难道前方岛上也住着这样一群野兽？

近岸的浅水中布满了嶙峋的礁石，比礁石更大的巨浪推着小舟前进，一不留神就会被撞得粉碎。舟上除了几支火把，周围没有一点光亮，常常要等到礁石扑面而来人们才能看见。但轻舟上的水手都是技艺娴熟的老兵，浪花间游走，丝毫没有慌乱。

电光一闪，山上黑影逼近。

是一群人，人的身影，一群巨人、山神，踏海顶天，兀然屹立，黑夜长袍，珊瑚白眼，冰冷地俯视来人。他们裸露的肌肤是银灰色的，巨大的身躯高高矗立着。他们在等待什么？倘若踏浪而下，小舟无可幸免。

一阵怒喝，自山巅滚滚而下，山神开口了。

船身摇晃发颤，众人纷纷趴下。轻舟撞上了岸，满耳尽是雷鸣。小稻子的手止不住地打颤，却原来是被小米子抓着。众人面色铁青，不敢出声。黑影静默，似乎在赏玩来人的狼狈。

闪电如刀，一下一下非常有耐心地雕刻出山神冷峻的面容。

天地浩浩，歌声陡起，穿透了夜空——

大雨长落，茂盛了甘蔗林；

鲜血长流，滋润了芋头地。

土地喝血啊，黑水吃肉，

天地无声哟，神灵远走。

为何而来啊？陌生的人们，

你们是云游归来的祖先，

还是闯入禁地的幽灵……

歌声苍老低回，众人不明其意，只有小稻子能懂。

海天在暴风中扭打，闷雷滚滚，大明的朦胧闪烁着微光，颠簸得如同空心的核桃，渐渐地，船队亮如白昼的灯火一盏一盏地熄灭了。大雨止步于浅滩，岛上细雨绵绵，偶尔才有强劲的海风裹挟着水雾冲上岸，吹起众人的衣衫。

这是一处荒凉的海岸，只有枯死的野草，大风刮过，像是老人的头发，胡乱纠缠在一起。脚下是松软的沙地，渐渐变成渗着寒气的泥土。

一个黑色的物体坐落在碎石海滩上，高如危崖。那是一艘倒扣的老船残骸。老船的霉味飘向几里外的海域，船身也随着波涛发出咿咿呀呀的响声，这艘破败的老船，应当在此地停泊了好几百年，正逐渐化作一间鬼影藏身的鳌阙。是漂流而来的朽木，还是航行至此的大船？想它原先的模样，或许是艘庞大的双体船，如汤加国王的旗舰一般。

窸窸窣窣，草丛中蹿出几只活物。小米子一声大叫，那些活物走走停停，不慌不忙地穿过。扛箱子的士卒身子晃荡，骂了声："见鬼！"

浓墨蚕食着火把上的光，脚下不时传来清脆的响声，人们隐约瞧见，他们似乎走进了一座坟场，这里撒满了骨殖，干瘪的残躯。硕大的老鼠抓着泥土窜扰，甩动着长尾，身上布满油亮的血痂。

山坡上吹下刺鼻的气息，离那山神已经不远了。

"停下！"小稻子下令。

费信道："下官听说在爪哇国，有鬼子魔天与罔象所生的妖孽，会食人血肉。我们走了这么久，但见尸骨暴荒，却不见一个活人，种种迹象表明，此地非我等逗留之处。"他瞥了瞥身后，"不如咱们放下礼品，权当献给此地的神魔，这便掉头回船吧？"

"先生的怪谈我爱听，可除非肉眼所见，否则我绝不相信。刚才我们恐怕不巧经过了人家的战场。我们奉命寻找这里的岛民，却连他们的模样都没瞧见，船上缺少给养，蓄水也不干净了，就这么空手回去，怎么向周满大人交代呢？"小稻子说罢，大家杂议了一阵。

龙大渊提起刀，喝问："谁愿随我上前打探？"

几名水兵应声而出，龙大渊将队伍里的火把归拢来，给他们每人配了一把。小稻子跨前一步，拦住指挥史："你言语不通，在这儿等着，让我来打探。"

小稻子接过龙大渊手里的火把，拎了一杆碗口铳，带着几名水兵，伴随着费信含混不清的劝阻，一行人缓缓朝山坡走去。

费信瞧着那闪闪烁烁的火光，仿佛点点鬼火。在纸片上记下——

宣德八年，我随使团奉命登岛，此地僻处瀚海，崖山四绕，地广无人，唯见鼠行枯骨，人被啖尽。使者入内陆取水，有裸形山神立于坂上，怒目相视，咆哮之声雷震石裂。

小稻子听见脚步声有异，转身看见小米子。

"大哥别怕，有我在！"

"我看你脸色煞白，头冒冷汗，是不是受了邪风？"

"听你口气，倒像个郎中。大哥难道不怕？"

"怕，怎么不怕，就怕费大人的鬼故事成真了。"小稻子眨眨眼，"这里有人，想和我们交谈呢，不会有错。"

风声呼啸，火把上的光圈在缩小，仿佛一根火柴，一口气便能吹熄。地上布满黑色的茎秆，散发着焦糊的气味。士卒们面无表情地埋头走着，气息不稳，脚步也越发地迟重，好像背上压着巨石。

山坡上的巨物立在眼前，黑黢黢地直通天上。

小稻子将火把高高举起，眼前有一堵墙，两人多高，再往上仿佛有什么巨物骑在上面。绕墙走一圈，火光映射中，出现了一张脸，大如巨帆，眉目分明，英俊而枯瘦，一对深陷的眼睛打量着来人。

小稻子拿火把敲了敲，那是石头人，此刻众人才敢喘气。它们长耳下垂，但并不像佛，更像耳垂上插烟管的"西瓦人"。它们的面孔都一样，仿佛来自同一张脸。

它们是谁……

同样的疑问似乎也写在了石人的脸上。一轮巨大的月亮从乌云中伸了一下头，又藏了回去，仿佛石像有了心跳。它们微抿着嘴，珊瑚眼睛顺着高鼻望向岛的内陆，有什么事在困扰着它们，让它们无法合眼？飞扬的雨雾在脸上留下长长的泪渍。

石像的底座下，白骨堆叠，几口微弱的火炭上，烤着人的躯干，血水汩汩，焦臭味扑鼻而来，几个人影在微光中晃动。这情形，在别的岛上，大明人曾见过，这是惊扰了一场食人的宴席。

怪影一纵即逝，四脚抓地，形如野兽。军士一声惊叫，向后退却。

小稻子仰起脖子，石头人身旁升起一双泛黄的瞳孔，一张满面刺青的面孔，正如那石头脸一样，那东西徐徐伸出手来，带着哭腔吟唱，是那老人的声音，却又不太一样，听起来让人发怵——

天地长乌哦……饿鬼长哭，大道无来路。

饥民辘辘哦……腥风呼呼，哪里是归途？

小米子举起手铳，一声枪响，伸长的手抽搐了一下。

一排飞矛呼啸而来。

"大哥快走！"小米子拉了小稻子一把，朝山下奔去，杂草如刀，脚下骸骨使绊，小稻子一个翻滚，跌进了荆木丛中。

奔跑的士卒被飞矛刺穿，蜥蜴般钉在地上。

小稻子正要发力再走，却发现脚扭伤了不能动弹。嘶嚎声逼近，小稻子抬起碗口铳，朝黑暗中胡乱放了一枪，这碗口铳是太祖皇帝时代的旧火器，没有准头，但威力生猛，硫磺在眼前如烟花炸开。

山下，火铳齐发，照亮幽冥中一排狞厉的面孔，火药擦过皮肉，点燃了灌木野草，一时鲜红刺眼，追逐的人如泥人般被击碎、摔倒，发出嘶叫。

"大哥……"山脚传来小米子的呼喊。

"统领！"龙大渊喊道。

火药耗尽，小稻子张开嘴，却不敢开口，身旁有无数的脚踏过，他们飞奔下山，逼近使团。

一排火铳密集齐发，在夜空中亮如烟火，火光到处，炫丽的火舌舔翻怪影，他们像戴着恶鬼面具祭神的傩舞者，在巫师的咒语下奔跑蹦跳，但他们十分畏惧火光，一声海螺鸣响，纷纷钻入灌木与野草中蛰伏，在暗处呼哈作声。

龙大渊命令士卒们收紧，背靠背围成圆阵。费信藏在兵阵中间，探着脑袋。

岛上一定有妖怪在呼吸。阵阵恶风刮过来，掀起一片水雾，惊雷爆响，随即大雨如注。火把熄灭了。火药淋湿了。火铳变成了烧火棍，大明的士卒变成了原始的猎人。

飞石划破长空，穿过雨帘，好似长了眼睛，士卒应声倒地，那惊人的力道，竟在脑袋上开了个窟窿。龙大渊下令举起盾牌，夜空中回荡起了敲锣打鼓的撞击声。

鬼嚎声四起，他们被包围了。

龙大渊举起长刀，士卒开始与野人们肉搏。阴暗，暴雨，看不见刀光剑影，夹杂着吼叫与哀嚎。

费信在混乱中潦草写下——

此地蛰居数百食人鬼，青面黥纹，士卒铁铳遇水哑火，与食人鬼混战，不能敌。

费信想起那些听来的鬼怪，花面国的刺面者，苏鲁马益被僧人化作猕猴的恶徒，还有彭坑国的香木神像，靠人血祭祷，它们本该是书里的奇闻，供人取乐罢了。此刻，他满腔忧郁，只想作诗一首，可是来不及了，

19

这些妖孽，比书里写的恐怖得多。

"天杀的，我们快跑吧！"费信在步卒围起的铁桶阵里高喊。

小米子拉住指挥使，吼道："不能走！"

费信冲出兵阵，往海边狂奔，一撮人跟着他溃散。

见大势已去，龙大渊不敢恋战："全体撤退上船。"小米子却不肯走。龙大渊喊道："小公公，此地不可留，你也逃命吧……"

两个士卒架起小米子，朝沙滩跑去。

一只手从暗处伸出来，仿佛捏小鸡一般，把士卒的脖子掐断。小米子被铁手抓住，像一头小羊羔，被人扔到肩上。

龙大渊抡起大刀，翻身横劈，刀刃见血，割开一张漆黑肚皮，皮上刺着一张狰狞的脸，这张脸被分成两半，仿佛咧嘴狞笑。

喧嚣渐渐止息，岛屿重归沉寂。

小稻子在灌木丛中挣扎，一记闷棍袭来，少年昏厥过去。

鸟王墨口

天亮了，浓云阴沉。

荆木丛盘根错节，扎进皮肉。下身传来一阵凉意，小稻子低头，老天爷，全身上下光溜溜的，竟给剥了个干净！

空中投下硕大的阴影，那是大海燕在盘旋，它们瘆人地嗷嗥着，跋扈地驱散其余的海鸟。在一些蛮荒的岛屿，岛民在世代的仇杀中尸横喋血，巨型海燕便肆意繁殖，成为战场上的觅食者，吃人的肉，是人之上的主宰。

大海燕在小稻子身边踱步，铁镰般的长喙在荆棘丛中试探，钻进来啄咬。大风吹起灰烟，激起漫天的血腥味。触目皆是石蜡般的尸首。

小稻子爬起身。我在这尸堆里躺了多久？荆棘的刺，新鲜的血。

阳光漏过绿色的水雾，射进少许缭乱的光。巨浪如山墙般扑向断崖，如果再大些，将吞没整个海岛，几尊石头人伫立在远处，颜色像涂了深色的血。大风将灌木丛催生成了一颗颗长发飘零的头颅，空旷的岛上没有多少植被。和夜晚暴戾的色调相比，这儿的白天仿佛墓穴里褪了色的壁画。

沙滩上仍搁浅着登陆的轻舟。昨夜，小稻子在昏迷中，听见海面有急促的铜锣声，火光忽明忽暗，大小旗帜在近海摇晃，隐约有人呼喊，像在寻找我们。

海面自东向西空荡荡的，没有船队的影子。

一片骚动，群鸟扑腾，有一个人正和几只大海燕厮打。

"喂！畜生……"小稻子从身边抓起一块石头，朝大海燕扔去。那人回过头来。

只见他有上下两个头，一个光头，双眼圆睁，像个少年，嘴里叼着一个长发的脑袋，这脑袋两眼紧闭，一摇一摆的，像是在昏睡。

这少年在啃食一个死人的脑袋？

四周，食人者起伏攒动，贪婪地啃噬着，撕扯人皮的声音，恰似给鱼刮鳞。

石头人肚子下方有一个火坑，里面堆满了人体，焦味浓烈，有烤焦的肢体挣扎着要从里面爬出来。围坐在火坑边上的，是枯瘦的人群，他们面无表情，飞快地蠕动着舌头，满嘴污血。

小稻子闭上眼，听着窸窸窣窣的咀嚼声，大海燕的厮打声，呼啸的大风声，额前渗出冷汗。我是一道人肉鲜脍，正等着人下箸哩。

大海燕叼起少年口中的人头，大展双翅向后拉扯，少年咬住人头上的耳朵，并不松嘴。这个肮脏的少年，可能跟我差不多大，呵，他身上穿着的，不正是我的衣服吗？

一阵扑腾，人头还是被大海燕夺走了。一缕缎带随风飘落，正是大明兵士惯用的发带。

少年回头，爬入荆棘丛，伸过来一只手，满是血污，揪住了小稻子的头发，嘴巴大张，一口黑牙如礁石错落，朝脖颈处落下，小稻子避闪不及，一刹那，颈上一阵温热，血流不止。小稻子抬腿踢裆，用捉蛇之势裁指对方脖子，少年躲开，无从下嘴。小稻子从水手们那里学过一些格挡，虽然不算精通，可这小野人没领教过，仅凭着一身蛮力，也是近不了身。

少年身上散发着焦味，在失火的村庄里，被烧死的人就是这个味道。

这边的骚动引起火坑前人群的察觉。

他们佝偻着，迈着交叉的舞步，醉鬼一般走来。还有些在地上爬的，直不起腰，鳄鱼一般摇尾而来。蓬草蠕动，冒出几个枯索的人形，如杵在地上的干柴，他们看见了小稻子，暗淡的双眼迸发出光芒，仿佛直视着世上最后一点光彩。

恶鬼聚拢上来。没有了退路，小稻子手脚发冷。

"草垫子，草垫子……"一位肋骨如刀的驼背耆老，在众人的呼唤下露面。形如一具放倒的长耳陶罐，面似白纸，满身刺青是佛堂里的烟圈、云纹，和一些可能是文字的符号，他和别的食人者不同，也不像是昨夜说话的老人，虽然没有石头人的面容，但却有石头人般拉长的大耳。

他解开小稻子身上的荆条，将少年攥出灌木丛，扔在地上。食人者呼哧有声，匍匐摸近，草垫子眼角出水，嘴里像念经一般："吃呀不吃，杀呀不杀……"

"别杀我！"小稻子呼喊。

老头听见少年开口，嘴巴一颤，伸出手来喃喃道："饿鬼神睁眼。"身后人群早已按捺不住，全都伸出手，压拢过来。

食人者有男有女，舔舐小稻子脚上、脖子上的血，撕扯头发，一只只滚烫的爪子在脸上抓挠。尖锐的哭喊声，穿透了糜烂的浓雾。

"饿鬼神能看见……"草垫子独自呢喃。

鸟声鸣啼。

一只白色大鹏在尸堆上踱步。它头上三只眼睛，轮番扫过战场，各自转动不停，三只眼睛在骚乱处聚焦，它的羽毛膨胀起来，一声哀鸣盖过所有的声音。那叫声好似在说：

"苦恶苦恶——"

地上的鸟群闻声惊起，在天穹中凝聚成一个蜂窝，一时间，大地暗影斑驳。

大鹏疾步奔来，所到之处，肮脏的食人者一边咒骂，一边躲避，他们从小稻子身上抽出利爪，滚入草丛，不肯松口的，便被飞鸟啄伤。

一群身穿羽服的人追随着大鹏，他们手握棍棒，个个有一双长耳。其中一名糙皮大汉，一手将小稻子捞起，扛在肩上。

大鹏有翼却不飞，只是奔跑，众人由它领队，羽翼一折，便是转向，奔向北方的大山。食人者尾随其后，竟不敢靠近，不久便不再追赶。

浓雾淡了，一丛丛蓝色小花在风中摇曳，好像浪花跑上了岸，吐出芬芳。山气清新，小稻子努力睁开眼，心里寻思，这伙妖怪要抓我去哪里？山势陡峭，往山下俯瞰，眼前顿时开阔。

三座大山撑开了一个金字形的岛屿，此身所在的地方是北方大山，岛的顶端，东方大山土红而贫瘠，西方大山布满了贻贝似的斑点。贯穿全岛，大约要一两日的时间。内陆是无数低矮的土丘，有无数网状的方格，看起来像是农田，大雨过后，田间布满水洼，许多小路与田埂相连，歪歪斜斜的茅舍亲切地散落在路旁。精耕细作的小岛，这景象令小稻子想起了江南的沃野泽国，可却不太像是真的。

海边狭长的低地上，散落着几个渔村，房顶上松动的茅草正被大风吹起。这里有无数的石头巨人，它们背对大海，围着岛屿的高崖站成一圈，环岛拱卫着。

是谁建造了这些诡谲的石头人？又是什么值得它们守护？四方瀚海，不见陆地，正如"大海的肚脐"，是块边缘之地，这里就是西瓦祖先发现的那片富饶的乐土？

可这儿的夜晚何其黑暗，食人者在尸山上啸聚。大风强劲地刮着，像割稻谷一般收割着岛上的生命。如此美，如此恶，交错并存。

大海斑驳晶莹，果然没有船队的影子。

大鹏朝西南腹地奔去。这是一条弯曲的乡间土路，简陋的农舍形如倒扣的船，它们一间接一间地紧挨着，好像谁一松劲就会全部倒塌。先前那些宏伟的臆想开始褪色，小稻子垂着眼，对着眼前的景象抹眼叹气，空气中弥漫着熟悉的气味。

小稻子出生在泉州渔港安溪县，随宝船而来的许多奇装异服的人，带着各式花样的舶来品，使渔港繁荣兴旺起来。稻苗家靠买卖番货发财，可是好景不长，洪熙元年的海禁将一切化为乌有，西洋番货成了禁品，家财去尽，父亲常说不久必能转运，可这一天始终没有到来。天一亮小稻子就会出门闲荡，吹着口哨经过废止的学堂，捡些旧集市里的破烂。那些被关押的远洋人，他们的海船就如破瓷烂缸凿沉在了臭水潭里，修长的海草游弋在船底，耐心等待着上船过夜的流浪汉。倭寇再次出没海面，人们颓废地打发时光，农田里的庄稼被野草赶走，爬山虎溜进了祖宗的祠堂，与祖宗牌位坐在一起。街上空荡荡的，仿佛是个空城，饥民横亘在青石板上，像晒干的咸鱼。

这里的村庄也是破败的，甚至被更加彻底地遗弃了。

船形房屋只剩下鱼骨般的长梁，房基石块和屋顶茅草也被偷走了，无处不散发着一股霉味。田地在很久之前就已荒芜，那些在山上看见的青绿都是雨后冒出的野草，即使如此，这些草也是短命的，因为田里更多的是裸露的咸土。

没有活人，这里连一个人影也没有。

天色黯淡下来，雷声轰鸣。废土的中心，站立着一排枯索的石头人，正踩在不规则的基石上，有一张只剩半个头的石脸，如同遭到斩首的罪人，被埋在基石中间，相比于站在它上方的石头人，这张石脸要圆润许多，其身体残肢散落在石砖当中。

大鹏收住脚步，从它宽大的羽翼下伸出一支大刀状的木棍，握柄处有个圆眼嗔怒的小人头。

"咚咚——"在一块刻了海龟符号的石砖上，木棍敲出了不同的声音。

抽出石砖，露出一处鸟巢般大的密室入口，大鹏将足投入，偌大的身子竟如蛇一般缩了进去。小稻子头朝下，脚朝上，被大汉抛入室内。

多么粗暴呀，这些妖怪。

洞室狭长如一口棺材。入口的一点幽光，照亮了惨白的骨骸，小稻子扶墙而走，一排人头滑落。这是一座墓穴？

离洞口近的人头还很新鲜，带着活人的脸皮，脸上的刺青清晰可见。一张刺青人皮上刻着契文。这契文是一个个跳舞的人俑，手里抓着飞鸟、鲨鱼、星星，在庄稼地里穿梭。若它是一种文字，倒和汉字有些相似，不想这世间竟有另一种文字，也如画图一般。上面写的是青词，还是墓铭？墓室外大雨开始落下。

"天黑了，今晚在这里歇脚，明天再把这活口带给饿鬼神。"小稻子听见一个少女的声音，一行人中却不见有女子的身影。

"是，鸟王墨口。"众人应道。

"饿鬼神睁眼。"一名头戴红冠的男子厉声道，"我们不该停下，应当继续奔跑，天亮前赶到百鸟巢。"

背小稻子的大汉开口："老鸟王赤头鹦鹉，墨口的话是鸟神的意思。"

那个叫赤头鹦鹉的吐了一口唾沫，朝小稻子上下打量："这个白面孔是他们的寻路人，一条拖上岸的人鱼，那些开膛咔嗒要吃他，但他是属于伟大的饿鬼神的。鸟脊骨，饿鬼神能看见，他会怪罪我们的迟缓。"

"寻路人的肉又咸又黏，都是鼻涕眼泪，"鸟脊骨朝小稻子指道，"闻起来就像那霉烂的红鱼。"

赤头鹦鹉喝道："饿鬼神张嘴，鸟脊骨，神的鼻子可没长在你脸上。"

小稻子看见大鹏抖了抖羽翼，一对鸟眼泛着寒光，瞪着自己。是了，她就是他们的鸟王，一个名叫墨口的神魔，她之上另有一位更加骇人的饿鬼神？他们还不知道我能听懂他们对话，也没打算和我交谈。一路颠簸，颈上的毒牙印还在滴血，鸟羽人的争论在墓室中嗡嗡作响，昏沉之

25

中，只听见他们在讨论如何吃我。

一个闷沉的声音响起："鲜红的泥土上，是谁在逗留？"

声音震颤着墓穴的四壁，余音在尘埃中回响。谁在大声说话？鸟羽人各自争论不休，竟没人理睬。

大风吹起，掀起发丝，又忽然倒转，把墓穴里的空气吸干。小稻子抬头凝神，一对硕大的鼻孔悬在上方。这鼻孔是一张石脸的一角，那脸孔朝下，身躯支撑起了这间墓室的屋顶。这样子，仿佛受到重压之刑。

话音再次响起——

"顶着的石头在上面，压着的石头在下面……"

是谁在这墓穴中，却无人理睬？小稻子一抬脚，滑进一个洼地之中。墓穴内的气流开始倒抽，一团团大风在狭长的甬道间呼啸而去，形成汹涌的穿堂风，掀风鼓浪，汇作一声浩然长笑。

"是我，大明人小稻子。是我压在下面。"小稻子连忙作声。

笑声未了，风声停了。眼前一黑，地穴的入口封上了石板。

小稻子缩在坚硬的石墙边，寒气钻入赤裸的肌肤。幽冥中，一股芬芳的椰香萦绕，柔软的羽毛轻轻拂过，带着微弱的呼吸，鸟王用曲喙梳理着羽翼。小稻子有些恍惚了，绒毛在耳边摩挲，温暖得让人全身酥软，光着身子可冷了，要是能包裹在这团羽毛里就好了。

过了许久，应该是夜深时分了吧，墓室里寂静得可以听见海浪声了。涛声如同一个醉汉沉重的呼吸，此地离海一定不远。

鸟羽人睡着了，他们噘着嘴打着呼噜，一睡不醒。待到他们醒来时，多半会觉得饥饿，把我吃了。他们没有用绳子绑我，而是把我当作一只虚弱的猎物，再怎么扑腾也逃不掉。小稻子坐起身，感觉身上有了些力气，脚上的血止住了，扭伤的地方也还能行走。

静听，大鹏似乎睡着了。小稻子循着气流贯穿的方向，猫着腰爬到发声的石缝口，挪开挡门石，海浪的声音更强了。

小稻子钻出墓室，歪歪斜斜一路狂奔，荒村在内陆，海浪声却如在耳畔，小稻子循着涛声摸去。

涛声隆隆，霸占了整个世界。

前方是一汪幽幽寒冷的深水。

那穿透浓雾的航灯在哪里？乘风破浪的水师又在何方？

小稻子爬过巨大的礁石，这些黑色的石头，身形奇异地扭曲着，肯定是妖怪下的蛋。一个大浪撞击过来，水雾在礁石上炸开，发出闷声巨响，小稻子僵立不前——

船队已经走了，只留下我一个人。

吹海螺者

雨点沙沙，少年醒了。一个大海蛤壳半埋在沙石中，壳中露水闪着珍珠般的光泽。小稻子用它对着礁石边缘接水，一下子就满了。水是咸的。

晨雾氤氲，缭绕在海岸，天穹中堆积着厚重的云团。大雨滂沱而下，沙黄的水汽霎时笼罩了整个海岛。小稻子沿着海滩不紧不慢地走。

东北角低矮的海崖下，小稻子寻了一个天然的海溶洞。雨水在洞口交织成一帘薄薄的水幕，几处岩缝间，积着巨浪甩进来的苦咸水。大风有时会突破洞口的幕帘，在岩洞里回旋几圈，小稻子屈膝抱腿，等待冷风过去。然后，用手掌摩挲全身，让身体发热。

洞口的水幕渐变成一缕缕珠帘，风停了。腹中空响，且隐隐作痛。

已经两天没吃东西了，去哪儿找吃的？那座荒村，那片庄稼地吗？不知道食人者是否蛰伏在附近，鸟羽人是否还在搜寻我的踪迹。这是个险恶的岛屿。小稻子走出洞外，在海滩的浅水中摸索，水里看不见鱼，沙中也没有蛏子挖的洞，礁石上没有任何活着的贝类。

在这世界的尽头，活物也越来越稀少了？

浅水中摸到一些忽隐忽现的黑影，猛抓过去，光溜滑手，用力去拔，扯出一把难看的海草。

小稻子将海草塞进嘴里，像羊吃草，鱼腥味带点甜。吃完一把，又摸一把，吃了几把之后，沿着海岸走，黄沙上铺着一圈翠绿的草，莫非是马蹄草？这可是好东西呀，如果长在淡水边，那就叫莼菜了，真想生个火，喝上一碗莼菜羹。这么想着，那些马蹄草也被连着根茎塞进了嘴里。

山崖石缝间，挂下一串玲珑野果，绿得发青，这一定是一种野葡萄吧？小稻子急匆匆摘下，毫不在意它为什么扎根在沙子上，还没被海鸟吞食。小稻子吃了很多，所有能找到的野葡萄都一个不剩地解决了，直到一阵毫无防备的急促心跳，才中断了这草率的行为。

天杀的毒葡萄！咽喉被鬼掐住了，舌枯如沙石，腹痛如刀搅。

日头落下，小稻子连滚带爬回到洞穴，找到石缝间的苦咸水，埋头鲸吸牛饮，肠子泡在苦咸水中，与毒物一起灌成了腊肠。然后，上吐下泻，排清毒物，这才悠悠活转过来。这一来，肚子更空了，却没了食欲。

雨雾的网罗中，寒夜总是提前到来，将混沌的白昼一网兜走。夜晚，小稻子枕浪而眠，聆听着任何细小的动静，虚弱地盯着黝黑的洞壁发呆。迷糊中想到，如果小米子还在，这个野葡萄也该让他收入檀木盒，并注明：要命毒物。

清晨，微弱的曙光照进洞来，昨晚一整宿躺在柔软的沙石间，似乎总被什么尖利的东西刺痛，叫人睡不安稳。拨开沙子，底下有些细碎物件。

用脚一扫，全是鱼钩：骨头的、木头的、石头的。捡起一个，形状如一团回旋的火苗。比起别的岛屿，这些鱼钩更加袖珍，材质也很普通。小稻子不禁想起了自己的收藏品中，收获的两件珍贵的礼品，一块雕花古雅的碧玉钩，还有一把坚韧锋利的鲨齿钩。

那是什么，一个坚硬的大家伙，形似鹿角。这也是鱼钩吗？正要举起，一声脆响，却折成两段。原来这钩子由一截腿骨和一截尖骨，以发丝拼接而成。

是什么鱼用得着这么大的钩子? 莫非……

小稻子将它搁在颚骨, 向上抬, 脖子伸长了, 似乎就要被其拎起, 一声清脆的咔嚓声, 脚下礁石裂开, 化作一地蛋壳般的碎片, 这石头竟是中空的? 小稻子站远了, 这块长条的石头才显出异样。

这是一头海豚的骨骸。环顾洞内, 发现海豚骨堆积成家, 只有多年的捕杀, 才能达到如此规模。这里的渔民一定曾驾着大船, 到深海去捕鱼。小稻子拾起鱼钩细看, 那上面刻有一只海龟, 竟和荒村里看见的符号一样, 也许是个部落图腾。虽然早被遗弃, 但打磨一下, 说不定还能用, 小稻子挑拣了几个, 用鱼线穿好, 挂在脖子上。

向东走, 是使团登岛的方向, 或许能找到大明人的踪迹。小稻子来到一处高崖下, 崖间有镂空的洞窟, 有海鸟从洞口出入。如果能爬上去, 便能像鸟儿一样藏起来。

崖壁间有几只老鼠, 它们是去洞里偷鸟蛋的, 小稻子顺着鼠迹, 爬上险峻的岩壁, 尖锐的峭壁在手脚上刮出了许多划痕。一只海鸥受到惊吓, 冲天而起, 落下一泡腥臭的鸟粪。你走了, 给我留下一个空巢, 我就寄居在你家吧。小稻子在巢边铺上海草, 拼凑成一张蓬松的大床, 虽然不足以抗寒, 但总算是柔软的, 可以安稳过夜, 这个地方就叫它"大窝"吧。

崖下, 飞瀑聚成水潭, 潭水蹚出一条浅溪向海中流去。溪水甘甜冰凉, 胜似琼浆, 以后就来这儿取水, 再不用俯首啜饮苦咸水, 仰头接饮浊雨水了。

小稻子捡到一条海蠕虫, 插上鱼钩抛进海口, 收了几次线, 不见有鱼咬饵。有活物从脚边爬过, 一抬脚, 扬起水中泥沙, 浑水中不知其所踪。泥沙落定, 一枚七彩宝石显露出来。这宝石伸出八条腿来, 竟是一只螃蟹, 蟹壳上涂着杂乱的颜色, 不知是否是毒物, 刚打定主意去抓, 螃蟹却已飞速钻入沙中。罢了, 不远处瞧见一个贝壳, 也尽泼了色彩。小稻子朝溪水上游走去, 大大小小的海螺背着颜料, 像是洒了一地的糖糕, 小稻子踩着溪水, 恍惚前行。

远处像是有动物在呜呜,小稻子听出那是海螺的声音,但不是大明的传令螺号。那音调虽然单一,却悠扬成曲。曲调中没有忧伤,只有单纯的快乐。

浅溪的尽头,一处平坦的石块上,一个少年赤身侧卧其上,双手托着一枚鹦鹉螺,呜呜地吹着。

他该是给贝壳上色的人吧?这模样何其面熟……山猫脸,小巧扁圆的鼻子,一抹薄唇,双目凝望着溪水,那灰暗的目光背叛了他无邪的外表,他就是那食人的少年。

少年起身,走到一棵孤立的棕榈树下。这是一棵生长在远滩上的棕榈树,根系受海浪侵袭,却依然转动着腰板,有力地伸向天空。这还是登岛以来看见的第一棵树。

小稻子摸近了,隐身在芦苇丛中。

少年抚摸了一下树皮,随后一纵身,手脚并用,猴子般机敏地朝树顶爬去。在树梢寻觅一番,扔下几片棕榈叶,然后咚咚两声,打下两个圆滚滚的东西。

起先,小稻子以为那必定是两个倒霉蛋的人头,然而它们油绿发亮,却是两颗没长熟的棕榈果。

几只硕鼠冒了出来,好像早有预谋似的,抓住果子朝灌木丛中拖去。少年扔出几枚石子,将鼠群击散。他用叶片将棕榈果包好,抱在怀里,又顺手抓了一片棕榈叶围在腰间。少年拍了拍身上的沙土,将围裙摆正,在树后取出一根长矛和一个海螺,便朝内陆走去。

他会穿衣,还爱整洁,这样子就是个寻常少年嘛。小稻子低头看见自己一身的泥。我的衣服,他偷哪儿去了?

小稻子钻出来,拾起地上的棕榈叶。好一条围裙,既可遮羞,又能保暖,只不知能穿多久。亏我光着屁股像个野人,可算是能体面些了。

少年来到海边,长长地吹了一声海螺,那声音能传到内陆很远的地方。他拎上长矛,缓缓朝海中走去,然后,在深海处不见了踪影。

小稻子坐在礁石上，望向少年消失的海面。

阴云中的晚霞，像在铅色的砚台里研出了橙色的墨。少年一去就没再回来。天快黑了，小稻子一动不动地凝视着海面，几乎要凝成一座雕像。

许久，一位女子的歌声在身后响起，如诉如泣——

月亮的白魂啊，水中的红影。

小虫儿唷，我把你抱起，你却喘不过气，

放回海里去，你变成了小红鱼，

快回来吧，不要游走了，我的娃娃小虫儿……

在一块危险的尖形礁石上，霞光照亮了一个高大的身影，一个女人娴静地箕踞着，长长的耳朵挂着两块黑石，下垂至肩，干瘪的乳头耷拉着，上面刺着一只白色的海龟。她注视着大海，嘴里重复着一句话——"快回来吧，我的小虫儿。"声调怪异。

小稻子弯下腰，橙黄的霞光射在礁石间，女人的目光滑落下来，在小稻子躲藏的阴影间停滞。

"是我的小虫儿吗？"不等小稻子回答，女人坐起身，伸出手臂，这是多么长的一双手啊，修长得像海岸线蔓延过来，却干枯得像一对钳子，一爪一爪捞着。

"你在哪儿，我的小虫儿？"

螺声响起。长臂女人在海湾的阴影中摸索了一阵，终于停下，再度望向海边。海螺声渐渐接近，直到脚踩沙石的声音都清晰可闻，一个声音伶俐地说道："干娘，我回来了。"

"欢迎回家，小虫儿。"长臂女人重复道。

"是我，我是艾鸥·苦琶荿。"少年咕哝着，拎着一串活跳跳的鲜鱼，牵着长臂女人的手，朝岛内走去。

他原来会说话，还有一个名字——艾鸥·苦琶荿，意为渔网中的少年。

31

这是一间辫绳绑起的船形屋，他们两人坐在漂亮的树皮地毯上。几根圆木支撑着房顶，精美的挂毯悬于四壁，描绘着各种神灵与海兽，房梁上垂下许多书板，上头满是古怪的契文。这些漂亮的东西，无一不积了灰，旧得像古董。

船形屋的门是张通风的渔网，小稻子朝屋内窥视，听见长臂女人粗哑的声音："你就要死了，我的小艾鸥，你是神龟王族最后一个孩子了。"

"您总算叫出我的名字了，干娘，可是为什么要杀我呢，我会给你抓鱼吃，还有棕榈果。"

"不，我先不杀你，你给我抓鱼吃。"

房间里响起了咀嚼声，然后，是含混的歌声——

他扒了那人鱼的皮，把他切成小块，

把他藏在土窖里，用海水腌好。

他用人皮做了衣服，送给了妈妈，

他把肠子做成了绳子，眼珠挂在门旁神柱上，

大腿骨磨成的鱼钩，它比石钩木钩更好用。

他把最肥嫩的臀部留下，等到鸟王节上再吃……

长臂女人的欢唱在原野上回响。小稻子蹲在墙角，缩成一条虫子，满耳都是大嚼的声音。

艾鸥小心翼翼道："干娘，您说过，神龟王族吃饭不出声。"

"对，我们是高贵有礼的神龟王族长耳人，吃饭发声是禁忌。"

之后，歌声和咀嚼声都止息了。由于没有生火，夜晚来得特别早。天还没全黑，他们已经躺在草褥子上了。船形茅屋两侧首尾的位置，另有两个可以屈身而过的小门，如同小窗。小稻子蜷在小门边，半垂着脑袋。

"干娘，我睡不着。"艾鸥说道。

女人抚摸着艾鸥，舒缓地唱出了一首安眠曲，声音如此地温柔，难以相信竟是从她宽阔的大嘴里唱出来的：

睡吧小宝贝，我的小虫儿

驼背的草垫子，就要来吓你了，

流口水的荼毒，穿过渔网爬进来了，

红嘴的虾须胡子，就要来吃你了，

神的骨头们啊，是饿鬼神的头、牙和嘴。

粉嘟嘟的小脸，甜蜜蜜的小嘴，红艳艳的心肝，

谁都想吃你啊，我的小宝贝

可是今天不行，今天已经过去了，

你穿着我给你织的衣服，玩耍了一整天，

我的小虫儿的灵魂，已经飘进了梦里……

小稻子战栗地听完了安眠曲，却看见一幅安宁而甜美的景象，艾鸥在长臂女人怀里安然地熟睡了。

一袭晚风抚过小稻子的肩头，带着草木的芬芳，眼前一片空旷的原野。房间里响起了舒服的哼哼的呼噜声，长臂女人的声音小了下来。

……小虫儿，你说：

哦妈妈，这是我的死期。

小虫儿，你说：

我变成了小红鱼，

困在妖怪雾鱼的肚子里，

住在月亮的光影里……

当话语变得细不可闻，夜晚的第一股寒流开始滑过平缓的山丘。小稻子打着哆嗦爬起身，屋中传出清晰的嘶哑的声音：

"我闻到新鲜人肉的味道，外来孩子的香味，他就在这门外，这味道要把我淹死了，我还饿咧，我要吃人的心肝。"

艾鸥挣脱女人的长臂，捂着脸像在抽泣，悲声道：

"干娘，这附近已经没有孩子了，所有你看见的孩子，一个一个，都没逃出你的长手，被你吃掉了，如今，轮到我了，我终于能为你做点什么了，既然是我失手放走了他，你就把我吃了吧……"说着，艾鸥淌着眼泪，呜咽唱道：

这里铺满了小红鱼的粪呀，

这土地啊,不长骨头不长肉

只生出小红鱼的粪……

一阵长久的静默。

长臂女人的眼睛也湿润了,她擤着鼻涕,咽着口水:"别再唱了,我的小红鱼唷,我的小虫儿,我不吃你了,快合眼吧。"

小稻子漫步在原野上,一脚深一脚浅,仿佛是个没有腿的幽魂,身子不知往哪儿去。黑夜寂静得可怕,偶尔冒出的呼叫,分不清是人声,还是不知名的野兽。

噬梦蟹

船楼的琉璃瓦上,一轮圆日柔光四照,微风拂过,旗帜徐徐而动。这里的时间按照一本截然不同的黄历运行着,太阳是静止的永恒的夕阳,宁静、柔和、温情脉脉。

一座小岛,像沉没的"西瓦大陆",不过更小,总共只有一座沙丘,生有几丛不知名的灌木,还有七八棵椰子树。

波光粼粼的海面,船队漂浮如岛,安静地摇摆着。郑和大人躺在椰树间的睡袋里,半睁着眼,指着一个鸟儿饮水的浅坑,呓语道:"来人,去提桶来,装走这清水……"

有棵老椰子树,比岛上所有的树都古老得多,树干蜿蜒地贴地虬行,伸向遥远的海面。小稻子拽着小米子,让他上树瞧瞧,任凭他咩咩地央求也不松手。

老树叶片形如铁剑,鸟儿轻巧地在剑锋上游走,啾鸣。海中有一片珊瑚花圃,几间相连的石头房子,状如蚌壳,半淹在浅水中,那儿有一座微小的村庄,村道上散落着独木舟的石锚、木桨、砍树的石斧,还有钻地的木椎。墙角,一条黄色的海蛇在阴影处打盹。

树干前端跳出一只沙白色的动物,身上花纹有如烟圈,一声沙哑的低嚎,通体毛发竖立。它伸着爪子,正为遭到搅扰而发威,脚下的老树皮

34

竟被刨出了长长的抓痕。一头花豹? 只比山猫大一点, 却是哪来的猛兽? 小稻子摸向腰间火铳, 四目相交, 豹口大张, 直扑过来。

小稻子抬肘撞去, 花豹在肩头一蹬, 长尾将小稻子扫下树来。海水幽深, 巨浪将小稻子抛上山巅, 又摔进深谷, 少年呛了好些海水, 身子乏力迟重, 任由海浪带着漂泊。一条大章鱼睁着一对人眼, 热情洋溢地伸出柔软的长臂, 要把小稻子揽入怀中, 拉入深水, 小稻子拔下它长满倒刺的触须, 如遇火烧。树梢上传来小米子的惊叫, 正把袖子舞得如抽陀螺般。一群白鲨, 举着锋利的背鳍, 犁开水面, 向小稻子列阵而来。

小稻子在海湾里漂流, 头顶上的老椰树跟着旋转, 它像一条入海吸水的苍龙, 海鸟的巢穴是覆盖龙身的鳞片, 鸟儿们离巢飞起。

一个苍老的声音朝小稻子呼喊, 来自被海水浸没的村庄中, 一个很小的窗子里, 那是郑和大人, 海水漫过了他的腰身, 把他华美的绸服浸湿了。

郑和喊道:"小稻子, 抓住它, 骑上去……"不知何时, 鲨鱼群已经围了过来。海水开始沸腾, 强大的旋流把小稻子拉来扯去, 游离于尖牙巨齿之间。

"抓住它, 骑上去……"陡然间, 小稻子明白了郑和大人的意思。抓住鱼鳍, 纵身一跃, 跨上了鱼背。那凶猛的鲨鱼竟如温顺的马匹, 灵巧地带着少年游向小岛, 然后尾巴一摆, 小稻子被甩进了珊瑚花园。

小稻子爬起身, 郑和大人已经不在村里, 小米子也不在树上了。珊瑚花园里发出耀眼的亮光, 三个人影围坐着, 正在烤火。那火光中燃着珊瑚树, 发出奇异的香味。郑和大人盘腿坐在礁石上, 小米子猫儿似的趴着, 还有一个面熟, 最近常见, 却不记得在哪儿了, 他面相冷酷, 长耳朵, 两眼深邃, 薄唇如刀削, 开口道:"啊, 寻路的孩子, 快乐的人儿哟。"

这句话耳熟。郑和大人和小米子对他微笑。小稻子上前一步, 抱拳作揖。

男子道:"来这儿坐吧, 欢迎来到日落的海岸。和我说说, 你是从哪儿来的？"

"大明，天下正中。"

"天下的中心？这儿也曾叫'大海的肚脐'呐。唉，不管哪儿的人，都以为天地围着自己转。要是你早些来，我就该不是孤身一人了，我能在珊瑚村里接待你，我的臣民们会从岛的彼端给你弄来上好的棕榈酒，以及可口的佳肴，我们可以乘船出海，去捕捞流星鱼，猎杀火山口鲸。"

说话间，潮水退去，海床上生出了一片棕榈密林，遍地熟透的果子，沙滩变成了庄稼地，一派丰收的景象。珊瑚村延绵成珊瑚城，人们戴着长长的耳坠，依依攀谈着，出海的帆船穿梭于港口间。夕阳下，人们在海里戏水，在礁石上沐浴阳光，等待满载的渔船归来。

"我们岛民一直在大海上流浪，上千个棕榈年的时光，无数个大海龟壳造就的岛屿上，我们的人死于瘟疫，亡于战乱，焚于火山，而上一个家园，美丽的西瓦大陆沉没于大海……"

石人的密语逐个幻化成形，每个世界都如一出皮影戏，石头人跨入黄昏的树影间，化作不同的扮相：一个是木头人，身子黝黑，头发是茅草做的；一个镶嵌在高大的柱头，一把粗犷的大胡子，伸手向路过者索要着什么；一尊长了个硕大的阳具，弯眼斜睨着观看他的人；一个大眼的长耳石头人正在聆听人们的祈祷，面貌最像如今的他，只是不那么孤傲硬朗，眼窝深陷。

男人朗声道："这是最后一个天堂了，好好享受它吧。"

小米子欢呼："大哥，快看那儿！"

长长的石桌上已经摆满了食物，有烤海鸟和煮鸟蛋，还有数不清的大鱼大虾，多么丰盛啊，连郑和大人都开怀笑了。

一只黑螃蟹爬上石桌，用它的大钳子偷吃着盘里的东西。

没有人在意它，直到它爬到小稻子面前，发出老太太的阴沉的声音——

"多美味的梦呀，我要吃了它。"

"快松嘴，把它还给我——"正争夺着，睁眼了。月亮的清辉，照亮了一只黑色的螃蟹，它伸着八条腿，扒拉开周围的石块，腆着肚子横行，仿佛喝醉了酒似的，跌跌撞撞朝洞外爬去。小稻子想要伸手逮住它，把它敲壳吸黄，却不记得为什么对它如此怨恨，螃蟹翻身隐没入石缝间。

洞外，冰凉的雨扑落下来。小稻子垂着眼睑，迷迷糊糊的。洞壁湿气重重，寒气侵入骨髓，四肢发僵，竟似生了根，动弹不得了。雨水沿着山壁形成一条冲刷而下的飞瀑，伸手可及的水流也难以够到。兴许这雨就这样一直落，昨日如此，今日亦是，明日也不会停歇。

夕阳、郑和大人、小米子、石头人，几幅残像，这些明媚的景象是从哪里来的，他们是否曾经来过，在找我？

恍惚之间，小稻子一头转入另一场梦境。

那一天屋外是温热的，稻苗却觉得格外的冷，即使窗户都被厚绵纸裱上了，床板却像铺在冰河上。少年喝了一碗臭大麻水，脑袋发麻，嘴里塞了一个煮老的鸡蛋，母亲用艾蒿水洗净了稻苗下身，把手脚绑在床上。尖刀割下去，疼得白沫子都吐出来了，想叫出来，可鸡蛋堵住了嘴。稻苗不像同村别的穷孩子那样，觉得自己被遗弃了，感到羞耻，因为那天亮堂堂的，父亲摸着头，好像幼时般亲密。父亲背着稻苗到了皇城脚下，净了身的小黄门黑压压的站了一片，他们直勾勾地盯着皇城，大概有几百号人吧，脸上像擦了白粉，发出枭鸮的哀鸣，一身的酸臭味。卫兵将他们推走，宫里用不着这么多太监。父亲的眼角泛红了。少年也哭了。

京城附近的狮子山上，有许多年老离宫的老太监，他们扮成道士的模样，如深山中的野猴。父亲指着一块残破的石碑，上面刻满了一位功臣的事迹，那是大宦官郑和平服海外，出使西洋的碑铭。老阉人们就藏身在附近的静海寺中，他们看见稻苗时，被少年身边的魔相吓着了：地上青砖裂口，林中升起鬼火，虫蛇乱走，腥风拂面，他们说着可怜，揽着少年的手，说要帮着寻一寻进宫的门路。可是打点的价钱不菲，父亲羞愧地抹去额前汗水。

寺庙里墙高瓦绿，院落宽阔，只是凄然萧索，香客寥寥，来者奇装异服，多是番国商客。香堂的大门紧锁，不知藏着什么，既不见僧人出来，也不见人进去。用手在嘴里蘸蘸，在窗纸上捅开一个小洞，朝里望去，灰尘如米粒般在眼睑上扑打，一丝芳草般的清香滑入鼻翼，有人开口说话。

"你在看什么呀？"说话的是个光脚丫的女孩子，梢上青丝贴近耳畔，她凑得如此近，就要贴到少年的鬓发了。

"……看菩萨。"

"让我也看看。"

里面似乎是个仓库，大箱子上都贴着封条。

"好多西洋货呀，菩萨也挡住了。"女孩踮着脚尖，瞪大眼睛。

"你怎么知道是西洋货？"

"上面贴着'市舶司'的封条呢。"女孩道，回眸问，"你叫什么？"

老太监给少年起了个"小稻子"的役名，且说今后只能用这个名字，可它怎好说得出口？

"稻苗。"

"我叫阿香。你想看菩萨？"看着她头顶的葫芦冠，耳坠上的黄雅姑，围裙齐胸，打扮干净，却不穿鞋，不像是汉人，身上奇异的清香让人心痒难挠。

阿香拉着少年的手，撒腿在前头飞跑，她指尖细柔，手软软的。

庙堂深处，开着一扇小门，台阶下沉，通往一个地宫，浓郁的伽南香从地底飘出，这种香是暹罗国番货。拨开一片绣花的幡布，云烟缭绕中，诵经之声阵阵，这里有五尊神，坐在比头顶还高的神台上，台前堆叠着珊瑚、象牙、琥珀等异域珍品。堂下跪满了僧人和朝拜者，他们虔心俯首，香火炽盛。

阿香两手合十，默念道："半神夫人，临水夫人，巡海大神，马将军，天妃娘娘……"念罢，居中跪下。

旁边四位是认得的，唯独居中这尊"巡海大神"，作为五尊之首，崭新魁伟，未曾听过。一张如同满月的脸上，闪烁的眸子追逐着变幻的烛火，头戴一顶金色三山帽，两手扶在腰间，身披一件大红蟒龙袍，腰配一条玲珑白玉带，脚下是一双文武皂朝靴。

"这尊神仙我没拜过呢。"

阿香抿嘴，问道："你刚来南京城吧？他就是……"

似他这般模样，既非文臣，又非武将，衣着华丽如巨贾，威风堂堂如天王，莫不是说书先生口中的——

"三宝太监？"

"正是。"咦，阿香还见过这位大人物嘞。

"那你说说，他和这尊泥人一模一样吗？"

"一样一样，只是还要高大些呢。"阿香言罢，又双手合十，"巡海大神帮助我的家人、族人，赶走了海贼，一直保佑我们平平安安……稻苗，你也向巡海大神许愿吧，他也会助你实现的。"

心中一沉，双膝触地。

郑和大人的故事，即使在偏僻的家乡小村也无人不知，他是天下最大舰队的统领，游历四洲，呼风唤雨，番邦之民敬若神灵。他是否是个仁慈的神，会守卫那些弱小的子民呢？

巡海大神在上，小的命贱，求不来大富大贵，只想进宫讨个营生，这辈子也就囫囵过了，求您成全，稻苗给您磕头了。

烛光掩映，巡海大神双目灼灼，身下油漆的大船随波荡漾。真想坐上那大船，追随您踏浪遨游呀。小稻子用袖口偷偷抹掉泪珠。

"稻苗？"

"让烟熏了。"

阿香低头抿嘴，从怀里掏出一块锦帛手绢，为小稻子擦去泪花。

"这手绢好香……"

小稻子双眼发愣，望着女孩微微泛红的脸蛋。

"阿香。"罗拜的人群中，一位异国贵妇朝女孩招手。

"稻苗，我要走了，今后你还会来到寺里吗？"

"我不知道……"小稻子悄悄咽下了后半句：也许不会了吧。少年藏起了她的手绢。

地宫外，迎风而来的一阵花香，一扫寺庙中静穆之气，花香何来？一声莺啼婉转。重重屋宇之下，有一片园子，高大的海棠树遮蔽屋瓦，上头胭脂点点，花开一片。

海棠花本来无香。这定是说书人口中所传的，三宝太监从西洋带来的"西府海棠"吧？

就像这手绢上的香气，只是少了点温暖。

皇都迁到了北京，南京城里岑寂凄凉，那些不讨喜的大臣、前朝老人、老太监被遗弃在了留都，此外，还有那些新进的笨拙的小太监。对着重重的空门，蛛巢鼠迹的紫宸宝殿，大臣们依旧叩拜不止。老太监拉着脸咿咿呀呀："新来的都给我听好了，从今往后，别把自己当人看，你就是这宫里的一个器物。"

小稻子进的是混堂司，专门负责宫廷洗浴。百般皆废，唯独这里依旧人来人往。

"大哥，等等。"小米子手捧一筐红罗炭，跑得踉踉跄跄。混堂司对面有个叫惜薪司的衙门，专管煮水烧火，取炭上门，是小米子供职处。

小稻子撂下手中的巾帽皂角，接过小米子的红罗炭："瞧你这般累赘，不如咱俩换换。"

入宫前的那笔昂贵的治装费，还有各处打点的费用，都是父亲举债借来的，家里日用柴米，都等着小稻子送钱。运水添缸，置办澡豆香油，为人浴身修脚，跪如陶俑，站如泥塑，每日里干活，只求能多得些赏赐。

宣德皇帝年轻，喜欢斗蛐蛐，有"太平天子"之名，宫里便也盛行促织。小米子有一只老蛐蛐，是薪炭库里的夜鸣神，小米子搬光了柴堆才请了这位神仙出来。蛐蛐是百日虫，可小米子用莲子米、鱼肉喂养，竟让它多活了两月。促织赢了钱，他总会留出来些给小稻子，说自己反正也用不着，日后也不必还。小稻子真不知该如何谢他。

"大哥，我的夜鸣神出事儿了。昨晚我做了梦，夜鸣神大人背着我，从小柴房窗口，一脚蹬过红墙绿瓦，踏了九霄云中，我回头下望，满城琉璃，竟似打了一地的鸡蛋。"

"啧啧，你要成仙了不成？"

"是了，就是道行尚浅，一宿的工夫夜鸣神就倦了，想到还要当值，我便急忙忙飞了回来，可是柴房的窗户高，老夜鸣神怎么爬也爬不进来，今早醒来，蛐蛐就不动弹了，怕是要死了。"

"夜鸣神大人一定是知道你白日里所想，所以夜里才带你走了这一遭。"

小米子双目黯然，悠悠叹道："大哥你说，没了夜鸣神，我们还怎么走出宫去呀……"

"小米子，你想不想出海？"

"你说逃到海上？"

"嘘——我听说'太平天子'的内书堂里，有翰林学士教侍者识文断字，学习夷语，外国经文。"

"难不成，皇上要取消海禁，再派郑和大人下西洋？"小米子瞪圆了揉红的眼睛。

"宫里确有些传闻，想必皇上正在做打算哩。"

"咱们要是能到海外，是不是便没人知道我们是谁，干什么的，咱们就和普通人一样？"

"对，没人知道我们是谁，想干什么就干什么。不仅如此呐……"

穿过一片松林，拜过孔子画像，小太监们鱼贯进入内书堂，门口一副楹联：

学未到孔圣门墙，需努力趋行几步；

做不尽家庭事业，且开怀丢在一边。

内书堂是宣德皇帝下令教小太监们习文识字的地方。今天讲课的先生不是翰林学士，教的也不是四书五经，而是一个黑面的书生，说的

41

是三宝太监下西洋。

书生名叫马欢，是郑和船上通事，精于番外侏离言语文化。他讲的西洋事迹，正是小太监们最爱听的，无论是历史大事，还是行船琐事，他们都兴致盎然。

"顺风二十五日，可到忽鲁谟厮国。各处水陆番客皆到此赶集买卖，居民清白丰伟，衣冠济楚，而且国民富有，无贫苦之家。若一家遭祸致贫，众人皆赠送衣食、钱本而救济之……"

婚丧嫁娶、饮食习性、寒暑气候、土地所产，马欢逐一讲来，麝香熏尸、国法禁酒的规矩令学生们惊诧不已，而茶盅石榴、砂糖蜜枣等方物叫人听得嘴馋，其国还出严好斗山羊，兽土阜上飞，众人的好奇再也按捺不住。

"先生还有什么有趣的故事，再给我们讲讲呗。"小米子道。

"若说还有何趣事？"马欢抬头冥思，忽然淡然一笑，"其市肆诸般铺面，百物皆有，有一个羊上高杆的杂技，最可叹也……"

学堂里欢笑不断，旁人经过，还误以为有谐剧笑星在里头捣乱。

"忽鲁谟厮国是我所去西洋最后一国，今天讲到此处。试问诸君，天下之大，若派你来出使，你愿前往何处？皇华使者承天敕，宣布纶音往夷域。鲸舟吼浪泛沧溟，远涉洪涛渺无极……"

书生朗声吟诵，正要大步离去。

"先生心中似有大快之事？"

"小稻子，既然你瞧出来了，我便说与你听听。海禁已解，奉皇帝命，国使郑和督办宝船，预备七下西洋。你莫拦我，我这便要去复诏了。"

小稻子奔前一步，在门边跪下，身后同门纷纷下跪："我等愿随郑和大人出海，恳请先生恩准。"

马欢放下手中书卷，仰脖长叹："六年前，奉郑和大人之命，我以教谕之身入内书堂教书，弟子之中，有人精通番邦之语，有人擅长航海观星，更有识番货者，今日看来桃李满门。大明往后的航海事业，不愁后继无人了。"

马欢环堂扫视："愿意出海的，报上名来！"

"我，小稻子！"

飘飘锦衣

一声呐喊，小稻子把自己喊醒了。也不知昏睡了多少时日，醒来时，天色刚好蒙蒙亮。

"星光夜，熹微下，新日驱走微寒。"

有人藏在云层中，或山崖上轻唱。

"鱼苗出水，饥鼠离家，雏儿沉睡梦乡。"海岸边，灌木丛在摇摆。少年翻了个身，睁开眼睛，四下寂静，并无人影。

天边云雨，飞渡自如，何其悠然。崖壁下方，是一汪深邃的海沟。

先喝干了洞口石槽间的雨水，天一亮，小稻子便提着根短棍出门觅食，身子轻得像幅剪影，胸口如同被人用拳头抵着，顺着细长的海岸线，飘了很远。一个浑身带刺的海胆，把脚底板扎疼了，石击几下砸扁了，里面的肉好似蛋黄，鲜美至极。

礁石缝里，偶尔能捡食几枚小海贝，如嗑瓜子一般。

礁石的青苔上，出现了一行清晰的足迹，没被潮水淹没，像是新印上去的。小稻子压低身子，环顾四周。

这脚印粗重，步步留痕，难道来者身材健硕？它行迹笔直，似乎目标明确。小稻子猫步尾随，来到一座高崖下，这里有一个凹深的海洞，有一个人跪坐在洞口。

"强大的骰笏，树衣族祖先的保护神，我是你的族人猎鱼耳坠——"

男人身着精美的树皮衣，耳朵上挂着两串石头，如此打扮，不太像个食人者。他屈膝在地，一会儿指指天空，一会儿又对着洞中吆喝，仿佛叩门拜会，又仿佛竭力吸引洞中人的注意。面前摆着一个巨大布袋，他一定是驮着它一路走来的，所以脚步沉重，那布袋里全是银光闪闪的鱼，倾倒出来，如散落一地元宝。

男人转了个身，拎起一条鲜鱼，说道："祖先的守护神，猎鱼耳坠为你献上大眼睛的月亮鱼，吃吧，神兽骸筇，吃完了就别再怪罪你的族人了，因为树衣族人遇到麻烦了，凶悍的燃族人来了。我此刻向你祈福，请求你把那浩然的神力借给战士们吧，帮助我们击退侵扰的敌人吧！"他的话音爽朗，远近都能听闻。

他将鱼甩过肩膀扔向身后，鱼滚入洞中。男子坐了一会儿，虔诚地祈祷完毕，随即起身离开了洞穴。他要去哪儿，该不该跟上他？他是否和长臂女人一样？犹疑之间，猎鱼耳坠已走远了。

这洞里似乎住着一尊神，男子的族人世代受其守护，神的名字听不懂。过了半晌，那洞口的银鱼也不见有人来取。小稻子咽了口唾沫，不管他是何方神圣，定要向他讨些吃的，于是摸近洞口。石壁上刻有一只龙形兽，口吐火焰，一个小人与兽相搏，这图形和墓中所见、长臂女人屋中的契文一样，像是一处地名，类似我大明的摩崖石刻。吐火之龙，人间神物，字的意思直白明了，莫非是降龙洞？或者，神龙洞？

洞中的神仙胃口真大，这么多鲜鱼，足够一村子的人吃食了。

小稻子摸向洞穴，洞中深处，果然有一股平稳的气流在搅动。顺着石壁进去，半道上有一把黑色的船桨，洞中有船？鼾声响起，船桨左右摆动起来，压得岩石咯咯作响。不知有什么诡异，小稻子忙抽身倒走，在洞口绊了个趔趄，巧巧地跌坐进盛鱼的布袋子里。

这么多鱼，不由得看呆了。洞中鼾声再起，那怪异并没有醒来。这许多鱼，怎能让他全糟蹋了。我悄悄抱些回去，不叫他发觉，也不算得罪吧？

鱼皮是滑的，顶多抱个五六条，便没法多拿了。抓着鱼，跑了几步，又觉得可惜，折回洞口，挑了几条大鱼，穿在木棍的柄上，这下可以吃好些天了，可之后怎么办？索性都借走吧，少年念头一转，弯腰将布袋四角卷起，驮到背上。

一口热气扑来，一双油亮的眼睛，却不正是洞中的海怪？

海怪颈上的狮鬃如同芒刺，一对獠牙如长矛倒立，黑皮糙如山岩，

44

两张船桨般的阔鳍，正大摇大摆划出来。

小稻子心头一沉，认得这海怪，在图依汤加国，只有最勇猛的武士才敢下海捕杀，是海上的珍奇，大明人叫它们海狮。这头海狮看起来活了有些年头了，比字中的龙形可要痴肥许多，怕是没有十数人不能撼动。

海狮昂首，一声怒号，崖间山风呼啸，碎石滚滚而下。

小稻子扔下布袋，向着海边飞跑，一口气提不上来，这才停下，回头看时，不见海狮追来。那海狮只爬个三五步，便要张嘴喘息，偌大的身躯，却像个瘸子。

海面上太阳正在升起，这是片陌生的海滩，位于岛屿最北端。沙滩上有一些小小的人影，他们都是女人和孩子，所有人都是赤裸的，如同造物之初的样子。

小稻子悄悄摸到一座沙丘后面，他们是恶鬼还是鸟羽人，又或者只是野人？海里响起女人们的歌声。他们在海中浣洗树皮布，然后晾在岸边的香蕉叶上。有人挥动扁平的木棍，将湿软的树皮布在礁石上敲平，并用木棍上的雕饰给湿布印上花纹；有人拿骨针裁制新衣，有人将植物根茎捣成的染料，用嘴喷洒在新衣上。一地绝美的树皮衣都喷染着七彩的颜色。

小稻子远眺着，生怕惊扰了他们。他们洗衣、印花、染布，身上透着一种难以言喻的贵气。在汤加国，人们以桑皮布为钱，帝国种植桑树的一族掌管着全国的贸易。大明近邻的友邦爱用永乐通宝，爪哇人用锡锭，暹罗是玛瑙贝，天方人、印度人是金银，最可叹的，是礁之天堂的石币，石币大如磨盘，不可搬走，因统治者的说法而有价，就像大明的纸币一样。可最通用的，还是大明人的丝绸布帛，正如汤加国的树皮布一样，材质大小不同的布匹就是钱。或许这里也是如此。

一个年轻健美的女人披上一件树皮袍子，孩子们朝她扔石头，石头在袍子上噼啪作响，却一点也伤不到她。海滩上响起了女人孩子们清脆的笑声。海水如一汪煮沸的澡盆，等到太阳下山，他们离去，小稻子才轻手轻脚地走出，沙滩上留下一行猫爪般的脚印。

想着那一袋子银鱼，小稻子后悔得在大窝里打滚。一声碎石滑动，小稻子探了探头，如果送鱼人常常经过此地，那洞中海狮、岛上的食人者，鸟羽人是否会发现我的行迹？小稻子找来野草，将洞口严密遮挡起来。

不知道海边的那些人怎么样了，小稻子瞧向乌云中的一点微光，走出洞穴，沿着老路来到日出海湾。海面孤冷凄清。几只大海燕嘹唳飞掠，在头顶刮过一阵劲风，内陆隐约传来呼喝之声，层层激荡。小稻子四脚并用，抓着草皮，快步爬上山岗。

山坡下人声粥沸：

"……我的……连你这件多么……的衣服……也将是我的！"

"穿在我身上……你们……敢拿吗？"

一群身材矮小的男人，占据着西南的山丘，自称树衣族人，海边的女人，在他们身后呐喊助威。另一群高大赤裸、皮肤黝黑，被称为燃族人，立在北方的高地，躁动地挥舞着石斧。

争吵声来自两军之首。树衣族族长穿着一件鲜艳的华服，即使大雾也无法掩盖其光泽，小稻子眨了眨眼，那不正是使团带来的丝绸吗？这匹织金妆花罗，绣着祥云、走兽、鱼虫，正是御制上品，是给番国君王的礼物。

对于这匹缎子的珍贵，似乎所有的人都达成了共识，他们龇着牙，为争这件衣服而嚷嚷。丝绸经过裁剪，模样像件披风，按照岛民的穿法，雍容地包裹着全身，大风吹起，便会祖露出穿戴者的胸肌，以及胯下的大红腰布。猎鱼耳坠身着土制的披风，站在族长身旁，战士们的战袍都是女人们新制的，上面还沾着未干的染料。小稻子想，若是让费大人看见了，多半会得出结论："瞧树衣族人穿戴，足可称之为教化之民。"

燃族族长身上草编的大衣已经十分破旧了，一点也不体面，他发出的每一声怒号，都离不开对华服的渴求。

局势僵持不下，眼看就要大打出手了，对喝声却骤然停止，少顷，两边都徐徐撤军，仿佛终于回过神来，不愿为一件衣服而开战，他们停留在山岗两侧，各自站在一排石像后面。

燃族的石像都是新的，它们高大，外表光鲜、冷峻，留着长耳，一模一样的脸，和登岛时所见石像一样。树衣族的石像却是旧的，高矮胖瘦不均，或聱或笑，它们和其族人一样，全都穿着衣服，染料涂成的披风。

双方并未握手言和，却一直僵持到了傍晚。忽然，风向变了，原本横穿原野的大风转了向，开始从燃族族长的身后吹袭。双方的人从石像后面走出来，又排开了对峙的阵势。

"伟大的饿鬼神，感谢你为我们送来了，这令万物生长的长风！"

燃族人举起武器，高声欢呼，仿佛他们已经取胜。燃族族长抓起一块石头，对面的族长也抓起一块石头，两边的族人纷纷满地找石头。当一阵石雨飞落，双方在嘶喊中发起了冲杀。

小稻子暗自希望，树衣族一方能够获胜。

虽然手上都有武器，可打起来却主要靠拳头和脚，还有牙齿爪子，厮杀得十分血腥。随着一声悲号，逆风的一方开始溃散，树衣族族长被杀死，他的衣服被扒下，他身后的族人也抱头退却。

燃族族长穿上战利品，大喊道："多好的衣服啊！柔滑得如同神灵的呼吸。"

小稻子揪起一团野草，只见燃族人冲向短耳的石像，对着树衣族的石像咒骂劈打，在它们脖子上套上绳索粗暴地拉扯，直到石头人脸朝下坠下神坛，断裂的头颅在泥土中打滚。

乌云低沉，雷鸣中响起了鼓乐之声，沙沙的脚步声络绎不绝，仿佛另一支大军正开赴前来。大地漆黑得好像关上了天窗，所有平凡的生物都变得渺小。鼓声震得两耳发颤，来处却不见一个人。

狂风骤起，荒原上野草纷飞，那丝绸衣服从它新主人的身上鼓胀起来，仿佛一柄撑开的罗伞，大风从胯下灌进从领口泄出，将它整个地掀起，盖过他的脸，勒紧他的脖子，他被衣服牵着歪歪斜斜地往前走，什么也看不见，风吹着这面彩旗冲上山头，又推着他踩在崖边，一个打转一声呜咽翻身坠下，华服离开了它的新主人，飘摇上天。

一个声音说道——

"飘飘锦衣，来我这里。"

华服在空中飞旋、翻卷，竟朝着小稻子所在的山岗而来，它飘过了头顶，一位灰发过膝的老人站在身后，他糙皮如牡蛎，穿着一件蓬松的鸡毛编织的旧衣，胸前悬着六个木球和六块月形朽木，头戴一顶鲜红的花冠。小稻子缩紧了身子。他的脸，那是一尊石像的脸。

他的声音威严而苍老。

"衣服会去哪儿呢，它会朝哪儿飞？是朝着能吹落椰果的烈风，还是急流弯吹来的旋风？是随着熄灭炉火的凉风，还是撕裂大地的暴风？是跟着使万物生长的长风，还是让草木枯黄的寒风？是追逐吹向汤加垒砌的暖风，还是从百鸟巢刮起的大风？"

老人的声音有些耳熟，小稻子一时想不起来。他指点风向的时候，身体就像一个陀螺般旋转，小稻子猜想，如果把他的话换成具体方位，那便是指：东风、西风、南风、北风、西北风、东南风、东北风和西南风。

"衣服哪儿也不去，它唯有往前走，只会掉到我这里。"

这件丝绸衣服似乎听懂了秘语，飘飘忽忽飞过来，停在老人的头顶，然后，降落，套了老人的身上。穿上华服的他神采奕奕。

"衣服在那儿，红帽子把衣服抢走了！"人们发现了老者，指向他头顶醒目的花冠，他正蹒跚地朝山下走去，听见叫唤赶忙加快了脚步。众人挥舞着棍棒，嘶叫着，满嘴的喊杀声。

一名大手的青年捡起一块石头，投出去，带起一阵风声，落在老人跟前，老人一个趔趄，从山坡上跌倒，几经翻滚，落到山下，他抱着腿，哇哇大喊，走不动了。

不好，要是落在恶徒手中，老人家恐怕凶多吉少。小稻子快步下山，见有人走近，老人抓起手杖，手杖上刻着一张愁苦的老脸。

"啊，一个非凡的信徒。"

"你认识我?"小稻子有些疑惑。

老人双颊深陷,双眉倒立:"我是饿鬼神,人人忌惮我。听见我的鼓声,你应该涂抹尿灰在脸上,卑微地趴在地上,规避我的目光。如果有事求我,提问之前先捧上高贵的贡品。"他向头顶一指,这顶花冠是他身上唯一崭新的东西,每一朵鲜花都是刚采摘的,"可是你傻站着,你是个非凡的信徒,或是个背神者。"

老人像是戴上了一张恶鬼的面具,年轻的面具,高鼻阔目,冷面薄唇,这恶鬼名叫饿鬼神,是十八层地狱的菩萨?还是四季轮转的瘟神?这副尊容高贵而邋遢,却像个招摇的皇帝。

"饿鬼神大人,恕我冒犯,眼下逃命要紧,还是让我背你走吧!"

饿鬼神一怔,慌里慌张地支起身,颤抖着伸出手来。小稻子背起老人,向雨雾中逃去。

老人的耳朵上插着细长的烟管。他在少年肩头倍感自在,便取下烟管,在小稻子头顶敲打火石,惬意地把烟点上。

"你真是个有趣的臣民,你从哪儿来的?"

云缠雾绕中,小稻子忽然有了头绪。

"老神仙,你的声音让我想起一个人,他在暴风雨的夜晚出现,用歌声为我指路,并警告我前方的敌人……"

小稻子感到身上的老人逐渐变轻了,身体也渐渐变凉。

"飞鸟相报哟,神龟相告,寻路的游子,你为何来到这伤心的海岸,从此孤身一人?"老人吐出的烟气弥漫在前路,脸上竟然有了笑纹。

"饿鬼神大人,你还记得在下?"

老人哈哈大笑:"我是红帽子大阿睿鳍,饿鬼神是我的敌人。"

他叫红帽子,方才为何又自称饿鬼神?不知老人哪句是真,还是叫他老神仙吧。

"敢问老神仙,这些人为何而争斗,又为何要追你?"

"愚蠢的臣民们……"老神仙咒骂道,"为了海水漂来的东西,为了一件没有主人的衣服,竟公然触犯禁忌。"

小稻子几日不食，手上渐感无力，所幸大雾之中，喊杀者也迷失了方向，便将老人放下。

"你救了我一命，寻路的孩子。"

他注视着少年，微笑着，眼角挂着感人的泪渍。小稻子熟悉贵人的威仪，亲切总是伪装，不敢有丝毫怠慢。

花瓣随风散落，熟悉的花香令人安神，那顶花冠，可是山茶？宝船上，水手们酷爱此花，用自己杯中的饮水为它浇灌，借其幽香了却乡愁，难道此地也生山茶？

"你很忧伤，为了什么？"

"我在寻找我的同胞，大明人，你的花冠让我想起了家乡的山茶花，大明人喜欢把它戴在身上。他们也许已经走远了，可我看见这花便生出想念，他们一行二十来人，你可曾遇见他们？"

"我看见你的族人，他们在那场暴风中去了又来，可是浪涛太大了，他们的船无法靠岸，暴风过后，他们回归大海，已经不知到哪里去了。这花冠是地底人的馈赠，他们是我的信徒。"

"地底人？"

"他们是流民和乞丐，住在地底的洞穴中。"

老人看见少年失望，叹息道："一个失去族人的孩子，就像一个寻不着家的孤魂。你不用怕我，你跟他们不一样。你是寻路人，跟我走吧，我呢，跟着云走。"老人指了指头顶的一团乌云，脸凹陷了，竖纹换作横纹，沟壑纵横，一副老朽之态。

老人要小稻子在身后十步远的地方跟着，一路上都在自言自语，偶尔提一两个古怪问题，才允许靠近前来。他是第一个和我说话的人，看起来像是个和善的人。

"红帽子老神仙，你有什么吃的吗？"

老人扬起华服宽大的衣裾，如展翅欲飞。

"我这儿有不少吃的，香蕉叶焖的尖嘴礁金枪鱼，石锅煮的百鸟巢城海鸟蛋，甘蔗水蘸虾尾岬角龙虾，还有生烤的日出湾海龟，配上神木棕榈果酿的酒，可惜，快没有阿噜肉了。你呢，你今天吃了什么？”

老人的菜单，仿佛来自天庭的音乐，叫人听得出神，这里竟有这么多美味哩。小稻子几天来只吃了一点海草，说起来太寒酸了。如果把大明船上的流水席，甚至图依汤加的美味说出来，都不得了，可是胃里翻腾起的酸水，彻底打消了这虚荣的念头。

“海草，海草就是我的早餐和晚餐……”

“我实在太大意了，让一个好臣民空着肚子。如果雨季还不肯走，那么大旱就要来了，这个棕榈年必将遭灾嘞。”老人在帽子里掏了掏，面露难色，“抱歉，我的臣民，我身上也没有吃的。”

看见少年低头不语，老人沉吟道：“前面有一屋快乐的人家，一个女人和三个丈夫，你去那儿吧，他们会替我照顾你的。”说罢，老人的脚步渐行渐远。小稻子作揖拜别。

旷野上一条蛇道，时隐时现，引入一个狭小的谷地。一面是山，一面是海，中心是个土丘，一间精致的房屋坐落在土丘上面。

一名消瘦的男子倚着岩石，叼着一根芦苇烟杆，眺望远方山影，优哉游哉地抽着烟。他听见小稻子的脚步声，放下了烟管。

男子脸上没有多少表情，似乎也没有因为有人出现而吃惊。小稻子用岛民的语言向他问好，他便摘下头上老旧的鸟羽帽，温和地报以微笑，他身上的装束像一位鸟羽人，却留着短耳。小稻子踟蹰不前，男子从鸟羽帽中掏出两个鸡蛋，饿吗？他的眼睛在问，小稻子羞愧地点点头，看着他却将鸡蛋埋入土中，又把烟杆中热乎乎的烟灰撒在上面。他摸了摸胸口，叫小稻子耐心等待。

男子取出一块木板，用一支鸟喙在上面刻写，嘴里默默念着，像在品评方才所书。他瞟向埋蛋的地方，小稻子也看过去，忽然，烟灰开始松动，石头烟嘴敲打地面，蛋壳破开，两只鲜活的小鸡从土里钻出。男子抽了口烟，眯眼瞧着小稻子惊讶的神情，他抓起鸟喙，在木板上继续书写，鸟喙发出沙沙的声响，雏鸡们开始啾啾而鸣，踢开蛋壳，围着烟灰相互追逐，每个眨眼的瞬间，小鸡身上的茸毛就长长了些，直到公鸡开始扑腾翅膀，母鸡开始放缓了脚步，鸡蛋如炒栗子般滚落了一地。男子将鸡蛋放入鸟羽帽中，将帽子重新戴好。小稻子拎起鸡来仔细打量，只听咕咕而鸣，不见丝毫异样。

谷间有一方布满黑石的田地，地里所种不多，作物又蔫又黄。一名健壮的男子提着石钻子，正在挥汗成雨地钻孔播种。他虽然是个农民，却有一对长耳，挂着玉石。他听见田埂边小稻子的脚步声，停下手里的活儿，摸了摸肚子，似乎在问，饿了吗？

他拎出一个编筐，筐里只有几枚瘦小的红薯，模样还没长熟。他将红薯抛向空中，一根船桨般的铲子在他手中旋转，他单腿跳动着，仿佛要骑上一个动物的后背，却始终难以如愿，在这方小小的田地上，他一圈圈不知疲倦地飞舞，红薯也在空中旋转翻滚，当红薯落地，舞者止步，田间的所有红薯、白薯、芋头、竹芋都生了根。小稻子伸手去挖，这么多粮食，一个小小的草筐怎么装得下？

一名男子在海边吟唱，浪花为他感召，一步步亲近他的脚踝，那嗓音仿若山间清风，海中鱼戏，没有歌词，却是温热的赞美诗。

看见小稻子在沙滩上投下的影子，男子递过来一个树皮袋，似乎要小稻子伸手进去。少年掏出一枚刻着吹气的鱼的石子，男子接过来掷入渔网，呼嚓一声，海浪退去，一条大嘴鱼落入网中，正是石上所刻。小稻子又摸出几个石块，男子嘴里哼着欢快的旋律，手脚也跟着浪花打着节拍，鱿鱼、金枪鱼、鳗鱼一条接一条地落入网中。男子示意小稻子走近，从耳朵上摘下一枚耳坠放在少年手心，上面刻有螃蟹和椰果，小稻子掂了掂，学着男子的模样投入浪花，一声吆喝拉出渔网，一只尖头虾尾的巨蟹在网中翻腾，双螯上抓着一个开了皮的椰果，小稻子正要去抓，巨蟹伸出长螯，撕开渔网，蹬腿横行，男子上前揪住蟹尾，擒在掌中，又将耳坠收回，他有一只长耳，还有一只短耳。

这个男人十分面熟，他是喂海狮的树衣族人，名叫"猎鱼耳坠"。他的族人方从战场上落败，他竟逃到了这里？他看起来清瘦，脸上没有血

52

迹，也没有丝毫倦容。这三个男人爱变戏法吗？为什么都不说话？他们为什么这么爱笑，还喜欢用手摸人家的鼻子？

夕阳滑落，男人们领着小稻子登上山丘，走到那圆形的石屋边。峡谷间草木稀少，但种类繁多，各有不同的气味，霞光散发着幽暗的紫色。

开门的是一个年轻的女子，一头波浪般的乌发，脖子上挂着石榴石装点的项圈，一双短耳藏在翡翠头饰后面。她看见小稻子时扬起眉头，愠恼地朝蓬头垢面的少年上下打量，仿佛就要说出在外胡闹了一天，回家时母亲常说的那句话："看你脏兮兮的，到哪里撒野去了？"

女人的饭菜很香，但也有失手的地方，芋头煮得还不够熟，白薯则烤焦了。不过，这并不妨碍小稻子狼吞虎咽，吃个精光，一只叫花鸡包裹在香蕉叶中，汁水喷烟，色泽白得诱人，多肉紧实的椰子蟹，冒出浓郁的椰香，甘甜入骨。男人和女人之间也不说话，他们发出低沉的咿咿呀呀的声音，却说不出话来，每个人身上都有一股老屋中的霉味。

女人倒了一石槽的清水，让小稻子洗了个澡。

老家小巷子里，青石路边，母亲是否还在门里劳作，一做做到天黑？

小小的石头房子里，有草褥子铺设的床，树皮制的被子。小稻子踏踏实实入睡，就像回了家。

一觉醒来，月光照在赤裸的身上，没有床，没有石屋，小峡谷里静悄悄的。

山丘上站着四尊石头人，宛如屋主人再现。注视了好一会儿，也不见挪动分毫。这又是一个戏法？石头人身上各有图腾。居中是一尊红色的女人像，小腹刻有犭牙相错的蜥蜴；一尊石头人托着烟杆头生三目，酷似一位鸟王；另一尊抱着船桨，胸前镂着一只海龟；还有一尊拖着渔网，耳坠上是一头海狮。那海狮被树衣族奉为守护神，这些图腾象征着四个部族？也许他们已经回到族人中去了。小稻子作揖跪拜，答谢而去。

神木林

小峡谷外晨曦微露，照亮了北方大山。山顶雨雾缭绕，走近了，竟是一片森林。

奇异的树木在这里生长，槐、槿、蜡树魅影轻摇，杂生在龙葵丛间。泥土潮湿，草木芬芳，不眠的飞虫在露水间跳跃，抢收着新鲜的佳酿。败叶积压成起伏的土丘，如流沙溢出林外。这里悄然无声，偶尔有落叶擦响，一两声隐秘的鸟鸣，在远处悠悠回荡。

森林中心下陷，是个死火山口，里面幽暗潮湿，影影绰绰。氤氲中有人大喊，小稻子滑了一跤，滚落入一片泥沼，挣扎着爬上一块浮土，一步一溜。

一条长长的黑影，甩着巨大的脑袋，张着发亮的鳞片，从远处游来。小稻子蹬足划水，水波开始狰狞地摇曳，黑影像要破水而出。

波澜平息，黑影拉直，尽头是一棵硕大的棕榈树。酒王棕榈林占据了这块湿地，繁茂的根茎扎根在水下，树冠飘渺，不见穿顶。南洋诸国遍布棕榈，却没有一株能与这里的大小相比。

迷雾中，亮起一丝火光。一个石炉子，冒着白色泡沫，飘出浓烈的棕榈酒香。大树之间，一个巨人躺在树皮条编织的吊床里，他端起石炉，将酒斟入一个木葫芦里，仰面入喉，巨大的头颅随之摇晃，酒葫芦顷刻便见了底。

淤泥滑腻，抬不了身，小稻子徒然地在湖中扑腾。一声咆哮，巨人摇晃着坐起，闻声摸来。小稻子捞出一扇棕榈叶，环绕酒王棕榈，脚蹬着树干，一把把往上爬，这是小野人艾鸥用过的法子。

树干粗大，爬起来并不十分利索，手上稍一松劲，便要坠落下去。费力爬到树腰，身下混沌如汤。仰头望去，仍旧雨雾密布。槎桠交错的树冠上，生长着巨大的棕榈果。扒开巨叶，攀上树冠，冠盖像一座巨大的草屋棚顶，小稻子喘着粗气平躺下来。那满天的银河落在了发梢，一抬头就把晨星搅乱了。

树下传来响亮的鼾声，巨人醉卧在泥沼间，沉沉睡去。

一阵山风吹过，树顶如秋千摇曳，晃动之势如此大，几乎就要把人摇落。

冒出云端的酒王棕榈该有上百棵吧，它们环绕湿地，在云中相接，大山雄踞岛屿中央，这片森林就是全岛的制高点。四面瞭望，海上不见片帆只木，除了三两个豆大的礁屿，只有茫茫无尽的黑色大海，这里完全是个孤岛。

小稻子在巨叶上躺下，在棕榈花香和古木气息中合上眼，忘记了忧愁。

黎明阴阳轮转，总是生死交替的时刻。

林地边缘，响起石器撞击声，黑压压的人影，挥着笨重的石斧石凿，包围了林地。

巨人抓起一根大棒，醉醺醺站定，行至山口，看见山下人群，长啸两声，便大步奔下山去。

巨人冲入人群，挥舞重棒，劈山裂石，伐木者纷纷丢下石斧，哀叫着窜下山。

"收手吧，半神醉山！"说话者高大威猛，正是燃族的族长。

"丢了灵魂的燃族人啊，你们怎敢闯进祖先的森林——"醉山的声音传遍山野，在林木间沙沙回响。

"这片神木林是我的，我是燃族之长高耸船首，我想怎么处置这里就怎么处置。现在，我说这神木林是献给饿鬼神的。"

"邪魔饿鬼神哟，这尊神我不认识，也从没听过，他是从哪儿长出来的？"

"醉山，你是我燃族的半神，我尊敬你，放下手中的乌阿吧，别让饿鬼神听见了，拿你去做人鱼。"

醉山狂笑一阵："你们迷信了邪神，带走了祖先的神木，既成了软脚的潮虫，就不配再做燃族人！"

燃族族长高耸船首举手示意，众人从四面八方围来，他们有的高大，与巨人相近，是燃族人，有些身材矮小，是做了俘虏的树衣族人。醉山赶跑了这头，山那头又有人围上来，扑了那头，另一端又开始敲打。

呼啸与尖叫，骨头发出爆裂的声响，石斧折损了，醉山与伐木者的追逐堵截无休无止。

小稻子爬下树来，在树影间穿梭。突然听见身后有人，一名男子凌空虚步，满脸杀气追来，他肚皮上有一道豁口，嘴里衔着一只死鸟。

小稻子闪到路旁，男子一跃而过，看也不看他一眼。咦？这人身材短小，难道是个树衣族的私逃者？没有人追赶，他为什么不顾伤口，要这么狠命地奔逃？小稻子追着男子，跑到一处山崖，这里有一块界石，刻着一头海狮。山崖下有一个村落，男子窜入村中，便不知去向。

村道上寂静无声，草房子里锅碗瓢盆干净发亮，这是座荒村，但看起来并没有荒废太久。村舍像巨兽的背脊，苍白的太阳在半空漂浮着，屋宇上泛起深蓝色的光，沉默的泥土路透着寒意。屋墙上装点着旧树皮布，小稻子摘了一块，去了草裙，裹在腰间，树皮布做工不俗，柔软不下于棉布。

村外是一片荒地，几棵枯萎的楮树种在石井里，树皮都被扒光了。小稻子找到一口水池，尝了尝，水是甜的。又找来一把石锤，凿开大棕榈果，果肉无色，味道是酸的。

一个矫健的身影飞过，小稻子抽身躲过。

是林中奔跑的男子，他消逝在村中小巷，身后留下一股糜烂的味道。整个村子都弥漫着这腐臭，男子仿佛丢了魂似的，只知道绕着村子疯跑。

一座草房子里传出一个孩童的笑声，那声音又皮又嗲。好像世间无恙。

小稻子蹑脚走近，挨到门边，朝门网中张望：这是间新屋子，扎实的墙面搭建得密不透风，树皮毯子铺了一地，有些绿色的飞子扑腾着，阴暗中起先什么也看不见，糜烂的味道却越发的浓烈。

地上有个小人儿，三五岁的模样，身穿一件树皮小袄，一双贝壳似的白眸子在暗中闪烁。他机灵地察觉到了门口的来客，似乎不喜欢门网中打进来的亮光，将眼睛藏在小手后面。只听他喉咙里咕噜咕噜，似乎在与人说话，又朝着地上一团草褥咿呀拥抱，似乎在和人撒娇。

草褥上躺着的，正是那名男子，肚子上的大口子将他的身体划成两段，蝇虫飞舞，看起来早已死去。

刚才一路飞奔的人，是这孩子的父亲？小稻子全身毛发森立，不敢进气。

孩子还不知道父亲已经死了，嚼碎的鸟肉、鸟骨头散落出来。孩子如同在母亲怀里吸奶一样，埋着头，啃食着。

"喂……"小稻子喊道。男孩目光转动，朝门口斜睨。

小稻子按住腹中翻涌的恶气，抽了抽鼻翼，一把撕开门网，踏进屋拎起那孩童，如同抓一只流浪的野猫，孩子惊吓地张开血污的手，奋力在小稻子头上撕扯，可身子已被牢牢箍住。

小稻子拔腿狂奔，男孩浑身沾满了臭气，一边叫唤，一边喘气，眼眶和脖子都肿大了，腐物毒性正在侵入他的心肺。小稻子跑到海边，将男孩倔强的脑袋摁入海水中，用海水解毒，就和洞中的苦咸水一样。

男孩灌饱了海水，把肠子都吐干净了，看起来毫无生气，白眸子紧闭着，喉咙里不再发出咕噜咕噜的声音。

山丘上有一片乱石，是大战中落败的树衣族石像，这个村庄或许是他们曾经的部落。全村人都去了神木森林充当苦役，这个孩子便成了一个弃儿，他本该渴死、饿死的，可怜的鬼父，仍想着觅食照料他。

小稻子将男孩背到石像脚下，捧了一把茅草盖上，海水的咸味还留在肚子里，他现在一定很口渴吧，小稻子回到村里，寻找甜水。今晚带着这孩子到大窝去吧，小稻子一路寻思。

回到倒塌的石像脚下，草团零落，男孩已不见踪影。

亡神的皮

　　西海上一个发亮的斑点向岸边漂来。那是一艘船吗? 会不会是大明人的船呢?

　　距离太远了, 或许只是一块浮木, 一条大鱼吧。斑点顺着一条直线, 向东北方漂去, 直到它最终撞进了雾霭之中, 也无法确知这船是否真的存在过。天地一片白。

　　太阳开始向更北方盘桓, 岛上的冬天来了, 雨季却还没有过去。暴雨天打雷, 山顶的石块像熟透的果子般一颗颗涓落。偶尔放晴, 大地回暖。

　　马蹄茎和蕨草嚼起来有一股子咸腥味。真不知海狮洞前的鲜鱼是个什么滋味。一根木棍, 一块锋利的玄武岩, 用干草捆绑便能做成一把短矛。想那头海狮, 又憨又肥, 哪里跑得赢我, 再这么饿下去, 我就跑不过它了。

　　小稻子来到海狮的巢穴, 洞中没有声响, 布袋里尽是鱼骨, 都是被鼠群啃食过的。

　　海边, 海狮庞大的躯体毫无遮挡地暴露在沙滩上。小稻子在一块礁石后, 观察着退路。巨兽原本坚硬的鬃毛, 被海风拨弄着, 此刻却柔软得如荒草一般, 它已经奄奄一息, 臃肿的身躯无法挪动分毫, 脑袋离大海只有数步之遥。

　　沙滩上有一行粗重的行迹, 它一定是数日前从山洞里出发的。海狮的大眼, 漆黑鼓胀, 仍然注视着前方, 仿佛再提一口气, 干瘪的皮肤就能浸润在海水中。它为什么要离开自己安逸的巢穴? 小稻子盯着这僵直的眼睛, 不见它转动。它能清晰地嗅到海水的味道, 有几次它的獠牙已经触到了海水, 往昔那熟悉的、畅游的滋味, 很快就能尝到, 可那终归是它的幻想, 它早已耗尽了体力, 任凭大海在数尺开外展示永久的诱惑。

　　再过些日子, 海风会让它化作一具干尸。

小稻子收回目光，转身离去，海狮呼哧呼哧地喘息，侧目瞪着少年。你已经饿了几天，忍受不了这折磨？想让我送你上路？

小稻子提着短矛慢慢走近，大海狮张着嘴，一动不动，瞳孔紧盯着靠近它的人影。小稻子用矛朝它身上刺去。可它皮脂顽厚，石矛插不进去。难怪树衣族人奉你为守护神，身上竟穿着不破的皮甲。即使是快要死了，我也奈何不了你？

小稻子丢了短矛，酥软地蹲下，双手合十。海狮缓缓闭上眼睛。黑夜降临，寒风在海滩上呼啸。这一天已经结束，只有等到天亮再走。

小稻子依偎着海狮，渐渐安稳地睡着了。巨兽柔软的鬃毛，像绒毯一样包裹了全身，虽然兽皮粗糙，但却是温暖的，能抵御夜晚的寒风。除了发出几声痛苦的嗷叫，海狮彻夜没有动静。

清晨，海狮再也没有睁眼，它大概是在昨夜最寒冷的时候死去的，余温却保留到了黎明破晓。小稻子在海狮跟前拜了拜：感谢海狮神，给我这一夜之暖。我本应该将你掩埋，请你原谅。

小稻子将短矛上的玄武石解开，用作匕首，从海狮的嘴部切下，将它的外皮剥了下来，这张皮可以当被子，也可以做一身过冬的皮袄。

经过一整天的劳动，小稻子将兽皮、兽尾，还有几块肥肉搬到了大窝，剩下的部分只好留到明天再来。虽然来不及刮油晾晒，海狮皮上有一股浓烈的腥臭，但是今夜不怕冷了。

第二天，偌大的海狮只剩下一副骨架。是什么鸟兽来过？残骸上有刀痕，连骨髓都吸食干净了，这不是鸟兽，而是人干的。

小稻子裹着海狮皮坐在洞口，一只海鸟从山顶飞下，停留在礁石间。不久，又飞来了两只、三只，飞向大窝底下的崖壁，在这片荒凉的海域，它们发现了什么？

探出洞外的一刹那，头便缩不回来了。一块突岩上，有一个树皮袋，上面银光闪闪，满是新鲜的海鱼。

这是喂食者猎鱼耳坠留下的吗？这鱼是给海狮的？可是巨兽已经死了，为什么把布袋留在了这儿？海狮皮从身上滑落，难道说，猎鱼耳坠发现了我，误把我当作了他一族的守护神？

给海狮的祭品，可不能让海鸟吃了。小稻子从洞口掷出石块，海鸟不走，少年抓上石矛，爬下山崖。鸟声吵闹得很，可怕的鸟儿，若不是啄不破这一身海狮皮，恐怕连我也不会放过嘞。

小稻子收拾布袋的时候，瞥见一个人影。是谁，藏在那山崖后面吗？海天空茫，瞎想罢了。

夜晚，风雨在洞外呼号，小稻子缩在暖和的兽皮大窝里，肚子被满满的鱼肉安慰着，睡得天昏地暗不生梦想。却不知几对黄色的眼睛正探入洞口，蜥蜴般屈身爬入，不发出一点声音。

"饿死我了，沙里鱼，你能快一点吗？"

"这就来了，拍拍手。"

眼前的景物上下颠倒，天空在脚尖流淌，大地却在头顶晃动，小稻子四肢被捆着，吊在一根木棍上。手脚已经失去知觉，胃在缩小，喉头发紧，哇的一声，流下了一脸的酸水。

拍拍手解开绳索，手腕如撕裂一般，沙里鱼拿来一片布，仔仔细细地把少年脏兮兮的脸擦了个遍，还泼了点清水，二人死死抓住小稻子的双腿，拖到一个铺满芭蕉叶的坑里，叶子上油腻腻的，还有些未烧尽的草灰。

"要杀死一个弱小的守护神得等到月亮出来，明白吗，拍拍手？"

"那是当然，沙里鱼，不然我们怎么好扒下他的皮？"海狮皮现正套在沙里鱼的身上。

"能先撕下他的小手尝尝吗，沙里鱼？"

"不，要孝敬给饿鬼神的活人之脸，拍拍手。"

"那他的小嘴呢，沙里鱼。"

"那张小嘴是我的，拍拍手。"

"那他的肠子，肠子总行了吧，沙里鱼？"

"肠子归你，拍拍手。吃了他，我们就是神的骨头了！"

他们商量停当。另一些人影也围了过来，吧唧嘴道——

"让我们也尝尝吧……瞧瞧这个弱小的守护神，他正在哭嘞。"

沙里鱼把枯枝败叶扔进火坑，然后从坑里挖出来一些发红的石头，取一块放在小稻子的肚皮上，烧灼的地方冒出白烟，闻着自己身上熟肉的味道，小稻子开始在抽搐中粗喘。当石头冷却，小稻子从剧痛中回过神来，满眼尽是磨牙的食人者。

这身好皮囊将落到谁的嘴里，给几个人解馋呢？呵，我就要死了，却觉得好笑。浮生浪游十来年，妄想他乡当故乡，此身坠落人世间，不过胡乱梦一场。我命如草芥，漂泊海上，百无一用，仍是件可怜的器物，任人摆弄。但求早点毙命，别受太多折磨。

拍拍手用芭蕉叶捧了许多烫石，下雨般倾倒，围观的食人者也拿了烫石，纷纷投下去，任何还是白肉的地方，都被密不透风地填上，他们死盯着翻滚冒烟的躯体，手中的石矛朝烤熟的部位刺探，在少年的呻吟中狂喜。

"沙里鱼唷，我要先下手了，肠子是我的！"

恍惚之际，小稻子听见，山崖上一声螺号，悠远地响起。

拍拍手丢下手中的木签，瞟了一眼沙里鱼，忽然一吐舌，开始抓挠自己的脖子，一个白色的鱼钩挂在他下颚。

"贪吃的拍拍手。"说话的少年形似骷髅，站在高崖上，手里拿着个钓竿，拍拍手像一条咬钩的大鱼，龇牙咧嘴，甩着鱼线。众人惊呼闪避。

小稻子眼中逐渐失去光泽，残存的意识也随之而去。

少年两眼射出荧光，牵绳收竿，拍拍手倒退着跌撞到山崖下，唧咕道："救我，沙里鱼……"

少年抓着钓竿，从山崖上滑下，拍拍手随之升起，挂在了半空。

众人见状，嘶声朝少年扑来。一声闷响，迎头一人应声倒地，眼里嵌了一颗黑色的石子。飞石如弹，将来者逐个击倒，致命伤都是拇指大小的一个窟窿。

"你不该偷了我的'人鱼',贪心的沙里鱼。"少年道。

沙里鱼浑身颤抖地四顾了一眼,神色如同一根风中易折的芦苇,他就要被自己颤抖的牙齿咬到舌头了。可是,一种饕餮的欲火支配了他,他抬起头,捡起了一根长矛:

"你来晚了,艾鸥。他是我的了……饿鬼神开眼,吃了他,我就是神的骨头!"

少年扔出一串黑石子,飞石闷声空响,逐一从海狮的厚皮上滑落。沙里鱼嘿嘿笑着,石矛擦过少年的小腹,矛尖泛起鲜红的血。少年的鱼竿,掷向沙里鱼唯一裸露的部分,他的脸。

沙里鱼丢了长矛,仰面哀嚎,窜逃而去。

少年探进坑中,拨开小稻子身上的烫石,汗水从他的双颊滴下,在石头上冒起团团青烟。

肚脐眼

小稻子醒来时,腿上扣着一张凶残的嘴。

"呀——"小稻子一声大喊。尖牙松开,退入黑暗。

我还没有死。身体却像一条软骨的鱼,皮囊半熟。

一个微弱的声音:"阿噜……"

有一条海沟流水潺潺,水深处微光忽明忽暗,像一盏残灯。空气中带着鱼腥和尿臊味,地上有许多被嚼碎的鱼骨。这是哪里?

骤然间,残灯开始放光,海沟里的水抽离而去,光芒点亮四壁,一股温暖的海风倒灌进来,一扫洞里的湿气。海沟对面,有一个瘦小的身影,灵巧地避开了光芒的追踪,在暗处和光明捉迷藏。奔涌回来的海水又将洞口填满。光芒消失了,洞里再次回到黑夜。

"阿噜……"一把闪闪发亮的刀,琉璃刀,如同水中的波纹,无声抵近。心口一凉,那是琉璃的刀尖,它只需稍稍着力,便会穿心而过。如此迅猛无声,他一定很擅长杀人吧。

握刀人的杀气停息了，他在等什么，为何迟迟不肯落刀？就在这刹那间，又惊又疼，四肢有了知觉，休想拿我的命！小稻子侧身躲过刀尖，一蹬腿将持刀人踢了开去，尖刀落地。

潮水再次落下，微光点亮了一个弯腰弓背的小鬼，双眼深陷，如同死鱼的眼睛，白光森森，胸前是柳条状的肋骨，腹腔如坑，盆骨的轮廓清晰分明。他张着嘴，磨着牙，嘴里发出一串咯咯的笑声。

山崖上的吹螺者就是他，他把我带到了这里。可他这模样，却比先前所见干瘦了许多——

"艾鸥？"

小鬼一愣，睁大了眼："阿噜叫我？"

"是我叫你，艾鸥，你别吃我。"

"我喝了阿噜的血，阿噜闭着眼，还以为阿噜死掉了……"

小稻子喉头一紧，吞下一口唾沫。艾鸥挨近，用扁小的鼻子嗅嗅，小稻子软腻的皮肤散发着果皮的香味，他的眼神变得灼热，像只流涎的狐狸。

"好香啊，阿噜，阿噜……"艾鸥用两手刨地，还用鼻子拱拱，发出野兽般难耐的低吼。很明显，这是一只猪在叫。

岛上有猪吗？猪、鸡和狗是大洋岛民仅有的几种牲畜，那些猪多半长着獠牙，四腿细长，可越往东走，因为海途遥远，迁徙的岛民就少有养猪的。在艾鸥眼里，我是一头喷香烤熟的猪？

艾鸥咧着嘴，笑得像个野孩子，在两步开外打转。小稻子抓起地上的匕首，在黑暗中虚晃两刀。

"黑手指好像很喜欢你。"艾鸥有所忌惮，向后退去。

"黑手指"是何物，难道是这把匕首，它怎会有知觉？小稻子将这布满凶光的利器藏在身后，长长地舒了一口气。

"阿噜是怎么把我踢倒的？"

"咦？"这时节竟要向我讨教功夫不成？

艾鸥弯下腰，捧着腹部，那里有一道裂开的伤口，还在流血。这是和沙里鱼打斗留下的创伤?

艾鸥试探了几次,有一次,匕首割伤了他的手指,他眯着眼,目光迷离,好似在玩味着他的猎物。他的攻势开始放缓,身形也越来越笨拙。

"今天有'婆婆肉'吃,我不吃你,不过阿噜是我的,我要取走你身上一样东西。"

"你要什么?"

艾鸥摆弄起他的钓竿,说道:"我要阿噜的长发。"

艾鸥抱着膝,坐在洞口的一块大石头上,晨光长久地涂抹在地上。他从石缝里掏出一把果子,叹息道:"嘴巴像个烂葫芦,进去什么也看不见,老也填不满。"说罢,送了两颗入口。

"不好……"呵,这不是长在海边的毒葡萄吗?这小子,不要命吗?艾鸥疑惑,小稻子道:"这是毒果子。"

艾鸥的眉头舒展开了,他开始盯着小稻子的眼睛,露齿笑了。他头上有一幅刺青,是个面朝上四脚倒行的小人。

"这是成熟的'婆婆肉',不是没熟的青果子。"的确,这果子是紫色的,难道成熟了以后毒素自解?

"阿噜要不要尝尝?"

熬了一昼夜,的确饿了,小稻子拿了一颗,随后抓了一把,这味道可比上次吃的甘甜得多。

海沟中一对绿豆眼睛探出水面,一只七彩螃蟹朝洞口游去。艾鸥说道:"肚脐眼里天亮了,丑丫头要出门了。"

螃蟹就是螃蟹,怎么给起了个人名"丑丫头",依我看该取个名字叫"洗砚池"。

可这海洞,为什么偏偏叫"肚脐眼"呢?与岛名暗合,难道只是凑巧?洞中满地的鱼骨,就像一个饥民的肠胃。一团可以睡卧的褥草是这里唯一的家具。艾鸥的"肚脐眼"大概和我的"大窝"一样,名字不过是随性而起。这座荒凉的岛屿,或许根本就不是大海的肚脐。

一阵倦意袭来,小稻子口中干渴,眼睛里却湿蒙蒙的,这不像是什么好兆头,被烫伤的地方肿胀着,好似煮熟的虾壳,要一片片地剥落下来。

"阿噜?"

小稻子稍一失神,跌入浑噩之中。

夜晚,漫天的星光像米粒一样,散落在薄云飘渺的米粥中,一轮枣红色的圆月挂在正中。一双滚烫的手将小稻子摇醒。

"去去,贪嘴的老鬼,这里什么也没有,只有你讨厌的甜甘蔗。"小野人正握着一根甘蔗棒,在空中挥舞着,像在驱赶着什么。

喉咙干渴难忍,如含火炭。艾鸥端来一个盛了清水的棕榈果壳,揭下洞壁上的苔藓,沾水抹在小稻子嘴上。水是清甜的。

"你不杀我?"小稻子轻声问。

"你的血肉有强盛的灵力。你能让烟气化成闪电,击穿最厚实的筋骨,你能杀死开膛咔嗒,也能轻易地摔倒我。"艾鸥摆弄了一番小稻子的手脚,"可你现在很弱,一点灵力也没有。现在吃你,什么也得不到。"

他也并非只会把人当成猪,也会说"你"这个字眼,懂得把人当人看。

艾鸥捧出一个大棕榈壳,倒下一溜水柱,这水是温的,虽然隐约有股尿臊味,可是舒服极了,在小稻子身上浇了个遍。

艾鸥要吃人,又何必费事照料?虽然说着狠话,那双杏仁眼却总是凑到跟前,见小稻子煎熬,便找了些红泥,全身上下地涂抹,连两腋和胯下也不遗漏,好像要把小稻子做成个陶俑。闭上眼睛,艾鸥便踩着轻步,在身旁打转。

丑丫头吐着气泡,在小稻子脚边挖了个洞趴着。

"追随飞叶可以寻找到风,追赶飞鸟可以寻找到鱼。我是追逐人鱼的开膛咔嗒,我追赶了你半个雨季,阿噜。"

小稻子想起艾鸥说过的话,仿佛一缕绕树的轻烟。开膛——咔嗒,这是岛民的人与吃二字,意思就是吃人的人。在开膛咔嗒嘴里,"人鱼"就是所有苟活于世上的可怜人。或许因为开膛咔嗒之间总要争夺猎物,艾鸥十分藐视他的同类。艾鸥从不打算包扎一下腰间的伤口,好像那根本不算什么。我们原本或许会悄然死掉,没想到都还活着。他用赭石泥把我涂成傩鬼,好像并非戏弄那么简单。面对岛上的严寒,没了海狮皮,我本该受冻,然而这泥巴却像一件贴身的棉袄,雨水不沾,虫子也不能钻入,身上的脓肿,艾鸥的伤口,都因这红泥而渐渐痊愈。

小稻子摸了摸溜光的脑袋,剃发的过程是煎熬的,不只是因为石质匕首不太规则,还因为身体发肤,受之父母,不敢损伤。孩儿不孝,让贼子把满头青丝窃了去。艾鸥用它换下旧的鱼绳,那是一种灌木树皮,能勾起一个活人,然而在他看来,头发才是最好的材料。

一滴水珠正中鼻梁,用手一抹,嗅到一股血腥,半空中垂下两把羽扇,一个伸长的鸟头左右摇摆,一只死去的大海燕倒吊在钟乳石间。

有的时候是一只老鼠,一条蜥蜴,艾鸥总在黎明出洞,将这些"口粮"带回。艾鸥说这是头发交易的报偿。肚脐眼里半月不见阳光。小稻子爬起身,腿脚似乎能走动了。举目张望,艾鸥不在洞中,屏息凝听,他果然不在。

出口是一条细长的水道,起先只有齐膝深,到了洞口水流湍急,朝着一个危险的方向滑去,那儿有一个回旋的斜洞,里面暗礁尖利如戟,即使是鱼也怕陷入其中,小稻子无法抵抗这强大的水流,朝着迎面而来的石壁蹬了一脚,沉入海底,任由水流带出了海沟。

小稻子爬上一块平直的山岩,这是一条环绕山崖的长廊,海水不时喷涌上来,将长廊彻底洗刷一番,沿着石廊,穿过一个拱形石,前方一片朱红色的沙地。肚脐眼是个极隐蔽的所在,退潮时洞口才会显现。

小稻子坐在礁石上歇息。一串清亮的呼喊声将少年揪起,转头四顾,却不见有人。山崖顶上有个微小的人影,正在招手。那是艾鸥?他一直就在附近。

上崖的路布满了碎石。崖上是一片荒凉的赤土高地，一座孤山耸立在中央。黑色的大浪朝崖壁上攀爬，一直爬到半空，这才不甘心地落下。

艾鸥的钓竿顶端，发丝攒成的鱼绳细长而发亮，从峭崖直垂到深海。

"阿噜，接着。"

艾鸥递来一根钓竿，一根弯曲多节的长棍，末梢缠着一团草皮绳，鱼钩是荆棘，鱼漂是灯芯草，鱼饵是海跳蚤。也罢，虽然不知这粗陋的工具是否管用，倘若小野人叫我钓鱼，便是想让我喂饱自己，许我多活几天。小稻子挥手甩竿，这木钩子好像一根蒿草，在空中飘了好一会儿才落入水中。也不知道哪里不对，小野人一直在发笑。

大明船上，有养鱼的水舱，有捕鱼的大网，唯独没有钓鱼的竿子。

艾鸥嚼起了野葡萄，一颗颗当糖吃。那张骷髅花纹的脸蛋，总是在恶作剧之后滑稽地裂开，酷似戏班子里的丑角。就是这个家伙让我活了下来，只是不知道，他到底在做什么打算？

"好汉艾鸥，你的救命之恩，小稻子绝不敢忘。"

艾鸥先是一愣，然后快乐地搓搓手。

"小稻子？"艾鸥跟着嘴形念了一遍，发音十分相近，可随即沉声道，"你叫阿噜。"

"阿噜不是我的名字。"

"小稻子被吃了，这里的是阿噜。"艾鸥的眉宇间透出一股戾气，小稻子不再作声。

"小稻子"被吃了？

天空下起小雨，艾鸥轻声说道："下雨了，鱼要出水了。"

海面升起一片蒸腾的灰霾，艾鸥换了几次鱼饵，耐心守候。在雨势减弱之后，游鱼咬钩了。他那长绳末端有两个骨制的鱼钩，分别挂上了一个脚掌大的，和一个两指宽的鱼。

为什么在这高崖上垂钓？艾鸥扭动腰肢，让鱼钩甩入云端，如此就能落在远海。海洞里捡来的旧鱼钩，已经遗失了，岸边钓不到鱼，是不是因为浅海水寒，鱼都跑到了深海的缘故？当艾鸥再次收钩的时候，小稻子已经把"婆婆肉"吃光，可是依然没有收获。

艾鸥把活鱼往石头上砸，然后望了望天："咱们下午再来钓虾吧，阿噜。"

"只要你不嫌我用光了你的鱼饵。"小稻子嘀咕，艾鸥纵声怪笑起来，手中的鱼又开始蹦跶。

"这竿子和钩子，都是老祖先用的家伙。正是它为我钓上来第一条鱼，我才能收获很多很多。"这是一件吉祥物？

下崖的路上，小稻子拿了艾鸥的钓竿来把玩。这木质长竿异乎寻常的重，不像是一根钓竿，倒像是丈八马槊一类的兵器，挥舞起来虎啸生风。鱼钩是骨制的，细锐得像蜘蛛的脚，尖头一点红，是沁进去的血。握柄处还有一些奇异的文字。

"这上面写的是什么？"小稻子问道。

"游鱼出水，乖乖上钩咯。"

"你认得字？"

"嘿嘿，我不知道。"二人对视一番，小稻子确信，这些字他看不懂。

艾鸥挑拣再三，将小鱼分食了，然后把大鱼串成一串，他从不说明大鱼去向，但他省下口粮不是为了独占，这份定量只多不少，必定要以红鱼排头，想必都是送给那长臂女人的。

"唛口伊，天上长，木头皮哟石头心。"峭壁上，生长着一种叫"唛口伊"的果树，常人无法靠近，但成熟的唛口伊果会从崖壁上落下，掉在沙滩上。

黄色的唛口伊果，果皮很硬，味道很苦。每次都混杂在口粮中，以为能吃。原来，艾鸥拿它当陀螺来抽，两个陀螺在碟形巨岩里撞得噼啪作响。

飞果砸中一只老鼠，老鼠四脚朝上，叽叽喳喳地求饶。艾鸥喜欢唛口伊果，因为燧石沉重，黑琉璃难找，仅有唛口伊果最是轻便。

天黑之后，二人已经不记得他们错过了多少钓鱼的时间，只是在沉入梦乡时，小稻子才发觉，腹中的苦涩化作了一块慢慢融化的红糖，虽然两三尾小鱼根本不够果腹，但是，饥饿从未如今天这般轻易地放过了自己。因为艾鸥，似乎忘记了想要吃人。

活壁画

随着寒冬的迫近，渔猎的季节临近尾声。鱼群离开了岛的四方，大海和陆地一样，成了贫瘠无收的荒漠。山崖上的暴雨仍旧从不停歇，少年们除了在山洞里避雨，就是蹚着泥水四处觅食，在蜿蜒起伏的荒野间周而复始地漂流。

傍晚的雨，裹挟着凉风，驱赶着短暂的黄昏。艾鸥跑在前头，他说要在天黑之前，找到地底下的田地。

赤土高地边缘，有一道笔直的大鸿沟，像是开凿之工，沟中灌满了黑水，将整个高地与岛屿内陆分隔开来。

"你瞧，守护神在阿洼里游泳，他不过是条呆滞的大水蚺，没什么可怕的。"

二人抓着一条灌木根须，爬到了沟中。沟里毫无波澜，黑水无光，哪有什么活物。

"别停下，我们不能留下气味。"艾鸥命令道。二人攀着一条根须，爬到对岸，水中逆流浮动，似乎真有什么东西藏在底下。

高地下有一条碎石和夯土铺成的大路，平畴和小山草色青青，道路两旁，站满了石头人，一律高大崭新，垂着长耳，可是他们并未被放上神坛，而是歪歪斜斜地站在坡上。石头人下面，依稀有些卑怯的人影，像守墓人，阴雨浇灌，他们的身影苍白如霜。

"那是石像族，与石头人做伴的灰面人。他们人很多，住得离我们不远，但就像海底的石头不爱露脸。"

艾鸥说罢，使了个眼色，指了指不远处的丘地。二人翻过一座小山，山谷里出现了一片广阔的沼泽。

"就是这里。"艾鸥将鱼竿横在腰间,警觉地聆听周围的声响。大风拖拽着山岗上的杂草,一瓢瓢大雨又将它们摁在地上,山坡下,有一汪水潭。仍不见有田。

"你怕鬼吗?"艾鸥鼓圆了眼,问道。

"我自然是怕的。"小稻子朝艾鸥上下打量。

艾鸥指了指水潭:"地底人住在下面呢,你要是看见了这些鬼,可别说开膛咔嚓来过。"

地底人,老神仙口中的流民乞丐?奇怪,你不惧守护神,却怕地底人?

艾鸥解开鱼绳,往潭中甩去,小稻子在潭口观望,却见艾鸥已经开始收线了。钩上一条弧形鱼,艾鸥顺手剥了皮塞了满嘴。好一个生吃鱼的野蛮人。艾鸥使了个鬼脸,纵身跃入澡盆般的潭水中。

小稻子捡起那鱼皮,竟是一块芭蕉皮。世上哪有长在潭底的芭蕉?小稻子向水中探视,潭口刮起一阵回旋的大风,少年脚下一松跳入水中。

潭水上冷下暖,幽深不能触底。一条大鱼游过,划开几步,依稀有一支鱼群,悠哉游哉地晃动,任由少年踩在背上。大鱼游出水面,原来是层层叠叠的蕉叶,双脚正踏在芭蕉树梢。小稻子顺着树梢潜下水,拉出一串沉甸甸的枝条,上面竟结着数十根的芭蕉。

艾鸥手捧甘蔗浮出水面,放在一艘枯蕉叶叠成的小船上。

"阿噜,太多了。"艾鸥让小稻子放手,似乎一点也不可惜,他张开双臂捕捞,水里简直可爱极了,漂浮着甘蔗、甜薯、葫芦、甘薯、芋头,种类繁多,多得拿不完。

少年们大笑着,抢着水上的瓜果,鼠入米缸,却不知天色已经大变。

雨云飘渺如丧衣,狂风哭啸山野,霹雳的白骨从天穹的棺椁中落下,暴雨满仓倾倒,要让整个岛屿淹入海中。

可是,无论天外风雨如何变幻,潭井中只是细雨绵绵,不起一丝波澜。

少年们爬进潭壁上的涵洞，清点着全部的收获。洞壁上躺着一只瘦小的人偶，它不像是被人随意丢弃在这儿的，倒像是这口井的土地神。它形如骷髅，两手悬空，戴着一顶红冠。小稻子将人偶重新立起，两手合十，叩谢神爷赐予的食物。

"一尊死人之躯哟。"艾鸥盯着这人偶，皱起了眉头。

"那是什么？"小稻子问。

艾鸥利索地搬起一块石头，遮挡在木偶面前："它是红帽子的人偶，我们被它看见了。"

"红帽子？"老神仙？

"嘘——"艾鸥指了指深潭，低声道，"他和地底人就住在下面。"

食物用香蕉叶包好，沉甸甸的，举过头顶时晃晃悠悠。瓢泼的雨水倒灌而来，岩壁变得湿滑，水位在升高，涵洞很快也要遭殃了。艾鸥打头爬出井外，当他从潭口放下钓绳时，小稻子已经泡在水中。

大大小小的潭井遍布山野，它们如打落的星星，点缀着这片土地。道路上泥沙滚滚，路两旁歪斜的石头人，像一个个趔趄的醉汉，在大风中发出咿咿呀呀的呻吟，一个魁梧的身形，横在道路中央，一个巨人，半神醉山。

艾鸥猛然止步，小稻子头顶的包裹重重地跌落。

艾鸥钓竿横甩，鱼线飞出，在巨人的脖子上纠缠打结，几颗唛口伊果在巨人胸膛上炸裂开来。醉山冷峻的面孔布满伤疤，他随手扯断鱼绳。一道电光点燃山丘上的野草，大地被开了膛，灿烂的血肉洒了一地。

"咿——呀——"

醉山伸长手，一声断喝，一块头颅大小的石头脱手而出，石块掠过少年们的头顶，呼啸着切碎雨幕，剪断狂风，朝闪电击来的天空飞去，只见乌云散开，雷声屡弱，石块没入穹顶，留下一个硕大的窟窿。

"邪神啊，你何时才肯罢休——"巨人怒吼着，朝着荒野的方向阔步奔去，那里一片火海，霹雳点燃了树林。

71

艾鸥撒落手中的唛口伊果，他那宝贵的鱼钩遗失在了泥潭。二人举起包囊，也朝着火光的方向跑去。

原野中取来的火苗，在牵牛茎的助燃下旺盛地燃烧，红薯和芋头在火光中吱吱作响，肚脐眼里热烘烘的，弥漫着烧烤的香气，二人在篝火前叫嚷蹦跶。

虽然红薯寡淡，芭蕉酸涩，甘蔗也不甜，可是篝火明亮，火星噼啪蹿腾，连皮带肉塞进嘴里，所有的东西都变得香甜。赤脚埋在炭灰里，享受着篝火余烬，温暖极了。

火光中，义鸥像只鳄鱼，悄悄地爬过来，五指一开一合——

"扑哧扑哧——阿噜的灵力，能让我看看吗？"他找了一块白色的石头，在石头上画了起来，"阿噜的棍子放出闪电和雷声，打死了许多开膛咔嗒。开膛咔嗒是不死的，可是阿噜的棍子杀死了他们。"艾鸥一笔勾成，精准地描绘出了两把火铳，一把是碗口铳，而另一把，却是小米子的短铳。

"……你见过他？"小稻子颤声问道，见艾鸥迟疑，"这个拿短棍的人？"

艾鸥张了张嘴，指了指舌头。小稻子站起身，墙壁上的影子占了大半个洞穴。

"他在哪儿？"少年冰凉的手掐着艾鸥的肩，疼得他冒出一排尖牙。阿噜果然不寻常，灵力正在回到他的身上。

"阿噜想看，我带阿噜去看。"火光中，艾鸥的眼神简单明了。他是在说，我将看到的不过是一具尸体。

阿噜凝望着篝火，没有动静，他在想着那些消失在海上的族人吧。艾鸥默默拨弄火苗，干草快烧完了。他望向洞穴深处，有些旧物早该被沙石埋没，他还记得，那是他的亲族们留下的遗物，和阿噜一样，族人也全部消失不见了。就像一场旧梦，消散于黎明。

在光的世界里，只有干娘会告诉他，他是神龟王族中最后一个孩子，那是一个曾统治全岛的部落。就像火船上阿噜的族人，他们曾是一群拥有强大灵力的人。

艾鸥掏出一把短铳，它是在一个年轻人身上捡到的，那个人浑身是血，是一具吃剩下的残羹。阿噜是他们的寻路人，他的灵力比谁都强大。这灵力将是他的，因为阿噜属于他。

艾鸥挨着小稻子坐下，递过来一个烤红薯，小稻子将它放在一边。艾鸥低声道："我想游到阿噜的火船上去。"

小稻子舒展眉头，叹了口气："我的船很大，船上有鸡鸭鱼猪，还有很多人。它从北斗星居中的港湾，走到天南星闪耀的大海……"

"我想看阿噜的火船。"艾鸥重复道，又轻声问，"阿噜从哪儿来的？"

"大明。"

"大明在大海龟的背上吗？"艾鸥歪着脑袋，"从大明到这儿，火船走了多久？"

"按你们的算法，大概要等棕榈果成熟三次吧。"

艾鸥凝望着洞顶。原来这里不是唯一的天地，大海的外面，还有许多广阔的土地。

小稻子的讲述，如同漫溢的潮水，那些花圃般迷人的田园，富饶多鱼的环礁湖，异域的果蔬，人间的奇闻，艾鸥无不咋舌，无不当真，月亮已经睡在云里，少年们还在贴耳交谈着。

艾鸥说："要是有船，我会驾船出海去。"

干草烧尽，几颗火栗子散发着微光。小稻子擦着眼："到时候，说不定你会后悔。"

肚脐眼内有条长长的隧道，不时传出钟乳石的滴水声，然而此刻，有些不寻常的响动。艾鸥也察觉到了异样，他拨了些火栗子在芭蕉叶上，朝周围照去，血色的光芒打在兽牙般的钟乳石上，艾鸥木讷地盯着隧洞深处，肚脐眼里黑黢黢的，像张开大嘴的巨蟒。艾鸥晃了晃手中的火栗子，屈身迈入洞中，小稻子抓了一根短矛，跟随上来。

洞顶的钟乳石像点着了一样透亮，那声音渐渐清晰起来，那是石壁上的敲打声。

"阿噜，我有东西给你看。"艾鸥加快脚步。

"艾鸥……"火光忽明忽暗，像随时会熄灭，踩在冰冷的岩石上，崎岖的洞穴好像没有尽头，地面向下延伸，直伸向地底深处。四壁是油亮的黑石，一把把刀锋倒悬着，像极了"黑手指"。艾鸥举起手中的火栗子，照得琉璃壁闪闪发光。

琉璃壁上闪现出一排人影，那是一列硬朗的身躯，脑袋麻木地磕碰在石壁上，发出咚咚的闷响，他们铁青色的皮肤在尖利的石壁间摩擦着，迸射出刺眼的火花。一块黑岩阻挡了他们的去路，一张张石头脸回过头来。小稻子收足，艾鸥的火光褪色了。

"是谁，艾鸥？"

"阿噜，我在这儿……"

火光再现，一块巨岩挡住去路，底下是一个深陷的裂沟。艾鸥从下方托起火栗子，小稻子屈身爬入，裂沟中寒气阴冷，仿佛幽魂行走的鬼道。小稻子在黑暗中摸索，裂沟另一头竟有一方洞厅。

"这是什么地方？"

艾鸥撇嘴一笑，将火栗子高高举过头顶，火光在湿壁上反射，照亮了许多红白的图案漆黑的线条，好似打翻了一坛新鲜的辣酱。

"莫非，这些是你画的？"艾鸥摇摇头，咯咯地笑起来。

这画上所绘不知为何时，也不知在何地。

一群大鸟踩出巨大的足迹，大鲸成群游来，小岛似的海龟被光圈环绕。一艘大船出现在它们中间，看起来像是图依汤加人那类远洋的大船。船上的小人如同梳齿般整齐地排列，身着流缨、绒球、臀饰，他们留着长耳，身形魁伟，有些人走下船来，与神怪一起共舞。像极了一场梦。

这不是梦幻，小稻子摸了摸石壁，这是真实的图案，这些只有我知道的，只有我听见梦见的东西，原来并非由于我的梦呓而衍生出来，在

74

这个黑暗的、悄无声息的世界里，他们真的存在。

洞壁上方，有一个比所有人更高大的人物，仿佛站在天上，耳垂上挂着璀璨的玉石，装扮和红帽子相似，只是容貌不尽相同。鳄鱼、海豚、鲸鱼、鲨鱼，它们的身子格外地弯曲修长，好像游动的鬼魅，一头昂首的海狮骄傲地吼叫着，正像死去的守护神骸笋。一只跪坐的荆棘鸟睁着大眼俯瞰着人们，并用人的手脚在祈祷，正如那三眼的鸟王。他们为何聚在一起，这是在干什么？图像之间散落的符号可能是文字，可是字形古朴而简陋，写得东倒西歪。

"以前，有人告诉我，这里画着祖先和古老的神灵。"艾鸥说着，望向小稻子侧脸，在这张脸上细细端详，忽然，他皱起眉头，嗤嗤地笑了起来，轻蔑地撇嘴，"阿噜，看，你在这儿哩！"

艾鸥指着一头四蹄的猪，正自得意。

艾鸥见过的猪，就是壁画上的这一头？作画之人一定亲眼见过，才能画得如此传神。这头猪围着一根柱子，追赶着一个光头的人，这场追逐似乎永远没法结束。

"我看你就是那光头咯？"

艾鸥恼怒，竟要过来撕扯，叫道："我见了他好多次了，从来没把阿噜逮住，他是个头上冒烟的家伙！"既然艾鸥能辨别画中之人的贤愚，又为什么把我看成猪？猪在大明，那是骂人痴愚的词。

壁画上有一层灰色的盐渍，角落里有一只蝎子的躯壳，呼吸间却化作一摊糜粉，这里大概很久没人来造访了。

"阿噜，把你的大船画下来。"艾鸥指着一块空白的石壁说道。

"好。我说，你画。"画下大明宝船，把重要的事物记下来，正合小稻子心意，不知以前在这洞中作画的人，是否也是为了记录所见呢？

"船身像一条大鱼，九桅十二帆好像鱼鳍和鱼尾，船首还有一个鱼眼。"

艾鸥用炭灰作黑颜料，鸟粪作白颜料，简约地将这些图案勾勒出来，然而，船身上宫殿楼阁却难以画成，阿噜说的"像鸟的翅膀一样的

75

飞檐"，是什么样子？船上住着什么人？至于城楼、哨楼、盏口铳、火弩等等，都是他难以描绘的，只能猜出个轮廓。

"木桩能射出火球？"艾鸥指着盏口铳问。

"没错，当年有一个海贼王，祸乱外海，与大明为敌，船队统领郑和大人，就是用火矢火球将他打败。"

艾鸥捡起一颗火栗子，朝墙上投去，火光在一瞬间，照亮了一只大鸟的模样。

小稻子惊问："那是什么？"

艾鸥提了口气，慢悠悠道："那是以前的一位祖先，结印大巫师。"

"你怕他？"

艾鸥指着三眼大鸟说道："结印大巫师虽然已经死了，可他做的事人鱼们都记得，开膛咔嗒都怕他。"

"哦？"

"大巫师活着的时候，拥有强大的灵力，他制造的神迹，到了今天还在帮助那些可怜的人。可他并不总是好的，他发怒的时候放了一把大火，烧光了我们脚下高地上所有的草木，就连躲在长沟里的短耳人也都被他烧死了，从那以后赤土高地就再也还不成原样了。"

"这只大鸟，是人变的？"

"没错。"

"我遇见了他，他并没有死，人们叫他……"

"鸟王墨口。"

"对，是这么叫的。"

"这是新鸟王、飞鸟族族长和守护神，飞鸟族自称是大巫师的后裔，他们喜欢把鸟王装扮成结印大巫师的模样。饿鬼神派来抓你的人就是新鸟王。"

"饿鬼神，一尊神？他是谁，为什么要抓我？"

"饿鬼神是开膛咔嗒的神，大地上至尊的主宰。"

在另一面石壁上，小稻子发现有血迹，是人的掌印和脚印，白骨半掩在黄沙中，有人曾在这里挣扎，并被人杀死。石厅里光线晦暗，火栗子的光亮似乎就要熄灭了。

艾鸥沉声道："他们没抓住你，以后也别想。"艾鸥眼中闪烁着微光，他说话的样子像在打赌，他抓住小稻子的手，火栗子落在一个半圆形的石头上，火星蹦跳闪烁。

"这块石头，老巫师起了个名字。"

"什么名字？"

"大海的肚脐。"艾鸥将小稻子的手放在石头上。

"咚咚——"一方倾斜的石壁上，绘有条纹与圆圈，艾鸥用一节石槌敲出单调的声响，回音好像水中的波纹，轻触石笋发出清脆的叮咚声，流水滴在青石板上。眼前什么也看不见，可是，小稻子的眼睛是明亮的，一息轻音从一面石壁上传来，那是海棠花开的声音，露水滴在青草地上的声音，黄鹂鸟在枝头跳跃的声音，是一切好听的声音。

小稻子抚摸着圆石，石头光滑温润。小稻子痴痴地笑着，眼里酸得流泪，我真幸运啊，没有迷路，终究是不辱使命，找到它了，这就是大海的肚脐啊！

"这面石壁上画的是什么？"小稻子问。

"人和神。他们都死了，神也死了。"艾鸥仰着头，忽然使了个古怪的眼色，"我能让他们活过来。"

艾鸥挥舞石槌，在石壁和石笋上越击越快。

石厅内的空气渐渐浑浊，小稻子提不上气，身子颤抖不定。石壁上的动物都在骚动，摇首摆尾，艾鸥拍掌跺脚，大声呼喊，兽群被他驱赶，惊叫着落下石壁，蹄声如若飞瀑，涛声四起，艾鸥投石追猎，鸟鸣划破虚空，画中神人拉动船帆，双体大船颠簸浮动，踏出巨浪，扬帆出海，一阵铜锣声，大明的宝船升起帅旗，"起锚了！"小稻子欢叫，宝船随波而动，"宝船升帆啰！"月转星移，大船劈风斩浪，艾鸥踏上一块突岩，挥竿入水，有大鱼上钩，海中翻滚湍流，鱼虾成群溃逃，艾鸥一声大喝，一座岛屿被他拉出水面，大船闷声撞向岸边，破损且倾覆，这是一座陌生的

77

岛, 梳齿小人走到这寂静的土地上, 相顾四望……

声音减小, 终于停止。

"这是大明吗? "艾鸥问。

"不, 这是大海的肚脐。"小稻子道。

香诱

王山依旧, 可却闻不到香草, 也找不到山上的人了。长臂女人望着远处的先王山影。

茅屋是她的闺阁也是她的墓园。她身上流淌着令人羡慕的王族血脉, 自生下来起, 她就注定是要嫁给她的王兄——大阿睿鳍, 大阿睿鳍是君王的头衔, 她则荣升未来的王后。

十九岁那年, 家人开始为她出嫁做准备。她有一个丑姐妹, 在她孤寂的少女岁月, 一直忠诚地陪伴着她, 她将和她一同出嫁, 许配给大阿睿鳍的心腹, 高贵的大巫师。

大阿睿鳍红帽子, 听说是个相貌俊朗的年轻人, 他真的如传言所说般智慧而风趣吗? 她焦虑地憧憬着她的丈夫。而丑丫头也和她一样, 她听说大巫师草垫子, 是个矮小忧郁的人, 年纪轻轻就驼着背, 像位老翁一样。不知道他愿不愿意娶她, 虽然在别人看来, 他们般配极了。

小屋外芳香四溢, 这香气如此迷人, 少女们看见, 闺房外的草地上, 有人踩出了一条小径, 少女们顺着脚印, 循香走到先王山脚下, 她们看见两个男子在山脚闲谈, 他们看见女孩们来了, 便一齐优雅地行礼。

"你们是谁家的女孩子? "一名俊俏的男子先开口。

"我们是那间独屋里的女孩。"长臂女人答道。

另一名驼背的男子说道: "你不可能是那间独屋里的女孩, 你是美丽的鹦鹉螺, 是迷人的珊瑚, 是红脸的八爪鱼。"

俊俏的男子再度开口: "跟我走吧, 白色的女孩。"

"答应他吧, 他长得可真俊朗。"丑丫头怂恿道。长臂女人端详起了这张脸，啊，这张脸好像刀削的一般，那馥郁的熏香呀，真让人迷醉——

"请你告诉我，这好闻的香气是从哪儿来的？"

"这是我们皮肤的气味。"

暖风吹过原野，惊飞了鸟雀，压弯了灯芯草，四人游戏至太阳下山，答应再次相会。经过一条阿瓦水道，长臂女人发现了香气真正的来源，那是一株芳草。她并不责怪那名男子，因为她已经爱上了他。

家人们看见树皮布毯上吃剩的香蕉皮，还有烤了一半的红薯，知道屋里每天都有男人造访，羞恼地将石枕砸在丑丫头身上，打得她身上又青又紫。不久，长臂女人怀孕了，她的家人为她而哭泣。可是，到了第三个月，两个男人带着白鸡，还有初熟的庄稼到来，家人们才知道，这两个男人正是女孩们将来的丈夫，大阿睿鳍红帽子，还有大巫师草垫子。

他们诞下了一个灵力充沛的孩子，乳名叫"小虫儿"。

长臂女人的屋顶，铺的并不是茅草，而是死人枯黄的头发，上面总是盘旋着大海燕。

"我闻到了鲜肉的气味，你找到那个寻路的孩子了，他在哪儿啊？"长臂女人问。

"干娘，你能放过他吗？"艾鸥问道。

"好，我的好孩子，我们先洗干净蚌壳刀，再用荆棘把他盖住，和他说说话，我要问他是不是小虫儿，是不是他的灵魂渡海回来了……如果你不带来，我就吃你。"

"不，不要吃他！"

长臂女人扬起眉毛，疑惑逐渐变成怒容："你还记得饿鬼神给开膛咔嗒的禁忌吗？"

"不吃追随者，不吃有用的人，也不吃飞鸟族的长耳人。"

"如果他不是我的小虫儿，我就吃掉他。饿鬼神吩咐开膛咔嗒做什么？"

"吃光背神者，吃光无用之人，吃光祖先的鬼魂。"

"饿鬼神说，他们是祖先的鬼魂，是食物。你明白吗？"

这时，门口传来微弱的人声。

"乖乖，别说话，有生人的气味，他们经过我们家门口了。"长臂女人大手一挥，"快去生火，做你该做的。"

艾鸥挪步到土灶边，像从前一样，他们要在陌生人面前扮演孤儿寡母的角色，让无知的游民放下戒心。

"给点水吧。"门口站着两个年轻的流浪者，是一对兄弟，弟弟与艾鸥年纪相仿。

长臂女人目光锐利，在二人身上游走："进来吧，幸运的客人，有水喝，还有烧鱼吃呢。"长臂女人说着，命令艾鸥去烤鱼。棚屋里还有几条小红鱼，艾鸥熟练地刮了鱼鳞，挖出内脏，清洗干净，将鱼仔、鱼肠和鱼肚在滚烫的石头上烤熟。

赤土高地缺水，除了他和干娘，没有别的人居住，棚屋坐落在一条古道边，这条古道通往过去的长耳人——神龟王族的遗址，那些四处游荡的穷人，常常跋涉到此，想要从废墟中找出些古老的遗物，卖给当今的长耳人——飞鸟族人，换取口粮。他们途经此地，总以为长臂女人的棚屋是一个幸运的港湾，可他们终会明白，这片高地绝无幸事。

如果是追随者，他们应该佩戴饿鬼神像——"活人之躯"，若没有，多半就是背神者。艾鸥仔细寻找，也许是出于疏忽，也许是因为贫穷，兄弟俩身上并没有携带神像，背神的人，对于开膛咔嗒就是准杀令。

"听说先王山上住着一个长臂的女鬼，会把爬山的人拉下悬崖，你见过她吗？"

年长些的问道，艾鸥嘿嘿一笑。

"好心的小主人，这是什么美味？"

"鱼肠子。"

弟弟一听是鱼肠子，兴奋地说道："我们一直赶路，一天没吃东西了！"他身上还没有恐惧的酸味和烤焦的肉味，艾鸥并不讨厌他。

土灶前，摆放着一尊活人之躯木偶，那是个张嘴的饿鬼神像，长臂女人在跪拜中战栗。每次大餐之前，她都会如此喜悦。艾鸥曾多么期待看见她的笑脸啊，也许，那笑容正如他的生母一样亲密。

艾鸥已经不太记得自己出身的神龟部落，只记得那时候饥荒肆虐。叔父是一位受人尊敬的船夫，教会他捕鱼和制作渔具，他很早便带着艾鸥出海，命令他潜入深海挖掘贝壳。一场寒冬过后，部落里饿死了人，有人开始吃尸体，他们被称为开膛咔嗒，崇拜一个名叫饿鬼神的人神，饿鬼神不仅吃死人，还要吃活人，人们躲在屋子里，躲在灌木丛中，最后躲到水底的溶洞中，那是最秘密的藏身处。可是有一个长臂女人，拥有敏锐的嗅觉。一天清晨，洞口的海水退去，饿鬼神踩着湿沙，阒然来到艾鸥一家藏身的地方，叔父用一张挂满海草的渔网将他包裹起来，透过渔网的缝隙，他看见饿鬼神把他的家人咬死、一口口吃尽，然后腆着肚子步出洞外。他终于呜咽起来，尿湿了沙石，一双长手臂掀开了渔网，长臂女人看见了他，她满脸的狂喜，高高地将他举起，把他箍紧，嘴里不住地喊着一个陌生的名字——小虫儿。

她要艾鸥叫她干娘。艾鸥每晚在她坚硬的臂膀中发抖，直到困顿使他昏睡过去，夜风中，却只有干娘的拥抱是温暖的，就连母亲都未曾这样用力地搂紧他。白天他不需要像别的孩子一样忙碌，因为干娘总是有带尾巴的小老鼠来填饱肚子，后来他才知道，那不是老鼠，而是没长成的婴孩，从背神者的肚子里挖出来的。他也成了开膛咔嗒，也许开膛咔嗒也没那么不同，因为人肉吃起来就像鸡肉一样，这比饿肚子要强。

干娘要拥抱的这个人并不是他，而是她的儿子——小虫儿，一个死去的孩子。从干娘零碎的安眠曲中，他拼凑出了小虫儿的死因，他是被人杀害了，淹死在海里，死后化作了一条红色的鱼。

长臂女人对儿子的思念炽烈，以至于他的头发、牙齿，他身上的每一片指甲，她都要反复辨认，发现一点异样，她就要把这冒充者吃掉，这个恐怖的游戏一刻不停，让他疲倦不堪。长臂女人用沾了青墨汁的骨针，在艾鸥头顶扎了一幅刺青，那是一只小鬼，他本以为这是饿鬼神的活人之躯，可是长臂女人把它叫作"小虫儿的灵魂"。她渐渐明白他并不是小虫儿,她的小虫儿依然沉眠在海底,没有人将他打捞起来。他藏身渔网中,是一个天大的误会。

长臂女人的脸色阴晴不定,他时刻都要提防她。她做干娘的时候,艾鸥为她捕捉小红鱼,满足她的渴望,可她是开膛咔嗒时,他便为她杀人,她不喜欢小孩子,他会替她把他们的肠子取出来,在太阳下炙烤。假如有谁来寻仇,威胁到长臂女人,他就用鱼绳拴住他们的脖子,将他们活活勒死。

每当他杀了人,干娘就会把他抱得更紧,她的渴望更难满足,他怕有一天,她真的饿了,便会把他吃掉。如今,她听说远方来了一名寻路的孩子,猜想那是小虫儿回来了,便命令他:"去把小虫儿找回来。"

现在,艾鸥找到这个寻路人,可他并不是小虫儿,干娘会把阿噜吃掉。然而,要是,她把阿噜当成小虫儿了呢?她就会把艾鸥吃掉。艾鸥要把阿噜抢走,带阿噜逃离。

"我家的女主人不吃鱼肠子。"

"鱼肠子好吃呀。"

"她喜欢吃手指和脚趾,趁你睡觉的时候。"说着,艾鸥舔了舔手指,年轻的弟弟觉得好笑,扑哧笑出了声。可是哥哥却脸色苍白,明白了他的暗语,他发现艾鸥头顶的刺青,那是饿鬼神的模样,而女主人的手臂上,刺满了诡异的花纹。

下雨了,雨水从屋顶的缝隙中落下,艾鸥从房顶扯下一串头发,搓成细绳,绑上人骨的鱼钩,穿过鱼骨状的房梁。

"鱼肠子煮熟了吗,孩子?"长臂女人祈祷完毕,走到三人面前。

"煮熟了,但缺了点佐料。"艾鸥回答。

"还缺什么佐料?"

"寻路孩子的味道。我把他藏在了蔗糖浇灌的云朵里,你的手臂长,够得着那片云吗?"

"在哪儿?他在哪儿?"长臂女人的红眼上眺,她那嶙峋的手臂,朝头顶伸去。艾鸥将鱼钩扎在长臂女人的腋下,将她悬钩在屋梁上。

欺骗了长臂女人，艾鸥的心被掏空了。

兄弟二人乘乱逃出屋外，仓皇窜到了山丘的背面。对那个解救了他们的人，也不敢回头看上一眼。

赤土高地渺无人迹，艾鸥弯腰弓背，行走在夜风之中。此时，高地下方，也有一位独行者，他叫"风尘中呼喊"，是个长相丑陋的青年，他鼻塌且皮糙，仿佛造物的鸟神创造他时，用的是风沙而不是青泥。

一个半入地下的茅屋中，蛰居着一位丰腴的美丽少女，每晚，风尘中呼喊都戴着面具，在少女门前逗留，吟唱赞美的歌。艾鸥会唱许多好听的歌，都是从这儿听来的。

风尘中呼喊的歌声飘扬在夜空，回响在旷野上，女孩每天总是在等待着这歌声，否则便无心入眠。

今晚有雨，歌声就跟雨有关。

下雨了噢，肉肉肉肉的好姑娘，

一滴滴落在你的房檐上。

甘美的雨水呀洗去污浊，

洗去昏暗，洗净乌黑的鬼魂。

刮风了，我多梦的好姑娘，

若我有鸟儿的翅膀，我会让你趴在肩上，

带你飞往清早的光芒。

这一夜的雨异常地响亮，滴答的雨声让少女烦忧，她想看看每晚唱歌的人，是否还在荒野上。

"会唱歌的鸟儿，你在哪儿，快进来吧，让你的轻吟停留在我的耳旁。"

风尘中呼喊听见了呼唤，摸黑走下山岗，风雨声急，大风掀开了少女的门网，又轻轻地放下。

少年漫步雨中，嘴里哼着刚刚听来的歌，赤脚蹚着湿泥，嘁啪作响。

狂风暴雨吹袭了七天七夜，海与天颠倒了，孤岛在大海中漂流。

第八天，黎明到来，大地一片寂静。黑云中破开了几个窟窿，水汽淋漓的日头将乌云撕烂，大海恢复了碧蓝。礁石上的海藻和霉斑如同海兽丑陋的内脏，在阳光的暴晒下腥臭难当。潮气蒸腾，整座岛像一只出水的螃蟹，不断吐着泡沫把自己掩埋。晨光满洞，沙砾似冰糖化开。这一天，冷风取代了潮气，在陆地上肆虐，日光比乌云更阴毒，就如打在墓碑上的青光。

登陆地点在中东部海岸。要不是艾鸥指引，小稻子恐怕一直不会发现，这儿离人窝只有半里之遥。一排新石头人，被前日的巨浪拍歪了身子。没有太多大明船队来过的痕迹，火药炙烤的焦土让雨水洗刷白了，仅有礁石上的弹痕历历犹在。

艾鸥走进一个海洞，他记得那把喷火棍就是在这儿捡到的。地上散落着几具白骨，正要招呼阿噜过来，忽然，一个沙石半掩的石缝吸引了他的目光，这里有手印、足迹没入缝中，裂缝界石上刻着一个图腾，蜥蜴族？艾鸥扫平脚印，堆沙填满石缝。

小稻子看见艾鸥坐在白骨中，手里捏着一粒珠子。

费大人？这串南洋法僧开过光的砗磲念珠，是费信辟邪的宝贝，总是藏在袖中不愿示人。不少人以为费大人爱写鬼故事，敢嘲谑异神邪魔，其实大谬，此物可以为证。小稻子摸出一截带牙印的腿骨，骨髓已被吸干。这尸首是费大人吗？

"你可曾见过一个和我相仿的年轻人？"

艾鸥眨眨眼，又摇摇头。阿噜要知道，他已经没有了族人。

这就是先锋使团最后的折戟之处了，到头来还是没有小米子的踪迹，他们大概都战死在了这里。小稻子在岸边来回奔跑，将不知名的骨骸收集起来，做了个十人冢，再搬了块扁平的礁石做无字碑，便在坟头痛哭起来。

艾鸥看见阿噜蜷着身子，跪在冰冷的沙土上，斜阳穿透阿噜滚烫的耳垂，给脸上的茸毛染上了一层金色。白云悠悠，他不知道阿噜脸上的神情代表什么，又为什么要悲伤。

艾鸥摸出藏在身后的短铳，它包裹在厚厚的草皮里，生怕火苗会无意间点燃。撕开草衣，火铳已经生锈。小稻子闻到了刺鼻的硝石味，那正是自己送给小米子的短手铳，便伸手要来拿，艾鸥却将它藏回了身后。这种棍子一定是阿噜灵力的来源，没了它，阿噜看起来既苍白又弱小。

小稻子恍惚地跟着艾鸥，走到一处偏僻的山岗上。一缕青烟袅袅升腾，弥漫着食物的香气。一间孤独的茅屋隐藏在灌木丛中，若不是有炊烟，恐怕很难发现，两人潜行过去。

屋檐下一匹精致的树皮布里，裹着一个偌大的圆球，这圆球生出几只白白的软足，像桑叶里的蚕虫一样蠕动着，一个翻转，竟露出一张少女的脸。

有位老婆子在给少女脸上抹黄粉，味道像是姜汁，又擦上了赭石粉，白球变成了一个橙橘。然后，老婆子走到少女两膝间，伸手进树皮衣中，仿佛是要接生，却是为少女撑开阴道。因为一个紧闭不开的阴户，难以挑起男人的欲望。

艾鸥低沉吐字道："一个小肉肉肉肉要出嫁了。"肉肉肉肉大概是形容肥美之形。小稻子直愣愣地瞪着。

老婆子指令少女进屋："小嗡嗡，别躺在太阳底下了，要晒黑了！"

可少女任由她拖拽，岿然不动，嘴里只说："我再等等"。

老婆子作罢，开始给她喂食。珍馐果品数量之多，可谓难得一见。不过，少女的食量却不大，很快就吃不下了，开始显出厌烦的表情，老婆婆便又换了一种食物，不曾停手。

小稻子瞄一瞄少女，瞟一眼艾鸥，只见他正大口大口地吞着口水，心中苦叫，不好，艾鸥怕是看上了人家，要吃人了。

少女一声惨叫，像婴儿吐奶一样呕吐不止，漂亮的衣服全毁了，她翻着白眼，似乎就要昏厥过去。老婆婆把她身上的衣服扒下来，换了件同样美观的衣服，又拿了捆香蕉，要剥给她吃。女孩绝望地瘫倒，不再起来。老婆婆费了很大劲将她往屋里拽去，少女却像条搁浅的鱼一样，偶尔抽搐一下，就不动弹了。

傍晚的时候，老婆婆离开了。

"我们走。"艾鸥拍了拍身上的草，两眼放光。

"别去！"

"你跟着就行，阿噜。"

"你要吃人，就先吃我。"想到吃人，小稻子两手握拳，悲从中来。

艾鸥蓦然揪住小稻子脑袋，眼中凶光一闪即逝："你要我吃了你，阿噜？你现在的样子，可挑不起我的胃口。"

茅屋里有一股椰油的香味，女孩躺在屋子中央，头倚着一个刻满阳具的石枕，身上盖着厚厚的布毡子，睡得正香。

艾鸥轻轻地走过去，把少女身上的毡子和衣服一层层扒下来，给后面的小稻子递过去。女孩没有醒，艾鸥眼神有异，小稻子顺着那目光望去，猝然看见一对裸露的圆润的双峰，即便是想成宫女更衣，也还是可耻的，小稻子别过头去。

胖女孩"嗯啊"一声，忽然拽住艾鸥的手："风尘中呼喊！"

艾鸥"唷"了一声。

"啊风尘中呼喊，我就知道是你，哦我的香蕉酥……"她温柔地说着，把艾鸥压到自己胸前，椰油的香味滚了他一脸，"我就知道你会来，哦风尘中呼喊，我为你流血了，你的爱意还留在我的身体里。我要在这黑屋子底下挖个洞，出去见你，我不要再吃那老婆子塞给我的红薯了，我要吮吸你，哦我不要去做长耳人的女人，因为我是你的女人啊……"少女絮叨着，丰硕的身体敏捷地翻了个身，压在艾鸥身上，"哦风尘中呼喊，你一定也忍受不了身体里鬼怪的折磨，所以才在寒冬的荒野里寻找野花，野花喷香啊，就在我的心上，来呀，来哟……"

女孩澎湃的话语把小稻子的脸烧红了。艾鸥没有回应，他正一脸邪魅地往少女胸前钻。

"风尘中呼喊，你怎么不说话？你美妙的歌声哪儿去了，我想听你唱歌。"

"啊，我的爱，我喜欢你圆圆的乳房，溜溜的长发，还有底下燃烧的炭火哩……"

艾鸥使劲揉捏着少女的身体，茅屋里只剩下树皮衣和茅草毡快速摩擦的声音。空气如炉火般燥热，小稻子走了出去。

"唉，他是谁？"

"我的帮工，别管他。"

"你，你的声音好像不太一样了……"

"哦，我的声音怎么啦？"

"更放肆，甜腻，像夏天的风……"

艾鸥压低了他的嗓音："我今天嚼了野芭蕉。"

"怎么还嚼野芭蕉，跟那些奴隶一样。嗯，啊……"

门口堆积着许多瓜果食粮，小稻子坐下来，挑了一个椰果吃起来。还没吃完，屋里传来艾鸥的声音："别了，小肉肉肉肉，瞧你出了多少汗，一定用不着这些……"

"咦？欸，你是谁……"

艾鸥抱了一团衣物，心满意足地走出来，把少女的嘶叫声抛在身后。

"这么好的女孩，真是可惜了。"艾鸥沉吟道。

芙蓉帐暖，一去不返？嘿嘿，真是荒唐。小稻子也曾见过汤加的贵妇，深居鳌阙，躺着进膳，汤加人以肥为美，崇尚肤白。大明人在汤加的首都，十分难得地拜见了帝国的皇后，她已经有七年未出宫门了，她的坐轿，需要二十个奴仆肩扛。

"她是谁？"小稻子问，在这座蛮荒的岛屿上，什么人竟能独享如此众多的食物？

"甘薯族族长的女儿。"

"甘薯族？"

"他们住在原野上，是泥巴里的虫子，是会种田的小气的食土者，他们有吃的，就是脾气不大好。"艾鸥拍拍手上的树皮衣，"今天得到了一件好东西啊。"

长衣一拖到地，像斗篷又像蓑衣，领口有一根系绳。这样的衣服，不仅能穿，还能当被子盖，内外有三层，柔软得如棉衣一般。衣服上喷了橘黄染料，这种亮丽的颜色十分少见，只是一摸之下，并不牢固，粉末会沾在手上。

艾鸥在小稻子脸上仔细打量，随即便将这漂亮的衣服披在小稻子身上，少女的体温犹在。

"阿噜的眉毛、胡子，被火烧掉了，现在都没长出来。"

他这么一提，小稻子才觉得自己眉毛淡，从没长过胡子。艾鸥对着一汪水洼，看见嘴角有些茸须，他用手一使劲，便将茸须拔下。艾鸥从布毡中随便挑了一件，披在身上，用绳子绑紧。

"你为什么让我穿树皮衣，自己却披布毡子？"

"因为它太厚了，穿着就像……小肉肉肉肉。"

小稻子喉头一紧，这是女子的服装啊，哪里穿得，不穿也罢，可冷风一吹，不由得把领口裹紧了。

新年的海鸟

少年们背上草袋子，在贫瘠的海岸边寻找蚌贝，海滩上留下他们长长的脚印。

冬去春来，寒风消逝，这个季节在家乡就要过春节了，老幼齐乐，进屠苏酒，下五辛盘，除夕的岁火暖融融的，铺天盖地的爆竹声，照得街市热闹红火。

艾鸥在崖间找到灯芯草，捆成了两艘齐肩高的微型的草船。抱起草船，艾鸥拉着小稻子朝海中跑去。

追着一个大浪，艾鸥翻身站上草船，大浪带着他爬上浪尖，如同戏水的海鸟，在危险的礁石间飞旋，大呼一声，任由大浪带他回岸。

小稻子看得目眩，循着艾鸥的脚步，爬上一只草船。大浪如高墙般汹涌地压倒下来，少年们踩着泡沫，甩出焕绮的浪花，肌肤如同鱼鳞般，在金色的阳光中明亮斑驳。海水澄澈见底，仿佛天空的延伸，一尾奇怪的鱼穿梭于云朵之中，伸手够去，却远在深水之中。

艾鸥指了指高崖，向上攀爬。小稻子爬到山顶，却不见艾鸥踪影，行至崖边，一个微小的声音问道——

"阿噜，当我的家鬼吧？"

小稻子四处张望，不知道声音从何处传来："你说什么？我不明白。"

"就像饿鬼神有神的骨头，他最喜欢的开膛咔嗒，他的家鬼。"

"我不知道什么是家鬼，可我知道你们岛民有一个词，把最亲近的朋友叫作图穆，我们大明人把这叫兄弟……"

小稻子想起了唯一的兄弟小米子，一句话到嘴边，却咽了下去。艾鸥琢磨着"图穆"这个词，目光渐渐明亮起来。

"图穆……阿噜愿做我的图穆吗？"

小稻子打了个寒颤，终究还是让他说了，兄弟是一个契约，不能轻易允诺。

"你不吃人，我们就是兄弟。"

"嗯，我不吃人，我找别的吃。"艾鸥微微一笑，忽然现身，凑到眼前，用脏兮兮的鼻翼在小稻子鼻子上涂抹一番，将二人的鼻子弄得一般黑了，"阿噜，闻一闻。"

小稻子有些发蒙了，心里却暖烘烘的。不禁接口道："闻一闻，艾鸥。"

一个轻巧的动作，代表一种简陋的仪式，在小稻子这里，却契若金兰。除了小米子，少年不再奢求能有一个兄弟。小野人艾鸥，真的明白这个契约的分量吗？

"你想吃鸟肉吗，阿噜？"艾鸥眨巴着眼，那眼神似乎在说，他要与好兄弟分享所有，"饿鬼岛，那儿有吃的，有神的骨头，还有飞鸟族族长耳人嘞！"

不远处，有一座孤立高耸的方形小岛，仿佛漆黑的九层佛塔，岛上盘旋着黑白色的大鸟。

小稻子踢出脚下的石子，却听不见溅水的声音，海面的浪花仿佛一池洗米水，礁石只有黑豆般大，腹中传来一连串咕噜声。忽然，双脚离地，头朝下被人抱起，前倾的身体如同投入水里的鱼叉，骤然落下。浮起来的时候，眼睛红肿，好像大哭过，这时节的海水冰冷刺骨，但身了如同火烧。落崖时抛出的小草船，从人浪中翻涌而出，像一把救命稻草。

"来咯！"艾鸥爬上草船，指着塔形岛的方向。

小岛下方，嶙峋的岩石阻止任何人靠近，岛壁垂直而陡峭，如同尖石垒成的险阵，似乎不可能徒手爬上去。在浪花的推手中，艾鸥静静地蛰伏着，迟迟没有行动。

一只黑羽白腹的燕鸥，闭着眼睛，在巨浪中打盹，仿佛卧在安静的巢穴中。小稻子游近时，它展开翅膀，一跃腾空而去。水花一点，艾鸥如轻盈的燕鸥，跃上岛边的石壁。

小稻子正在呛水，如果不是艾鸥伸过来的草船，就要陷入小岛周围的漩涡之中，显然，任何登岛者都会止步于此。崖壁陡峭，几乎无落脚之处，越往上行，鸟叫声越发的聒噪，它们盖过了海涛，自在嘹亮。

"阿噜！"艾鸥的呼唤声穿透杂鸣，"快爬，上面是快乐鸟儿的村庄。"

探出头的第一眼，是与许多鸟儿视线相交，鸟儿的目光中没有惊奇，也没有凶意，只有对陌生人冷冷的凝视。极为促狭的岛尖栖息着密集的海鸟，只有当二人完全爬上来时，鸟儿们才嘀咕了几句。这些鸟儿惯于在空中飞行，在水上漂流，但在陆地上行走却比鸭还笨拙，对于少年们的打算，它们毫无防范，似乎没有太多的抵抗，少年就像拾贝一般，将它们一个个轻易地送入了树皮袋中。

多好的礼物啊，小稻子仿佛听见了新年的爆竹声，一座装饰着剪纸，塞满了年货的房子里，一口滋味齐全的大锅，升起热腾腾的蒸汽，饭香四溢。

少年们在鸟群中挑肥拣瘦，互相角逐着，陶醉其中，不知日头西沉，夜晚即将来临。四下趋于寂静，鸟岛上开始有了不同的响动，晚风中似乎有人的喘气声，岛上散布着一些镂空的岩洞，如同若隐若现的窗子，而那些陡峭的过道，就像粗砺墙壁构成的走廊。

此处是个鸟岛，何故取名为饿鬼岛？

半掩沙中，有一个斑斓之物，抹净了，竟是一个瓷碗，青花斗彩，喜鹊立于枝头，翻转过来，碗底题款"大明永乐年制"，另有一个印章，刻有"景德镇"字样。

一旁有个铁质物件，小稻子将它提起，水磨盘子，尖顶圆弧，上有一个朱漆勇字，少年收缩鼻翼，这不是一个大明水兵的铁盔吗？

"艾鸥，你快看，这是我族人的铁盔！"放眼望去，小稻子还捡到些铁盾、皮甲、枪矛，"好兄弟，快告诉我，我的族人是不是也来过，他们现在哪里？"

艾鸥踩了踩地上的铁盔，低头说道："他们在这儿。"

什么，这四方哪有人迹，少年正要追问，艾鸥却已杳然："我带你去找他们。"

小稻子攀过山岩，爬进一个狭小的涵洞，一颗红色头颅悬在洞顶，随风飘摇，前额开着一个眼窝，是第三只眼。下方有一个小木雕，像老神仙的人偶，只是没有凹凸的肋骨，也没有张开饥饿的嘴，反而显得高贵而挺拔。

在这两尊邪神脚下，是一具白骨，一只大海燕安卧其中。看见旁边散落的铠甲，小稻子颤声道：

"龙大渊……"

尸体平躺，手里攥着一把打空了的火铳，下颚上开了一个大洞，是子弹创伤。一个死人是没法爬上这座岛的，当时龙大人一定还活着。

"是谁把大明人带来的？"谁在胁迫他，逼得他自行了断？

"饿鬼神和鸟王。"艾鸥拍了拍悬挂的人头，抓起地上的人偶，艾鸥叫那人头作"鸟神梅克梅克"，那人偶为"饿鬼神的活人之躯"。

人的发辫，染过色的树皮布，素色的腰布，在这里都撕成了碎片，这里不只有大明人，那一地洁白的砾石，全都是嚼碎的骨渣。

"艾鸥，告诉我，这是什么地方？"

"这里是开膛咔嗒的领地。"

小稻子举目四望。艾鸥续道："开膛咔嗒要吃人，要吃不会腐烂的活人。饿鬼神把活人送来，喂饱他们。"

小稻子曾在史书里读到，大漠以北，有蛮族吃人，把人肉叫作两脚羊，而中原人"饥餐胡虏肉，渴饮匈奴血"，也会食人报复，灾荒之年，还有易子而食。如今这种事已在大明绝迹，却在这遥远的地方依然盛行。使团最后的归宿，是为食人者果腹。我被带到这儿来，原来不是为了别的，只因为我是最后一个。小稻子摸了摸鼻子，对艾鸥开口道——

"感谢你把我当兄弟，高高兴兴过了个新年，好一个畅快自在的日子啊，我这辈子的福气好像都用尽了。"小稻子捡了一块利石，抵在胸口，"来吧，别让开膛咔嗒们夺了去。"

艾鸥从地上挖出一个海螺，在螺壳上抚摸着。他看见阿噜赤诚的目光，像在成全、捉弄他，这神色让他厌恶极了，他的怒火蛇行鼠窜，上下爬行。

一双丑陋的手，摸近小稻子身后，小稻子双脚离地，像是一只被擒住的鸟雀，浑身不能动弹。

来者是一高一矮两个男人，高者笑道："草垫子头领，瞧瞧这是什么，白皮粉面，不叫不嚷，一个乖巧的女人……"

"荼毒老鬼，你做什么！"艾鸥惊问。

"吹海螺的小鬼，美味在眼前，肚子咕咕叫了吧？"荼毒张开双手，做出一副亲切的样子，"长耳人听不见你的海螺声，都不记得送人鱼了。

不过,你带来的女人鲜嫩,你去生火,我把她宰了。"

"荼毒老鬼,你看清楚了,他不是女人,你别想碰他!"

"你说他不是女人?"大汉一惊,满脸狐疑,寻思着便扯下小稻子腰布,"嘿嘿,分明就是个女人,我荼毒怎么会看走眼?"

艾鸥摸出腰间匕首,露出獠牙。荼毒狼狈地闪避,像躲避一只毒蜂,"既然是你找来的人鱼,我尊为神的骨头,也不会贪心,给你一只手吧!慢着,别乱来,分你一条腿吧……"

大汉身上的刺青,是一片盛开的黑泥野花,花蕊间开着一个偌大的枪伤,身上唯一的挂件是一对长长的耳坠。追逐小米子的巨汉正是他,铅弹曾击穿了他的胸膛,却没有杀死他。

"艾鸥,你打不过他,快逃吧!"小稻子喊。

艾鸥收起獠牙,细声冷语:"阿噜,今天说的话,你难道忘了吗,你是我的图穆呀!"

我的确说过,怎么会忘?

"吃呀不吃,杀呀不杀……"矮个的草垫子呢喃,他睁着血污染红的晦暗的双眼,两颗玉石耳坠更像是他的眼睛。他们是饿鬼神的家鬼,尊号神的骨头,正是袭击使团的头目。草垫子问道:"艾鸥小鬼,这个人鱼你不吃,你当他是你的图穆?"

"是的,给我放了他!"艾鸥厉声道。

草垫子盯着小稻子细细端详。少年满脸的污迹,早已和登岛时判若两人,草垫子双眼迷瞪,口里啧啧有声:"开膛咔嚓没有族人,也没有图穆,我们一开始吃人的时候,就把自己的灵魂也嚼烂了,没有灵魂的人,交不了朋友。你花了不少力气把他引诱上来,当然是要吃他的,还要把最肥嫩的部分带给你干娘,这种事你做得比谁都出色。现在收起你的把戏,别让这个人鱼再流泪了,不然肉就该酸了。"

艾鸥颚骨打颤,茫然四顾。草垫子拾起一块燧石,向小稻子脖颈处插去。小稻子失声大喊:"艾鸥,救我!"

"要我吹海螺,你们就放了他,不然我将这海螺扔进海里,叫你们谁也找不到！"

"塞牙缝的小鬼，可不敢狂放嘞。"荼毒骂骂咧咧地喝止，忽然，他开始咳嗽起来，胸肌起伏，满身的刺花也随之朵朵盛开，也许伤口未愈，也许得了病，"你把人鱼当'图穆'，我把人鱼当老婆，我们倒是挺像的，看在长臂女人的份上，这人鱼我先让给你，你快吹了海螺，好叫长耳人和那鸟王听见。"

小稻子双脚落地，身上被箍得青一块紫一块。

艾鸥手捧海螺，哭泣般的呜呜声传到了遥远的海上。不多时，海岸边亮起了一盏盏的灯火，直朝西方的大山送去。饿鬼岛开始骚动了，鸟儿们随着一股海风，全都飞到了天上，羽翼蔽日，海面变得昏暗，攀援声、落石声，从黑色的洞窗石廊间冒了出来。

小稻子放眼远眺，西方，一支悬空的船队，如出云的明月，闯入了透明的海面。那是一支船队！它们逆浪而行，气势磅礴。是谁航行到了世界的尽头，大海的肚脐呢？他们显然不是大明的船队。

它们是清一色的双体船，两艘平行的独木舟中间架着一个船屋，稍小一些的，则在独木舟之外伸出一个浮臂，双体船利于出海，能在大风大浪中保持平稳，但船队似乎不是远航而来，它们都没有悬挂风帆。

响亮的海螺声来自一艘老船，诸船似小鱼小虾簇拥着它，一个跪立的人偶刻在船首，船尾则摆起通天的立柱，仿佛鲸鱼扬起的长尾。船上有上百人在划桨，水手们赤身裸体，卖力地划着，"嘿哟"之声不绝。船塔上坐着好些穿鸟羽衣的人，他们无一例外地戴着沉甸甸的耳坠，胸前挂着饿鬼神的木偶——活人之躯。

艾鸥得意道："阿噜，跟着我，以后没人敢动你。"

"好嘞，图穆，你这话让我开心哩。"

鸟羽人聒噪地说笑着，仿佛是闲来泛舟的游客，小稻子指问道："他们是什么人？"

"飞鸟族长耳人，大胖身子压弯的海螺腿。"

他们就是长耳人，那一身的赘肉标志着他们是岛上的权贵，多么富贵，多么显耀啊，他们的耳朵好似挂钩，被沉甸甸的坠子拉得老长。西瓦人喜欢在耳朵上插烟管，而长耳人只挂漂亮的玉石。

"谁都躲着开膛咔嗒，只有又白又胖的长耳人跟着我们，长耳人给开膛咔嗒开炉灶，送食盐，送来新鲜的人鱼。"

竟然有一群上等人，把开膛咔嗒当主子，拿活人来喂养，充当开膛咔嗒的饲食人。茶毒和草垫子，也有一对拉长的耳垂，上面硕大的耳洞，看起来也是佩戴石坠子留下的。

"他们也是长耳人？"

艾鸥侧目望去："神的骨头和饿鬼神一样，是最早的开膛咔嗒，他们的长耳来自一个更久远的部族，神龟王族。"

这是一个什么样的部族，艾鸥抿着嘴，淡漠道："阿噜不必知道。神龟王族里的人，已经都去了暮的世界。"

这一族人既然也是长耳，多半曾经地位显赫，不输于飞鸟族，艾鸥像是清楚这一族的遭遇，却又不肯说，小稻子一知半解，只能捡个不要紧的问——

"船上的水手是谁，为什么不留长耳？"

"他们是鲸族人与鲨族人。你瞧那船上的裸身头领，那是鲸族族长黑鳍，还有鲨族族长白齿。都是短耳人。"

"短耳人？"

"除了飞鸟族、神龟王族是长耳人，其余都是短耳人，你我也是短耳人。"短耳大概就是身份低微的意思。那族长黑鳍与白齿，只在下巴和大腿上刻有少许刺青，他们的族人都是船上的水手。

船楼上有一红一白两只大鸟。小稻子瞧得清楚，那白鸟正是三眼鸟王："那就是……"

"鸟王墨口。还有赤头鹦鹉，上代鸟王。"

船甲板上羁押着男女老少，他们有些穿着破衣烂衫，有些却穿着高雅花纹的树皮衣，像被燃族打败的树衣族。老船拖着腐朽的桅杆和生满贝壳的船身，在海面摇晃，船底下是成百个戏水的人，上下浮动着。不，他们哪里是戏水者，分明是一个个吹了气的人皮桶。

草垫子跨出几步，站在高崖边，不时做出欢迎的姿势，咂巴着嘴，咽着口水。

"船来了，人鱼来了，开膛咔嗒出来吧。"赤头鹦鹉开口道。

"长耳人哟，你来得太及时了，我的克星呀。"草垫子搓手道。开膛咔嗒们从涵洞中走出来，离开了他们沉睡的阴暗处，带着粗喘和咳嗽，流着涎水望着船上的囚徒。

赤头鹦鹉指向身下小船："吃一船老迈的短耳人，再吃一船违禁出生的婴孩，还有一船你们渴望已久的珍奇。"

"什么珍奇？吃啊不吃，杀啊不杀……"草垫子拉长脖子望向囚船，他挠了挠肚皮，上头的云纹如炊烟袅袅，"这打扮，难道是树衣族人？呵，我一直在等待着这船细滑的白肉，今天可是要开斋了？"

赤头鹦鹉道："饿鬼神听说你们赶走了祖灵，却染上了一种怪病，他的开膛咔嗒都病恹恹的。饿鬼神让我们去查能言之木，但书板里根本就没有治病的良方。饿鬼神说不行，命令我们想办法，我没办法，想到树衣族人干净肥美，多半能给你们滋补养病，好容易把他们抓来了，所幸受你青睐，这补药不妨试试。"

"长耳人呀，你这办法说不定能救我们的命。"草垫子笑盈盈歪着头，"那你有没有告诉饿鬼神，吃了树衣族，谁来制作精良的树皮衣？"

赤头鹦鹉朗声回答："我们飞鸟族，人人都愿意献出鸟羽服来。"

草垫子朝老鸟王上下睃着眼，敛起了笑容："我早听说，你们飞鸟族做买卖从来不吃亏。"

几名树衣族囚犯躲开守卫，跪倒在墨口脚下哀求："墨口鸟王，你的真身是善良的守护神梅克梅克，你不仅会帮助飞鸟人，还会帮助我们的对吗？鸟神哟，请你开口，救救我们吧！"

墨口闭上眼睛，鸟头冠上的第三只眼睛却永恒地圆睁着。水手们都在张望，等待她下达指令，可她像只柔软的白鹅，蜷曲着细颈，耷拉着羽毛。赤头鹦鹉一甩长袍，代为下令："听我的命令，把人鱼赶下船！"

武士们解开囚徒的绳索，男人、女人、老人、孩子，一个接一个地被踢下水，那些云朵般白胖的长耳人拍着小手，为每一个落水的人欢呼。囚徒们在小岛边的激流中扑腾，一些年迈者在冰海中四肢发抖，那些刚出生的婴儿则放在草筐里，随着海流向饿鬼岛漂去。有些落水者想游回船上，却被船身上粗糙的牡蛎割裂了皮肉。

草垫子的气息逐浪而来："骨钩挂上嘴了，钓上来嘛，让开膛咔嗒来吃吧，在秘密的洞里，每一尊活人之躯前吃掉。"

人们撞上小岛的礁岩，抓住尖锐的石壁向上攀爬，许多就像秋风吹打的蝉壳一样跌落下海。开膛咔嗒伸手下来抓他们，囚徒们则用崖壁间的石头还击，他们凶残地撕咬着，争抢着落脚点。谁如果想活命，也得成为开膛咔嗒。

小稻子伏在洞中，盯着长耳人的船痴痴地发愣。是谁造了这些船，长耳人吗？要是给这些老船配上一面帆，或者能找到一艘新的船，我就能借着风，离开这里。

艾鸥守在洞口，鸟神的头不住地摇曳，饿鬼神的木偶落满了飞尘，二人埋着头，一声不响，等待着狩猎的结束。

夜深了，饿鬼岛上只剩下零星的咀嚼声。

"阿噜，你叫我不吃人，可我怕饿鬼神，到处都是石头人的眼睛，饿鬼神不会放过我的。"艾鸥颤声道。

小稻子握住他的手，靠近了些，耳语道："别怕，以后我们就躲着他。"

"阿噜，我感觉……我有灵魂了。"

"你能感觉到自己的魂魄？"

艾鸥认真地点头："我不知道，但我能看见你的。"

"我的灵魂是什么样的？"

"你的灵魂是一阵烟，会在夜晚发出红光。"小稻子盯着艾鸥严肃的面容看了好一会儿。艾鸥又道："阿噜不用怕，我能重新长出灵魂，就像

97

你被烧掉的眉毛、胡子,被沙里鱼吃掉的下面的东西,也会重新长出来一样。"

"瞎说,沙里鱼可没吃掉我那玩意儿,这事你知我知,千万别让别人知道。"小稻子说完觉得可笑。

"阿噜害臊了?"艾鸥眼眯成缝。

"我怎么会害臊?"

"我看见,你的灵魂在发光呢。"虽看不清,但能猜到,艾鸥一定在做鬼脸。灵魂是个珍贵的东西,有了它,艾鸥就不会听命于饿鬼神,不再是开膛咔嗒了吧?

"没动静丁。"小稻子悄声道。

艾鸥点点头,瞭望幽深的海面,指着漆黑的潮水说:"阿噜,听那浪花。你要是听见了最大的浪,就骑上它!"

二人来到崖边,耐心静听,海浪声有大有小,有一阵竟如隆隆的鼓声。

"现在,快跳!"

朝着那无底的深渊,二人纵身一跃,大浪随后跟来,推挤着他们向岛岸卷去。

搁浅的巨灵

艾鸥独个儿醒来,海水里有种看不见的颗粒,正发出奇异的味道,弥漫了整个洞窟。那似乎是血腥和熏香的混合,海浪把它带进了洞,源头一定就在附近。

艾鸥摇醒小稻子,少年睡眼惺忪地张望,眼前还是一团漆黑。

"闻到了吗?"

"香草?"

"嘿嘿,跟我来。"洞口传来落水声。

天空灰蒙蒙的,早晨的海水暖和,艾鸥像一只轻盈的海豚,一起一伏之间，已游去很远。

过了生长唛口伊果树的悬崖，礁石林立的饿鬼岛海峡，来到南方一个浅水的海湾，这里的海水黏稠如汤，散发出呛人的辛香。

"那是什么东西，让海水变了味?"小稻子问道。

"我不知道，不过我们找到了，我到水里去看看。"艾鸥说罢，潜入水中。他的眼睛能在水下一眨不眨。

海面上浮着低矮的云，好像一颗颗硕大的鱼卵，黎明之光勾勒出它们橙色的轮廓。

不久，艾鸥浮出水面："阿噜小心了，水里有一位神。"不等追问，艾鸥又钻入水中。水下翻起一层逆浪，有巨怪藏于水下。

小稻子潜下身，海水黝黑，布满了浮渣。暗流推着身子，沉向越发黏稠的海底，一口面团状的漩流，发出巨大的吸力，缓缓地卷向一张鼓胀的船帆。艾鸥一定发现了什么，钻入了漆黑的漩涡之中。脚下踩到坚硬的海床，那张船帆触手可及，帆布上挂着折断的飞矛、锋利的燧石。水底，一枚血色的圆月，在黑水中投射出惨淡的光芒。瞧啊，这帆布上下起伏，月亮随之转动。

一条大鱼。神，就是它啊。

鲨鱼群扭动着尾巴，推移着大鱼的肚子，卷起浑浊的漩涡。神巨大的头，在群鲨的争抢中，裸露着骨头。小稻子手脚发麻，不知踩水，一条饿鲨擦身游过，粗糙的鱼皮上生有倒刺，轻轻一触，便割出了血。

小稻子僵硬地向海面光亮处浮升，身子刚冒出水面，一只迅捷的手抓了过来，艾鸥的手，在肩膀上扯了一把。小稻子踩着水摸爬上岸，回头看时，不见艾鸥浮出水面。天空渐明，可水里依旧乌黑，海湾里鱼鳍攒动，全是饿鲨，艾鸥在哪儿?小稻子捡起海边的卵石，学着艾鸥的姿势，朝出水的鱼脊背砸去，却只听到咕咚咕咚的落水声。

一个纤弱的小人，滑动在水面上，好像水塘中行走的孑孓。

艾鸥!

水流化开，一张巨口叼着小人儿，又被别的破海而出的凶牙抢了过

99

去。鲨群遇血腥而聚集，鱼群的中心，是血色的珊瑚丛。浓汤煮沸了。

小稻子听见浑身血液在流淌，像个痴狂的癫子，一声声惊叫，喊哑了喉咙，脆弱无助。小稻子屈膝跪下，埋头握紧泥沙。

神啊！

别把我的兄弟夺走，这世上没了他，便只剩下我一个，我害怕孤独，怕得要死，我不想一个人活着……

水面上波澜震荡，那是一声隆隆的哀鸣，大鱼翻了个身，鲨鱼四散躲避开去。

大鱼还活着。

小稻子游向艾鸥，将他拖回岸边。艾鸥脸上并没有恐惧，反而笑呵呵的。

"大鲨鱼真是饿惨了，我还没见过它们这么凶呢……"艾鸥坐倒在地，被咬伤的小腿流血汨汨。他看见小稻子脸上有两串不一样的盐渍，忽然不再嬉笑，转而变得一样懊丧。小稻子用草皮为艾鸥包扎，直至伤口不再流血。

潮水退去后，神威严的躯壳遗留在沙滩上，它是一头大鲸。是它将艾鸥从鲨鱼口中解救出来，但是，神死了。它的躯体残破溃烂，它安详地闭着眼睛，艾鸥用黑手指割下半张鲸鱼鳍。

"这些就足够了吗？"小稻子问。

"足够了，再多，我们也吃不掉。"艾鸥道。小稻子搀扶着他，埋头缓行，半路艾鸥回头："阿噜，你快看。"

鲸鱼搁浅的地方，已经聚集了许多人，他们顺着鱼尾爬上鱼身，蠕动着啃咬这偌大的尸体。

"我还没看过这么胆大的人鱼，还好我们走得快……"艾鸥常常自比鬼神，人鱼遇见了只有逃命的份，现在怎么颠倒过来了？

"他们看起来比鲨鱼还要饥饿。"小稻子说。

"哪里有鲨鱼群聚，哪里就有鲨族人，他们跟着守护神鲨寻找鱼群，可这是一头鲸，咦，奇怪……"

"怎么？"

"鲸鱼是鲸族人的守护神，也是他们的'祖先'，他是一位无敌神，鲨鱼从来不敢冒犯，可他却被杀害了，是被人杀死的，那些分食者里面，有不少就是鲸族人……"有时候，艾鸥一点也不像个野孩子，他懂得不少，说起话来通晓事理。

"鲸族人杀死了自己的守护神？"

艾鸥俯下身子，叫小稻子噤声。

"守护神，鸟王墨口！"人们躬身跪拜，身体因畏惧而发抖。

鸟王自高处俯视众人，一干飞鸟族人穿着素衣，手里握着书板随侍在侧。

鸟脊骨开口道："尊贵的鸟王，请允许我向你介绍我的外甥——鸟叉骨，在我飞鸟族占星家中，只有他的行文书法最得祖先的神韵，将来一定不会比神谱家的赤头鹦鹉逊色。这次饿鬼神命令我们为鲸、鲨两个亲族驱神，这种事以前没人做过，难免不会触怒天威，我想只有年轻人的血气，才能安抚肢解的守护鲸鱼，让狂躁的守护鲨鱼退回远海。"

"鸟叉骨乐意为鸟王效劳。"一个样貌清瘦、眉浓齿白的年轻人躬身说道。

鸟王让他起身，指着一部新刻的书板，开口，却是少女的嗓音："众神的语言铭刻在能言之木上，我在你刻的字迹里看见了灵魂，知晓了神说话时的语气，以后我还会需要你的帮助，但愿我们能成为朋友。让我们开始作法吧。"

鸟叉骨激动地俯下身，亲吻鸟神脚边的土地。墨口指尖滑过书板，鲸族人和鲨族人逐渐聚拢在她的身边，聆听她念诵古怪的经文。

"我是鸟王墨口，遵照饿鬼神口谕，持有驱神的祭器。伟大的鲸鱼祖先，请听我的声音，在无光的深海沉眠吧，你的子孙就要离你而去，人间之事不再劳你烦心。去吧，凶残的鲨鱼守卫，藏身到风高浪大的深海，我将解除你神圣的职务，变成普通的野兽。离开大海的肚脐吧，鲸族和鲨族的守护神，我会施放邪恶的咒语，扮成鬼怪的模样，穿戴白毛和野花，涂上不敬神的颜色，亲朋之间将相殴反目，陌生的男女将随意交合，我们将喝浓烈的大棕榈酒，吃你们的肉。"

忽然，她的咒语变得细不可闻，就连身边的人也无法听清："伟大的祖先守护神，请把脸朝向暮的世界，不要回头，不要责怪我们的暴行。这不是饿鬼神的驱逐，而是一位老友的请求，你们熟悉的，最后的大阿睿鳍红帽子的祈愿。请带走你们的灵魂，暂时离开这伤心的海岸，你们留下的，将只有这腐朽的肉身。"鸟王说罢，虔诚地拜倒。

人群中有人喊叫："饿鬼神睁眼，守护神死了！"

人们随着咒语，果然相互咒骂、追逐、扭打了起来。

"那是什么咒语？"小稻子惊声问道。

"嘿嘿，这是驱鬼的咒语，飞鸟族拿它来驱神。"艾鸥道。

长耳人升起一团大火，墨口将书板投入火中，只听她喃喃自语："一位神灵上了年纪，从光的世界里逝去了，另一位变得残暴，也离开了我们。"

天色阴沉，远方的海面掀起巨浪，天空下起了一场滂沱大雨，失魂落魄的人们在原野上呐喊——"饿鬼神保佑我们，你是我们唯一的真神！"

没有人注意到，这场雨，是一年中最后的雨水，从此，大海的肚脐开始干涸，万物不再生长。

回到肚脐眼，艾鸥笑捧着鲸鱼鳍，不顾自己伤痛，亲自操刀，分解起鲸鱼肉来。

鱼鳍就像一艘装满宝贝的小船，不管是鱼肉还是脂肪都是美味，而鱼油则要收集到一个棕榈壳中，用作身上的涂料，还可当照明之用。

"阿噜快看，这是什么！"

小稻子凑上前去，不过是一片扇形的骨头，故作不知："这是什么？"

艾鸥痴笑，只顾着欣赏这骨头，将切下的鲸鱼肉，嚼也不嚼，胡乱地吞下肚中。

虽然习惯了吃生食，平时没刮鳞放血的鱼都能尝出鲜味来了，可这鲸鱼肉，光这么吃实在有些糟蹋，得想法子把它煮了。自从那晚得到天火，熟食就成了一种想念，只恨火种不能久留。艾鸥吃完，埋头钻研起鲸鱼骨来。他压根不懂得烹饪的味道，顶多会把芋头丢进火中，指望不上。

岛上没有金属器，没有火刀火石，而且缺少燃料，崖边别说树木，就是灌木也不多见。只能找些马蹄草茎，在礁石间风干。此外需要一口锅、一个盆或者一个壶，只要能将鱼搁在里面烹煮就行，但是没有见过，也根本做不出来。小稻子用泥巴捏了一个大碗，可是一烧就裂，找了一片腐朽的棕榈壳，可惜不经煮。沿着海岸走，发现一块凹形的火山石，不知能否用作石锅。

小稻子用两片燧石点火，将鱼肉放在石锅里烤，撒了些海盐，火山石有孔，汤汁大部分都流失了，但总算没像土碗一样裂开，热气从石孔里蹿上来。鱼块在火光中烤出香味，当白嫩的鱼肉吱吱冒油，小稻子早已盯得两眼发红。

艾鸥始终在打磨他的扇形骨，直到磨成一个光滑的圆形，再用石锥子绑着个飞轮，在水和沙的碾磨下给骨头钻孔。这么精巧的工具，小野人居然会使，到底在做个什么玩意？飞轮牵扯如拉二胡，不停地嗞嗞作响。小稻子翻动石锅里的鲸鱼肉，离这声音远远的。

鱼肉看起来已经烤熟了，小稻子伸出木签，一只敏捷的狐狸爪子掏来，艾鸥吐着白烟，张着合不拢的嘴，含混地放声大笑起来。这一天的苦工好像都白费了，这样囫囵下咽，哪能吃得出滋味来呢？

几对黄眼睛在暗中窥视，那是几只会游泳的硕鼠。小稻子扔出飞石，把它们打了下去，这老鼠是被香气吸引来的，说明开膛咔嗒以及各路魔怪同样可以循着香味找来。大餐在匆忙间结束，二人打着饱嗝熄了炉火。

艾鸥用黑手指把鱼骨锉平削尖。他的宝贝做好了，这是一把大鱼钩,比上一个更大,也更坚固。假如原先的鱼钩能钓上开膛咔嗒拍拍手,那么这一把将用来做什么呢,难道渔猎的季节还没有结束?

神的骨头

艾鸥的脚伤久久不见愈合,一颗深埋的鲨鱼牙随着脓水流淌出来。

"你砍断开膛咔嗒一只手,他就从嘴巴里吐一只出来,刺穿他的心,他就从别人身上挖一个过去。开膛咔嗒是不死的。"艾鸥背对着小稻子说道,"即便是眼看着死了,开膛咔嗒也不会去深不见底的暮的世界,而是从饿鬼神的灯芯湖里重生。"

小稻子想到了那个被火铳重伤的神的骨头荼毒,这也许是个巧合。艾鸥已经无法站立,任由伤口溃烂下去,这条腿就废掉了,恐怕命也保不住。

小稻子认识的所有大明草药,岛上都没有。倒是有一种用来充饥的野草,小米子管它叫"夏菠菜",据说将这种草嚼碎了外敷,可以疗伤,就是药性不强,若要见效须大量采摘。

艾鸥看见这种不起眼的小草,想了一会儿,拿出一张鲸鱼皮,开始用鲨鱼牙刻画起来。这是一幅寻药的地图,山水地貌一笔勾成,虽然艾鸥的手也绵软,但仍画得有如壁画般传神,所指方位清晰好认。

艾鸥发觉阿噜正拧着眉毛,一副有趣的模样,他就是这么特别,会为一个开膛咔嗒担心,不过要是能多瞧几眼,也可忘了脚伤的疼。

小稻子取出艾鸥闲暇时为他削的"大明剑",木剑把上雕着艾鸥想象中的神龙,没有开锋的剑身只是一块木片,不过挥动起来却很顺手。留下一件最保暖的树皮袄,还有一天的伙食,待艾鸥昏睡后,小稻子动身了。

地图一路朝北,先是做鱼饵的海跳蚤栖息的礁石,鱼皮图上是一条钩上的虫;走到大窝附近的海崖,画着游走的开膛咔嗒;然后是由几条曲线组成的阿洼水道,螃蟹丑丫头出没的地方;最后在北方大山以北，有几个炭点和刀痕的神秘符号。这片地方是黑色的火山熔岩地，小稻子跑得脚下生疼，火山石磨破了赤脚。少年放慢脚步，一条狭长的地裂挡住了去路，这正是图上所画的黑色刀痕。艾鸥为何要特意标注出来呢？

地缝寂静无声，里面白皑皑的，好像罗列着成堆的珊瑚。凝视良久，那是一洞的尸骨，他们的皮肤已风干如树皮，脸上扑着海盐凝结成的颗粒，裸露的骨殖是珊瑚的颜色，青霉在眼窝中蔓延，苔丝从太阳穴间生长出来，又因缺水而变成新的鬓发。他们有些还戴着饰品，穿着树皮衣，残皮上的海狮刺青依稀可见。艾鸥的符号，原来标注的是死人的坟冢。

"呜呜——"

山崖上传出一声牛哞，那里正是地图的终点，一座崖边的石塔。石塔冒起烽烟，直入云端，几个魁梧的身影正往塔顶搬柴，看见火烧旺了，便晃悠悠朝山下走去。

小稻子潜近石塔，塔底处有一个猪鼻状入口，刚好能够屈身爬入，里面是一间狭小的石窖，四壁生苔，只在墙角立着一块枣形大石，石头上镂着鱼嘴般的小洞，还有些蛤蜊形图案，小稻子细瞄了一眼，这莫非是种乐器，能发出牛哞声？

塔楼十分古老，夏菠菜就长在地上潮湿的石缝里。正采药间，窖中光线忽暗，一双遒劲的手摸了进来，小稻子抽出木剑，胡乱劈砍，那大手捞住小稻子脚踝，将少年拖了出来。

"逮住你了，偷西螺喇叭的贼！"大手青年吼道，挥舞重拳，将小稻子扔到肩上。正午的熠熠金光中，一个浑圆的大汉走来，在地上投下谷堆般硕大的阴影。

"抓到了树衣族的地底半神？"

青年挺胸答道："啊，不朽纹图，你瞧呀，是我嘹亮之音把窃贼击倒的。可惜他只是个小贼，不是半神猎鱼耳坠。"

神的骨头"不朽纹图"一身盛装，步履笨拙，他想从衣袖间伸手，却

105

只能艰难地伸出一根手指。小稻子发现这是一位寄居蟹般的人物，他身披十件，甚至十数件花色不一的树皮衣，他想伸手，便要劈开衣服叠成的重重壁垒。不朽纹图叫人抬起小稻子的脸。

"红口白肉，树衣族人。"不朽纹图抹了抹脸上的油，叉起腰，挠了挠头，"我饿了，现在生一口炉灶。"

青年们应道："不朽纹图叫我们生火，大家快去找柴草。"

没抓对人，嘹亮之音正有些失望，此刻忽然眉头一紧，拉住拾柴的族人："强大的神的骨头，一个肮脏的小贼，怎能喂饱你呢，只有抓住了半神猎鱼耳坠，才配做你的餐点呐。族长还在等着我们，窃贼的命运，须得听从族长的命令。"

"嘹亮之音，你说话仰脖子张嘴的，我还以为是个飞鸟族人嘞。你们的高耸船首是燃族的好族长，饿鬼神很欣赏他，他就是太爱惜自己的奴隶了。"不朽纹图挠了挠他的长耳，"这个小贼，从我牙缝里剔出来，他最好能当个好奴隶，最好会织布，你别忘了献给饿鬼神的布一件不能少。继续吹喇叭，让饿鬼神听见，给海龟塔添柴，让饿鬼神看见！"

众人齐声道："是，饿鬼神睁眼！"

小稻子自忖，神的骨头把我当餐点，要放在火上炙烤。可是一念之差，嘹亮之音却救了我一命。

青年们围着石塔，他们无法从小门进入，便透过塔室周围的窗户伸长脖子，轮流对着枣形大石吹气，气流穿过石头羊肠般的孔洞，却发出轻柔而深长的响声。

"呜呜——"石塔以北有块低地，坐落着一片渔村，炊烟袅袅，人影如蚁。

"我不是贼，不是来偷东西的。"小稻子转头面向嘹亮之音。

青年推了一把："我要是你，就自认倒霉，偷窃之神红帽子没有庇佑你。"

小稻子摇摇头："那块石头喇叭是做什么用的？"

"难道你没见识过自家族里的宝物？"嘹亮之音一怔，冷哼了一声，

"那么你会看见的。"说着便拖着小稻子往山下走去。

海上弥漫着苦涩的雾气,日光炽烈,到处都是遗弃物,摇曳的野花在干涸的泥塘中慢慢凝固,空气中的霉菌令人咳嗽不止。两列颓败的茅屋都是倒扣的船形,在强风之下朝着山崖边歪斜。屋梁是几条细细的软木,从狭小的门口望去,里面的人有如蛆虫,蠕蠕而动。男人打着赤膊,女人袒露着乳房,都只绑着一条松松垮垮、姜黄色的腰布,一个光着身子的小男孩,啃着人们丢下的半截鱼骨,嚼得正香。看见神的骨头,他们畏缩着避让。

这些人伛偻而矮小,在健硕的青年脚下,如同未发育的孩童。一个头发灰白的老妇停下手中的活,两眼注视着少年。人们看见了什么惊奇似的,开始聚集在路两边,他们惊恐地捂着嘴,有人伸出求救般的手,骇然地仰望着。

他们为什么这样看着我?小稻子被押解到村子中心。一片空地上,伫立着一排石头人,那是一群英姿威武的新人,全是崭新的饿鬼神石像,高大又冷峻。

石像下面是一排新起的大长屋,仿佛一艘艘巨轮的船底。每一座长屋之间由刻满符号的白石分隔开,这种间隔一直延伸到海岸,为每一个长屋分配出几乎均等的条状土地。族长的大厅居中而立,巨大的木柱撑起它的边角,这些散发着芬芳的木头,都是北方大山里的神木。

当人群聚集到石头人脚下,小稻子发现,村子里鲜明地分成两种人:一种人身材矮小,几乎赤裸,身上的海狮文身表明,他们是树衣族人;另一种则是身形魁伟的燃族人,他们穿着印花繁复的树皮衣,戴鸟羽帽,浑身挂满海龟、船桨和跳舞小人的木偶,燃族人与飞鸟族人的区别,似乎只少了玉石镶嵌的长耳朵。

一名健硕的男子阔步扒开人群,一身织金大红袄,光泽四溢,一扫村中的肃杀之气。他是燃族的族长高耸船首、对战中的获胜者,他的脖子上仍有勒痕,可那件被红帽子取走的衣服,不知何故又回到了他的身上。

"窃贼!"燃族人嚷着。

高耸船首伸手召集众人:"来吧,咸水村的燃族人,带上你们的家眷,聚集起来吧。"

"听啊,年轻人吹响了西螺的喇叭,受到喇叭的感召,海龟将如约来到日出的海湾。看呐,我们点燃了海龟塔,这黑烟飘到天上,告知了世界另一端的饿鬼神,"族长指着村子中央的石头人,"咸水村的人们,法力高强的神的骨头告诉我,投信鼠已经带来了西方的指示,为了猎杀海龟,伟大的饿鬼神就要降临了!"

高耸船首率众朝石像跪下,虔诚地拜倒,不朽纹图身披祭服,腆着肚子站着,欣赏着人们膜拜的样子,他抖搂袈衣,面如红花,比那石像更有光彩。

"祖先的守护神虚弱了,大雨冲垮了落天山,将神木冲得七零八落。只有饿鬼神能拯救我们,他帮助燃族打败了争夺林木的树衣族,让他们充当我们的奴隶,他们致富的宝贝——西螺女神的喇叭也是我们的了。"族长指着山顶的海龟塔,"现在,青年们吹响了西螺的喇叭,不分四季,鱼群都会受到感召,连饿鬼神喜爱的海龟也会从暮的世界游来,有了海龟,我们就能和飞鸟族长耳人交换粮食、工具和任何需要的东西。可是我们的对手,树衣族还没有完全消灭,他们还想抢回这件宝贝——西螺的喇叭,瞧呀,不信新神的族群,窃贼都当不了!"

众人对小稻子圆睁怒目,挥舞拳头,跺着脚。那些矮小的树衣族人,也在他们的怒视下,低眉顺目,不敢作声。不朽纹图满意地掸了掸领口上的灰。

"让我们拿起巨斧,带上奴隶,到山上去吧,让我们用神木和海龟,来换取饿鬼神的恩宠吧。"高耸船首的话仿佛是一句响亮的口号,使整个咸水村化作了一个嘈杂的工坊。

高耸船首望着饿鬼神像咧嘴笑着。还有哪个部落能比得上燃族为饿鬼神献上更多的贡品?就连飞鸟族长耳人也做不到吧。

饿鬼神给予飞鸟族长耳人四项特权——入住应许之地百鸟巢;不再

忍受饥饿；不再受开膛咔嗒威胁；甚至不再经历死亡。此次的贡品，若能博得饿鬼神的欢心，燃族将请求再赐予一尊神像，也就是一具活人之脸，那将是咸水村里第十二尊活人之脸，和飞鸟族百鸟巢里的十二尊平齐，到那时，长耳人的四项特权也就是鱼钩上的鱼了。

嘹亮之音带小稻子走上前来，等候族长发落。

"这个树衣族人还很弱小，把他带到楮树林里工作吧，别让神的骨头看见眼馋。"高耸船首轻声嘱咐，恰见神的骨头走来，做了个遣散的手势。族长恭敬而大方地向不朽纹图弯腰。

"族长不必行礼。假如哪天你当上了长耳人，我还要等你喂食嘞。"

高耸船首挺直了背："不朽纹图，难道说饿鬼神应允了？"

"嘿嘿，想做长耳人，你们燃族拿什么来换？"

"瞧啊，这次的贡品是一船新制的乌阿杖、狍阿棒、短矛和长矛，两船做房梁的灰木，还有那地上的一排神木。"

"我看，神木还少了些。"

"不少了，我们整整忙了一个雨季，你看那神木堆放在海滩上，堆放在原野上，就连村道上都堆满了，整个神木林都砍尽了，这便是所有的了，一点不比往常的少嘞。"

"我听说，还有三棵，不，五棵？"

"守护神木？神的骨头说笑了，那可砍不得，那是神木林里最古老的，也是最后的树种了，没了他们，咱们燃族那就没有守护神啦。"

"嘘，饿鬼神睁眼，听听你的话是多么滑稽啊。你仔细瞧瞧，那几株是毒木，是祖先时代遗留下的邪灵。你看看每次天下大雨，山上泥石冲毁村庄，都是从神木林那儿出发的。什么保护神竟给族人带去灾难？这样的毒木难道不该砍吗？"不朽纹图紧盯着族长的脸，让人给他脱下一件又一件的外衣，直到他能够挺起胸膛，声音洪亮地说，"追随者高耸船首，我想你早该明白了，饿鬼神才是唯一的神，只有他能给你们带来真正的庇佑和褒奖，燃族的救赎就在眼前，饿鬼神在看呢。"话说得越来越慷慨激昂，最后满头大汗，索性脱下最后一件上衣，露出他得名的不朽纹图: 胸前, 一个女人坐在小腹上, 伸长手臂, 越过嶙峋肋骨、前胸、肩胛骨, 向脖子攀缘。后背, 一个孩童躺着, 似在安静地沉眠。随着他的语调变化, 女人在动, 小孩也将起身……

这个没有灵魂的、阴暗的家伙。族长找到了一处没人的屋檐, 盘腿坐下。人们为什么偏爱相信他曾是个燃族人呢?

当年族里, 有个年轻的勇士名叫"阔叶遮风", 族长派他到活木神宫, 去充任红帽子的立柱武士, 如同那些伫立的不变的石像, 他会替燃族人终身守护大阿睿鳍。阔叶遮风离开了咸水村里他心爱的女人, 还有女人生的他视若己出的养子。他一走就是数年, 母子俩无人照管, 在一个寒夜上山觅食, 就此走失。消息传到了阔叶遮风的耳朵里, 人们此后再也没有看见这位勇士, 却在开膛咔嗒中发现了一名恶毒的神的骨头。如今, 他更名不朽纹图, 又回来了, 带着饿鬼神的指令, 一个贪婪的、喜欢把自己华丽地包裹起来的怪胎, 他熟悉咸水村的一切, 人们不但崇拜他, 还把他当作燃族的英雄。

这时候要是能抽上一袋烟就好了, 可惜山里的烟草已经找不到了。高耸船首在木材堆里踱步, 清点神木的数量, 他低着头来来回回地转圈, 额头上冒出了大颗大颗的冷汗, 如果饿鬼神发现, 他还留着几棵守护神木, 会不会怪罪于他? 几天前, 有人在海边看见漂流来的一大片人骨, 那是开膛咔嗒餐后的残骸, 正是惹恼了饿鬼神, 被神抛弃者的下场。

小稻子随着奴隶们, 朝落天山蹒跚走去。

山道边尽是白色的瓦砾, 据说都是坠崖者和累死者的骨头。一个赤身大汉, 捧着一个葫芦瓢, 在翻弄白骨。那不正是神的骨头不朽纹图吗?

"山上什么也没有啊, 什么也找不到啊, 只有食土的树啊, 吃了你们沤肥的肉啊……"不朽纹图闷声自语。一些狂热的燃族人, 替他翻动坟地, 他们捡来腐烂的头颅, 还有鸡爪般弯曲的手。

不朽纹图此时什么也没穿, 祖露着一张人皮画: 他嶙峋肋骨间, 有一个女人坐在小腹上, 正向他前胸、肩胛骨、脖子寻觅。身后一个孩童趴在他背上, 安静地沉眠。他自言自语着, 又像在和谁说话, 他饿得发慌，像野狗一样刨土，冷得哆嗦，人皮画也跟着哆嗦，像是不止一个人在发抖。他要拿人肉充饥，用人肉取暖，即便是已经腐烂的。

坟土间长着野生的楮树，树衣族的女人、孩子们正在给楮树剥皮，小稻子被安排在此。

南洋诸岛温热多雨，岛上不产兽皮，又无棉花，更不养蚕，人们只穿桑树皮和楮树皮的雨披，戴楮皮帽，树皮就是钱。巧的是，元人用楮树皮做钱，大明人也用楮树皮做祭祀烧的纸钱。如果把树皮布比作大明通宝，那么可想而知，树衣族便曾是那造币的宝钞提举司，是个不可或缺的衙门。

一名年轻的女奴把小稻子带到楮树丛中，递过一把黑琉璃刀，她的动作熟练，刀锋在枝丫与树节间游走，专挑嫩绿的枝干，剥了皮再捋平，将粗糙的外层与柔软的内层分开。女奴步履迟重，看起来有些憔悴，但她是个和善的人，不倦怠地指点着小稻子。

树丛里有一个小鬼头，一直都在窥探，小稻子走到哪儿他便跟到哪儿。他是个齐胸高的男孩，向他瞧过去，他便拧着眉头站住了，燃族监工甩起带倒刺的蒲扇鱼尾，抽打在他的身上。男孩抓向小稻子的脚踝，嘴里咕噜有声，两手发抖。小稻子俯下身，撑开臂膀，替他挡下了鱼尾刺的鞭打。男孩惊讶地张着嘴，那咕噜声停息了。奴隶们停下了手里的活。

嘹亮之音闻声走来，在二人面前蹲下——

"我看你一身珊瑚白，还以为只能干女人的活，没想到你竟这么勇敢。"嘹亮之音伸出手，想扶小稻子起身，却被小鬼牙咬了一口，嘹亮之音吃痛，缩回手去，朗声道："小贼，明天你和这顽童，跟我们到山顶去伐木吧！"

小鬼头闻声，发白的瞳孔，盯着小稻子。四周劳动的奴隶们，都发出唏嘘悲叹的声音。

入夜，燃族人粗暴地将小稻子扔进一个黑屋，又仁慈地丢下了一条干鱼。山顶上，西螺的喇叭不休地召唤着海龟，呼唤着西方的神祇。小稻子祈盼着趁夜逃回肚脐眼，艾鸥还在等着。可是咸水村背山面海，浪花湍急，出村的道路都被高大的木栅栏封锁了，如何逃得出去？

"能……给我吃点吗？"小稻子正在吃鱼，说话者抱着腿，蜷缩在墙角，正是那挨打的小鬼头。小稻子递过去一条鱼尾。

"赞美你，仁慈的守护神骰笏……"小鬼头道。

小稻子一惊，这是那死去海狮的尊号。问道："我在哪儿见过你吗，小鬼？"

小鬼头鼻子矮，眉间宽，看起来本是一副天真无忧的模样，可他直直地瞪着大眼，将两个眼珠子聚到一处。

"你为什么叫我'守护神'？"小稻子笑问，差点咬到自己的舌头。

一个白发老人开口说道："乌里·卡纳，小淘气鬼，你怎么能向守护神讨吃的呢？"

"吹彩祖母，你瞧啊，他就是我们的守护神啊，他来了，终于来了。"男孩害羞地抬起头，喉咙里咕咕有声，细细地咀嚼着，"我没有哥哥，守护神就像我的亲哥哥一样，给我吃的，替我挨打。"

黑暗的屋子中，许多闪烁的目光正打量着小稻子。他们渐渐从暗中走出，盘腿跪坐下来。他们拿出自己的口粮，摆在小稻子面前，吹彩祖母说道："这点吃的请你收下吧，守护神。"

"您误会了，我不是……"小稻子将吃的推了回去。

"你真是个仁慈的人呐。"老祖母脸上的皱纹舒展开了，露出一口稀疏的牙齿，她的牙上残留着染料，那是用嘴给衣服喷漆时留下的涂料，"我不知道你从哪儿来，一定来自很远的地方吧；我也不知道你为何而来，我知道你是善意的，这就够了。"老祖母将咸鱼放在一边，"但是你来到这里，应该知道这是个什么地方，听我来给你说，先从我们树衣族说起吧。"

我们甜水村的树衣族，人人都是裁缝，每当庆典的日子，我们都会到长耳人的市集里做买卖，用树皮布向鲸族人交换鱼骨针，同甘薯族人交换粮食，当咸水村贫穷的燃族人经过我们的村庄时，我们也时常会给他们一杯甜水喝。我们曾拥有不少宝贝，其中最珍贵的当属西螺女神的喇叭，它是长耳人铁木棺船贩售的，一件来自神龟王族的遗物。每当令万物生长的长风吹响西螺的喇叭，它便会为我们带来数不尽的鱼群。

甜水村以北是海狮的栖息地，在过去大阿睿鳍治理的年月里，海狮骸笏每年都会游上海岸，为我们带来和平与祥瑞，是我们古老的守护神。然而，这头温顺的神祇受到了饿鬼神邪气的侵扰，变得凶暴异常，他的咆哮声吓跑了鱼群，巨尾掀翻了下海的船只，没有人敢再靠近他。

树衣族里最有智慧的人，是半神"猎鱼耳坠"。他替我们想了个办法，用珍贵的黑鱼诱使守护神进入一个听不见海声的洞穴。半神为他献上鲜鱼，守护神吃饱了，便不再下海。可是，守护神的胃口越来越大了，我们能换来的粮食也越来越少，村民们跟着挨饿，每当我们没有鱼了，猎鱼耳坠就会吹响西螺的喇叭，召唤新的鱼群，我们并不知道这神龟王族的神器真正的作用，直到甜水村里出现了饿死的人，我们才知道，喇叭召唤来的鱼都是假的，是幻觉，是死鱼的灵魂。

"我听说，猎鱼耳坠在找'西螺的喇叭'，不朽纹图正在抓捕他。"小稻子道，"我虽然几次与半神相遇，却从未与他交谈，他到底是个怎样的人物？"

"燃族人根本不知道我们的半神在哪儿。"乌里仰起头，敬畏地说道，"他在帮我们把喇叭夺回来。"

吹彩祖母抚摸着乌里的脑袋，乌里努力地躲闪着祖母的拥抱。"感谢你把这孩子从鬼魂手里救了出来，更要感谢你让我们摆脱了魔障。是你杀死了堕落的守护神，你穿上了他的皮，拥有了他的灵力，现在，你就是我们新的守护神。"

艾鸥曾说过，杀死敌人，获取他身上的一部分，就可以获得他的灵力。树衣族曾在我困苦的时候，给了我一袋鱼，且敬我若神明，这样的仁义我该如何报答？我不过是个平凡人罢了，哪会有什么特殊的力量。

屋子里传来女人的叹息声、唏嘘声，吹彩祖母继续道——

一艘暴风中出现的先祖大船，为树衣族带来了从没见过的布料，我们将布料制成了衣服，其中最美丽的一件属于我们的族长金背公鸡，可是，毗邻的燃族觊觎我们，想要夺得这件衣服，他们崇信了吃人的饿鬼神。

说到邪神，吹彩祖母压低了嗓音。

饿鬼神派不朽纹图指使燃族人，破坏祖宗的律例，侵入我们的领地，在一场战斗中杀死了金背公鸡，抢走了天赐的华服、西螺的喇叭和我们的领地，如同脱下楮树的白皮大氅，树衣族人躲到了树下、阿洼水边、山谷里，我们的族人被抓去喂开膛咔嗒，去做燃族的奴隶，只有半神猎鱼耳坠藏在地底下。

树衣族捡到大明的丝绸，做了件美丽的衣服，却因此遭到侵袭而落败，这才做了奴隶。此事多少因我而起。接下来，乌里开口道——

我的父亲在那场战争中死去了，变成了复仇的鬼魂，逃回了村子里。我以为是父亲活着回来了，可看见他愤怒的脸色和无法发声的嘴巴，我才知道，他只不过是个发了狂的厉鬼。他看见我在挨饿，没有吃的，就剖开肚子，将腹中的食物喂给我吃。我想过不了多久，我还是会饿死的。可是你来到甜水村，站在我家门口，把我从鬼魂的身边带走了。

老天爷，那个鬼父膝下的孩子，竟然是他。他叫乌里·卡纳，意思是"吉祥的孩子"。小稻子上下细细打量，问道："可我记得，你那时只是个不会说话的小孩，才几个月工夫，怎么长得这么快？"

乌里掩面嗤笑，守护神为什么明知故问？乌里记得，那一天，他被守护神带到海边，喝了好多海水，昏迷不醒，当时他做了个梦，梦见自己轻得像一件树皮衣，在楮树林间游荡，他一边飘一边哭，想到父亲死了，自己成了孤儿，眼泪把全身都打湿了，可是，林子中有一尊卧倒的石像，伸长了手，把他抱在膝上，石像的手像父亲的手一样温暖、厚实，然后，他醒过来了，自己果真睡在祖先的石像下，身上盖着许多新鲜的树皮，树皮的汁液沾满了全身，等他站起来时，就发现自己长高了，行走时脚下生风，好像神灵在身上施了咒语。如果不是守护神指路，父亲的鬼魂怎么会放开他，找到暮的世界？

"那时候我的身子饿扁了。"乌里羞答答道。

屋子里传出一阵细微的呻吟，小稻子循声望去，角落里，女人们坐成一圈，先前帮助小稻子的女奴躺在中间。

乌里惊呼："哎呀，蚌壳风帆要生孩子了，小妹妹要出生了。"

原来那女奴蚌壳风帆有孕在身。她破旧宽松的衣袍，遮掩了这本就不太明显的凸起。

蚌壳风帆额冒虚汗，手握成拳，疼得直打抖，却不敢叫出声来。一个名叫"臀骨针"的婆娘在帮她接生，她用木炭加热了一块黑石头，裹在芦苇草中，放在蚌壳风帆胯下，吹彩祖母安慰着她。

夜深了，山脚下传来一片嘈杂声，伐木的队伍回来了，蚌壳风帆的丈夫槐树皮拉开门网，刚扔下石斧，就听见有人呼喊他，叫他快去看看他的妻子。

槐树皮从身后抱起他的妻子，用手抚摸着那微微隆起的肚皮，蚌壳风帆偎依在他怀中，二人紧贴着跪坐在一起。

"善良的守护神哟……"蚌壳风帆拉起小稻子的手，和丈夫一同凝望着少年，"我们的孩子能与你同一天到来，是他的福气，有一件事情我们想求你。"

"快别这么说，只要是我能做得到的，你就说吧。"小稻子聆听着。

"恳请你为我们的孩子咬断脐带。"

听女人们说，咬断脐带的仪式，往往是请长老或通灵者来办，吹彩祖母和猎鱼耳坠就是这样的人物，可祖母牙齿不全，半神不在，少年是她唯一的指望。

"但我不是守护神，我叫……阿噜，不过是个凡人。"小稻子指着胸口道。

"他的名字叫阿噜。"女人们交耳道。一阵剧痛，蚌壳风帆仰倒下来。

不愿辜负女人的善意，小稻子问道："请你告诉我，我该怎么做？"

蚌壳风帆微笑着仰望槐树皮，男子开口道："年轻的阿噜，吹彩祖母会帮你的。"

随着一声哭喊，女人诞下了一个男婴。焦急等待的人们开始拥抱庆贺，乌里严肃地抿着嘴，他这个年纪，好像已经看惯了生老病死，他原本以为肚子里住着个妹妹，因为它那么小，可是他猜错了。

吹彩祖母抱起婴儿，嘴伸到男孩的肚脐边，作势要咬断那脐带，却吧唧起了嘴巴，看见小稻子坐在老远的地方，一手便抄了过来："守护神，让他成为一个人，让他活下来吧。"

少年看见那血淋淋的孩子，通过一条脐带与母亲相连着，只有硕鼠般大，脸皮紧皱得像个小老头子，可就是这么一个小娃娃，却张大了嘴，尽力地哭喊着，仿佛在昭告于世，我来到这个世界了，我要睁眼好好瞧瞧。

"他叫什么名字？"小稻子问。

"槐木小舟。"这岛上除了棕榈神木，就数槐木造的船坚固耐用，是一种同样难得的木料。

"槐木小舟，你可别怕疼……"

小稻子一咬牙，将那脆弱的脐带咬为两段。祖母教少年给脐带打结，这是孩子身上的一块肉，如果生的是个女孩，就将这脐带埋在楮树下，祝愿长大后能勤勉持家，会织布添衣；如果是男孩就抛入海中，长大后能成为一个征服大海的渔民。

槐树皮的好友，臀骨针的丈夫，名叫渴水之鱼，是个酿酒师，他酿的酒都归燃族人所有，可他依然放声要为朋友偷儿果壳棕榈酒，痛饮几宿，这是个大胆而冒险的计划。

房顶上有一名放哨的孩子，名叫野鸟，他从门前探出脑袋，向众人喊道："神的骨头来了！"

夫妻俩脸色惨白，一定是孩子的哭声，惊动了神的骨头。

"神的骨头朝这儿来了，他会把孩子抓走。"槐树皮说，"趁他还没完全成活之前，趁他还不懂世事，这孩子就由我们亲手杀死吧。"

蚌壳风帆抓着丈夫的肩膀，惊恐的双目中充满了哀求。

"我本该准备一个装满粮食的土灶，庆祝孩子的诞生；一个盛满贡品的篮子，馈赠守护神的庇佑。可我做不到，我们自己都吃不饱，拿什么来喂养这个孩子？我已经不再是个体面的树衣族人，而是咸水村里的一个奴隶，一个无处可逃的苦力，与其让孩子跟着受罪，不如让他现在死去。"说着，槐树皮将粗糙的大手伸向婴儿的脖子，即刻要掐死他，他的手在半空中颤抖，力量传到掌心，他青筋暴突，脸都涨红了。可他在犹豫，他下不了手。他听见耳畔有一个年轻的声音——

"要是神的骨头找不到他，要是这孩子能有饭吃，是否就不应该死？"小稻子尖声问道。这个幼小的孩子，经过我的手来到这个世界，眼睛尚未睁开，怎能就这样轻易地送了性命，做那开膛咔嗒口中之食？

槐树皮闻言一怔，一旁的乌里恳求道："把槐木小舟交给我吧，我把他藏起来，明天我也要上山伐木了，会分到和大人一样的口粮，我能省下来，让我来喂饱他。"

此刻，婴儿的哭声停止了，他睁着一双大眼珠子，一眨不眨地回望着，槐树皮喃喃道："槐木小舟，勇敢的男孩，你的灵魂已经长出来了。"说罢便将孩子放下，小稻子把他交给乌里："快走，带他躲起来！"

粗重的脚步声临近，不朽纹图拖着庞大的身形挤入门中，两名开膛咔嗒尾随而入，乌里则从茅屋的炉灶口子钻了出去。

不朽纹图穿着新袄，他每晚都在树衣族的居住区闲逛，搜罗女人们缝制的新衣，他来时一定十分地匆忙，甚至没有发现衣服穿反了，领口是倒转的，他看起来十分萎靡，像是刚得了一场病，脸上瘦得只剩皮包骨头。他不住地咒骂着什么，好像迷失在魔境当中——

"高耸船首，吃土的东西，居然请我吃鱼，吃又湿又咸的鱼，我最憎恨鱼腥味了。"说着，他干呕了几声，"坟地里刨了又刨，只有发臭的骨头，愚笨的燃族人，把我当成乡里乡亲，忘了我是谁的家鬼，竟敢藐视我。等山上的神木伐尽了，没了价值的人哟，我看还有哪尊神会来眷顾你们……"

不朽纹图向屋中横扫，树衣族人已经将炉火熄灭，里头一片漆黑，可是他并不需要眼睛，他嗅了嗅："我闻到了血的味道，听见有婴儿在哭,饿鬼神不允许没用的人存活,背神的树衣族不准有新生儿诞生。"不朽纹图的双眼泛着荧光,"你们有人违抗了禁令。婴儿在哪儿?"

没人作声,仿佛都睡着了一般。不朽纹图缓缓在屋中迈步,人们迅速地躲闪着,他在屋子深处停下脚步,抓起一个女子,正是蚌壳风帆。

"把他交出来,不然这女人就别想回来。"不朽纹图抓着女人的头发,女人没有挣扎,随着他踏入幽冥的夜色之中。他将去往饿鬼神的祭坛,新石像脚下。对于奴隶来说,那是一处监狱,触犯禁忌的人,将被关在暗窖中等待邪神的判决。

槐树皮沉默着,甚至没有发出一句争辩,他就像屋子里其他人一样,安静地任凭神的骨头摆布,神的骨头走了,他终于拔动僵硬的双腿,朝屋外走去。

废墟里的半神

小稻子跟在槐树皮身后,四野静谧,守卫的燃族人都在熟睡。走过奴隶的聚居区,树衣族人从黝黑的屋子里探出头来,他们都知道蚌壳风帆生了个男孩,神的骨头把女人捉走了,他们也听说守护神来到了他们中间,并且打破了长久以来饿鬼神设下的禁忌,挽救了一个奴隶的孩子,他们走出茅屋,零星地尾随在后。

槐树皮走到海岸边,此时,小稻子身后已经人头攒动。小稻子听从祖母的指示,将脐带藏在一个葫芦里,朝着隆隆不息的涛声,将葫芦抛向海中。

槐树皮念动符咒:"海上的神灵们,请你们收下它,保佑槐木小舟一生无虞。"

众人来到一处乱石堆前,这里虽位于村中心的地带,却显得格外地荒凉破败,婴儿的笑声从废墟里传出,槐树皮摸到一处矮墙边,一名男子倚墙坐着,用一根小指,让怀中的婴儿含着。

渴水之鱼叹息道:"瞧瞧这可怜的侄儿,只能躲在燃族人的旧神坛里。他本该喝椰子汁，用野柑橘汁洗澡，再抹上香油。可槐木小舟没有这么好的运气，一生下来就没有奶喝。"

"半神猎鱼耳坠，半夜过来，打搅你的美梦了。"槐树皮请小稻子走近前来。

"你的名字叫阿噜吧？"猎鱼耳坠凑近些，像是从没看过这张陌生的面孔。小峡谷中的际遇，莫非已经遗忘？

渴水之鱼开始追问槐树皮，何不把孩子交给不朽纹图，换回蚌壳风帆？槐树皮从女人们手中接过一块楮皮布，蘸了水，让孩子吮吸，低声说道："你看，他会哭会笑的，祖先给了他灵魂。如果神的骨头要吃他，他的灵魂能找谁去哭泣呢？"

猎鱼耳坠问小稻子："我听说，你给了这孩子一个灵魂，让他躲过了神的骨头？"

小稻子回答："我只是不愿见神的骨头吃人，谁会甘愿被吃掉呢？"

半神侧头笑道："这个棕榈年，饿鬼神下令让树衣族灭绝。要我们为奴、为人鱼、为无嗣者。"猎鱼耳坠拉起小稻子的手，"可守护神不答应，你让我们心有不甘，你的话带来了不寻常的灵力，我们听见的，是海狮在咆哮吗？"

半神起身，在这片饿鬼神下令推倒、圈禁的旧神坛里，有几尊大海的肚脐所有岛民的祖先，他走到一尊女神像前，女神鼓着嘴在吹奏，身上布满沙石的划痕，像是从别处拖拉来的。

猎鱼耳坠开口道："她是西螺祖先，燃族人斩下了她的双手，抢走了西螺的喇叭。你是为了这喇叭而来？"

"不，我是来找海龟塔里的草药。"

"治创伤的冰草？你在为一个朋友而犯险？"

小稻子仰头道："就是游过海上的礁石和怪流，我也要把这草药带回去。"

"我们称你为守护神，不是为了缅怀狂躁的海狮神，而是为了感谢你。我本以为，你只是个流浪的少年，有些胆量罢了。然而，我看见饿鬼神的戏台上，你化身成为一位祖先派来的勇士。我听了你说的话，我想，你和别的人不一样，是不会服软的。"

猎鱼耳坠在小稻子面前俯下身，众人随着他纷纷跪下。他们从黑暗中露出脸庞，伸手抚摸小稻子的脚，用额头触碰小稻子的手。

"你会是一位优秀的守护神，但我听说，你不让人们这么叫你，那么我们只好在心底里默念了。我另有一个请求。"猎鱼耳坠深吸一口气，庄严说道——

"请你成为我们的寻路人吧。"

"寻路人？"

"寻路人，就是在迷途中指明方向的人。就像那最早的寻路人，第一位大阿睿鳍火屠一样，传言他带领人们逃离沉没的大陆，在茫茫瀚海中找到了唯一的陆地——大海的肚脐，这位寻路人便是我们当今十族的祖先。你从海上来，饿鬼神把你们当作祖先的灵魂，而你正是这些游魂的寻路人。如果传言是真的，那便请你做我们树衣族的寻路人吧。"

第一位寻路人，大概是找到大海的肚脐的西瓦头领。只是不知是什么缘故，大明人被当成了祖灵，唯一幸存的我，自然就被当作祖灵的寻路人了。

"如果阿噜愿意做我们的寻路人，我们会想办法让你逃出去。"

"怎么逃？"小稻子问。

半神指了指神坛里面："我在挖地道，要是能打穿这个山丘，我们树衣族人就能逃出去了。这也许需要几个月，或几个棕榈年，现在是来不及了，只好冒些风险。饿鬼神快来了，他来了，守备就会松懈，我便去偷西螺的喇叭，那时候咸水村一定会很热闹，你趁乱跑出村去吧。"

半神这么说时，人群中有人倒抽冷气，瑟瑟打抖。半神斥责："别怕——"

"不行，要是被人发现，你会遭殃的，树衣族人也会受到连累，我不能让你这么做。"

乌里上前抱住小稻子，两眼发红，大声央求道："阿噜哥哥，请你答应半神,做我们树衣族的寻路人吧!"乌里叫我哥哥,模样多少有几分像小米子。

树衣族要找的寻路人,不是一个虚假的神,一个空有其表的头领,而是能够帮助他们存活,一个顶天立地的好汉。这样的人会是我吗?

倾倒的酒王棕榈,巨大的身躯不可遏止地一次就喷吐出暗藏一生的芬芳,漫山飘溢着新鲜的死亡。泥沼的中心,孤立着三五棵酒王棕榈,它们是最后的神木——献给饿鬼神的贡物。

"动了邪念的人啊,你们难道没有听见,祖先的哭泣吗?"醉山提着大棒,冲进了伐木的营地。

半神来处,人们夺路而逃。

"醉山,你是燃族的通灵者,只有你听得见树木的哭声,而我们闻到的,只是树木倒下后那些食物的香甜。"高耸船首一边退避,一边喊叫。

"傲慢的家伙,为了填饱肚子,居然抹杀了燃族的灵魂。你难道不知,得罪了大地的神灵,树木将不再生长?"大棒飞舞,伴随几个头颅碎裂的声音。

"醉山,光有灵魂,没有吃的,你叫燃族人怎么活啊?"高耸船首躲进一个灌木丛,醉山作势要扑过去。

"没了神木,就没了灵魂,燃族会死得更快。"醉山话音未落,脚下一绊跌倒在地,一张渔网从天上降下,兜头将他网住。醉山越是挣扎,渔网就收得越紧。

高耸船首从躲藏处现身,谦卑地道:"请你饶恕我,醉山。这一回,你得听我的。"

"高耸船首,你想把燃族推下悬崖吗?"

"我知道没了神木林,我们就没了生存的根基。大海的肚脐诸族,都要依靠我燃族的神木,造船出海,建房安居,我们燃族靠着山林维持了十几代人。可是,你一生离群索居,有件事你不太了解,十数个棕榈年前,土地荒芜,不产粮食,奇怪的是,茫茫大海,连鱼群也不见了踪迹，醉山，你不知道的是，大海的肚脐，人人都成了饿鬼，已经开始人吃人了。"

"人吃人？人变成野兽了吗，燃族也开始吃人了？"

"燃族没有吃人，多亏了神木林啊。"

"你还知道敬神？"醉山停止了挣扎，端坐在网中。

"我一直是心存感恩的。不过现在，神木林里的每一棵树，都关系到我们燃族的存亡。你独居日久，不知道这个光的世界如何黯淡，那些开膛咔嗒越来越多，他们一旦开口吃人，就成了恶鬼，你不想见到我们让恶鬼活吃光吧？最要紧的是，你不知道十族的大阿睿鳍红帽子，已经丧失了力量，它被开膛咔嗒的主人——饿鬼神给打败了，只有崇拜饿鬼神我们才不会遭殃啊。"

"暴雨冲垮山泥，想把神木刮走，我便打跑乌云，叫旱季提早到来；要是骄阳烤干了大地，我便将天捅个窟窿，再让天下雨。我们燃族是最有力量的一族，活木神宫里的立柱武士，我们从不惧怕任何敌人，如今，怎么会屈从于一个假神？"

"他是真神，就连大阿睿鳍和他的神龟王族，也畏惧他的力量，跑到地底去了，西方三族甘愿做他的走卒，如今这世道，要想活命，就要付出代价。燃族的代价，就是献出神木。"

"你知道每一棵神木里，都栖息着一位伟大祖先的灵魂，现在，我们让饿鬼神砍倒了神木，杀死了守护神，祖先的灵魂将飘到哪儿去？"醉山问。

"鲸鱼被贪婪的巨鲨撕咬，被他守护的族人分食，是饿鬼神让他们变得饥饿，我们谁都抵挡不了饥饿，这满山的神木，不过是沉睡的木头，砍光了才能耕种甘薯地，也许到那时候我们才不再挨饿。如今饿鬼神要拿它去做神坛的立柱，去做搬运石像的滚木。只要开膛咔嗒还在，我们就不再雕刻祖先的石像，而是按照饿鬼神的模样，雕刻更加高大的活人之脸。活人之脸要竖立在大海的肚脐的四面八方，哪个族不立，开膛咔嗒就会迫临。如此一来，运送神像还需要滚木，大量的滚木……"

"高耸船首，你告诉我，饿鬼神要这么多石像做什么？叫人们拿石像来买命？这个饿鬼神，不像个真神。放开我，我要去找他。"

"醉山，你好大胆！饿鬼神，人人只敢俯首低眉，敬而远之，你怎么敢去找饿鬼神？"

"我不能让燃族的神木变成供养一尊假神的柴草。"

"醉山，你这样胡言乱语，被饿鬼神听见——我怕他已经听见了，他的耳目到处都是，饿鬼神保佑——我们燃族会被灭亡的，别再说了。"

"吃土的虫子！我堂堂燃族，什么时候成了别人脚底板下的虫子！"

"醉山，你就安静地待着吧。你没看见我身上穿的锦袍，是多么地华贵荣宠吗？这是饿鬼神赐予燃族的信物，嘉奖我们绝对不贰的忠诚。你乖乖地待着别动，就是对我们最大的好处……"高耸船首撇下醉山，指挥伐木去了。

厚钝的石斧砍在树身上，像砍在骨肉上，沉闷地发出回音。酒王棕榈一棵棵倒下，发出崩裂的炸响。燃族人嘶声呼啸，像是大醉了一场，全然忘记了神木林中栖居着祖先的神灵，忘记了鸟儿的鸣叫，昆虫的低吟，果实的清甜，在一种新的疯魔的神力下，燃族神圣的记忆，被自己人一刀一斧地砍伐干净了。

被砍倒的酒王棕榈，碾压着败木，含混哽咽着翻滚下山。

数百上千年的光阴一瞬间终结，通天的梯子被人斩断了，人们再也无法爬到天上。空气中飘过大团大团的草木芬芳，这令人沉醉的神木泪液般的气息，将小稻子带回到幼时的家乡。那时江浙沿海有许多无籍的流民，受困于海事禁令，无业为生，便成群结队向着深山老林进发，在大山里筑棚而居，被称作"棚民"。父亲种下南洋带来的芋头、白薯，用以代饭，并栽了几株茶叶换取生活所需，阳光下，茶树郁郁葱葱，生活仿佛又有了起色。有些人开设山场，打铁造纸，还有的人烧炭烧瓷，不用向地主纳税，自食其力。山岭上森林茂盛，粗茎深入地底，仿佛盘古开天地时就有了，并且会永远生长下去。林中安置着古老的祖坟，千百年无人惊动。可是，朝廷要迁出南京城，北京来的官员看上了大山里的楠木、杉木和樟木，派人日夜在林中砍伐，这场伐木殃及八闽，没几年山就秃了，为了修建皇宫、贵戚豪宅，为菩萨立庙，林子里最后几棵金丝楠木也给拉走了，从那以后，山上开始灾祸连连，每到暴风雨的天气，祖先的墓碑翻滚下山，棺椁随着洪水漂入山下的城镇，死人的尸骨揭棺而起，泥沙冲塌了棚民的屋子，先是茅屋，然后是夯土屋，最后连财主家的砖瓦屋也不能幸免，田地冲毁了，山村被红土掩埋，流民们不得不再次奔逃。

燃族青年们举着厚重的石斧，包围了湖中心最后一棵高耸的酒王棕榈。大地在斧凿声中颤抖，红云在灼烧。一声漫长的呜咽，酒王棕榈朝着大海的方向崩裂了，湖水四溅，伐木者一个个跌坐进泥潭。最后的神木砍倒了，山顶寂静了。

过了半晌，有人一抹脸："我们把守护神杀死了。"

亡灵之歌

棕榈木被削去枝叶，拖到日出海湾的沙滩上。

一切都准备停当。高耸船首叉着腰，看见醉山直挺挺地躺着，也像根劈断了的木头没了生气，这个骄横的人，饿鬼神会砍下他的脑袋，到时候他就真成了一根粗粗的滚木。可惜了燃族当世唯一的半神，竟然来和族人作对。

族长看见几个神庙里的常客正在慌慌张张地乱叫，说不朽纹图抛弃了他们，庙里的树皮衣被带走了，囚奴们也不见了。高耸船首搔了搔头，神的骨头没道理突然离去，他朝村口的方向跑了几步，不朽纹图这是急着要见他的主人，不想被人搅扰哩。族长抖了抖肩，按捺不住地搓了搓手，今天阳光把哪儿都照得像抹了油似的喜庆。

族长眯眼望着大海，午后的阳光，驱散了海湾里阴暗的绿气，金灿灿的阳光，给咸水村破旧的茅屋罩上了一层辉煌的光泽。西方海面隐约有几个黑点，高耸船首睁大眼睛——

"饿鬼神的船队来了，燃族的乡亲们，让我们吹响西螺的喇叭，让海龟游到浅海，到岸边来吧，我们拿上鱼叉和渔网，去船上守候，让饿鬼神尽情地猎捕吧。"海龟塔上响起了欢快的喇叭声。过去，甜美的海龟肉，是大阿睿鳍独享的特权，而现在，它是燃族献给饿鬼神的礼物，即使是残暴的邪神，也一定会为此而满意吧。

燃族人拔出房梁，将船屋翻转过来，船屋立马化身作一艘艘小船，它们以各式各样的碎木、漂流腐木，用纤绳以惊人的耐心拼合而成。人们拿草泥仓促地封死船上的漏洞，然后就急切地拖到海里，船只在海岸线散开。

这些小船不能远航，饿鬼神的船队，是燃族人制造的吗？造大船不仅需要高超的手艺，还需要一片宽阔的海滩，可是日出海湾礁石林立，似乎没法让大船下海。谁才是造船的人呢？

算起来，困在咸水村已有四天，村里除了朽木味，就是树皮布的青草味，偶尔还有烤鱼的味道，燃族人熙熙攘攘地蜂拥至海岸边，吼叫着盼望着，笑容因持久而变得僵硬。留给艾鸥的口粮应该早就吃完了，小野人正在洞中挨饿，他腿上的伤还等着我的药。小稻子在村口徘徊，乌里自愿替哥哥放哨，可村口的栅栏紧闭，岗哨里时刻有人。

小稻子瞧见了一件怪事，咸水村那位衣着华丽的神的骨头出现在村口，他行色匆忙地翻过栅栏，还踢倒了一名燃族的守卫，走得决绝，几名追随者捧着他珍藏的树皮衣，向海龟塔的方向跑去。

小稻子跟着跑了几步就被燃族人逮住，连同乌里一齐被押上一艘小船，这艘船比一把油纸伞宽不了多少，八个人像豆荚一样挤在一起，其中还有健硕的高耸船首与醉山，小船上下颠簸，海水猛灌进来，似乎随时可能沉没。小稻子要做的是将积水舀回海中，这是个永远无法停息的苦差。

饿鬼神的船队蔚然壮观，船楼投下晦暗的阴影，不见日光。

槐树皮一眼就看见了他的女人，蚌壳风帆束着手，跪坐在船头。

人们纷纷起立，望向一艘老船，船舱里一队武士列阵而出，包围着一个人。此人身上刺青发紫，头上一顶高帽形似丰碑，插满了乌亮的长翎。人们敬畏地嗡嗡呢喃着，男子走到船顶高台上，人们跪拜他，热切地瞻仰他，渴望摸一摸他披肩上的羽毛。他半睁着眼，一声不响，上方一声鸟叫，他扬起头。

小稻子倒吸一口冷气："红帽子老神仙？"

乌里颤声道："饿鬼神……"

"是谁在对我瞪着眼睛？"饿鬼神开口问道。

"伟大的饿鬼神，他就是搅扰神木砍伐，燃族的叛徒醉山，遵照你的吩咐，我把他带来了。"高耸船首作答。

"半神醉山，强大、魁梧，怒目而视。赤头鹦鹉、虾须胡子，记下来，这是一个绝佳的角色。"赤头鹦鹉遵从饿鬼神的嘱咐，在一块书板上用鲨鱼牙刻录，他身旁还站着一名神的骨头，挂着一脸络腮胡子，虾须胡子俯首督查着赤头鹦鹉的记录是否一字不差。

醉山大喝："高耸船首，你瞎了眼丢了心，竟将我送与这邪神！"

"气势非凡，叫人敬畏，讨人喜欢。戏台上，他应当更加粗野、无助、蠢气。"赤头鹦鹉忠实地埋头速记，虾须胡子揣摩着饿鬼神的意思，对篆刻的内容指点着，避免出现偏差。

饿鬼神道："高耸船首，我忠诚的追随者哟，我听见他管我叫邪神！"

"虚伪的假神，是我在叫你，我听过你的声音，记得你的样貌，你让我想起一位大阿睿鳍，我曾和他一起喝酒，不醉不休。可是，你却是谁，巧夺了他的嗓门发号施令？告诉我，你为什么要侵犯燃族，为什么要砍尽神木？"

"你认得我，可我不记得你了。我的酒友，你愿意做我的鱼饵吗？"

高耸船首砸倒醉山："快住口吧。"

"呜呜——"山上，枣状大石的牛哞声传遍了大海的四方。人们伫立凝听着，大海浪花，清风彩霞，都在聆听这古老的诉求。

西螺的喇叭在山岗上吹了四天四夜，山崖瑟瑟发抖，大海生出皱纹。自从神龟王族没落以来，守护神龟也离开了大海的肚脐，岛上的人再

126

也没有看见它们的踪影，饿鬼神在双体船中间的甲板上奔跑，老乌王与神的骨头紧紧跟随，生怕疏漏了哪怕一句微不足道的感叹。他清瘦的脸庞笑纹密布，他高兴极了，海面翻起一串银光，一个浑圆的脑袋浮出水面。这是一只巨大的海龟，它从深水浮起，摇摆四鳍，似乎是从长长的梦中初醒。

"它在这儿，抓住它！"饿鬼神向渔夫们指挥道。

饿鬼神的大船上撒下无数张大网，七八个青年奴隶悄无声息地钻入水中，抓着网身，渔网如同移动的栅栏逐渐缩小，形成包围圈。

"放下鱼饵！"饿鬼神喝令。

人们要把醉山推下船，可是谁也推不动他。不朽纹图把蚌壳风帆拖到船边，抓起女人身上的绳索把她扔下去。蚌壳风帆在水中浮沉，长发如同漂浮的海草。

高耸船首一脚一个，将小稻子、乌里和几名奴隶踢入水中，作为逗弄海龟的"鱼饵"。乌里从没见过这种背负甲壳的动物，在水里不敢动弹。鱼叉与龟壳发出闷沉的鼓点声，霞光似火，浪花如同熔岩迸射，一片火光燃起，海龟向乌里和小稻子猛冲过来。

"把海龟引到我这儿来。"槐树皮张着大网呼喊。

乌里会意，只见他双手如鳍，双脚如蹼，在水中如在路上行走，异于常人地敏捷。他拼命扬着手，嘴里发出呼喊，逗引着海龟。奴隶们收缩渔网，一只受困的海龟在网中挣扎。

"呜——"西螺的喇叭声突然中断了。

咸水村四方，亮起了一道道火光，葫芦鼓传来急促的格格声，人们发出咒骂声，拎着武器，在黎明的微光中奔跑。

小稻子爬上船，焦急地问道："槐树皮，半神还是动手了？"

槐树皮道："我不知道，即便动手，也该等到捕猎结束，猎鱼耳坠不会这么鲁莽的。现在我们逃不了，不仅逃不了，大灾要降临了。"

高耸船首看见族人从岸边涌来，喝问："发生了什么事？"

"不好了，不朽纹图把西螺的喇叭拖走了！"高耸船首听闻，拍屁股起身，小船因此而剧烈地晃动。

"海龟下沉了！"嘹亮之音喊道。

那只落网的海龟，轻巧地转身游走，只见它悠悠沉入海中，脱网而去，不留一丝痕迹。四处的红光一并退散，海龟的消失和渔民的呼吸一样悄无声响。

饿鬼神刀削的脸庞化作麻木的石块："说大话的燃族人哟，你们辜负了我的希望，耗费了我太多的粮食。"饿鬼神的刺青是日月山石，杂居着人神鬼怪，此时他身上天地颠簸，人鬼们遍地摸爬。

他以手作哨，放在嘴边，却短暂地犹豫不决，他瞪眼环顾了一番，望见底下虾米般的小人，惊恐地逃避着他，他迷惑不解，伸手想喝止他们，叫他们别怕，焦急的脸上挤出了皱纹，可他没有出声，赤头鹦鹉和虾须胡子像苍蝇一样嗡嗡转着，鼻尖凑近他的脸庞，饥渴地喘息着，期待着戏剧的高潮，饿鬼神垂下双目，如明灯熄灭，独余火星，一点暗淡的荧光。他横起嘴，爆发出一声尖锐刺耳的哨响。

海面掀起一场恶风，人们纷纷俯下身子，藏到船舷下，大船开动了。

"我们惹恼了饿鬼神，长耳人来了！"人们惶惶呐喊。大船推开巨浪，燃族人的小船在浪花中散了架。船队间抛出绳索，捆绑成行，在海面上扯开一张张大网。长耳人伸手拍掌，咧开染紫的嘴唇，脸上露出孩童般的笑脸，大网向着落水者推进。不杀几个燃族人，如何平息饿鬼神的怒火？

乌里哀求道："祖先的神灵，救救我们吧！"

小稻子跨上半截神木，滑到男孩身边，乌里看见一团彩云下，小稻子伸来的手，他激动地拍着水面，口中不住地喊着"守护神"，爬上了神木。

岛上有神如虎，专吃百姓，祸乱人间。都是这吃人的饿鬼神，让树衣族落得如此下场，让艾鸥不敢违抗，让我的使团惨遭屠戮。人们在他的施虐中苟活，为什么没人敢反抗，打败他哩？小稻子耸了耸肩，红帽子曾在这肩上度过劫，无论他现在打扮得如何年轻威武，饿鬼神或许只是一位孱弱的老者罢了。小稻子一个翻身，骑上大浪。

醉山问道："高耸船首，他就是你的真神吗？听说他会吃人，燃族是他下酒的蛤蜊呀！"

"可算是明白了。"高耸船首羞愧地阴沉着脸，抿着发白的嘴，"这是一出好戏，灭族的戏，赞美和奖赏是假的，和平也是假的，送走了神木才是真的，我们这些吃土的短命的人鱼哟。我从来都不信神，想当个背神者，现在我还被自己不相信的神抛弃了……"

"你遵从邪神的旨意，难道说不是为了自己的贪念？"

醉山的目光在族长身上来回烧了一遍，族长摸了摸身上的华服，虚声弱气道："这是那些登岛的白色鬼魂留下的宝贝，人人都想要它。树衣族把它做成了漂亮的衣服，饿鬼神嫉妒他们，打发燃族出手，我们损失惨重，靠运气才打了胜仗。"

"你过去犯的禁忌我会记下，现在神木在听，祖先都在看着你哩，你打算怎么做？"

背叛祖先，杀死守护神，高耸船首触犯了禁忌，哪里还有脸面再见祖先？眼下饿鬼神要让燃族人受死，神的骨头写好了闹剧，就等着燃族人上台献丑了。一出没有波澜、了无生趣的戏，谁看了会叫好呢？要是燃族人摘下了这邪神的脑袋，这出闹剧可就变得精彩了吧？

高耸船首吹响了集结的海螺，昂首朗声道："燃族的同胞们，听我的指令，到我这儿来。饿鬼神撕毁了和平，打算消灭我们，把我们抓起来喂食开膛咔嗒，他是个凶残的伪神。我知道，是我让你们信了伪神，是我下令杀死了守护神，我为一族带来了厄运，为此，我甘受任何惩罚。但是现在来不及懊悔，燃族是十族当中最勇敢的部族，我们谁也不怕，谁也别想鱼肉我们。我要说，拿起你们的鱼叉，挥动你们的船桨，让我们爬上饿鬼神的大船，赶走入侵者吧！燃族人，随我出击！"

可是，草船纹丝不动，树衣族的奴隶们放下手中的船桨，一个奴隶开口道："高耸船首，树衣族人将不再听从你的号令。"

"是谁，谁在说话？"高耸船首发现，奴隶们都望向船尾，一位白脸的少年正凝望着他，少年沉吟片刻，开口道——

"我叫阿噜，树衣族的寻路人。恳请你放了我们，树衣族从此不再为奴。"

小贼？他竟敢自称寻路人，传说寻路人总是在危难中出现，带领族人找到新的家园。他用着一种古朴的腔调说话，是在模仿祖先的声音？可那莫须有的传说，树衣族居然肯信？高耸船首俯视道："我释放了你们，谁来替我划船？"

"我们都是饿鬼神的敌人。你要是肯放了我们，我们便为你开船，随你一同去打饿鬼神！"

高耸船首见少年目光炯炯，神色坚定，回答道："嘿嘿，敢打饿鬼神，好个不怕死的小子，我答应你了！等到战斗结束，你我就不再是主仆，燃族与树衣族此后便是亲族。"

树衣族人攀着船舷随时准备跳海，却发现燃族族长非但没有发怒，还赞成了这一大胆的条件，寻路人不动兵戈就为他们取得了自由之身，还和燃族言归于好。他们举起船桨，将这胜利的姿态示意众人，现在，小船开动了。

醉山双目如火，要挣脱绳索的束缚，可是燃族的绳子是用最结实的芦苇草攒成的。小稻子找到一块锋利的燧石，割断了醉山的绳索。

"你敢替我松绑？"醉山问道。

小稻子："半神醉山，你孤身一人守卫山林，又在风暴中与雷电交战，你是我钦佩的大英雄，我们要冲杀饿鬼神了，没有你可不行呀。"

醉山甩开渔网，定睛瞪了小稻子一眼，抓起一根神木枝，一跃而起，喝道："邪神，醉山在这儿！"大船上鲸族、鲨族的水手扔出石子，慌忙阻挡来犯者，飞石稀稀拉拉，平素借饿鬼神之威的水手们何曾见过这种架势？

小稻子和槐树皮找到悬挂在船边的蚌壳风帆时，她的气息十分微弱。

长耳人围在鸟王墨口的身边，呼道："鸟王，我们的王哟，不要命的燃族人，带着树衣族奴隶来了，他们人有不少，快帮帮我们！"

半神醉山从血海中冒出脑袋，健硕的燃族青年们紧随着他，他们顺着打捞人鱼的网爬上了饿鬼神的船舰，飞舞拳头，砸开众人，跳向饿鬼神的塔楼，长耳人被从楼上扔了下去，水手被踢下甲板，饿鬼神就站在面前了，再迈一个大步就能击倒。鸟王墨口仰面向天，开始祈祷，啾啾的鸟鸣声传来，这声音层层缠绕，令人疲倦，叫人松弛，仿佛走入一处幽静的花园，然后羽翼扑打，众人被带到海上，耳畔是呼啸的风声，大海燕啸嘹而过，人们慌忙低头，害怕被啄瞎了眼睛，抬头看时，鸟群如灰云密布，遮蔽了日光，天幕中魔音流啭，云层汹涌翻滚，聚成一束，如苍龙入海，无尽的海燕乘风而来。大海燕闻着人血的味道，像蜜蜂般围着燃族人旋转，啄得他们寸步难行。

槐树皮想用石矛割断束缚蚌壳风帆的鱼绳，一只大海燕发现了他，盘旋而下。

勇士之中有一位苍白的少年，手握燧石，血水如汗珠般落下发梢。墨口歌喉梗塞，垂下了手，那不正是登上活木神宫海滩的少年吗，祖先的石像助他逃跑，他竟跑到了短耳人中间。他的两眼烈焰腾腾，真像个寻仇的恶鬼。少年手中握着一块锋利的燧石，石块脱手而出，朝饿鬼神追去，一名大汉挥臂挡下，却是神的骨头不朽纹图："大胆短耳人，竟敢冒犯饿鬼真神！"

醉山跳上一步，惊问："阔叶遮风，是你吗？"不朽纹图松了松筋骨，面露鄙夷，醉山又问："阔叶遮风，燃族最强壮的勇士，你怎么不在活木神宫，守护大阿睿鳍，却在这里侍奉邪神？"

"你仔细瞧瞧，我有饿鬼神赐予的不死不烂的皮肉，人鱼们叫我神的骨头不朽纹图。"

醉山一声大喝杀来，可他多年没下海，海浪的颠簸让他站立不稳，敌人中冲出两名大汉——鲸、鲨二族的族长黑鳍、白齿，他们手握船桨，与他缠斗不休。

饿鬼神走近船舷，看见了朝他扔石头的人，他听见一个苍劲的声音在呼喊,他认得这个少年,在十五个棕榈年前便已相识,可他并不相信这种声音,说话的人是他的宿敌、他的手下败将,一个早该住嘴入土的死人。他听见有人在嚷嚷,要敲碎他的头颅,其人来势凶猛,正是燃族族长高耸船首。

"不朽纹图!"饿鬼神喝道,指向来犯者。

"族长,小心!"小稻子喊道。

不朽纹图蹀至高耸船首身侧,甩出粗绳套住族长的脖子,一把将他举起,扔进海中。粗砺的绳索磨穿了皮,擦破了经脉,勒断了他的咽喉,华丽的袍子染成了酱紫色。高耸船首断了气,大捆的粗绳纠缠着他,向着海床拖去。

乌里双手虚合,置于头顶。人们丢下武器,进攻的队伍开始溃散。

乌王独自登上一艘燃族人的空船,站在船头祈祷。恶风从海上袭来,天色阴沉。幸存的燃族和树衣族人哀嚎着:"古老的守护神,乌王墨口啊!"

"槐树皮,告诉我,你们为什么而哭?"小稻子问。

"你听那乌王墨口在唱歌,她在做噬魂的法场。飞鸟会吃掉死者的灵魂,这就是我们害怕的,没有灵魂的人就彻底死了,回不来了,也见不到祖先。"鸟神梅克梅克是个会净化死灵的神,传说被饿鬼神杀死的人,会化作鬼魂逃到地底寻求红帽子的帮助,只有让鸟神吃掉灵魂,死者才到不了地底,也回不来人间作祟。

长耳人伸出船桨打死落水者。人们带着惊骇的表情,像气泡一样在水中破灭,只有少数人逃回了岸边。大船开动,渔网中满载着落水的人,槐树皮看见蚌壳风帆在网中像贝壳一样苍白,他挥拳击打海浪,埋头呜咽起来。

海面趋于黯淡,只有不知疲倦的醉山追逐着大船的轨迹,与长日一同隐没在海面上。

族长高耸船首的尸身浮出水面,他似乎被饿鬼神的大船遗漏了,他脸上一副漠然的神情,华服依然套在身上,丝绸的光泽在夕阳下闪烁。

大海燕在他的尸体上来回踱步，在他脖子上啄食。

嘹亮之音悲哀地哭泣道："族长生前没给自己立过石像，他的灵魂还没有着落，就要给海燕撕碎了，没了灵魂的他将永远离开我们。"

海风扬起，有人唱起了一首邈远的哀歌——

啊，族长，全族的父亲啊，

为了饥饿的我们，你总是想办法让我们吃饱，

你用山中的财富，换取鳗鱼、甘蔗和红薯，

因为你，我们不必到别人家乞食，

你的鱼线一直在唱着忙碌的歌谣。

如今我们还活着，可是你却已经冰冷，

我们何时才能再看见你勇敢的身影？

海上的大鸟，趴在你的身上打盹，把你的灵魂当作它的食粮，

所有战死者的灵魂本该随你而去，

开始暮的世界的旅行，走上繁花盛开的长路，

可是海鸟叼住了他们的脚踝，让虚弱的灵魂无法前行，

海水放干了他们的鲜血，让他们到不了下一个国度。

啊，勇敢的英灵们，

哪里能找到你们的尸骨，去哪儿能再见到你们的模样？

那弃置的墓室，墓主无名，荒芜的神坛，无人祭拜。

歌者站在海龟塔上，他是树衣族的半神猎鱼耳坠，他割下一缕头发，在手掌中散开，让其随风飘散。为他的好嗓子所感发，害怕的村民们从藏身处走出，聚集在村子的中心。树衣族人含泪凝听着，忘却了恐惧，唤醒了忧思。这首歌让他们想起了战死的族长金背公鸡。

他的歌声交织在墨口的鸟鸣声中，如同一场对歌，一次斗法。鸟王的鸣声如冰，刺入骨髓；歌者的词曲如火，激荡血脉。魂祭要把人封藏，哀歌却要诱发情愫，两种声音此起彼伏，各不相让。魂祭营造的魔境，被哀歌刺穿，大海燕腾空而起，暴躁地啼唤，俄顷间，歌声停止了。人们看见，鸟王的座船缓缓驶近。

"大守护神,鸟王墨口!"人们颤抖地呼唤,见到船只靠岸,一些可怜人,拿出自己仅剩的一点树皮布、红薯和雏鸡,恭谨地置于路中间,四肢谦卑地跪拜着。当鸟王走近,呼唤墨口名字的村民也越来越多。

"是谁在吟唱?你是谁,为什么打断我的葬歌?"

"我是树衣族的猎鱼耳坠。"

燃族人叫嚷道:"怎么会是你,偷西螺喇叭的贼!"

嘹亮之音高喊:"他不是窃贼。饿鬼神派来的不朽纹图,才是偷走西螺喇叭的人。"众人听见海龟塔守卫的证词,议论平息下来。

猎鱼耳坠道:"不幸的人们啊,西螺的喇叭,原本是神龟王族的遗物,你我都不是它真正的主人,更不知道它的魔力。这喇叭不该被任何人吹响,因为它唤来的是海龟的亡魂,它们的肉身早已离我们而去。"

小稻子看见猎鱼耳坠望向自己,正要开口,鸟王轻声问道:"北方地底的半神猎鱼耳坠哟,你是活人还是鬼魂?你的歌声如此动听,亡魂听见了,便会走进深埋的地底。可这些惨死的愤怒的亡魂,将会化作地底的鬼怪,滋扰活着的人们。我是飞鸟族的守护神,不能允许死人四处游荡,请你就此收手,回到地底下去吧。"这是一个少女的声音。

"年轻的鸟王,我的确生活在地底下,也认识其他的地底人,可你摸摸看,我并不是鬼魂,真正的恶鬼就活在你我身边,他们吃人、说谎、面目残暴。虽然鸟的面具遮住了你的真容,可我还能听见你的声音,我听见了一个善良的声音,你与那少年阿噜一样,你们俩是最后的守护神化身。这首哀歌本来是我为了金背公鸡所作,他是树衣族的族长,为高耸船首所杀,我一直无缘吟唱,因为我的族人已经沦为奴隶,金背公鸡的葬礼始终没有举行,我想一场普通的葬礼就能让死者安息,他们不会滋扰活着的人们,而将化作神灵随风而去。"

歌者坚定的话语,在这霉菌笼罩的村庄扩散开来,人们悄悄议论着他的话。

墨口瞧见了那个年轻的祖灵,他被半神称为守护神阿噜,被人们叫作寻路人,他是谁,从哪里来,她有满腹的疑问急于求解。现在放弃魂祭,将会违逆饿鬼神的意志,饿鬼神一定会责罚她,赤头鹦鹉说得对,她还太年轻太单纯,看不惯死人。可她并不胆小。

墨口祈祷道:"燃族和树衣族,快平息你们的怒气吧。吞食灵魂的大海燕将会退散,没有谁能够伤害他们了。女人们去制作寿衣吧。愿亡者的灵魂安息吧。"

鸟王仰首发出几声短促的鸣叫,天空郁积的乌云逐渐消散了。

欢庆葬礼

沙滩上搭起一座高台,覆上白树皮布,高耸船首的尸体面朝大海,斜靠在这高台上,人们将他清理干净,并取出内脏,借由日晒风干,直到坚硬如冰,不腐不朽。燃族人相信族长的灵魂终有一天会回来,回到这伤口无法愈合的躯体上。

人们在海上打捞起族人剩下的残骸,根据文身,尸骨被分成两族。燃族人找到了祖先的旧神坛,先人的骨殖散落在断壁残垣间,他们只捡起最神圣的头颅,更多的空间将让位于新一批的尸骸。而树衣族的死者将被带到地底的洞穴。

海面出现了一艘船,船上站着一个长耳人,一个卖丧葬祭品的商人。

"停船,长耳人,趁我还没把你打下船,调头离开咸水村!"嘹亮之音喝道。

"我叫铁木棺船,我带来了一艘漂亮的浮棺,正要寻个买主。"

"我们族长一死凑巧你就来了?我们在和长耳人打仗,怎会和你做买卖?"

"我在海上周游,偶遇鸟王墨口,才知道高耸船首已死,虽说我是个长耳人,但也是个商人,这艘船棺出自精湛的匠人之手,用灯芯湖里稀有的铁木制成,正好适合一位族长的身份。我这里还有些祖先的遗物,都是最好的丧葬品,眼下你们买去,正好能赶上葬礼祭祀。"

嘹亮之音仍自争论，燃族人窃窃私语，却开始谈价钱了。铁木棺船拎起一串精美的旧石雕，它们用沙子打磨过，还洗去了虫卵，看起来和新的一样，人们朝它投去赞叹的目光。

道路上的人群散去，咸水村里只有飞虫在晃荡。黑夜笼罩大地，看不见脚下的路，只有等到天亮再出村去了。

骤然间，火把一星星地点亮，一片片地烧着，整个村子好像着了大火。喧嚣的猿鸣漫过山丘，鬼叫声飘过海面。小稻子从茅屋的墙缝里朝外张望，鼓乐激荡起地上的尘埃，火光中，许多光屁股的男女，快乐地跳跃着跑过。

在大海的肚脐，当一个人出生时，亲人们会围坐在一起，哀叹不已，历数着孩子一生将遭遇的种种灾祸；而当一个人死去时，人们在哀悼过后，便是彻夜的狂欢，因为死者终于从苦命的日子里解脱出来，一生的劳累换来的是族人的感激，一切遗憾和烦恼都将被忘却，洁白的灵魂在此启程，动身去往一个崭新的国度。

门网掀起，头插鸟羽的人们闯进来，拉起小稻子的手。

"来吧，寻路人，像鸟儿一样，随来随去吧！"人们说活得痛苦，可那是言不由衷的。生是幸事，活着岂不快哉？人们剥了少年的衣服，正要扯掉腰布，可大明人的礼教是块遮羞布，唯独此物小稻子绝不肯取下。

"乌啪乌啪！乌啪乌啪！"

一干人举着木桨跳入火光，他们黝黑的皮肤缠满了荆棘和花朵，女人的乳头仿佛蝴蝶起舞，一种原始而单调的音乐从火苗中蹿起，猎鱼耳坠吐出咒语般的旋律，触及每一寸经络——

"哦开芽，露水浸湿了你的赤足，那来自落天山的露水，在你跑过时留下水渍，溅起在楮树干上，你的身上只有一根发带为裳，楮树皮的发带飘着草香……"

篝火前，名叫开芽的少女轻盈地踮着脚尖，她白皙如纸，灵巧地摆动着腰肢，正当小稻子看得贯注，女孩凑近了身，她袒露的胸前画着一扇阴户，鼻子对鼻子蹭了蹭，嘴里说道："闻一闻。"伸手将少年的腰布扯下，小稻子感到羞耻，女孩牵起遮羞的手。她是谁，为什么戴着玉石的耳坠，打扮得像个长耳人？

开芽抖动肩上的骨铃，将少年拉入了篝火的中心，人群开始欢呼，为二人佩戴上从长耳人船上买来的鸟羽冠，祖先人偶串成的项链发出一片咯咯的敲打声。要躲闪，却无路可逃，少年身子不稳，抬起一只光脚，单脚跳着，险些向后仰去，所有人都跟着抬脚，像一条腿的鸡。

开芽握住小稻子的手，少年的身体随着她扭动，浑身抹上了一层油光。隆隆的鼓声来自一艘倒扣的独木舟，还有一个巨型海兽的下巴，每一颗尖牙都发出不同的声响，人们用脚和船桨肆意地踢打，星火在翻旋，土壤在战栗。

"没有气味的虫子，你吃了，族人的肉，他们都是遭足了罪的人呐。不会鸣叫的虫子，你喝了，族人的血，他们都是备受爱戴的人哩。"

"瞧，是饿鬼神！"几个打扮奇特的人从暗处走来，人们疯跑着四窜躲藏，许久才镇定下来，发现那是一个戏班子。"饿鬼神"的扮演者戴着石刻的面具，乍看之下和石像一模一样。

"谁敢瞪眼看我？"那人问道。

嘹亮之音跳出来大喝："邪神，我是半神醉山，我有碎石大棒，打烂你的脑袋！"众人拍手造势。

"大胆短耳人，竟敢冒犯真神！"一名穿蓑衣的男子大喝一声，抖落茅草，露出一身抹了泥炭的肌肤。人们惊呼他为不朽纹图。

"燃族的同胞们，听从高耸船首的号令，拿起你们的鱼叉，赶走敌人！奴隶们，挥动你们的船桨，随我出击！"猎鱼耳坠披了件华丽的大衣，扮作族长的模样，众人看见族长死而复生，无不悲哀。半神作命令状，呆立半晌，众人屏息凝神等待着。小稻子也瞪大了眼，戏怎么停了？

"高耸船首，我是寻路人，恳请你放了树衣族，让他们从此不再为奴，我们便随你去打饿鬼神！"

小稻子这才发觉，这里竟有自己的戏份，黑暗中不知是谁在模仿，但听起来竟像是个女子，那声调高昂鼓舞人心，人们闻声而动，齐声高喊:"杀了饿鬼神!"

众人抓起小稻子四肢,抬到四个匍匐在地的人背上,仿佛小鬼扛着罗汉,四人左摇右摆,不时用手掌拍打自己的身体。小稻子身上沾着亡灵的血水,承载着逝者的灵力,有些人终于按捺不住忧思,大叫大笑地凭吊,用尖利的燧石割伤乳头,用石头敲击牙齿和脑袋,祖先的木偶剧烈地碰撞着,发出急促的声响。

一声螺号,饿鬼神与众人尽皆退场,长耳的舞女走近篝火,开口道:"出来吧,燃族和树衣族的亡魂,安息吧,就在这场欢乐的葬礼上。"开芽纯净的嗓音酷似墨口,她演得可真像呐,不知脱下羽氅的鸟王,是不是就如她这般模样,咳,那阴森可怖的鸟王和她怎会相像?燃族青年你争我抢地将舞女抬起,她身上那独特的熏香停驻在青年们的鼻翼间,引诱着他们。少女张开双膝,好像对着情人求欢,鼓声渐渐放缓,她的动作也变得柔软,历来大灾之后交配繁衍,女阴能够稀释邪气,舞女将小腿高高升起,勾着小稻子向后仰去,两个躯体彼此呼应,前后摇摆,鼓声仿佛兽类的低嚎,人们抓扯着他们的腰肢。

女孩一提臀,搂紧了小稻子,野兽般的熏香劈面袭来,开芽的眼睛清灵得如含露水。咸水村里有不少婀娜的女孩,但没一个让小稻子多看一眼。

"我叫蕊帕·开芽,你呢?"

"阿噜。"她的名字意为珍珠母女孩,唯独她的美,美得不可理喻。

"这真是个寻常的名字。来吧,阿噜。"舞女牵着少年,从欢闹的人群中跳过,人们伸出手来抓弄,他们刚吃过以蔗糖和磨碎的死人骨烤的香蕉,喝了浑浊的棕榈酒,一个醉醺醺的女人拽住了小稻子的脚踝,开芽踩了她一脚,将她踢开。

海面上银光点点,月光下稀疏的椰子林,叶瓣的影子交错在沙滩上,开芽头顶的花环碎落成片,温热的气味时有时无,不可寻觅,少女嘟着嘴,偎依在少年怀中。她是否在做着一个甜甜的梦?她睁开眼睛,向上探视,小稻子微微一颤。大海的暖流漫过脚边,幽蓝的星空被挽留在大地上，狂欢之后，万物还在梦中，灵魂在异乡流浪。

青年人在树下追寻着心上人，将她们抱起，藏到月光照不到的地方。几个燃族青年，厌倦了族里老相好的女孩，又被树衣族女子拒绝，嚷嚷着，要向舞女开芽示爱。

开芽悄声说："别让他们找到这儿。"

小稻子闷沉地"嗯"了一声。这么多高大的燃族青年，她为什么只选择了我呢？

开芽忧郁地望向黑潮："你叫寻路之子，那才是红帽子所说的你的名字。你根本不像神的骨头戏里演的，是个疯癫的鬼魂，你温柔无比，又力大无穷，那清秀端庄的脸蛋让人总也瞧不够。我不能让你发现我，因为我是鸟王，饿鬼神指派的仆人，而你正是他漏网的人鱼，紧贴着你的胸膛，我能听到你波动的心跳，还有吐在我发梢的细腻的呼吸，你垂下的眼眸宛然正在融化，那不知疲倦的海浪声，却一次比一次来得苍老。"

少女贴近耳边，模仿动物喘息的声音，少年听见了，眼神既害羞又彷徨，微微低下头，看见她闭着眼，透着温湿的气息，少年越埋越深，唇边触及少女细腻的脸蛋，接着向嘴角的弧线摸索，却踟蹰不敢向前，忽然，少年的嘴唇湿润了，埋入一眼清泉，甘甜的泉水满溢进来，少年在这泉眼中用力地吮吸，失了神，好像就要窒息。

"你喜欢吗？"开芽问。

"喜欢。"少年相对而卧，女孩的气息萦绕在鼻翼间，身子随着沙土向下深埋，埋入一片宁静之中，这一觉睡得很轻，却梦得很沉。

这个季节的白昼来得很慢，色彩浓郁的曦光打在椰子林里。

女孩还在沉睡，她泥塑般娇美的身子，竟是一副柔弱的样子。稠密的睫毛上挂着水珠，眼角微微泛红，好像在梦里流过眼泪。少年的影子在沙滩上时短时长，踩出了一片杂乱的脚印。

小稻子思量着，也许有一天，我还会再见到她。咸水村里静悄悄的。北方的山影发着幽光，小稻子迈开急步，一头撞进崎岖的山路中。

肚脐眼里有腐烂的气味。

"艾鸥?"小稻子凝眉探视。洞中传出野兽的低吟,然后是石砾间爬行的声音,身后脊背发凉,一双粗糙的手摸上了肩头。

"阿噜怎么去了这么久?"

"我来晚了,艾鸥,可我为你带回了草药。"肩头的手渐渐松开,无力地垂下了。

小稻子嚼烂了夏菠菜,抹在艾鸥伤处。一抹冰凉深入骨髓,艾鸥的伤痛随之化去。黑暗中虽然看不见对方脸庞,可却能够猜到,艾鸥现在一定在做笑脸。小稻子一边为他疗伤,一边道出了这些天的遭遇,只是说到败给饿鬼神,艾鸥听了冒汗,所以就没有细说。

"我指出了最好的一条路,绕过所有的危险和阻碍,阿噜难道没看见吗?"艾鸥指向地图上西南边的一个日头说,"我让阿噜在太阳下山时行动,"又指着海龟塔边一串蜥蜴的脚印,"压低身子靠近,"最后,指着终点的石塔说,"在海龟塔没点燃的时候。"仔细看,这座石塔果然没画烽烟。要是当初不那么心急,也许就能看出,这不仅是张地图,还是艾鸥写的信。

"这些黑色的符号是什么人的洞穴?"

"它们是地底人的入口。别盯着入口太久,地底人会把你抓走,下到地底的人就再也不会回来了。"艾鸥抱着脚踝,蜷起身子,"脚上不那么疼了,是阿噜的灵力帮了我吗?"

"不是灵力。可我知道这方法可行。"咀嚼过冰草,嘴里感到一阵阵地发麻。

"这是大明人的办法?"

"对。"艾鸥一伸腿,扫了扫身下的碎石,疲惫地合上了眼睛。

日落村

雨季之后，旱季来临。

从潮湿到干旱，也就是短短几周的时间。赤土高原上那些降雨形成的大小湖泊，在一夜之间收缩成了水洼，又在几天之后消失无踪，留下一层稀松的火山土，好像一片浩瀚的血色沙滩。地表的水消失得如此之快，野草也跟着枯萎，仿佛这座岛是空心的，水渗入地下，漏到了海里。

常常太阳还没出来，小稻子就独自踏上赤土高原寻水。山岩间有一些人工开凿的石槽，汇聚着夜晚降下的露水，等到日出正午，空气被拧干了，积水就会蒸发，这时候就只能用舌头舔舔湿气。艾鸥说，过去结印大巫师开凿了这些石槽，它们是晨星在地上的缩影，即使所有的水源都干涸了，石槽仍会在每天早上蓄满。艾鸥说的这颗星星，就是黎明时分，那颗最亮堂的启明星吧。无论在大明，还是在这儿，它总是能将黑夜驱散。

在漫长的独行中，黎明前的大地总是肃静的。一些看不清身形的夜间动物，却会躲避阳光，在太阳初升时隐藏自己。小稻子曾听见一阵微弱的低语，走近一片乱石堆中，这里升起一块颈骨、一块肘骨和一块盆骨，没有身子。

"快过来，有人瞧见你们了。"

三块骨头爬过石堆，颈骨挪近了问道："你认得我们吗？"

小稻子抓起大明剑，这把艾鸥给的漂亮木剑，虽不是利器，但留在身边总能辟邪。小稻子说："我谁也不认得。"

肘骨说："他好像发现什么了。"

三个骨头围绕着小稻子徘徊，盆骨说道："要是你发现了什么，我们就只好把你抓走了。"

"我什么也没发现。"小稻子赌咒般说道。骨头们竖着耳朵静听，好像要听出他的心声。

"不好，天快亮了。"颈骨说。

"他会把我们瞧清楚的。"肘骨说。

"不能再耽搁了。"盆骨道。三个骨头说着，忽然沉下身，从地面遁去了。

曙光升起，小稻子才敢挪动身子。在乱石堆中敲打一阵，没有任何动静。忽然，眼前出现了一颗石头人的脑袋，它深埋在岩石堆中，腐蚀得不成人形，几乎和周围的岩石混同，它的颧骨高高隆起，它的眼睛暴突出来，山洞般的嘴巴大张着，正在呼救。

他们是地底人，艾鸥说，游走于光和暮的世界的鬼魂。他们真的是鬼吗？猎鱼耳坠说，地底人不是鬼。

连日找不到食物，腹中无物，肠胃如拳头般攥紧，一只长毛的手顺着喉咙、舌根往外掏，要将所有碰见的东西——草皮是青蔬、朱红的石头是肉，全部生生拖进肚中。看见艾鸥睡在石头上，毛手忽然停止了揉搓，它顺着鼻梁游上来，撑开了双眼，让眼睛鲜红地暴突出来，朝艾鸥身上肆意地摸索：蛋黄似的眼睛，红润冒汗的脸蛋，皮肤下汩汩的血液，新鲜，解渴，温湿的汗味，几天未洗澡的臊味，还有青涩的乳臭味扑鼻而来，混合成越来越强烈的嗞嗞冒油的肉香味。

我饿，我要吃了他。一句咒语，在耳边轻唤。咒语循环往复，渐而执着、张狂。

"你要吃我，阿噜？"艾鸥抓住小稻子袭上身来的手，闷声道。他的声音如此陌生，小稻子懵了片刻，依旧贴近了身。艾鸥抬脚，将小稻子踹翻在地。

"你要变成开膛咔嗒了。"艾鸥锁住小稻子喉咙，使其牙齿不能开合。小稻子喘着粗气，踢打着四肢。阿噜这样子当真像头畜牲，一头又白又嫩的猪猡，看他再挣扎下去，是否该一刀把他宰了？刀子握紧了，心绪越来越狂躁，这待宰的猪猡，怎么竟活到了今日？

刀子贴肉，却扎不下去。宰了阿噜，还有图穆吗？一拳下去，天地黑了。

几块牡蛎壳中，放着被捣碎的赭石、矿渣，还有鸟粪，它们是红、黑、白色颜料。全身抹黑，再在骨骼纹路涂白，耳朵上画两个水纹状的漩涡，看起来像一条露骨的饿鲨，这是艾鸥认为最可怕的开膛咔嗒体画，他给小稻子浑身涂上红色，好像一个扒了皮的人。

　　许久，小稻子悠悠坐起，头上被砸出的伤仍在生疼。艾鸥坐在对面，二人凝视良久，忽然眯眼，同声大笑起来。

　　雨季造访的井粮仿佛梦中出现的宝地，艾鸥咬唇苦笑，说那是地底人的粮食，只有下过连月的暴雨，井粮才会出现。他想到另一个去处，内陆的庄稼地——凶狠的甘薯族人的领地，那儿有水有粮。小稻子搓了搓掌，去看看吧，少年想看农田和村庄。

　　高原下的阿洼溪水，如今是一条干枯的河床。顺着它，前方有一块界石，这里的土壤不再泛红，河床边开始出现少许植被。界石上刻着一条巨蚰。

　　艾鸥道："前面就是甘薯族的领地了。巨蚰是农民的守护神，他常常要到日落村里去偷鸡吃，巨蚰爬过的轨迹，就成了阿洼水的沟渠。"岛上似乎没有长流的河，这些被称为"阿洼"的溪水，只是雨季形成的间歇水道。如果巨蚰真的能爬过成渠，那该是何等的巨大？

　　艾鸥看见河床上有一块七彩石，翻转过来，却正是肚脐眼中的"丑丫头"。它喜欢肚脐眼里的宁静，也喜欢淡水溪里的清凉，顺着海潮，它便能爬进这溪水中泡澡。现在丑丫头死了，渴死在这干枯的河床上，赤土高地上吹来的阴风，一点一点地为螃蟹埋上土。艾鸥剥开蟹壳，与小稻子一起，把螃蟹吃掉了。

　　再往前走，小稻子看见一串脚印横穿河床，还听见潺潺的流水声，一堵石坝子横梗在河床上，石坝子阻断了上游的溪水。

　　越过石坝，只见一条条纵横交错的沟渠将阿洼水分流，灌溉出一大片新开垦的农田。在近海的沙地上种着葛根，沿着沟渠种着芋头，它们都被小心地栽在土堆上、围在土墙中，依次还有甘薯、红薯、香蕉、甘蔗、葫芦和竹芋。农田几乎占领了所有可见的平地。

在这里，贫瘠的土地不可思议地恢复了一点绿意，这些作物早早地就种了下去，似乎生怕等不到春天的到来。它们生长缓慢，个头小得可怜，甘薯地里只冒出了一些短茎，葫芦藤上还结不出果，香蕉和甘蔗也是病歪歪地搀扶着。田间的农人们，瘦如干柴，他们肤色深红，只围一条姜黄色的腰布，大风掀起他们枯黄的发絮，却吹不动他们牢牢扎根于土地的双脚。

"全身发咸的甘薯族人，把水都偷走了。"艾鸥踢了脚沙子。小稻子露出梨涡浅笑，原来最初所见的田园并非都是假象，岛屿腹地的土壤是深棕色的。

农人们背来一筐筐落叶、草茎的堆肥，用石锄和木楔松土，并往田里分撒黑色的石头，田间的石头本该除尽，却不知撒黑石有什么特殊作用？小稻子想起缺水少地的西瓦遗民，为了获取珊瑚礁下囤积的雨水，会将作物种在挖空的深槽中；而礁之天堂国的农人们，却为了对付无尽的潮水，将沙土堆成小洲，让作物长在干燥的土壤上。

沿着墙根走，一阵大风刮来，小稻子闭上眼睛，预备着田间扬起的土灰，但发现这举动是多余的，田里的甲虫仍旧在悠哉地爬行。岛上肆虐的狂风，都被这些墙垣阻挡了，被那黑石平息了。

农人们在一些四面通敞的棚屋里歇脚，修补工具。这里有一排崭新的石头人，一律都是饿鬼神英俊的脸庞。几个农人手握木槌，绕着围墙巡逻，那是守护阿洼溪水的卫兵。

二人摸到一片芭蕉林边，艾鸥使了个眼色，从矮墙上翻身而过。才走出数十步，一声呼哧，只见田间一位粗壮青年，正用一根尖骨棒像牛一样卖力地翻土。青年汗湿的双眼与少年们交会，一时间双方都僵立了。

艾鸥认得这面孔，在那些孤独的夜晚，清冷的山岗上，一个难看的青年夜夜为他不能相见的女孩歌唱，他叫风尘中呼喊，他的歌声既甜蜜又让人充满勇气。艾鸥敛足竖眉，他们从未打过照面，他找了找身上的长线，摸出新做的鲸骨鱼钩，鱼钩如饮血的鸟喙。少年握紧鱼绳，随时准备甩出，可小稻子把他摁住了。

风尘中呼喊一抹脸上的汗珠，低头装作没看见他们，继续卖力地翻土。

这片芭蕉林正是青黄不接的时候。艾鸥找到一株芭蕉树，伸长脖子，啃食树干，喉咙里传来吸水的声音，像在饮蜜。小稻子抱着芭蕉秆，一嘴下去，一股苦涩的味道似乎要给喉咙上锁。犹豫片刻，还是多吸了几口。

一座石房子附近飘来浓烈的酸味，房子方方正正，还没一人高，却是用一块块石片精细地堆成。屋门是个袖珍的孔洞，门前还有几节微小的阶梯。

艾鸥眼中冒出凶光，那是贪婪和狂喜。他在门前轻轻敲打，随着一声怯弱的咕咕叫，一个白色的小脑袋一伸一缩地探出门来，那是一只白鸡。艾鸥的鱼钩白蛇一般朝它扑去，就在触及的一刹那，鸡头缩回门中，小石屋里传来仓皇零乱的扑腾声。

"这些胆小的鸟都躲到自己的隔间里去了，不会出来了。"艾鸥撇嘴道。这里竟然是一座鸡舍。和人住的陋室差别如此之大，莫不是个鸡的宫殿？

太阳下山，农人们提着工具聚集在棚屋里，嘟囔着期待着。

"都不要着急，人人有份嘛。"人群中冒出一个黑胖子粗哑的声音，他指着一堆发青的甘蔗、芭蕉，还有野蕨菜、灌木根，以及长期储藏在石像神坛中的甘薯说道："感谢饿鬼神，让我们的村子远离开膛咔嚓，让我们能够应对天灾，并且在恰当的时候播种。我们收获的熟粮都是献给你的，伟大的饿鬼神。"

"感谢饿鬼神的恩宠！"人们对着活人之脸，七七八八地乱叫，这声音听起来更像是哀号。人群里忽然冒出一个尖锐的声音："黧农族长，你给我们吃什么哩？"

黧农伸腿在食物堆上踢了一脚："饿鬼神仁慈，这些就让你们来分吧。"

农人和妇孺蜂拥扑向这地上的粮食。风尘中呼喊笨拙地被挤在外圈。

鲎农叮嘱身旁的一个老妇："红薯叶老婆子，快给我女儿装走，挑这些，这些个大的，我的小嗡嗡必须要多吃点儿，鸟王节时才能讨长耳人喜欢。"红薯叶麻利地点头，步履矫健，在鲎农的指引下，拿出一个与她等高的大树皮袋。这个老妇，不正是喂养小肉肉的老婆子吗？原来她真名叫小嗡嗡。没想到这炭黑肤色的族长，生的女儿竟像个白糯米团。

农人们争抢粮食，野狗一样撕咬，在地上扭成一团。两对灵巧的脚爬上他们肩膀，跨过头顶，骑在他们背上。

"开膛咔嗒——"一声尖叫，农人水波四散，跌撞爬开。只有风尘中呼喊像是找到了机会，捡拾地上被踩碎的红薯残渣。

小稻子和艾鸥爬上食物堆顶端，这是一张盛宴的餐桌，手上抓到的所有东西，不管它是生的，还是带泥巴的，全部往嘴里塞。最诱人的是老婆子装的那满满一袋，她并没有走远，小稻子拉着袋子的一端，不让她逃走。

哪儿来的开膛咔嗒，竟敢不遵守饿鬼神的禁令？鲎农想起数月前女儿的哭诉，有两个凌辱了她的偷衣贼，莫非就是他们？鲎农的眼里渐渐充血。几个农人带着武器回来了，更多的人在远处扔石子，以壮大声威，可当艾鸥咧着嘴扫视一圈，农人们便又向后缩去。

村口传来一声惊呼："祖先的英灵来了！"

笛声破空，锣鼓震撼，某种古老的语言，从大海深渊中汹涌而出，盖过了村里小孩的哭声，女人吓得躲藏起来。

在东南西北的村道上，几名样貌可怖的神灵——蹦跳出来。西边，一位穿鸡毛的，抓起一把地里的桑葚叶，塞进一杆大烟管里，用鸡毛点燃；北边，一位面目狰狞的，浑身散发着令人作呕的臭气，蝇虫在他的头顶聚积成云，嘴里呜呜有声；南边，一位衰老的女人，颤巍巍地拄着一根拐杖，手里提着一个汩汩作响的棕榈水罐；东边的这位，戴着一顶红色的高帽，用船桨将挡道的人挑翻在地，他跳上屋顶，用鼻子吹奏短笛，摇桨而舞，当人们看见他的石面具时，无不退缩，那竟是一张活人之脸。

神灵们从四面八方同时出现，他们凄婉地呼喝着，拍击手里的神器互致问候，各自拿着一个书板，对着上面的字发出神秘的话语，忽然又用大家都能听懂的话说道——

“呜呼，甘薯族人，这是鸟神梅克梅克的嘴巴，”穿鸡毛的神说，“我来拿走我想要的。”

“哎哟，甘薯族人，这是最初的大阿睿鳍火屠的喉咙，”狰狞的神说，“我来取走该献给我的。”

“啊嘿，甘薯族人，这是雨神、穷人的守护神西螺的喉舌，”苍老的女神说，“我来拿回不属于你们的。”

“嘿哟，甘薯族人，这是当世大阿睿鳍红帽子的声音，”跳舞的神说，“我来索取我应得的。”

众神轮流开口，重复着相似的话。每当一个神灵说出自己的名号，人们便会惊叫不止，当听见红帽子的名字，人们更是惶惑地向后推挤。小稻子听见声音耳熟，朝诸神灵逐一看来，心中更是大惑，四人不正是那峡谷里的男女吗？

黧农挤出人群，叉腰站在祖先的英灵前，伸出圆嘟嘟的手指挥舞道：“啊呀呀，光荣的祖灵和守护神们，我是甘薯族族长黧农，请允许我代表本村向你们致敬。我能为你们做些什么呢？”

祖先的英灵们指向鸡舍，纷纷开口——

“你的鸡是献给谁的？”

“它们是给尊贵的祖灵的祭品。”

“那不是别人能享用的祭品。”

“这本应是属于我红帽子的。”

族长黧农环顾四周，寻找着支持者的眼神，但人们都怯懦地躲闪着，张望着。

“啊，超凡的‘红帽子大阿睿鳍’，小小日落村欢迎你的大驾……”

鳖农说着，就要朝那石面具匍匐下来，却停在半空，"可你不是幽居在东方的活木神宫里吗？"

神祇插桨在地，喝道："嘿哈，我是大阿睿鳍，最高贵的血统，仲裁奸恶的君王，你敢窥探我的起居？"

鳖农的脸由黑而紫，对着那张石头脸清了清嗓子："鳖农身份低微，当然不敢犯禁，可大阿睿鳍要鸡，尽可早些跟我说一声，我必定亲自为你奉上……"不等他说完，几个农民便跑到鸡舍，伸手捞出几只鸡来，鳖农将白色的按了回去。

"怎么是杂毛的鸡？"

"你想敷衍我们？"

"我要白色的鸡。"

"交出白色的鸡。"

鳖农喊道："那白鸡要不得，那是献给……""饿鬼神"一词刚到嘴边，一股恶臭呛住了喉咙，鳖农看见那个狰狞的神灵，正驱赶着成群的蝇虫靠近，鳖农抽身后退。

"这是个忌讳的名字，这名字属于一位邪神。"鸟神道。

"他赶走生，带来屠戮和血。"火屠道。

"他调不动自然界的灵力，也分不清骗人的法术。"西螺道。

"他鲸吞我的子民，还抢走了我的贡品。"红帽子道。

一个仆人将白鸡抓来。正狼吞虎咽的艾鸥猛然抬头，盯着白鸡双眼发直。众神的话在甘薯族中引起一片骚动，他们来抢饿鬼神的东西，饿鬼神会看见，饿鬼神能听见，虽然饿鬼神不会来显灵，但是少了贡品饿鬼神就会惩罚他们。

众神朗声说道——

"我们还要食物。"

"很多的食物。"

"一地洞的粮食。"

"交出你们的粮食。"

鳖农环顾，这回，不再有人遵从。鳖农抹了抹下巴，他看见红薯叶死拽着树皮袋，一脸冷峻，还没放弃她的使命；他看见村子里最健壮的庄稼汉们，正死死盯着地上的甘薯，手里握起了农具。鳖农腆起肚子，看见招揽蝇虫的神灵竟在挠痒，抽烟斗的神灵时不时打着哈欠，单脚跳舞的神灵跳累了却在矮墙上歇脚，那个老女神偶尔交换一下手中沉重的棕榈罐。他想起每年的春荒时节，总有一群张狂的地底人跑来抢粮，可是今年却一直还算太平，这些庄严无比的祖先神，莫不成竟是假扮的？

神灵们没有多等，扑向了食物堆，抢了起来。村里的孩子们开始嚎啕大哭。

一声大喝，风尘中呼喊从大道上跃出，手中一根腐败的甘蔗，朝众神劈头打来。红帽子挡在青年面前，躲过了他的攻击，一脚踹在他膝盖上，肘击脑门，夺走了他的甘蔗，青年瘫倒在地。族长挺直了背，让自己的脖子见了光，他高亢地喊道——

"日落村没有祖先的石像，它们早就给砸烂了，做了地里的压土石。不管是鸟神、祖先神、西螺女神还是红帽子，都是假神，你们偷了饿鬼神的粮食，饿鬼神绝不答应，甘薯族人，拿起石头，给我把他们打跑！"

人们听见饿鬼神的名字，勇气顿生，纷纷捡起地上的石头，朝祖先的英灵扔来，而那些没吃饱的饥民一拥而上，开始与众神争粮，仿佛踩进了雨后的蛙池，村子里大乱了。

神灵们互相点点头，放下吸了一半的烟斗，脱下吸引蝇虫的臭衣服，抱起木罐子，里面叮叮咚咚地灌进了棕榈酒，还将舞蹈用的花船桨用作短扁担，挑上一串串粮食和鸡，如来时一般，朝村外四散奔去。

老婆子手中的树皮袋，落到了红帽子假神的手里，两个少年在后头追赶他而去。

空心岛

　　一轮硕大的月亮，一眨不眨地注视着地上的人群。

　　少年们追着那红帽子假神，只见他大步如飞，要不是布袋沉重，早已将二人甩开，他向东边赤土高地的方向奔跑，少年们都感到惊奇，眼看着离长沟越来越近，假神一声呼啸："神龟上岸，我回来咯！"就此不见了踪影。

　　"见鬼！"艾鸥大叫一声，二人停下脚步。

　　"咦——"小稻子屏息侧耳，屁股下面嗡嗡作响，竟似一阵阵的鬼叫。这声音一会儿在左，一会儿在右，风一吹，却又没了。"在这——"小稻子话到嘴边，脚下踏空，踩入一口深井，向下坠去。

　　四周摸不到可供攀附的岩壁，身子却一直在下沉，好像要掉到阎王殿了，随着一声洪亮的落水声，浑身欲裂，身旁一声呼啸，紧接着另一个落水声。

　　这水是极清的淡水，呛了几口便猛喝起来，艾鸥也大口暴饮，直到身体开始下落，这井水并非静止的，一股湍急的水势正朝着更深的地底流去，汇入一条河沟——一条踩不到底的冰凉刺骨的冥河，河道上方怪石斜出，如劈砍而下的刀刃。

　　前方好像在下着一场暴风雨，水瀑声在洞窟中隆隆作响，隐约透着鬼叫声，猛然间，身体腾空而起，四脚踢打如蹬云中，空无一物，翻着筋斗哇哇坠落，这里是冥河尽头，瀑布下方是一口深潭，一抹明亮的光彩自水底冒出，仿佛天空搬到了洞底，透过清澈而深邃的潭水，瑰丽的波纹将溶洞映得碧蓝。少年们像两条游鱼，浮在云端。

　　"往下看，阿噜，洞口在那。"两人钻入水底，这是个漫长的水下甬道，亮光总在更远的地方。浮出水面，二人大口喘息着，这里是一汪平静的暗湖，青苔裹覆着岩壁。一片乱石纵横的湖滩如花皮森蚺蜕下的死皮，摇摆着向上蜿蜒。碎石滑落，陡坡上出现了背着粮袋的假神。

少年们爬过湖滩，走到一处露天的大洞窟，阴冷的微光从洞外投射下来，照亮了一片茂密的地下雨林，飞瀑从高岩落下，水滴落在蕨草丛生的黑石岗上，细长的棕榈树叶伸向洞口。一座宽扁的梯形金字塔庙，坐落在雨林的中心，塔身黑色，分为十层，塔顶有一处高台，站立着姿态各异、颜色不一的石像。

寺庙前有一片石板铺就的高地，聚集了很多人，他们摇摆着身体，跳着一支缓慢而庄严的舞蹈，像在庆祝收获。粮袋和白鸡摆放了一地，一个胖大的树皮袋，心满意足地立在中央，正是被抢走的那个。

小稻子抬腿，艾鸥伸手拉住："阿噜不怕地底人？"

"我瞧不出，他们和普通人有什么不同。"

"他们是饿鬼神的敌人，逃过了开膛咔嗒的捕杀，钻到了这暮的世界，化身成暴躁的鬼怪，活人要是被他们逮住，就再也回不到光的世界了。"艾鸥说完，摸出身后鱼竿，小稻子抽出大明剑，朝着粮袋走去。小稻子踢到了一个圆球，那是一颗血红色的人头骨，在地上骨碌骨碌转动。头顶上方传来几记敲打声，碎石沙沙作响，地底人顺着洞顶蜿蜒的藤蔓滑下，从苔藓和蕨草中走出，一名大汉迎面而来。艾鸥甩出飞旋的鱼钩，鲸骨鱼钩悄然钩住大汉后背，少年起竿，将那人掀翻在地，然后，一块黑石补上。一声鼓鸣，黑石落在一块龟甲上。

大汉挠挠背上的龟甲，一脸惊诧地站起，开口问道："好厉害的渔技，小子，你这钓竿是哪来的？"

艾鸥喝道："你咬钩，我就告诉你。"

地底人将少年们团团围住，二人背靠而立。一名地底人挥拳跳来，小稻子提剑刺出，一套水兵操练的刀法使出来，木剑虽无锋口，但专挑要害出击，打得进退自如，叫来犯者错愕不已。艾鸥将鱼竿变作长矛，左挡右突，遇见破绽便甩钩，把来人拽倒，可每到夺命之时，总被龟盾挡下。

"好厉害的棍子！"大汉赞道，"这件武器，我石背龟还从没见过。"

艾鸥回头一笑："阿噜，人鱼在夸你呢。"听见艾鸥打趣，小稻子却无暇窃喜，一把木剑如何脱身，若是换了铁剑，二人尚能夺路而去。正踌躇间，一杆船桨凌空劈下，二人膝下发麻，一同跌倒。地底人上来，七手八脚将二人按住。

假神斜倚着船桨，这船桨上叶为一张人脸，手柄为颈，下叶为腹，底下还有个致命的尖头。离得如此近，小稻子确信，他便是小峡谷中给自己变甘薯的农夫。

"放开你的鳍，你这塞牙缝的鱼！"艾鸥打滚挣扎着。

人们犀利地盯着挣扎的少年，有人道："……他是个开膛咔嗒？"

假神拾起地上滚落的红色脑袋，这个被称为"跳跳鸟"的假神脸上没有喜怒哀乐，尤其没有欢乐的表情，他真的是那个常在田间欣然舞蹈的农夫吗？几个瘦小的人影蹿到假神身旁，低声耳语。跳跳鸟对二人端详了一番，做了个手势，众人架起二人，朝雨林中心的神庙走去。

雨林里蛙鸣虫噪，一棵棕榈树梢上垂下一颗大马蜂窝。神庙上的石像群缺头少腿，颇显颓唐，地上有块刻满符号的木板，小稻子想看个究竟，石背龟厉声喝止："不许碰，触摸能言之木者必死。"奇怪，书板上难道有毒？

地底人蜗居在树影下潮湿的洞穴里。他们有的人耳朵上挂着石坠子，而大部分人已将石坠子摘去，空留着硕大的耳洞，说明他们曾经是长耳人。越来越多的人聚集到神坛前，跳跳鸟倒转手上的船桨，在空中画出一片海浪，一个人在海上行走，前方是拦路的鲨鱼。

"寻路人？"石背龟扮演神仆，缓慢而吃力地念出一个词，他指着小稻子，清了清嗓子，深沉地问道："青苔洞的半神跳跳鸟想知道，你就是从西瓦大陆漂流来的，带着闪电和死亡，冲向饿鬼神宝座，长着獠牙的杀不死的寻路人吗？"

他说的这怪人是谁？我只有两颗虎牙。可要说进犯饿鬼神的宝座，倒是确有其事。

"我叫阿噜。"

人群中有人快乐地欢呼起来。

石背龟敲了敲龟壳，消除了人们的杂音，跳跳鸟摆动手中的船桨，在空中画了一张大嘴，大嘴咬向一个尖叫的人。

"开膛咔嗒。"石背龟打了个颤，他对这个符号很熟悉，没有半点迟疑，"跳跳鸟想知道，寻路人为何跟地底人的大敌——当你在海里洗澡的时候，在丛林里采果子的时候，用粗鄙大手拎起你的脚，头砸向石头，如同敲开棕榈果一样暴饮你的鲜血的恶人——开膛咔嗒在一起？"

小小的一个符号里，怎会隐藏了这许多含义？艾鸥听完，得意地大笑起来："知道怕了，胆小的人鱼？"

虽然听着恐怖，但这话不像是用来形容艾鸥的，小稻子答道："艾鸥是我的图穆，我们没有水喝，饿得要死，现在连个鸡都拎不起来，何况你的脚呢？"

"人鱼，我可以不吃你，但那袋粮食是我的！"艾鸥咬向押解他的人，那人用木棍隔开他的嘴。跳跳鸟拾起艾鸥的鱼竿，指尖在精致的鱼钩上摩挲，有些人凑上来露出一脸的狐疑，这海涡状的鱼钩是神龟王族的样式，在地上业已失传，跳跳鸟放下船桨，不再发出神秘的指令，亲自开口："这个鱼钩是谁磨制的？"

"你想试试我的手艺吗？"石背龟给了一击，艾鸥吃痛。

"没想到我们神龟王族，竟然还有一个孩子没让长臂女人杀死。"跳跳鸟摇摇头，眼角挤出了皱纹，像在微笑。这群地底人中没有一个孩子，他们盯着两个少年，神色又惊又喜。跳跳鸟用船桨画了一棵枝叶繁茂的棕榈树。

"活着！"石背龟粗糙的圆脸上，堆满了欢喜，"像神木棕榈上通天地，让弱小的灵魂在它脚下安寝。你们想活下去吗？"

"自然要活命，求你把粮食还给我们吧。"小稻子说。

"嘿嘿，好哇，可你们发现了地下的入口，不能再放你们回去。要么拿了粮食做地底人，要不只好把你们扔进暗井。"石背龟道。

"要我们做地底人？"艾鸥咬牙。

小稻子道："艾鸥，我们有吃的了，不会饿死了。"

"不，阿噜，地底人要把我们变成鬼魂。"

小稻子挪近，几乎是耳语一般："相信我，别怕。"

"给他们松绑。"跳跳鸟下令，他举起那红色的头骨，朝着光秃的头皮吹起一片红雾。

"跳跳鸟为你们吹除了祖先头颅里有毒的骨粉，祖先将不会再为难你们，这青苔洞的洞口会一直为你们敞开。"石背龟庄严宣布道。在红色骷髅头的目送下，二人被几名地底人带走。

地底人引着少年，在青苔洞闷热无光的漫长隧道里穿梭。

"这条路通到哪里？"小稻子问。

"我不知道通向哪儿，只知道一旦走错了，就会陷入暮的世界，那里面没法呼吸，也没人救你。"地底人说。艾鸥脚下打滑，险些跌了一跤。这条路上岔路众多，里面布满巨石、死水和沟壑，一不小心可能就会送命。

只要有光，落在深坑里的粮食也能发芽，离洞口不远处，有几块田地，这就是井粮了。几个月前暴雨频发，水道泛滥，粮食都被冲走了。要吃的只能到地上去抢。

二人朝着洞口的微光加紧脚步。洞外是一片碧草蓝天，海风凉爽，那些地底人似乎和二人一样，都为看见阳光而露出笑脸，这笑容另有原因，他们正上下打量着自己。

"树衣族人？"小稻子眨了眨眼。

树衣族人开始为少年的迟钝而窃笑："我是渴水之鱼，树衣族的酿酒人，欢迎寻路人回来。"

"你们怎么在这儿，我们这是要上哪儿去？"

渴水之鱼听了，露出一副郁郁寡欢的神色："我带着新酿的棕榈酒，来拜访东方的地底人朋友，我本想在青苔洞里待上一个棕榈年，要不是跳跳鸟说，东方的神龟王族人少食物也少，北方的树衣族的人多食物也多，要我带你去北方的芋头洞，我可不想这么早回去。"他满脸写着不愉快，似乎还在顾虑。

"你遇到了什么事吗，渴水之鱼？"少年问。

一名地底人插话道："他喜欢上了神龟王族的女人，不想再见到他妻子臀骨针了。"

"既然我们被解放了，当了没有拘束的地底人，那么赞美寻路人，活着真好。"渴水之鱼将小稻子拉到身边，低声问，"你一定还记得那个扮演鸟王的舞女吧？她不在青苔洞里，会住在哪儿呢？"

他说的想必是舞女开芽，如果渴水之鱼也不知其来历，难道她真是个长耳人不成？小稻子说："你怎么不去问半神猎鱼耳坠？他曾为舞女吟唱。"

"要是我能遇到半神的话……"渴水之鱼悻悻然道。

众人沿着一条荒僻的小径，一直走到太阳下山。渴水之鱼一路上絮絮叨叨，没完没了地透露着自己的私隐，在一个不起眼的洞口，渴水之鱼像只死虾一样弯下腰，然后把脸拍得啪啪响，好让自己振作起来，低声道："别出声，我们到了，低下头，别被饿鬼神的追随者看见。"

渴水之鱼在草丛中摸索一番，取出一顶树皮编织的大红帽子，又摸出一块燧石，朝二人走来。艾鸥见石头锋利，将鱼竿横在脚下，挡住渴水之鱼去路。

"这里是芋头洞，进去之前，一位尊贵的祖先，要求你们留下一缕头发。"渴水之鱼瞧着他们，纠正道，"些许毛发"。

"要拔我的毛，先割你脑袋！"艾鸥龇牙，渴水之鱼倒退开去。

"艾鸥，别触怒了此地的神仙。"小稻子摸出黑指头，自裁耳边短发，艾鸥为了露出头顶恶鬼，惯常剃成光头，要找到他的头发并不容易，小稻子在他唇边刮下一点茸须，交给渴水之鱼。男子将头发包在一小片香蕉叶里，用草绳打结系好，放入那大红帽子中，盖上一只碗，这才开口说道——

"祖先收到了我们的敬意，从今以后，寻路人……和他的图穆，就可以像我们一样自由地进入芋头洞，而不会遭受祖先的惩罚。"他扒开草丛，一个石砌的洞口显露出来，一扇石门压在洞口，渴水之鱼敲敲这石门。

里面一人幽幽道:"海龟呦,莫往陆上走。"

渴水之鱼回答:"石头人呦,啥能填饱肚。"

石门打开,走进一条细长的隧道,有亮光绕过曲折的石缝折射下来,一棵香蕉树生长在这微光下,矮小多枝,却结了果。艾鸥随手摘下,一口口吃了起来,忽然嗅了嗅,急急地往洞里跑去,洞穴深处正飘来一股烤鸡的香味。

一口石头灶上燃着微弱的炭火,一名老者正在埋上温土,土下有东西在焖烤,只是喷香扑鼻。艾鸥在旁边发出吆吆的声响,惊得烤鸡人从石灶旁起身:"哎哟,哪来的老鼠!"

小稻子摸着肚子,也跟着蹲在地上了。老厨子见他们不走,还蹲下了,挥手就要来赶,小稻子忙说:"别打,我们就在这儿闻闻。"

这鸡本要焖到深夜方熟,可少年们等不及,不愿再干咽口水,便将烤鸡从温土里挖出来,盯着鼓鼓囊囊的香蕉包,洞里唯一的一点亮光就是少年们惨白的眸子。小稻子和艾鸥两人四手剥开香蕉叶,越往里,香蕉叶越黄,热气越足,油水越大,最后露出了三只烤鸡的白肉,还有好些芋头和甜薯。艾鸥顿足了一番,又鬼号了一阵,忽然僵住了,指着一排烛光般的眼睛,说道:"阿噜,他们正盯着我们呢!"

"阿噜哥哥!"烛光一闪,一个黑影扑来。

"大胆人鱼,你做什么?"艾鸥像被章鱼爪子缠住。

"啊?"男孩慢慢松手,瞪着艾鸥。小稻子道:"乌里,我在这里。"

"阿噜哥哥,我买了一个像你的人偶,祈求祖先让我再见到你!"小稻子听后,揉了揉男孩的脸蛋。乌里看见艾鸥手上的鸡,"你是谁,那鸡屁股是留给阿噜哥哥的!"

"小水龟,小心我吃了你。"艾鸥的眸子在暗中发亮。

"不好,开膛咔嗒进来了!"小稻子一把捂住乌里的嘴,说道:"这是艾鸥哥哥,别叫他开膛咔嗒。艾鸥,这是乌里,他年纪小,别吓唬他。"

乌里凑近了小稻子耳边:"鸡屁股是最好吃的部位。"

穿过火光，小稻子看见树衣族的孩子们正等着烤鸡，石灶里的火都跑到他们眼珠子里去了，可他们忍耐着，就像对待海狮骸笋——真正的守护神一样，忍耐着饥饿。

"渴水之鱼，请你拿些酒来，今晚有酒有肉，让我们大家一起吃个饱，喝个痛快吧！"小稻子暗想：让挨饿的日子见鬼去吧！

"呀嚯！"一瞬间，孩子们感谢着寻路人，做出了告慰天地的手势，把食物哄抢一空，他们大叫大嚷，地洞里变得喧闹不堪，连始终昏睡在洞里深处的人们都惊醒了。

艾鸥看见扑面而来的地底人，抽身到一个安全的角落。他盯着吃剩一口的鸡屁股，又看看阿噜手上空空如也，便递了过来，"鸡屁股肥，的确好吃。"小稻子接过这一口难得的美味，细细地嚼了起来。

地底的孩子们围着二人，有的还悄悄拿起艾鸥的鱼竿。"哥哥小心，这里的老鼠可不少。"乌里提醒道。有人试图取下艾鸥的鱼钩，挨了他一记响拳，闷声逃走了。

小稻子感觉背上有人抚摸，一个女人说道："这树皮衣真不错，值一袋甘薯嘞。"另一个人伸出四根手指，大咧咧说道："现在树皮衣可稀罕了，听说百鸟巢的市集里，一件能换回四袋甘薯呢。"听口气，这衣服俨然是她们的囊中之物。

老厨子见少年们吃得开心，默默地，又添了些芋头到灶灰里。小稻子吃着，想到芋头洞的名字，大概和这甘味的芋头有关，便问道："老人家怎么称呼？"

"我叫颈子，"老人指了指另两位抽烟的老人，"他们是我的兄弟肘子和腰。"

小稻子笑道："恕晚辈无理，这名字好生古怪。"

"这些名字是我们刚成年那一年取的，我们兄弟三人，从北方走到东方的先王山，寻找'红帽子大阿睿鳍'赐予我们名字，可一群神的骨头发现了我们，看见他们的长耳朵，我们还以为遇见了高贵的神龟族人，神的骨头拿我们当作阿噜，寻路人不要怪罪，你的乳名阿噜是种难得的美食, 还有少年艾鸥, 小男孩乌里, 等你们成年了, 就会得到一个正式些的名字。神的骨头听说我们是来要名字的, 一边把我们架在火上烤, 一边讨论着阿噜身上哪里最美味, 一个叫草垫子的人用清水擦亮我的脖子, 用一把黑色匕首比画着, 称我为阿噜的颈子, 一个叫虾须胡子的家伙在我兄弟手上撒盐, 满口黄牙磨得咔咔响, 称其为下酒的肘子, 还有个高大的荼毒挑中了我三弟的屁股, 说道: '好一对腰子, 就像女人的肥臀。'这就是我们名字的来历。"

"这些名字不能改吗?"小稻子问。

"不能。名字是有魔力的, 叫出来了, 就不能改。"老厨子说着, 朝地上吐了口唾沫, 接着便说起了解救他们的半神们, 他们如何机智地学鸡叫引开神的骨头, 又如何扮成神仙和神的骨头打斗。这故事他一定讲过许多遍, 可地底人依旧听得着迷。这三兄弟, 据说是族里最诚实可靠的长者, 虽然头上没有一根白发, 可已经算是树衣族仅存的、最年长的被尊为"父辈"的男人。

三人各在颈骨、肘骨和臀骨上涂抹着白色颜料, 在黑暗中十分醒目。小稻子在荒原上遇见的三个地底人, 想来就是他们。

"四位半神搭救了我们, 可这名字已经留在了我们的灵魂上, 和我们滚烫的身躯烙在了一起, 所有人都习惯了称我们为颈子、肘子和腰。"

"你说的这四位半神是什么来历?"小稻子问。

"他们的真身呐, 其实就是流动剧团里的四个戏子, 如今分别住在东南西北的地底, 他们是北方的歌者猎鱼耳坠、东方的舞者跳跳鸟、南方的优伶毒鳞女人, 还有西方的剧班头领吹烟。"

"你说的这三男一女, 是否男人英俊魁梧, 女人贤德美貌, 共住在一处小峡谷中, 还有人给他们立了石像?"

"他们确是三男一女, 我年轻时看见他们, 也确实如你所描述一般, 如今都已上了年纪, 和红帽子一般岁数, 哪里还谈得上英俊貌美呢? 这个剧团平常在各族间流动表演, 居无定所, 也没人知道他们的住处, 他们懂得比别人多, 年轻时就被他们的族人奉为半神, 我们树衣族曾捐钱为猎鱼耳坠立像，可是只有当人死后，石像才会刻好，你怎么会看见他们的石像？"

"这可奇怪了，你再跟我说说他们的角色，他们的剧团。"

"好，我不识字，我所知道的大多是从戏里看见的，不过我看的戏比别人多，我就跟你讲讲。"老厨子从老兄弟那儿借了火，点上一杆烟，他们三人轮流拼凑，讲述了一段传奇。

"这些半神原本都是凡人，先说那东方的'跳跳鸟'，一位神龟王族快乐的农人。大海的肚脐有长耳和短耳两种人，神龟王族是长耳的一族，历代大阿睿鳍都诞生在这一族中。跳跳鸟善于吹笛击鼓，他的鼓声能催促种子发芽，有一种白色甘薯，唯独生长在他的田地，据说那味道香甜可口，不像今天的甘薯这般寡淡。可是，一场干旱将所有的白色甘薯枯死了，东方的田地如同中了邪恶的法术开始变成红色，断了粮食的神龟王族中间出现了第一位开膛咔嗒，人们叫他饿鬼神，也出现了第一批被饿鬼神追猎的逃难者，也就是地底人。再说那南方的毒鳞女人，女人住在与神龟王族相邻的蜥蜴族里，她是一位美丽的女巫医，她用带有魔力的舞蹈给人驱邪治病，赤化的土地也侵入了蜥蜴族的领地。传说神龟是太阳，蜥蜴就是月亮，逃难的人们寻求女巫医的帮助，躲过开膛咔嗒的追捕。在我们北方树衣族里，猎鱼耳坠是一位好嗓子的歌者，在饥馑肆虐的荒野上，他的歌声能为幸存者祈福，为亡灵们指路。西方住着飞鸟一族，他们和所有人一样，也害怕饿鬼神，然而一位名叫吹烟的戏子，他被推举为飞鸟族的王，神名'绕椽鸟王'，可就是这位绕椽鸟王，在族宴上误伤了饿鬼神，让饿鬼神毫不费力地统治了西方。"

"这是为什么？"

"说来奇怪，至今也没人知道为什么。"

地底的四个半神，猎鱼耳坠、跳跳鸟已经打过照面，余下的还有毒鳞女人和吹烟两位。虽然他们都不记得我这个蹭饭的小子，可我没忘，只要能再见到他们，那便是高兴的事儿。

"关于吹烟剧团，你在咸水村里也看到了，四个人擅长装神扮鬼，据

159

说这剧团是饿鬼神下令创建的，他喜欢看戏，并且让绕橡鸟王做回了戏子，还俗名吹烟，叫他每天在烤火山顶举行表演。吹烟是个聪明人，他用成筐的树皮布，请来了当时最美丽的女人，最矫健的舞者，还有最动听的歌者，也就是另三位半神。戏剧的内容是吹烟写的，刻在一板红色的能言之木上，传说那里面记载着过去的梦之时光，还有将来未显现的预兆。有一次，吹烟邀请了一群逃难者入戏，据说长耳人看完那场戏也都哀哀戚戚的，可是饿鬼神下达禁令，红色能言之木不准公演，没人敢再说戏里的内容。吹烟剧团离开百鸟巢，他们遁入地底，猎鱼耳坠在这里，也就是北方的芋头洞，跳跳鸟藏身在东方的青苔洞，毒鳞女人隐居于南方的囚鱼沙坑，吹烟躲进了西方的悬空洞，作为我们的领袖，他们为东南西北的地底人提供着避难所。"

小稻子沉吟道："半神猎鱼耳坠在哪儿？"

"树衣族人散居在北方的各个洞穴，他在别处照顾族人。"

小稻子反复细问其中种种，可老厨子说来说去，也说不出什么了，"这些故事都写在能言之木上，就是那些刻了字的书板，可我不识字。"

看来这能言之木就是此地的文字了，那些书板上记载着什么，那些幻境中的谜语，想告诉我什么？问了一圈，洞里却没有一人识字。小稻子问："你能跟我讲讲，谁能读懂这些能言之木吗？为什么石背龟说：'触摸能言之木者必死'呢？"

"曾经，各族长的子嗣，还有优秀的青年们，都要到王山上学习写字，成为能言之木读者，他们是我们的兄长、叔叔和爷爷，可他们之中最年轻的都已经死去，没人读得懂这些文字了。饿鬼神让铁木棺船收集过去的能言之木，他不喜欢的就当作柴火烧了，或者扔进海里，留下经他首肯的。四个半神将几摞仅存的书板藏在青苔洞，然而有些地底人禁不住外界的诱惑，悄悄地拿它们去和铁木棺船交换，换取那些飞鸟族制作的花哨羽衣。愤怒的半神们对书板施以咒令，此后很长一段时间没人敢偷，只有一个贪心的家伙，把铁木棺船带到离青苔洞口很近的地方，用小石头在他面前围了一个圆，不准他越过，接着他便从洞里拿出一块大红色的书板,铁木棺船把它买下。事后不久,那个地底人突然发了疯,钻到地底的暗井里去了,一开始人们还能听到他的嚎叫,可没人敢去救他,现在他已经死了。这便是诅咒的由来。"颈子诚实地说道。

肘子道:"如果你问我能言之木是什么样的,过世的小叔叔是最后一批被送上王山的人,我还记得他写字的时候,每个字都是一笔构成。他和朋友对坐,照着书板你读一行,我读一行,好像在争论一样。"两个人对坐读同一本书,难道书上的字一正一反?这读法当真奇特。

肘子接着说:"而今只有半神们还识字,可大家只关心怎么吃饱,没人去学。倒是跳跳鸟的仆人石背龟懂那么一点,起初我看跳跳鸟指着字,给他个嘴形要他说出来,不过后来他好像弄懂了书板上大部分内容,基本上瞥一眼就能自己说了。"难道说,这能言之木有机巧,可以一通百通?

"以前,女人会跑到房顶上接近神灵的地方,或抱着孩子踩上高跷,祈愿家人健康,粮食丰收。渔民会把能言之木藏在渔网里,祈求渔获不断。祷告的书板都是大阿睿鳍赠予的,每家每户都把它们包裹在树皮布中,挂在房梁上。"腰子说,"要说还有谁懂,那就是饿鬼神,还有那些海螺腿的飞鸟族人了。不过你是找不着飞鸟族的,他们都住在饿鬼神的领域,百鸟巢里。"

三个人拼凑着零散的记忆,艾鸥在这有如虫鸣的嗡嗡声中睡熟了。

陡然间,地底深处传来一声咆哮,阵阵轰鸣在洞中回响。一个健硕的女子大步袭来,欺到近前:"渴水之鱼,你还知道回来!追随者到处都在捕杀地底人,你跑到哪儿去了?"

洞中的石笋被撞得叮当作响,只听颈子劝慰道:"女儿啊别生气,放宽心,随他去吧。"

"臀骨针,我去喝酒,是天意,是祖先的安排,你也不看看我把谁带回来了。"渴水之鱼推了推小稻子,"看见了吗,我带回了守护神,我们的寻路人。"

"祖先保佑,真是阿噜。"一股棕榈酒气逼近,臀骨针提高嗓门朝洞

161

穴深处喊去，"快来看，我们的阿噜回来啦。"

"祖先在上，感谢神灵……"渴水之鱼瘫软卧下。

随着婴儿清亮的咯咯笑声，槐树皮赶来了，他将槐木小舟递进小稻子怀里，婴儿已经长得十分健康。吹彩祖母在女人们的搀扶下，也摸黑走来了，她将小稻子搂在怀中，亲吻脸颊，就像亲吻她的孙子一样。

"你说饿鬼神的追随者，正在到处捕杀地底人？"小稻子问。

臀骨针说："嗨，每天都有人在我们洞外喊打喊杀哩，可他们一个也别想进来，只要红帽子的灵力守护着洞口，这帮坏家伙就发现不了。"

槐树皮道："你给我们争取自由，燃族人醉山信守承诺，放我们走。现在我们住在地底，承蒙红帽子保佑，这里始终是安全的。"

人们细碎地念叨着"红帽子保佑"，似乎这位英灵正与他们一样屈身在此，他们伸出双手，仰头倾诉着，对着石壁下跪祈祷。艾鸥睡不着，蔑视地看着人们的一举一动。还会有谁，能比得上饿鬼神威力无穷？

一个与己为敌的神魔

芋头洞里最宽敞的洞窟能容纳七八个人，树衣族却让小稻子一人独住，洞里唯一的舍友是一尊被称为死人之躯的木偶，死人之躯也即祖先人像，这一尊为红帽子而塑。

小稻子睡在一张草褥子上，盯着斜缝里透下的微光，聆听着洞中细微的响动，地底人的呼噜声在洞中回响，这个洞穴虽然幽暗，但却像个家，在外面疯耍了一天，现在终于疲倦地回来，与家人一同酣睡。洞外，艾鸥卧在甬道上，人们害怕开膛咔嗒，不敢让他接近神坛。小稻子将席子拖到洞口，睡在能看到伙伴的地方。

听见响动，艾鸥开口问："你是守护神？"

"我不是。"小稻子说。

"你哪里像个守护神了，神灵都是威严的……哪有你这么温柔的守护神。"

小稻子转过石壁，清亮地笑。艾鸥抓住小稻子的手臂，一脸怒容扑倒下来，一双手紧紧地压着小稻子的肩膀，"地底人抓住你了，从我这个，他们憎恨的开膛咔嗒手中，把你抓走了，我们被困住了，你知不知道？"

"嘶——艾鸥，这里不好吗？"

"你是我的东西，我的俘虏，我的阿噜！"艾鸥凶狠地露出白牙，鼻息炽烈地烧灼着小稻子的脸庞，手上越来越沉，他要看见阿噜忍耐不住，朝他反击，可阿噜始终咬着牙，盯得他发虚，他松开手，沉声道，"我会逃出去的，你要是想留下，就留下吧。别让我看见你，不然我会吃了你。"

"艾鸥？"

艾鸥龇牙，把小稻子逼退，躺下身，过了许久，他漠然问道："我听说他们要跟着你，对付饿鬼神？"

艾鸥盯着洞穴深处，那里什么也没有，只有黑暗，他独处的时候，就是这么盯着黑暗看，僵着身子，直到身子变凉，嘴里就发出一高一低、持续不断的怪声，像是野兽受到威胁时的嗷叫。

小稻子胃里难受地搅动起来："我怕你像别的人一样被饿鬼神带走，我怕树衣族人被他吃掉，我怕最后只剩我一个人。但我不怕饿鬼神。"

艾鸥合上眼，他不再说话，缩起身子，不多一会儿，他的气息平缓了。小稻子凑近了瞧，他说的气话像是言不由衷的，因为他的睡相，就和在肚脐眼里一样没有防备。小稻子在艾鸥身边躺下，宁可挤一挤，也不想守着一个冰冷的神祇，可过道狭窄，艾鸥一个翻身，就把小稻子赶回了窟中。

小稻子恍惚了一夜。黎明时，睡意正浓，洞口却站满了访客，乌里朝石窟里喊叫，肘子劝止道："别惊醒一个沉睡的人，因为他的灵魂还在外游荡，要是它没来得及钻回沉睡者的眼角，丢了魂的人就会发狂。"人们就在洞口不远处席地而坐，嬉闹着朝洞中投掷石块，先是小石块，后来

163

就是山体滑坡般的轰隆声，直到看见蓬头垢面的寻路人从洞里走出来。据说他们都是四面八方的地底人，带着许多疑问，瞪着好奇的眼睛，他们问这问那，问寻路人的过去。

小稻子告诉他们，自己来自大明，而你们真正的祖先如今还住在西瓦的环礁上。地底人故作镇定，认为大明人和西瓦人只是名字不同，到底还是他们共同的祖先，对于追根溯源，小稻子没法和他们争论清楚，因为这里的人已经忘记了自己的过去。那些被称为梦之时光的过往，是饿鬼神禁言的事，饿鬼神不准人们做梦，做梦就是逃避，一旦陷入梦中，自觉的追随者就应该把自己拍醒。地底人不受饿鬼神戒律的约束，可他们过得远不如自己的祖先，不仅粗鄙无知，想象力也不太丰富，他们坚信自己是孤独的，并认定大海的肚脐就是唯一的陆地，位于世界的中心。他们偶尔模样认真，感到无趣又径自走了。小稻子觉得自己的话只有乌里和那些孩子们才会入耳。

对于地底人来说，外面的世界实在是太过遥远，人人都瞧见了大明的船队，可它来得太突然，走得也太快，就像一场怪梦。他们总是理所当然地给陌生的事物归类，大明人拥有十分进步的发明，他们便笼统地归类为灵力使然，提到皇帝，他们认为那是另一个饿鬼神，说到官吏，就以为是神的骨头，少年用最恭敬的词藻来形容郑和大人，称他为爷爷，地底人推敲再三，断言他就是红帽子。

"这下子就说明白了，我们都在想你是谁，你说话的用词和语气，跟我们不太一样，就像是我们的父辈，不，也许更早的先辈一样，你早就知道我们的守护神住在哪儿，知道冰草可以疗伤，还知道如何驯服一名开膛咔嗒，说明你早就来过这里，你就是在我们岛上长大的人，饿鬼神告诉追随者们，你是祖先的鬼魂，看来也不全是假话。"老厨子和他的兄弟们议论了一番，问道，"你就是红帽子的孩子，那位死去的少酋长吗？"

地底人的想象，当真难料。

老厨子说，红帽子大阿睿鳍曾有一个孩子，名字叫小虫儿，在十五个棕榈年前便已夭折。寻路人正好也未成年，如果红帽子把他的孩子从暮的世界派来，继承大阿睿鳍之位，并且代其行事，那么一切就说得通了。有些话说出来了，便具有灵力。老厨子和肘子兄弟四处散播这个结论，人们开始将信将疑，由于这样说的人越来越多，最终，地底人对此深信不疑。

地底人常要来窟里膜拜红帽子的雕像，据说红帽子是离他们最近的一位祖先英灵，一位慷慨的大阿睿鳍，如今他是窃贼之神，倘若偷盗不被发现，便是受到了红帽子的保佑。地底人所有的行动都经由他的指引，就连地底的四个半神，也常常通过漫长的祭祀来询问他的意见。

那位酷似饿鬼神的老神仙，为什么让地底人迷信得疯疯癫癫？

地上各族视地底人为背神者，抓住之后便送往百鸟巢以取悦饿鬼神，地底人则以偷窃各族为生。无论是秘密的洞穴、防守坚固的村庄，还是活人之脸下的神坛，地底人熟悉每个村的储藏点，它们被画成地图记录在墙壁上。岛上现有十族，两个位于北方，甜水村的树衣族和咸水村的燃族。三族居于东方，他们是过去统治者的遗族——青苔洞里的神龟王族；囚鱼沙坑中的蜥蜴族；以及一个专门制造神像的石像族，蜗居在一座叫捉魂窟的采石小山中，与世隔绝。一个族居中，就是日落村的甘薯族。四个族住在西方，分别是百鸟巢里的长耳人飞鸟族；光明港的水手鲸族；把守南风海滩的船夫鲨族；还有栖身在虾尾岬角的渔民虾族。

在开膛咔嗒的肆虐下，东方的神龟王族、南方的蜥蜴族和中部的甘薯族先后沦为地底人，而其余各族都是饿鬼神的追随者，是地底人掠夺的对象，唯独对飞鸟族人不敢招惹。飞鸟族和岛上别的族不同，他们既非渔民也非农民，不会伐木也不是石匠，然而，他们却坐拥一切，因为他们是会做买卖的商人，他们的祖先知道在什么时候囤货，什么时候卖出，他们的资本来源于其领地上两种用之不竭的物品：一种是飞鸟的羽毛，每年都有成群的燕鸥，从海上来到一个叫飞鸟国的小岛上繁衍，收集羽毛做成的鸟羽衣可供人穿戴；另一种是黑琉璃石，独藏于黑玉山中，用作武器和工具。飞鸟族住在戒备森严的石头城百鸟巢里，里面供奉着饿鬼神，没有人敢偷窃他们的东西。

半神们骗来的粮食，不到半月就在各个洞窟消耗殆尽。地底人要重新出去偷粮。偷窃的事儿小稻子干过一次，就摸清了门路。

每次外出掠夺，芋头洞里的人就让小稻子和艾鸥做头领，艾鸥专抢有钱人的武器，在大海的肚脐，武器是权力和财富的象征。他抢过许多大小不一的狍阿棒，还抢过甘薯族族长鳖农的乌阿杖，那是一根小树般高的手杖，杖头上有些潦草的雕刻，一根十足结实的长棍。其他的东西还包括燧石片和鱼钩。地底人害怕开膛咔嗒，可艾鸥并不在乎，和地底人一起抢劫，好像和平常的生活也没什么两样，只是多了些助威的和捧场的，每当有失窃者追赶，他便用飞石将追逐者击退，在他得意的、天真的笑容下，地底人渐渐对他消除了戒心，尽管艾鸥仍旧称他们为人鱼，但已有不少人想要追随他，渐渐地，他的身后跟上了一群人。虽然艾鸥说过要逃出地底，真要走也没人敢拦，可这话他也没再提起。小稻子心里想，但愿一切安好，今后就住在芋头洞里，像两个普通人一样生活，这样的日子虽然任性草率，但是没有忧愁，而且永远不会孤单。

乌里的脚步轻于常人，天生能当窃贼。乌里喜欢拿漂亮的衣服，虽然女人们会给孩子们做一些简朴的衣服，但是东西还是抢来的好，别人穿过的树皮衣舒适贴身，不像新衣服总是硬邦邦的。

女人们给小稻子准备了一份礼物，一件类似族长穿的宽大的斗篷衣，和一条干净的腰布。斗篷正好替换小嗡嗡的厚披风，而一条自己的腰布正是小稻子渴望已久的。

不过，偷粮越来越困难。有时候，失窃者会纠集十来个邻友，凶狠地追出来，小稻子、艾鸥和乌里便会跑上高坡，扯下腰布，对着山下撒尿。三个人坐上一片香蕉叶，然后一蹬腿，便在发甜的汗味、腥臊的尿味中，呼啸着冲下山去。

每当这时，世界仿佛就剩下他们三人，滑到坡底，香蕉叶上总会少一两人，半途颠簸下来，落得一身泥。

清早，芋头洞外漫起了层层水雾，小稻子走出洞去，眼前白茫茫一片。几只硕鼠在脚边糊涂乱走。岛上数月不见下雨，哪来的大雾？

"哥哥！"小稻子转头，听见乌里的声音，却看不见人。灌木丛如群兽环伺，在迷雾中跃跃欲试。隐约传来鼓声与笛声，伴随着奇异的音乐，好像有一支行进的队伍。

乌里大喊道："阿噜哥哥！"他猛冲出来，将小稻子撞倒在地，"哥哥快闭上眼睛，别出声。"

鼓乐声越发地清晰可闻，竟如发现了二人般，渐行渐近，乌里慌张道："不好，来不及了。"说着，他开始把泥灰往身上扑。在泥巴和老鼠屎的沙尘中，依稀可见一位白羽衣者，坐在二人抬的座椅上，仿佛一只放在神龛里的大海鸟。乌里叮咛道："趴着别动，别抬头，也别回答。"

骤然间，一行人止步，鼓乐也停了，一时没了任何响动。小稻子侧首偷瞄，山路上的人净装素裹，都如稻草人般僵立着。小稻子的双腿跪得发酸，一只干瘪的手触及发梢。小稻子看见一张似笑非笑、核桃般的瘦脸从雾中探头。红帽子，还是饿鬼神？

"寻路的孩子，是你吗？"

小稻子回答："是我，老神仙。"

"啊，一个非凡的灵魂，你随我来，我的宫殿就在前方。"说罢，队伍继续开动。

"饿鬼神？"艾鸥不知何时出现在了身旁。

三人跟着声音走去。山路的一侧，钻出十五尊神气的活人之脸，白珊瑚的眼睛望着来人。是谁把它们立在这儿，哪个部族拥有这么多饿鬼神像，甚至比燃族人还多了几尊？

爬过山丘，不远处有一处孤独的神坛，一尊大石像傲然独立，头上醒目地盖着一顶朱砂色的石头帽子，如同迷雾中的火焰，他没有活人之脸那么新，却更高大威武。

这是什么地方？小稻子看了看太阳，是在东北方，海风渐渐吹散了白色的迷雾，山崖下，一片美丽的滩涂，遍布着深色的花圃，栽种着健硕的甜果树，在早春的晨光中新开着花朵。花圃的尽头是一片大海，还有一艘搁浅的老船。奇怪，这地方，竟是大明人登陆的海滩？

"乌里，你见过他，他是谁？"小稻子问。

"他是红帽子大阿睿鳍，他派老鼠传达神谕来了。"乌里说。

这是一艘倒扣的双体大船。粗壮的桅杆状如尖塔，飞旋的风帆只剩下几根布条，一个沙子堆成的土丘形成一座阶梯，从这里可以爬上大船的船舱。船舱的入口处摆放着许多红色的花冠，像是一种祭品，有些已经干枯了，有些却很新鲜。其中有一个和别的不同，是山茶花编织的，小稻子把它捡起来，多瞧了几眼。

两根刻满海龟图案的船桨立于门口，如同守门的武士。

"我听说，红帽子住在一艘大船里，他的宫殿叫作'活木神宫'。"乌里说道。

少年们相互望望，然后爬进门中。大船的船舱宽阔而敞亮，海水半淹的高台上，有一张歪斜的大椅，上面坐着一具颓然的骨骸，骨骸戴着一顶花冠。霉菌和海草蔓延至高台脚下，除了霉菌和海草，这里没有别的活物。艾鸥在漂满绿藻的积水中，捞起一把石斧片，木柄已经腐朽成泥，一个海螺深陷石中，与石斧融为一体。偌大的宫殿，居然什么也没有。

"海龟呦，莫往陆上走。"一个雄浑的声音开口道。

"石头人呦，啥能填饱肚。"小稻子用地底人的暗语回答。

大椅子上的骨骸咯咯响动，红花冠升了起来，如同熄灭的炭火重新点燃，老人睁开了眼："啊，远游人，你来了，你走近些。我看见你在地底人的洞穴里安了家。我的臣民们告诉了我许多关于你的事，他们都在称赞你。啊，瞧瞧你，多么漂亮啊，难怪地底人会声称你就是他，他们都希望臆想成真。你还记得你是谁吗？"

小稻子看见老人端坐在椅子上，如同一位君王。仪仗队隐没于重重幽影之中，这座残败的宫殿里什么也没有，只有他一个人。小稻子上前一步，双手作揖："在下大明人阿噜，见过大阿睿鳍！"

"瞧啊，你谦虚的样子，的确像他哩。"老人睁大了眼，"难道你真的忘了你是谁？"

"我是谁？"

"你出生时，过剩的灵力扰乱了这个世界，你重返人间，同样引发了数不清的争端，冲突将变成乱局，那是因为你身体里寄宿着两个灵魂，我的孩子小虫儿，还有梦之时光的寻路之子。"

"老神仙的话，我听不懂。"小稻子问。

老人抽动着下巴，急切地说道："去百鸟巢吧，去找鸟王墨口，去想起来你是谁。"

艾鸥大叫："喂，老东西，交出你的宝贝！"

"啊，台下何人？"

"给我你的黑琉璃刀，你的乌阿和狍阿！"艾鸥喝道。

"你仔细瞧，我的黑琉璃刀已经被踩碎了，乌阿和狍阿也都朽坏了。"老人说道。

艾鸥看见斧子上爬出一只软虫，厌恶地将它扔回水中。乌里小声地问："我们啥也别碰，开膛咔嗒哥哥难道忘了，红帽子是盗窃之神？"

艾鸥的声音沙哑低沉："为什么你有饿鬼神的面孔？"

老人静滞了片刻，他的话语如同霜降："我和饿鬼神打了一辈子仗，就为了杀死对方，我们本该是世上最不相像的两个人。这问题十五年来没人过问，人们已经忘记饿鬼神偷走了我的脸。我喜欢胆大而善变的人啊，我想起来了，有一把堪用的乌阿手杖，它正缺少一位能驾驭它的人哩。"老人从王座旁取出一支细长的乌阿杖。手杖在水面刮出一道劲风，艾鸥见它势头不减，顿时一惊，匆忙避过杖尖，拖住棒尾，险些立足不稳。

艾鸥敛眉："原来你不老！"

"饿鬼神也不老，他永远年轻。"老者眼中闪过一丝锐利的光芒，脸上露出欣慰的表情，"我将这柄乌阿赠予你，大胆的灵魂，它将服务于一位强大的勇士"。

艾鸥欣赏着手杖，杖头是一张愁眉不展的老脸，和饿鬼神刻着笑脸的乌阿杖正相反,上面有一股朽木夹杂着海鸟粪的异味。艾鸥极少听见别人对他善言,更难得获得馈赠,这武器虽然细长,却颇为沉重。

艾鸥问:"你是谁?"

老人笑道:"我是大阿睿鳍红帽子,是神和君王,你应该拜我。"

"你就是地底人拜的红帽子,饿鬼神的仇敌?"艾鸥拖起那乌阿杖,蹚水朝王座跑去,"饿鬼神开眼,让我看看你有什么本事——"

"艾鸥!"小稻子追上。

艾鸥登上王座,横举手杖卡在老人咽喉,霎时间,红帽子被掐得脸色苍白,他喘息着,满面的尘垢与皱纹撑开了。

"好大的胆子,开膛咔嗒。"一声阴沉的笑声。

艾鸥松开手,纵身一跳——

"饿鬼神?"

少年们瞠目而视,老人不见了,王座上的人,竟是个英俊硬朗的男子。他扭转僵硬的脖子,发出骨骼的归位声,他把头顶的红花冠摘下:"我来了,你就爬回到海底去吧,红帽子哟,我的死敌。每当我独自沉眠,你就会悄悄出现,你挟持我钻进地底人的密道,离开百鸟巢的高墙。你真是个虚伪的人呐,老想着回到自己的宝座。"

这难道是饿鬼神的戏法?小稻子望向高台,满腔的热诚化为乌有,脸红到耳根,一握拳,躬身道:"在下大明使者,奉命交善远邦,怎料到部下尽遭屠戮,我不敢言怒,只想问饿鬼神,这场屠杀为了什么?"

"啊,大明人,让我猜猜……"饿鬼神沉吟片刻,"你们大明人可是被那风暴驱赶,无处停泊,想到大海的肚脐上来?"

"正是。"

"你们大明人是不是缺粮少水,上这里来找补给?"

"没错。"

"你们想用发光的石头,清脆的碗,还有轻柔的衣服来换?"

"那些金银瓷器和丝绸是我大明的微薄之礼。"

"我能拿这些没用的东西来做什么?它们只会让人嫉妒,发狂。"饿鬼神扶额歪坐，"远游人，你和你的族人握有通天的灵力，能轻易把这座神国化为一片焦土，我怎能让你们闯入我的领地？"

"大明人从不会侵略友邦，也不会诈取豪夺。"小稻子知道接下来必会言出不恭，然而话到嘴边难以收回，"我看见，在大海的肚脐，人们朝不保夕，他们惧怕饿鬼神，怕你派开膛咔嗒来吃人，派长耳人来搜贡品，许多部族为了活命藏在地底。如果你是他们的神，为什么要如此残害你的子民？"

"崇拜一个人，换来一尊神，我是饿鬼神，当饥荒来时，我吃掉背神者，吃掉守旧的人，我管束开膛咔嗒，让信我的人生存，人们因此而崇拜我。"饿鬼神挑眉，忽然目光一转，"我看见，你身边有一个我的开膛咔嗒。"

面对饿鬼神的目光，艾鸥开始发抖。

"他是我的兄弟，不是你的开膛咔嗒。"

饿鬼神终于松了松下颚，伸指吹了声响哨："这开膛咔嗒不吃人，还养活了你，这可是件不寻常的事。去咬这远游人，杀了这最后一条漏网之鱼。"

话音方落，只见暗波浮动，两条巨大的黑影鬼魅般游来。

艾鸥认出了那是饿鬼神的海蛇"皮"和"骨"，它们来势凶狠，眼见阿噜无处躲闪，跌坐水中，他挥杖掀起飞浪："别伤我图穆！"

大殿外，一阵疾步，一名男子大步而来，甩出一张大网，将海蛇套牢，伴以石矛喝阻。来人拉起小稻子，奔出大殿。

红帽子的投信鼠

"艾鸥——"小稻子呼叫，不见艾鸥出来。

"别担心，小开膛咔嗒会回来的。"男子道。

"猎鱼耳坠，你来做什么？"小稻子问。

"我来献花冠，正巧遇见你们闯进活木神宫，惊动了红帽子。"

"他是饿鬼神。"小稻子道,"你们拜的红帽子,是吃人的饿鬼神。"

"阿噜哥哥,红帽子被饿鬼神赶走了……"乌里跟跄地跟着。

"那是饿鬼神在戏弄我们,你也看见了,他们本就两人同体。"听见小稻子的话,乌里低头不语,"猎鱼耳坠,你可知道这是为什么?"

"起初,红帽子出现了一人两面,没人能够解释。你跟我来,我给你看一样东西。"猎鱼耳坠登上一座山崖,崖顶有座海龟塔,这种石塔零星地分布在崖上,环绕全岛。这一座塔已经破败,只剩残垣。猎鱼耳坠指着它,开口道:"寻路人,摸摸这石头,这些不变的真实的东西,它们都是大阿睿鳍红帽子的创造。"

"他为什么要立这石塔?"小稻子问。

"石塔是为了猎龟而造。海龟从远海来,带来无穷无尽的灵力,它们是守护神,是大阿睿鳍的象征,任何人不得捕杀。"

少年望向海面,海水波光灵动。

"然而二十几个棕榈年前,爆发了旷日持久的饥荒。红帽子下令建造石塔,打破捕猎的禁令,只要海龟靠岸烽火就会点燃。红帽子的船队帮人们猎杀海龟,饥荒从此缓解,红帽子解救了众人,一直到最后一头海龟在岸边绝迹。"

从石塔上向下俯瞰,整片海域尽收眼底,过去,曾有人站在这里,日夜守望着海龟的出现,石塔下的村民们也曾热切地期盼着烽烟燃起。小稻子闻到了木炭的气味,一团炭灰似乎是在不久前才留下的。

"可海龟塔并没有荒废?"

"现在,这石塔只为饿鬼神点燃,他的船队看见烽烟,便来收缴贡品,或者平息叛乱。"猎鱼耳坠凑近了些,"十五个棕榈年前,红帽子离开了他的王位,一个叫饿鬼神的邪灵钻进了他的身体。一直到今天,这两个全然不同的灵魂,仍在为霸占同一个身体而战斗不休。"

两个互为鼠狸的灵魂,两个全然不同的人?这么荒诞的事情,我该怎么相信?

一只老鼠吱吱叫着,背着一片朽木,一脚深一脚浅地用鼻子开路。

乌里呼道："是红帽子的投信鼠。"

半神用咒语逼停老鼠，取下朽木，上面有字，瞧了小稻子一眼，说道："我们地底人之所以能够生存，全仰仗了红帽子的投信鼠告诉我们哪里有粮，哪里能弄到饿鬼神的贡品，红帽子不需要我们报偿，只要我们献上花冠，虔诚地祈祷。"红帽子戴的花冠，原来正是人们的赠礼。

猎鱼耳坠指着书板，念道："红帽子说：'来抢吧，饿鬼神离巢，粮食在百鸟巢！'"他面露疑惑，暗自又读了一遍。去百鸟巢抢粮？

"饿鬼神离巢，说明他离开了百鸟巢，他会去哪儿？"小稻子问。

"这几天最大的事，莫过于燃族人的骚乱，醉山带领族人躲进了山中的伐木营寨，饿鬼神出城，一定是去征讨。现在的百鸟巢中必定缺乏守备，可是……"猎鱼耳坠摸摸耳朵。百鸟巢是饿鬼神的老巢，它高踞于烤火山顶，是个三面临海的环形山城，那里磐石险峻，进出的道路只有一条。

小稻子曾听老厨子三兄弟讨论百鸟巢，还有百鸟巢里的大集市——

饿鬼神说："我的追随者们不该感到绝望，因为你们生活在一个神的国度，应该充满希望，对未来保持向往。"所以，他让飞鸟族人在城中设立市集，据说在这个大市集里，无论是短耳人还是长耳人，都可以买到所有他们想要的东西，只要你带来一点值钱的货物，比如一筐贝壳、一颗鲨鱼牙、一节硬木，你便可以用它换取作为钱币的树皮布，或者别的东西。假如你吃不饱饭，面朝城头上伫立的活人之脸膜拜，飞鸟族人就会根据你的热忱，给你分发一些口粮，甚至赐予你精心烹制的熟食，这时候，受到恩惠的人就会更加努力地劳作，不让自己成为无用之人。据说有些人，每天都要去市集里逛一逛、摸一摸、看一看那些他这辈子也买不起的商品，这座光鲜的城市能让他们信心百倍，因为饿鬼神说，只要崇拜他，一心不贰，终有一天他们会获得真正的报偿，那便是成为长耳人，拥有这一切。

"红帽子叫我们进城，这不是什么好兆头。他一定是预见了一场更大的饥荒，到时候住在城外的人都要饿死，只有百鸟巢里才有粮食。"

猎鱼耳坠说。抢百鸟巢，无异于做梦。城里的守卫，都是饿鬼神最狂热的追随者，一直以来，地底人都躲在它的高墙之下，像蝼蚁一般生活。这到底会是一个陷阱，还是一次救赎？若果真是救赎之道，又怎能行得通？

"不能偷，不如讨？"小稻子说。

"怎么讨？"

"我们就和长耳人做个买卖吧。"

"你是说，进城买粮？"猎鱼耳坠双眉渐展。真是个大胆的想法。

飞鸟族是一群商人，即使他们已经有了满屋子的好东西，一条没见过的鱼、一块难得的鲸脂、一点早就灭绝的烂在地上的香木，都能催生他们新的渴望。小稻子知道有一种东西，价格高昂，必能拿出来售卖。自从树衣族沦为奴隶，树皮布就成了一种稀罕品，别族想买需要门路，还常常买不到，穷人穿不起衣服，只能赤身裸体，难以见人，大部分人即使有衣服，也是穿旧衣，缝缝补补，看起来像是遍地乞丐。可是，饿鬼神要求人人必须穿衣，而且要穿着得体，市场上就出现了树皮布的替代品，飞鸟族自己产的鸡毛、鸟毛羽衣，鸟羽作为新的兑换物，却比过去的树皮布要昂贵许多。

树皮布来源于楮树，岛上风大，楮树枝小，经不起大风刮拂，只长在背风的山上，有些人家把它种在围墙中，如今，地面上的楮树几乎绝迹，只有地底下还有些残存。

"要是拿树衣族的布匹到城中买粮，一定能换回不少。"半神仔细地听完，给了少年一个狡黠的笑容，他眼中虽流露出少许担忧，但只是一闪而过。寻路人的话也许是神意，即使它听起来轻率而冒险，极难成功。但他相信，此中的意义一定会在事后彰显。

艾鸥蹲立在一节折断的桅杆上，海蛇在他的脚踝处留下了一道牙印。他握紧手里的乌阿杖，海蛇嘶嘶有声，在断杆周围游弋。艾鸥哀求道："饿鬼神在上，我是你的开膛咔嗒！"

海蛇仿佛听懂了哀求，嗅到了猎物血脉偾张的恐惧，蛇头张开红齿尖牙，如树枝般升起，吐出一股人血的腥味。

饿鬼神开口："年轻的开膛咔嗒，你为什么要救一条人鱼？"

"不是人鱼，他是我的图穆。"艾鸥道。

"哦，他在哪儿呢？"饿鬼神瞭望道，"他丢下你跑了，你真的有一个图穆吗？"

艾鸥瞥向宫门，所幸阿噜已经逃走了。他盯着杖头上那张哭丧的脸，层层叠叠的皱纹像一团苦恼的浪花，他双腿打着颤，艰难地不让自己落水，鲜血顺着断桅流入海中。

"饿鬼神饶命，我是你的海螺手，我会替开膛咔嗒召唤人鱼……"

"开膛咔嗒可以做任何事，杀任何人，但不能违逆我的意志。我知道长臂女人抚养了你，把你当作她的干儿子，她始终认为，小虫儿能起死回生。你在问小虫儿是谁？"饿鬼神好像发现了艾鸥的疑问，"他是红帽子和长臂女人的孩子，他在海里淹死了。"

饿鬼神温柔地望向大殿的出口，"你听见红帽子的笑声了吗？他的少酉长长大了，而且天赋灵力，受人追捧。红帽子老了，他的脸不能再像年轻人那样绷紧了，不出几个棕榈年，他就会死去。但是，他不用烦心，因为少酉长回来了，人们都把他叫作寻路人。"饿鬼神瞪着一双黄色的眸子，"你说，把那数百尊石像全部拉倒，要多少人？将饿鬼神忘却，需要多少个棕榈年？"

艾鸥沉声答道："一座坚固的石像，臀部植根在神坛的凹槽里，海浪也不能把它掀翻，可十来个人就能把它拉倒。要我忘记饿鬼神，恐怕一辈子也做不到。"

"人鱼们可没这么好的记性，他们的记性就和鱼一样短。到时候，我会死，没有我，红帽子的寻路人，就会带领人鱼们驱赶开膛咔嗒。与开膛咔嗒为敌的寻路人，你还会把他当作图穆吗？"

"饿鬼神，你是不死的神呐，是不动的活人之脸。只要你在，这样的日子就不会出现。"

饿鬼神咧了咧嘴："我的肉身终将枯朽。到时候，我就死了。你说，是石像，还是一个继承人，能够传承我的意志，延续我的存在？"

饿鬼神也会衰老死亡吗？难道，他不该像那石像一样，一直年轻？艾鸥怔怔地抱着腿，无望地盯着水中。

"艾鸥·苦芭葭，你还记得自己从哪儿来吗？"

"我不记得了，长臂女人说……"

"一个真正的开膛咔嗒会忘记自己的祖先，但现在，我要你好好记住那疯女人的话，因为你是神龟王族人，是高贵的长耳人，是我的族裔。等你成年，你会超过所有开膛咔嗒，成为神的骨头。"

饿鬼神能看见，饿鬼神知晓一切。艾鸥脸色惨白，抬起头道："你说，我会成为神的骨头？"

"你不只是神的骨头，我还要你统领开膛咔嗒。"

饿鬼神能看见，饿鬼神能预见。"伟大的饿鬼神呐，你要我怎么做？"

饿鬼神朝水里扔了一颗人头，大海蛇拖着那人头，不带一丝涟漪，悠悠沉入水底。

老鼠是鬼魂的影子，它们在夜晚啃咬地底人的脚，匍匐在耳边，用诡异的话语，带来了红帽子的口信，地底人诧异地互道着口信的内容。他们是一群善良的流民，自觉与吃人的行径隔绝开来，从不到长耳人的地盘上去转悠。乌里吮着手，睁大眼睛望着洞外。粮食不多了，地底人必须要活下来。

艾鸥回到芋头洞时，满腿是伤。小稻子忙去槐树皮那儿要了些冰草，去找吹彩祖母取了些树皮布来，为艾鸥清理包扎。

艾鸥嬉笑着，对着小稻子做个鬼脸："就是点小伤，不要紧的。"

众人议论过小稻子的计谋，赞成和长耳人交易的办法。四方的地底人开始忙碌起来，东方的青苔洞提供篮筐藤索，跳跳鸟在神庙墓园里，找到了神龟王族业已失传的古老印花，南方的囚鱼沙坑是药材铺与医馆，毒鳞女人差人送来了檀木榨取的香油，北方的芋头洞里，树衣族人开始忙碌地制作新衣。但是，西方百鸟巢里苟活下来的地底人，对这桩买卖存有顾虑，不肯现身冒险，只有他们的半神吹烟愿意出来接头，交易的事，还需要寻路人亲自操办。

树衣族女人们在泉水边，用鸟骨针缝制新衣，零碎树皮制成腰布与发带。乌里把这里每一个女人唤作"母亲"，这令艾鸥有些吃惊，他只清晰地记得一个母亲，那就是长臂女人。混迹在孩子中，女人们会叫艾鸥帮她们磨针，艾鸥磨的针和他制作的鱼钩一样好，女人们干活时一丝不挂，她们对艾鸥从不戒备，更没有人把他当作开膛咔嗒，因为他和小稻子一样，早已成了地底人。

槐树皮和他的孩子独居在离泉水很近的一个洞窟，虽然见不到阳光，但是槐木小舟喜欢游水，这里能让他始终保持干净。槐树皮从洞窟的石缝里拖出来一个箱子，对小稻子说道："这是我保管的树衣族最后的宝贝。它很早就被金背公鸡藏在这里。"

小稻子看出，这是大明的箱子，箱子里有三匹绸缎。女人们打算用这些布缝几件衣服，让小稻子一并带进城去。

"它们一定能卖个好价钱。"小稻子说，或许会吸引不少的目光。

百鸟巢是个什么样的地方？那里的长耳人一律是肥头胖耳，还是有如开芽这般的，窈窕动人呢？假如开芽住在城中，那就难怪渴水之鱼这么灵通的家伙，也找不着她的踪影。这么个神秘的地方，谁知大家都对它并不陌生。

"我年轻的时候在百鸟巢里卖烤红薯，是趴窝鸟王认证的不可不尝，每天早上来等候的食客一直能排到山顶上。"老厨子说。

槐树皮记得族人过去在城里有固定的商铺，那时候，树衣族还是受人尊敬的部族，长耳人来买树皮布时总是彬彬有礼。

艾鸥每年都会去一次百鸟巢，他得意地说道："鸟神节到来的时候，我和那些受饿鬼神恩赏的开膛咔嗒就会聚在百鸟巢，他让我们涂上鸟神仪式的体画，戴上野兽的面具，这样就能进入山顶的盛宴，和长耳

177

人一起狂欢了。"这样的节日，该是一番怎样的情景，让他这么喜欢？

宝箱中，小稻子惊喜地发现一匹大凤莲妆花缎，绛红的丝缎上，孔雀羽的五彩凤凰展翅翱翔，小稻子打算做一件女衣，它的美丽只有开芽配得上。少年凭借记忆，请求吹彩祖母勾勒草图。

"这布料好得很哇，"吹彩祖母乐呵呵地说，"颜色就像生在上面，不需要用嘴吸水彩，我也施展不出最拿手的吹彩功夫了。"

然而，制作树皮衣的鱼骨针，用在丝绸上就显得过于笨拙。要缝丝绸，需要更小的针、更细的线，吹彩祖母将她的骨针磨了又磨，花了好些日子。最后她终于满意地做出了她的骨针，小稻子看见，这根鱼刺似的骨针，竟也如绣花针一般，它要用女人的发丝来作线，穿线的活需要年轻人来完成，吹彩祖母凭借她多年和飞鸟族打交道的经验，又在这衣服上镶了珍珠和贝壳。小稻子还从未看见哪个大明贵妇的绸服，能和它一样出彩。

地底人都对它称赞不已，除了艾鸥。他听说这件衣服是送给一个女子的，便仰起脑袋大声发笑，可他看见小稻子满眼的认真，脸色便阴沉下来，他弓着背，手握成拳，露出白牙，绸服在他手中揉捏着，似乎就要被他揉碎了。

百鸟巢穴

黎明时分，小稻子走出芋头洞口，带着艾鸥、乌里、老厨子、槐树皮与渴水之鱼一行人，大步奔向长耳人的领地。

东方的土地正在干涸，赤土就如瘟疫一般扩散，而西方的土地却绿草如茵，切割分明的田亩遍布平原，就连海边的湿地也种满了耐水的芋头。

"这里生活着鲨族和鲸族，他们各自住在成排的大长屋里，为百鸟巢看守大门。"槐树皮说。城外南北坐落着两个渔港——"南风海滩"和"光明港"，分别由二族卫戍，这两处也是饿鬼神舰队的停泊港，港口连

178

通百鸟巢城门，各族的商品在此卸货，运往城中。

太阳初升在海平面上，照耀着一片金黄色的港湾，这里停泊了一些渔船，大多是双体船，以及悬有浮臂的独木舟，可供近海航行。然而，它们当中没有一艘船有帆，能够用于远航。海港里寂静无声，连海鸟的鸣叫也没有，偶尔有一些无精打采的人，拎着鱼筐，走下船来，鱼筐中空空如也。

一条石砌的光滑路面穿过海港，消失在大海里，仿佛通往一片沉没的大陆。

"看啊，百鸟之巢！"艾鸥指着前方的大山说道。小稻子驻足远眺。

顺着烤火山山势，一片圆形的石屋环环相扣，好似一片荷塘，荷叶亭亭，错落有致。城头上，嘹亮的海螺声四起，如同一阵大风，吹遍大地。小稻子抓紧肩上的扁担，加快了脚步。

大道尽头，是一排巨大的玄武岩黑墙，巨石堆叠，如借鬼神之力，黑墙上立着一排活人之脸，它们一尊比一尊高大，算起来竟有十三尊之多，一群工匠在一座崭新的石像上敲敲打打，老厨子说，这石像是刚从捉魂窟采石场运来的，石像族人正在为它沐浴洗尘。石像前的平地上，跪坐着许多祭拜的人，他们大多半裸着身体，只用一把茅草遮住裆部。石像边，鹄立着飞鸟族长耳人，他们举手向天，高调呼号，引导众人祷告。

飞鸟族人开凿烤火山上的岩石，在这里筑起空中的巢穴，把整个山头建成了一座座高耸的城楼。百鸟巢三面环海，一条之字形路通向山门，城门深幽，像是黑墙上凿出的一个岩洞，来人走近，兽口大张。

人群在城门口聚集，他们中大多是穷苦的农民，刚从庄稼地里赶来，运来新鲜的粮食，还有些是渔夫打扮，头上戴着蜂窝状的蓑帽。城门修得狭窄，人们脚踵相接，如蚂蚁连线。

"匆匆路过的人们，给点烟草吧。"小稻子正要拔腿，道旁一人开口，此人一身破烂，却奢侈地抽着烟斗，"暮之世界的游民，这是要上哪儿去？"

"老鸟王大人？"槐树皮惊问。

老厨子对小稻子耳语："他就是西方地底人的半神吹烟，曾经的绕橡鸟王。"

男子邋遢的伪装，任谁也瞧不出来他的原形。只有那杆烟斗，和小峡谷里所见无异。他不像同族那样留着长耳，不是长耳被人扯掉了，而是根本不曾留过。

小稻子上前一步，说道："我是阿噜，幸会半神大人。"

"年轻人，你也想到大鸟笼里去吗？少女被漂亮的羽毛衣吸引来，少年想要黑色的琉璃，他们满嘴说着虚荣的胡话，满眼都是飘渺的幻境。"

"我想世上的好东西，要是有机会，谁都想去开开眼界吧。"小稻子道。

吹烟指着站在门口的人群："百鸟巢里什么都有，只要他们看见了，就会心生贪念，他们想要的越多，失去的也越多。他们不知道，自己也是这城中贩卖的商品，急着伸手，就是急着把自己卖出去。"

"我没有这虚荣心，不会轻易把自己卖掉。"

吹烟背过身去，笑道："你看那儿。"

吹烟指着城门前一名长耳人门使，这个人仪表堂堂，脸上刺青犹如海浪，脑后的发髻上插着一把木梳，耳垂被翠绿的玉石拉得修长，作为一种荣耀的展示，他浑身挂满了糖葫芦串般的人形木偶"活人之躯"。

"短耳人，你佩戴的'活人之躯'呢？"门使声音威严。

"长耳大人，我太穷了，买不起'活人之躯'……"一名男子哀声说。

"没有'活人之躯'，就是没有信仰，是背神者的行为。"门使优雅地摸摸头顶的梳子，摆正身上的木偶，"你可怜得像个乞丐，衣服不能遮体，我看你不是背弃了饿鬼神的东方流民，就是肮脏的地底人。"

"大人睁眼，小人只是卖蛤蜊的虾族人……"

鲨族的士卒握着狍阿，把柄上是个怒目圆睁的小人头，照着穷人软肋捶下，一脚将他踢出了城门。

乌里缩了缩身："阿噜哥哥，长耳人讨厌地底人嘞……"

艾鸥推了乌里一把："你怕长耳人，就是海跳蚤。"乌里摸摸身上，一行人乔装打扮，早不像地底人的模样，便松了口气，回瞪了艾鸥一眼。

吹烟指着守门人道："他是飞鸟族门使泅渡贼鸥，传达饿鬼神口信的人，每个进城者都要由他来盘查信仰。信仰的证明，就是佩戴饿鬼神的活人之躯。它们很沉，妨碍劳作，所以短耳人只在节日祭典中才把它戴上。可自打燃族人宣战以来，随身佩戴成了一条规矩，不佩戴就会挨打。"

与此相对，地底人信奉的是祖先与红帽子的死人之躯，它们种类繁多。小稻子睡在死人之躯下，每天被早拜的人吵醒，知道他们虔诚，地底人自然没有活人之躯。

"你有进城的法子吗，寻路人？"

"听说飞鸟族都是商人……"小稻子微微扬眉，"我自有办法。"

吹烟吐出一口烟圈，好似一只飞蛾："城里的地底人像老鼠一样生活，他们各自讨命，恐怕帮不上你的忙。假如谁落单了，别回头继续走，城里的路有很多条，总有一条是生路。山顶神的骨头多，别去烤火山顶看戏。"他含笑与众人告别："愿吉运伴随你们。"

"承蒙你的关照。"小稻子说罢，匆匆往城门走去。

一行人议定，各自表现出充满信仰、坦然无畏的样子。艾鸥扯开嗓门，从嚷嚷的人群中破开一条道："让路，让路咯！"

门使泅渡贼鸥开腔："哪里来的短耳人，带的什么货物？"

小稻子回答："我们是虾族人，想拿树皮布做点买卖。"

虾族是一个弱族，生活在贫瘠而礁石纵横的小港湾里，除了潜藏在那些危险海洞中的龙虾，没有鱼类光顾，很少被人提及。

"打开来我看看。"

小稻子忙将扁担卸下，抖出包中货物。人群中迸发出一片惊叹之声。

"啊，饿鬼神睁眼！真不敢相信，一个虾族人居然这么富有。"泗渡贼鸥捏住那鲜艳的布匹，啧啧称赞，"快和我说说，这些布是从哪儿来的？是不是勾结了树衣族，从背神者手上换来的？"

"我们都是追随者，你请看他……"小稻子叫艾鸥低头，露出那狰狞的刺青恶鬼。

"我很少看见有年轻人，会在他最神圣的地方刺青，他是个虔诚的信徒。短耳人，可我必须知道你们所有人的信仰。"泗渡贼鸥说罢，小稻子取出一张印花精细的树皮布捧到他手中，"这礼物是孝敬你的，尊贵的长耳人武士，我们进城去，正是为了给族人买'活人之躯'。"

人群中传来了惊奇的呼声："看呀，多好的树皮……"

泗渡贼鸥舔了舔嘴唇，亲切地笑道："欢迎你们为了信仰而来，为了一族人的信仰，应该到最好的长耳人店里去，你是个识时务的短耳人，这树皮衣在城里可是最抢手的货物，瞧瞧，我这身衣服都穿了小半年了。"泗渡贼鸥说到一半，忽然觉得有些失态，他把树皮布收好，收在活人之躯的小眼睛看不见的地方。

先前卖蛤蜊的男子，蜷缩在地上，看他的神情似有莫大的苦衷。小稻子向泗渡贼鸥恳请道："敢问大人，我们能带上这个可怜的族人吗？免得蛤蜊在门口腐烂，熏坏了大人的鼻子？"

泗渡贼鸥努了努嘴。有人讪笑："瞧呀，长耳人听从短耳人的话，放没有信仰的人进去了……"

小稻子招了招手，领众人快步钻入门中。

半山集市

城里日异月更，变化巨大，老厨子已经认不出当年卖红薯的道路，艾鸥也不记得通往宴会举办地的方向。小稻子向路人打听，长耳人看了看少年的短耳，又瞄了瞄身上的信仰，便对其置之不理。一行人走了一圈，却找不到路。

卖蛤蜊的男子提着篮筐，取下一大串贝壳、牡蛎，说道："善良的勇士，请收下'空渔网'的感激吧。"

艾鸥伸出手去，小稻子将它拿住，在男子诚恳坚持下，小稻子推搡不过，回答道："我们天亮便在赶路，倒是有些饿了，这样如何，我用布匹，换你的蛤蜊？"

空渔网一听，神色忧愁："这些蛤蜊都给你们，足够换半匹最粗糙的树皮布吗？"小稻子拿出一匹，留了些蛤蜊让他买些日用，空渔网接过布，干瘪的身躯激动得颤抖起来，"多么仁慈的交换呐，我的妻子就等着我给她买衣服哩，她都整整三个椰树季不敢出来见人了，现在就像躲在洞里的地底人一样呢。她一直盼望着有了衣服，再体体面面地跟我进城来哩。"空渔网慌乱地收下布匹，藏在他的竹篮中，忽然靠近小稻子耳边道："我的朋友，虽然我们虾族没有你这样的富人，我不知道你是哪一族的，但你对我的慷慨我会牢记在心。我提醒一句，我们的交易是个秘密，绝不能让大嘴鸟知道。"

小稻子道："这是自然，相交即是朋友，不要客气。你说的这位大嘴鸟是什么人？"

"看来你是头一次进城做买卖呀，居然不认得长耳人大嘴鸟，他是饿鬼神的鲜肉铺主人，饿鬼神让这个飞鸟族人掌控市集，凡是来这里做买卖，都要先见过大嘴鸟，所有的货物，都由大嘴鸟来定价。在定价之前，私自交易是禁止的。"

若是放在大明，大嘴鸟这号人就是市舶提举，掌握物价调控之权，是商人们的父母官。看来这个人的定价一定不够公道，不然空渔网怎会甘冒风险，与我交易。

"啊，原来如此。"小稻子装作着急的样子，"要是被他发现了，私自交易会受到什么惩罚？"

空渔网用木讷的声音回答："根据交易物品的价值，割去身上的肉。"

拿人肉偿还，说不定还要赔上性命，此人绝非善类，可却不能回避：

"大嘴鸟在哪儿，能不能请你替我们引见引见？"

空渔网长吁一口气，点点头。

这里长耳人的圆屋薄砖为墙，泥石封顶，像鸟蛋一样光滑，然而开门狭窄，俨然如一间间地堡，门边有鸟兽形象的石岗哨，正用一对大眼盯着往来行人。

"既然你们看什么都这么新鲜，那我就该好好跟你们介绍一下，饿鬼神是如何用他的灵力，变出了这座城市！"空渔网睥睨道。听了这话，老厨子不屑地哼哼起来，这声音被空渔网视作是老年人特有的一种呻吟。空渔网提高了嗓音，情绪激昂得不能自已，"爬上百鸟巢的城墙，缔造者饿鬼神开口了：'过来吧，沿着四方的道路，崇信我的人们，踏上这坚实的地基，瞧瞧这石头巢穴占领的山峦，我为你们搬运来了这座巨石的城，它的大门将永远为你们敞开。'"

老厨子用一种傲慢的腔调问："墙上也没刻谁名字，饿鬼神能搬动这巨石吗？他一个人能完成这项壮举吗？活到我这个岁数的人才知道，这地方老早就叫作百鸟巢了。"

空渔网摇手道："嘘，可不敢质疑饿鬼神，假如被他听见……"

巷子里飘荡着妖娆的吟哦，合着人流的步伐起伏。长耳人高大、优美、穿着讲究，鸟羽的头饰随风摆动，菩萨般拉长的耳垂上镶嵌着玉石，下坠至肩，小稻子想起了西瓦人，他们简陋的耳饰不过是几根烟管。相比之下，城中的短耳人则形貌委蕤、面容沧桑。他们唯一与长耳人相似的地方，就是身上也挂满了饿鬼神的小木偶。

街面修缮整洁，一切井然有序，人们相见恭敬有礼，面带微笑。小稻子放慢了脚步，敬畏地环视四周，这座繁华的城市不像在荒凉的孤岛，更像在中土大明，在那来往的人流中，会不会出现一两张熟悉的面孔呢？勇敢的大明旅人，会不会行走在他们中间？小稻子心中燃起的丝丝火苗，又悄悄地熄灭了。他们那矜持的面容，他们身上叮当作响的人偶，那些触摸树皮衣的好奇的手，那些鬼魅的音乐和陌生的口音，都在告诉小稻子这里不是中土。少年是这里唯一的流浪者。

百鸟巢的半山集市坐落在山腰间的一块空地上，这里人头攒动。人们挑着一杆杆短扁担走过，地上堆满了色彩鲜艳的海鱼，蔷薇色的海蜇穿成了串，棕榈叶筐里装着虾蟹、谷物、石器、竹器、木偶；空气中弥漫着烤甜薯的香味、花香、海产的腥味和诸多让小稻子陌生的气味；还有打磨石器的声音、葫芦和椰子壳的敲击声、风吹珍珠贝壳首饰的脆响。这里没有饥饿，只有富饶、满足和浓郁的烟火。一名渔夫，背着一条一人高的大鱼从旁经过，少年看得合不拢嘴，这一定是乘大船从深海捕来的。

饿鬼神的肉铺是一间醒目的石头房子，大小像个衙门，客商盈门。店主大嘴鸟提一把斩肉的石斧，身上人偶欢快地摇摆。他身后的墙上挂着一颗乌紫发臭的猪头，蝇冲蚊飞。

所有前来议价的商贩，都将商品交给大嘴鸟过目，大嘴鸟将斩下的肉堆叠在一处，商人依据肉堆部位和多少而知价格。肉铺生意很好，刚刚剁好的肉，便被人买走。

"短耳长耳，什么买卖？"大嘴鸟问。

"在下阿噜，是短耳人，来卖树皮布。"小稻子答。

大嘴鸟提着手中石斧，走下案台："你们是树衣族人？"

小稻子道："我们是虾族人。"

大嘴鸟对这一行人瞧了又瞧，反复审视，最后认出了空渔网，"虾族人，你们是同族？"

空渔网脸上的血色都逃到了脖颈之下，他一脸惨白，几次张嘴都没能出声，最终死鱼吐泡似的回了一个字："是。"

他看见大嘴鸟提起石斧，吐了口唾沫，细细擦拭了一番，又从他篮中取了一颗蛤蜊，开壳咀嚼："你的蛤蜊，价值好比没肉的骨头，上不了议价的砧板，你是卖蛤蜊的，可你的族人却来卖树皮布，你可知道，这树皮布在百鸟巢里，是很值钱的东西？"

空渔网看见大嘴鸟倾着身，居然对他一个人说话，而且说得很温和耐心，不禁感动起来，可怜巴巴道："我们虾族人在海里作业，都不穿衣

185

服，哪里会知道这东西值钱呐……"

"人要活得体面，活得像人，就要穿衣服，不然就像条鱼，要做开膛咔嗒的口粮。"

空渔网连声称是。大嘴鸟面向小稻子，问道："虾族的商人，这里是饿鬼神的市集，大海的肚脐所有东西都由我来定价，然后才准公平地买卖。我还以为你们虾族除了小爪龙虾，没什么值钱的东西，看来我错了。墨口年开年的时候，树皮布是流通货，人们拿它来做买卖，可现在不同了，现在树皮布很稀有。"

"要是没有了树皮衣，我们穿什么哩？"小稻子问。

"以后你们要穿鸟羽服。不像那楮树逐年减少，鸟群每年都来我们这儿歇脚，我们的羽毛衣从来不会断货。"大嘴鸟叉着腰，他胯下一条鸟羽的腰布，早被鲜血染得猩红。

"不知这鸟羽服什么价格？"小稻子问。

大嘴鸟丢下斧头，将案台上的生肉翻转："每件值等身肉。"

等身肉？想必是一整头猪吧，居然这么值钱。没有了树皮布，鸟羽衣自然独占鳌头。

"按说现在，你的树皮衣也值这个价格。"大嘴鸟咧嘴一笑，"可你是短耳人，和长耳人做买卖，价格就不一样了。"他剁下两只猪蹄，丢给来买肉的长耳人，他们正排起长龙，熙熙攘攘的。他的估价是，如果卖给长耳人，小稻子的树皮衣只值两只蹄子？

空渔网沿街叫卖去了，他与小稻子分别之时，一句话也没说。众人在山崖边上，找到个落脚的地方，匆忙布置，将树皮布一卷卷摊开。

海风顺着高崖呼啸，不时掀飞人们头顶的帽子。午后橙黄的阳光缓缓洒下，小稻子盯着那随风起舞的尘埃，聆听着人声的嘈杂，痴痴地静默着。

"树皮布哎，漂亮好用的树皮布！"听见吆喝，来往行人无不震惊驻足。瞧热闹的短耳人将这个偏僻的小摊团团围住，可他们没人买得起这么昂贵的东西，他们看了又看，挑了又挑，还在鼻子上闻了闻，这上面的图案、熏香都让他们想起了往昔，穿得起新衣的日子。他们流连在摊前，迟迟不愿离去。偶尔会有几个探头探脑的长耳人，故作高贵地说几句风凉话，卖弄一下身上象征身份的鸟羽服，然后潇洒地走开。

按照大嘴鸟的议价，没有人会买小稻子的树皮衣，每件衣服价值两只猪蹄，相当于五十个红薯，短耳人多半拿不出这么多粮食。这些货物虽然抢眼，却一点也不抢手，一件也卖不出去。

人群中钻进来一名敦实的男子，一条破旧的鸟羽围裙绑在腰上，布满肮脏的姜黄的颜色，他小心地躲避着众人的目光。小稻子发现，他是一个长耳人，身上的"活人之躯"胡乱地挂着。

"虾族人，你的树皮衣怎么卖？"

"卖给尊贵的长耳人，只要两只蹄子。"

"饿鬼神睁眼，我也许要犯下大错。"长耳人仔细掂量着，"瞧瞧这花纹，现在再也看不到了，啊，多么独特的香气，我都不记得，这世上还有这么好闻的味道了。"

"客人要是喜欢，不妨细看。"小稻子说罢，就听见人群开始议论。

"这个长耳人居然这么卑下，要买短耳人的衣服。"

"他为什么不去买鸟毛制的羽衫？"

"他是住在下城区的长耳人，他娶了个鲸族人当老婆。"有人识辨道。

长耳人面色窘迫，可他并不避讳："我是一名独木舟船长，我的名字叫压舱石，妻子是个鲸族人，因为鲸族是短耳人，我只能从长耳人那儿得到一小半的配给，别的长耳人都穿羽服，可这对于我来说是个负担。"

老厨子告诉小稻子，长耳人作为饿鬼神的眷属，根本不需要买衣服，而是接受一种分配的制度。这个制度向来很公平，对于那些显赫的长耳人家族也许更公平。衣服从未出现过短缺，那是因为还有一个秘密的降格制度，有些长耳人会因犯错而被疏远，甚至在将来的某天失去眷属的权利，耳朵上的饰物被人取下，硕大的耳垂不得不挂在耳郭上面，他们得像短耳人一样去田里劳动,又在某天破晓之前突然消失,谁也不知道他们最后的去向。

压舱石将树皮衣在身上细心比画着,没有发现什么瑕疵,心中满意,如数放下了一筐红薯。临行前,似乎为了挽回自己的窘境,慷慨地取下一件"活人之躯",送给小稻子。

"短耳人,愿吉运伴随你,你的买卖永远兴旺!"

小稻子认真地感谢了他,欣喜地搓着手,有了这第一个,就不会是最后一个。果然,更多的长耳人相继走出人群,仔细地掂量着这些制作精美的树皮衣。

一袋袋红薯开始堆叠起来,地底人忙着点数,用文盲笨拙的手法记录在一个木片上,这种记录只有他们自己能够看懂。

"让一让哟,让一让。"山崖小道边,一对体态丰腴的长耳男女横步踱来,妇人戴着一顶华丽的海燕羽帽,像个移动的鸟巢,硕大的双乳之间,夹着一尊活人之躯,一身刺鼻的花香,人未到,香气先熏了过来。身后的男子戴着一顶马蜂窝状的帽子,浑身热汗淋漓,一团蚊子在他头顶嗡嗡作响,他的身子塞满了整个崖边小径,人们提胸仰脖贴着墙,好让这个一路牛喘的男人跟得上他妻子豪迈的脚步。

"那不是鸟羽家族的尊长吗?"人们议论道。

在奴仆的搀扶下,夫妻俩轰然搁浅在草席上,所有人都被蒸腾的汗气吹荡在外。小稻子殷勤地拿出布匹,夫妇俩粗率地检视了一番摊子上的货物。

"嗯,做工很像短耳人树衣族的,不过……"男子的话被妻子接过——

"不过很庸俗,只有乡下的短耳村妇织得出来。"看来他们是崇尚高雅之人啊。

妇人随即哼起了一个酸味的小曲:"长耳人喜欢鸟羽帽,短耳人只能穿鸡毛。长耳人时兴戴披肩,短耳人只有裹茅草。长耳人爱黥面,短耳人涂泥巴。你这里的东西,毫无格调。"她将手中的树皮衣一扔,优雅地伸了伸长腿。

一些长耳人附和叫好,跟着贬损小稻子的树皮衣,急于撇清自己。那些买了货的,赶紧把东西藏了起来。

妇人的一番话,讲得颇有道理,正如她所说,按照城里人的时尚,短耳人做的衣服总是落伍的,甚至庸俗可笑。看这妇人梳着鱼鳍发髻,耳佩鲨鱼椎骨饰物,男人穿公鸡尾毛,这样的装饰对于短耳人而言,自然美得难以想象。城外短耳人的饰物,不管是一个葫芦,还是半片鱼皮,抑或是一块鸟蛋壳,只要头上放个东西就好看。小稻子曾看见有人十分自豪地把一棵生长旺盛的灌木插在头顶,还有个光脚的人,发现一只鸡毛布鞋,也想方设法安在头上。树衣族有句老话:"衣服越是显眼,越像个体面人。"妇人满身都是稀罕之物,从花穗胸饰到海星项链,她的身子仿佛是大海的肚脐珍宝展览。小稻子心中暗喜。

"你请稍坐,让我再为你找找。"

女人不耐烦地摆摆手,在丈夫面前娇喘。男人一手为她顺背,一手指着,惊诧道——

"微微,你瞧,这是什么!"

妇人眼前一花,被一道柔和绚丽的光彩怔住。

"谬诉,这是什么?"

小稻子:"这是丝绸,丝绸之裳。"

妇人一把抓过绸服,这东西柔软无形,用鼻子蹭了蹭,又用耳朵听了听,却不知为何物,侧脸问丈夫,丝绸是什么?丈夫的名字"谬诉"意为"不愿干某事,又进退维谷",他张着嘴,啊啊了半天。

"黎明的霞光,深夜的露水,早春的阿洼溪流,深秋的朗朗明月,初冬正午的柔毛飞雪,盛夏黄昏的丝丝凉风,孩儿挂在你颈上的轻盈小臂,心上人在你耳边的悄声细语……所有这些,就是丝绸。"

从小稻子的解释中,二人好像只领悟出"这是灵力幻化之物"。小稻子也觉得词不达意。

"好了,快别说话了,我要穿上它!"微微的手指比画着,让在一旁发

189

痴的丈夫为她找出穿上身的法子,可他怎么绑都错得离谱。

小稻子在她耳旁说道:"夫人喜欢,是我的荣幸,可这丝绸材料珍稀,缝制它需要耗费数月的时光,价值不是一件普通树皮衣可比,夫人想买下它,也需要花重金才行。"

"那是多少?"

"用甘薯把这洞填满。"说罢,指了指悬崖下的一个黝黑的深坑。众人都望向小稻子所指的深坑,纷纷发出惊愕之声。

微微听了,蹙着眉,小稻子担心冒犯了她,谁知她欣喜地开口:"谬诉,它值这么多甘薯呢,它就是青春,就是财富!有了它,我算不算得上是天底下最美丽的女人?谬诉,我们有这么多粮食吗?"

丈夫谬诉转过头去,对小稻子喃喃说道:"它是神的礼物,短耳人,你应该把它献给饿鬼神,得到他无上的恩宠……"

小稻子一脸遗憾的样子,将绸服从妇人身上卸下。这样的价格,连长耳贵族也买不起,也许没人买得起。这就对了。

这一天余下的时间,都花费在一遍遍地清点甘薯上了。

除了老厨子,乌里和那些年轻的地底人算数都很费劲,有些狡猾的飞鸟族人拿不足额的红薯来交易,小稻子必须一遍遍教他们数数,这其中乌里学得最快,从汇报"我们换了一土丘的麻袋",到用手指脚趾算数,也只是半天工夫。

有好几次,小稻子追问那些身姿婀娜的女子,可曾听过舞女开芽,可是名字带开芽的女孩很多,没有一位是模仿鸟王的,飞鸟族人在谈及鸟王的时候,仿佛在说一个陌生的名字,他们紧压自己的胸口,好像生怕灵魂会跑出来,被大鸟吃掉。

太阳落山,收市的时辰到了,人们忙着收拾行囊。小稻子忽然发觉这一天都没有看见艾鸥的踪影,地底人说,他在城里闲逛。糟糕,不知道这小野人会触犯什么禁忌,或者偷了东西被人逮着。小稻子命令众人分头寻找。

老厨子最先发现他。市集的另一头，有个卖编织物的小摊，草席高挂在木杆上，摊主人是个年轻的姑娘，艾鸥正在和她玩一种游戏。这游戏看起来就像大明孩子玩的翻绳子，将一圈草绳，在指间缠绕成不同的图案，伴随着轻声的哼唱。而小稻子听见的全是肉麻的痴情话。

"我为你着迷，你就像一只生活在阿洼中的红螃蟹，一条尾巴有力的游鱼，我就如不会折断的兽牙槐，永远迎风挺立。你别害羞，好女孩，别让滚动的礁石把海草的根分隔两地。"艾鸥唱着，手中的草绳勾勒出一只螃蟹、一条鱼、一棵树，还有一把海草。他的歌声，依旧是最动听的。

厨子面带不悦："真不像话，要是过去，'楷楷'可不是拿来调情的游戏。"

"楷楷？"小稻子问。

"对啦，'楷楷'是孩子们学字，记诵庄严的诗歌时用的！"

"我很高兴，你为我而意乱情迷，花儿在朝阳下散发着清香，又在雨水天落入你的胸膛，这儿有个花环供我妆点，就用你迷人的笑脸。瞧，太阳下山了，可少女等的星星还没有出现。"姑娘编织出一朵花、一名男子、一个笑脸，以及一个星星。

"这颗星星是谁？"艾鸥问女孩。

"他是快乐的祖先之灵，来自上个雨季，湿润的长发如同女子，却勇敢无比。"

"你见过祖先之灵吗？"

"不，我只在山顶的戏台上见过。"女孩回答。艾鸥面露不悦，龇牙咧嘴吓人。

"艾鸥——"听见小稻子呼唤，艾鸥慢悠悠回头瞟了一眼。

"嘿哟，飞鸟族胡闹的表演也敢信？"老厨子原本是个戏迷，现在却好像很讨厌的样子，看见小稻子不解的目光，他觉得有必要劝导一番："吹烟说得对，山顶上的戏看不得！那上头鬼戴人面粉墨登场，最是个子虚乌有夺人魂魄的地方。"

姑娘说的长发祖灵是谁？他来自上个雨季，这么想虽然荒谬，但她说的莫非是我？山顶演的是什么戏？这戏怎么不能看了？其中的蹊跷，非探个究竟不可。小稻子静了静心，故作从容地向那编织的女孩走近。

这一天的成果是三筐甘薯，一筐红薯，一筐芋头，还有些干鱼、海贝，买卖总算有了起色。在百鸟巢，每个城里人的脸上，都散发着荣光和喜悦，没有一张脸，是哭丧着的。明天得想法子上山，哪怕半神不准，也要去会会戏台上的祖先之灵。

清晨，小稻子留下老厨子打理衣摊，便和艾鸥、乌里动身朝山上走去。编草席的姑娘名叫发织，她描述的"祖先灵魂"英俊魁伟，万般迷人，她还告诉少年们，上层市集里有人卖祖先的遗物——"祖先灵魂放在枢棺中的冥具"。上层市集位于崖顶，大多是长耳人的店铺。

北方的晨曦，穿透崖壁，追逐着众少年的脚后跟。市集上飘来诱人的烤鱼香，小稻子买了几个袖珍的烤章鱼和飞鱼。此时的长耳人正离开巢室，在短耳奴仆的簇拥下陆续进入上层集市。他们可不像短耳人一样，胡乱地把商品堆叠在草皮上，而是在神木搭建的大棚屋里做买卖。这里每一种商品都来自岛上一个特定的地区，是各族的特产，也是献给饿鬼神的贡品。小稻子细细瞧来，这里有燃族的神木、石像族的石器、甘薯族的白公鸡、蜥蜴族的草药、虾族的龙虾、鲸族的金枪鱼、鲨族的鲨鱼皮、黑玉山上的黑琉璃，它们在此地以极高的价格出售，就连海龟壳这种绝迹的古老国王的贡品，也有售卖。

艾鸥拉着小稻子钻进了一个黑琉璃铺子，这是他昨天逛过的地方。铺子里昏暗无光，到处都是一股火山灰的味道，大大小小的工具塞满了箩筐。店家是个高大臃肿的长耳人，他像只慵懒的水牛趴在一块完整的黑琉璃上，斜睨着艾鸥三人，磨制光滑的耳饰打来一道蔑视的青光。

"你又来了，短耳人？这里不卖农具、伐木凿石器，找燧石摊子到山下去。"

黑琉璃是一种极为锋利的石料，能削皮穿骨，甚至穿透大明铁甲，只是不及钢铁强韧。这种石头只产于火山脚下，南洋诸番把它当作一种宝石，大明人买来打磨抛光，做成辟邪的佛珠。大海的肚脐没有铁器，黑琉璃便是最上乘的武器，城外不远的黑玉山是唯一能挖到它的地方，控制开采的便是这家店的主人，黑琉璃家族的炽热红石。

艾鸥拿起一把黑色发亮、马蹄形的小刀，这把刀三面开光，看起来颇为精巧，随后又举起一柄类似斧钺的长兵器，月牙形的锋刃朝上，撞击之下，叮当作响。

"那不是乐器，短耳人。"炽热红石哼了声。

小稻子拿起一把造型古怪的尖锥，乌里看见一把石斧，二人一摸开口都割出了血，不由得同声惊呼。这武器可拿来防身，日后必定有用。三人议定，便开始挑拣起来，许多不知用途的工具就因造型奇特，被少年们收入囊中。

"店家，问个价？"

炽热红石呆滞地等这一刻已有好些时候了："黑琉璃价格高昂，十把价值半等身肉，可是卖给短耳人，每把只要一个红薯。"

"这是为什么？"

"这是大嘴鸟的定价，你不要多问。"那黑琉璃虽然锋利，可是薄脆易折，做武器不错，做工具却不如燧石耐用，非短耳人所爱。这原是飞鸟族特产，贱价出售，是为了叫短耳人买得起。店主人又道："只不过买去做什么，必须有个交代。要是说用来割布剃头，可用不了这么多。"炽热红石与那琉璃座椅浑然一体，只有一口白牙上下摩擦着。黑琉璃可作武器，自然需要管制。

"我们拿它去杀地底人，杀背神者！"艾鸥呼喝道。

"短耳人里，只有鲸族和鲨族人会来，虾族可是稀客。"炽热红石沉吟半响，"不过，现在城外不平静，杀光背神者人人有份，这黑琉璃就卖给你吧。"

艾鸥取出属于他的几乎所有的树皮布。他发现，原来既不用偷，也不用抢，就能叫人把他想要的东西心甘情愿地交出来，这种感觉挺好。

炽热红石给了每人一袋。临别，不客气地说道："短耳人哟，别再回来了——"

粮食铺和鱼货铺都是长耳人开的，卖的都是短耳人上交的贡货，他们把粮食上交给长耳人，为了不饿死，他们就得进城，挑些长耳人丢弃的小虾海贝和霉烂甘薯。有些短耳人会拿不值钱的海盐、野花换取，更多的人则在摊前膜拜静坐，等待恩惠。

小稻子在一家长耳人开的陶罐店前驻足观望。制陶是一门古老的技艺，据说只存在于神龟王族秘藏的能言之木中，飞鸟族盗来了秘籍，偷学了这门艺术，陶器易碎，且需大量木柴烧制，对于短耳人，这种容器太过昂贵，还不如捡来的棕榈果壳来得坚固实惠。这里有文身的匠人铺、理发铺、烟草铺，都是高档店铺。长耳人的鸟羽店，出入者净是些皮肤白皙、体态丰盈的胖美人。有人认出了小稻子，便中止了攀谈，拉着店主朝门外大呼小叫，鸟羽店主人正是谬诉夫妇，人们探出头来，射出犀利的目光。

转入一处寂静的街角，一个忧郁的声音开腔——

"神台何处，下葬几人？"

店主人裹着黄袍、面容整肃，站在一间庙台似的店铺前，正对着一块字迹鳞集的能言之木刻写，见小稻子几个睁着明晃晃的眼睛，他转了转眼珠，奋力地活动了一下眼眶里的肌肉："你的族人逝去了吗，短耳人？"

"啊？"小稻子驻足。

"这里是亡灵新居，我是死人的帮手桑皮寿衣，你们来要什么？"原来是个司丧葬卖冥物的地方，我们似乎找对地方了，饿鬼神说大明人是祖先的恶灵，这里也许就有大明的东西。店主人的样貌，令小稻子想起了铁木棺船，那个兜售各种神龟王族遗物的长耳人，他们多半是同宗。

"店家，听说你这里有祖灵留下的宝贝，能不能让我们看看？"

"又是个瞧新鲜的，活人就是喜欢瞧新鲜。我这里没有你说的东西。"

看来东西就在这儿了。小稻子打开背囊："我不白看。"

长耳人错愕地扭动脖子，发出一连串骨骼重新铆接的声音："你最好带够了能取暖的树皮布，因为在我心里，这片土地始终是冬天。"长耳人说罢，转身钻进店内。

店里堆满了能言之木书板，大概都是祭文青词之类，还有停尸的空木架、裹尸袋，祭司穿的鸟羽服，还有些神龟王族的古物。

大明的物品就散落其中，上面落满了灰尘，几乎难以辨认。都是水兵的遗物：军靴、皮甲、毡帽之类。小稻子悲哀地望着它们，目光落在了一把碗口铳上，忍不住拾起来。艾鸥走近，出神地盯着，他认得这便是阿噜用过的棍子，可是小稻子将火铳随手抛开。没有铁砂弹和火药，它不过是个无用的铁筒，还不如一根木棍顺手。

"桑皮寿衣，它们是做什么用的？"

"这是祖先的物品，也是通往死者世界的护符。"

正中的案台上摆满了神气活现的活人之躯。台底下藏一木盒，打开来，里面是一些木制的鸟、蜥蜴、海龟等，其间还有一些小人，瘦骨嶙峋，瞪着一双鸟骨制成的眼睛，弓着一条新月状的脊背，好像早就饿扁了，像极了芋头洞神坛上摆的木偶。

桑皮寿衣幽幽地说道："你有一双聪慧的眼睛，漂亮的眸子，却好奇地打量着最丑陋的东西。"

这里怎会有死人之躯？小稻子试问："那是什么？"

"这是背神者的东西，难道客人没见过？"小稻子打了个激灵，桑皮寿衣那空洞的双目正锁定着自己。乌里拉拉衣袖，喃喃念咒，做出虔诚的拜神的手势，雕像在他的掌上摇摆，好像在走动。

小稻子背过身道："我想买些'活人之躯'。可你却给我看这些丑陋的人偶，也不知出自哪个笨拙的匠人，谁会看得上。"小稻子推搡乌里，让他将活人之躯装包。

桑皮寿衣忽然开口："它们是石像族族长破浪而出的作品，传说，破浪而出在梦中惊醒了熟睡的祖先，只有他见过这些幽灵睁大眼睛的样子，为了记下祖先们的样貌，他就雕刻了这些'死人之躯'。背神者生前都隐藏得很好，只有在死后的葬礼上，才由亲人将'死人之躯'请出来，让死者的灵魂附其身上，供人膜拜。"

一个消瘦的人偶，顶着红帽，赤裸的胸廓和脊柱暴突出来，它的眼白是鸟骨，眼眸是黑琉璃，脑壳上布满了皱纹，看起来阴森似鬼，却比"活人之躯"更加逼真。这是红帽子的死人之躯，第一次在井粮中看见，把它当作了土地神，还在树衣族海边的停尸架上看见过它，它们都是背神的标志。

"你愿和背神者做买卖？"小稻子问。

"我从不过问死人的信仰。"桑皮寿衣回答。

这尊死人之躯雕刻细腻，红帽子，是你在注视着我们吗？小稻子不多看，将它摆回原位。

山顶的戏剧

亡灵新居外的街道上，人来人往。

艾鸥忽觉手上一轻，发现少了个包裹，四下望去，那包裹被一个瘦小的人拎着，正猫步而走。

"大胆老鼠，别跑！"艾鸥怒喊。他虎奔箭步，跳到那人身后，伸手一推，那人跌倒在地，艾鸥对他狠踹，这是一个赤裸的短耳人，一身污泥，可他抱紧了包裹，就不肯松手。艾鸥提起拳，不可遏止地砸向那人脑袋。见那人毫无还手之力，一味地挨打，小稻子推了推艾鸥的肩头。

"艾鸥，够了！"小稻子一把抓住艾鸥的挥拳，地上的人打着哆嗦，满脸的鲜血。

艾鸥把他怀里的包裹抓过来，打开来瞧，里面的黑琉璃压碎了几个。

"艾鸥，你差点把他杀了。"

"杀一只老鼠算什么，他抢了我的东西。"

"你就像个野人。"小稻子喝道。

艾鸥回瞪，神色愕然，好像在问，你竟为了一只老鼠而辱骂我？他用那烟嗓缓缓地说道："我是开膛咔嗒。只有我抢别人的，没有人敢抢我的……"艾鸥的话好像没有说完，圆睁的瞳孔在缩小，他忽然低下头，站起身，独自走开了。

小稻子望着他的背影，长舒一口气，觉得胃里搅动，便蹲下身。我为什么发了这么大火？是因为艾鸥的粗野，还是因为进城后，他总是在疏远我？地上的窃贼是哪儿来的，饿鬼神不留无用之人，他怎能在百鸟巢里存活，难道说，他也是个地底人？

小稻子沉声道："海龟呦，莫往陆上走。"

"石头人呦，啥能填饱肚。"小贼惊讶地回过头。果然如吹烟所说，城里的地底人各自讨命，过得如老鼠一般。

"你也是地底人？"小贼颤声问。

"你的名字？"

"嘴角渣渣。"

小稻子瞧着他肮脏赤裸的身体，不忍心，从自己的包裹中取出一件树皮衣："嘴角渣渣，这件衣服，你拿去穿吧。"

嘴角渣渣接过来，抚摸了一阵："地底人不需要穿衣服，这身泥巴能替我伪装。"

"可是夜里冷，总需要盖件东西吧。"

"哼，你也是地底人，地底人为什么要买黑琉璃，买活人之躯？"

"和你一样，防身和伪装。"

嘴角渣渣眼中泛白，低声道："你难道不知道，饿鬼神看见一只老鼠爬过，不屑于去理睬，可要是看见一个拿着黑琉璃刀的地底人，他会宰了他吗？"嘴角渣渣啐了一口血，摘下小稻子手中的衣服，迅即没入街角。

乌里碰了碰小稻子的肩膀，小稻子扫视四周，这条街的气氛与先前不同了，无论是长耳人或短耳人，他们脸上不再露出友善的笑容，而是神情愤怒，大步向山顶攀爬，"活人之躯"咯咯地相互撞击着。

197

这是去哪儿？没有人回答，只有怒斥声。小稻子被人流推搡着，朝山上走去，此刻没有下山的人了。山顶处哗声大作，听清楚了，人们在高喊——

"杀死红帽子！"

"杀光祖先的恶灵！"

"消灭背神者！"

喊得最嘹亮的，就数嘴角渣渣了，他一边嘶哑地高喊着，一边灵活地在人们脚下爬行。空渔网在这里卖蛤蜊，不时随着呐喊，露出一脸狰狞的样子，朝空中扔蛤蜊壳。这个怯懦的渔民变得心雄气壮，仿佛要与某个仇人搏杀。小稻子一头扎进人群，在这儿，长耳人和短耳人不分彼此，组成一道道难以逾越的肉墙，乌里在身后叫唤了两声，就被冲散了。

山上有座高台，几个长耳人站在上面。老鸟王赤头鹦鹉的声音盖过众人——

"快看，东方的海岸，祖先的恶灵来了，红帽子要出场了！"

由赤头鹦鹉开头，长耳人轮流接过对方的话，一人一句道："祖先的幽魂坐着大船来了。大船从'活木神宫'伸展到'日出海湾'。它们在黑夜中灯火不熄。瘦瘦鸡、瘦瘦鼠、瘦瘦海龟、瘦瘦蜥蜴和白脸人，这些古老的鬼魂，在红帽子的指引下，从最恶劣的天气中出现！"

这些被点名的灵魂一个挨一个地出现在台上，他们举着火把，面涂泥灰，穿着臭鸡毛，背着破龟壳，拖着茅草的尾巴，佝偻地走来，正如一个个"死人之躯"木偶。

红帽子出场，一个细长的男子，戴着"活人之脸"面具，一顶鸟巢形状的猩红色羽帽。小稻子看见人们跺脚磨牙，呼出热浪，长耳人谬诉紧张地握着拳，妻子微微也不明所以地尖声怪叫。人们慌乱地推搡着对方，小稻子几乎要在这热浪中晕厥。许多衣不蔽体、形容猥琐的背神者走出来，他们在"祖先灵魂"的带领下，挥动火把喝退观众，他们四处点火，在地上擦出一道道火苗，对那些吓瘫了的人伸手抢劫。

赤头鹦鹉说道："红帽子带来了无名的风暴，带来了没有种子的雨，崖壁在坍塌，陆地在缩小，红帽子吹来了干燥的风，吸走了阿洼里的水，没有人能活下来，更没人能逃走。"

人们惊声乱喊，蛤蜊壳如雨点般投向戏台。此时，一群扮演追随者的人拿起了棍棒，开始与祖先的恶灵战斗，然而，恶灵们没有痛觉，野蛮地嘶喊："我们钻出了海底，要让光和暮的世界颠转。"他们发出诡异的音乐，从鼻子中吹出来的笛声，伴随着敲打独木舟的声响，祖灵换上五彩的衣服，身上飘来刺鼻的生姜味儿。

赤头鹦鹉朗声问："谁能拯救我们，谁能保护我们？"

"饿鬼神——饿鬼神——饿鬼神——"全场的声音缓慢而整齐，坚定不移，渴望鲜血。空渔网粗糙的脸涨红了，谬诉一动不动地讴诵着，连小贼也像到海面换气的鱼儿，踮着脚尖张着嘴。在压倒一切的、催眠似的呼唤声中，另一个戴着"活人之脸"面具的男子登场。饿鬼神和红帽子，相同的面具，同一张脸，可是没人觉得不妥。

赤头鹦鹉道："饿鬼神听见了你们的声音，瞧啊——"

人们屏息凝视，忽然有人高叫："开膛咔嗒来了！"伴随着鸟叫声，一群脸上涂满黑粉的人跳上戏台，百鬼乱舞，他们爬到祖灵四周，包围、追逐、噬咬，木制的假肢被折断、扯下，抛向空中，祖灵们丢下火把，钻进了独木舟里。这一出是大明人登岛！小稻子朝四下望望，人们不怕开膛咔嗒，只有鼓劲和叫好。

呐喊渐息，气氛松弛下来，谬诉将头顶的马蜂窝取下，开始扇风，另一只手忙着安抚仍在激动的妻子，空渔网头顶箩筐，开始殷勤地兜售他的蛤蜊。人们默默祷告着，等待着下一场戏剧的开幕。

戏台上，遍地尸体中，一个可怜、满脸风尘的男子，恍惚地站了起来。

"可是，有一个灵魂逃脱了。"

"他没有被消灭，他就是寻路人。"

"我还活着……"寻路人发出娇弱的喘息声，扮演者是个女子。

一名彪悍的开膛咔嗒正在进食，一只大海燕纠缠在他杂乱的头发中。忽然之间，他发现了寻路人，两人对视，开膛咔嗒步步紧逼，寻路人不断后退，然后转身飞跑。开膛咔嗒驱赶着头顶的大海燕，并以一种笨拙的姿态开始追逐。这场没完没了的闹剧让全场爆发出了欢笑。

小稻子按了按青筋跳动的太阳穴，抹去两颊的汗珠。那人是我，一言一行都在模仿我，我被人盯着、跟踪着、一直记录着，这四周是谁在看我？小稻子想要跟戏里演的一样逃跑，却被挤到了戏台前。

寻路人做了那彪悍的开膛咔嗒的俘虏。至夜，开膛咔嗒发觉身上有伤，一会儿打呼，一会儿又疼得嗷嗷叫，就是睡不着。

"伟大的开膛咔嗒，你这是怎么了？"寻路人用她那女奴般献媚的嗓音问道。

"我快要渴死了……"开膛咔嗒说。

"你可不要死去，我这就替你找些水来。"寻路人如叩拜神仙般，倒跪着离去。

他跑进农田里偷香蕉叶，又走到火山湖，捞取湖中清水，盛在香蕉叶中，他跑进观众群中，躲着人们捉来的爪子，好像跑过了一个又一个山丘，游过一片又一片的礁湾，终于跑回了开膛咔嗒的洞穴，他焦急地爬到开膛咔嗒跟前。

"伟大的开膛咔嗒，你的水来了。"

开膛咔嗒用苔藓蘸水解渴，说道："我会杀死你，喝你的血，不过不是现在。"

与台上演的正相反，其实我才是那个负伤的人。假如要说戏里哪些是真，那便是艾鸥寻水的艰难，少年依然记得，艾鸥给自己喝的水是清甜的，而岛上只有带苦味的咸水。接下来的一幕幕戏，就是生活的重演。长臂的女人、巨人、鬼父还有海狮悉数登场，其中对话如亲耳所闻，就连在肚脐眼中和艾鸥的悄悄话，都被搬到了戏剧里。戏中自己是个彻头彻尾的胆小鬼，见到谁都只知道逃跑，赤头鹦鹉揶揄其为："迷失的鬼魂在寻找逃回地底的入口。"他要为近期大海的肚脐上所有的灾难负责，因为这鬼魂同时又拥有一种捣蛋的灵力，给岛民制造一个又一个的麻烦。

这些事儿都是篡改了的。伺候魁伟的开膛咔嗒，做他的奴仆，无中生有；用长矛杀死海狮，盗取守护神灵力，虚虚实实；盗取西螺的喇叭，号召树衣族和燃族做背神者，真真假假。小稻子发现了编草席的发织，她和一些心思单纯的年轻人一样，瞪着眼睛看得入迷，当她看见，那个扮演寻路人的家伙爬上布满开膛咔嗒的饿鬼岛时，她揪心地喊出了声，想给他预警，当他历尽周折终于找到水源时，她又为这个可怜虫动情地喝彩。

空渔网的蛤蜊生意做得火热，他一边感谢着"饿鬼神"的恩惠，一边帮着客人开蛤蜊壳。嘴角渣渣念着"饿鬼神"保佑，捡着别人丢弃的残食。谬诉夫妇开朗地笑着，这是小稻子熟悉的，街上人们常带的那种笑容，亲切、和蔼又喜庆。

剧目一直演到抢劫甘薯族的粮食。无论他干了什么坏事，都影响不了观众的好心情。而年轻人正在为他欢呼，他们追捧着这个丑角，似乎另把他当作了一号英雄人物，追赶模仿着他的一举一动。

是谁在盯梢，是长耳人的密探吗？偷偷摸摸的嘴角渣渣，或是空渔网？他最近越发频繁地靠近我的衣铺，手里的蛤蜊卖完一筐又一筐。小稻子想起了吹烟的告诫，那会是一个地底人吗？然而戏剧最终止于我进入地底之前，我长时间生活在肚脐眼里，这位监视者能听见我和艾鸥的对话，八成藏在隧道里，忽然，小稻子胃里一阵抽搐，肠子好像扭成了一团，肚脐眼是艾鸥的藏身之处，若有人窃听，以他的机警，怎么会没察觉到？

赤头鹦鹉高声道："现在，最振奋人心的时刻到了。"

"挂耳坠，拉长耳！"人们开始瞪大眼睛，躁动地呼哧喘气。

"没错，挂耳坠，拉长耳！经过神的骨头们严格周密的审查，今天将有一个短耳人荣升为长耳人，而一个长耳人将获得饿鬼神的恩宠。告诉我啊，这最无上的恩赐，是不是人人都想要？"赤头鹦鹉朝群情激昂的人们一挥大手，"伟大的饿鬼神正在为我们清剿背神的燃族人，追随者们，你们立功的时候到了，去买黑琉璃刀，去神谱家族的门前报到，只要能在战场上抓住三个燃族人，短耳人就能升格为长耳人，而长耳人的名字将被饿鬼神记住。"

男人们开始议论，年轻人已经开始行动了。

"今天获得褒奖的长耳人，是神谱家族的年轻人瞬息之心，他为饿鬼神作了一首诗——

饿鬼神，你是我的天父，

我的父亲死了，他不是死在与背神者作战的沙场上，

而是死在床上，死在油腻的腥臭中。

我没有父亲，因为我知道，并不是他创造了我，

我只有一个父亲，那就是你，饿鬼神才是我的父亲，你是所有人的天父！

你是不朽的天神，你让活人之脸永远地注视我们，

你把那些海蜗牛、讨厌的祖先，还有背神者，打得粉碎，

当你得胜回来，我要做你最疼爱的孩子，你永远忠诚的眷属！"

年轻人从人群中走出，老鸟王满脸喜悦地说道："瞬息之心，饿鬼神很喜欢你的诗，他明白了你的忠心，你为我们神谱家族争得了荣耀，饿鬼神已经记住了你的名字。等他回来，他会亲自给你颁发奖赏。"

人们都为这年轻人鼓掌，可他只是耸耸肩，背对着人们的欢呼，径自走下了台。

"你瞧这神谱家族的宝贝蛋儿，饿鬼神还没来认领，他就脚踩鸟羽毛，一屁股坐到云里去了。"谬诉腆着肚子，一边说着，一边还不忘鼓掌。

"正所谓年少轻浮。"船长压舱石侧身道，"没想到你和我这闲人一样在看戏。"

"啊，我现在有的是闲工夫。就想看他神谱家族的人演戏。"谬诉背过手去。

压舱石侧目笑道："真是好兴致，你和你妻子是来吊嗓子的吗？人

人都知道你们鸟羽家的信仰是可靠的。现在树衣族没了，鸟羽衣的生意还不好吗？"

"嘿嘿，你别笑话我。客人全被一个虾族人抢走了。我还觉得纳闷呢，抓了几个虾族人来问，但这位店主人没人认得，也不知是哪来的。"

"你报告了神的骨头？"压舱石问。

"我不喜欢多嘴。是谁让虾族人进的城，这事儿稀奇。我只知道，他神谱家族在我鸟羽家族之上。"谬诉捏了捏手。

戏台上，赤头鹦鹉还在宣讲："最近神的骨头们发现，对于无用者的检举有所减少，我要说，这是好事，说明懒汉消灭了，海蜗牛都送去喂鱼了。"一片嬉笑声起，人们叫好。"可是，神的骨头担心，这样下去，大家的信仰热情也会减退。所以，今天我要扩充一下无用之人的概念，并且宣布一项新的禁忌，那便是'包庇罪'。什么是无用之人，大家都很清楚，因为他们的懒惰和软弱是可鄙的、显而易见的。可有些人的无用是瞧不出来的，也不会让你讨厌，从现在开始，要注意那些闲人，我说的是指爱打扮自己、爱讲故事、爱唱歌的人，看起来他们每天热情满满，转个不停，可他们做的事其实是没有益处的，也就是无用的，他们靠自己的美色、口才和声音，换取别人的帮助，既不用种地，也不用打鱼。虔诚的追随者们，睁大你们的眼睛，从今以后，要找出这类无用之人，而帮助他们的人，就犯了'包庇罪'，他们都该送去喂开膛咔嗒。"

台上走出三男一女，男人们都双手绑着，跪在地上，女人的脸拧巴着，局促得像一条鲅鳔鱼。

"这名鲨族的女人告诉我，她的邻居，带来了两个孩子。他们很喜欢唱歌，却不喜欢劳动，到了该帮父亲打鱼的岁数，却总听见他们在海边歌唱，这位父亲不知道，他养的是两个闲人，他们做的是短耳人不该做的事。今天，荣升为长耳人的将是这名女人，因为她机敏的眼睛，为我们检举了一个'包庇犯'——她的邻人，还有两个无用的孩子。"

船长压舱石低声说道："南风海滩上的一对好嗓子，能把我一天的疲倦带走。可惜了，以后再也听不见了。"

谬诉酸道："别矫情了，船长，要知道神的骨头的话才是歌声，饿鬼神的命令才是最动听的。"

台上的女人一脸的荣光，人们都称赞她，她真是个优秀的追随者呀，为了信仰直言无隐。女人温婉地跪在地上，神的骨头将两个沉甸甸的耳坠为她挂上。一个谋害了一夫二子，另一个用尽了谄媚之词。小稻子嘴里有一口唾沫，吐不出来。

瞧那成片的白皑皑的圆屋，多像虚无的梦境啊，那无数热闹的人，说着我听不懂的话。他们是谁？是来膜拜饿鬼神，或者，是渴望被提拔为长耳人，好像那也并不要花费太多成本，只要有机会，只要检举几个亲人朋友，送几个最重视、最信任你的人去喂开膛咔嗒。他们把城里的好东西都当作自己的，现在只是来提前预订。那些拥有一切的长耳人，为了饿鬼神的垂青，什么事都愿意干。

"关于偷窥者的来历，台上的人一定知道点什么。"小稻子思索着，已经走到戏台下，后台被一张树皮挂毯所遮挡，里面不断传出石击声，还有匆忙的脚步声。小稻子将严实的树皮毯掀开，喧闹声渐渐终止了，这儿有许多张"活人之脸"，他们哑然失声，转面谛视，仿佛在说——

"你来了。"

小稻子想起来了，原来那并非错觉，他们出现过，就在肚脐眼中，他们就是洞穴深处，那些跌跌撞撞的石面人。

鸟王的故事

"……没有胡须，眉毛稀薄……"

"……脸色冷淡，白得像云，没有生趣，看起来就像祖先的鬼魂……"

"……声音柔弱，又细又嘶哑，不好听，他跟我们不一样……"

他们细碎的话语没完没了。石脸的戏子们拉扯着小稻子，一路朝山上走去。

烤火山顶三面环海，峭壁嶙峋，火山口内有一口大湖，西面有个缺口，海水似乎随时会倒灌进来。记得老厨子曾经说过，这湖叫灯芯湖，是神的领域，人人禁足的地方。灯芯草的根茎在湖面构筑起了一条条漂浮的泥土坝，水边生长着各类树木、灌木，它们饱饮甘泉，长得枝叶繁茂，大海的肚脐万物枯黄，土地干裂，神的湖泊里却是百草丛生，香气宜人。一条羊肠小道通向湖岸。

"你们是谁？"小稻子问道，话音在寂静的灯芯湖中回荡，惊起湖畔的鸟兽，传来一声人语："起风了，起风了……"芦花深处，一个矫捷的身影晃过。

"啊，我们是谁？"

石面人退后一步，一个蓄着两撇长须的男子直起腰板，面孔朝天，傲然道："我们是吟唱'能言之木'的人，是编纂戏剧还有记录饿鬼神神谕的人，是至尊的饿鬼神的扮演者。"他们识字，腔调华丽，不像岛民那么质朴。

"这么说，你们是长耳人？"小稻子问。

"长耳人？不只是长耳人，别的长耳人只是奴隶，只会执行饿鬼神的命令。而我们，是饿鬼神的利刃，饿鬼神的双目与喉舌。"男子伸出一条手臂，如蟒蛇游动，上面画满了恶鬼，在大浪中起伏。除了饿鬼神，还有谁能有这样的文身呢？男子们摘下面具，其中一人是神的骨头虾须胡子。

"你们是神的骨头，"小稻子的声音变得尖锐了，"是你们在监视我？"

"我喜欢称之为'审视'。审视你，并且要让你无知无觉。"虾须胡子道。

"你们藏在哪？"

"并非只有地底人才了解地洞，虽然他们发现的新的洞穴是能言之木上没有记载的，但是大部分我们都熟知，能言之木上记载的地底暗道多得数不清。寻路人连这都不知道，怎么能给他们带路嘞？"

"寻路人？刚才戏台上，你们明明称我为'祖先的恶灵'。"

神的骨头们互相嘀咕了一阵说道："那是饿鬼神看见的，追随者们该看见的。我们知道你不是鬼，是异邦来的寻路人，可你的族人都走了，你被遗弃了。"

少年听着，身子蜷紧了，他们知道我是人，是大明人的先锋，可为何戏里的我，却是个鬼，犯下了所有的罪恶？

身影跑近了些，扒开一片蒿草，芦花悠悠飘落。

虾须胡子凑近过来，私语般问小稻子："别的问题都能解释，可有个疑问，我思考了很久。你乘坐的大船，我们好好地丈量了一番，也许比活木神宫更大……"他小声嘀咕了些什么，"你到来的地方，那个叫'大明'的国度是真的吗，它在哪？"

"我的故乡在此地西北、日落的方向，它是世界的中心。"

"能言之木上也说，大海的肚脐并不是唯一的活人之地。是饿鬼神让我们告诉所有人，天地就这么大，海上什么都没有，我们出不去了。我们命定是孤独的。可是每个春天，总有鸟群从海上飞来，又在秋天飞往日落的西方，这个现象一直在挑战着我们的信念，因为西方一定还有另一个国度，和我们一样。"虾须胡子捏了捏长须。

"能言之木是如何记载的？"小稻子问。

"'大海的肚脐'的四方，住着四种人。东风吹来了酷爱甜薯的人，带来了这湖中的芦苇和烟草，他们离去时，学会了祖先们雕刻石头的技艺；北风吹来身挂碧玉的人，他们寻觅称心的树皮衣，讨要智慧的能言之木，留下了一支和蜥蜴族通婚的血脉；南风吹来漂浮冰山上的海狮；而我们的祖先长耳人，是从西方乘坐巨大的移民船到来的，那时岛上住满了野蛮的短耳人，你们大明人正和我们的祖先一样，也是从西方坐大船而来，你看……"

"虾须胡子，饿鬼神迟早会厌倦这场闹剧，把他处死。因为他的存在，会蛊惑人心呢。"一名神的骨头插嘴道。

"的确，一切早有定论，没什么好疑问的。"虾须胡子咽下一口气，闭上了嘴。虾须胡子的话没说完，能言之木上，都记载了些什么？

"大海的肚脐之外是什么？"艾鸥曾问过。吹彩祖母依稀记得，一块南方漂来的浮冰，送来了几头咆哮的海狮，此外再也没别的什么了。

"既然你找到了我们，躲藏的游戏就结束了。飞鸟族的鸟王想见你，我们带你去拜见她，不过在此之前，你得先沐浴。"神的骨头扒光了少年，推入湖水中。

奇异的人声再次响起，好像在说："吹跑了，吹跑了……"

这湖水可真冷啊，脚踩不到底，冷水从黑黝黝的深处冒出来，少年匆匆洗洗，便爬上浮土，背对着火山口的阳光，将身子晒干，在这大海尽头的孤岛上，似乎太阳也离人们远些，感受不到暖意。四下里静无风，看不见神的骨头。鸟王要吃人，还要他自己洗干净？什么臭规矩。

在一棵棕榈树上，两只蓝冠鹦鹉吮吸着花蜜，在枝头用人语对歌，刚才说话的原来是这种小鸟。它全身都是罕见的红色羽毛，和戏台上的红帽子所戴的羽冠一样。

太阳落到山脊之后，湖面闪着暗蓝的幽光，小稻子起身，生满青苔的浮堤随着脚步摇晃起伏，如踩在棉絮上，这泥土坝子上落着脚印，有人能在上面行走？小稻子一脚一脚地踩着，可怎么也站不直，走得歪歪扭扭的。蔓延开去的泥坝子将湖面分割成大大小小的池塘，有些是清水，涓涓细流，有些却是泥塘，浊水氤氲，在这浮土上行走，稍有迟缓，则会陷入深不可测的湖水中。

芦苇丛高过头顶，少年拨开芦花，指尖触到一双手。

是舞女开芽。她握住了小稻子的手，不等开口，飞跑起来。温暖的手好像一小团火焰，将小稻子冰冷的指尖握得发白。浮堤错综难辨，她熟悉这个湖泊，知道脚下哪条泥藻路可以行走，少年只觉得自己像一只麻雀，轻身飞掠过湖面。

烤火山峭壁上，有一条鹅卵石铺就的老街巷，一天中最后一缕日光流淌在这最西端的街区上。灰色的石屋布满青苔，乱石上刻着一种鸟头人身的形象，开芽屈身钻入其中一间古庙，庙宇低矮的门梁上雕刻着一只大眼。

昏暗中，小稻子看见开芽揉了揉眼，娇小的鼻翼凑近了摩擦，晶莹的眼珠离得那么近，泛着火山湖微微的涟漪。

"开芽？"

女孩摇了摇头，侧耳倾听。屋外成群的鹦鹉绕着棕榈树飞舞，叫声嘈杂。也许神的骨头就在附近窥视，偷听着每一句话。

良久，女孩松了一口气，轻声道："寻路人阿噜，我一直在等你哩。"

"我也在找你。"说罢就沉默了。

女孩的手在少年的掌心细细地摩挲，缠绵问道："温柔的人啊，你还记挂只陪伴了你一夜的舞女？"

"那晚遇到你之后，我就期盼着再见到你。你那霞光下温润的脸蛋，我怎能够忘记？"

"这也许早已注定。"开芽松开手，引着小稻子走向一处极幽静的神坛。

"这座庙怎么空荡荡的？"小稻子问。

"这里供奉着鸟神梅克梅克，他不需要神像，因为他栖居在一个活人身上……"

"活人？神的骨头说，鸟王要见我？"

开芽低下头，坐到了神坛上。拉着小稻子一并坐下，说道："我给你说一个故事，请你耐心听，这个故事只说给你听。"

从前，赤土高地外的小岛上，出现了一个怪僻的男子，每逢饥荒时节，他都会游到大陆上，在各村之间游荡，袭击落单的穷人。在他游荡的时候，遇见了一个饥饿的女孩，小女孩穿着被虫蛀烂的衣服，伸手向他讨要食物。

"你有吃的吗？"女孩问。

男人的嘴唇瑟瑟发颤，变成了冰冷的蓝色："小虫儿，我有吃的，可

208

不在这儿。"

他翻过山坡与高崖，女孩一路追问"你的吃的呢"，他总是温和地回答："小虫儿，我的吃的就在前面。"他背着女孩跳进海里，游到了他居住的鱼刺般的小岛。

秋季没有雨，小岛上却弥漫着浓重的烟雾，几只红毛鹦鹉在礁石上对啼着。这个偏僻的小岛上会有吃的吗？男人将一个挖好的地炉点着，看见柴火不足，于是四处收集柴火。

可是，发生了一件怪事。男人回来时，头上蹲着两只干瘪的红毛鹦鹉，它们笨拙的鸟喙朝向天空，仿佛男子头上长出了两只角。看见女孩，目光上下打量，问："谁把你带到这儿来的？"

"不是你吗？"女孩朝他手上摸索。

"不，我是'红帽子大阿睿鳍'，带你来的人是一个开膛咔嗒！"女孩盯着男人的脸，他的头发成了鹦鹉的鸟巢，看起来邋遢了一些。

"开膛咔嗒，开膛咔嗒！"他头上的鹦鹉跟着喊叫。

男人指着炉火问："谁点燃了这柴火？"

"是你呀，喂，你的吃的呢？"

"不对，他和我不一样，人们都叫他饿鬼神，会吃人的！"女孩发现这个男人的嘴唇不再是冰冷的蓝色，而是鲜红的，他语调激昂，像个演戏的。

"吃人，会吃人！"鹦鹉也伸着脖子，冲动地尖叫着。

"你看看这个可怜虫，他是开膛咔嗒最后一顿饱餐。"男子拍了拍一具半掩在土里的尸骸。女孩开始害怕了，也许这男人说的是真的，有一个和他一模一样的人，是个开膛咔嗒。

男人用炉火里的黑烟将女孩吹到了天上，吹到了飞鸟族的海岸。女孩跑了很远，刚刚止步喘息，男人就已经追来了。女孩逃进了百鸟巢村，钻进一个大棚屋里，屋里的飞鸟族人正在举办鸟王赛宴。

"开膛咔嗒来了！"女孩喊道。人们听说开膛咔嗒来了，无不大叫。

宴会的主人是个聪明的男子，名叫吹烟，人们在他的号召下拿起棍棒，没有的便折下甘蔗，埋伏在屋里。那怪人张着嘴磨着牙冲进了棚屋，人们从草帘之后跳出来，包围了他，石头与棍棒噼啪落下，飞鸟族人打算杀死他，吹烟用一把黑琉璃长矛刺穿了他的胸膛。

"这副尊容……"大棚屋里，就数占星家族的吹烟最见多识广，"他不是普通的开膛咔嗒，他是饿鬼神！"

人们一听饿鬼神的名字，都不敢再动。那个男人趔趄夺路，一路淌着鲜血滚爬到了海边，他收骨缩首，化作一块海龟壳，人们都说，那是饿鬼神作恶的灵魂，飞鸟族人将这龟壳架在火堆上烧成了灰。女孩看着这灰烬，便忘记了这位饿鬼神。

飞鸟族人认为女孩受到神的眷顾，便收留了她，他们把她打扮起来，还教会了她许多舞蹈，好让她在祭祀的宴会上跳舞，祈求神灵为他们带来好运。

来年春天，螺蚌成熟，女孩拎着拾蚌的布袋，重回这片海岸。平缓的波浪中，好像有人在呼唤，声音传自一个大海龟壳底下，女孩伸手去翻动它，忽然一个大浪打来，浪花中有许多只手，把她拖入海底。

开芽说完，默默闭上眼睛。

"这个女孩，她还活着？"小稻子问。

开芽点点头，问道："你相信这个故事？"

"只有故事中的女孩会记得发生了什么。"小稻子眨了眨眼，看见女孩深沉地点点头，少年取出配在身上的"活人之躯"，指了指它和地上的影子，"这是一个男人的两张面孔？"

"他是红帽子，也是饿鬼神。"开芽道。

"他们正是同一个人。"小稻子点点头。一只鹦鹉嗷叫着，飞快地划过树梢。

开芽语调有些颤抖："没人相信自己的眼睛和耳朵，无论是追随者还是背神者，都生活在噩梦般的幻象中，可是你却相信我，我知道你和他们不同。"

"我相信自己的眼睛和耳朵。"小稻子与开芽对望道，"我想见你，开芽，我给你准备了一份礼物，它在我的店铺，你愿意跟我来吗？"

开芽凝眉："你还不知道，我是谁。"

"饿鬼神，饿鬼神——"鹦鹉在门边学人语，少年望向屋外，并没有人。开芽退到神坛后面，抱起一捧羽毛，将它披在身上，并戴上一个三眼的鸟羽冠。这是鸟王的羽氅，开芽现在就是那大鹏的模样。

"鸟神梅克梅克是一只荆棘鸟，每年他都会从陌生的土地来这里繁衍，当他下蛋的时候，飞鸟族就会举办一年一度的'鸟王'比赛，那个获得第一枚荆棘鸟蛋的人，就会化身为鸟神。今年，这个人是我，我是鸟王、飞鸟族族长与守护神，人们管我叫'墨口'，这一年就是'墨口年'，意为'目睹之年——记言之年'。"

开芽从鸟羽冠的第三只眼中取出一颗灰白色的鸟蛋："这就是鸟神的真身，荆棘鸟之魂。"女孩穿上这羽氅，显得过于高大而笨拙。

"开芽……墨口，怎么是你？"

"是我。"

小稻子斜倚着身子，盯着这神坛，想知道这故事的结尾："那个女孩后来怎么样了？"

"她被捆绑了双手，丢在地炉里，正要点火的时候，红帽子冒了出来保护了她，她一次次地被他救下，和红帽子的搏斗让饿鬼神疲倦，他只好妥协，装成那个不吃人，说要给她食物的男人。他让她去跳舞，去穿上鸟王的装束，在戏台上表演。可戏台渐渐变作神台，饿鬼神喜欢这表演，把她封作了真正的鸟王。"

"你说每一次红帽子都会出来救你？"小稻子问。

"对，是红帽子。"

"这如何区分？"

"饿鬼神是魂魄，红帽子是人。魂魄不愿跟着肉体衰老，所以饿鬼神看起来总是那么年轻。红帽子时常在清晨的时候醒来，到鸟神庙来拜神，和我倾谈，这时候的他是睿智的，饿鬼神留给他的总是一片狼

211

藉,他看见从各族掠夺来的宝贝在仓库里腐烂,他听见人鱼们无眠的灵魂日夜发出哀鸣。每当这时,他就会悄悄地出城,去弥补饿鬼神所做过的错事。"

"红帽子这是何苦……"

"饿鬼神害怕异邦人的灵力,下令袭击你们,然而,你的族人并不好战,驶离了这片土地,在死人堆里,红帽子发现了你,他让我来带你逃走。"

"饿鬼神杀害了我的部下,可是我力量太小,只能来生再替他们报仇。"

"这仇恨难道今生不该算清吗,死后的暮的世界,应该是一片宁静的乐土。"

"让饿鬼神偿命,红帽子不惋惜吗?"

"红帽子派我来,就是要我帮你推翻他。"

小稻子凑近了些,用耳语般的声音问道:"那红帽子知不知道,神的骨头在盯着我?"

"你需要寻找帮助。红帽子告诉我,你找到了一个叫芋头洞的地方,他说在那儿,神的骨头就看不见你。只要以后你都和地底人在一起,神的骨头就很难找到你。"

"这是地底人的报告吧?"

"是半神,还有树衣族人。"开芽说道。

看来无论在哪儿,我都被看着哩。开芽和地底人都坚信红帽子其人,假如人的魂魄真能和肉体分离,我是否也该把他们当作一敌一友?少年弹指推倒"活人之躯",问道:"红帽子说,我应该来百鸟巢,把忘了的事情想起来?"

"你要先学会'能言之木'。"开芽皱眉道。

小稻子昂首微笑:"要我识字?这个好办。"

"我会叫老鸟王赤头鹦鹉教你读写,等你能去学堂了,我会让神的骨头听命于我,帮助你精通能言之木。不过,以后在别人面前,你要扮作我的仆人,叫我墨口鸟王。"

小稻子露出一对浅浅的梨涡,应声道:"是,墨口鸟王。"

三十 韵歌

神庙侧屋里,住满了鸟王的仆从,他们本该是喂给开膛咔嗒的人鱼,墨口把他们安置在这儿,他们以为这是临死前的劳役。倘若没有命令,他们会像囚犯一样僵卧到天黑,又睡到天明,周而复始。他们每个人都是背神者,满怀怒意地憎恨着鸟王,畏惧着饿鬼神。

"寻路人,是你吗?"一个女人惊呼。借着屋外的微光,小稻子认出了眼前的人。

"蚌壳风帆?"

女人听见声音,走到亮光处,她走得有些颤颤巍巍。

"这可真不幸,他们也抓住了你吗?"女人唏嘘道,"我的丈夫槐树皮,他还好吗?"

"他还安全着呐,槐木小舟也好。"

女人叹息了一声,几个树衣族人从黑暗中走出。这些人,都是被开芽解救的树衣族人,提起那些死去的亲友,他们都忍不住啜泣。听说是那出了名的寻路人,各族的奴仆们纷纷围在小稻子身边,要看清少年的模样。

"做鸟王的奴仆,是很危险的。"蚌壳风帆说道,"这里有诸多禁忌,其中有一条,尤其严苛,不遵从的便会被带走,不再回来,那便是每天早上和入夜以后,任何人不得进入神庙。鸟王身边有一个舞女,是我们的头领,每到禁忌的时间,都是她去替鸟王梳妆打扮。"说起这个女子,蚌壳风帆开始感叹,"可怜这么青春善良的女子,却要天天与鸟王做伴。"

小稻子问道:"舞女是个怎样的人?"

"初来的时候,我才生了小崽子,又坐了牢,身子很虚弱,我以为我就

213

要死了,可是舞女来了,她一个长耳人却替我疗伤,她还给赤裸的人穿衣,给我们食物吃,我们每个人都很感激她,她帮了我们许多人。"

"开芽是善良的,你们相信她?"

"我们曾以为她伪装起来了,别有所图,可相处久了,便信了。"

鸟神殿里,赤头鹦鹉不住地用一块树皮布擦汗,急躁地问道:"这不是伟大的饿鬼神的旨意吧?"鸟王直视着他。赤头鹦鹉擦了擦脖子、后背上的汗,"啊——又是他!是红帽子大阿睿鳍命令你的!"

"赤头鹦鹉,飞鸟族最优秀的能言之木读者,请你答应我。"墨口走下神坛,走到老鸟王面前,"教会寻路人识字,就像当初教会我一样。这是一个命令,是鸟神的声音。"

"墨口,孩子,别拿鸟神的话来吓唬我,也别故作高深地说话。别忘了咱们升格为神谱家族之前,不过是穷苦的读书板者,是饿鬼神让我们填饱了肚子。我一直希望你能清醒些,能从死人编织的噩梦里醒来。我们早就不是大阿睿鳍的臣子,饿鬼神才是我们的主人。"

墨口道:"请你不要责怪我,也别把我当作一个孩子。但是把人送给开膛咔嗒的事,我再也不想做了。你还记得吗,他们都抓着我这个守护神,在乞求我的宽恕哩,可我只能闭上眼睛,一声不响,直到哀嚎声没了,血腥味灌进鼻子。赤头鹦鹉,请你答应我,我想帮帮他们,每一天我都在漫漫长夜中度过。然而,海上来的那片灯火照亮了我的长梦,那个叫寻路人的男孩把我从梦中摇醒,我看见了一对发亮的眸子,我闻到他身上散发的火焰、雨露的气味。我发现他正独自为城外人指路,在夜色中摸索,我想跟上他的脚步,用这能言之木的字符,为他脚底播种下一片发光的精灵。"

"你想帮助寻路人?"赤头鹦鹉呆立发愣,像是发现了什么,少女在思春,为那个寻路的少年着迷。他想起了最近的一个荒诞的传言,关于寻路人到底是谁,一场空前的热议,唤醒了戏台下观众们的知觉,一些本该忘却的陈年旧事被翻了出来,有人说寻路人是红帽子的孩子,是最后一位少酋长，那个被送给神的惨死的男孩小虫儿，这个说法赢得了许多的赞同，人们借此又有机会对红帽子诋毁一番。可出人意料的是，有些识字的长耳人说，他更像是那位最初被放逐的少酋长，那位传奇般的勇士，他也是一位寻路人，名叫寻路之子，议论变成了争论，大家各执一词，直到神的骨头介入其中，才发现城里有新来的人在散播这种谣言。这是背神的话，追随者们不该胡思乱想。于是赤头鹦鹉和神的骨头虾须胡子一同炮制了寻路人的滑稽剧，以消除异见。

现在，说不定神的骨头就在墙缝里看着他呢。赤头鹦鹉粗声道："如果你下令，作为飞鸟族人，我不能违背。但在此之前，我想先听听红帽子给你下了什么指令？"

"我不能说，这是祖先的旨意。"墨口道。

"读懂能言之木，会让寻路人变强，要是这神庙附近，藏着一个神的骨头……"

"饿鬼神的眷属呀，你在说我吗？"一个人从墙角走出来，赤头鹦鹉不由得向后退缩。来人是神的骨头虾须胡子，他宣布道："这件事我已知晓，并且答应了鸟王，你教他识字，我就教他饿鬼神创造的新的语言。"

"虾须胡子，你这是什么意思？"

"饿鬼神让你我二人掌管山顶戏台，一直以来，工作顺利，我们相处融洽。我们写的戏一向很受欢迎，甚至出现了空前的盛况，那是为什么？那是因为这一年出了许多大事，我们岛上来了一名寻路人。可是现在，麻烦来了，我们找不到他了，同样的戏已经轮番演了一两个月了。我想我们该重新写故事了，光观察不行啊，我们还需要认识他，看看他到底有什么灵力，哪里吸引人，并且教导他，看看能不能把这泥人捏成我们想要的形状。这样，我们才能安心地把他吃了，然后慢慢地把他吐出来，吐得血肉俱全，任我们摆布。你说我说得对吗？"

赤头鹦鹉琢磨着虾须胡子的脸。可神的骨头是没有常人的表情的，阴晴难测。

"神的骨头，你说得对，你当然比我更了解饿鬼神的意志。"

赤头鹦鹉迈出屋，见浩浩荡荡的长耳人正走向火山湖。据说一天三沐浴的习惯，来自西瓦的祖先，当时的人们在海中作业，在淡水中洗澡能帮他们清理盐渍，现在长耳人不再下海，但爱洗澡的好习惯却始终没有改变。

多年来第一次，赤头鹦鹉感到洗澡是种累赘，是在浪费时间，他匆忙地在水里滚了一圈，就急不可待地走上了岸，他没叫仆人为他擦背、抹香油，便拖着一条简单的腰布，呼哧呼哧地往神庙赶去。一路上喃喃重复着神的骨头的话："去看看他到底有什么灵力，并且教导他……"

他找到一个盛满鲸油的蚌壳灯，点亮了灯芯，走到仆人们的侧屋，他看见满屋子的人，都在用明晃晃的眼睛照着自己，鸟王墨口竟养了这么多奴仆，真是奢侈。

"哪个是新来的？"有人应声。赤头鹦鹉让小稻子跟在身后，走进一间空屋，然后笔直地坐在地板上，"你叫什么名字？"

"阿噜。"

"我是赤头鹦鹉。好一个漂亮的仆人，难怪鸟王墨口这么看重你，让我教你识字，你可得认真学。"小稻子低下头，样子有些矜持。"很腼腆嘛，哪像个有胆有识的家伙？"赤头鹦鹉忽然提高了嗓音，那声音越过少年，直朝屋外传去："那么，授课开始了。"

小稻子答道："我一定好好学，不辜负你的教诲。"

赤头鹦鹉拿出一个书板，上面整整齐齐地刻了六十个符号。小稻子轻触书板，书板很沉，散发着古木的幽香，这六十个符号清晰易懂，都是些岛上常见的事物，比如人体四肢、鱼鲨龟鸟、日月星辰、甘薯芋头、棕榈灌木，还有蟹钳、虾尾和蜥蜴脚印等，书写形式像镂空的浮雕。这里的每个符号都发一个声音，或者音节，是字的基础。

如果拿汉字来做比较，它们像汉字的声旁，虽是图案，却无形旁，相较于《说文解字》有五百四十个偏旁部首，要简易得多。而若相比欧罗巴人的二十六个字母，数量好像又多了点。仔细一想，这六十个字符似乎介于二者之间，是只有声旁的汉字，又是欧罗巴文里的音节，六十个音节符号，似乎够用。

赤头鹦鹉教了一遍，正打算重复一遍，却发现小稻子已把这六十个字符默背了下来。

"你再念一遍给我听。"

赤头鹦鹉一边听着，一边揉搓着太阳穴，他不能再装作平静的样子，这个少年，也许是他教过的最努力的能言之木读者，竟然背得一字不差。他不知道，当初小稻子凭借听音，就学会了这门语言，用的就是一套自己琢磨出来的发音表，虽然是汉字写就，但和这六十个字符表异曲同工，现在总算能把汉字换成地道的书板文了。

"记下这六十个音符，你就能初步诵读了。"

"我能试读了？"

赤头鹦鹉笑了笑："真正难的，现在才开始。"

诵读的方式，是从左至右，从上至下，将六十个音符拼接成词。赤头鹦鹉先教写法，有些地方可以省略长音、顿音以及一种嗝音。然后是形式，比如复数的词是将一个部首重新写一遍，读的时候往回读。再然后他们开始学一些变体，以及较罕见的词，拼接法在它们身上开始变得复杂。他让小稻子在几部能言之木的书板上试读。

学到此时，赤头鹦鹉才发现，小稻子开始有些犯难。方才他甚至萌生了一种想法，也许墨口和红帽子早就看出了少年的才智，所以如此器重，人们才把他说成大胆的灵魂。现在看来他果然不寻常，但所幸还是个凡人，不至于成神。夜深了，赤头鹦鹉疲倦地看着少年仍在专心地诵读，他叹了口气，想起当初祖先们教他识字的时候，自己也曾是这般亢奋的模样。他终究还是熬不住困顿，背对着油灯，就地睡着了。

小稻子用指尖触摸着书板上的字符，细细地摩挲。岛民的词，都是由一至五个，偶尔六七个或者八个音符组成，每个音可以用一条线来连接，但这是最粗浅的方法，熟练的识字者都会试着将六十个音符的小图糅合成一幅更完整的大图，这里面大有学问，而且充满了奇思异想。

比方说，"家"这个词是个双音词，在一些较早的版本里，写字的人

217

像一个初学者，单纯地按照组词规律，画一个人，一条线，连着一个龟壳，丝毫没有家的意境，而后来者打破规律，将一个人直接画在了海龟壳里，不知这是造字者的远见，还是后人的智慧，一幅幅糅合成的传神图画，贯穿着整个词库。又比如"哀伤"，是一颗星星在流泪，"不公"是粮食种在嶙峋的山上，"循环"是一只鸟在钓鱼。原本它们都还是表音的音符，但组得巧妙，就成了一幅幅图画。随着年代更替，组词的样式也在不断翻新，更趋于精巧，更不简单。

太阳正当头，赤头鹦鹉醒来时，看见少年还在苦读。小稻子已经有许多疑问急着求教。六十个音符的选择与拼接是如此巧妙，这里的造字人一定亦如仓颉般智慧无穷，不知他造出来这些字以后，天地是否也变色了，夜晚能听见鬼魂的哭泣吗？

"你问这些字是谁造的？是饿鬼神，饿鬼神就是唯一的造物主。"赤头鹦鹉说，就像岛上许多伟大的事物一样，它们都是饿鬼神的创举，就连天上飞的鸟儿，地上种的粮食，都是饿鬼神的创造。赤头鹦鹉明显在说谎，只是小稻子不明白，一个识字之人为什么要说谎。

小稻子回想起来，自从船队出了南洋，爪哇便是最后一个有文字的国家。大洋上的诸国，即使是图依汤加帝国，也没有自己的文字，只有一种用于帮助记忆的工具：一捆捆椰子皮，上面编织着一些打结的绳索，它们和其他任何能够勾起记忆的东西，比如象征灵力的羽毛、代表战争的石头、表示和平的山菠萝和指明季节的椰树叶等物共同组成，由祭司存放在圣堂中，这些东西里面包含的故事必须经由口耳相传，才能赋予含义，不然故事就失传了。强大富庶的图依汤加人和大海的肚脐人语出同源，却偏偏只有这地小民贫、远在天边的地方创造了文字。

小稻子发现书板中有个词始终没有出现，便用"楷楷"缠绕出来，那是海狮洞壁上的字，一只喷火的龙。

赤头鹦鹉紧绷着脸，抿着嘴，半晌才吐息道："他叫'骰筊'。"

这当中其实有六个音，最关键的正是赤头鹦鹉所说的两个，也是树衣族人称呼他们守护神的名字，这六个音合起来，意思是"祝福或诅咒。"

赤头鹦鹉嘿嘿干笑了一声，咧嘴道："那不是一个鸟王的仆人该关心的词，这个词迟早会从能言之木书板上抹去。"赤头鹦鹉的劝告是善意的，他所思所想也在那一笑一怒之间流露出来。原来海狮骰笏的名字有两重意思，它并不总是扮演着守护神，也可能带来灾难和诅咒。树衣族人会不会也这么看我呢？信任我，也害怕我给他们带去灾祸。

赤头鹦鹉听见，屋外总有些细小的骚动。他看见鸟王的那些仆人，正在门口探头探脑，便说："这是神的呼吸，神的语言，谁偷听了，是要遭天谴的。"可是这些仆人们好像没有听见。他听见其中有人惊呼："开芽？"

鸟王没有穿庄严的羽衣，也不知道来访过几次。赤头鹦鹉回想起十几年前那场由开芽引发的对饿鬼神的刺杀。刺杀者吹烟是他的好友，他发现开芽身上富有灵力，请赤头鹦鹉收留并教她读能言之木。为了教她，赤头鹦鹉可费了不少劲，她害怕饿鬼神，每天，她都被夜里的噩梦吓出一身冷汗。所幸当她端起书板，那些可怕的事情就会回到幻境中去。

蚌壳风帆在开芽耳边说："开芽，好姑娘，你可要替我们好好照顾这个孩子，别让他被饿鬼神抓走了。你看他学得快吧，他可有本事了，你要是短耳人该多好，我看你是喜欢他的，唉，可惜长耳人哪会要短耳的情人呐……"

开芽听了，只是羞红了脸。

门口的动静，终究让小稻子坐不住了，看见女人们站在门口，便咧开嘴，露齿而笑。开芽发觉少年手扶脑袋，一脸的倦态，便示意少年睡觉。小稻子点点头，望向窗外，天已经黑了，百鸟巢的夜晚漆黑无光，和大海的肚脐别的地方一样。

开芽红着脸，黑色的眸子像一块黑琉璃宝石，灵眸转动，小稻子斜眸侧视。经过仆人石屋，开芽拉了小稻子一把。

"跟我来吧。"

顺着一个石台，爬上鸟神庙的屋顶，明月当空，海上波澜点点，夜风清凉, 躺在树皮毯上, 聆听涛声阵阵。这里仿佛离海天更近, 离大地更远。

"字我学会了。"小稻子道。

"燃族人躲在山中木寨, 让饿鬼神驻兵不前。你学得快, 明天就能去学堂了。"

小稻子叹了声气: "算起来还有七天, 店铺里的树皮布就卖得差不多了。那个时候, 我就该动身了。"

"我会为你祈祷, 日夜为你祝福, 愿鸟神保佑你平安。"开芽喃喃地说, 垂低了眉目。

小稻子坐起身, 语气有些急促: "开芽, 好姑娘, 我带你离开这儿吧, 你乔装打扮一番, 和我一起走吧, 我带你离开这个城市, 去一个有吃有穿, 饿鬼神找不到的地方。"

"寻路人, 我听见了, 你说的每一句话我都会记住的……"开芽美目清扬, 笑启红唇。小稻子抓住她的手, 听见自己的胸膛在打鼓。

底下传来一阵轻微的响动, 开芽用手轻按小稻子的唇, 一阵混乱的脚步声后, 一个女人喊道: "谁在那儿鬼鬼祟祟, 偷听人家说话?"

"是蚌壳风帆, 快走……"只听墙角传来两个稚嫩的声音。

"沉船、漂流木?"他们是鸟王的男女童仆, 不知怎么的, 竟躲在石阶上偷看。开芽与小稻子相望一眼, 眉头一展, 一起倒地笑了起来。

"我多想跟你一起走呀, 离开这座孤独的神殿, 但我不知道怎么办才好呀。以往, 饿鬼神挑选鸟王, 都是选一个听话、贪婪的仆人, 这些鸟王为了自己做了许多坏事。今年是以我的神名命名的墨口年, 意为目睹之年, 人们想看见渔网里有鱼, 布袋里有粮, 可他们只看见了祖先的神灵被赶走, 族人的灵魂被驱散。我想我是个无能的鸟王, 人们会说, 墨口年又是个灾年。我不能走啊, 我是鸟神梅克梅克的仆人, 虽然我没听过鸟神开口, 他的灵力却在我身上暗流, 我得留下来, 直到这一年结束……"

"我明白了。我差点忘了, 你是鸟王。"

"寻路人, 你来替我们寻路吧。"

"我……替你们寻路？我能做什么呢？"

看着小稻子憨厚老实的模样，开芽咬着嘴唇，眉眼含笑："寻路人，你能不能告诉我，你们远游人是怎么找到这里的？"

小稻子朝天上望去，星星大如银锭，照亮一方紫穹，这座神庙是离天空最近的地方。

"天上那颗最亮的星星，我们大明人叫它天南星，在我的家乡，它只出现在南方的冬天，临近大地的地方。当我们朝这儿航行，别的星星都落在了我们身后，消失无踪，只有天南星高悬于天穹，越来越清晰，我们就是追寻它的轨迹，找到了这里。"

开芽的眼睛闪着光彩，一眨不眨，凝望着少年的发梢。她看着这个能给她和别人带来希望的人，竟这么地温柔，既喜悦，又如在梦中般孤独。她害怕这一切不是真的，怕他也是这无尽的噩梦中编织出来的一个幻象，一觉醒来，他便消失了，噩梦却周而复始。

"你现在已经是大海的肚脐人了。那么，请你也替我们大家找到一颗指路的星吧……"开芽青眼微饧。

黎明时分，少年掀开神庙的门网，女孩还在熟睡，庙里空荡无人。少年唤了一声，女孩没有醒来，便悄声越过神台下散落的鹅卵石，走近了瞧着女孩的睡颜。她就像一只蛹虫，裹在鸟羽织成的蚕茧中。她淘气地舒展着身子，晨光正在悄悄爬上她樱桃般的面颊。

外面依稀能听见不眠之人的欢笑声，海风带着咸味灌满了神庙，小稻子退下神台，脚趾发寒，仿佛踩在灯芯湖水中。空寂的鸟王街，没有几个行人，屋子都是铅灰色的。少年鼻头发酸，便擤了擤鼻子，穿过白色的晨雾，朝学堂走去。

山梁上的能言之木学堂，是一座屋檐齐整的大棚屋，四周种满了山芭蕉。

一名长耳大汉守在门口，此人正是曾把小稻子扛在肩上的男子。虽然一路颠簸，但听他说话，倒是个忠良之人。长耳人里有一个古老的占星家族，善卜卦问天，世代效忠鸟王，他是家族里的长辈，名叫鸟脊骨。

鸟脊骨一手按在小稻子肩上，开口说道："寻路人阿噜，听我说。这所芭蕉叶学堂是神的骨头的领域，长耳人中只有五个家族有资格进入，除了我占星家，还有神谱家、鸟羽家、黑琉璃家和丧葬家。不过，这里从来不欢迎粗鄙的短耳人。"

"不欢迎短耳人？"小稻子问。

"对，要知道，短耳人进去是从来没有过的事情。饿鬼神曾说：'短耳人是农民、渔民、石匠和木匠，但他们不是有钱人和聪明人。'所以没有短耳人进去过。"

这个时代，和老厨子所说的那个年代已经大不一样，那时候每家每户都有能言之木，只要岁末有余粮，谁都可以送子女去先王山上学字。

"学堂里教的能言之木，都是饿鬼神的说话集，短耳人本不该触碰。不过，我按照鸟王墨口的旨意已经交代好了，遇到什么麻烦，我的侄子鸟叉骨会帮助你。"

学堂里的弟子已经排队站在芭蕉林里，鸟脊骨使了个眼色，叫小稻子跟在他们身后。虾须胡子从门里探出头来，他敲了敲散发着姜味的羽毛节杖，问道：

"夜色已过？"

众学子答道："还有残月当空。"

神的骨头点点头，众人缓步入内。小稻子低眉顺目，找了个角落坐下。室中摆放着整齐的石板桌，学子们屈膝跪坐，这番恭敬严谨的态度，并不亚于大明学堂。虾须胡子举着个书板，开始清点人数。却听一人放声发问——

"虾须胡子，这个短耳人是谁？"问话者正是戏台上领奖的年轻人——瞬息之心。

虾须胡子放下书板说："瞬息之心，他是鸟王的新仆役，名叫阿噜，他会和你们一起学习礼仪和禁忌。"

"就凭他，一个不知从哪儿来的短耳人，怎么敢充当鸟王的仆役？"瞬息之心一脸涨红，腮帮子鼓胀。学子们交耳议论起来。

虾须胡子挥了挥节杖上的羽毛，让空气中布满了姜味儿，瞬息之心躲闪着，捏着鼻子，喉咙里说不出话来。这虾须胡子说话做事，斯文有度，一点不显凶恶，若非石桌上放着一碟解馋的取自不听话的学子的手指，恐怕难以相信这位教书先生竟是个神的骨头。

虾须胡子歪着脸，等棚屋里安静了，这才搬出一摞能言之木书板，命令分发下去，每两人分得一块，发到小稻子时，对坐者恰好是瞬息之心，正瞪着一对怒眼。

虾须胡子一手用羽毛棍打着节拍，一手拿着书板，他一边释读，一边上下不停地旋转，竟好像捧着一个烫手的芋头。能言之木的书写方式，是像牛耕田一样，犁完一行再扭头犁下一行，因此每行上下颠倒，像写弓字。赤头鹦鹉说，每本能言之木里面，都有正反书两个版本，两人对坐时，一人读正书，一人读反书，正反书相互辩论，或互为印证，但说话之人总是不同。这和老厨子的见闻正好相似。

但是，虾须胡子给的能言之木，却没有正反书之分，他是饿鬼神的启示和预言集，没有博引辩证，通篇都是一个声音——活神的声音，只不过写法还未改。它只需一人诵读，读法就是上下不停地旋转。

"我是饿鬼神的斟酒侍从、神谱家族子弟，你要是读错一个字，我就拎起你的耳朵，把你赶出去！"瞬息之心厉声道。神谱家族，这样的世家往往地位尊崇，因为他们掌管统治者的家谱。

小稻子并不畏惧，一行一行地跟着神的骨头朗诵。中途有朗诵磕绊的学子，书板便被没收了，可小稻子神情泰然，诵读自如，瞬息之心看见，心中暗暗吃惊。

赤头鹦鹉给的经文，包括死亡、巫蛊、礼教、祈丰，还有战争祭词，以及为了仇杀而写的咒语，甚至还有情歌。但是虾须胡子的经文，除了饿鬼神的神谕集，就是对饿鬼神的赞歌，歌颂他的伟业壮举，以及他的神话传说。小稻子发觉，文中有些新词，比赤头鹦鹉展示的文字更加简练，组合得更加精确，它褪去了天地造物的野性，不再像一幅图，而变成一种单调的、如石砖一般对称的东西，但是更容易读。

诵罢，众弟子开始抄写经文，用尖鸟骨或鲨鱼牙在薄木片上刻写，小稻子看着瞬息之心将这浮雕般的文字，端正地刻在一条条圆弧形长木片上。而那些并不如此富裕的学生只能将字刻在芭蕉叶上。小稻子既没木片，也没芭蕉叶，就用从发织的铺子里买的"楷楷"绳子，来编织书板中的新词，以帮助记诵。

傍晚，做过祷告，虾须胡子掀开门网，这便是散学了。

"你认识鸟王？"瞬息之心放下鲨鱼牙，斜向小稻子，"见过她头饰底下的模样吗？"

小稻子迟疑了一会儿，还未作声。

"她很喜欢你？"这问题古怪，小稻子睁大了眼。瞬息之心喝道："短耳人没权沉默，我命令你回答！"

"我只是个奴仆，不知道该怎么回答少爷的提问。"小稻子道。

瞬息之心鼻翼开合，倨傲地俯视着，直到似乎看出了一丝端倪："你和别的短耳人很不一样。你的能言之木学得不错，让我们来一场三十韵歌的比赛吧！"

"什么是三十韵歌？"

"你竟然不知道三十韵歌？"一个清瘦之人忽然插嘴，含笑道，"能令神谱家族之子挑中，你一定不是个没用的海跳蚤，让我观星家族的鸟叉骨来教教你吧，这可是我的拿手好戏！

"三十韵歌是岛上独有的一种诗歌体，最早源自对月时的观察，月亮从亏至盈，又从盈至亏，三种月相乘以十天，就带来了对三、十、三十这些数字的崇拜。

"作歌的规则是选择三个音符，各重复十次，加在三句长歌中，这就要让带这些音符的词尽可能频繁地出现。最上乘的三十韵歌，有特定的格式，能让音符相邻出现，这样读起来就韵律十足，且刻写下来，看起来像一幅图画长卷。"

鸟叉骨一身素白，和鸟脊骨一般，他就是占星家族的那位晚辈。鸟叉骨讲解罢，瞬息之心脸上的一抹坏笑将他的心思展露无遗："我们的同堂短耳人似乎也喜欢舞女开芽，那我们就来比赛歌咏她吧。"听说短耳人要和长耳人斗歌，学子们都叽叽喳喳地围拢过来，得知题目是位迷人的舞女，一个个都充满了高昂的热情，拍手叫好。

"如果歌唱别的也就罢了，为开芽做歌，为那祭典中心的篝火而歌，我可不会让你们得胜。"鸟叉骨正色道。他双手合十放在眉心，做了个远非一介舞女担当得起的敬爱手势。

鸟叉骨讲解的规则倒是易懂，题目也熟，只是新学这能言之木，只勉强会读几个短词而已，怎好比试？

"我已有了妙句！"鸟叉骨扯下几片芭蕉叶，潇洒疾书。一旁的学子跟着念道："哦开芽，美丽的……"学子们念了两个字就念不下去了，挠挠头，开始奉承他的字好。

小稻子侧身瞄去，只见鸟叉骨字迹简练如狂草，每个音符都给他截肢削首，裁剪得不成形状，比如"嘛"这个音符，瞬息之心写的是一条于海中盘桓的鲨鱼，鱼尾横扫，嘴巴大张，威严霸气，而鸟叉骨的鲨鱼有时只剩下大嘴，有时只剩下一条出水的尾巴。

鸟叉骨见同门嗫嚅半日，念不出来，只好自己读了。

"美丽的跳舞女孩，他们想知道，该用什么鱼饵垂钓，才能碰见你的手、你的纤指、你的红指甲和你的嘴？哦！开芽，年轻的女孩。"

真是一首烂诗，小稻子思裁。其后两句也是这个调调，不堪入耳，只有写下来才能看出它的妙处，他第一句话用了"嘛"这个音符的长短音，仿佛一条大嘴鲨鱼始终穿梭在句子里，追逐这个女孩，而后面两句用了"库"和"哞"音，形象为一只海鸟和一只海龟，也和鲨鱼一般在其后紧随。因为鸟叉骨十分珍惜自己的芭蕉叶，所以许多字都是数个符号糅在一起的，为了节省空间，甚至使用发音相近的音符，还左右颠倒，比如为了撑起一棵摇摇欲坠的树，将一个螃蟹腿放在了即将倒下的一侧，而这螃蟹腿是用来代替一个发音相近，却更为复杂的符号，一般人如何能懂？鸟叉骨此人，将神的骨头教的简易法，与赤头鹦鹉教的古老图案相互贯穿，自成一派，真是罕见。

225

"字很好，就像你擅长画的咒语一样，不亏是占星家族的人。不过这诗歌听起来嘛，就和短耳人的一样庸俗。"

瞬息之心说完，鸟叉骨攮臂而起："你说什么？"

瞬息之心神色不改，抽出他的书板，众人都是一惊，除抄写经文外，谁舍得用书板写诗？他自行吟道——

"啊！女孩，你为什么每天出现在我的白日梦里，和你跳舞，你的汗水浸润我的骨头，这水渍永远不会晒干，就像烤火山口的露珠。

"你在哪儿哟！我的女孩？我听见长老们相互议论，说你住进了最高大的殿堂，那里我永远不能靠近，因为它是禁忌的领域。

"我后悔听见长老们的议论，不该因此而无心睡眠，我不知何时能再见到你，我憎恶他们将你关起，又在灾难来临时派你远行。"

瞬息之心的诗句朗朗动听，人们无不交口称赞。

瞬息之心的眼神完全贯注在短耳人身上，小稻子抖动着嘴角，书板上的每字每句都暗合心意，那最先出现的"燃"字音，是光芒的符号，后面是水珠和月亮，世间的光明被收走之后，唯剩眼泪和月光，寂寥感伤。

他身为饿鬼神的侍从，却何以更加苦恼。他可知道，这种思念离经叛道？

学子们盯着陷入沉思的短耳人，他怎敢对抗长耳人，挑战长耳人的威严？他们都想看少年出丑，只有鸟叉骨对短耳人充满了期待。

一只翠鸟落在芭蕉叶尖啼鸣，风起时便飞走了，我就如那翠鸟一般，与芭蕉只有起风前片刻的缘分，对她我能知晓多少呢？小稻子寻思了一会儿，找到了自己需要的三个音符，默想了两遍和它们相连的词，看大家等不及，只好大胆一试。

"红色甘薯地，踏影追逐人，穿海的矛尖岛上，升起吃人的烟火。开膛咔嗒与君王，跟在饥饿的女儿旁。有情的男儿，你如要问为何不见舞娇娘，黑柴炉灶飘白雪，长发沾湿火中烧。"

饿鬼神的斟酒侍从沉着脸，目光呆滞、焦虑，他瞟了小稻子一眼，完全听懂了，虽然这个故事他从未听过，但他猜得出歌中的开膛咔嗒是谁，他对饿鬼神的熟知，仿佛是与生俱来的，虽然饿鬼神是在他尚未懂事前就进驻了百鸟巢，可自从被选为斟酒侍从，这个名字就刺青在了他的身上。他木讷地瞪着，不敢有别的表情，他知道，众人都在围观着他。

"妙啊——"鸟叉骨打了个响指，出乎意料地，将自己珍藏的为数不多的书板取出，开始将听到的诗歌誊写下来。

小稻子用的三个音符"嗒""土""唬"，图案是——鸟、星星和甘薯。鸟叉骨在书板上种出了一片甘薯地，一个女孩被恶鬼追逐，根据描述这个人被画成长角的样子，有开膛咔嗒形象的笔画故意拉长，和一个回头相顾的人手臂拼在一起，就像是紧紧跟随，而一个麒麟树形状的词汇被刻意削尖，仿佛是恶鬼手中的黑琉璃长矛，带有甘薯和星星的音符，几乎出现在每个词中，女孩在星光下甘薯地中逃生的景象，仿佛就在眼前。

要不是鸟叉骨赠木，少年也没法展示，更难拼出这番图景。众人品评，各有支持者，竟是难分胜负。

"我只是觉得好，所以给你捐了一片书板。"鸟叉骨乐道，又在耳边低语，"她既已把自己的秘密托付给了你，我又怎能辜负了我们的鸟王？"

虾须胡子从芭蕉叶间缩回细长的脖子，巨叶随风摇摆，互为依托。手中"审视记录"空无一字，他攥起鲨鱼齿，一捏髭须，一声叹息，随手刻下一句："今日闲淡无事。"

琉璃刀下鬼

艾鸥靠着山岩，看着地底人争论不休，讨论失踪的阿噜的命运，以及他们该怎么办。他们乱哄哄地吵闹，却没有法子，就好像每个人都长了两张嘴，却只生了一条腿。

"现在很危险。"老厨子说，"寻路人的失踪是一个信号，说明我们

227

有麻烦了。自从知道我们的存货不少，长耳人的胃口也越来越大，对我们怀有芥蒂了。乌里，把昨天的事告诉大伙儿。"

"昨天我进城送货，泅渡贼鸥劫下了我的一筐树皮布，说要把它捐给前线作战的勇士。我想要回来，却被他打了一顿。"乌里道。

"我看寻路人一定是被抓住了，长耳人已经知道了我们的来历，"渴水之鱼盯着摊前的客人，扁着嗓子，"长耳人就要来了，要把我们围住了，我说趁咱们还有机会，收摊子出城吧。"

胆小的地底人，又开始像群娘们一样说丧气话，长耳人要对付一帮小贩，哪里需要这么费事？艾鸥想到这里，爬起身，喝道："不行！不找到阿噜，你们哪儿也别想去。"

槐树皮说道："也许寻路人只是在城里迷了路，渴水之鱼，你去山顶打听打听，要是我们丢下寻路人，回到地底下，还有什么脸面去见地底的半神，如何回报红帽子的嘱托哩？我看咱们不如分成三拨人，一拨把粮食运回去，一拨去山顶寻找，我就在这儿等，直到寻路人回来。"

"我也要等阿噜哥哥回来。"乌里说。

空渔网常驻在热闹的树皮铺边，他拾的蛤蜊好像永远也卖不完，即使上午卖完了，下午又会捧出一筐新的，他在树衣族人交谈时，脑袋凑得那么近，好像有十足的兴趣，关心寻路人的下落。

"小贼，又是你？"艾鸥一记飞石，击倒一人，正是嘴角渣渣。

乌里上前搜索："怪事，他身上什么也没有。"

小贼从地上爬起来，一脸的讪笑："嘿嘿，我是贼，你也是贼，偷没偷到，还不是要听那偷窃之神的安排，你能拿我怎么办？"他举着一个活人之躯，搁在头顶。

艾鸥看见小贼穿着树皮衣，听说是阿噜给的，问道："你喜欢这衣服？"

"这可不是偷的，这是那个人送给我的。"嘴角渣渣抖了抖身上的尘土，四处看看，"幸好，那个人不在。"

"再给你一件，你还想要？"艾鸥问。

"想啊，你也送我一件？"嘴角渣渣凑近艾鸥的屁股，佯作献媚。

"去找炽热红石，换些黑琉璃来，我便和你交换。"

嘴角渣渣僵了僵，斜眼望向那凶神似的少年，眯细了眼，又扭扭腰，一边摆手走，一边嘟囔道："都是见不得光的人，居然敢和饿鬼神做买卖，你们以为自己是蚯蚓吗？"

一个短耳人走到艾鸥跟前，一手挡嘴低声道："虾族的商人，我也能用黑琉璃换你的衣服吗？"见少年点头，客人凑近了些许，"要是……我想和长耳人一样买树皮衣，该付多少黑琉璃？"

艾鸥伸出两只手，作猴爪状，客人会意："黑琉璃石，与两只手等价，这个价格，对我们短耳人很公平。"

路上的人们缓缓行走，像一支送葬的大队，渴水之鱼觉得人们都在看他，呆滞的眼睛紧盯着他，而他，就是那个被送葬的死人。

哪里去找寻路人哩？他早就被捉走了，像一只被提溜起来的鸡，坐在长耳人的大船上，开往饿鬼岛去了。

渴水之鱼感到身后有只手，摸上了他往回扯。他摸摸脖子，却找不到能保护他的活人之躯，只得焦急道："我有信仰的，我是追随者！"他发觉那只手使上了劲，抓得他肌肉酸疼。他嘶叫起来："饿鬼神在上，饿鬼神饶命！"

那人开口："要是让祖先看见你现在的模样——"

"怎么是你，蚌壳风帆？"

"真没想到你这副德行，居然敢在城里闲逛！"

"哪里是闲逛？我是在找寻路人嘞。"渴水之鱼抹去鼻子上潮虫大的汗珠，正了正被拽歪的树皮衣。

"我听说了，你们进城换粮食，没想到是真的。"蚌壳风帆欣喜地望着市集的方向，"你还记得吗，所有人来抢购我们的衣服的时候。"

"来吧，我带你去见槐树皮，他一直在找你哩。"

渴水之鱼转身拔腿欲走。

蚌壳风帆抓住他的肩膀："不行，现在还不能去见他。我怕有人发觉。"

渴水之鱼缩头问："有人盯梢？"

"别瞎张望，你听好了，我来替寻路人传个话，他让你们不必去找他，一切照旧，把换来的粮食送出城去，直到足够了为止。"

"寻路人说，要我们别去找他？"看见蚌壳风帆缓缓点头，渴水之鱼刮了刮嘴，"不对，依我看，你和寻路人，咱们大伙儿现在就出城去，大不了饿死，也好过被抬上长耳人的砧板。"

"告诉槐树皮，过不了几天，我们这些奴隶就会和寻路人一起出城去。"

渴水之鱼迷迷瞪瞪地点头，颓丧地叹着气，朝回头路走去。他看见街角洒落了一地的蛤蜊，穿过市集时，有人在后面断断续续地说话，似乎在埋怨什么。

"卑鄙的饿鬼神无处不在。你说是吗？朋友！"原来他正想和自己对话，这是个留着虾须细髯的男子。

渴水之鱼正色道："饿鬼真神无所不在。"

"干吗骗自己，把不存在的事情当真。你我都知道，他不过是个活人。"要和这疯话撇清关系，渴水之鱼走快了几步，却被男子抓住了手臂。

"你瞧那儿，本来有一位卖鲸油的商人，还有个卖神木和大棕榈酒的，可他们现在都收摊了，还有那卖白薯的，卖海豚肉、阿噜肉的，"渴水之鱼向那些地方望去，看见几个卖鸡毛的店铺，"如今都没了，啥也没有了。麻木的追随者，还梦想着自己什么都有，他们一个挨一个地饿死，还妄信饿鬼神能带来一切呐。"

他说的这些不假，渴水之鱼是个酿酒人，自从神木林被砍伐殆尽，滋味浓烈的大棕榈酒便再也没有了。只有一个疑问，渴水之鱼问道："你瞧那边，饿鬼神的肉铺里不是摆满了阿噜肉吗？"

"单纯的短耳人，你看见那墙上挂的阿噜头，就以为下面卖的是阿噜肉。毕竟煮成一锅，你也看不清楚。可你想想，各族都不养牲畜，哪来的阿噜肉啊？"

"你说那肉店里，卖的什么肉？"

那人指一指他的胳膊，指一指他的腿，最后，手指指向他的胸脯。那是人肉？渴水之鱼仿佛看见自己躺在砧板上，大嘴鸟的斧头咔嗒作响，将他挑筋断骨。

"怎么会有这种触犯禁忌、畜生不如的事？难道长耳人也会吃人？"

"看见开膛咔嗒吃人，长耳人当然也要尝鲜。短耳人不读能言之木，所以不长记性，还当一切好的都是饿鬼神所赐，一切糟糕的、犯忌的都是红帽子干的，这不可笑？"

"你这样说，就不怕被人听见吗？"

"街上这么喧闹，谁去留心你我闲扯，即使听见个一言半语，也编织不了什么罪名。"

渴水之鱼发现，这是个勇敢的人，他居然敢在众人面前，毫无顾忌地说出亵渎的话。灌木丛般的草帽遮挡了他的双耳，看不出他是长耳人还是短耳人。

"可你说的是背神的话，和神作对，不是自寻死路吗？"

"短耳人如同野鸟一般自由自在，怎么却害怕起来了？"男子朝前指了指，"饿鬼神说，短耳人是淫乱的、难看的奴隶，长耳人是尊贵的、华美的，该当享用短耳人的贡品。他不准短耳人多生，或干脆不让他们生子，却叫长耳人越生越多。饿鬼神是多么地偏袒呐。"

渴水之鱼叹道："我喜爱这土地，这土地上的女人，海岸边的棕榈树，果汁酿的酒。可他们都不是我的，而是那个神和长耳人的，短耳人什么也没有，我们就像那石头里蹦来蹦去的海跳蚤。"

"真羡慕你一无所有，你才是拥有一切的人。"男子捏了捏细长的两撇胡子，笑了笑，"我带了些海鸥的翼毛，我看那儿有一家卖棕榈酒的铺子，来吧，让我请你这个富翁润润嗓子，美美地喝他几坛。"

"哈哈，我正觉得喉咙发紧，想喝一碗棕榈酒嘞。城里朋友既然这么爽快，那我就不客气了。"男子从怀里掏出一个木片。渴水之鱼问："这是什么？"

"算账的账本。"

"你不会找我讨酒钱吧？"

"你尽管喝你的，我记我的。"男人指着前面人潮涌动的地方，"你听说了吗，城里来了一批虾族的短耳人，在兜售市场上绝迹的树皮布？"

"那正是我族人的店铺，整个市集就数那儿最是火热。"

"难怪我没有见过你这个生面孔。我听说，你家店主人是个年轻人，他只收长耳人的粮食、短耳人的黑琉璃，你们虾族也就只有几百号人吧，换这么多粮食、黑琉璃，做什么用哩？"

男子目光犀利，好像什么也瞒不过他，一张滑稽的笑脸，把所有的亵渎化作了笑谈。渴水之鱼盯着碗里白色的酒渣，抽了抽鼻子，打了个嗝，碗中的棕榈酒又斟满了，只觉得身上的怯懦都跑散了。多亏了寻路人，他才如愿尝到长耳人酿的酒，灯芯湖产的棕榈酒果然味道香甜，可惜，他就快回归地底了，再去过那窝囊的见不得人的生活。这男子一直兴致盎然地打听店主人的来历，也难怪，那店主人哪里是个凡人，要是让他知道了真身，那张滑稽倨傲的臭脸一定会大变模样。他也该说一些壮胆的话，不能让人家给小瞧了。

"你说几百人，几百人能做什么，天色变了，我的朋友，祖先送给我们一个寻路人，我钦佩他无穷的胆量，大雨就要从落天山降到百鸟巢，我劝你赶紧跑，要是水性不好，那就找个洞蹲着趴着，也别眼看着淹死在一锅鸡汤里。"

男人面露惊色，用鲨鱼牙在木片上飞速地书写，两撇胡子直往上翘。"他就是寻路人？这个既不高大也不凶猛的年轻人，真如你说的，有这么大的能耐？"

"灵力！那叫灵力！他身上有祖先赐予的灵力。在你脚底下那个世界生存的人，全都指望着他嘞。"

"这位寻路人，我可真想见见他。"

"他现在不在店里，你见不着他。"

"寻路人不在，你们待在这饿鬼神的领域，难道不发怵吗？"

渴水之鱼转了转眼珠子，把嘴一横："你不知道吧，这寻路人还有个图穆，名叫艾鸥，不瞒你说，他是个开膛咔嗒，我本想先溜了去，不过转念一想，开膛咔嗒在我们店里咧，还有什么可怕的？"

"一个开膛咔嗒，居然肯和寻路人做图穆，这个艾鸥也不寻常。"

"的确不寻常，奇怪得很呐，这就是祖先的神意。"

"寻路人的图穆，今天也多亏了你了。"槐树皮说道。

摊前新添了许多短耳人，黑琉璃在篮筐中清脆作响，他们比长耳人更不守规矩，艾鸥听音辨数，谁没给够，就赏那人一颗唠口伊果。仗着他的监督，一切有序，地底人凡事都遵从这位"图穆"的意思。

若是以前，艾鸥可不喜欢人鱼这么叫他，可现在，他觉得自己就是只吃虫子的走地鸟，又呆又钝，竟然甘愿听人们这么叫。可他该高兴还是难过呢，他真的是寻路人的图穆吗？自从去了一趟咸水村，阿噜的肚子里就藏满了秘密，一个也没告诉他，为了一个小蝨贼，还怒斥他，现在走了一句话也没有。当初阿噜想进城，艾鸥就知道，他在做一件冒险的事，所以要跟着他，这样遇到危险就由他来保护，可现在看来，他是多余的。

山顶的戏大半年没看过了，没想到竟把自个儿也演了上去，演得像个大人物一般，叫人看得出神。可这些戏都是假的，那个抓鱼取水，做奴仆的家伙，其实一直是他嘞。大家笑话那个人，他真是吃了虫子，真该上台去，把那些瞎演戏的家伙打一顿。可他没有这么做，艾鸥不知道自己这是怎么了，怎么变得这么木然？

艾鸥在这铺子里坐了一天又一天，一刻也不离开，他怕地底人趁他不在溜走了。每一块黑琉璃都是一块宝石，里面仿佛都有一个暮的世界，日光落在它身上便被吸走了。若是掉进这暮的世界里，他的天地也将永恒无光，休想盼到天明。

　　发织将铺子搬到了艾鸥铺子的对面，他们更熟络了。姑娘是个鲸族人，她给艾鸥编了一个花环，遮挡住头顶古怪的刺青，让他看起来可爱了许多。可艾鸥偏不爱找她搭话，自觉孤寂起来。

　　嚷闹声起，街上行人纷扰，只听有人喊道——

　　"信仰纠察！"

　　市集里大乱，烧烤虾贝的小贩熄灭炭火，卖杂货的小贩卷起摊货，长耳人的店铺拉下门网，就连桑皮寿衣也将违禁品用一块脏布挡住。纠察队横行蟹步，挑了几个摊位，不问是非，见人就打，一顿脚踏拳擂。

　　"躲一躲吧，长耳人的纠察队来了。"发织隔街喊道。

　　"饿鬼神的家仆海螺腿，有什么好怕。"艾鸥歪歪坐着，一动不动，又问，"这是要干什么？"

　　"打劫、抓背神者，给长耳人抓奴隶，给开膛咔嗒抓人鱼。你没挂活人之躯，还是快跑吧，别让他们抓住，就是最虔诚的追随者，也能给大嘴鸟查出罪证来。"

　　地底人最怕闹事，收拾家伙，忙得团团乱转。渴水之鱼慌乱道："哎呀呀，不好了……"

　　"怎么了？"槐树皮问。

　　"吃土的贼呀，把我的活人之躯偷走了！"

　　"你说什么嘞，现在可怎么办？"槐树皮也慌张起来，在身上摸摸，额前冒出了汗，"哎哟喂，那翻白眼的小人哩？"

　　"我的也不见了，进城的时候还在哩！"乌里惊道。

　　"你们弄丢了活人之躯，这下我们可完了。"老厨子在一旁冷冷道。

　　渴水之鱼凑到老厨子跟前："颈子老丈人，你有多的就匀我一个吧。"

　　"真没出息，人偶是保平安的护符，怎么能乱丢？"老厨子念叨着，缓缓向腰带上摸去，可他摸了又摸，什么也没找到。地底人抱头乱走。

　　发织铺子里的草席繁多，卷起了这个，又铺开了那个，纠察队撵到近前也未走脱。泗渡贼鸥掀起她的草席，踢腿践踏。

发织哭诉道："别踩了,求求你了……"

"鲸族的短耳人,你叫发织?"大嘴鸟揪着女人头发,"有人告发,说你同情寻路人,偏离信仰,犯了大忌。"

"不敢犯忌呀,饿鬼神睁眼呐……"

泗渡贼鸥上前,将发织双手绑了。大嘴鸟一双圆眼在少女身上打量:"这一身年轻的好肉能卖不少价钱,我给你省去奴役之苦吧,今天就送你去饿鬼神的肉铺。"

纠察队收走了发织的草席,又朝树衣布店撞来,他们掀翻了树皮布,踢烂了粮食筐,踩碎了黑琉璃,大嘴鸟道:"我听见很多人举报,这里在卖一件华服,一件极其昂贵的宝贝,这不是短耳人该有的东西,把它交出来给我,证明你们的信仰。"

泗渡贼鸥摸向大明人的箱子,里面装着寻路人最珍贵的丝绸衣,他打开一半,忽觉身子一轻,绳串绷断,身上的人偶叮咚落地,他急忙去捡,却被人踢了一脚,倒插在地。

"什么人,敢踹饿鬼神的门使!"

"踹的就是你!"艾鸥抓住泗渡贼鸥的手掌,一张口,咬下一块肉来。路人见血惊呼。

大嘴鸟喝道:"短耳人,不准在这撒野!"

"看我宰了你!"艾鸥踢开门使,朝大嘴鸟踱来。

大嘴鸟粗声道:"我替饿鬼神捉拿背神者,谁敢不听号令?"十来个长耳武士提着剑鱼刺威吓而来,一人挑翻了艾鸥头顶的花环,揭开了头顶的刺青。

大嘴鸟呱呱作声,脸上的肉上下抽动着,他算是见到了一件稀奇事:"啊!一个开膛咔嗒?不等我来饿鬼岛投食,难道你不知道,饿鬼神不准擅自离岛,私吞人鱼吗?"

艾鸥抓起鱼竿,却被槐树皮按住。大嘴鸟挥手,泗渡贼鸥带武士上前给地底人搜身。他们没找到"活人之躯"人偶,却在角落里发现了几尊"死人之躯"。

"不戴信仰，身藏禁品。都是背神者。"大嘴鸟下令，将地底人一并绑了。一个佝偻的身影，在人群中窥视，他是地底人嘴角渣渣。盯着被捆绑的树衣族人，轻蔑地撇着嘴，他全身上下挂满了偷来的人偶，像个狂热的信徒。

大嘴鸟拎出一个瘦弱的男子，发问道："说说看，你都听见了什么？"

此人正是空渔网，他两脚打着颤，指着渴水之鱼道："他们说自己是虾族人，可虾族里没有种楮树的人家，我听见他和鸟王的奴隶说话，称自己为树衣族人。我愚蠢地欺骗了你，是因为我私换了一件树皮衣……"空渔网仍没完没了地供述着。

听见树衣族的名字，路人皆惊，发恨地嚷嚷起来。

"你们一定很疑惑，藏在地底的树衣族怎么如此大胆，敢在饿鬼神的领域做买卖？"大嘴鸟抬起手中石斧，瓮声瓮气道，"神的骨头告诉我，那是因为，寻路人把他们带来了，要把城里的粮食偷到地底去，再用黑琉璃与饿鬼神作战！我们信仰纠察，就是来捉拿背神者的，你们说，这些树衣族人该怎么办？"

众人齐声嘶喊："杀死背神者！"

渴水之鱼一直不明白，那个与自己畅谈甚欢的朋友，到底是个什么人，现在明白了，那是一名神的骨头，是来检验他的信仰的。他感到无比悔恨，朝崖边挪了一步，他回头望了眼山崖下的礁石，身子在发抖，几个武士朝他跑来，他哀嚎着往崖边瑟缩。

大嘴鸟提起石斧，甩开膀子，便要来拿艾鸥。"这个开膛咔嗒，和地底人一伙，把他逮住……"言未毕，大嘴鸟顿觉项上火烧，一条细绳缠着他，渐渐收紧，艾鸥手里的鱼竿缓缓向后拉扯，他无法喘气，也无法动弹。少年握了一把琉璃匕首，点开众人，移至大嘴鸟身前。一众武士见状，高呼开膛咔嗒要吃人，却你推我搡，大嘴鸟嘲嗤道："我可是长耳人，你敢怎样？"

只一刀，大嘴鸟喉咙见血，喂了不见光的黑琉璃。

"杀你，好坏不分的海螺腿。"

看见大嘴鸟喉咙里鲜血喷涌，咒骂声消停了。艾鸥提着滴血的琉璃刀，走向被囚的人，为地底人解缚，也为发织松绑，其他被捕者央求他，他也一并割了绳索。

艾鸥本以为，发织会笑，可姑娘躲开他，独自在草席上啜泣，松了绑的人也在谈论他，开膛咔嗒为什么会在城里，为什么杀了长耳人？

忽然，气氛变得肃静了，卖鱼的擦干手上的鱼腥味，卖鸟蛋的掸去身上的鸡毛，人们大气也不敢出，在大道两旁恭敬地跪倒。

迎面走来一排武士，脸上文着海波、鲸鲵、黑鲨的图案，他们是饿鬼神的部队，开膛咔嗒、鲸族与鲨族人。对燃族的攻伐结束了，他们悄无声息地回城，没有胜利的欢呼与宏大的排场，武士们拖着脚步，一副委顿的样子。

队伍在艾鸥面前停下。两人抬着的便轿上，一双威严的眼睛凝神谛视，开口道："我还以为，长耳人只会喂养蛆虫。"

"饿鬼神在上……"艾鸥喃喃道。

泅渡贼鸥看了眼倒地的大嘴鸟，确认他已经死了。他慌张地爬向饿鬼神。饿鬼神的手向下指去，泅渡贼鸥脚底一软，贴地撅腚，匍匐到了路边。

"蛆虫杀不了长耳人。你是我的开膛咔嗒。"饿鬼神说。

"我是你的开膛咔嗒。"艾鸥应声道。

饿鬼神看见少年身旁站着短耳人，他们围绕着他。"他像我，也有灵魂。"

虾须胡子走到饿鬼神跟前，用沉静的嗓音说道："这就是艾鸥·苦琶葭，神龟王族最后的孩子。他身手敏捷，杀人干净利落，生来就是个开膛咔嗒，人鱼的捕食者。要说寻路人不寻常，这个受人鱼拥戴的开膛咔嗒也一样罕见。饿鬼神，他将是一位优秀的继承者，不输于红帽子的寻路人。"

饿鬼神的横眉展开了，侧目端详着。虾须胡子继续道："因为这灵魂，是其余神的骨头所没有的。草垫子老了，他的作用不能长久，他的牙齿是割肉的冰棱，人们只怕他但不爱他；荼毒强悍有力，就是太愚蠢了；至于那办事得力的不朽纹图，他最大的毛病就是虚伪，没有人会供奉一个伪善的神。"

"你说的话，都钻进我的耳朵里了。"神的骨头草垫子从饿鬼神身后走来，后面跟着神的骨头荼毒，他们脸上沾着新鲜的血迹。神的骨头不朽纹图赤着上身，一身的肌肉都拉紧了，文身也变得饱满了。

"怎么，你不服？还是传说属实，你也想当饿鬼神？"虾须胡子长须上扬。

"以前人们管我叫大巫师，大阿睿鳍之下以我为尊。"草垫子龇牙说道，"大阿睿鳍死了，没有子嗣，那便由我代管。但饿鬼神是不死的，心存叛逆的人，才会把他当成一个凡人。红帽子需要考虑后事，但饿鬼神不需要一位继承者。"

虾须胡子背手狞笑不答话。饿鬼神瞧向凌乱的店铺，看见大明人的箱子。

"那是什么？把它打开。"

艾鸥正待开箱，草垫子抢先一步，用杖尖朝箱盖挑去，可箱盖又大又沉，他歪着嘴，面露杀气，铆足了劲才将它挑开，嘶声道："有些人年轻有力，可要是不受眷顾，也活不长久。"

荼毒趴在箱边，粗声粗气地吭哧着，取出一件绫罗绸衣。不朽纹图在饿鬼神耳边低语道："这是远游人带来的布料，看手法是树衣族缝制的。"

"好漂亮的衣服，不像寻常的树皮布，也不像鸟羽毛。"荼毒摸着它，竟不舍得把它交给别人。

"一件极不平凡的宝贝，在你生出妒意之前，把它拿给我，谁也不准碰它。"荼毒听见饿鬼神的声音，这才渐渐移开目光，迟缓地把衣服献上。饿鬼神将它托在手中，一寸一寸地细看。

"它值什么价钱？"饿鬼神问道。

这是阿噜珍稀的东西，艾鸥指着一个硕大的崖洞，以图穆的话说道："用甘薯把此洞填满。"

饿鬼神沉思半晌，应声道："成交。"

围观人群齐声惊呼。

武士们牵着一串燃族人，踢倒在艾鸥面前，他们是这场战斗最后的俘虏。当树衣族人与他们目光相对，他们都认出了对方，彼此都沉默着。

"艾鸥！"槐树皮说，艾鸥第一次听见地底人直呼其名，"这买卖不能做……"

艾鸥盯着脚下，没有作声。武士公开处刑，用狍阿击碎了俘虏的头颅，他们在和树衣族人的相望中慢慢合上了眼。死者的尸体被拉到艾鸥面前，少年咬紧发白的下唇，不让人看出他在发抖。

饿鬼神道："用甘薯交换，那是长耳人的买卖。开膛咔嗒只吃人鱼。"

草垫子："年轻的开膛咔嗒哟，瞧见了吗，这么多人鱼，都是饿鬼神给你的赏赐。"

艾鸥屈膝，跪在地上："艾鸥……拜谢饿鬼神的赏赐。"

红色能言之木

小稻子举着一节红炭，在石穴中摸索，这里是神的骨头藏书的地方，也是岛上最荒僻的角落，能言之木堆积在阴湿的地上独自腐烂。根据鸟王墨口的指引，小稻子要在这里找一摞书板，它是记录于饿鬼神统治初期的文籍，为了让人看见其中的错误，作为被批判的范本而幸免于被销毁，书板是血红色的，找起来不难。

指尖触碰到一个冰凉的东西，这是一块厚重如石的蚌壳，里面盛满了清澈的鲸油，小稻子点燃油灯，地穴里有了亮光。

一摞红书板醒目地出现在邻近的石台上，它就在那儿，仿佛刚刚被人翻阅过。小稻子碾熄炭块，在石台边坐下。它不像传言那样如鲜血般鲜艳，上面沾满了人手留下的油脂迹。和现在通行的书板不同，它是遵照古老的规矩所书写的，分为正书和反书，两书各成一体，意见相左，像对坐之人在舌战。

开头可见，正书的作者是半神吹烟和绕橡鸟王，反书由神的骨头虾须胡子撰写。正书部分——

我，占星家族的吹烟，我，曾经的飞鸟族的绕橡鸟王，将祖先和同辈的故事汇集于此，忠实记录如下：

人类到来时，混沌的土地长出生命，梦开始产生。

我们的祖先是居住在西瓦大地上的长耳人，这片大地充满了可怕的海啸，以及部落的纷争。最初，我们被敌对部落驱赶，流落在荒凉的海岸，随时有落海的危险。我们的寻路人"火屠大阿睿鳍"在梦中看见一座大岛，岛上草木繁盛，海鸟成群，他派遣最勇敢的水手，航向大海的四方，探寻这座新的家园，许多不幸的勇士在风浪中再也没有回来。

六名勇士，带回了发现陆地的消息，我们载歌载舞，感谢神明。寻路人带领我们建造了两艘大船——活木号与潮头号，一部分幸运的民众被选中，乘船离开了西瓦大陆。

"潮涨时，它不过是一片海中长满草的礁石；潮落时，它将是天神赐予我们的国度。"活木号上，寻路人"火屠大阿睿鳍"铿锵的话语激励着我们。当海水渐渐变冷，粮食即将耗尽，我们被有灵的巨浪推送到了勇士们发现的孤岛。

这是一个神话般的国度，东西北方各有三座火山，山下是黑色的肥沃的泥土，青草丛生，一种巨大的酒王棕榈树覆盖了全岛，无数的海鸟年年从遥远的地方飞来，在湖畔栖息。

上岸不久，"火屠大阿睿鳍"的第一个儿子就诞生了，由智慧的结印大巫师为他举行咬断脐带的仪式，人们认为这是个吉祥的神谕，这个地方就是大海的中心，寻路人顺应民意，给这片土地命名为"大海的肚脐"，而这个新生儿，取名寻路之子，他是我们的少酋长。我们捕鱼、拾取海鸟蛋、采集棕榈果；我们为岛上带来了鸡禽、阿噜以及种种作物，耕种沃腴的田野；我们在登陆的海滩上找到了可塑造的岩石，按照长耳人的传统为古代的诸神竖起神像。寻路人派遣船只返航，转告余下的西瓦人，我们已经找到了大海中最美丽的地方，在神的国度安居。

我们渐渐察觉，在岛的东部已有人居住，正警惕地窥视着我们，他们是一群短耳朵的人，赤裸的野人，是大海的肚脐的土著。

短耳人善良而害羞，即使偶尔与我们相遇，也总是会躲闪。他们不知道耕种、造房、立神像，可他们也从来没有战争的苦难，生活安逸自在，他们中有许多老人，比我们活得都长。寻路人"火屠大阿睿鳍"命令我们，避免和短耳人发生冲突，也不得与他们交往。起先两族人相安无事，岛上的一切，我们各取所需。

在寻路之子成人那年，少酋长驾着捕鱼船队，冒险经过短耳人的海湾，在那儿他看见了好些新奇的景象，短耳人建造起了草房子，开始耕种作物，他们的村子中间，甚至还竖起了巨大的神像。

那是对长耳人塑造的古神像的模仿，但手法拙劣，样子滑稽粗鲁，寻路之子下了船，走到他们中间，听见短耳人叫神像为"祖先的英灵"，少酋长很喜爱这些快乐的人们，他教会了这些人真正的建造和农耕的技术，甚至还教会了他们与神沟通的语言——我们的文字，能言之木。

短耳人感谢少酋长，把他视为自己的领袖，并为他塑像，既高又大，是众像之主，几乎和古神的雕像一般无二。短耳人也亲切地称呼他为"寻路之子"，属于他们的"寻路之子"。

所有关于短耳人的传闻，都让"火屠大阿睿鳍"感到担忧，他们的人数比长耳人多许多，现在更是学了长耳人的手艺，他们可以轻易地奴役我们。少酋长因犯忌而遭禁足，为了防止灾难发生，"火屠大阿睿鳍"决定发动征伐。

"寻路之子"逃脱了监禁，把这个消息带给了短耳人，"寻路之子"率领短耳人撤到了最东方的高地，他们在这里挖掘了一条深长的壕沟，将高地与岛屿的其他部分阻隔开来，就在壕沟快要建成的时候，短耳人中出现了一个内鬼，那是一名爱慕长耳人的女子，住在高地边缘的水泽地里，她为长耳人找到了一条越过壕沟的通道。长耳人把短耳人包围了，迫使他们跳进长沟，"火屠大阿睿鳍"举着火把来到长沟边，却发现结印大巫师捧着能言之木，阻挡在他面前。

"祖灵的石像给我传话了，他说：大阿睿鳍杀伐不断，海燕飞过王山，盘桓于天穹。烈火烧过长沟，焚毁原野，大地将变成永恒的赤土。"

结印大巫师是第一个听见石像说话的人。他请求让寻路之子活下来，连同那些无知的短耳人。"火屠大阿睿鳍"推开巫师，丢下了火把，短耳人被烧死在自己挖的壕沟中。寻路之子找到了一条藤蔓，顺着长藤，他和少数弱小者逃了出来。

我们征服了短耳人，将他们的石像悉数推倒，残骸被敲成碎骨，做了大阿睿鳍神像脚下的基石，我们占领了这片土地。在今后漫长的岁月中，许多长耳人被命运之神抛弃，逐渐沦为贱民以及他人的仆役，这些人成了新的短耳人。

小稻子将书倒转，反书像是在修正正书的内容，角色变了，内容也跟着大变。反书是这样写的——

这里本是长耳人的土地，人们世代耕渔勤勉，没有骚乱，然而"红帽子"与其子"寻路之子"带领短耳人发动了入侵，他们杀人劫掠，胡作非为，唯一的真神"饿鬼神"帮助长耳人进行抵抗，把短耳人赶进了一条壕沟，神的骨头"结印大巫师"放火烧死了他们。人们便为饿鬼神雕刻"活人之脸"，至死不渝地膜拜他。饿鬼神的真身从古代活到今天，创造了今日的世界。

正书的流传应当由来已久，里面的字都是古老的写法，而反书的用词则较新，是标准的饿鬼神新书，艾鸥听说的那个残忍的巫师，就是反书里流传出来的。两书周围还有些可以拼接的副本，上面写着人物对话，就像戏剧台本。

小稻子将书翻回，指着正书读道——

此后，"火屠大阿睿鳍"所生的九子一女分居在岛上四方。寻路之子以分裂族群的罪名，被他的父亲放逐，他坐上草船，在一个暴雨瓢泼的傍晚离开了家乡。火屠死后，结印大巫师帮助少酋长的子嗣继承了"大阿睿鳍"的头衔，这一族被称为"神龟王族"，长耳作为王族的象征和特权沿用至今。这一族崇拜遨游四海、以壳为家的海龟，领地在最东方，曾属于短耳人的一片肥沃的高地。

在少酋长的子嗣长大前，结印大巫师代管岛上俗事，巫师是潮头号的船长，他的族人与"火屠大阿睿鳍"宠爱的次子结合，形成了"飞鸟族"，结印大巫师崇拜鸟神梅克梅克，鸟神成了他们的守护神，他的真身是一只每年途经岛上的荆棘鸟，再生和守信是他的力量象征。族长称为鸟王，大阿睿鳍身边的历任大巫师，有许多就是飞鸟族的鸟王，大巫师是通灵人，地位仅次于大阿睿鳍。大阿睿鳍的次子得到了岛屿西部大部分海滩，以及烤火山，他在此修筑了一座王城——百鸟巢，这曾是寻路人的夙愿，让人们居住在集合世间所有宝物的精致的石屋里。

三子"甘薯族"，散居在中央大山与平原，他的族人擅长务农，靠耕地为生，一条爬行成渠的巨蚺为他们开辟出阿洼水道，成为他们的守护神。

四子"燃族"和五子"树衣族"，分配在了北方太阳升起的地方——巍巍壮观的落天山上，高耸入云的神木守护着这片土地，"燃族"人住在只有苦盐水的咸水村，人人都是木匠，能建造船只和房屋。而"树衣族"居住在能打出甜水井的甜水村，他们个个都是手巧的裁缝，擅长用楮树皮制衣，村前的海滩常常有海狮出没，它们的皮脂难以刺穿，这一族人认为它们穿着世上最好的衣服，把海狮当作自己的守护神。

唯一的女儿，她统治的"蜥蜴族"人以母系为尊，住在东方的海岸和峡谷中。族人种植草药，精通医术，知晓生死，能让病人如蜥蜴般断尾而存活。守护神是鳄鱼，可这种凶恶的爬虫不久就从岛上绝迹了。

第六、七、八三个儿子选择了滨海而居："鲸族"在西，"鲨族"和"虾族"在南，他们都是渔民，各自的海域出产鲸鱼、鲨鱼和龙虾。鲸族人相信，一些伟大的灵魂会化身为"智慧的鲸祖"，他们视鲸鱼如父，族人都是他的孩子。鲨族认为，鲨鱼是战士的灵魂游荡在海里，阻挡一切靠近海岛的邪魔。而虾族的神灵，居住在一处叫"夜明洞"的地方，当族人捕捞无获的时候，他们便去这洞里寻找龙虾，这个在夜色中闪着微光的洞穴，总能回报他们的期许。

最小的九子"石像族"分配在东南，这里有捉魂窟采石场和汤加垒砌海湾，族人都是石匠，人们不再寻找海边的岩石，而是挖掘捉魂窟里的轻孔石，他们制作神像，也为逝去的父亲制作石像，还为各族建造石屋。

"蜥蜴族"和"石像族"都在王山脚下，与"神龟王族"关系紧密。

残存的短耳人与我们共居在一起，不分彼此。十兄妹相互依靠，从不争斗。他们都不愿相信父亲已经离去，为了留下他的音容，便向九子求取石像。过了若干代人之后，每一族都希望拥有自己的石像，以祭奠各自的先人，人们不为神立像，而为祖先立像，他们是否知道，自己已经变得像当年的短耳人一样？

历代先民，能人巧匠辈出。精通能言之木者，使我们上达天意下佑万民；制树皮华服者，令人优雅而异于野兽；驾大船者，浮游四海以浪为家；猎鲸者，手握鱼叉有天神之力；善医术者，降妖驱魔巧夺命数……他们的石像，与寻路人一同守护着这片兴旺发达的土地。可惜，这份荣光到了我们这一代突然终止。

先辈们没有预见，可怕的灾难已经走到了幕的世界的洞口，它们一个接一个地到来，后代没人能够抵挡，也无人能够逃脱。

大海的肚脐的冬天是寒冷的，这里的植被生长缓慢。为了得到搬运石像的滚木，我们将林地变成平原，平原退化成荒漠，当我们察觉到岛上的风貌变化已经太晚了。我们的族群日益庞大，为了吃饱，我们打破古老的规矩，在休渔的禁地捕鱼，伐光林地开垦耕地。王山脚下的高地是我们最早的种植园，"神龟王族"在此兴起，可带盐的海风吹走了我们的作物，田地如同溃烂的脓疮，流出赤红的鲜血，高地上再也长不出粮食。有人在书板上找到了神像说的话："大地将变成永恒的赤土。"

大海的肚脐最后一位统治者名叫"红帽子大阿睿鳍"，他下令捕猎候鸟，使人们度过了第一场饥荒，可是，鸟群开始从内陆绝迹，迁居到海外的孤屿上，林田也因鸟群的离去而变得更加荒芜，红帽子命令人们修造石塔，方便人们观察捕捉上岸的海龟，但是海龟的数量也逐年减少。王山高原的荒漠赤土，像一把大火蔓延至四方，靠近王山的蜥蜴族被迫向南迁徙，石像族在捉魂窟里蛰居挨饿。

自古以来，我们的知识都是由结印大巫师及其后的历代巫师看管，可是，到了"草垫子巫师"这一代，神龟王族再难维持生计，他将自己保管的能言之木贱卖给了飞鸟族的商人。失去了能言之木的指引，甘薯族忘记了耕种的时间，燃族丢失了造远洋船的手艺，树衣族再织不出最精美的礼服，蜥蜴族遗忘了星象的意义，鲨族和鲸族也不再敢去远海捕猎海豚。

人们将大船拖上岸，搭成船形长屋的顶梁，蜗居在越来越拥挤破败的茅屋中，人们出不了远海，近海的渔获也减少了，更多的地方像王山一样颗粒无收，短耳作为穷人的标志人数与日俱增，而长耳人也不再像王族一样体面。人们频频叩拜祖先的神像，祈祷虔诚能打动祖先，降福于后人，越是贫困，饿着肚子，越要为祖先修造神像。然而饥荒仍旧没有停止，不幸的消息在各地流传，人们仰望苍天，守护神与祖灵们去哪儿了？各路石像缄口不语，它们是庇佑者，还是毁灭者？许多石像在风吹日晒下，变得粗糙丑陋，模样愈发酷似短耳土著崇拜的石头人。

红帽子的儿子，少酋长小虫儿，诞生于一个盗贼横行、多灾多难的年景，一场海啸席卷了沿岸的各个村庄，许多人被海水卷走，农田变成了盐碱地，狂躁的鲨鱼和海狮出现在近海，吃光了鱼群。红帽子的大巫师草垫子是个神龟王族人，为消除别族不同的声音，独掌与神灵沟通的特权，王族用他取代了飞鸟族派来的鸟王。草垫子奉命平息天灾神怒，然而他力量微薄，灾荒不见缓解，反而愈演愈烈，更多的人饿死、溺亡，民怨不断。害怕追责的草垫子与王族内的长老们密谋，以牺牲年幼的少酋长来平息众怒，他伪造了一份神谕，宣告少酋长具有泛滥的邪恶灵力，这灵力就是灾难的缘由，神的国度因他而沦丧。灾荒持续多年，在少酋长成年之前，慈悲的红帽子答应了草垫子的请求，将小虫儿绑上重石，沉海处死。

然而，神龟王族的谋划还是失败了，长耳人本以为天灾终将过去，可却并未如愿。王族遭到了各族的摈弃，人们都不再听从"大阿睿鳍"的号令，混乱开始了。

小稻子深吸了几口气，按住起伏的胸膛，拨亮灯芯，继续读下去。

神龟王族衰落以后，长耳人在大地上悲惨地流离，他们不愿放弃自己的长耳，视他人为低等，可是饥饿把他们逼成了人鬼不如的动物，长耳人中出现了以人肉为食的人，人称"开膛咔嗒"，为了不被吃掉，其余的人藏到了地底，成为与黑暗做伴的"地底人"。

最后的统治者"红帽子大阿睿鳍"，带领地底人四处逃难，逃避开膛咔嗒，以及开膛咔嗒的始祖"饿鬼神"；见过"饿鬼神"和"红帽子"的人都说，他们长得十分相像，虽然他们都有着王族石像般的面容，可二人的所为完全相反。

"红帽子"在东方的流民中哭诉上苍的不公，仿佛古代的带来光明的长耳先祖，他为地底人追忆起被遗忘的知识，摸索应对恶劣环境的方法，他将庄稼种在防风的院落，以及地底的暗井中，铺上黑石以抵御带盐的海风和骄阳的炙烤，他告诉人们如何用所剩不多的杂木拼凑船只，用火山湖的泥巴粘合，他还教会人们修建堤坝，保护水源。大海的肚脐因为他的努力，许多人得以存活。

然而，"饿鬼神"是个比他强大得多的力量，所有的人都是他的人鱼。

"饿鬼神，放过我们吧！"

面对人鱼们的哀求，饿鬼神说："苟活者不配存活！"

饥荒使越来越多的人成为"开膛咔嗒"，而流民则成为"地底人"。长耳的开膛咔嗒被短耳的尊为"神的骨头"。他们席卷了各族的村庄，"红帽子"的子民逐一遁入地底，古老的东方，人民像野鸟一样消失得无声无息。

看见东方的土地沦亡殆尽，西方各族惶惶不可终日。

一次奇遇，在鸟王比赛的宴会上，我，占星家族的吹烟，杀伤了一名开膛咔嗒，这开膛咔嗒不是别人，正是他们的始祖饿鬼神。人们说，我被鸟神选中了。大海燕带着霾耗绕着我的屋檐低飞，族人把我推举为"绕橡鸟王。"

我的长矛直穿饿鬼神的胸膛,如果他是个凡人,一定活不成。可是我错了,他是神,并没有死。我想起第一次看见他,是在小虫儿少酋长的献祭仪式之后,红帽子为他的儿子绑上石头,目送草垫子将他带上沉海的小船。献祭结束,红帽子在鳌屋里半月未出。人们在宫门前舞蹈庆祝,举杯畅饮,相信邪恶的力量被驱走了。那几天夜晚,天黑得很早,海水拍打得很慢,一个鬼怪从海里爬上了岸,他挥着一根古怪的乌阿杖,杖头刻着一张不祥的笑脸,鬼怪在人群中咆哮,许多人被他打伤,被他咬下身上的肉,立柱武士把他拦下,却看见一张与大阿睿鳍相同的尊容。这只鬼,人们称他为饿鬼神。

反书里面,所有的灾难,都是红帽子和他的幼子小虫儿所为。哪里有什么天灾,从来都是人祸,红帽子砍了森林,从此天不下雨,吃光了鸟儿,从此田里无肥。不过,饿鬼神扼制灾难的方式,就非常诡异了——

许多神的骨头贪婪狂妄,不受约束,导致人心惶惶。饿鬼神决定削减他们的数量,留下几个头领,把其余的全部吃掉。当有新的部落不听号令,开膛咔嗒就会来惩罚,就像神的骨头的牺牲一样,死去的人为活着的人留下口粮,饿鬼神仁慈地关照我们,难道我们不该赤诚地奉献,全心地崇拜他吗?

小稻子挠挠头,搬动沉重的书板,回到正书——

饿鬼神擅长游泳,从光明港到南风海滩,飞鸟族和亲族们饱受开膛咔嗒的蹂躏。虽然我们人多,但武士们畏惧邪魔,几次可耻的惨败后,我们的抵抗瓦解了。族人派我出城,希望能与饿鬼神谈判,认为只有喂饱了开膛咔嗒,饿鬼神才不会来犯。

饿鬼岛的四周黑水汹涌,这里潜伏着吃人的大海蛇,没人敢靠近。我请求鸟神帮我召唤来红毛的鹦鹉,替我传话。我谨慎地,十分谦恭地,向鹦鹉道出族人的请求——

"强大的饿鬼神,请你搬到百鸟巢来吧,只要我们幸免于难,我们就是你的部属,飞鸟族的守护神鸟神梅克梅克,也是你的仆人!"

饿鬼神上了岸，我发现他胸前的伤口已经愈合了，我担心他会向我复仇。饿鬼神指着环绕在我身边的大海燕回答——

"狡猾的鸟神，想和饿鬼神分食。"这句话将成为日后鸟王的枷锁。谈判结束，饿鬼神答应饶恕我们。

饿鬼神庙坐落于灯芯湖畔，我们发现这尊邪神并不食言。飞鸟族靠倒卖货物和偷学能言之木而凌驾于各族之上。族人们邀请饿鬼神进城，并非为了停止杀戮，而是为了掠夺，为了有人能保护他们的财富。

一年期满，鸟神梅克梅克离开了我的身体，我重新做回了一个戏子。饿鬼神喜欢看戏，无论是梦之时光里的故事，还是市井间的闹剧，他从来不会缺席。我的继任者是神谱家族的赤头鹦鹉，神谱家族本来默默无名，这一族的名字是饿鬼神赐予的，其作用是记录与服侍神的起居，我见他很快就屈从于饿鬼神，他的名字正好来自饿鬼神喜爱的红毛鹦鹉，从他开始，每一位鸟王都是腐败的，他们是食色酒徒和窃贼，以神的名义掠夺别族所有，并以神的扮相挥霍和狂欢。鸟王为饿鬼神肃清旧日的敌人，并且践踏死者的灵魂，使其不能再生，仇恨埋入土中。

饿鬼神不只是鬼怪，更是至高无上的人神。幸存的族群为了争夺饿鬼神的眷顾而战，骚乱如雨季的风暴般频繁且残酷。

在饿鬼神的庇护下，飞鸟族化畏惧为顺从，甘当饿鬼神的"追随者"，将百鸟巢建设成他的神国。族人们白天观赏能言之木里的滑稽戏剧，夜晚则是无休止的狂欢。硕鼠占领了粮仓，毫无顾忌地繁殖，渺小的蝼蚁，却还在勤勤恳恳地往粮仓里搬运。我们开始模仿神龟王族，留起了长耳，自称长耳人。为了划清界限，城外各族则是短耳人。

起初，人们只是自发地不再讨论东方的事情，哪怕吃人就发生在旁边的几个山丘，或一小片田野之外。当某个村庄一夜而荒，人们也只是猜想，这一族人会迁到哪儿去呢？

每座山丘、每块岩壁和每个水塘都有它独特的名字，当我们在其上开荒筑城，便摧毁了它们的名字。我们要为饿鬼神塑造新的石像，并建造我们永世不倒的百鸟巢城，各族将充当我们的苦力，他们低贱地存活，只为了像我们一样，获得"追随者"的称呼，而我们则给自己再戴新衔，自称为"神的眷属"。

新的石像遍布于大海的肚脐的每一个角落，它们都长着同一张英俊的长脸，活神饿鬼神的脸——"活人之脸"。人们摈弃自己的祖先，旧神像被推倒，神坛的石块也被挪用做房子的石基。我们把古代的船修修补补，重新推下海，借用它们的雄姿来震慑人心，我们开始抓捕老弱的人，称他们为无用之人，然后是那些怜悯背神者，或者出言质疑的人，也被我们逮捕。最终，飞鸟族里那些想法与饿鬼神不一致者，也成了"背神者"。

开膛咔嗒年年需要口粮。当东方的神龟王族和蜥蜴族被吃光了，新的人鱼将出现在北方的树衣族与燃族之中，因为当山林耗尽，两族人就会成为累赘，随着王山上的赤土向中心蔓延，甘薯族也将种不出粮食，彻底的饥荒就会到来，当虾族、鲨族和鲸族都被毁灭了，飞鸟族终将迎来自己的末日。

我们或者饿死，或者吃人，直到最后，大地归于沉寂，只留下吞噬掉这片土地的"活人之脸"，在恐怖的寂静中一声不响。

如果有人读到这儿，或许你已经发现，本书不是预言，而是正在发生的事情。我没有像我的族人一样去留长耳，而是作了一名地底人。我看见红帽子已经老朽了，无法再带领我们，他让我们耐心等待，等待一名寻路人的出现，他将是一位年轻、智慧的勇士，所有受苦的人将追随于他。在新的时光中，饿鬼神和开膛咔嗒将不复存在。

正书到此为止，小稻子揉了揉干涩的眼皮，看见反书的文末有一段话——

正书的杜撰者绕橡鸟王，现在是地底人吹烟，他的同伙还有三人，分别是他戏班子里的舞者——神龟王族跳跳鸟、优伶——蜥蜴族毒鳞女人、歌者——树衣族的猎鱼耳坠。他们是饿鬼神缉拿的背神者，任何人如有发现，立即报告给神的骨头。

在书板的末尾，另有一块新近用黏土拼接上的木板。这上面的文字没有正反，坚定而单一，小稻子俯身凑近，手指在这片书板上反复摩擦，黏土被压出了裂纹：

我们的敌人——红帽子以及他手下的背神者，还没有被消灭！被我们处死的红帽子之子——寻路人，在暴雨连绵的雨季又回来了，他带领着愤怒的祖先恶灵，乘着传说中的大船，从西瓦大陆来到了短耳人登陆的海岸。目的只有一个，便是向饿鬼神复仇！他们直逼饿鬼神的塑像，发出鬼魅的雷鸣，然而，听令集结起来的追随者，勇敢地冲向了敌人，我们获得了巨大的胜利，祖先的恶灵被我们赶回了大海！

可不幸的是，红帽子的寻路之子还活着，这个淡色皮肤的，名叫阿噜的鬼魂就在我们中间，滋扰我们的百姓，给我们的人民带来无数的灾难。

再往后就是关于小稻子的翔实的描述，这和山顶的戏剧相吻合。原来如此。小稻子长吁了一口气，缓缓从书板前抽身。半神吹烟知晓过去，洞察未来，编纂了正书，虾须胡子又改成了反书，重新编写了历史。

我本是大明的使者，竟被岛人当作还魂的祖先，这祖先有两个原型：一个是古时被放逐的少酋长寻路之子，一个是被红帽子献祭的少酋长小虫儿，我一人分饰三角，被神的骨头塑造成了一个公敌。寻路之子的经历倒与我有些相似，他帮了短耳人，最后被定罪放逐，而我带领使团上岛寻路，最后同胞遇难，只剩下我一人。至于那位小虫儿少酋长，书里没有过多的记载，只知道他是红帽子之子，被族人设计枉杀。漫长封闭的岁月，抛弃了祖灵的长耳人，变得害怕一切外来之物。出于深埋的恐惧，将大明人视作入侵者，将祖灵也视为异端。他们害怕回到过去，更找不到出路，只有疯狂地消耗现在。

而那被压迫得更加绝望的短耳人，反而积蓄了绝境求生的勇气，他们需要一个寻路人，点一把火，燃烧起希望。这个人，难道会是我吗？

大树被伐尽了，留下来的都是老船，我和岛民们一样，已经出不去了。家乡的灰墙绿瓦，白得发亮的纸窗，破瓷碗里的米粥，街头的父老乡音，这些平凡得不起眼的事情，我却想看也看不到了。不管是废墟残垣、赤土荒山，还是世外桃源的百鸟之城，这里就是我的埋骨之地了。大海的肚脐将是我的新家，开芽、艾鸥、乌里，他们便是我的亲人，所有结识的人都是我的乡亲，不管是荣华富贵，还是身处绝境，我都要活下去，如果可能，带着大家一起活下去。

小稻子取出怀中的"活人之躯"，将它捏了又捏，又在石头上敲打：我真的能像开芽和吹烟一样，相信红帽子，并且一分为二地看待他吗？

这一夜漫游在梦之时光，不知屋外已经天明，嘈杂声熙熙攘攘。

"寻路人，放下书板。"一个声音打破了石屋的寂静，蚌壳的鲸油中，倒映出虾须胡子的瘦脸。

长耳人的盛筵

虾须胡子用一根粗绳套在小稻子的脖子上，朝着烤火山攀爬。

烤火山里热闹异常，人们扛着大鱼和棕榈酒，行走在山腰茂盛的甜果林里。湖畔滩涂上，歪歪斜斜躺满了醉客，他们嘴角挂着乳白色的酒渣，像动物一样喘息。香蕉和甜薯被踩成烂泥，几只小巧的阿噜猪猡，满地撒欢，喝醉的女人抱起猪猡，用自己的乳房为其解渴，蛇行的躯体在烂泥中纠缠。

"师父，你要带我上哪儿去？"小稻子问道。

虾须胡子停下脚步："鸟王墨口让我教你读书写字，我还不知道算不算教会了，我是看着你熄了油灯，这才放心的。我盯了你这么久，你的呼吸和毛发，我都数得清楚。可你的一言一行仍会时不时地让我诧异、陌生，你是我凭臆想编造不出来的角色，我还想更仔细地观察你，可是来不及了，饿鬼神回城了，今天或许是你最后一幕戏。走吧。"

文面的武士躺在湖边，正用湖泥涂抹伤口，有的人把重伤兵背到咸水中，草垫子念动经文，水里的伤者就像上岸的鱼又回到了大海，上下游动，欢叫道："赞美饿鬼神，我们是杀不死的！"

池塘像一碗米粥时刻改变着形状，芦苇如同野兽摆动的鬃毛，浮土上行走的人，担心陷入腐败的泥沼。一群面容沮丧的人，浸泡在发臭的黑水池塘里，他们是被俘的燃族人。荼毒坐在四个匍匐的俘虏身上，踢打他们的身体，驱使他们左摇右摆地蠕动，泥水灌满了他们的口鼻。其中一名俘虏与小稻子对望，猪肝色的脸庞僵住了，他正是燃族青年嘹亮之音。

大湖对面火山壁上，有石墙五六堵，一面比一面更高，墙内灌木丛生，枝叶繁密，还有石屋若干，这便是饿鬼神殿。

饿鬼神坐在湖边的台地上，如同神龛里的佛像，黑琉璃般的双眼镌刻在刀削的脸上。虾须胡子带着小稻子，拜倒在饿鬼神面前。

饿鬼神："啊，是小阿噜来了。"

长耳人不知道来人是谁，纷纷投来惊异的目光。只有神的骨头们清楚。

不朽纹图撑开下颚："我居然没发现，这比半神更充盈的灵力啊，从我嘴边溜走了。"

草垫子放下豪饮的酒碗，斜眼越眯越细，他忽然猛地吸了一口："啧啧，这不是艾鸥的图穆吗？"

饿鬼神座下，鸟王墨口支起身，睁圆了三只大眼，身子颤巍巍地摇晃。

"别怪鸟王没来找你，"虾须胡子道，"书窖是禁地，我可不能让奴隶在里面大呼小叫。"

"来吧，坐到长耳人那边去吧，我会让侍从填饱你的肚子。"饿鬼神说道，身旁一名年轻酒侍应声而出，正是瞬息之心。

瞬息之心面色不改地接过小稻子身上的绳索，走下石台。长耳人按照家族贵贱，沿湖筑台而憩。他们横梗在草席上，晃着腮帮，打出阵阵洪亮的饱嗝。有两个胖贵人正在招手，谬诉夫妇异常热情地邀请少年同坐。

"侄儿，把他带到我这儿来吧，给他好吃的。"一名男子呼道，他坐在饿鬼神脚下，与鸟王平齐，显然是长耳人中地位极高者。

瞬息之心低声道："我叔叔无饰青面是神谱家长。"小稻子听说，神谱家族是饿鬼神的侍者，可无饰青面却一点不像，他有成群的女眷围着，似蚕蛹抱着桑叶。

"这是什么？"小稻子指着瞬息之心的挂物问道。

"塔虹孞，是祈求爱情的项链。"瞬息之心瞥向鸟王，这"塔虹孞"是个椰子核，刻成心形与月牙形状，里面画了一尊鸟神，胸前和肩头挂"活人之躯"的地方也让位给了它。

瞬息之心端上两个椰子壳，小稻子舔了舔，一碗是洗漱的清水，一碗是增味的咸水。瞬息之心摆上一盘水果、一根细木棒和一把牡蛎壳刀。

无饰青面的夫人们浑身散发着丝兰香，张着红红白白的小嘴，等着仆人们朝她们嘴里投食红薯块。小稻子曾见过，这本是一些岛国君王的待遇，以免凡俗之物沾染了君王的灵力，长耳人如此，个个都像君主。

奴隶们大多都是鸟王的仆人。蚌壳风帆捧着一个芭蕉叶包裹，走到小稻子面前，她小心地解开叶上的系绳，似乎被什么烫了一下，眼中闪过锐利的光芒，似乎在说，如有危险，奴隶们会协助少年解脱。小稻子摇摇头，捏了捏她的手。油香扑鼻，芭蕉叶里是红白肉，撒着酸酱和一种葱料，炭灰焖熟的海鸟蛋围成一圈，还有市场上绝迹的白薯泥拌酱。小稻子俯身嗅了嗅，瞬息之心指着舞女翩跹之处说道："灵界香料，只长在神的花圃。"

小稻子用木棍串了几个鸟蛋，又用贝刀削了些白薯。无饰青面见少年举止斯文，仿佛天生就是个长耳人，投来赞许的目光。

草垫子抓起肉浸到盐水中，缓缓放进嘴里，舔舔干净手掌上的肉汁道："饿鬼神喜欢的这些长耳人，真会享受，吃的东西就像他们的戏剧一样梦幻，嘿嘿，我是个不懂得演艺乐趣的人，从来也不去看戏，不吃不杀呀，这些假人演的戏，我没有耐心去看。它们为什么这么让人着迷……"

"戏里有新闻，有红帽子的动向。"不朽纹图道，"你替饿鬼神看管开膛咔嗒，饿鬼岛上你就是饿鬼神，可要是在百鸟巢，你就能在戏台上扮演他。"

"在戏台上扮演真的还是假的饿鬼神？"草垫子凝神,似乎正被这提议所吸引,他舔了舔嘴巴,"我被锁在饿鬼岛上这么多年,都快忘了一个体面人该怎么进食了。今天会是一场盛筵,是我苦等的甘霖,你瞧见了吗？吃啊不吃,该吃该杀,我们小艾鸥的图穆又细又白,我要尝他臀后肥肉,谁也别和我抢。"

一只大红鹦鹉飞过来,瞬息之心连忙捡了些食物,喂到鹦鹉口中。一只小手摸过来,偷走了碗里的几颗海鸟蛋,嘴角渣渣见没人赶他,便蹲在小稻子身边。小稻子瞧了他一眼,那模样活像一只耗子,少年伸手从大盘上叉起一块肉,递给嘴角渣渣。

"拿去吃吧。"小稻子道。

嘴角渣渣斜眼微笑,正要接过,忽然一愣神,干咳起来,仰鼻怒嚎着缩到湖里去了。

小稻子望向大盘,用木签拨了拨,露出一根手指,这是什么？小稻子握住它,一拉扯,竟是一只断腕。

"呸,这肉是馊的。"一名贵妇吐出一只眼球,怨道。

"这都怪大嘴鸟没抓到人鱼,给我们长耳人丢脸了。"无饰青面推开仆人,抱起那妇人,"今天我们不吃别的好吗？我想尝尝你这香喷喷的大白薯、大红薯。你摸摸,我的大蟒蛇在嘶嘶叫呢,它在纠缠我呢。"

草垫子下令道:"把人鱼放出来!"

一串串的燃族人被牵出来,他们身上涂着鱼鳞,好像大金枪鱼的样子。武士们给他们每人发了一把乌阿,逐一投入浮岛,他们直着腰,傲然摆正姿态,对面彪悍的开膛咔嗒,举着雕刻繁复的狍阿走来,他们跨着马步,瞪着凶目,吐着威吓的舌头。一声口哨,俘虏们相互对望,声声呐喊着冲向开膛咔嗒。

不朽纹图高唱渔歌:"……瞧那燃族的背神者,对着'活人之脸'大声诅咒,孩童们搬来武器,妇女们唱响了战歌,大胆狂妄的燃族人啊,背弃饿鬼神的有罪的人呐……"

浮岛上,俘虏们英勇地打斗着,可他们都是伤员,没剩多少力气,开膛咔嗒踩动脚下的浮土，让本就笨拙的俘虏们站立不稳，他们接连被打倒，只有一人还站着。

草垫子欣然道："睁大你们的眼睛，他是一名敢挑战饿鬼神的勇士啊……"

那俘虏奔到长耳人筑台前，筑台是用神木搭的，他环手抱住神木，一声断喝，拆卸下来，上面的长耳人如鸟蛋般连声滚落湖中。

"守护神木啊，赐予我力量吧，让我替族人报仇，把这些高高在上的海跳蚤，全部打落水吧……"俘虏洪亮的嗓音在环形山内回响，小稻子听出，他是嘹亮之音。只听一声大喝，两下落水声，嘹亮之音神木扫过，开膛咔嗒飞身入水，人群中爆发出恐怖的咆哮。

草垫子扯开嗓子喊："强大的勇士啊，送他去祭神！"

"祭神，祭神！"长耳人纷纷呼应。开膛咔嗒从水中浮起来，竟然不再动弹。

"瞧那一身结实的皮肉，闪亮的汗水！我要那条人鱼！"妇人们眼里闪着金光，无饰青面转了转脖子，松了松腿脚，摸出一杆船桨，喝道："开膛咔嗒抓不住，那便让我来抓这条人鱼。"

他脱下鸟羽衫，露出一身健美的肌肉，挥动船桨，抬起腿，跳起了一支怪相舞。人们开始爬上台，跟着起舞，学猪叫，学鸡鸣，也有扮鱼游水的，他们在嘹亮之音四周围成圈，缓缓地移步，当嘹亮之音举着神木击来，便一闪躲开，让他扑空，他们拍打四肢，发出清脆的响声，模仿挨打的样子。

嘹亮之音开始喘气，人们要来拉扯他，他瞄向离岛的浮土，一挥手荡开众人，夺路奔跑，前脚刚踏上浮土，后脚跟吃痛，挨了一击，他抱着脚，看见无饰青面挥桨朝他打来。

人们在青年嘴里套上人骨制的鱼钩，鱼钩刺穿了他的颚骨，拖着他到一棵棕榈树下，大树作钓竿，把他连同别的俘虏一一挂上了树。

小稻子紧紧握着手上的木签，好像那是一把匕首。神的骨头走到树下，团团转圈，圈子越走越小，直到树下站满了人。他们开始在俘虏身上割肉，人群中不仅有开膛咔嗒，还有长耳人、鲸族和鲨族人，他们拿着插肉的木棍和牡蛎壳刀，都来争夺这活人祭品，吃掉他身上的灵力，直到他一片灵魂也不剩下。

这些穿着优雅、恭敬有礼的长耳人，为什么像开膛咔嗒一样，也要吃人？

瞬息之心起身，朝那棕榈树走去。

"瞬息之心，你也是开膛咔嗒？"小稻子急问。

"开膛咔嗒？我是族里的晚辈，还没尝过人肉哩。"瞬息之心从小稻子眼中看出了厌恶，他想起自己第一次看见吃人，也是这般模样，他浅笑着转身。

"……人鱼钓上树，人皮吹成浮桶，腿骨作鱼钩，头骨当酒碗，喝不完的鲜血，吃不完的人肉，饿鬼神的赏赐哟，永远不会短缺。"不朽纹图脚下堆满了树皮衣，那不正是店里的货物吗？人们望向饿鬼神，只见他招了招手，他们欢叫着蜂拥而上，推挤争抢，许多衣服在争抢中撕成了碎片。

瞬息之心从俘虏房身上割下一块肉，敬献在饿鬼神脚下。

"忠心的神谱家族，我要赏赐你们。"饿鬼神道，"无饰青面，割下那燃族青年的头颅，获取他的灵力吧。"无饰青面谢过，走下神台。饿鬼神转向瞬息之心，"年轻人，你切的这块肉，虽然匀称，但是我咬不动。你还没吃过人肉吧，来，你尝尝看。"

"饿鬼神，我不敢……"

"这是给你的奖赏。"饿鬼神把自己满盘的肉食推到他面前。

饿鬼神赐食，这是何等的殊荣。瞬息之心盯着那块带血的肉，他的脑中空无一物，又起一块肉塞进嘴里，不待咀嚼，一仰脖子，生吞了下去。

饿鬼神朗声道："瞬息之心，我的酒侍，我读了你的赞美诗，十分喜欢。"饿鬼神命人将绸服拿来，瞬息之心哑然盯着那丝绸，饿鬼神说道："现在，神谱家族新添了一位优秀的武士。"

瞬息之心拜谢过，捧着绸服，木讷地经过族长无饰青面，越过老鸟王赤头鹦鹉，对人们的赞许仿佛没有听见，直到走近鸟王墨口。

"我想不出，除了你，还有谁配穿这么美丽的衣服。"

"瞬息之心，你要把它送给我？"鸟王疑惑地问。

"你不喜欢吗？"

"我喜欢，因为是你把它送给我的。善良的兄弟啊，可我没见过这么鲜艳的布料，也没穿过这么柔软的衣服，它是个难得的珍宝，我怕我会弄坏了它。"

"我的鸟王，只要你喜欢。"

小稻子看见瞬息之心将衣服展开，为鸟王披上。这衣服总算是给了开芽，而不是被人争抢去，撕成碎片，少年叹了声气：只是赠衣服的人却不是我。

草垫子的吟唱，忽然变得尖锐起来，他语调一转："是谁让背神者这么大胆，是谁让他们胆敢挑战饿鬼神？是邪灵红帽子的寻路人，顽劣的寻路人就在你们跟前！"

不朽纹图指向神台下方："他就是饿鬼神脚下的短耳人！"

小稻子站起身，向后退却。众人的眼睛射出惨白的光，照在少年身上。

"寻路人是真的，那个淘气的恶灵就在这里……"

"他离得这么近，会对我们降下厄运吗？"人们举步踟蹰，低声私语。

草垫子道："第一个抓住寻路人的，就是最忠诚的追随者。杀呀吃呀，不容再等。"

"所有的东西都寡淡无味，而最鲜美的食物就在眼前，古老的灵力在他身上流淌，谁吃了他就能成神，这赏赐非我莫属！"无饰青面喝令，却看见瞬息之心先他一步，将他绊倒。

饿鬼神斜倚着，笑而不语。

"守护的神灵啊——"什么声音，人们望向棕榈树冠，几具俘虏的残骸，没有皮肉，只剩下裸露的骨头，谁在树上说话？

"划桨的寻路人啊——"这一次，人们听得真切，这喊声就来自树梢，那声音在湖面激荡开去。一声轻响，树枝折断，一具白骨落地，嘹亮之音的嘴巴一张一合，人们愕然地发现竟是这骨骸开了口。

"鬼魂发声，这是寻路人的邪术！"湖中清波激荡，人们在浮土上乱走，奴隶们抓起了木签和蚌壳刀，掀翻了人肉的食盘，踢倒他们的主人。

小稻子看见神的骨头们正在走来，有人在身后推了一把，瞬息之心低吼道："短耳人，还等什么？"

小稻子跌撞着爬上浮土，该向哪儿去？一个小个子蹿到面前。

"你真的是我们的寻路人？"嘴角渣渣瞪着眼，他抓住小稻子的胳膊，"快，这边走！"

小稻子爬过泥泞的堤岸，跳过长耳人倾塌的筑台，甩开灯芯草纠缠的根茎。一路上，奴隶们朝着少年大喊——

"快跑哟，寻路人！"

有人尾随，嘴角渣渣说道。小稻子回头望去，鸟王在水堤上跳跃。

"开芽！"小稻子喊道，人却不见了，可那鲜艳的衣服却不易隐藏，她躲在灯芯草丛中，就这么跟着。小稻子爬上高崖，翻过了火山口，那身影才不再跟随。蚌壳风帆带着几个逃奴，追赶上来。

槐树皮远远看见蚌壳风帆朝他跑来，虽然渴水之鱼早已告诉过他，可他仍不敢相信这个女人还活着，他想应是寻路人帮了他，把她从暮的世界带了回来。

店铺里空荡荡的，什么也不剩。小稻子问道："树皮衣是谁买去了？"

"最后一批树皮衣，还有那丝绸衣服，都让饿鬼神买走了。"槐树皮回答。

小稻子望向那坑洞，里面全是死人。少年一咬牙，却听见艾鸥咧嘴道："这是一桩好买卖。"

小稻子红着眼，强咽下喉中的苦涩，声音有些哽咽了："艾鸥，是你把它卖给了饿鬼神？为什么要拿它来换死人？我不想看见你吃人，你背着我干了什么事啊？告诉我，我的图穆，你是饿鬼神的开膛咔嗒吗？"

艾鸥的面容苍白，目光四处游走，然后静滞在小稻子的脸庞上，这是一个让他生怯的怒容，这怒容听不见地底人的劝阻，也不容宽恕。他握紧拳头，猛举起手好像要打一架，可拳头却落在了自己的胸膛上。喊杀声一阵阵传来，艾鸥一脚一脚地向后退去，一个抽身，似山猫般地消失在了山崖间。

嘴角渣渣喊道："寻路人快走哇！"

小稻子和地底人跟着嘴角渣渣，来到朝南的一处悬崖边。推开一块方岩，里面有一个地洞，小稻子和地底人逐个钻了进去，只有嘴角渣渣留在外面。

"这是悬空洞，西方地底人在城里唯一的出口，这个洞只出不进，绝对不能被人发现。"嘴角渣渣道。

"你去哪儿，快跟我们一起逃……"

"但愿你能逃脱，寻路人。"嘴角渣渣冷笑了一声，将方岩盖上。

悬空洞的门神，是一具祖先的胸膛骨，像一副甲胄，挺着胸膛阻挡来犯的长耳人。出口在高高的崖壁上，下方是万丈波涛，尖石嶙峋。

"从这里跳下去，谁也活不成。"老厨子瞧了一眼，啐了一口。

"别怕，死不了！"小稻子一人当先，飞身跃下。乌里随后追来，渴水之鱼背着老厨子，接连跳入海中。

大道上升起一团白雾，吹烟坐在地上，遥望寻路人泅水而来。瞧见少年殷红的双眼，他苦笑着抽了口烟。

"寻路人没有听从我的告诫。"他喃喃自语。

少年眼中闪烁着喧嚷的精灵，那是学了能言之木后的模样。"与神灵对话，溯游梦之时光，打破无知的烟瘴。地底人爬出了迷雾，前方的海域空寂陌生，寻路人哟，请带领他们爬上岸吧。"吹烟望着奔逃的地底人，吸了口烟，吐出一抹祝福的彩云。

地底的呐喊

芋头洞前，渴水之鱼远远地瞥见他那高大健壮的妻子，惊叫了一声，臀骨针有一双令人生畏的臂膀，她抡起膀子扔出一块浑圆的石子，渴水之鱼连忙飞身躲过，擦着耳畔，身后的槐树皮被砸了个趔趄，仰面翻倒，留守洞中的人们，都跑出来扔石头。

"咦？"小稻子惊呼。

"他们在检验我们这些脸色苍白的家伙，是有血有肉的人，还是已经死了的鬼。"老厨子道。

"别砸了，我们还活着！"渴水之鱼喊。

人们欢笑着歌唱，忘了自己是地底人，全都跑了出来。寻路人换回了粮食，以后的日子连饿鬼神都不用怕。蚌壳风帆扶起丈夫，庄严地凝视着，这是一副槐树皮从未见过的铿锵的面容。

平静的地底王国，一日之间成了岛上最危险的地方。饿鬼神的神谕传遍了大海的肚脐："寻路人藏在地底人中间，去抓住他，清理掉藏在洞里的背神者。"

"树衣铺的主人"的剧目搬上了戏台，小稻子的面貌人尽皆知，追随者们高呼着，个个都想抓到寻路人。

老厨子从肘子手中接过烟杆，凶猛地吸着，一团烟灰不慎落到了身下的草席上，老厨子一个劲儿地寻找，因为草席上已经冒起了浓烟。腰子高高兴兴地擦亮另一支，说着口头禅："放轻松，随它去吧。"

众人一声吆喝，将小稻子抬起，就像抬一尊石头人一样恭敬。

"地底下有寻路人，寻路人不怕饿鬼神！"欢庆会闹到半夜。

夜里，小稻子孤坐在神龛洞窟里，石像好像挪动了位置。月亮的清辉照在墙边，那儿立着几支乌阿、狍阿，它们是艾鸥留下的破烂和宝贝。

少年取来甘薯，坐在洞口石阶上小口咀嚼，棕榈碗里的水喝光了，嘴里的甘薯却添塞满了，噎得干咳起来。这甘薯虽然个大，但滋味还不如捡来的婆婆肉好吃。

小稻子抓起一块石头，朝石壁丢去，一声轻响，一支狍阿歪滑向一边，墙边的乌阿被带倒了一地。小稻子爬起身，快步走过去，将它们一一捡起来，摆回原处。

长耳人占领了北方树衣族与燃族的领地。传说在高大的神木海龟塔下，一个新的西式村寨正在兴起，到处都是搜刮来的鸡禽与海产的腥臊味，奴隶们在崖壁上挖了十几口石井收集雨水。追随者的呐喊穿过天井，一声声传入洞中："杀死红帽子！抓住逃脱的祖先恶灵！消灭地底人！"

地底人半步不敢离洞，他们缩成一团，对着死人之躯祈祷，忙着把珍贵的零碎藏到最深幽的地方，他们藏得如此隐秘，以至于有些东西连自己也找不到了。老厨子请来祖先，把许多人骨撒在洞口，并在石壁上用红白泥涂抹鬼怪，但愿追随者们看见它们，真的能止步洞外。

老人们回忆起了芋头洞里经历过的无数次围剿，只要拜一拜红帽子，地底人总能逃过一劫。"你睡着的时候，如果能像我一样。"老厨子就地卧倒，耳贴地面，身子蜷成一个虾球，好像睡着了，乌里正要摇醒他，老头平地蹬身，一弹而起，手中已握着一块尖石，"要是有条臭鱼游了进来，我就绝不会让他游回海里。"乌里惊得不敢动弹。

绵长的芋头洞有南北两个出口。洞中分为五处聚居区，都由石壁阻隔，各成壁垒，两侧还有秘密的小洞，属于各家的储藏室和藏身洞。偏西有个蓄水的洼地，建有平台和石井，天井下有三座地下花园，种着少许芋头，干旱使水位降到了最低点，只够饮用所需。五口梅花形的大地炉位于芋头洞的正中，提供上百人的伙食。一条跑道贯通各处，道旁堆积着石块，用来备战。地底人都相信，只要熬过了旱季，来年春耕农忙时，追随者便会自行离去。

这次进城，地底人换回了不少黑琉璃，小稻子看见这些发亮的石头，就像盯上了一双双狐狸的眼睛。黑琉璃是上好的利刃，比铜坚硬，比铁锋利，经过打磨，能够穿皮削骨。然而地底人更缺长矛的木杆子，合适的木料只能在落天山找到，小稻子决定组织一次冒险。听说要出洞，地底人都躲起来了，没人愿意出洞去送命。

小稻子发现一件怪事，人们每周领的粮食总是不够吃。发粮当日，少年拜访渴水之鱼，想请他组织个搜索队。只见洞中坐着一位面色铁青、目光呆滞的人，嘴里含着甘薯，正在揉捏肚子，满意而又忧郁地呻吟着，小稻子晃了晃他，问道："渴水之鱼，你这是怎么了？"这名快活的男子已经不能言语，被晃得气息不稳，脱口而出的是一记激越的响嗝。

地底人相信，太阳升起，太阳落下，每天都值得期待，多活一天就要感谢上苍，所以要及时行乐，没有几件事情比吃更愉快的了。他们坐着吃、喝，彻夜不眠，尽情地把一周的配给三两天内消耗干净。然后，剩下的日子里慢慢消化，反刍，等待下一个发粮的时刻。一大早洞里的人就像死鱼一样横竖躺着，嘤嘤自语，没了生气，明天的事情只有神知道，干吗为明天犯愁？

少年只好把粮食收回，按日分配。

搜索队勉强组织了起来，除了渴水之鱼，都是些饭量小的地底人，包括乌里，还有乌里的伙伴——一个叫野鸟的男孩。

小稻子从朝北的洞口出发，洞里人将石板门虚掩上。

不远处是咸水村，这里到处是毁坏的景象。草房子烧成了灰，山风一吹，都飘进了浑浊的海滩。燃族人腐烂的尸体抱着活人之脸，临死前做哀求状，可是石像不看死人，白眸黑眼对着天穹。

走在前头的野鸟把碎石路踩得沙沙作响，饶舌道："谁杀死了伐木匠？饿鬼神的海螺腿，海螺腿杀死了伐木匠，伐木匠死了该怪谁？"

"哥哥，饿鬼神会把我们抓去喂开膛咔嗒吗？"乌里汗津津的脸上沾满了污泥，两眼眨巴着。

"不，乌里，我不会让饿鬼神靠近你。"小稻子说。平白让他叫了这么多声哥哥，怎能不把他当亲弟弟看待？乌里擦擦鼻子，眯眼笑了。

几行带血的脚印朝着一个方向乱窜，燕鸥叫了，是野鸟在预警。众人钻入一块大石下。海岸边，一座座海龟塔冒着浓烟，一队长耳武士围着地炉吃喝,算下来地炉有八十个,可供给一支千人队,这些体格强壮、装备精良的武士们,为什么驻扎在此,是准备对付地底人吗?

落天山上仅有些灌木和小树,搜索队用石斧削砍楮树枝、槐树枝,它们是造布和船的树种,一种略显柔软,另一种又形状弯曲。只有白蜡树杆又韧又直,既能承受木棍的撞击,又能固定利石削成飞矛,但来来回回也没找到多少。

但有一种遍生的麻草,果子长满了尖刺,据说蜥蜴族人拿它来防御洞穴,可以试试。

伐木营地的要塞坐落在深谷中,这个要塞依然挺立。野鸟吹着麻雀的口哨,示意大家小心,他似乎察觉到了什么。山寨前插着尖木桩,营地里静悄悄的,寨门虚掩。渴水之鱼低唤道:"寻路人,我看那寨子已经被占领了,趁我们没有被发现……"他回头张望。

小稻子独自摸近门边,正朝里窥视,头顶轰然巨响,滚石砸落,地底人四处躲闪,小稻子一步跨入门中。

山寨内是十来双大眼,举着长矛把小稻子抵在墙边。

"偷柴火的小子,你好大胆——"小稻子听见一个熟悉的声音,一条粗汉子移近,醉山伸开双臂,一把将小稻子捧起,又碾入怀中,少年顿觉坠入狭小的石缝,只出气不进气,挣扎着想从这缝里挤出来,"这不是小阿噜嘛!"

地底人从灌木丛里探出头来,燃族人将他们拎起来,提着手,请进寨中,热情洋溢地相互问候。

原来自从高耸船首死后,燃族人难敌饿鬼神,只好躲在活人之脸脚下祈求宽恕。遵从古老的规定,藏在神庙中的人将得到庇佑。他们乞求那曾深深崇拜过的不朽纹图帮助他们,然而神的骨头却下令击碎躲藏者的头颅。燃族人回顾往昔,人们听得动容,仿佛当日的景象又回到了眼前。

醉山说:"有个名叫嘹亮之音的青年,跑到山里来请我去救人,他们虽然做尽了坏事,可终究是我的族裔,不能眼看着他们被杀光。我们一起冲下山去，杀了许多长耳人的武士，救出了一部分族人。那青年问我，该往哪里去？我说山中的营寨坚固得很，鸟都飞不进去，便去那儿吧。"

渴水之鱼说："当初，你们燃族人修这寨子，就是为了和我们树衣族争山林，寨子修好了，落天山也就是你们的了。"

"它不仅抵挡了你们树衣族人，更阻挡了饿鬼神的大军。每天都有人来厮杀，可我们不怕，我们手中的石斧，能像劈原木一样，让他们稀里哗啦地滚下山。"说到这里，醉山突然低下头，叹了声气，"最后一次，他们来势凶猛，一个个龇着牙，嗷叫着'饿鬼神'，据说他们是开膛咔嗒，这座山寨险些成了他们的地炉，好些年轻的勇士被他们打伤、虏获。那之后，饿鬼神再也没来，他让部队驻扎在山脚下，他们知道我们没有多少粮食，打算把我们活活饿死。"山寨四周的木桩上涂满了黑色的毒血，寨内武器、滚石尽有，独缺口粮。

小稻子道："我在百鸟巢，看见了英勇的嘹亮之音，他和俘虏们都被饿鬼神处死了。"

醉山黯然，如同神木伐尽之日："子孙都战死了，燃族就剩下我这把老骨头了……"

巨人粗大的指尖，摸了摸小稻子手中的各色木材，说道："阿噜少年，你想用它们击退长耳人，可要费不少力气。"

"我们有黑琉璃。"

"百鸟巢的黑琉璃？飞鸟族卖给你的，是不是又红又紫，阳光也能把它穿透？"小稻子随身带着一把，在阳光下细看，确实如此。

醉山从身边取来一把黑琉璃矛，阳光下，琉璃石的颜色如深海一般，说道："这一把是长耳武士留下的矛，矛尖用的石头是蓝色的，长耳人不会把这种成色的黑琉璃卖给短耳人，你买的黑琉璃可以削果切瓜，但如果遇到了长耳人的黑琉璃矛——"巨人将二者相击，小稻子的石头应声碎裂。

小稻子瞧着地上的碎渣，仰起脖子跺脚道："就是靠拳头，我们也绝不会束手。醉山，我拿食物和酒跟你换武器，你看如何？"

醉山搓了搓拳，瞧向寨内的族人，又瞧向其余的树衣族人，望了望天，忽然一拍少年后背，爽朗地大笑起来："好啊！我这里多余的兵器你都可以拿走，你再把那黑琉璃拿来，我帮你做些能用的新家伙。"小稻子应声，笑出了梨涡。

渴水之鱼捏腮自语："真没想到有一天，燃族人也会帮我们……"醉山端详着手中长矛，想起了高耸船首死前曾对小阿噜许诺，希望燃族和树衣族结为亲族，他曾成全此事，放走了树衣族人。两族间世代的恩怨，或许终于成为过往。

小稻子忙派人下山，取来黑琉璃和粮食，还叫渴水之鱼带来了几罐棕榈酒。

醉山用一块玄武石在黑琉璃上锤打，碎片散落，刀刃变得锋利闪亮。他在这些矛头和匕首上切割出饮血的凹槽，用草绳绑在一根青叶铁树的树干上，这种平时用来编篱笆的不起眼的小树，开花时长出的树干又长又直。醉山的手和树衣族人的一样灵巧，每一根长棍都让他做成了杀人的利器，每一把狍阿经过他刻上鳄鱼牙状的锯齿，都变得灵活而致命。

几名心活好动的地底人从洞里跟了过来，想一睹当世的半神醉山的真容。醉山爱上了地底人的酒，啜饮一碗，手指便灵活几分。渴水之鱼的酿酒术颇得老厨子真传，虽说棕榈果难觅，用甘薯替代，酒味淡了点，但酿酒之水取自地底深处一口难以靠近的泉眼，水泉清凉沁心、入喉痛快甘冽。

小稻子捡起一颗圆石，在掌中滚动，如果有大明的火药，这么小的东西也能威力惊人，石子清脆落地。我该做件什么兵器好呢？换作艾鸥，一枚普通的玄武石也能堪比火铳。少年挑出一根槐木，它和别的木料一样弯弯曲曲，生满了枝杈，却十分坚韧。它不该是一根废料，不如把它做成一把弓箭？小稻子找了些工具，削枝去皮，埋头动起手来。弓身在阳光下晒干，用一根鱼绳作弦，从外表上看，它好像一把短弓。选几根细棍嵌进黑琉璃片，再插上羽毛充当箭矢。小稻子凝视着它，想起了艾鸥制作的精致的鱼钩，没有一点可以相比，弓身布满了节子，有一头还朝着不尽人意的方向扭曲，拉满弦后，准头堪忧，箭矢会朝着意想不到的方向射去，少年无奈地取回飞箭，却发现箭头没入石缝，劲力倒是不小。

小稻子一行在山寨中待了三天，背着满满当当的武器，告别醉山，健步而归。

芋头洞前野鸟呼叫了一声，只见杂草凌乱，洞门大敞，虚掩的石块丢在一旁，守门的地底人也不见踪影。小稻子蹲身朝洞里喊去，喊声在洞中回荡。

小稻子让众人各取武器进洞。乌里脚下一声脆响，低头看见，那镇守芋头洞的头骨被人踏碎了，四方石壁上鬼魂图也被人抹去，乌里倒退一步，又一声响，一个头骨蹦跳着滑入洞中，声音朝洞穴深处扩散开来，忽然，有人尖叫，然后是咒骂声，还有混乱的跌撞声。

"我们回来了！"乌里朝洞中叫喊，没人回应。

"这是什么气味？"小稻子问，空气中有一种烟油气。

渴水之鱼道："啊呀，这是烤鸡的味道。"一行人朝中心的地炉走去，炭火已经熄灭，气味来自别处。渴水之鱼挠了挠头，突然坚定地朝一个方向走去，经过一个道口，香气扑鼻，他对着一堵墙大喊道："颈子——"

只听有人细声问："是你女婿渴水之鱼吧？"

"他的声音很普通，什么人都可以模仿。"颈子道。

"可这个人知道你的名字。"肘子道。

"颈子，快出来吧。"渴水之鱼叉腰撑墙催促道。墙内静默了一会儿。

"他是不是让人给抓住了，在逼供呢，你听听，他干吗这么着急叫我们出去嘞？"肘子道。

"的确，他是个没大灵力的人。即便真是他，不是叫我们出去送死，就是他自己想进来。"颈子道。

"好歹不能让他找到。"腰子道。

"老厨子，是我。我是阿噜。"小稻子喊。

"哎呀，是阿噜嘞！"肘子在里面挪动身体，忽然一顿，问道，"是他准没错吧？"

"像，像得很呐。"颈子朝窟外啥也看不见的玄景探了探头，"嘿嘿，你没到那百鸟巢，不知道戏台上的寻路人演得有多像。"

"刚才还有人呼啦呼啦地逃命，这会儿寻路人就来了，可不像演戏嘛。幸亏你识破，这些狡猾的长耳人，都是海蛇生的。"肘子道。

"放宽心，随他去。过会儿找不到洞口，他自动就走了。"腰子道。他们本来悄声私语，可洞里实在太安静了，洞外听得一清二楚。渴水之鱼扎紧裤兜，做了个鸡圈里扒鸡的动作，小稻子点点头，便见他摸索起了洞口。

听见洞外没什么响动，腰子道："你看，他们走了。唉，这洞可真小啊。颈子，你还抱着这香鸡做什么？"

"我的香鸡洞本来不挤的，也不知道是谁非要撅屁股钻进来。"

"你看看，吃了它就不挤了嘛。你有好东西，咋不和兄弟们一起分享呢？"

"我就想慰劳一下自己，在百鸟巢里受了惊吓的灵魂……"

"我们可以帮你抚平惊吓嘛，今天追随者怎么发现的洞口？还不是你把这香鸡焖了一天，油气都飘到洞外去了？"肘子正说话间，一声怪叫，"哎哟，吃土的虫，有东西钳住了我的脚。"

"有蝎子，快踩！用力，踩死他！"颈子叫道。老厨子的"香鸡洞"，入口只有菜盘大小。里面的人蹦跳了一阵，空气变得十分污浊，几个老人汗流不止，开始有些恍惚了。

渴水之鱼疼痛地哀嗥着向后退缩，洞口的石壁却像整个山岳压在背上，动弹不得，几乎就要窒息。洞外小稻子看出不妙，几个人七手八脚，要把渴水之鱼拖拉出来。

芋头洞中心五个地炉旁，小稻子召集来众人。

据说追随者进洞的时候，守洞门的人正在小憩，当他察觉时，没作抵抗就跑进了洞,大概有十户人家被掳走,小稻子敲掉了一个炉灶,这里将不再有明火。人们焦虑地讲述着追随者的疯狂屠杀,为自己能够存活而庆幸。老厨子点着烟,阴沉地叨叨着,听起来像是自怨自艾。忽然,他涨红了脸,开始激烈地咒骂旁人。

小稻子将新造的武器依次摆开,地底人纷纷伸手来拿,他们的眸子闪烁着,一会儿相拥着嬉笑,一会儿又握着石头躲躲闪闪。槐树皮举着一把长矛赞叹道:"这就是半神的武器,我们有这么多,给每个男人分配两把都足够嘞。"

男人们兴奋地比画着,将武器把玩了一番,然后恭敬地放在墙边,各自睡去。一连几天,再也不碰,就好像它们只是摆设,有危险时,便会自己跳起来抵挡外敌。

小稻子再次将人们聚集到地炉前,有些人带着武器来了,他们这时候想起它们来,因为能在聚会上显摆。小稻子说:"看看你们手中的武器,长耳人的石头作刀,燃族人的木头作柄,你们觉得用起来可还顺手?"地底人笑呵呵地纷纷点头。"这把武器,不是甘薯族人锄地的工具,也不是摆设,它在燃族人手里,是击退追随者大军的兵器,危险的时候能够帮你们保命。可是,我见你们把它们丢在一边,好像根本不打算用,等到下次追随者来了,我们当中又会有谁被抓走呢?"

"寻路人,放宽心吧,追随者知道我们提高了戒备,这些天不会再来啦。"老厨子道,男人们连连点头,说着,便要自行散去。

少年身旁有一双激动的眼睛,她是槐树皮的妻子蚌壳风帆,她叉着腰站在男人面前,大声对小稻子说道:"这是关系到我们生死存亡的事,寻路人为什么只让男人战斗,却不邀请我们?"

"我们也要战斗!"年轻的女孩阿娥坚定地说道。

女人们热切地盯着少年,嚷叫声震动了洞壁上的石笋。她们露出结实的肌肉,男人们不敢直视。平日里,从种田到制衣,女人们承担了所有的累活,而男人们养尊处优,只做些钓鱼晒网、烹饪食物的轻活,上阵杀敌,该是谁干的活?

渴水之鱼一眼瞥见，臀骨针的手指朝他点来，便瑟缩着四顾寻找退路。这就是大海的肚脐的女人，她们腰板笔直，性情强悍，危急时刻，她们还会保护自己的男人。

"好，我依你们，女人们去挑选合适的武器吧！"小稻子话音刚落，阿娥就搂住了少年的脖子，在嘴上响亮地亲了一口。小稻子的后脑勺飘来乌里大口吹出的热气。

女人们喜欢用狍阿，因为它像敲打树皮布的棍子。在蚌壳风帆和臀骨针的带领下，她们开始集合操练。男人们不出力，就分不到粮食，他们摸着饿扁的肚皮，忧愁地聚成一团，碎碎念叨着。

渴水之鱼看见舞棍的妻子："那个粗蛮的婆娘，这样子更厉害了，我还不如主动投降了长耳人的好……"

男人们都对蚌壳风帆钦慕至极，撩弄者无法计数，这让槐树皮十分忌妒，他把男人们召集起来，为了证明谁更擅长作战，开始了一种名为屠拿战的操演，这是一种源自古时候的训练，分成敌我两拨，一拨使用葫芦壳尖的长矛进攻，一拨藏在岩洞中防守。

如此操演能适应洞中战斗地形，训练投矛、躲石子、拳击、格斗、交替掩护，小稻子发觉这法子巧妙，便也将女人们分成两拨，让蚌壳风帆和臀骨针带领，照此练习。女人们盘头束发，发誓要等到战争结束才让长发落下。男人们坐镇芋头洞北端，南端则由女人把守。

岩缝间的阳光把地洞照得昏黄，地底人在午睡，放哨的乌里也在鼾声中困顿地低着头。

洞穴外响起了嗡嗡的呐喊声，震得钟乳石微微颤抖。乌里惊醒，发觉有人捂住他的嘴，小稻子让他看蓄水池，池水正泛起一圈圈波纹，低语："就在我们头顶。"石缝间瞧去，一群文着猪蹄和大鱼的武士在洞外徘徊，他们不是一般的追随者，而是长耳人的带队武士，饿鬼神最狂热的信徒。

距离上次入侵还不到半个月，追随者又来了，消息传入洞中，响起了一片骚乱。

长耳人叫骂着，狍阿上沾满洗不掉的血迹，循着背神者的气味，他们摸黑钻进洞口，步伐散乱而急促，长耳人仿佛是去参加一场狂欢的宴会，捉几个地底人好回去献祭饿鬼神，他们生怕走得慢了，功劳就被别人抢去。

凌厉的脚步骤然停下，代之以一阵响彻洞穴的惨叫，地上是一片芒刺、麻草之果。短暂的挫折并没有让他们退缩，一大批追随者涌进地道，他们人数之多，足以用脚底板将芒刺扫清。

小稻子指着长耳人的哀号之状和乌里露齿而笑，这笑如此不经意，如同一个讯号，女人们从石洞间探出头来。小稻子向她们握拳示意，乌里去通知洞穴北端的男人们。

蚌壳风帆站上岩石，喝令道："长耳人的客人们来了，让我们用石头伺候他们！"

女人们拿起飞矛，抓起石头，长耳人穿着树皮布甲，戴着坚硬的鲨鱼骨，他们灵巧地躲避着飞矛和石块。地底的孩子们为女人们搬来石弹，并在战场间穿插，找回扔出的长矛。

长耳人的头领身披醒目的姜黄色大袍，脸上刻着瑰异的唇印齿痕，他语调激昂："听说寻路的恶灵就在这里，抓住他，抓住这受荣宠的机会吧！"

"饿鬼神在看！"入侵者的高喊声在洞穴中回荡。

"哥哥！"小稻子听见乌里跑来，却看见援兵只有老厨子兄弟三人。

老厨子骂道："北边也钻进来了狡猾的海螺腿，让我瞧瞧这边情况如何。"老厨子近观战况，他本该坐在中心地炉，和吹彩祖母藏在一起，可是老人眼中正闪着光，小稻子不忍劝他走。

肘子惊呼："长耳人的头领，可不是无饰青面吗？"

飞鸟族神谱家族的无饰青面，饿鬼神有名的忠仆，被他杀掉的背神者和他占有的妻子一样多。剿灭燃族一役，恩宠尽归于开膛咔嗒，长耳人想要争宠，捉拿胆小的地底人便是良机。

老厨子拖着一把挖地炉的石锛，嘶声道："别想拿我们当祭品，跟着我杀过去。"

此刻的老厨子，如同一位伟大的勇士，在他的号召下，蚌壳风帆挥着狍阿健步前冲，臀骨针如猛虎般跳跃，乌里抱着直插洞顶的长矛，一路横扫。黑琉璃与狍阿相搏，鲜血染红了猪蹄、鱼面。

无饰青面手中一把大兵器，酷似斩马刀，刀口是一排镶嵌的鲨鱼齿，顶端插有一片锥形黑琉璃，迎头朝老厨子头顶劈下，老人肩头霎时被削出一条血痕，再近得几分，便要被鲨鱼牙撕下肉来。臀骨针见状，大喝一声，与无饰青面缠斗在一处。

"你的男人藏在哪儿，躲进暮的世界了吗？"无饰青面左右格挡，见臀骨针来势凶猛，"不要着急嘛，等我逮着你，一定要好好驯服一番，让你和你的姐妹们都做我的女人。"

"我听说你的老婆，多得像灯芯湖里的芦苇，你脸上还有空位，放得下新情人的吻痕吗？"

"太粗鲁的女人我招架不来。"

"那就闭上你的嘴，尝尝我手中的狍阿！"

地底人的劣势，不久就显现出来，他们缺乏战斗经验，只能凭着夜视的习性，躲闪长耳人的利刃。无饰青面撕开蚌壳风帆的战线，女人们各自在孤岩上作战，但冲进洞的追随者却越来越多。

乌里的长矛在一次格挡中碎成了冰碴，男孩没了兵器，慌张地跌倒，长耳人走近举起长矛便刺。一声撕裂的风声，穿透洞中的热气，长耳武士大喊一声，陀螺般打转，他看见大腿上插着一根小木棍，便将它拔出，盯着一小片黑琉璃，发觉伤口正血流不止，他满口秽语，嘶声咆哮。

"是哥哥！"乌里看见，阿噜握一截弯木，破空急响，长耳武士逐个倒下，人们张皇四顾，却不知风声来处。

无饰青面看见那黑琉璃箭头，茫然摇了摇头，先祖火屠带上岛的遗物中，曾有一类相似的东西，但人们拿它来做射鼠游戏，从不用来杀人。

乌里又抓了一把长矛，冲入敌阵，老厨子肩头流血，渐感乏力，被他的两个兄弟拖回洞中，芋头洞充斥着长耳人的诅咒，以及女人、孩子们的尖叫。小稻子看见无饰青面从臀骨针棒下脱身，带领长耳人朝洞穴深处突进，忙动身阻挡。无饰青面听见劲风，将身子裹在树皮甲中，飞箭插在上面，却不能穿透。阿娥被一记飞矛射穿肩头，她不惧疼痛拔下长矛，又舞棍上前，任凭伤口鲜血直流，追随者们扑向阵前为首的蚌壳风帆，女人们的防线正在收缩、崩溃。

"野鸟，叫大家后退，快撤！"小稻子喊道。

地底人收到信号，开始慌乱地窜进黑暗，撤退到越来越深的洞穴中。一阵撞击声，石笋咣当作响。人们四处张望，只见一名巨人踏着大步跑来，武士们零乱地扔出手中飞矛，巨人大手揽过，将飞矛拦下，一柄大棒挡开几支，余下的擦身而过。

长耳人惊呼："半神醉山！"

巨人抡起一把虬节大棒，如大浪拍岸，长耳人磕在石壁上，跌倒在巨人脚下，身上的鲨鱼骨被踩得稀烂。

无饰青面脱下厚重的战衣，甩起鲨齿战刀，醉山扫手格挡，小臂被割出了许多齿痕，他的攻势已接近尾声，长耳人将他团团包围，逼至洞穴一角，他们举起手中石矛，如同对着一头野猪。

少年摸近嶙峋的石笋，无声地拉满弓弦，劲风呼啸。

"头领倒下了！寻路的恶灵杀人了！"人们惨叫着，无饰青面颤抖着摸向胸口的木棍，嗫嚅了几个女人动听的名字，长吐一口气。

追随者一时间哀嚎四起，他们拖着无饰青面的尸身，如同一群老鼠，奔着暗淡的微光，争抢着逃出洞去。

守卫北端的男人们损失惨重，女人们不吃不喝，为负伤者清洗疗伤。

长耳人不甘败退，不久之后又聚集在了洞口，他们点燃茅草，想用滚滚浓烟把地底人熏出来。芋头洞延绵两里多长，小稻子带领人们躲避浓烟，藏到越来越深的地道中。幸亏有天井，缓缓稀释了浓烟。

渴水之鱼为醉山献上佳酿。人们喝到了怀念已久的味道，仿佛是老厨子亲酿。酒香盈洞。

"我知道，这是甜水村的水。"醉山笑道。老厨子知道他识货，特地准备了几条下酒的咸鱼，还有一些海螺。

"来吧，阿噜勇士，喝吧。"

"我不擅喝酒，但冲着半神高兴，我先干为敬，感谢你的救命之恩。"小稻子喝罢，打了个嗝。

"半神的称号，是畏惧我的人起的，小阿噜只管叫我醉山吧。我独来独往一辈子，总是和人打架，没交过几个朋友。这次出手，不料还差点丢了性命，哈哈，看来我真是老了。你打败长耳人的事，已经传遍了东南西北。你要是高兴，那就尽情地笑吧，趁我们还有酒有鱼啊。"

小稻子发觉醉山面带苦涩，问道："我们是不是要有大麻烦了？"

"我不懂那邪神，只和他打过架。饿鬼神手下还有更厉害的开膛咔嗒，我想不久就会派来对付你了。开膛咔嗒不是凡人，就连燃族的青年也都败在他们手下，你这小小的芋头洞难以构成阻碍。"

"醉山，你说说，我们洞里的人该怎么办，躲到你的山寨子里怎么样？"

"山寨子里没有逃路，死路一条。"

小稻子望着头顶的天井，地底人正在小声地讨论着逃亡之处。"看来我们只能去东方的青苔洞了。"小稻子听见人们下结论道。青苔洞是地底人的中心，是跳跳鸟和神龟王族的洞穴，沿途有不少隐蔽的洞穴可用于躲藏。青苔洞大，跳跳鸟开明大方，也许能向他求情。

醉山临行前，指了一条不寻常的路："要是山寨守到头了，我就带族人朝东南方走，去找石像族人，他们是大海的肚脐第一大族，饿鬼神也不会轻易冒犯，以前我们给他们送滚木，每代人都往来密切。传说这代族长破浪而出年轻友善，灵力过人，堪比半神，如果你们也落难到了东方，去求求这位族长吧，请求他收留。"

子夜时分，浓烟冲破了所有的洞室，朝中心石灶扑来，地底人将红帽子的石像藏入洞穴深处。小稻子清点好剩下的甘薯，发现还有不少盈余，行囊中，多了一件能遮风挡雨的新袍，细腻优美的图案出自吹彩祖母之手，小稻子将它收好，打算以后再穿。

人们背着行囊，开始陆续从天井爬出洞外，这里还没被追随者发现。小稻子迟迟不见那些上了年纪的老人出来，人们都逃避着少年的追问，交耳密语着。小稻子冒着浓烟，朝洞里走去，一阵呜咽传来，少年加快了脚步。香鸡洞外，渴水之鱼和臀骨针正在哭泣，洞里老厨子和兄弟们正靠在石头边，脸埋在阴影中。

"老厨子，快走吧，浓烟都把这儿填满了！"小稻子喊。

"我们不想走了，准备好了等死。"肘子阴沉地说。

"我的亲人朋友们都饿死、累死、被杀死了，没有谁平安终了，也没有几个人活到我这个岁数。"腰子说。

"我们已经活得够长，别管我们了，自己走吧。"老厨子说着，朝小稻子眨了眨眼，用一块石头将洞口封闭。任凭小稻子在洞外推挤，也不把石头挪开。

"寻路人，别叫了，别让外面的追随者听见。"洞里传来老人闷沉的声音。

小稻子一边咳嗽，一边朝洞里更深处走去，吹彩祖母就住在里面。

小稻子扒在洞口问道："吹彩祖母，你在里面吗？"在一个密闭的洞窟里，几个老妇围坐在一起。

"寻路人啊，你快逃命去吧，别给这呛人的烟熏着，让我们难受。"吹彩祖母道。

"老人家，你要是走不动，我可以背你、抱着你走出洞去，你就像我的奶奶，树衣族人的祖母，你要是不走了，不管我们了，那我们就没有奶奶了，要做弃儿了。"

洞窟里安静得像一口棺材，地上有几张发黄的灯芯草席，几个老妪已将自己卷在里头。

洞窟中传出吹彩祖母的低语:"寻路人,别难过,没让恶神抓走,你帮了我们一个大忙哩,我们知道什么时候添麻烦了,就会决定死去,不是当作人鱼推下船,而是我们自己做的主,这都多亏了你呀。前往暮的国度旅途漫漫,我们会满心欢喜的,感谢祖先的英灵,送来了一位善良的寻路人,好孩子,带着族人们往前走吧,你是我们的心肝哩,别为我们伤心啦。"

小稻子使劲敲打着石壁。长耳人的浓烟弥漫进来,洞中再无光亮。渴水之鱼和臀骨针摸着黑,一人一边将少年拖出了地洞。

日落村的新娘

艾鸥一路向东,走到了甘薯族领地。昏暗的光,深红的土,这里的天地如同混沌未开,万物都在沉眠。无论候鸟还是星星,都无法告知人们旱季何时过去。大风卷起红沙,拂过干涸的阿洼河床,刮向农人的田地,田里没有粮食生长,只有肥硕的大海燕停驻在一尊尊白骨上。

艾鸥不停地奔跑,漫无目的,急缓不定。他杀了几只大海燕,靠鸟肉为食。这些盘绕在尸体上的大鸟开始躲避他,而他却躲避着饿死的人,死尸像一座座发臭的岛屿,正朝着地底下沉。因为阿噜不喜欢吃人,艾鸥忌口了。他奔跑时,常听见阿噜同行的脚步,听见冲浪的海水声,还瞥见洞穴里抵足而眠的样子。这些挥不掉的景象是阿噜施的咒语吗?

艾鸥来到一株枯死的楮树前,它种在农人的石栏中,大海燕高踞于它的支架上,嘹亮地鸣叫着,一个赤裸的女孩,跪坐在树下,额头贴近地面,正在无声地祈祷。

艾鸥跑了一天,又饿又渴。

她的身体是温热的,看起来已经很虚弱了。胃中擦亮了一团野火,楮树上掐出了指痕,只要吃了她,就能重获力量,做回开膛咔嗒了,艾鸥悄悄地靠近。少女跟前,有一行带血的行迹,像是摇摆的大鱼尾,那是什么怪物,艾鸥寻思道。

275

"花兽!"少女惊觉。

"花兽?"艾鸥好奇。女孩抓起一块石头,预备反击。艾鸥将石头打落,把女孩压在身下,问道:"花兽是什么东西?"

女孩喘息着,目光游向艾鸥胸膛:"那野兽胸前开满了鲜花,我听长辈们说,它专吃落单的女孩子。别盯着它眼睛,它会让你浑身发烫,不听使唤,别听它的叫唤,它会让你睡意昏昏。"

少年暗笑,怎么会有这样的野兽,多半是个开膛咔嗒。艾鸥将干枯的树叶披在身上,露出凶狠的表情说:"我是花兽!你害不害怕?"

女孩为他露出的凶光而畏缩,艾鸥将她赤裸的身躯看了个遍,女孩身上散发着带咸的汗味,香腮染赤。"我要把你啃光!"

女孩转身欲跑,却被少年两手抓牢。

"小花兽,饶了我吧,我腿脚不听使唤了,没有一点力气了。"女孩嬉笑道,丝毫没有惧色。奇怪,这女孩怎么不怕我?

艾鸥露出尖利的虎牙,粗声低吟:"你是我的人鱼,不许笑!"

女孩在笑声中耗尽了力气,总算渐渐停歇,艾鸥焦躁地咬着唇,狂乱的心收紧了,女孩的笑容比飞鸟族的咒语可怕,比蜥蜴族的魔药恶毒。阿噜就爱笑,连那些可悲的地底人,也擅用这种法术把他制服。少女俯下身,开始默默祈祷。

"告诉我,你是谁,为什么一个人在这儿?"艾鸥问。

"我是农人的女儿珊瑚草,我和哥哥风尘中呼喊在寻找食物,我走不动了,哥哥让我在树下等他,就在这儿,我看见了吞食女孩的花兽……"珊瑚草对着他目光迷离。

"我……我的名字不叫花兽……"艾鸥话到一半,听见身后杂乱声响,一个摇晃的巨物轰然移动,它形如一座土坡,嘴巴上生出一副硕大的獠牙,双鳍如同羽翼,胸前开满了野花。巨兽的目光落在少女身上,发出一声刺耳的咆哮。

珊瑚草颤声道:"是它!"巨兽大步走近,尾鳍在地上甩出条条凿痕。珊瑚草在地上惊恐地爬动着。

什么野兽，竟敢抢我的女孩？艾鸥飞石脱手，噼啪连声，却像浪打礁石，一片也未沾身，那巨兽喘气粗噪，眼见就要近身。

艾鸥喊道："珊瑚草，快上树！"

艾鸥摸出"黑手指"，巨怪扑来，艾鸥纵身躲过，灌木杂草被它压了个粉碎，艾鸥拉着珊瑚草爬上树。槠树的枝杈颤动，臭气扑鼻，一只巨掌扫过，树枝折断，少年脚下踏空。

"快上！"艾鸥托起珊瑚草往上爬。但槠树不高，且扭曲旋转，本以为爬得够高了，却又在一阵颤抖中滑落，脚下的树枝被一一抽走，只剩下最后一根落脚的树枝，这棵树实在太小了，一阵劲风袭来，二人在树顶摇晃。

花兽甩甩双鳍，开始在树下兜转。它满意地哼哼着，起先像是粗喘低咆，但细听却似人语，在唱："嘟嘟的小指，甜甜的小嘴，尖尖的乳房，挺挺的丰臀……"

花兽的皮毛，仔细瞧来，不正是一张海狮皮吗？阿噜曾披过它，难道花兽是沙里鱼？不对，他更高大彪悍，还能模仿海狮嚎叫。他胸前的花纹，刺的是黑泥野花，艾鸥知道有一人喜欢，那便是神的骨头荼毒。

"粉红的内脏啊，可爱的小美人。"癫狂的哼唧声在荒野上回荡。荼毒拾起地上的柴薪，丢进环绕槠树的石栏中，并铺上鹅卵石，这石栏恰似一口巨大的土灶。火光一闪，柴火点燃了。

荼毒摇晃树干，少女惊声尖叫，抱紧树干的手渐渐乏力。荼毒用拳打，用牙咬，要将槠树斩断，艾鸥脚下传来枯木开裂的声响，他将"黑手指"在手中越攥越紧。

一声轻响，一块石头滚落在地，接着是另一块，它们从一座土丘后面飞来，零乱地掉落。艾鸥眯眼瞄去，看见一个粗黑干瘦的男子，正是风尘中呼喊。

少女惊呼："哥哥——"

飞石浇来，细雨般落在兽皮上。风尘中呼喊身旁，好些甘薯族人正拾起地上的石块，用尽了力气打向荼毒。艾鸥还从未看过如此软弱

277

的抵抗。

荼毒掸落身上的石子，鼻翼间喷出蒸腾的云雾，他扭动庞大的躯体，在地上留下血红的足迹，那是千万个亡魂的血液，在他脚底凝结成的坚硬的污垢，他怒目转向土丘，大步走过去。

艾鸥轻身跳下树，拾起一根燃烧的木棒，艾鸥不怕它在手中噼啪作响，火辣地灼烧。一声长啸，火炭划过长空。

炭火点燃了兽皮，荼毒看见火苗在这身死皮上突蹿，扭搐着咆哮起来，艾鸥趋身迫近，"黑手指"送进荼毒裸露的胸膛，石头啜饮鲜血，在火光中淬炼。荼毒奔向莽莽原野，大火烧着了遍地枯萎的野花。

"花兽跑了！"甘薯族人欢叫着。珊瑚草跳下树来，四周张望，却不见了少年的踪影。

隐秘的脚步声，悄悄地逼近，昏暗中不见来人，艾鸥拔腿快走，脚步跟着他，在荒野上追逐了一夜。

一个人影，纵身蹿到跟前，其余的人包围上来。他们是一群开膛咔嗒。一名长发人开口道："荼毒死了，就是他杀死的，他在那不可战胜的躯体上插进了匕首，还烧毁了守护神的皮。"

另一个脑门光溜的人大叫："战胜神的骨头的非凡的灵力啊，它是我的了，吃了它我就是你们新的大头目了。"

这两个人一个自称"甩发"，一个名叫"无毛"，他们和别个开膛咔嗒不同，看起来干净洁白，俊俏周正。他们眯着眼，磨着牙，挪近了。艾鸥搓了搓拳，转了转脖子，咧嘴狞笑。他们就像蚂蚁找到了甘蔗，谁都想上来咬一口。但有一个人步态小心，眼睛油润，那不正是沙里鱼嘛，站在众人后面躲躲闪闪。

"沙里鱼！"听见叫唤，他停下脚步，遮住脸上的伤疤。艾鸥道："抬起你的脑袋，还认得我吗？"

"我认得你，艾鸥，你钓死了'拍拍手'，一根鱼竿钓死了'拍拍手'。"几名开膛咔嗒掉转头，沙里鱼道："甩发、无毛，他是长臂女人的干儿子，杀了他，长臂女人要来找我们的晦气哩。"

甩发与无毛忽然止步不前。

"沙里鱼，告诉我，荼毒带你们来做什么？"艾鸥问道。

大半年前，为争夺寻路人而勒死拍拍手的时候，艾鸥只是个胡乱咬人的小野兽，可是沙里鱼怎么也想不到，这野兽竟然杀死了荼毒，他身上透出的杀气，就像这夜晚一样阴沉。沙里鱼开口时，乖巧得像个主人跟前的奴仆。

原来荼毒是要去绞杀地底人的，途径甘薯族领地，看见遍地饥民，正好一路吃来。沙里鱼道："一次唐突的邂逅，荼毒看见了鳖农闺中待嫁的女儿，那妞生得白胖多汁，肉肉肉肉，"沙里鱼嗞溜一声，"模样可爱极了，可是鳖农不让她出屋半步，荼毒就是派甩发和无毛去引诱，也始终没有得手。"

甩发歪了歪脑袋："不是我们没用，那小妞说在等她情郎。"

无毛搔了搔长腿："骂我是偷衣贼，别想再骗她。也不知道哪个是偷衣贼。"

沙里鱼踱近了，悄声道："你要是不想被吃掉，就把这小妞拐来，给他们分了，让他们都服气。"艾鸥斜睨甩发、无毛，他们翘臀叉腿的站姿，骚气得吓人。沙里鱼忽然提高了嗓门："我听说，三天以后就是鳖农女儿出嫁的日子，那是咱们最后的机会了，可我们连个接替荼毒的大头目都没有。"

"你说什么，现在大头目可不就是我吗？"甩发一摇头，秀发如波涛扫来，沙里鱼慌忙躲开。

"明明是我！"无毛一个跳步，抬起健硕的臂膀。沙里鱼蹿至艾鸥身后。

"按照咱们的规矩，灵力最高者为首领，"沙里鱼伸出脑袋，"是谁烧了守护神的皮？是谁杀了荼毒？咱们之中，哪个灵力最高？是他，他是长臂女人的干儿子。"

"沙里鱼，你叫我们称他为头目？"甩发斥问。

沙里鱼盯着艾鸥，眨眨眼："谁抓住鲎农的女儿，谁就是我们的头儿！"

小嗡嗡出嫁的这一天，太阳高照，大地燥热。

仆人们撑起香蕉叶，为族长一家制造一片阴凉的穹隆，可空气仍然焦灼，他们不停地用湿树皮布给主人擦身。

大海的肚脐上的婚礼，大多都是隐秘的，两个人相约同居，大家都认可，他们就算是结婚了。可作为族长的女儿，小嗡嗡的婚礼就大为不同了，一支由祝祷人、家丁、花轿、粮筐和鸡笼组成的队伍，从日落村浩荡地出发，肮脏的村民们裹着被单，女人背着孩子在热土上赤脚跟随着。

为了与长耳人联姻，鲎农族长准备了好几个棕榈年，可是墨口年大旱，他掏光了鸡舍里的鸡，悄悄拿走了全村的种粮，这才凑齐了女儿的嫁妆。鲎农年轻时是出了名的勤快，他的第一个妻子，是跑到他丰收的田里来请求嫁给他的。鲎农想，不是自己不照顾族人，庄稼死了，神已经抛弃了他们，只有饿鬼神的仁慈才能解救这些苦难的人。

那些聚居于高墙壁垒中的长耳人，过着神祇一般的日子，什么时候鲎农也能像他们一样过活哩？从女儿第一次月经开始，他就有了一个伟大的计划，女儿必须要白得像月亮，美得像传说，好让长耳人看上，无论严寒酷暑，鲎农都拿出最丰厚的供奉献给饿鬼神。

不久前，投信鼠忽然送来了他期盼已久的回报：神应允了一门婚事。一个名叫瞬息之心的长耳人正缺少一名妻子，他来自最显赫的神谱家族。鲎农以为自己在做梦，他几次尝试掐醒自己，却在这漫长的梦境中越陷越深。一定是神的恩赐，他埋脸匍匐在石像脚下，化作了一块浮雕。

鲎农喜欢尾随的群众给他制造的排场，偶尔会从满溢的嫁妆中丢出一点杂粮，人们纷纷弯腰拾取。

艾鸥看见送亲队里，有那一同上树的女孩珊瑚草，她孱弱地挪步，捡着别人剩下的一点碎粮。八条大汉喊着号子，竭力抬着一位胖女孩，好像拉动一尊石像,女孩一身的白肉如晨光般明亮,一件华丽的树皮大袄包裹着她,头戴长翎冠,长发、脖子和脚踝都缀满了鲜花。

少年盯着她,不由得痴了。藏在海角小屋中的肉肉肉肉,日光之下竟生得这么好看,她的脸蛋就像一只腮帮鼓起的刺豚。

"瞧呀,咱们丰盛的大餐!"沙里鱼赞叹道。

小嗡嗡生得如此姣好,让你下肚,岂不可惜?艾鸥瞟向另一座山头的甩发与无毛,他们都高兴得搓掌扭腰,磨牙霍霍。

"这些塞牙缝的,保护得真严实,我们该从哪儿下手,艾鸥?"沙里鱼问。

难怪荼毒没成,鼹农的家丁都是粗壮的庄稼汉,艾鸥可不想被他们手中的掘地棒戳中。既然小嗡嗡得了饿鬼神恩典,即将嫁予长耳人,说明她对饿鬼神有用,荼毒生性凶残贪婪,自然不去想吃了她,会坏了禁忌。

沙里鱼着魔般念道:"吃她,吃了她,咀嚼她,吮吸她,撕碎她……"

"吃了她,也没有灵力。"艾鸥道。

沙里鱼抹着嘴巴道:"只要能吃她一口,你吃奶子,我吃屁股……"

"想不想尝尝饿鬼神的美味?"艾鸥问。

沙里鱼愣神:"那是什么?"少年笼着嘴巴,发出"咕咕咕咕"的声响。沙里鱼:"啊,白鸡。我在百鸟巢长耳人的宴会上见过,饿鬼神的餐布上还有海龟蛋、蜜甘薯……"

"吃了它,你我就和饿鬼神一样哩!"艾鸥道。

眼尖的开膛咔嗒发现了鸡笼,他们拍着手,嚷嚷着白鸡的滋味。艾鸥悄然而下,跑到小嗡嗡花轿前头。甩发与无毛见艾鸥抢先动手,一个个挥拳跺脚,开口大骂。

"前方是谁?"鼹农喝令坐轿止步。

艾鸥紧盯着小嗡嗡,她斜倚着身子,微闭着眼,丝毫不打算张开。艾鸥笑道:"花兽看上了你的女儿,把她交出来吧!"

鳖农朝山崖上望去，只见人头攒动，他张圆了嘴叫唤。出嫁的队伍乱作一团，小嗡嗡被搅扰了，这才斜眼瞄来。她脸色大变，伸出圆团团的手指，开口大骂："啊，是你，你个偷衣贼！"

甩发和无毛气喘着，大步追赶过来。鳖农大喊："快来人，快保护我的小嗡嗡。"

艾鸥钻入轿底，又从其后冒出，小嗡嗡四处张望，忽觉发梢刺痛，竟被少年抽走一根鹦鹉长翎，只听一声邪魅的赞叹："好香呐，我燃烧的炭火，我的香蕉酥！"

"恶人！"小嗡嗡尖声道。

"瞧瞧你，出了多少汗？"

"你说什么？"女孩左右顾盼。

"你圆圆的肉球多么翘啊。"

"不要！"女孩惊叫。

"啊，快乐的鸟儿总是那么匆忙。"话音刚落，少年不知所踪。小嗡嗡摸着发梢，瞠目凝思，嘴角落下一流晶莹的垂涎："是你假扮了我的风尘中呼喊……"

甩发、无毛率开膛咔嗒大步杀到，甘薯族的勇士将族长坐轿团团护住，双方厮杀起来。沙里鱼也率众从其后杀来，却直奔装满粮食的嫁妆，此处已无人把守，艾鸥爬上货筐，众开膛咔嗒大肆争抢。

一个农人朗声道："你就像那山顶的戏剧里一样，强大的开膛咔嗒艾鸥。"说话的是风尘中呼喊。

艾鸥只取白鸡，从篮筐中踢出剩余粮食，甘薯族人见了，蜂拥争食，将剩下的甘薯、香蕉、芋头一抢而光。艾鸥看见珊瑚草朝他咧嘴笑了，这女孩若是能吃胖了，一定也是肉肉肉肉的。

甩发等人左跑右跳，始终也不能接近小嗡嗡半步。

捉魂窟

乌里发觉他的包袱沉甸甸的，从里面抽出一件结实的布袍，这袍子能挡雨，不是现在用得上的，他看见阿噜哥哥，连忙用袍子遮住脸，呜咽着，小稻子伸出手，把他箍紧了。老人们为每个人都准备了蓑衣，这是临别的赠礼，也是一个幸运物，预示着明年雨季，活下来的族人能够用得上它。

海面升起苍白的晨光，和风吹起原野上的飞虫。内陆是农人的田野，庄稼在早晨的露水中刚露新绿，就被早升的骄阳烤干，厚厚的芭蕉叶蜷缩成卷，耐旱的甘薯断了根。小稻子不禁想起了能言之木上的一句话——王山高原的荒漠赤土，像一把大火，蔓延至四方。

红土地上是一具具干瘪的尸体，没有刺鼻的气味，皮包着骨头。游荡的甘薯族幸存者，看见逃难的地底人，张着嘴，伸着手，无声地跟了上来。

小稻子竖起双眉，回头看见孩子群中，乌里正晃晃悠悠地走着，"加快脚步，青苔洞就在前头！"听见青苔洞的名字，乌里一激灵跑了起来。

青苔洞的暗口藏在荒草中。洞中没有风声、水声，也没有人的声音。地底河干了，河边礁石嶙峋。干燥的空气中，透着一股炭火味。

乌里大声喊道："喂，海龟莫上陆！"连喊几声，洞中无人回应。

爬过乱石岗，人们默默地驻足。这里发生过一场大火，树林焚毁了，庙宇倾颓，石头开裂。

地底人四散开，没有哀戚，仿佛只是走累了，各自找了块歇脚的地方。乌里和几个少年朝洞里喊叫，回声悠悠。神龟王族人已经不在了，也不知是何时遭遇侵袭，只知道，这里是一条死路。

小稻子正思索着，不远处传来滚石落地声，头顶天井上，几个人影正在爬入，黑黢黢的身子好像爬虫。他们一身农人的装束，可却让人感到不安。

麻雀叫了，乌里和野鸟发出警报，地底人跟着小稻子隐藏进洞穴深处。下面是蜿蜒的空巢，不知将转向何处，可无论走到哪儿，都能听见农人尾随的声音，他们身上是恶臭的味道。

地底人在石笋间跌撞，农人的脚步已经清晰可闻了。黑暗中，有老鼠的吱吱声，鼠窝一定离洞口不远，循着鼠叫，小稻子踏上一条窄道，只能容纳一足见方。

"大家随我来。"小稻子喊。

石缝中透着新鲜的空气，众人摸着石壁，磕磕碰碰，摸到了洞口。有两个地底人迷失在洞中，没有出来，有人说他们被那些古怪的农人捉走了。脚下再次传来鼠叫声，一只硕大的老鼠站在一块石头上，双手捋着鼠须，好像有话要说，它背上驮着一块红色的芭蕉叶。

乌里惊叫："哥哥你看，红帽子的投信鼠，背着一封信嘞！"小稻子去摘，老鼠也不躲闪。

地底人都大为惊奇："寻路人，快告诉我们，红帽子下达了什么指令？"

少年翻动木片，上面清晰地写着："找到用肚脐行走的人"。人们议论着红帽子的谜语，投信鼠叫了一声，转身奔跑，小稻子拔腿追赶，向东南方疾跑了一阵，黄昏时来到一座环形山脚下。

"谁是用肚脐行走的人？"小稻子问道。

槐树皮喘了口气，说道："我猜是蜥蜴族人吧，你看那蜥蜴走路肚子贴着地哩。囚鱼沙坑里住了许多伤残病人，说不好也有个用肚子行走的人。"

"你和我讲讲那囚鱼沙坑吧。"

"那是沙丘里最险恶的去处，追随者也不敢贸然靠近，因为半神毒鳞女人精通巫蛊，就连经她救治的人受不住蛊惑，都会甘愿做她的奴隶。"

好厉害的巫术。可是北方和东方的洞穴都失守了，南方的洞穴还留着吗?

地底人走上了一条宽阔的古道,道旁堆满了岩屑,直通山脚。道路上,依稀传来嘈杂的声响。呐喊的号子此起彼伏:"嘿——吽——嘿——吽——"

"为飞舞的荆棘鸟开路,过路者小心!"一个穿草裳的青年站在排头,花穗臂钏箍在肩头,身上散发着油亮的光泽,一尊石像跟在他身后,没有腿,上身前倾,肚子着地,跟随他的步调,左右摇摆前行,地上留下它晃晃悠悠走下的之字形轨迹。

"真是难得一见呐,我们遇到赶路的石头人啦。"槐树皮道。

"那石头人可不是在用肚脐行走?"小稻子问。

"啊,正是哩!"槐树皮点头道,"说起来这片土地也是石像族的家园,他们就住在东海滩的汤加垒砌村,那里的村民可多啦,都是老实巴交的石匠,你瞧面前那座山,那就是捉魂窟了,石像族世世代代在这里挖山,石头人就是从那山上生出来的……"

小稻子遥指:"那领头的青年是谁?"

槐树皮沉吟了一会儿,说:"石像族人极少露脸,许多技艺高超的石匠,名字都没人知道。但这个人,我大概能猜出来是谁。"

"哦?"

"石像族人的巫术,是让祖先的英灵寄宿在石头的躯壳里,石像倾听人们的诉求,转达祖先的口谕,最后一个自称能听见祖先说话的人早就死了。不过传闻说,当今的石像族族长破浪而出灵力超群,是位年轻的半神,不仅能听见石头人的话语,更能让石头人听他的话,自己行走,白天到海边饮水,夜晚在神木的摇篮里入睡。"

"他能让石像听他的话?"

投信鼠出现在石像前,这是一尊活人之脸,它回头瞪眼吱吱大叫,然后纵身一跃,跳上了石像肚脐,蹿上胸膛,爬到石像脸上。活人之脸周身绑着三条缰绳,由三队人牵着。一条绑肚子,拉扯它的人都是膀大腰圆;两条环绕其额头,左队喊一声"嘿",右队吼一声"吽",石像便用圆滚的肚脐向前晃了半圈。这尊石像奇大，它叉着腰，随时要从吃重的缰绳中走脱。

大道起了风尘，众人忙闭上眼睛，老鼠从石像鼻梁跳上耳朵，石像仿佛怕痒，朝一侧倾斜，几个匠人撒了绳子，扑到石像肚子下抵着，可它仍生生地往一边倒去。

青年一把抓起绳索，沉身后仰，如升起一张巨大风帆，臂钏紧绷欲裂，大喝道："站稳了——"

槐树皮喃喃道："不好，石头人要喝人血。"

"臀骨针、槐树皮，跟我来！"小稻子呼道，勇士们闻讯，大步赶来，槐树皮抓住手腕，臀骨针抱住小腹，一时间石头人刹步定身，但山岳之重沉沉压来，倾倒之势不可逆转。

只听青年喊道："都往我这边靠，飞舞的荆棘鸟要歇脚了！"

众人闪开身子，石头人缓缓俯身，睡向道旁，在人们半步之外，将地上的石子碾得如砂糖般糜烂，众人哈腰喘气。

石匠们带着和善的笑意走来，青年开口道："几天前，飞舞的荆棘鸟告诉我，一位地底人会在坎坷的路途中解救自己。刚刚多亏你们来帮忙，没让飞舞的荆棘鸟摔断鼻子耳朵，成为长眠此地的残次品，就像那边的'跛脑袋''仰面烂''漏水孔'，还有远处那个'没心眼'的家伙一样。"小稻子看见大道两旁散落着成群的石像，有些破损了，有些还是雏形，半埋在土中。

"你可是石像族族长破浪而出？"小稻子问。

一个目光闪耀的男子抢先答道："看呐，在你面前的是与山岩结合的半神，当世无二的石匠，他的灵力冠绝大海的肚脐，啊，他就是我们的族长——破浪而出。"青年低头憨笑。

石像族，红书板上第一个制造祖像的一族，他们保留着太多小稻子不知道的东西。

破浪而出拍拍石像，说道："我问飞舞的荆棘鸟，你们从哪儿来，可他却不回答。请你说吧，你们为何来到石像族的领地？"

"我叫阿噜,我们是北方的地底人,逃难到这儿来的。"

"你们是背神者,追随者在追杀你们?"破浪而出眉毛轻扬,语气依旧温和。

"我们是树衣族人。"槐树皮道。

"树衣族、地底人、制衣服的部落呀……我曾听到一些不好的传闻,就像大海燕飞过时的呜呜,它们看来都是真的,我们的'敌人'更多了?"

树衣族人聚拢起来,石像发出一声碎石声,破浪而出轻声笑了笑道:"飞舞的荆棘鸟让我客气些,树衣族向来是我们的亲族,现在依然如此。"

小稻子双膝跪下,地底人纷纷效仿:"树衣族人现在没路可走了,要是族长肯收留,不把我们当作敌人或者奴隶,我们愿听从你的吩咐,为你效力!"

破浪而出族长有一双明亮的眸子,清澈而干净。他说:"捉魂窟往东、西、南、北,都是荒地,除了大阿睿鳍的使者,没有定居的追随者,捉魂窟里的湖水,是这里唯一的水源。你的手脚灵巧,挽救了我的石头人,既然你开口了,那么我将答允你,捉魂窟的采石场一定难不倒你,有什么活儿,我的助手'猴仆'会带你去。阿噜少年,把捉魂窟当作自己的家吧,放心地住下来吧。"那个机灵的男子就叫"猴仆",意为"敏捷的仆人"。小稻子与众人躬身拜谢。

破浪而出敲了敲面朝下的石头人肩膀道:"飞舞的荆棘鸟,别再懒洋洋的了,多出丑呀,让我拉你一把,咱们可要重新上路了。等月亮化作一弯新月,你也该站在选好的高台上了。"人们找来附近的大石块,塞在石头人肚子下,石块越垫越多,石像从地上起身,族长在地上画了个半圈,石像肚子不偏不倚地落入半圈之中。

石像站稳了,破浪而出与小稻子告别,呼道:"飞舞的荆棘鸟要上路咯,嘿——吽——"

他们一路朝西方走去。

捉魂窟山南侧，就是汤加垒砌村。猴仆对小稻子笑道："救下'飞舞的荆棘鸟'，族长和我都很感谢你。"

"唐突造访，承蒙关照了。"小稻子道。

"我们有石屋住吗？"乌里从旁蹿出。

猴仆指着山坡上一幢极长的房子，像一条横卧的巨蟒，说道："那是间集会用的大船屋，我想只有它能容纳你们。别看它老旧，它是我们石像族造的房子，能抵挡最厉害的风暴。"猴仆顿了顿，"不过石像族的粮食快吃完了，现在大家都是病恹恹的。"

"我们只需要住的地方，粮食问题可以自己解决。"

"如此就好。这里靠近捉魂窟采石场，明天一早，派你的人过来。"小稻子再三感谢石像族收留。

乌里呼叫着踏上鹅卵石铺成的道路，船屋的大门旁站立着两尊石像，身披草衣，双腿蜷曲，脊骨瘦长，入门的客人都被它们暴出的眼睛紧盯着。

乌里期待的"石头房子"，其实是座茅草屋，只有地面铺设的是光滑的石头，房梁是鱼骨般的细木枝，从屋顶插入石基。几张蕨草铺就的床，压着石枕。乌里在地上翻滚，这里不再是阴冷憋闷的洞穴了。

按照惯例，为尊者睡在门口的地方，方便出入，而身份低的，就睡在屋子最里面。如今族里没有老人，大家推小稻子、槐树皮夫妇睡中间。门外是遒劲的凉风，屋子里却温热难耐，平整的地板，确实比山洞里舒服些，小稻子在柔软的蕨草垫上把身子放平。

这里空旷少人，可却是饿鬼神雕刻活人之脸的地方，红帽子为什么指引我们来这儿呢？屋外的道旁，隐约能看见几尊残损的石像，新的旧的站在一起。如果它们每尊都有名字，难道还是活人之脸，饿鬼神一人的化身吗？

拂晓时分，小稻子正在沉睡，屋外传来闷响。

"咚咚，咚咚，咚咚……"仿佛有人在舂米。

胸口发闷,好像有一块重物压着,一口气提不上来,小稻子惊醒。呵,这不是乌里的臭脚丫子么,抵得我难受,拂开,合眼。

"咚咚,咚咚咚……"捣米之声如在屋外。

谁在敲打?小稻子揉了揉眼,爬起身,屋外黎明点亮了一座孤山。

山上立着石头人影,微光下,像散步的人。它们没有眼珠,面容粗糙,还没有完工,歪斜着身子,闲谈着。从旁走过,黑洞洞的眼窝紧随着自己。

一抹幽香自山腹飘来,这儿有一洼火山湖,形如水瓢。少年拨开芦苇撒尿,湖中生长着低矮的水草,一袭早风吹来,小稻子缩了缩脑袋,一个声音说道:"凉风擦过我的脖子,沙子钻进我的眼睛,我头顶有一道缝隙,风从那儿进来。我可能到不了神坛,见不到父亲了,因为洞穴就要倒塌!"这细小的声音不知从何处传来,石壁上,岩缝间,蛐蛐鸣声大噪。

山上又响起捣米的声音,小稻子爬上崎岖的小路,走到一处石洞前,有一个男子在用石凿子敲打,洞中再无旁人。

"猴仆?"

"你早啊,阿噜。"

"早呀,刚才我听见说话,还以为有人要帮忙呢……"

"哦?大家还没睡醒,谁在说话?"

一只蛐蛐爬过洞壁,摇着长须,又爬到阴影中去了。小稻子找了块平岩坐下。

"我的胸口不是石椅。"说话声再度响起,近在耳畔。

小稻子惊问:"是谁在说话?"

猴仆四下看看,静听了一会儿。"你听见有人?"他斜眼瞧向面前的石头,微微张了张嘴,把石凿子放下,"除非是这尊'赞美大阿睿鳍'张嘴?"

屁股下那凹凸不平的巨石,瞧轮廓不正是一尊平躺的石头人吗?猴仆鼓起双眼:"他说什么?"

小稻子忙起身问道:"它说的话,你听不见吗?"

"只有破浪而出……偶尔,我也能听见些什么,可那都在我打瞌睡的时候,他就喜欢捉弄我。"

"你说的'他'是谁?"小稻子俯身问道。

猴仆坐正了,挺直了腰道:"少酋长的名字没有多少人记得,只有一个乳名'小虫儿'。如果他还活着,会是未来的大阿睿鳍,我的主人。"

少酋长小虫儿,红帽子大阿睿鳍献祭的儿子?小稻子问:"少酋长既然不在了,那说话的人是谁?"

"你知不知道,你在哪里?"少年疑惑地等他说下去,猴仆指着山中心的火山湖道,"在这个捉魂窟里,生和死总是模糊不清。看见那个池塘了吗?池塘的水浅,但它从不干涸,因为它是暮的世界的入口,死人魂魄从这水池里游上来,爬进每一尊石像。过去,我们邀请来祖先,但是大阿睿鳍封死了泉眼,我们不能违抗。这里只留下小虫儿的灵魂,他像星星一样,散布在每个角落,当他钻入一尊石像,就会像婴孩般咿呀开口,然后慢慢学会破浪而出的指令,可它没有眼睛,并不完全。魂归于骨,骨头是生命的再生之源,只有当大阿睿鳍将小虫儿的骨粉吹入石像眼中,再填上珊瑚石眼,小虫儿才能获得重生。"

"当今哪个大阿睿鳍?"小稻子问。

猴仆语塞,自我纠正道:"我们石像族人改不了口,我知道,你们都叫他饿鬼神。"

猴仆目光闪烁。石像开口了,像在埋怨,那是一个少年的声音——

"我想和阿噜做朋友,阿噜听见了我,为什么不回答?"

小稻子倒退数步,那些饥饿时的幻觉,那些梦中的话语,都是石头人开口?这张大脸上的嘴巴会张开吗?

山下响起一阵鸡鸣。猴仆欣喜地望着天,说道:"天亮了,开工了,快去召集你的族人吧。"小稻子快步下山,蛐蛐们被脚步所惊,全都停息不叫了。

石匠滴水屋恳切地说道："使者大人，我们急需燃族的木头啊。没有木梁撑着，洞窟已经开裂了，弄不好要塌咯，我们的石匠都没命地干嘞，可是没有滚木，就算造好了活人之脸，也没法送下山啊……"

饿鬼神派来的监工泗渡贼鸥眺望着捉魂窟里忙碌的人们，挥舞着石锛扬起漫天尘土，一旁的两个石匠散发着死鱼的汗酸味。他横着嘴，活动下颚，饿鬼神要五尊活人之脸，下令了大半年仍不见完工，闭塞无知的石匠，居然还向他索要木材："你一再跟我提到，那些贪婪的燃族人，我想我该给你提个醒。燃族人已经把落天山上的树砍光了，神木没有了，别再说什么要木头的话。"

石匠娴熟的手问道："没有了木头，我们该怎么……"

泗渡贼鸥打断道："伟大的饿鬼神已施惩戒，背神的燃族人再也做不出什么蠢事了。"

石匠们嗫嚅着，泗渡贼鸥越是往前走，他们跟得越紧，长耳人甩了甩手："石像族这么多张嘴，是谁在养着？饿鬼神睁眼，要是没有木梁，你们就用人去抬，你们那位族长既然能让石像自己走路，就能让它自己下山，自己从洞里钻出来。我奉命来督察，不是来听你们抱怨的。可我发现，结果很不满意。"石匠们像吞下了活海胆，不再张口。

小稻子集合地底人，猴仆挑出强壮者下到矿井，他们必须爬过山坡，在陡峭的山壁间挖掘，个头小的就负责搬运，岛上没车，石块都是接力传运的。受猴仆信任，小稻子被单独允许加入雕刻匠人的行列。

滴水屋献上一箩筐小石雕。有虫鱼飞鸟等精美的吉祥物，还有信仰的象征活人之躯。泗渡贼鸥将它们一件件地挂在身上，聆听着它们清脆的碰撞声。

石匠们用玄武岩、黑琉璃或大蛤壳制的工具，在石壁间掏出无数个涵洞，石头人的雏形就躺在这些石窟中，旁边只有逼仄的落脚的宽度。石匠们先雕头部，然后躯干，石器打钝了，就用鲨鱼皮磨尖，偶尔凿出一些坚硬的杂质，石匠们就会想尽办法，用上珊瑚石、干海胆、蒲扇鱼皮，和着水与沙来打磨。石匠们穿梭在狭小的石窟间，汗水挥洒在山道上，他们不时望向太阳确认时辰，恨不能扔出一块石头，将那飞跑的火球打回去。

同时有四尊石像正在雕凿，最大的名为“赞美大阿睿鳍”，即将完成，正在与岩山分离，猴仆让小稻子待在这个洞中。石匠们在石像背后的岩石龙骨上打洞，插上石楔，铺上卵石，并让雕像与基座分离，因为没有灵活的原木，如今这一步颇为艰难，石像很容易在滑出时破碎。

夕阳下，每个人身上都落满了石灰。猴仆做了个停工的手势，小稻子放下石斧，蹲在一地的斧片上。乌里背着一个箩筐，还在埋头捡着碎石。

“乌里，收工了，到火山湖里去洗澡吧。”

“我捡完这筐就来咯。”地底人今天大不一样，充满了蓬勃的生气，一个个争抢着要出来卖力。乌里眉头紧蹙、噘嘴望天的模样，活脱就像一尊微小的石像。

疲惫的工匠们，赤身冲向湖水。湖边有一些滚落的石头人，好像也要去洗澡。

“喔喉，唷喉！”下山的人刮起一阵风，吹弯了湖边的水草。小稻子也不落后，每天在海里洗澡，少年有了一身小麦的肤色。晚霞把湖水抹得橙红，少年沉入绚丽的波光中，让光芒带走身上的污浊。孩童们在芦苇丛中捉迷藏，循着水中细微的波纹寻找对方，匠人们唱起了愉快的歌。

突然，一声巨响从山腰传来，湖面微微颤抖，人们抬头瞭望，只见采石场里飞尘满天。

“使者大人，全怪这干燥的天气，石坑倒了！哎，要说给旧石像修饰，滴水屋能办，为新石像打磨，是我娴熟的手的看家本领，但一个月时，两处塌方，我们可是一点办法也没有啊。”

泗渡贼鸥咽下一口唾沫，尖声问：“他们喊什么呀？”

“捉魂窟里的守护神呐，使者大人哟，他们在喊：‘赞美大阿睿鳍’的坑穴倒了！”

“我早跟你说，它叫‘赞美饿鬼神’。哟呵，那可是饿鬼神最期待的，古今最大的活人之脸。饿鬼神说你们是优秀的追随者，优秀的追随者能偷懒吗？你们没有按时完成，所以饿鬼神发火了，他让洞穴倒塌了！"数度听到饿鬼神的名字，石匠们变得支吾起来。

有人朝洞里喊话，没有人回应。人们开始沮丧，猜测洞里人的厄运。没有人敢接近石坑救人，他们害怕这灾难会引到自己身上。按照古老的迷信，封闭的洞穴是埋葬死人的地方，是亡灵的归宿。

漫天尘土中爆发了骚乱，一个年轻人跑向石坑，在土堆中挖掘，一边呼喊："乌里，乌里——"小稻子沙哑的声音在洞窟间回响，双手抱着大石块一个个挪动。

泅渡贼鸥爬上了高岩，他伸出颤抖的手，左右瞪视了一番，石匠们瑟缩着脑袋摆着手，泅渡贼鸥将一把狍阿敲得噼啪作响，喝道："不准动，你在干什么？"

"快停手，不要惊动了死人！"娴熟的手叫道。

"他在里面哩，多半还活着。"听到这个回答，众人都吃了一惊。

"惊醒本该安息之人，你不怕鬼魂来骚扰吗？"滴水屋问道。

小稻子记起了早晨的求救声，那声音就来自这洞穴，我怎么却忽视了这请求："我不怕，鬼魂要惩罚我，就让他来吧。"

"你好大胆，快来人，给我逮住他。"泅渡贼鸥喝道。

人声躁动，有一伙人拦下了捉拿者。

"什么人，竟敢阻拦？"娴熟的手惊问，石匠们发现，他们都是新来的地底人。

"海龟莫上路。"野鸟一边跑一边大喊，他跑了一圈又一圈，可沙丘变幻无常，经过的地方自己都忘记了。

他脚下一滑，踏进了一团流沙，流沙拉着他下陷，他伸手乱抓，想要抓到一个能拯救他的野草，或者树枝，可是什么也没抓到，他感觉胸前越来越憋闷，他的脖子、嘴巴都要被流沙埋没了。

他隐约看见有人跑来，抓住了他的胳膊，一个清秀的年轻人，如乳汁般洁白，用一种奇特的声音命令道："拉住我！"

野鸟抓紧了，感觉自己像一棵灌木，被人拉扯着，连根拔起。

"是谁在叫唤，跳进了囚鱼沙坑？"年轻人问道。野鸟发觉，他吐字生硬，听口音，不像任何一族人。

"我是寻路人派来的，我的族人被压在捉魂窟的石穴里了，我要找蜥蜴族的女巫医，求她来帮帮我们。"

年轻人脸上有一道吓人的疤痕，当他听见寻路人的名字时，诧异地瞪大了眼，沉声道："我叫刺麻之根，毒鳞女人的刺麻人。我还以为你是石像族破浪而出派来的，因为这个洞窟只有他敢造访。你别害怕，我这就为你转告。"

古道上，一群奇怪的来客，麻草遮面，步履蹒跚，朝着捉魂窟走来。

撞见他们的石匠丢下手里的家伙，提着嗓子喊道："鬼魂从地底下跑出来了！"

"蜥蜴族来了，没有族长的邀请，是谁把他们找来的？"石匠们指着议论道。

为首的是一位古怪老妪，玳瑁梳子收起满头银发，一张灰白可怖的脸仿佛生长山菌的石壁，一根蜡树枝被粗鲁地折断在原是生长鼻子的地方。

"瞧啊，毒鳞女人，她来收集死人了……"娴熟的手说，"丑陋的蜥蜴族刺麻人也来了，像他们的守护神一样，生着鳞片和尖嘴，哪个恍惚的倒霉蛋撞见了，就要被撕成两半……"

"嘘，大蜥蜴守护神呐，它们都游走了，即便你见到了，也是沙子里的干尸。你少说两句吧，别让毒鳞女人听见，她只要埋上一只鸡头，念一句恶咒，鸡喙就会吧唧作响，吃了你的魂。"滴水屋道。

泗渡贼鸥抓着身上的活人之躯，脸色煞白。毒鳞女人在南方，被称为地底人的半神，既然有如此名号，当然有非凡的灵力，听说前阵子饿鬼神征伐燃族，半路杀出个半神醉山，凭他一人，就叫长耳人吃了不少苦头。泗渡贼鸥问："吃土的蟑螂，啃脚的老鼠，谁能和我说清楚，这是怎么一回事？"

娴熟的手作答："使者大人，鬼魂听见了矿场坍塌，从地底跑出来了！"

"你这解释很有点戏剧味，但我不想听你的鬼故事，地底人难道不是你们叫来的？"

"大人，绝没有这种事儿，这些鬼魂一向是自来自去，我们都怕极了……"滴水屋抢答。

"你们怕鬼？"

"不怕，我们信的是真神，还怕什么鬼怪。"滴水屋摆摆手，娴熟的手赶忙往山下跑，毒鳞女人迎面问道："石像族人，快给我带路。"

娴熟的手压低嗓子仓促道："毒鳞女人，调头回去吧，你和刺麻人都回到地底下去。"

"救人的事，怎么好耽误哩？"毒鳞女人正说着，就听见山坡上有人高叫——

"饿鬼神睁眼，大胆的地底人哟，抓了他们大功一件，我还驮这累垮腰的石雕做什么？"泅渡贼鸥脱了身上挂的石雕，指着一行人喝道，"石像族人，听我口令，逮捕地底人！"

滴水屋脸色一黑，带着几个石匠上前，正要动手，那些看似木偶般行走的刺麻人，突然行动敏捷起来，手臂似章鱼伸须，指头如鲨鱼的尖牙，石匠们不是被夺了武器，就是被擒拿在地。

泅渡贼鸥一边倒退一边喝令道："怎么不打了？全给我上啊！"

毒鳞女人瞧清了长耳人，款步走近："我今天来不是要对付饿鬼神，我听见大地在震动，有人被埋在了洞窟里，正急需我的帮助。"

"这是饿鬼神对石像族的惩罚，谁也别想改变！"

"你的恐吓威胁不了我，长耳人哟，假如是你在洞中哀求，我也会来帮忙的，那时候，你是念叨饿鬼神呢，还是等着我来救？"

泅渡贼鸥咬了咬牙。不说谎，是岛民的一种美德，即使长耳人也是如此。

毒鳞女人伸手搭在小稻子的肩膀上，少年嗅出了女人身上的甘草味和霉味，和过去相比，她几乎变了个人，但是神态未改。

"阴霾速退，消散如烟！"毒鳞女人念动咒语，空气中扬起一片花粉。地底人一齐拥上，清理石块。

石像族人看见他们不知疲倦地挖掘着，久久也未见恶鬼出来报复，但是进展缓慢，那些有牵扯的，悄悄混入其中，加入了挖掘的行列。人们挖出一些沾了血的石头，小稻子摸到石像的鼻子，它仿佛冰雕般寒冷。人们叫唤着亲友们的名字。

毒鳞女人举过一支火把，照亮了一群沉睡的人，他们大多像陶罐一样支离破碎，不能复原也不能动了。人群开始包围上来，通过身上的文身，指认地上的残躯。

"这里有个活人！"一个人被翻了过来。

滴水屋惊呼："是猴仆，多么悲惨呀，族长一定会伤心的！"

他的脖子上开了个口子，正在不停地淌血，他瞪着一双无神的大眼，发出嘶哑的声音："'赞美大阿睿鳍'还没完成……"

人们开始哭泣，他们抚摸着毒鳞女人的脚踝，祈求她的帮助。

"你听见，刚刚死人在说话吗？"滴水屋疑惑。

"猴仆应该是死了。那个年轻人打破了禁忌，"娴熟的手说道，"你还记得上次洞穴坍塌，也有一个人不听我们的劝阻，要把死人挖出来吗？"

"你在说我们的族长？的确，破浪而出也不听劝，他的做法和这个少年像极了。"

乌里的身子蜷曲着，脊梁骨上压着一块大石头。他睁着眼睛，嘴唇嚅动，好像在叫哥哥。地底人将大石头移开，乌里背后开了个大口子，已经不再淌血，好像血已经流干了，男孩的身子，冷得像一块石雕。

洞中其他的躯体，全都残破不堪，娴熟的手出来辨认，这里一共埋了十个工匠，和三个地底人。

"乌里。"小稻子将乌里搂在怀中。毒鳞女人俯身靠近乌里的胸膛，蹙眉静听了一会儿，她短吁一声，叹了口气，说道："寻路人阿噜，让我把这个孩子带走吧。"

刺麻人开始收集地上的残肢，放在一张庞大的树皮布上。他们是一些阴郁的家伙，包裹在甘蔗叶的衣袍中，他们听不懂人语，唯刺麻之根的命令是从。刺麻之根是一位长发人，发簪是一枝山茶花，他低头经过时，满是血丝的眼睛瞥向小稻子，又匆忙收回，他平托乌里的双臂是如此沉稳，仿佛端着一碗斟满的清水，乌里像是安然入睡了一般。

小稻子问道："他会醒过来吗？"

毒鳞女人的声音渐渐远去："如果他长出了新的尾巴，重新获得了勇气。"

禁忌遭受了亵渎，石像族的所为出现了偏差。泅渡贼鸥想，得回禀饿鬼神，告知他所看见的一切。

小虫儿和他的大巫师

大海的肚脐上的巨变，可以追溯到十五年前，破浪而出与石头人相遇的那一年。

破浪而出是石像族族长"子夜霉霜"的儿子。每逢农闲，各族人就会用余粮来聘请石像族人，或为亡故的亲人，或为传承技艺的师父雕塑石像，以期他们能从暮的世界回来，与活人相伴余生。

这一年雨水都落在了海上，农人的竹筐里没有粮，渔民的网是空的，子夜霉霜接到了一份特别的委托，来自最高的统治者"红帽子大阿睿鳍"，要求他塑造一尊无与伦比的石像。

子夜霉霜带着儿子，赶往大阿睿鳍的王宫。东方的海滩上，聚集着许多饥民，他们无处可去，便在王宫门前睡觉撒尿，对着神龟王族的长耳人谩骂。神殿门口的立柱武士，是石像族和燃族里好斗的青年，不爱劳动且饭量大，族里卖壮丁把他们送来，他们当作殊荣，偶尔揪着三五个流浪汉揍一顿。

子夜霉霜正踌躇着，只听一人吆喝——"族长。"

"啊，是你哟，大花兽，我们石像族挑选出的立柱武士。"子夜霉霜苦笑道。

武士咧嘴笑道："大阿睿鳍派我和阔叶遮风来接你，送你进宫。"两名武士挥着狍阿，呼哈有声，在人群中打出一条路来，子夜霉霜抹着额头的汗，一路向前挤。

"你们是红帽子的鬼，是荼毒，是祸害！"人们对着武士扔石头和鱼骨头。

"族长等着，我来清理干净这些短耳的海跳蚤。"说着，武士的狍阿上沾上了血，不是为了开道，纯粹为了杀几个人。武士文了一身黑泥野花，传说先祖登岛，庄稼还没长出，只好靠着黑泥野花的坚果充饥，这黑泥野花寓意顽强勇敢。见有人被打死，余人逃散。

活木神宫，消瘦的红帽子歪坐在潮湿的王座上，听着座前两人激烈地争论。

"草垫子巫师，你能写的能言之木，还填不满一张芭蕉叶，凭你那点微末的灵力，我不相信你能听见祖先的声音。"

"别以为你擅读能言之木，就有通天的本事，虾须胡子，我是大阿睿鳍亲册的大巫师，祖先只在我的耳边发声。"

"你说祖先要献祭活人，要大阿睿鳍献上自己唯一的儿子，这种事情，能言之木上从无记载，祖先怎会降下这样的口谕？你既然治不了天灾，自然要找个理由遮丑，可也不该假传神谕。"

"虾须胡子哟，从少酉长出生时起，我们已经争了十个棕榈年。你瞧瞧你的能言之木，那些破旧古籍中，可曾找到一条治灾的方法，一句平息神怒的咒语？少酉长天生的邪力，你可有办法消除？你不相信我也罢，大海的肚脐的子民全都相信我的话。他们现在就聚集在这王宫外面，等待大阿睿鳍明智的裁决。为了我们神龟王族和各族的子民，虽然让人惋惜，但少酉长必须接受他的厄运。"

虾须胡子眉毛一扬："为了我们和子民，我没听错吧？牺牲少酉长，你是要让大阿睿鳍绝嗣啊！这样一来，你这个大巫师，就可以兼管神事和俗事，成为下任掌权人了。"

宫殿里开始嘈杂起来。红帽子看见子夜霉霜，招了招手："族长子夜霉霜，你总算来了。"

"红帽子大阿睿鳍，是我。"

"我的委托，你能办到吗？"

"大阿睿鳍，你为什么要给我这样一份委托呢？"

"我需要一尊全岛最大的石像，它要为我进入暮的世界，带去我的诉求。它将阻止天灾，平息民怨，永久地守护此地。不过，眼下我还不能给你什么报偿，等到祖先恩准了我们的请求，地里重新长出粮食，我一定加倍报答你们石像一族。"

"这尊石头人身体里，将寄宿谁的灵魂呢？"子夜霉霜问道。

"我的儿子，小虫儿。"

听见红帽子的答复，子夜霉霜垂头嗫嚅："生而不幸，死而无休……"面向大阿睿鳍，他再次问道："这尊石头人，将是谁的脸庞呢？"

"小虫儿还没长大，就按我的脸塑吧。"

"请允许我最后一次，为少酉长献上花环吧。我为这年轻人的命运感到不幸呐。"

离开王宫，父子动身前往一个荒凉的海角，这里除了汹涌的海浪，没有别的声音，子夜霉霜在一个洞穴前面放慢了脚步，命令儿子和他一样双腿跪下，托着红色花环，恭恭敬敬地向洞里通告。

一个苍白的少年立在洞口，脏得像一只野禽，长发如羽毛，覆盖全身，有长耳人的耳朵，挂着日月形状的耳坠，穿着大阿睿鳍一样的黄色袍子，胸前还有一串椰核与贝壳的项链。看见陌生人，他扬了扬手，大喊道——

"快走，我的灵力会要了你的命！"若不是看见子夜霉霜手中的花环，他恐怕真的要施展那吓人的"灵力"。少年忽然发现了破浪而出，问道："他是谁？"

"他叫破浪而出。"子夜霉霜回答。

少年命令道："叫他留下,陪我玩。"

子夜霉霜忧虑的目光,落在破浪而出身上,他握紧儿子的手道："你只要留一个月时,把少酋长当作自己的手足兄弟吧。"子夜霉霜离开时,给了破浪而出一块能言之木书板,并叮嘱道,这是一个护身符,别让它离身。

父亲的话,为什么说是一个月时,难道还有只当一个月时的亲兄弟?

破浪而出钻进洞里,看见少年拨弄着一只大虫子,是只黄顶黑胸的独角仙,虫子被放在一个蜿蜒起伏的沙丘中,那里有涓涓细流的阿洼,还有葱葱郁郁的田野,精巧的村庄,由无数条土路相连。

他不过是个平常的孩子嘛。小虫儿很诧异,问道："你不怕我?"奇怪的问题,为什么要怕你?

少酋长虽然让破浪而出留下,却讲了一大堆规矩,说话的语气像个老成的家伙。从他的用品到他自己,他都十分小心地不让破浪而出触碰,傍晚无人的时候,他才敢走出洞穴,追着破浪而出在沙滩上奔跑,他总是数着自己的脚印,好不被破浪而出踩到,然而,他总是跌跌撞撞地要人搀扶,自己定的规矩也自行打破,不久就全忘了。

每天早上,洞口都摆满了食物,却从来不见投食的人,破浪而出以为这是鬼怪的作弄,小虫儿说要把这鬼怪抓给他看。黎明的时候,小虫儿等在洞口,在破浪而出迷迷糊糊的时候,逮住了一个哇哇叫的家伙,他的名字叫"猴仆",小虫儿说那是自己的仆从。

"不能碰你,求求你,这是禁忌……"猴仆慌张的样子,说明小虫儿的规矩是真的。

所有的食物,甚至大阿睿鳍才吃得到的金枪鱼,小虫儿都只咬一口,剩下的都"赏"给破浪而出。这让猴仆感到震惊,他悄悄地告诉破浪而出,小虫儿身上有一种过盛的邪力,随时都可以把接触他的人杀死。破浪而出拿出父亲给的能言之木,瞧了瞧上面细小的符文,问道："可你为什么没事？"

"因为——我是他的仆从。"猴仆干脆地回答。从小虫儿出生时起，他便是他的仆人，他从别的女人那儿寻来奶水，装在陶罐里，把小虫儿喂养大。

"你呢？"

"我是他的图穆。"破浪而出也果断地回答。

"破浪而出，你知道大海的另一端是什么吗？"小虫儿指着海面问道。

"我听人说，大海之外，什么也没有，那里如同暮的世界。"

"如果什么也没有，那么我们是从哪儿来的？"见破浪而出眨巴着眼睛，小虫儿被逗笑了，笑歪了嘴。小虫儿给破浪而出讲了梦之时光的故事，许多岛的传说，那些遥远的国度仿佛是真的。

"破浪而出，要是有一天，我能离开这儿，我要当大阿睿鳍，你就做我的大巫师，我带你去看海的另一端！"大巫师是大阿睿鳍最信任的伙伴，就像火屠大阿睿鳍和结印大巫师那样。破浪而出以为少酋长在说笑，可小虫儿的眼神却是真诚的。

一个月来，除了忠实的猴仆，小虫儿的洞穴再无他人造访，破浪而出开始感到孤独，可小虫儿却很得意。每当破浪而出睡醒时，小虫儿都会大叫一声："快醒醒，我的好巫师……"这个月的最后一天，晚风中只剩下一轮残月，海角边走来一个人影，小虫儿大声呼喊着冲出洞去，那人伸长手臂揽小虫儿入怀，原来，这个优雅的女子是小虫儿的母亲。女人在他身上嗅嗅，闻到一股异味，她皱着眉头四处看去，诧异地发现了破浪而出，小虫儿向他伸手，骄傲又有些害羞地宣称，破浪而出是他的大巫师。女人面容稍缓，弯下腰，趋向儿子身畔，双唇在小虫儿脸上又是吻又是啃，温存甜蜜，小虫儿亦伸着脸蛋，缠绵回应。

二人旁若无人，可当破浪而出侧目相望时，发觉女人也在看他，脸上却没有表情，少年感到惶恐，慌忙低下头。

小虫儿的母亲为他带来一件新衣，小虫儿嚷嚷着冲向海边洗澡。

破浪而出追赶时，撞见了父亲。没想到一个月竟这么短暂，破浪而出急着想和小虫儿道别。但父亲的语气不容置疑："你做得够多了，现在跟我走。"如果早知道小虫儿的厄运，他一定会从父亲手里挣脱，带小虫儿逃走的。

海岸边传来奇异的鼓乐声，有人死了，那是送葬的队伍，队伍里只有寥寥几人，其他人都站得远远的，不敢靠近。破浪而出看见正在哭泣的猴仆，立马就察觉了，盯着木架上飞舞的甲虫，少年蹲下身子，捂紧脑袋。

草垫子大巫师捧着厚厚的能言之木，站在一个精致的草团子上，拍了拍手——

"生啊不生，杀啊不杀。大海的肚脐的臣民们，这里躺着一位少酋长，他的乳名叫小虫儿，是大阿睿鳍的独子。他继承着非凡的灵力，我们为他献上花环和贡品，因为终有一天，他将继位为王。可是这一天不会到来了，因为他已经不幸地落水遇难了。"

人们听见大巫师的话，皆倒地叩拜。

"你们都记得，少酋长出生时带来的海啸吧，多少人被淹死了，多少农田荒废了，鲨鱼和海蛇游上了岸，人们被拖入海底，大海燕从天而降，捕食农人的鸡。这都是因为少酋长身上泛滥的灵力，这灵力过盛了就是邪力，那些靠近他的人，受到邪力侵染，都得病死了。"

草垫子讲述时，那些站在远处瞭望的人，不断地惊叫附和着。这块凹凸不平的能言之木上，鬼画符般地记录着小虫儿的过去，他所犯下的罪恶——"旱灾与海啸，少酋长降生之后，天灾从未终止。你们一定在想，这魔力是从哪儿来的？祖先将神谕写在能言之木上，托付给了我，现在我来告诉你们，少酋长的灵力源自寻路之子，你们都该知道那是最危险的邪灵，他从遥远的放逐中归来了！我说少酋长必须死，必得将这邪灵赶入暮的世界！英明的红帽子不忍邪力加害于你们，听从了我的劝告，把少酋长丢入了大海，今天这恶灵淹死了。愿鲨鱼与海蛇离开我们的海岸，愿大海燕回归于高空，旱季降下甘露，海啸归于平静，愿所有天灾远离我们吧！”

海边的高架上，小虫儿穿着新衣，脚下放着一只海龟壳，他潮湿的身体在高架上晾干。直到一个月后，只剩一堆风干的骨头。小虫儿的母亲独自一人在骨骸旁啜泣，夜间，她呼唤着稚子的名字，摸进了大海，向着青灰色的月光缓缓游去。

人们将新造的石头人从深藏的石穴里抬出。奇特的是，它有一张活人的脸，顶着一个赤铁色石冠。

“这尊石头人叫‘沉睡之子’，是遵照大阿睿鳍的脸庞塑造的，少酋长将在里面沉睡。”父亲说，魂归于骨，只要逝者的灵魂进入石头人的躯体，小虫儿就能复活。

“沉睡之子……”破浪而出低头自语，盯着僵硬的石头人，它并不是小虫儿的样子。

石匠们在石头人身子下铺上滚木，推向海岸边一处独立的神坛。随着一声剧烈的轰响，滚木被碾坏了，这尊石像太重了，没人能够搬动。

当夜，武士们带着一名男子，来到石像族的营地寻找子夜霉霜。黑暗中子夜霉霜险些没有认出这张消瘦的脸，直到男子阴沉地开口。

“小虫儿的石头人必须立起来，”红帽子反复说道，“此外我别无他求。”

子夜霉霜彻夜未眠。破浪而出也醒着，他找到一块轻浮石，雕刻了一尊巴掌大小的石头人，猴仆觉得神似他的主人，讨要了去。篝火前，破浪而出奋拉着眼皮，耳畔一阵敏捷的脚步声，几个人影围在“沉睡之子”身边，芭蕉叶蒙住了他们的脸，整个营地点起了灯火，仿佛流星坠落地面，一名男子发出嘶哑的声音，两脚踩在水罐一样的容器上，容器放在坑中，地底传来空响，一位小姑娘披着长发，赤脚跳入火光中，她脚不点地围着石像转圈，头上的叶冠沙沙作响。人们跟着她，嗡嗡地合唱。

“大阿睿鳍，时候到了。”那是父亲的声音。这是在睡梦中吗？

父亲面前是一个戴花冠的人，他叹息道：“子夜霉霜，我以为能完成祖先的遗愿，让各族人都过得富足而欢心……”

"仁慈的大阿睿鳍啊，但愿祖先能看到你为我们做出的牺牲，但愿这孩子的死，能消除我们积年的厄运啊。"

大阿睿鳍捧着一个小头盖骨，里面装满了新碾的骨粉，他将骨粉撒入"沉睡之子"的眼窝里，子夜霉霜取出两个珊瑚石眼盖在上面。

"暮的世界的居民们，地底下的列位祖先，我是红帽子大阿睿鳍。在你们跟前的是我的孩子，他还没有一个正式的名字，你们尽管叫他'小虫儿'吧，他的嘴巴会道出我的声音，传达我的话语。"红帽子的手指发白，凝视着黑色的天空，"请你们聆听我的祈祷……"

子夜时分，巨石打上了一层霉斑似的霜，营地里的火光渐渐熄灭了，余烬点缀在水洼里，晶莹地闪烁着。破浪而出蜷缩着身子，默默地祈祷。

有人细声呼唤道："快醒醒，我的大巫师……"破浪而出睁开眼睛："小虫儿？"四周黑洞洞的，只有篝火对面，猴仆拿着石头小人一摇一摆，沙沙地行走。破浪而出低声呢喃："你是让我看见这步法吗？"他从草席里抽出细绳，绑在石头人两侧，与猴仆两人一左一右地拉动，石头人开始行走。

破浪而出将昨夜所见告诉父亲，子夜霉霜连忙准备了三根草绳，石像族人用草绳牵动石像，沉睡之子开始动身行走，顺从地走向那偏远的神坛。

夜空中亮起了一盏盏星光，那是守护神蜥蜴爬过后留下的脚印。破浪而出站在土坡上，晨曦将山丘裁成剪影，微风爬上山岗，悄然而去。

破浪而出走到"飞舞的荆棘鸟"手边，低语道："伙伴，还在想着那寻路的孩子吗？你的预言可真准呐，他果然毫不迟疑地来搭救你，他的灵魂如月光般皎洁。你知道他是从哪儿来的吗？人们都叫他寻路人，正如草垫子曾这么叫你。请你原谅，我不得不一次次地带你回魂，走上这片荒土。"

百鸟巢的城墙就在不远处，自从红帽子大阿睿鳍化身为饿鬼神，一切都改变了。

饿鬼神以你的骨粉代替他的灵魂,用你的石像驻守在各族的海岸。你撕裂的灵魂残缺而困顿,现在,你的话有一句没一句的,一定耗尽了心神。伙伴哟,假如没有你的灵魂寄宿其中,我恐怕已经厌倦了这种孤独,幸好我们的旅途即将结束,你就要站上城头了。

石头人在微风中轻轻摇曳。

百鸟巢,这座石头的巢穴将人与万物隔绝,人们住在密闭的石头房子里,听不见海浪的声音,看不见天空色彩的变化。这些石屋是石像族造的,可匠人们从来未能入住。街道上充满了喧嚣,无论是海里的动物,还是山上的木头、洞里挖的石头,都在这儿被当作宝贝出售,而且价格不菲。

城门近旁,一个邋遢的短耳老头向众人讨要烟草:"瞧瞧那麻木的石头人,年轻的族长要赶他上哪儿去?"每次进城,都会遇到这个老头子,听他说两句风凉话。

百鸟巢对于破浪而出而言,是个陌生的地方,这里的人目光热烈,充斥着怪诞的激情,对饿鬼神齐声的呐喊,仿佛烧着了灵魂。

城墙下,众人吹着芦苇笛,欢庆石像的到来。半裸的姑娘嬉闹着,文身的肉体与石匠们紧挨在一起。破浪而出见过一个名叫开芽的舞女,她有一对海底明月般的眼睛,今天却没有来。只有不受邀请的人,才会缺席如此重大的典礼。

人们推挤着、歌唱着,石匠们无法保持步调,活人之脸走得歪歪扭扭。沿着斜长的坡道,石头人被拉上了城墙,石匠们搭起一个精巧的支架,为石像磨背,在支架的搀扶下,人们将它推入了站立的坑穴。

遵照神的骨头的指令,飞舞的荆棘鸟被抹上了暗红的颜色。

这尊石头人早在雨季开始时就已经动工了,却是为了最近的一场胜利而树立,仿佛饿鬼神早有预见一般。这批石头人共有五尊,"飞舞的荆棘鸟"赐予飞鸟族长耳人,"立于海角"与"永久岗哨"奖赏杀敌有功的鲸族与鲨族,还有一尊较小些的"栖息虾背",是最近才要求加入,为表彰虾族人的忠诚,而最大的"赞美大阿睿鳍"将献给饿鬼神。但由于缺乏滚木和粮食,眼下只有"飞舞的荆棘鸟"如期完工。

饿鬼神来到城头,开膛咔嗒朝破浪而出露出尖利的獠牙,若非看见饿鬼神招手,他恐怕会从地上捡起一块石头。

"破浪而出,"饿鬼神摩挲着脸颊,问道,"你在胆怯?"

饿鬼神容颜不改,还像破浪而出年少时所见的一样。"至上的饿鬼神,我对你的感情只有尊崇。"破浪而出道。石像换粮,是度过这个旱季最后的希望,破浪而出尽量恭敬地道出了族人的困境,请求饿鬼神的赐予。

饿鬼神问道:"告诉我,你的族人什么时候开始挨饿?"

"旱季开始的时候。"

"你记错了,你的族人从来没有缺过粮。"饿鬼神说得没错,在捉魂窟这片颗粒无收的土地上,只要他们用石头人换取粮食,饿鬼神就会给他们回报。

"'飞舞的荆棘鸟'是什么时候成型的?"

"按照你的吩咐,在大半个棕榈年之前。"

"不,他早就在那儿了,你只是让他走了过来。"饿鬼神取出一个陶罐,将陶罐中黑色的骨粉倒在掌中,爬上支架,徐徐吹入石头人的眼窝,这是少酋长小虫儿的骨粉,他为它盖上石眼,至此,又有一片灵魂被关进了石头人的体内。饿鬼神命令石像永远睁大眼睛。

可是,石头人悄无声息,即使是初生的婴儿也该哭一声吧?人们却在自觉地欢呼喧闹,逆风袭上墙头,骨粉飘入空中,众人迷了眼睛,饿鬼神嘶哑道——

"小虫儿,别跑——"他伸手到半空,闻声者低声打听,小虫儿是谁?

这是破浪而出多年来第一次听见,饿鬼神说出小虫儿的名字,这名字如今很少被人提起。

饿鬼神道:"如果小虫儿没死,现在也该和你一样身为统领了,我会让他做大阿睿鳍,你来当大巫师。破浪而出,你能为我的小虫儿造一尊石像吗？比所有的石头人都大？"

饿鬼神的要求，恰如父亲当年接到的指令一样。这个威严的男子弓着背，好像害了病，眼袋浮现，鸟喙似的鼻子在下垂。

"正如你要求的那样，'赞美大阿睿鳍'比过去所有的石像都大哩！"破浪而出骄傲地说道，他忽然低下头，再次谦卑地问："大阿睿鳍能赐予我们粮食吗？"

"我们有约定在先，等干旱过去，我就拿粮食来做报答。"这种冒险的交易，石像族只答应过一次，那便是父亲子夜霉霜与红帽子间的交易，可是多年来始终没有兑现。如今他是饿鬼神，神会遵守诺言吗？

饿鬼神仰头瞭望，一只红鹦鹉落在石像头顶歇脚，饿鬼神展眉笑道："他还需要一顶真正的王冠！"

刺麻人

城外的老头讨到了烟，正自在地吸着，看见破浪而出走出城，挥手送行道："看看那城头上的活人之脸，新筑的神坛将它牢牢绑束。多少个冬夏在它身前流转，多少的风雪骄阳要让它饱尝？"

当年的"沉睡之子"，如今依然孤立于海边，它是世上唯一的头戴红冠的石头人。

石冠所用的石材是一种稀有的赤色熔岩，子夜霉霜曾寻遍了全岛，才在百鸟巢东边的一座小山中发现。为了新的红石冠，破浪而出领着石匠们找遍此地大大小小的山丘。它会藏在哪儿呢？

日光发白，一座山谷里传来密集的敲击声。一处大开的岩洞中，灵动着一种奇异的光芒，时而金黄、时而碧绿、时而寒光发紫。

想必那就是黑玉山了，飞鸟族的黑琉璃矿井。高大的奴隶们手握巨斧，如鬼魅般游荡。清脆的敲击声，仿佛敲打在碎骨上。那饥饿的利齿，是琉璃石散发的幽光。

"什么人？"一个粗犷的声音喝问。

破浪而出让族人后撤。这里戒备森严，奴隶们背着一筐筐黑琉璃，堆满了山道，看起来长耳人正在准备打仗，敌人是地底人吗?

黑玉山对面有一口枯井，井壁上有青苔，说明不久前还有水，石匠们盯着枯井叹息。苔壁中透着一层血色，破浪而出剥开苔藓，露出底下赤铁色的石基，朝井底望去，有一双眼睛似乎在回瞪着他。原来这是一口矿坑，里面开采的正是他苦寻的熔岩。

族人从汤加垒砌村带回来一条凶讯，"赞美大阿睿鳍"的石穴倒塌了，许多人被掩埋，一个少年挖出了伤者，让蜥蜴族的大巫医带走了，至今没有回来。

一行人扛着红色巨石，彷徨于南方的峡谷和山丘之间，这种红石头并不重，却好像吸满了海水，不听使唤地往下坠。

乌里盯着墙壁上的浮雕，一条浑身鳞片的大蜥蜴张着尖牙，似乎要将他一口吞下。地上散落着磨损的骨针，又尖又脆。他背上隐隐作痛，伸手去摸，碰到一排细细的发丝，滚烫的皮肤像一件臃肿的旧衣，他依稀记得，有人在他背上缝缝补补。

这是什么地方，哥哥在哪儿? "喂，有人吗? 放我出去——"

"别喊了，你出不去了。"一个声音一字一顿道。有人蹲坐在洞穴光亮处，他歪着脖子，露出一道深痕。

"为什么?"那人没有回应。乌里想起身，一阵剧痛迫使他弯下腰，他发现背直不起来了，只能像个老头子一样弓着腰。这番模样，恐怕哥哥看见了，也认不出来了。他又努力了几把，直到疼得在地上打滚。

乌里爬到光亮处，问道："你在做什么哩?"

"报答。"那人回答。

乌里凑近了看，那人正削着一个鲜活的小人，便问："他是谁?"

"一个刚刚认识的年轻人。"

乌里觉得这木雕眼熟，他想起了一些梦境，还想起了哥哥，这石雕像极了他。"要是我也会雕刻就好了。"乌里想，将来要是攒够了红薯，一定要为哥哥买一尊石像。可如果今后再也不能见人，这个愿望便不可能实现。乌里问："石匠师傅，你能教我雕刻吗？"

那人放下木偶，侧头道："我教不了你。脖子上这颗脑袋已经不是我的了，它笨重得像块顽石，靠它我什么也做不了。"

乌里看见那人脖子上的伤疤，便闭口不再提，只是低头默默观察着。

天井下开着几丛娟红的花，模样新奇，暗香阵阵。哥哥曾说，有一种大明的"山茶花"，特别香，说的就是它吧？乌里依稀记得，她是抱自己进洞，照料他的刺麻之根。"姐姐也喜欢山茶吗？"

"咦，你怎么知道这花的名字？"

"是哥哥告诉我的。"天井下种着好些香草，"姐姐，我是树衣族人，手可巧了，你栽的什么果，我来帮你吧。"乌里见她垂眉不语，便拉起她的手。

"你这小鬼怎么这么滑头，管人家叫姐姐？"

"啊？"女子笑了，笑得像个男孩。

"你是……哥哥？"

"你和我说说那位，告诉你山茶花的哥哥吧。"乌里开始自豪地比画起来，刺麻之根倾着身子，跟着乌里又哭又笑。乌里说到最后，忽然问道："你也认得哥哥吧？"

刺麻之根长发遮面，轻声道："他已经认不得我了。"

洞里住着许多伤患者，他们无法走出洞去。黑暗中宁静而孤独，直到有一天，一个健壮的青年在洞口朗声道：

"石像族人们，我来接你们回家。"

毒鳞女人走后的许多日子，人们清空了石像洞窟里的落石，忙碌如初，好像什么也没有发生过。

一天深夜，小稻子躺在船屋的角落，听见有人叫唤："哥哥……"

借着朦胧的月光，小稻子看见一个弯腰驼背的身影。"乌里，是

309

你吗？”

来人没有说话，悄悄没入夜色当中，小稻子追出屋外，不远处的汤加垒砌村灯火闪烁。村子里，到处是人们的吵闹声。

“瞧瞧这些夜里跑出来的鬼，族长为什么把他们领进村？”

“听说女巫医通宵达旦地起舞，缝上了这些死尸……”

“他们太可怕了，快把他们赶走吧！”

一队步态古怪的人，深埋着头，脸色苍白。

“顺手凿子！你的眼睛为什么不会转动？为什么不看着我？”女人盯着鹅卵石做的眼珠子尖声问道。

“老家伙，我看见你的肠子都换成老鼠尾巴啦！”一个妇人指着她丈夫的肚子喊道。

“一块土，是你吗？”一个女孩抓住一个男人青紫色的手臂。

“是我。”男子回答。

“你的胳膊怎么了，为什么打满了补丁？”

一块土低着头，不敢和女孩对视，当他再次抬头，眼睛是血红色的。

“都是长臂女人，她把我飘走的灵魂钉在了一具毁坏的肉体上，我的身体大不如前，发着死鱼的恶臭味。”一块土转向毒鳞女人，“是你把我们叫醒的，你不该那么做。”

“我的脑袋简直就是笑话，它根本不管用。”猴仆歪头道。

“这些线头吓坏了我的女人。”顺手凿子喊道。

“快把我的身体还给我！”他们吐着唾沫，瞪眼咆哮。

毒鳞女人提眉拂手，威严地说道：“我救了你们，让你们免于死亡，你们竟然不知足！”

“我不想被拯救。”老头子道。

“没有温度的身子和死人有什么区别？这样站着发抖还不如躺下死去。”顺手凿子道。

“我感觉自己像个残次的石头人。”猴仆道。

“快把我带回洞里，我宁愿做奴隶也不想见人。”一块土道。他们遮

310

捂着伤处，蹲在地上，要求毒鳞女人把他们带回地洞去。

"那个人是猴仆吗？"娴熟的手问。

"我看不像，不过瞧个头确实是他……"滴水屋道。

猴仆听见人们议论，把歪头捧正，酱紫色的脑袋好像一颗烂椰子。他脸上挂着鄙夷的神情，用力啐了一口，动作之大差点让"椰子"落地。

"我的鼻子……可比山高，眉毛……更比云淡。"说着他从左脸抹到右脸，"但这脑袋，不是我的……"

"这样的脑袋还能说出这么多话，是他，一定是多话的猴仆！"娴熟的手道。

一声爽朗的大笑，破浪而出走到众人面前："猴仆老友，我一眼就认出你啦，那胡子是你睡觉时长的，别沮丧了，把它刮干净了再瞧瞧。你还记得我们之间的承诺吗？"

猴仆放松了绷紧的脸问道："什么承诺？"

"十五个棕榈年前，拉动沉睡之子的时候……"

破浪而出说到一半，猴仆接过话头："我们约定，要让大地布满石头人。破浪而出……那是当然……"

"女巫医让老鼠远离病人的床，不让死亡的咒语传入你们的耳朵，因此你们才捡回了一条命。现在不是悲伤的时候，还有四尊石头人等着我们去唤醒哩，他们都还躺在洞窟里。大阿睿鳍告诉我，石像完成的时候，我们就能有粮了。"族长的话洪亮而威严，人们不再吭声，在族长身旁围成了一圈。

"猴仆、一块土、顺手凿子……"破浪而出逐一唤道，被点名的人，浑身都在颤抖，仿佛刚翻越梦之时光，他们小心地回应着，当他转向地底人时，看见了许多陌生的脸庞，破浪而出朝向最矮的一个，抬起他躲闪的下颚，命令他说出自己的名字。

"乌里……"小稻子扒开人群，这个脊背弯成月牙的小老人，是乌里！

破浪而出道："我将你们带回来，并不是想让你们蒙羞。虽然你们的身体不再完整，可我依然认得你们，因为你们的灵魂没有改变，你们依然是我们的朋友、亲人和爱人。"

"乌里，是你吗？"小稻子快步走近，抬起一张眼睛紧闭、涨红的小脸，开始抚弄他的脑袋。一个人的脑袋是灵力所聚的地方，任何人都不该随便触碰，可既然哥哥喜欢，乌里也不反抗，任由小稻子抚摸。

"乌里，你活下来了！"乌里在小稻子怀中，像刚捞起来的鱼，染湿了一片。

人们不再踟蹰，前来认领自己的亲友。一众伤者走到毒鳞女人面前，俯身拜倒在地："赞美你啊，伟大的女巫医。"

毒鳞女人说道："草木断枝，不日就能长出；蚯蚓无头，仍然可以存活，这是世间神灵的善意。蜥蜴族向石头人祈祷，请求用这再生的灵力帮助伤者和病患。世世代代，我们一直如此。"

人们点头称是，毒鳞女人继续道："这些善良的灵魂中，有一个指引我来搭救你们，他就在你们中间，如果要感谢，你们就去感谢他吧。"人们窃窃私语，巫医说的是谁？毒鳞女人道："阿噜，愿神灵保佑你。"

破浪而出走过来，忽然鞠躬道："少年阿噜，感谢你搭救了我的族人。"

"愿阳光……照耀你……阿噜。"猴仆欣慰而感激地微笑着。

"他是挖开了洞穴的人，就是他叫来了大巫医。"人们渐渐回想起来。

石像族人将小稻子团团包围，大咧咧地挨个前来拥抱。有人塞过来一只石头鸡，雕刻得十分精美，说是赠给阿噜的礼物。

地底人拿出烤甘薯来庆祝伤者归来，石像族人闻着烤香，惊讶地发现这些流民正在举办一场宴会，自然毫不客气地加入进来，小稻子也将食物分给了他们。

猴仆翻身跳起了怪相舞，粗鄙、笨拙地旋转于翩然起舞的女子中间，人们向他抛树枝，他像纠缠于灌木丛里的野猪般撒腿乱窜。

乌里也跳进火光中，模仿起了一头弓背的海龟，他自如地协调身躯，忘记了疼痛，野鸟配合他扮演一只海鸥，骑在乌里肩头，如在龟背上歇脚。

蜥蜴族的女人们穿戴着碧玉，举着香炉蹦跳而出，鼓点轻快，烟火气弥漫开来，山风回暖，众人围着一尊旧石像欢心地啸叫起来。忽然，寒光闪动，一名女子披头散发疾步奔来，一顶硕大的翠翎扇冠在她头上颤动，一身斑点豹皮随风摆动，鼓点转而急促，笛声纷乱，人们跟着她的脚步上下蹿跳。照耀石像的光暗淡了，妖气笼罩了整个村庄，刹那间，披发女子跳进篝火，乱步踩灭了火焰，人们将手中的火把熄灭了。歌声渐渐散去。

"方才我还以为……大伙儿都着了魔。"当披发女子走近，小稻子发现她原来就是毒鳞女人。

"看来寻路人没见过这样的舞，你或许也没听过，我们蜥蜴族人的传说。"毒鳞女人笑盈盈坐下，"我们蜥蜴族和别的九族不同，代代以女子为尊，据说，女祖先们的丈夫都是岛外的人，他们是来自西瓦国以北的远游人，他们穿着玉石兽皮，说话恭敬温和，能书会写，但跳起舞来却狂野迷人。这支舞，是我借助祖先的舞步，来预示我们即将到来的命运。"

"我在你的舞蹈中看见了邪魔猖獗，还有昼夜的轮转。蜥蜴族的传说是真的吗？"

"传说来自梦之时光。但灵力的流转总是这么奇妙，雨季刚来的时候，我的族人搭救了几名忠心的战士，他们以战败为耻，以自己的残疾而羞愧，不愿去见他们的首领，宁愿余生在地洞里度过。他们就是与我蜥蜴族共存的刺麻人，我尊重他们，你可要睁大眼睛，不要亏待了他们。"

"我自会善待所有幸存的伤者。"小稻子瞥向火光，思考着毒鳞女人的话，"你可知道青苔洞里发生了什么？"

"听说甘薯族人喊着饿鬼神的名字，一个个都成了吃人的开膛咔嗒

313

哩。不过跳跳鸟发觉得早，他和族人藏到更深层的密洞里去了。"

"这便好了，但愿他们别再被人找到，被烟熏了出来。"

破浪而出正坐在石匠们中间，接受人们冗长的赞美，有几个石匠走过来起了争执，被拉到一边。毒鳞女人道："破浪而出这次回来，让一些人不太高兴呐。"

"这是为了什么？"小稻子问。

"饿鬼神没发粮。破浪而出挑着红石冠回来了。"

"你说的是那块大红石头？"

"红帽子有一尊唯一的石头人，名叫沉睡之子，头上戴的就是这种红石冠。"

少年忆起了活木神宫外，那尊孤零零的大石像，问："红石冠为什么在这？"

"破浪而出不让族人对外说，是不想让别族牵扯进去。"

"可我们现在和石像族同吃同住，哪还分什么彼此？"小稻子道。

"我已经派人去打听了，那些老实的石匠哪儿藏得住话。据说破浪而出这次遇见了红帽子，红帽子重提了十五年前的一个约定，一尊庞大的石头人将会诞生，它将走过整个大海的肚脐，站在百鸟巢的城头。这说明石像族已经倒向了红帽子这边，向着饿鬼神示威哩。眼下，所有人都在瞧着。"

"会打仗吗？"

"会打。"毒鳞女人道，"海水在倒退，海啸将至。"

小稻子眼中映射着炭火的光芒，问道："那么地底人该怎么办？"

毒鳞女人反问道："寻路人打算怎么办？"

小稻子端详着大明剑上细致的刻纹，虽然艾鸥不在了，可这把剑一直不曾离身，小稻子捡起一根鸡毛，吹了口气，羽毛轻扬，在风中飘悠。小稻子沉声道："护送石头人上路。"

毒鳞女人道："既然你选择了这条路，那么我们蜥蜴族和刺麻人也绝不会不管不顾。"

"女巫医慈悲心肠，阿噜在此谢过。可我担心，光凭咱们的力量还不足够。"

"地底深潭里的死水该搅动了。"毒鳞女人道，"哦哟，篝火熄灭了，天亮的事天亮再说吧。"篝火间的谈话声渐渐小了，只有几位石匠围绕破浪而出交首倾谈着，他们神色凝重，在座位上挥舞着手，说的每一句话，都伴随着一个明白有力的手势。

寻路之子

艾鸥将自己的新巢定在了鳖农奢华的大宅，开膛咔嗒和饥民占据了这日落村里唯一的石头房子，小嗡嗡的嫁妆堆满了各个角落，任由人们索取，流水的盛宴经久不衰，欢快的声音通宵达旦。

"这地方比饿鬼岛上好。"沙里鱼仔细地吮吸着一根鸡骨头里的血髓，盯着围绕无毛打转的少女们，将嘴巴舔舐干净，"大头目不该让卑贱的甘薯族人鱼活着，分享我们的战利品。"

"你看过人鱼吃人吗？他们已经不是一般的农人了。"艾鸥扬起头，看见一名甘薯族人正朝他走来，"风尘中呼喊，你去哪儿了？"

"大头目艾鸥，我去了东方的青苔洞。那些偷粮食的贼躲到岛底下了，泡进海水里了。地底人和鳖农都是我们的冤家，只有把他们从地里挖出来，扔进滚烫的土灶里，我们甘薯族人才能解放，过上吃得饱饭的日子。"

"地底人偷的，是饿鬼神的粮。"艾鸥手上托着一颗黑色的脑袋，神的骨头荼毒的眼皮烧掉了，黑眼珠子永远在回瞪着他。

"屋里鳖农攒的粮，也是给饿鬼神准备的，可是大头目照样吃了，不是吗？"风尘中呼喊走近一步，"因为有粮，大家才愿意跟着你哩。"

风尘中呼喊看见艾鸥咧嘴笑了，趴在他头上的饿鬼神也笑了，就如斑斓的南唬鱼，张开了带毒的鳍棘。

两位面容肃穆的神的骨头来到了日落村，虾须胡子与不朽纹图捏着鼻子, 在卧倒的醉汉与呕吐物中走过, 径直来到艾鸥面前。

开膛咔嗒们看见神的骨头, 喉头发紧, 好像咬住了鱼钩, 不敢作声。

风尘中呼喊低声道: "我们打的荼毒和鳘农, 都是饿鬼神的人。现在饿鬼神派出了神的骨头, 大头目要小心了, 别钻进了他们的渔网。"

谁知, 二人对犯忌之事只字未提。他们是奉饿鬼神之命, 来封赏艾鸥为新的神的骨头。艾鸥起身恭迎, 像个新上任的族长, 接受着赞美之言, 神的骨头的话就像夜晚蛐蛐叫一样好听, 像冬令的甘蔗一样甜腻。拿陶碗装酒怎么得劲, 只有换棕榈果壳当碗才能过瘾。

不朽纹图观赏着这间石屋, 看见甘薯族人与开膛咔嗒在一起戏耍, 道: "和人鱼共处一室不像开膛咔嗒的作风。开膛咔嗒应该是饿鬼神的蚌刀, 用来划开人鱼的肚皮。"

艾鸥冷冷道: "我这里不分农人和开膛咔嗒。他们都是我的家眷。"

珊瑚草为神的骨头献上一碗棕榈酒, 虾须胡子在女孩身边转了半圈, 堆笑道: "我看他们是自愿加入了开膛咔嗒。这种稀奇事, 只有在十五年前, 饿鬼神来时才发生过哩。"

"和人鱼搅和只会变得软弱。"不朽纹图啐了一口。

虾须胡子收起笑容, 说道: "艾鸥能不能当神的骨头, 我们很快就知道了。"

石像们仰卧在捉魂窟的山坡上, 宛如四尊下凡的天神, 它们每一尊都戴着耀眼的红色石冠。石匠们吟诵着赞美的歌谣, 欢欣地在石像身上舞蹈, 宛如一群顽皮的孩童, 在父亲的肚皮上戏耍。

"给红帽子塑像, 这是对饿鬼神最大的亵渎。"不朽纹图怒叱道。

"别忘了饿鬼神的交代, 他们的愚行是受了红帽子的蛊惑, 只要他们肯将红石冠摘下, 饿鬼神有意给他们开恩, 让他们活命。"虾须胡子道。

"是红帽子让他们这么高兴吗?"艾鸥问。

"别说不吉利的话, 让红帽子听见。"不朽纹图歪嘴道。

神的骨头们在山坡上等待着、观察着令他们切齿的背神行为。石匠们拉起巨像，成排地走上一条大道，前路直指百鸟巢城。

两位神的骨头走下山坡，站在道路中间。

"石像族长破浪而出，你要背叛饿鬼神，充当背神者吗？"

"你要放弃饿鬼神赐予你的一切，将族人带入亡魂的洞穴吗？"

破浪而出拉紧牵引石像的缰绳，喝令众人止步。族长高亢的声音在大道上回响："神的骨头虾须胡子、不朽纹图，欢迎你们来到东方。这里是石像族的领地，爱好和平的匠人栖居的地方，我们都是虔诚的追随者，从来不会背叛他们的神灵。"

"让我瞧瞧，诚实的族长，你身后站立的难道不是红帽子的石像？"不朽纹图问。

"让我问问，破浪而出，你为何如此鲁莽，竟给我们的敌人塑像？"虾须胡子问。

破浪而出一声朗笑，道："我们石像族只追随真正的神灵，崇拜自己的祖先，我们从不屈膝于吃人的魔鬼。当这批红帽子的石像抵达百鸟巢，真正的大阿睿鳍就会苏醒，赶跑附在他身上的饿鬼神。"

此刻，一支丑陋的队伍爬过山丘，既有赤身的开膛咔嗒，也有衣衫褴褛的农人。艾鸥腰悬一颗黑色头颅，这头颅随着奔跑胡乱地滚动着，脸上却挂着不变的贪婪表情。

石匠们高举着斧锛和凿子，手足因为激动而哆嗦。

开膛咔嗒大步跳来，在红帽子的石像前如潮水般散开，石匠们忽然惊觉，一部分开膛咔嗒正朝着汤加垒砌村冲去。他们敲打石头，点燃火焰，整个村庄都烧着了，逃跑的村民撞上了守在村道上的开膛咔嗒，身体被撕裂，无路可走的老弱村民，便奔着大海，不回头地扑进水中。

火光照亮了石匠们脸上的泪光，开膛咔嗒的青面獠牙飘忽迂回，却始终难以靠近石像。

开膛咔嗒嗅出了石匠们的弱点，有十来名歪头跛腿的伤员，动作蠢笨迟缓。他们迅速地从伤员中撕开一道口子。沙里鱼折断猴仆的脖子，揪掉摇晃的脑袋扔在艾鸥脚边，艾鸥一抬腿，将它踢上高坡，红血沾满

317

了泥沙。

一声尖叫："艾鸥！"

"阿噜？"他怎么会在这里？瞧，他还是那么柔弱，眼睛里在流泪嘞。可那古怪的灵力呀，依旧管用，被他这么一叫，手脚都发怵了。

艾鸥呆立不动，槐树皮见状，倒转长矛扫过，砸向脑袋，艾鸥猝然掏出腰间匕首，划开来犯者肚皮，一脚将其踢入众鬼之中，如盘中取物，群鬼挖出槐树皮的内脏分而食之。

艾鸥瘦小的身上满是肮脏的血，宛如初见时一般，他双目炯炯，露着尖牙。

开膛咔嗒爬上石头人脸，挖出珊瑚眼，敲碎石头鼻梁，阚喝声中，"赞美大阿睿鳍"歪斜了，几名倔强的石匠用肩去扛，却充当了石像底下的滚木。红色的石冠滑落下来，不朽纹图高举乌阿手杖，喝道——

"投降吧，破浪而出，屈服吧，石像族人！"

破浪而出跪立在猴仆的头颅旁，一颗难以辨认的血球，即使借助祖灵之手，也无法让他复生了。恍然间，族长看见那头颅的牙蠕动着，族长贴耳靠近，只听那头颅低吟道："小虫儿……"

破浪而出看见石头人接连倒入血色的尘埃，硬朗的石头脸再也保不住原形，小虫儿无法醒来了。祖先们的力量如暮星般微弱，游离在飘渺的雾霭当中，石像族今天被打败了，留给他们的厄运，是沦为奴隶还是人鱼？

破浪而出仰面作答——

"饿鬼神祸乱人间啊，石像族不会屈服！"

"说得好！"大道两旁，人声应和。

"无身的头颅仍有不甘哩！勇士们，我是猎鱼耳坠，带领北方地底人前来助战！"半神从他漫长的游历中归来，身后是一群散落在北方的地底人。

"跳跳鸟与神龟王族在此埋伏多时了，只恨人少，不能早些出来解围呀！"东方地底人从石缝间蹿出，仿佛暮的世界冲出的鬼怪。

"我们可以死而复活。死过一回的人，还会怕死吗？"刺麻人从山背杀出，他们摘掉了藏身的布袍，露出了一身的疤痕异形。

"西方地底人，听说石像族人要造反，好戏该开场了，没有名角怎么行！"岛上的四大名角夸张地摇曳而出，分明是：剧班头子吹烟、优伶毒鳞女人、舞者跳跳鸟和歌者猎鱼耳坠。

破浪而出愕然，他怎么也不明白，隐居于世的石像族人，哪来的这么多朋友？他们的人数如此之多，竟要将开膛咔嗒包围起来。

大道尽头升起一团尘烟，一队勇士抛洒着飞石，来势如奔腾的浪花，一个粗重的嗓音喊道："石像族人，燃族的亲族哟，追随者挡路，我醉山来迟了！"

一名开膛咔嗒自石像上跌落，一根木棍歪歪斜斜地插在屁股上，正喷着浓血。有人杀了开膛咔嗒！

艾鸥朝阿噜瞧去，他身上优柔尽去，扬眉怒目，这神色何其英武，开膛咔嗒是他杀的！艾鸥张开鼻孔磨着牙，指尖刮红了掌心。一波飞石袭来，不朽纹图缩头高叫道："背神之徒！"开膛咔嗒瞧不见飞石来处，他们散乱地奔走在荒原上，追逐着那令人狂躁的影子。

倏忽，这些影子都不见了，石像族人也消失了，只剩下几尊卧倒的石像。

众人聚集在捉魂窟的大船屋中，破浪而出、醉山、地底的四位头领：飞鸟族吹烟、神龟王族跳跳鸟、蜥蜴族毒鳞女人、树衣族猎鱼耳坠依次坐定，所有人都是第一次看见当世的六位半神齐聚一堂，可是中心的位置却是空缺的。

吹烟手中举着一片罕见的刻在古老船甲板上的能言之木，它是红帽子的投信鼠刚刚背来的。

吹烟捧着书板，朗声宣读道——

大海的肚脐的臣民们，无论你是地底人、石像族，还是流民，不要害怕，从你们藏身的地方出来吧，跟随这声音，到"红帽子大阿睿鳍"的话音前来，让我来揭晓一个人人都在揣测的秘密吧。当你们听到这书信时，我正在潮湿的旧宫殿中避难。我得知你们刚刚获得了一场胜利，这说明祖先并没有走远。可你们千万别放松警惕，真正的威胁还没有到来。

一个游魂乘着古老的大船，正如他被放逐时一般，在暴风中出现。这个游魂，现在就在你们中间，有的人已经认出他来了，你们亲切地叫他阿噜，正是在他身上，埋藏着寻路之子的灵魂。他是一个聪明的领路人，一颗高尚的灵魂，如今他要回来帮助你们。臣民们，今后寻路之子的话就是我的声音，你们当视他为少酋长，他会带领你们起来反抗。诛灭开膛咔嗒，刺杀饿鬼神！

吹烟读完，四位半神将小稻子围在中心，牵住他的手，一字一句说道："你是祖先的灵魂，寻路之子！"

吹烟盯着破浪而出，问道："你愿意服从红帽子的口谕，追随寻路人吗？"

"石像族正是为了追随红帽子而来。"破浪而出面对小稻子，若有所思道："你来，你救人，你不说话，原来是让我等到今天，甘心地追随你，少酋长，我童年的图穆，寻路人。破浪而出听从寻路人的调遣。"

吹烟扫视着众人，一干人众神色激动，没有异议，然后，转向小稻子，喊道："见礼。"

"叩拜寻路之子！"众人一齐鞠躬，掌心向下，以面触地跪下。除了面对饿鬼神，许多人还从未见过这种阵势。那个从不向人下跪的半神——醉山，撇着嘴左右瞧瞧，然后碾压脚下的沙地，慢悠悠地跪下。娴熟的手惊诧道："我还以为，这中间的位置必定是留给咱族长的哩。"

人们跪得久了，偷偷上瞄，看见少年摸着小腹，张口闭气，双面绯红，正在流泪。寻路之子，这就是我的命运吗？一个领路人。少年抬起头，抹干净眼泪，面朝众人，屈膝跪下，深深地鞠躬还礼。

半神们在地上画出十族的守护神：上岸的海龟、干瘪的鳄鱼、三眼的荆棘鸟、喷火的海狮、遨游的鲸鱼、露齿的巨鲨、翻滚的龙虾、参天的神木、青色的巨蚵以及死人之躯。人们从深藏的地洞里挖出这些偶像，上面生满了蓝色的霉斑、蛛网与虫卵。

吹烟说："你虽然年轻，却善于思考，关照比你弱小的人，善待与你亲近的人，并且像古老的守护神一样摧毁你的敌人，当你受到尊敬和崇拜时，不会滥施灵力、自命不凡。十族的人在今天组成了一个部落，寻路之子，愿各族的神灵保佑你，愿我们的联合部落能够壮大，战胜吃人者饿鬼神吧！"

文身与大氅

这些天，大船屋外的砂石被访客踏成了坚硬的路面。人们希望寻路人的灵力，能解答多年来那些困扰他们的谜题。

有些人做了梦，却不知梦境的含义；有些人遇到了新奇事，想知道这事预示着什么；女孩想打听心上人何时到来；患病者想知道祖先们何时需要他去陪伴。而有些人是想占便宜，他们请求寻路人用灵力来召唤他们想要的东西。

"强大无比的寻路人啊，"渴水之鱼一步一鞠躬道，"我踩到了诅咒啦，快拉我一把，让我逃离脚下的厄运吧……"小稻子请他去找毒鳞女人，地底人因为长时间没干重体力活，脚底长了水泡。然而，一种古怪的疫病在部落间蔓延，仿佛长了眼睛，专挑老弱和伤病者。传言这种病是死去的开膛咔嗒在作祟，就连毒鳞女人也从来没见过。

槐树皮战死后，蚌壳风帆找到了爱人的一只脚，将它浸了海水风干，夜夜抱在怀中。大海的肚脐人习惯了爱情以天计，对她的忠贞既惊讶又感佩。有些独身的女人，看见槐木小舟没人照料，便领了去，不久，婴儿便染上疫病早夭。或许，蚌壳风帆希望寻路之子的灵力能给她力量，然而小稻子对她丈夫和孩子的死，看得如同痛失亲人一般，哭得让人摇头叹息。

醉山想知道他的族人有无幸存，破浪而出提到黑玉山琉璃矿所见，巨人认定族人正在受苦，立马就要动身营救，所幸让一众半神劝阻下来。

人们竭力想和寻路人结缘，从吃到睡，少年都被人紧跟着。为了给寻路人做一件衣袍，阿娥和几名姑娘不惜跳入乱石嶙峋的海底，寻找珍贵的鱼皮，小稻子不愿见她们为自己冒险，只肯拿一条石斑鱼皮的腰布。豹纹的花色能减去阴柔的气质，不让那些迷了眼的男男女女，以为自己是个擦了白粉的尤物。

汤加垒砌村里还有一处热闹非凡的地方，那就是族长破浪而出的石屋。族长将石匠中最强健的人选为勇士，他们在石屋前扎营，在空地上比武、唱战歌，孩子们在他们周围跟唱，投掷石子。

村庄的废墟上搭起了临时的棚屋，许多地底人搬进了村子，和石匠们同住。大风吹走了草灰，留下了人们烤红薯的木炭味。

寻路人起事的消息，如同巨浪淹没四方，各村各户都在密谈着，传闻背神者人数如此之多，就如海中的泡沫。"红帽子、寻路人、石像族以及地底人"都是新的禁词，每个人是否佩戴活人之躯将由邻里间相互监督。

小稻子在捉魂窟火山湖边，找到了一个僻静的角落，让乌里放哨，不准任何人靠近。可是窥视者往来不绝，他们暗中疑惑。小稻子用一个玄武石在一块木板上刻写，乌里探出脑袋。

"别偷看。"

乌里低声问："阿噜哥哥在跟饿鬼神说话吗？"

"不，这是我画给艾鸥的。"

乌里飞身躲入芦苇丛中，缩头等待着什么异状，又问："你和他说了什么？他是怎么说的？"

"哪里就有回音了？我想请猎鱼耳坠找一名信使，他绝不会因为好奇而偷看信上的内容。"

乌里瞥见，书板上画着一幅图画，但不敢细看。他猜测哥哥在写一道击败艾鸥的咒语，这咒语一定极耗心神，因为哥哥脸色憔悴，眼袋发紫。

"刻好了。"小稻子松了一口气，将信用香蕉叶包好，"我们回去吧。"

深夜时分，乌里小心翼翼地摸到小稻子的石枕边，取出包裹，挂在背上。他决定自行充当这名信使，因为他确信伤口已经愈合，只有他敏捷的双脚，才能够穿过开膛咔嗒肆虐的荒野。乌里踮着脚尖离开大屋，唯独惊醒了门旁的猎鱼耳坠。

乌里踢倒了一个装满血浆的酒罐，撞翻了一堆甘薯，最后，被开膛咔嗒按在一个人皮做的靶子上。只见成排的头发旌旗下，是一众神态凶蛮的开膛咔嗒。一个少年斜躺着，双目紧闭，一人手捧灌满黑汁的葫芦，一人拿一把木梳扎向他的脸庞，只见汁液渗入，血渍溢出，少年却一脸淡漠，他赤裸的身体，好似穿了一件青纹的蟒袍。身后一张半焦的人皮上，画着黑泥野花、海怪与海漩涡。乌里曾听说，梦之时光中那些伟大的半神，能够忍耐常人难忍的煎熬，穷其一生在身上刺青。

"艾鸥——"乌里叫道。

"乌里？"艾鸥摆摆手，甩发和无毛正在用小锤敲打木梳，使染汁深入肌肤，他们慢悠悠停下手中的工作。

"你真的……是你吗？"乌里问。

艾鸥侧眉问："我的刺青，你不喜欢？"

乌里撇撇嘴，粗声粗气道："哼，你不怕疼吗？"

男孩听见一连串怪笑，甩发手指熟皮笑道："不朽纹图为荼毒刻画了十五年，为饿鬼神刺青了二十五年，而我为艾鸥头目文身只用了一个月时，大头目从没歪过嘴喊过疼，无论是吃东西还是睡觉，我一刻也不用停手。"乌里还从没听过哪个开膛咔嗒腔调这么甜腻。艾鸥匿笑，却牵动了脸上的刺痕，硬是僵住了。

那黑色的汁液是用铁树碳粉加入婆婆肉制成的，艾鸥脸上唯有眼皮上还留有些许空白，每当他闭眼，乌里就会勾勒起他原先的样子，那个在同一张草席子上睡觉的哥哥，虽然爱吓唬人，可一点也不可怕。

"大头目，这小子肉细，味道就像开胃的小鱼。"一双粗手按在乌里肩头，压得他双脚发软。

323

艾鸥凶恶道："沙里鱼,你要我分你一口吗?"饿死的人肉臭,吓死的人肉酸,水里煮了,全是眼泪的苦涩味,能解馋的只有阿噜的肉。

见艾鸥笑得阴森,乌里呼道："我有寻路人的诅咒,它会杀死你的!"

"杀死你"一句出口,众开膛咔嗒斜目。乌里发觉肩头的大手松动了些,乘机抽身开来,他掏出包裹,撕开表层的香蕉叶,一块刻满图案的能言之木展露出来,开膛咔嗒盯着书板,瞳孔缩小了。乌里见灵力奏效,叫道:"你们都会死在这诅咒下!"开膛咔嗒们像挨了长鞭,一个个张开鼻孔,狂嚎起来。

艾鸥眯起双眼:"沙里鱼,快把那能言之木给我。"乌里朝身后望去,那名开膛咔嗒正捂着脸倒退:"海跳蚤……好大胆子……敢诅咒我们!"

乌里正自得意,忽觉手中一轻,书板已被夺走。

艾鸥朝那书板瞧去,这是阿噜画的一幅画,心中默想:"月圆之夜,带上武器,我一个人在肚脐眼等你。"胆大的阿噜想要单独见我?

乌里踮起脚尖,伸脖子朝书板望去,疑惑地问道:"你怎么没中诅咒,难道诅咒的力量失灵了?"

艾鸥将书板扔在地上:"这小崽子竟敢戏耍我,吃了他!"

众开膛咔嗒举着利石,便要开膛破肚,却忽然发怔,竖起了双耳。

艾鸥听见石头点地的声音,仿佛绵绵雨滴,雨声中,一只孤独的虫在轻吟,它像是断了腿的蛐蛐,费力地摩擦着翅膀,又像一只搁浅的鱼,在沙土间僵硬地摆尾。乌里就是那小虫,他低着头,无力反抗,任由开膛咔嗒拉扯,他背上好像有伤,疼得无法抬头,这样子竟还敢独闯开膛咔嗒的巢穴?

猎鱼耳坠和几名武士藏在灌木丛中,看见小信使已经完成了寻路人的使命,现在该是让他平安返回,接受一名初战告捷的勇士应得的荣誉的时候了。雨声渐渐响亮,泥石将弱小的虫子掩埋。磅礴的石雨从天上落下,砸得众开膛咔嗒嗷嗷叫嚷。乌里乘乱爬走,沙里鱼伸手抓住他，乌里喘着粗气，低声哀叫着。

"是哪只臭虫在吵闹，搅扰了我进食？"说话之人披着一件软皮衣，头上还插着几把大小不一的骨梳，他是刺青的宗师，神的骨头不朽纹图啊。猎鱼耳坠抽出乌阿手杖，看来此行时运不济哟，被不朽纹图吃掉的树衣族人摆满了神坛，今天这恶鬼别想再拿族人的血肉来果腹。

半神从灌木丛中起身，喊道："跑吧，乌里，别回头。"

猎鱼耳坠对着手杖念了念祷文，勇士们互道亡灵路上的祝福，各自站成一排，一支开膛咔嗒大军站在他们面前，龇牙捏爪。

"猎鱼耳坠——"不朽纹图抖落树皮衣，露出身上的文身，咧嘴道，"你一直躲藏在咸水村，现在终于顺应时势，挑好了自己的土灶了吗？吃了你，半神的灵力，能让我接近饿鬼神吗？"他的话音一起一伏，好像一个瘸子在乱石间撒腿奔跑。

"我们小小的福地，哪里容得下两个饿鬼神哩？"半神弯眉笑道，扶杖立定，"不朽纹图，你敢不敢和我对打呀？"

乌里一路狂奔，跑回了汤加垒砌村。哨兵看见他从腹地嘶喊着跑来，以为开膛咔嗒来犯，误吹响了海螺的警报。人们看见一张吓成芋头色的脸，渴水之鱼递来一葫芦棕榈酒，乌里一口气喝了大半。

渴水之鱼乐呵呵道："是不是好酒？"

在凑热闹的人群追问下，乌里涨红了脸，大谈起了一天的遭遇，人们都想知道他如何能从开膛咔嗒的巢穴里脱险。有人立即将这个故事编成了一首庄严的歌，来来回回都是赞美寻路人的灵力，震慑了恶鬼。众人提臀摆腿，搂成一圈，忘我地引颈高歌，乌里刚把最后一句唱完，才看见寻路人正瞧着他，他猛然一哆嗦："阿噜哥哥！"

肚脐眼里闷热潮湿，小稻子点燃火栗子，洞中顿时有了火光。这里并没有什么改变，只是干草堆上生了些青霉，夏波菜也在洞口扎根。

小稻子坐在圆石"大海的肚脐"上，水声潺潺，海波纹在壁画间流淌，一艘大明宝船停靠在石笋间，好像沉在宁静的海底。当暴雨呼啸，困在洞中的二人就在这墙上作画，将新作置于古壁画间。

身后轻微的响动，如燕鸥捕鱼般轻捷，那是艾鸥惯常的出水声，火栗子掷出，小稻子拉弓对准海洞洞口道："艾鸥——"

"阿噜。"艾鸥从礁石后面爬出，他脸上多出了些口鼻齿目，身上刺满了鲨齿矛头，没有半分熟悉的样子。

"饿鬼神……"小稻子喃喃道。

艾鸥发出一串缓慢阴鸷的笑声，他身上的口鼻、牙齿也跟着扭动，撕咬起来，霎时间鲜血淋漓。他从怀中取出一个物件，朝小稻子比画。

小稻子定睛瞧去，那是一把短手铳。恍惚之间，人影逼近，小稻子跌倒，冰凉的枪口对准了胸膛，只需扣动扳机点燃火线，子弹就会随着燃药应声而出。小稻子看见上面沾满了海水，火线早被浸湿了，还看见枪口下藏的匕首，这才是真正的凶器。

小稻子躲过划来的匕首，一把将艾鸥推开，地上石笋折断，洞顶石芦落下，短手铳落在一块圆石上，艾鸥伸手，却发现拔不下来，愕然瞪圆了眼，这是阿噜施放的灵力？

那块半圆石头正是"大海的肚脐"。见那短手铳立于其上，小稻子转动眸子，也伸手去取。艾鸥倒退一步，阿噜就要夺回自己的神器了？谁知石头上好像有一只铁拳，握紧了手铳，拔不下来。

这"大海的肚脐"难道是一块磁石？

小稻子用箭头将短手铳撬起，摘下，果然是磁石吸住了手铳的铁筒。

艾鸥盯着那手铳，缩身倒爬，钻入角落，这里有他的鱼竿，他抱在怀里，还有堆叠的垃圾，以及发霉的尸骸，艾鸥在尸骸间慌乱地翻找。他翻出来的物件，有不少刻着神龟王族的印记。

"不在了，不见了……"艾鸥刨着沙土，喘着气。他在寻找什么？小稻子走到他背后，影子爬上他的身子，笼罩着他，可他丝毫没有理睬。小稻子拉满弓弦，此刻只需一箭，艾鸥就会死，开膛咔嗒就会失去他们的头目。

"弄丢了，烂掉了……"碎骨和粗沙磨穿了他的指甲，擦出了血。弓弦割得指头生疼，准心在艾鸥背上游走。艾鸥低诉着，有什么东西不见了，小稻子长吁一口气，慢慢地等待，等艾鸥将他所寻的东西找出来。

艾鸥低吼一声，抽出一张破损的渔网，上面裹挟着干海草，就像一丛灌木，艾鸥忽然咧嘴大笑，一头钻入这渔网中，缩紧双腿，用手蒙住眼睛。小稻子盯着网里的人，他一点声响都没有了，好像是一堆土，小稻子踢了一脚，艾鸥也不出声，埋头在一片骸骨中。小稻子放下弓，抽了抽鼻子。

你教会了我如何生存，我们一起挨饿，一起嬉闹，从不怕任何的苦难。你画了那石壁上的宝船，告诉我将来想要乘船出海，我答应你，至今没有忘记。我要带你去看大明，看繁华的市景，还有青青的稻田，看苍茫云海，大漠孤烟。为了找一块贝壳，我遇到了吹海螺的少年，踩着沙滩上留下的脚印，我跟随着你。

"'大海的肚脐'把我们的武器夺走了……"小稻子说道。网中人一动不动。小稻子捡起鱼竿，只见上面刻着——"神龟保佑，妻儿饱食"。

"这话你是从哪儿听来的？"艾鸥问。

"它就刻在你的钓竿上。"

"每次出海前叔叔都是这么说的。"艾鸥望着黑黢黢的洞穴深处，似乎听到了什么响动，"不好，饿鬼神要来了，我们要没命了……"

洞穴里既没有声响，也没有人影，艾鸥仿佛身处一场噩梦，他在网中挣扎、低嚎，小稻子喊他的名字，想把他喊醒，可他却始终是恍惚的，缩在地上发抖。

小稻子将火铳摆在他面前，他的双眼定住了。

"艾鸥，这把火铳，我留给你了。"这把锈火铳虽是废物，却曾是留给小米子的护身符，也希望它能够保佑你。

然后，以指作笔，在地上画了一对鼻子相贴的人形。

"如果战场相见，别忘了，你还是我的图穆。"小稻子转身跳入水中。一只小螃蟹爬上岸，对火栗子吐着气泡，迈开滑稽的步子，朝洞内的居所蹒跚走去。

大船屋中，小稻子勾腰坐着。借着烟嘴的微光，吹烟的脸部只有一个轮廓。派去寻找猎鱼耳坠的人带回了一对石坠子，还有两个完整的眼珠子。一只蛐蛐爬近了，振翅有声，小稻子挥手驱赶它，它躲闪开，却又总是爬回来。

"那是他的魂呦。"吹烟说道。

小稻子捏了捏拳道："为什么唯独……要留下这对眼珠子？"

吹烟道："有些人死的时候睁着眼，那欠缺生命的空洞啊，好像不懂得畏惧，藐视着吃他的人，所以开膛咔嗒要先把眼珠子挖出来。"

"开膛咔嗒，不可饶恕！"

"海面上随处可见的风浪，打翻了猎鱼耳坠的小船。只是这一次，猎鱼耳坠再也爬不上岸。"

"那些开膛咔嗒必将遭到报应，我会替他报仇！"

"有人替他报复，是猎鱼耳坠的幸运。一个人犯的罪过，必将由另一个人来惩罚，而一个神犯的错，该由谁来惩罚呢？"

"饿鬼神的罪过是吃人吗？"

"不，吃人也只是世间的一种恶，一股大浪。饿鬼神是一名犯忌者，他犯的忌，是不敬祖先。"

"敬天法祖，是红帽子的做法。可我读了红色能言之木，祖灵并没有眷顾你们。"

吹烟的面庞，在红光中闪现。"的确，红帽子敬祖，这没错，但不全对。从红帽子大阿睿鳍往前数六代人，渎神的行为就已经出现了，祖先留下的东西被他们一件件地丢失，那些消失了的东西，我想象不出来，所以也不必提它们的名字，我想，它们就像红帽子捕杀的海龟一样。饿鬼神和他们比起来，也不过是其中一个，最果断、最不留情的犯忌者。"

如果说饿鬼神也是继承了先辈们造的孽，那么艾鸥也只是其中一个恶果。"这么说来，并非全都是饿鬼神的过错？"

"先辈们虽然有错，可有一条禁忌，没人敢僭越。"吹烟吹了一口烟，渐渐露出一口黄褐色的牙,扬起嘴角,"他们还没有自比天神。"

"这算一条禁忌?"

"对。一个人如果把自己当神,就会不敬天,不善待人。我听说你来自一个叫'大明'的国度,一个如彩云般动人的地方,我猜,过去这里还是座天堂岛的时候,一定和大明多少有些相像,但饿鬼神夺走了我们原本的生活,只把它赐予了小部分长耳人。我们只能仰望祖先的天堂岛,就像'大明'那样的地方。"

小稻子苦笑道:"过去大明的生活越来越远了,有时候我都在想,它就像一场梦。"

"你还年轻,如果过去的终将忘记,那么不如把它们记下。"

"就像当年你写的红色能言之木。"

屋外一阵喧闹,破浪而出带着一队人大步踏进长屋。他取出一把古旧的狍阿,摆在小稻子面前,相传这是一把杀人名器,十数代前的一位祖先曾用它杀过许多短耳人,而今它是神坛上的一件圣物。虽然敌人已不再是短耳人,可是狍阿依旧被请下了神坛,渴望着饮血。

"寻路人,请你为这把狍阿增添祝福吧。"破浪而出开口道。

少年用棕榈须将狍阿擦拭干净,摆弄了一番,并念诵经文,请守护神给武器注入灵力。

仪式完毕,破浪而出欣赏着发亮的手杖,赞叹道:"寻路人阿噜,感谢你赐予的灵力。"小稻子苦笑:"我哪有什么灵力,但所谓信则灵也,受过庇佑的武器,也许真有什么不同。"

破浪而出眉毛一扬,朗声问道:"寻路人能否看穿战斗的胜负?"

族长这是来请战的。如今背神者虽多,却是一群瘦弱的饥民。内陆有艾鸥的开膛咔嗒封锁,饿鬼神又坐镇于高墙壁垒,统御着长耳人的舰队,贸然进攻难有胜算,族长不会不知道。

"我看见游鱼冲上岸,在沙土间腐烂,眼下进攻战事不利。"小稻子编织了一个不祥的预兆,把头搁在膝盖上,瞪着族长。

"多么不祥的预兆呀,可是石像族的粮食不多了,我们的怒火无处释

329

放，"破浪而出瞥向一边，摸了摸鼻子，身子前倾道，"比起这个兆头，我还听说了更凶险的预兆呢……"

话音未落，一名女子掀门而入，蚌壳风帆披散着头发，跌跌撞撞地进来，好像正在躲避着什么。小稻子起身上前搀扶，蚌壳风帆哭喊道："寻路人，快救救我丈夫吧……好多牙齿大的小鬼爬到了他的身上！"

蚌壳风帆惊惶地说，一种无名鬼入侵了墓穴，正在吞噬她丈夫的魂魄，鬼魂忍受不了折磨，跑进了他妻子的梦中，哭泣着求救。

"是开膛咔嗒刨了坟墓，在吃死人啊！"熟练的手说。

"不会有错，只有开膛咔嗒才会吃死人呐。"滴水屋应和道。

有人闻声，惊呼着跑出屋去，汤加垒砌村沸腾了，大家哄闹着，都要去神坛捉鬼。人们你推我挤地走向了海边的坟地。然而，这片冷冷清清的海滩上，一个人影都没有，神坛依旧完好，气愤的人群吓坏了此地的老鼠。

"来晚了，开膛咔嗒跑了。"熟练的手说。

"看见我们人多，开膛咔嗒也要逃哩。"滴水屋说罢，海滩上开始骚动起来，人们咬牙讲述着蚌壳风帆的梦境。"寻路人阿噜，你看我们该怎么办？"小稻子锁眉不语。

"族长，你说句话吧？"熟练的手道。

人们为破浪而出留出一片空地，嘈杂声逐渐平息。族长向海上眺望，饿鬼岛就在不远处的海湾，它像一把黑琉璃矛立在海中。整个汤加垒砌村像一堆吃剩的蚌壳，棚屋杂乱而潦草，族长面向猴仆的坟地，双手捂上耳朵，闭上眼睛说道："我们为饿鬼神做苦力做了十五年，饿鬼岛上人鱼的哭声，就像鬼语在我们耳边哭了十五年。还记得过去的汤加垒砌村吗？村里每一块砖石都是规规整整的，经得起海啸的拍打。"人们呼应着，红着眼嗫嚅着。

"可现在村庄毁了，烧成了灰，妻儿埋在我们脚下，他们在哀嚎，因为开膛咔嗒来了！"众人握着拳，捶着胸，吐着热息。族长向寻路人瞧去，小稻子轻轻点点头。

"我们能让爱人们永远分离吗？能让朋友再不能回到我们的梦里吗？不，我们要拿起石凿，保护他们，直至我们死后同穴而眠。我听说，那些开膛咔嗒就聚集在甘薯族的日落村，他们正是放火烧村的仇敌！谁愿意跟随我去消灭开膛咔嗒？"

破浪而出的问话从神坛传向旷野的四方，各族之中都有请战的声音，勇士们唱起了嘹亮的战歌。

族长走向寻路人，屈膝跪下："请寻路人允许破浪而出率先出战！"

破浪而出盯着小稻子在地上的影子，这个影子从一个没有饿鬼神的世界而来，那是一个美丽的梦乡，无人不信它是真的。

小稻子将破浪而出扶起："我看见大浪冲走了死鱼，这场战斗一定十分凶险，如果输了，我们都不免一死，但是，如果这一仗必须打，那么我也绝不会退缩。"小稻子挺起胸膛道："勇士们，去准备好家伙，让我们一起出战吧！"呼喝声如喷涌的岩浆，掀起了滚滚的热浪。

鸟神庙的入口紧闭着，一块巨型花岗岩封锁了大门，庙里空洞洞的，昏暗无光。两名开膛咔嗒在庙外交谈着，开芽倚靠在门边，话音从冰冷的石缝传出。

"新头目艾鸥叫饿鬼神失望了，开膛咔嗒竟让背神者给耍了，一名开膛咔嗒从石像上掉下来，被杀死了。"

"我听说他们大多是甘薯族人，是一帮蟑螂跳蚤，而那背神者有五族人，领头的是六个半神，他们还拜了一个新头领。"

"哦？是谁？"

"他是寻路之子。我看见虾须胡子今早坐船去了，他一定是奉命去请饿鬼岛的草垫子。"

说到"草垫子"，两名开膛咔嗒都压低了声："怎么是他，饿鬼神真的动怒了呀，竟派出那个像他一样可怕的人物。"

"啊呸！饿鬼神是威严的，草垫子老鬼嘛，只有死人见识过他的恐怖……"

二人的对话戛然而止。有人挪开花岗岩的门板，强光刺入眼中，一双苍劲的大手摸了进来，一把逮住了开芽的手臂。

"我闻到鲜肉的味道……"

开芽看见一个精瘦的女人。她身上的衣服不能蔽体，却有一双拉长的耳朵。她的力量巨大，开芽的手臂被她握出了红印。

"长耳人，你在找什么？"

"你藏在这儿吗，小虫儿？"女人仿佛没有听见，她是数月以来，第一个闯进庙里的人，"你的气味总被风刮走，被泥巴掩埋，我漂亮的孩子哟，即使无知无觉的泥土，也要为窝藏了你而犯忌。我聪明的儿子，未来的大阿睿鳍呀，你令我骄傲。可你不该乱跑，背着我和别人偷跑，无论你走到哪儿，终究不能离开我，我闻到了你的气味，你的呼吸，还有泪水，在这里最为浓烈。"女人瞪视着女孩，脸上微微泛起潮红，"好醉人的香气，他来找过你？"

男孩的气味……她说的这个人，难道是阿噜？女人的手爬上脖子，细指坚硬，脸上却是谦卑的，它压迫着开芽的脖梗，发出清脆的响声，女孩猛然明白，自己快要死了，这个长手臂的女人是来杀死她的。

"他痛恨我，就像痛恨鸟王一样……"开芽嘶哑地说道，渴求片刻的喘息。

"别撒谎，他一定很爱你。"长臂女人呙斜着嘴。

"他讨厌我穿成荆棘鸟的样子，为此他跑回了东方……"

"没错，他就在东方，但只要我穿成你的模样，他就不会再跑了。"长臂女人说着，开始扯下开芽的鸟羽大氅，披在自己身上。

"他看见我时，最厌恶我说'咕咕咕'——"开芽学鸟叫。

"我看见他，一定会大喊'咕咕咕'——"长臂女人也跟着模仿，她的声音虽然低沉些，却学得很像，就像一只啁啾的飞鸟。

开芽的荆棘鸟蛋就藏在头饰的第三只眼中，鸟神的魂魄就住在蛋里，开芽说了一套召唤鸟儿的经文，长臂女人一次就记住了，只要她不停地念诵，荆棘鸟的蛋便会幻化出壳，召唤来鸟群。现在开芽闭上眼睛，等待着最后的时刻，可是长臂女人松开了手，她既欣喜又恍惚，一种柔软的情绪纠缠着她，搅得她骚动不安。

城门口，长臂女人看见墙头上耸立的活人之脸，放缓了步调。

她昂首道："红帽子，你看见了吗？我们流浪的儿子回来了。"

"什么人？"长耳人惊问，要将女人拦下，群鸟纷飞，霎时掩盖了女人的踪影。

长沟之战

艾鸥慢悠悠地擦拭着一把短匕首，黑琉璃表面被擦得锃亮发光。日落村外是叫阵的呐喊声。

沙里鱼磨牙道："待宰的人鱼居然自己送上门来了。"

无毛捏动眉毛："他们来得正好，省得我们像苍蝇一样，追着他们到处乱跑。"

风尘中呼喊请命道："请大头目下令，杀退日落村的入侵者。"

艾鸥将匕首对着阳光仰望，他拿起白色海螺，鼻翼微微翕动："开膛咔嗒们，跟着我狩猎人鱼喽！"

各族的头领们，都换上鲜艳醒目的战袍，站在族人的排头。居中的破浪而出大喝道："我是破浪而出，哪个开膛咔嗒，敢跟我打一架？"

敌阵中走出一名粗皮汉子，开口道："我是甘薯族人的头领风尘中呼喊。"他脱下衣袍，露出半身黢黑的刺青，在他天生丑陋的脸上，每颗牙都磨成了尖锐的鲨齿，黑发用泥巴和树枝盘成犄角的样子，看似比任何开膛咔嗒还要凶狠几分。

农人一身的粗皮横肉，钝器不能奈何，出手更是狠辣，一杆长矛刺来，如掘地挖土。破浪而出连连闪避，喝问："你是个农人，还是开膛咔嗒？"

"我风尘中呼喊，现在是开膛咔嗒了！"

"好浑厚的嗓音，我还以为你这沧桑的模样，说起话来，多半像只嗷嗷叫的大海燕哩。"

"嘿嘿，这嗓子是为我爱人而生的。"

"是谁家不幸的女子，爱上了没魂的开膛咔嗒？"

风尘中呼喊涨红了脸，提矛乱插，浑身都是破绽，破浪而出狍阿猛扫，打在他肋骨，农人晃悠悠跌倒。破浪而出任由他爬走，回头朗声道："你们瞧，这是一群胆小的开膛咔嗒，只敢叫农人来替他们送死。"

哄闹声中，一鬼魅鱼游鼠行，披着腌臜的人皮人发蹿近："破浪而出哟，你这潇洒的脑袋，健美的皮囊，借给我穿穿好吗？"

见他来得突然，破浪而出愕然倒退，不料肚皮已被利爪挠破。族长将狍阿挥得风响，可沙里鱼一味地纠缠打转，不再近身。破浪而出一棒子砸在地上，发觉眼前晕眩，双脚竟不能站稳，额前渗出冷汗。

"他爪子上有毒血，能让你变成醉汉。"听见毒鳞女人的声音，破浪而出咬牙甩了甩头。沙里鱼一脚踹了过来，族长向后跟跄几步，挥动狍阿，眼前的人影已经模糊，只听耳畔尽是开膛咔嗒的讥笑声。恍惚之中，背后挨了一脚，破浪而出笨拙地撞在地上。

"要杀一个半神，就要趁他不备的时候——"沙里鱼伸出爪子，上来拉扯破浪而出的秀发，一把把攒成坠子挂在自己身上，破浪而出捡起一块利石，插向沙里鱼脚背，只听一声嗷叫，拳头朝着沙里鱼脑袋抡去，沙里鱼脖子一仰，捂了鼻子，破浪而出翻身，重拳雨落。

看见沙里鱼倒在他自己的血污中，艾鸥捏紧了黑手指。面前的背神者喊杀震天，仿佛将他们包围了，他们人人都不惧怕开膛咔嗒，而开膛咔嗒眼中流露着惊骇的神色。艾鸥转了转头，头顶的人面仿佛化作了一只大鬼，吊在他脖子上，荼毒的眼睛仍旧瞪着他，只是嘴角似乎在上扬。艾鸥抓起海螺，爬上山丘，仰头吹响了进攻的号角，他将荼毒的脑袋举过头顶，扣着眼窝，抡起手抛向空中，开膛咔嗒叫嚣起来，向脑袋飞去的方向掩杀过去。

小稻子招手，命树衣族与石像族正面迎敌，燃族与神龟王族左右包抄，蜥蜴族殿后，树衣族的女人们自愿冲在阵前，为全军挡开飞矛。

天地变色，草木断根，这一仗打了一天一夜，开膛咔嗒溃散了，背神者将他们赶入一处山谷。山丘上飘荡着短耳人的哀歌，开膛咔嗒躲进了草丛。

小稻子看见，艾鸥尚带血色的文身如同一颗红豆，在开膛咔嗒熬成的黑米粥中沉浮。

一阵骚乱从后方传来。探子来报，有开膛咔嗒从饿鬼岛游来，如同潮水漫上沙滩，为首的插着长长的骨片，都是神的骨头。

草垫子拄着乌阿法杖，螃蟹徐行，常年的污垢使他的眼睛半瞎，骨头也被寄生虫折磨得变形，不过他的鼻子异常灵敏，他靠那令他痛苦的湿气辨别方位，寻着血腥的气息游去。勇士们冲过来抵挡，却被开膛咔嗒割下了头，吸干了血。

毒鳞女人幽幽道："饿鬼神最初的信徒们赶走了神灵，诸神从此遁身远行咯，多么凶悍的对手啊。"

人们丢了武器，败退逃散，溃军如同退潮。只有殿后的蜥蜴族和刺麻人，骄傲地在逆潮中挺立，他们只有寥寥数百人，却如同海中不动的礁石。

小稻子看见，有些刺麻人在鞠躬、作揖，好像在跟自己拜别，小稻子揉揉眼睛，站到高处，拱手抱拳，深深地躬身还礼。刺麻人昂首泰然而立。

毒鳞女人道："寻路人，快走吧，让我们来断后，残酷的牺牲就由我来做吧。蜥蜴余部和刺麻病人还能为你出力，是我们的荣幸嘞。"

毒鳞女人从水罐中舀出一瓢药酒，让刺麻人逐一饮下，浓香盖过了血腥气，残毁的身体出现了异状，鹅卵石的眼珠在眼眶中打转，扭曲的脖子拉直了，跛行的双足飞驰如风，头戴山茶花的刺麻之根一声呼喝，当先阻挠草垫子去路。

草垫子嗅了嗅，脸上云纹蒸腾，那异域的花香呛得他直打喷嚏，他下令道："吃啊，先吃下蜥蜴族人的肉……"

小稻子带众人翻过农人的田地，朝赤土高地逃窜，一条延绵的长沟拦住了去路。沟中布满了炭渣，四壁红得发亮，仿佛正在燃烧。

"少酉长壕沟，短耳人的绝路。"吹烟抖落燃尽的烟灰，这里正是古书中记载的寻路之子挖的地堑，"梦之时光在重演，我们将在这里面决战长耳人与开膛咔嗒。"

当年壕沟里的短耳人早已烧成了灰，一阵大风刮过，土灰扬起，众人忙掩口鼻。

"大家随我来！"小稻子呼喊，随即顺着一道缺口滑进了壕沟。

"慢着，那下面去不得！"吹烟呼道，可是太迟了。

寻路人要去哪里？人们疑惑着。树衣族人率先滑进壕沟，没有退路，众人只得一齐滑入。

"大家都别出声，免得惊动了它们。"吹烟警示道，"神和不死的鬼魂同卧一处，它们比我们的祖先更远古。"

长沟外隐隐传来开膛咔嗒的嘶吼声。人们惊恐地望着头顶的一线天，相互推搡着，在这拥挤的深沟中徐行。

突然，走在前头的蚌壳风帆一声惊呼，跌了下来。她是个胆大的女人，神的骨头也不能让她退缩，可她面前有一条张着嘴巴的巨蚰，盘卧在石壁上，众人推挤着，来不及跑的连忙附身跪拜。那大蚰一动不动，青皮在骄阳下爆裂，也许它在数个棕榈年之前，就已经躺在这里，没有死尸的臭味，只剩骨和皮。

小稻子找到一条杂草攒成的绳索，另一头绑着岩石，它正是之前与艾鸥来回高地常用的索道。人们跟着爬上了对岸。

几个脚快的开膛咔嗒，追到了长沟边。其中一人身如红枣，正是艾鸥。他卖力飞奔的样子，仿佛刚刚得胜。他叉腰站定，望着对岸露齿痴笑。

一个黑影从他身后靠近，只听草垫子呢喃："神的骨头不该被人鱼当成猎物。杀呀不杀，杀光背神者的人应该是我。"

艾鸥觉得有人用木杖杵他，一个伛偻老者挥动乌阿向他脑门砸下，艾鸥眼前化作一团浓墨，他翻身跌下壕沟，沟底是松软的干柴灰。艾鸥仿佛听见许多人的呼救声，他们随着坠落进深沟。有人用尖细的嗓音呼唤他，叫他图穆，震得他耳膜发颤，漆黑中他的嘴巴一张一合，无声地嗫嚅着。

数百年来，没人能从长沟上通过，寻路人怎么知道翻越的办法？人们都说，阿噜果然是寻路之子，漫长的放逐使他忘记了自己，却没有忘记这条救赎之路。

长沟边筑有一道古壁垒，由沟中挖出来的土石堆成，人们在壁垒后头躺下。

深夜，幽冥中，吹烟讲起了古代的先王，那场短耳人与长耳人的战斗。年轻人都喜欢听惊悚的故事，他仿佛是用另外一种语言讲的，来自陌生的梦的时代，却又那么地真切。他们强忍着沁入骨髓的夜风，哆嗦着凝听。

土墙对岸，真正的鬼怪在来来回回地拖拽尸体，发出一种近乎哀伤的呜嚎，那声音吸引不安的人爬上土墙，赤土高地凛冽的大风，将几个立足不稳的青年吹落沟底。

小稻子依托着土墙，失神地等待着日出。大风像幽灵吹出的螺号，呜呜呜响，一个熟悉而苍劲的声音在荒野中吟唱——

水蛭们跳上湖滩，跃过倒下的巨像、古旧的神坛，

在清晨之前，吃一条鱼。

搁浅的鱼，抽搐着身子，水蛭们钻进它的鳃盖，

鲜血顺着鱼鳞，漏在沙土上，

给死鱼铺上一张潮湿的温床。

小稻子在歌声中合上了眼睛，梦中，少年爬上墙头，深沟中洒满了白色的月光，干干净净，少年坐在墙头守望了一宿。

骚动声彻夜不休，仿佛地里的蚂蚁在筑穴。小稻子从悠悠的长梦中苏醒，响动已经近在耳畔，土墙后面，一个开膛咔嗒正沿着一条坡道向上攀爬，深夜中，恶鬼用尸骸铺就了一座阶梯。少年摇醒了野鸟，男孩吹响海螺，警报声此起彼伏，在高地上接连不止，原来那死人铺成的甬

道不止一条。

　　头领们率领族人爬上了土墙，在甬道前排起了长矛，飞石如下冰雹一般，开膛咔嗒拿死人作盾牌，死人被打出了血块、砸出了窟窿，可他们藏在后面，不受损伤。

　　赤土高地三面环海，没有退路，年轻人想起了昨夜听的鬼故事，化惊魂为怒目，组成人墙打算拼死一搏。草垫子纠集了一路狂热的恶鬼，爬上了壁垒，却撞进了长矛林里。他们尝到了自己鲜血的味道，跳回了高墙之下，钻进尸堆后面，伸长脖子，伺机捕捉墙头战斗的勇士。他们的长爪如同鱼钩，坠落者发出的惨叫，好像被上古的死者拉入了烈火的壕沟。

　　正午时分，漫长的防线变得稀松，开膛咔嗒爬过了长沟，就像水蛭钻进了死鱼的鳃盖，赤红的沙土被污血染成了河床。空中布满了乌云，如同黑夜一般，那乌云互相追逐着、纠缠着，滚滚而来。

　　破浪而出遥望道："看来暴风雨要来了。"

　　那乌云来得迅疾，云中鸟鸣凄厉。

　　"那是鸟王召唤来的海燕群呐。"吹烟摇着头颤声道，"我还从没见过如此愤怒的海燕群哩。"

　　鸟群追逐着一只白色的大鸟，有人说那是鸟王墨口，饿鬼神派她来啃食我们剩下的灵魂，大海燕张着长喙，发出零乱的啸叫声。

　　吹烟爬上墙头，侧耳谛听，鸟鸣中依稀有一个女人紊乱的念经声，这声音并非鸟王墨口，那羽氅下的人并不是她。

　　"大家快趴下！"吹烟喊道。鸟群掠过天空，唳声大作，人们纷纷躲到石壁下。吹烟喃喃道："但愿鸟神还记得我这个过去的仆人。"他朝空中高唤了几声，等了等，又唤了几声，叹了口气，从烟袋里掏出一个鸟蛋，深吸一口烟草，吐出满天浓重的雾霭。

　　一只衰老的荆棘鸟吃力地飞落，停在吹烟掌中。"荆棘鸟，你果然来了。"吹烟欣喜地与鸟儿细语一番，荆棘鸟侧了侧头，跳转身子，展翅欲飞，可它稀疏的羽毛，无法带它飞上九霄，在吹烟眼前扑腾。半神吹烟颤巍巍地爬上墙头。

小稻子问："吹烟，你要去哪儿？"

"寻路人哟，为我壮行吧。"吹烟丢下他的烟杆，含笑道："正如我的能言之木中刻的，你像极了寻路之子。我虽然是个老人了，但仍然很高兴听你说起你的故乡，那个叫大明的遥远的地方，简直比游魂出窍还要过瘾，你为我们带来了不少新鲜事儿，相信这些并不全是虚构的，对吧？但愿将来，我们勇敢的后辈们，也能在大海的肚脐上看见相似的光景。"

吹烟望向西方的天穹，叹道："邀请饿鬼神进入百鸟巢，迎合族人的贪欲，我犯了个大错。感谢鸟神赐予我灵力，让我今天能够弥补过失。寻路人啊，开膛咔嗒将会咆哮，但是你不要惊慌，带领人们冲出这长沟吧！"

半神跳跳鸟拍了拍胸膛，示意他放心离去。吹烟托起手中的荆棘鸟，低声细语道："终于轮到我们了，老朋友，我们上吧。"

乌云凝聚成形，像一条游于天际的长蛇，盘旋在吹烟和他托举的荆棘鸟上空，它们嗅到了恶鬼身上的血腥和腐臭，纷纷翻身扑下，开膛咔嗒们怒号、惨叫，却无处躲藏。

高地上响起了进攻的呐喊，小稻子指向沟壑对岸，人们冲出壁垒，向荒野上杀去。

百鸟巢的婚礼

百鸟巢的街上出现了一件新鲜事，人们簇拥围观着一位短耳的新娘，她面容清纯动人，皮肤白嫩无瑕，仿佛天堂下凡的尤物。一帮赤脚的乞丐，满脸泥土，衣衫破烂，追随着她。据说他们是甘薯族族长家的亲戚，是来嫁女儿的，而新郎竟然是显赫的神谱家新家长。人们说，神谱家族个个都是风流情种啊。前家长无饰青面，是个多么帅气又富贵的人呐，不过即使是他，也不敢破例迎娶短耳人做老婆。现在的世道真是不一样了。

小嗡嗡的美，像白色的霞光，照亮了全城人的眼睛。在惊叹声中，人们对短耳人的猜忌变成了羡妒。神谱家拿出的彩礼，在麻草秆编成的立柱下堆积如堆。渴水之鱼做梦也没想到这样隆重的场面，从城门口到灯芯湖，一路都是手舞足蹈、烂醉不醒的人。

几天前，寻路人选出两位有经验的勇士，进城打探长耳人的情报，渴水之鱼和乌里主动请命。

渴水之鱼是被臀骨针呵斥来的："上次进城，你掉进了长耳人的圈套，这事我还没跟寻路人说哩，我织的树皮布全叫你白白送了人，你瞧瞧我手上的茧子，比你的脚底板子还厚，这回就该叫你进城，去把长耳人欠咱们的找回来，不然别怪我用这厚茧子搓烂你那不爱消停的……"

渴水之鱼没和妻子争辩，只是小声地嘀咕了一句："别瞧不起人。"

渴水之鱼带来了地底人的酒，这几天生意不错，零零碎碎打听了些消息。听说今天饿鬼神走下神坛，将参加神谱家的大婚，二人便提了棕榈酒，早早混入了宴会当中。

每天勤洗身体、去虱、梳发、染香，就是为了今日，崇拜是理所应当的，小嗡嗡昂起了脖子，多少个幽闭的日子才换来所有人的赞赏，又有多少次的艰险让她惊魂，那个扮作好情郎的偷衣贼，害得她到处躲藏，差点饿死在逃难的路上。

小嗡嗡瞄向坐席对面，一个木偶表情的男子，难道这就是她的丈夫？他甚至没有正经看过她一眼，肃静得一言不发，却已经开始施展威势，把她面前鲜艳的熟肉撤走了，只留给她一些小鱼小虾，全然不顾人家已经饿了多少天。长耳人就是这么冷漠，好像和你隔着一片海似的。听老婆子说，她已经打探过了婚礼的新房，那是一处靠近灯芯湖的高崖大屋，能放下十来个随从，住那上面该多吓人哟，夜风就跟鬼叫似的吧！不过，这座城可真大，漂亮得好像梦境，黑色的石墙把什么东西都围得死死的，盗贼恶鬼都别想进来，日落村果然是个小地方，和这儿相比差远了。真想念风尘中呼喊呀，要是他能陪着来就好了，这样他就不用每天到田里去瞎忙活了。想到这个，小嗡嗡忽然惊慌失措，捂住胸口，偷偷瞄向他的丈夫。

瞬息之心端坐在板凳上，凝望着杯中的棕榈酒，一口饮尽。

数月以来，鸟王始终未曾露面，关于墨口的去向，飞鸟族无人再提，好像这个名字已成禁忌。即使是全城最隆重的婚礼，她也没有出现。

伟大的饿鬼神斜倚着身子，对着新酿的棕榈酒称赞有加，今天注定是个喜悦的日子，他看起来一点也不可怕。神的骨头给新人念完祝辞，小嗡嗡跳起了端庄的独舞，瞬息之心也没有心思多看。他从未想过第一个妻子竟会是名短耳人，她是饿鬼神赏赐的女人，短耳人懒惰无知，没有任何优点，如何能做妻子？他想要的，是饿鬼神赐予的家长身份，贵如鸟王，还有，不敢说的，鸟王墨口。

鳖农的酒喝了一碗又一碗，往日的颠沛潦倒都成了过去，好像那是别个人的离奇冒险，坐在长耳人中间，他一点也没显出拘束，虽然他们没什么好聊的，城外的大暴动断了长耳人的财路，那些大家族的人话里话外地嘲谑他，他也赔着笑脸。

这流水的宴席从早晨吃到中午，再到晚上，一直吃到站不起来，仍旧没完，因为婚礼要进行几天几夜。饿鬼神敲打着面前的碗盘，抛下竹签，一旁的虾须胡子觉出异样，提醒鳖农道："带了白鸡吗？"

鳖农睁开醉眼，这才猛然想起了那些忧心事。族里能带走的东西，他都一点不剩地装进了女儿的嫁妆，谁曾想偏引来了盗匪，连着贡品也给抢了去。他推开盆盆碗碗，爬过树皮布，撅着屁股匍匐在饿鬼神脚下："英明的饿鬼神，请你饶恕我吧！"

鳖农尽吐一路来的遭遇，虾须胡子喝问："是谁盗了饿鬼神的贡品？"

"不知从哪儿来的，贼首是个矮个。"鳖农看见虾须胡子吹起长须，面色惨白，忙哀声道，"啊对，我看见了一个叛徒，他叫风尘中呼喊！"

"不！"小嗡嗡惊呼，出嫁那天全族老少都来送行，她在轿子上回望，脖子都望僵了，也没看见风尘中呼喊，他怎会是叛徒？

"强盗是那个偷衣贼!"小嗡嗡高声道,鼿农忙拉扯女儿衣袖,长耳人们捂上嘴,相互转动犀利的眼睛,鼿农一抹额前冷汗。

"谁是偷衣贼?"瞬息之心皱眉问道。小嗡嗡张着嘴,这是丈夫第一次对她说话。

瞬息之心看见一张满月似的脸,这也是他第一次这么仔细地观察她,两撇细长的眉毛拧扯着,就像一串瓜藤,细薄的嘴唇抿成了海平面,即使惊呆了,也依然是个完美的脸蛋。

虾须胡子尖声道:"是谁敢触怒饿鬼神?"

"不,不是他……"小嗡嗡摆手道。

饿鬼神开口:"风尘中呼喊,我听过这个名字,他是个结实的小伙子。眼下,他正跟随神的骨头艾鸥,绞杀背神者。这个人会是窃贼吗?"

饿鬼神面向鼿农,续道:"我已察觉,因你管理不善,致使甘薯族人缺乏信仰,这位风尘中呼喊已经取代了你。我需要他继续为我所用。"鼿农趴在地上,脸上一红一白,再无一块黑皮,一只硕鼠爬上他后背,借他脑袋当跳台,跃上石桌。饿鬼神转向小嗡嗡:"你能让他听话吗,短耳新娘?"

小嗡嗡嘴角微微翕动。众人屏息,小嗡嗡咬着嘴唇,腮帮子也绷紧了,她带着颤音,却字句清晰地答道:"是的,伟大的饿鬼神。"

"美丽、果断、大胆、入戏。"饿鬼神嘱咐虾须胡子将这些神态记下,"我想,这番美貌一定是有用的。"

瞬息之心侧头瞧着,新娘虽然怕得发抖,却没有短耳人卑微的媚态,而是凝神咬着唇,似乎挺有主意。一旦过门,神谱家族的命运就和这个女人分不开了,其他家族人嚼着舌头,期待着一场闹剧能令神谱家蒙羞。

瞬息之心拜倒在饿鬼神面前,恳求道:"仁慈的饿鬼神,我愿与她一同前往,重拾甘薯族人信仰,叫风尘中呼喊知道服从。"

"年轻的神谱家族继承人,我很欣慰,你娶了个果断的女子,我要给她一对长耳。等你们收复了甘薯族人,我要你和甘薯族人共同治理东方。"

神的骨头抬出一个陶盆，里面盛着各色用于拉长耳垂的石坠子，瞬息之心为新娘戴上神木雕刻的耳环，还有一串贝壳作穗、鲸骨为饰的项链。鼹农凑近饿鬼神跟前，行吻足礼，亲吻饿鬼神的脚趾。

乌里忙着给众人斟酒，没发觉已经走到了饿鬼神面前。

"小短耳人，快说与我听，这酒是谁酿的，你们又是哪一族人？"

乌里闻声大惊，不敢作答。渴水之鱼急忙放下手中活计，俯身答道："伟大的饿鬼神，这酒是我酿的，这是甘薯族人的酒。"

饿鬼神细细品尝，皱起了眉。

一队鬼影，沿着山道疾驰，他们手脚并用地攀缘而上，崖边的行人躲闪不及，有人跌落海中。

饿鬼神沉吟道："水清酒厚，醇香四溢，这样的酒，过去只有一族人会酿，我以为再也喝不到了。"

渴水之鱼脸色苍白，想起了老厨子常说的一句话，他喘息着，带着颤音说："没有了棕榈树，就不需要酿酒人，没有了酿酒人，就不再有真正的棕榈酒。饿鬼神呀，你碗里的，也许是最后的棕榈酒了。"

饿鬼神木然地盯着酒碗出神。

山下群鬼闯进了宴会，他们肮脏丑陋，就像戏台上演的东方饥民，呱呱怪叫着无人能懂。长耳人取出乌阿杖，大骂着驱逐他们，虾须胡子上前阻拦，长耳人方才察觉，他们打的竟然是不容侵犯的开膛咔嗒。

一只荆棘鸟啼鸣着，飞落在长耳人的屋顶上，随之而来的是一支浩大的鸟群，鸟屎羽毛落了满地，众人打着喷嚏，叫嚷着逃离宴会。

古老的船舰

原野上，人们找到了一具不寻常的尸体，一个穿着鸟王大氅的女人，遍体开膛咔嗒的齿痕。神龟王族人看见她的文身，辨认出她就是长臂女人。为他们被吃掉的孩子，他们将这个女人的尸体拉到王山脚下，剁碎了，扔在沟里。

跳跳鸟在壕沟的尸堆下挖出了神的骨头艾鸥。神龟王族的女人为他擦洗，擦干了一身的血迹。跳跳鸟对着他干净的面庞沉声道："神龟王族的艾鸥，睁眼看看这光的世界吧。"

此时，小稻子正站在壕沟的另一端，双目微垂，浑身染成了黑色，就和地上的死人一般。天边什么也没有，空空荡荡。

短耳人在壕沟中放了一把大火，把所有的残骸全部烧光。人们从火光中迈向西方的土地，生活在这儿的鲸族、鲨族、虾族人点燃了海龟塔，遇袭的烽烟传遍了整个岛屿，喊杀声日夜不绝。战败者的活人之脸，在粗野的咒骂声中轰然倒地。

一日夜，背神者进袭到虾族人的领地。这是片贫瘠的虾尾形岬角，海上礁石林立，海货稀少，唯独水底多生龙虾，虾族人常年拿它做贡物，献给长耳人，偶尔拾得些蛤蜊，才拿到城里换取必需品。

空渔网因举报之功，回村后荣升为虾族族长。他做的第一件事，就是集合族里仅有的一点财产，订购了一尊活人之脸。空渔网慷慨地给族人打气，假如背神者敢踏进村庄一步，就跟他们决战到底。

虾族人烧起用香蕉秆做的火把，把夜明洞照得通亮，过去每当水涨及胸，龙虾就会出现在这个宝洞中，可现在洞里只剩下一摊烂泥，他们拉开树皮编的长渔网，举着长矛在海湾中彷徨。当村外传来不安的喧嚣，明亮的火光中，他们看见了数不清的人影，将他们围捕成了网中的鱼。

新族长被活捉时放声哭喊道："别杀我，我痛恨饿鬼神！"

不出几日，饿鬼神的舰队冲上了虾尾村的海滩，冲垮了海边的茅屋，水手们从房顶跳下来，狂暴地将村庄拆毁夷平。虾族人无处安身，不得不逃往内陆，加入了部落联盟的行列。

醉山带人寻到了黑玉山，幽深的黑琉璃矿井，奴隶们在这里苦劳至死，只有少数燃族人因其强健的体魄而得以幸存。长耳的奴隶主不曾料到，背神者们已经深入到了飞鸟族的腹地，奴隶主们只做了些轻微的抵抗，就丢下了鱼尾鞭。

在捉魂窟的湖边，醉山脚下是成片收割好的芦苇草，正等着晾晒。

"这是冲浪的草捆？"破浪而出问道。

半神眨眼道："不，它是一艘灯芯草船。"

滴水屋自语："草船？不用木头的船，天亮了就该散架了。"

醉山笑着用树皮绳将芦苇捆扎在一起，把湖泥填入缝隙中。破浪而出放船入湖，一跃而上，草船平稳不沉，众人都拍手啧啧称奇。

人们将造好的草船拖到海边，它们像搁浅的大鱼般渴望着回归大海。村里传出谣言，有人偷走了一艘草船，随着向东的海风发现了一片仙境，还带回了一件闪着金光的铜器。小稻子并没有看见这种东西，不信这谣传。

黄昏，小稻子看见野鸟在草船边徘徊，不时揭开覆盖其上的棕榈叶，眺望大海盘算着什么。他一定也听到了那则谣言吧。在一个死寂的早晨，乌里叫醒了沉睡中的小稻子，野鸟跟随一群石像族人驾船出海了，草船绑着悬臂，草席状的船帆在风中胡乱地翻滚，一批老练的石匠策划了这次出逃。石匠滴水屋在临行前告诉族长破浪而出，岛上的石像是他们毕生的苦工，如今却只剩下伤心的废墟，他们要去一个没有吃人饿鬼的地方，用他们的石工技艺重开一片天地。老石匠们含泪抱起芦苇船，昂首挺胸朝东方开去，人们嘹亮地唱起了一首勇敢的船歌。

乌里目送着野鸟，眼看着大浪要将小船吞没，又被另一朵浪花推出了海面，他对哥哥说道："野鸟叫我跟他走，我没答应，我想他是不会回来了。"

小稻子远眺，想，也许有一天，我也会只身离开，坐着一叶草船，朝着西北大明的方向去吧。

艾鸥像在一条深长的隧洞里攀爬，始终找不到光亮，惊醒时，抬手遮住眼睛，这是一间明亮的茅屋，一个洁白的女子跪坐在侧，她一定是刚沐浴过，潮湿的长发还带着野花的清香。

"小花兽,你醒了?"

"珊瑚草,我在哪儿?"

"这里是神龟王族的住处。"

艾鸥透过门网往外张望,门口柱石上刻着海龟的标记,屋里空荡荡的,只有几个熟睡的女人。艾鸥捂着昏沉的脑袋支起身:"我这是怎么了?"

"你一点都不记得了吗?草垫子老鬼把你打昏了,你掉进了长沟,有几个跟着你的开膛咔嗒也被推了下去,我们甘薯族人各自跑了。但是跳跳鸟找到了你,他把你带到了这里。"

"草垫子老鬼……哼,这么说我被人鱼逮住了?"

"啊,是啊,人鱼来过,可我从没见过这么驯服的人鱼哩。"珊瑚草向后坐直了,目光有些难以捉摸,"这些天,有个短耳人每天都来探望你,不要我们女人插手,亲自替你清洗身子,还给你吸去脓血,敷草药疗伤。"

果然,伤痛处有草药味,身子也干净得像被海水洗刷过一样。艾鸥伸胳膊到鼻子下嗅了嗅,还有一股不知是什么花的香气。"他是谁……"

"别人叫他寻路人。他清早还在这儿看你哩。"

是他,除了阿噜,还能是谁嘞。艾鸥暗自莞尔,见珊瑚草在瞧,立即装作漠然。

"那草垫子在哪儿?"

"寻路人打败了草垫子,开膛咔嗒逃往百鸟巢了。"

那个像饿鬼神一样可怕的老怪物,居然会败给阿噜?艾鸥摸了摸腰带,掏出一根铁棍,短手铳仍系在腰上。

"我把花兽的脑袋解下来了,扔到山沟里去了。可这是什么东西,缠得这么紧,怎么解也解不下来?"

艾鸥披了一件斗篷,戴了一顶草帽,便朝屋外走去,珊瑚草拉住他的脚踝,村子里大多是不友善的短耳人,如果让他们发现了,必定会有凶

346

险。艾鸥掀开门网，踏上了汤加垒砌的村道。

人们聚集在一座大船屋前，往来密语，不知是什么热闹。刚挪近几步，一只大手拦住去路，石匠熟练的手问："你是谁，我怎么没见过你，把你的草帽摘下来，我要瞧瞧你的脸。"

艾鸥转身，熟练的手张开膀子，揪住了他。二人正在拉扯，一个男子越过众人，开口道："他受了伤，不肯见人。"

"跳跳鸟，他是你的族人？"艾鸥瞄了跳跳鸟一眼，晃开人群。

船屋里人们围坐成一圈，都是短耳人的首领，连那甘薯族的风尘中呼喊也在其中。

"你的伤刚有起色，不应当随便走动。"跳跳鸟道。

"哼，我可不像你们。"艾鸥道。

"你的图穆正坐在大家中间呢，他现在是我们的寻路人了。你想见他，我来给你打声招呼吧！"

艾鸥侧首望去，圆圈中心坐着一位垂眉的少年，正在倾听人们交谈。艾鸥踢开脚下石子，来回走了一圈，开腔问道："我和他打了架，我们还是图穆吗？"

"我们每个人的图穆都是祖先安排的，你的祖先是神龟王族，他们精明的眼睛从来不会挑错人。不管你们相隔了多久，犯了多少过错，作为图穆的约定都不会改变。"

"我是神龟王族人？为什么你和饿鬼神、长臂女人都这么说？有一阵子，我还以为自己是个地底人嘞。呵，可哪有我这种地底人呀？我是开膛咔嗒，以人为食的开膛咔嗒呀。我看见甘薯族人也在这儿，他们已经跟从了阿噜。可这里没有开膛咔嗒，他们都死在长沟里了，我不该来这儿的，别让他发现我。"艾鸥听见众人正在讨论饿鬼神的大船，那些后人仿制的祖先远渡重洋的大船，如何的强大而不可匹敌。

城中探子渴水之鱼报说："饿鬼神的舰队由赤头鹦鹉率领，鲸族黑鳍与鲨族白齿分统，明日就将抵达。随船还有三头魔物：'骨、肉、皮'。"

赤头鹦鹉养的荆棘鸟"肉"，嗅到人血便会鸣叫，大海蛇"皮"与"骨"，闻鸟鸣而出水，它们多食人肉，身型可怖。首领们大多负伤，无人应战，阿噜面色憔悴，好像正在为此苦恼。

阿噜，是你打败了我，又击倒了神的骨头吗？那些在我噩梦中出现的鬼怪们，是你消灭的吗？你应该拥有无穷的灵力呀，怎么能被两条海蛇所阻挠？你现在苍白无助的样子，简直像在哀求，可他们谁能帮你呢？

讨论无果而终，人们迈着沉重的步伐，离开了船屋。

小稻子抬头望向门前的空地，一个矮小的身子站在光亮处，少年眯眼轻声问："是谁？"

一声响亮的螺号，汤加垒砌村的人们从夜梦中惊醒。清晨温暖的东南风被赶走了，屋外刮起了冰凉的西南风。

一支壮观的舰队出现在鲨鱼海湾的海面上，乘着风势飘摇而来。

风尘中呼喊拖着草船，率甘薯族人带头跳进海里，可是刚出海岸，草船就在海湾里打转，虾族人嘲笑着不善水性的农人，驾船追赶上来，继任的族长是个优秀的渔夫，人称新捕之虾。

甘薯族的先锋部队未经交手就已败退，他们从战场撤离，跳上了岸，再也没有回头。溃军回报，有一位美丽少妇，用甜蜜的咒语，让头领风尘中呼喊失了斗志。

早知道农人的血是咸臭的，艾鸥朝水里吐了口唾沫。神龟王族的草船位于中军，阿噜的旗舰是一艘芦苇大筏，少年鼓起腮帮，像在吹动船帆，头发与芦苇交织在一起，溃退的前军没有打乱少年的阵脚，草船队迎风向前，漂漂荡荡地向长耳人驶去。

船长压舱石感到一丝不安，背神者之多，好像将鲨鱼海湾纳为了自家的池塘。有关背神者的一切都是不准提的禁忌，可没想到眼前竟是这番景象。压舱石抻了抻衣袍，这件树皮衣是从寻路人的店里买来的，船上的水手都穿着这种廉价的衣服，很长一段时间，压舱石不敢把它穿上身，因为害怕神的骨头盘查。今天它摸起来却前所未有的熨帖，就像一身树皮甲，一件护身符。

赤头鹦鹉喝令："上绳索！"

压舱石发现，他的船已经落后了。水手们接过粗大的草绳，套在船首，各船相连，排成了一张巨大的网。

醉山低语道："这阵势，是'罩海之帽'啊。"日出海湾，燃族的船队就是被这阵法打败的。图依汤加人也曾用此阵来阻挡过境的宝船队，然而大明船队并非弱小之辈，不会被轻易卷入海底。

短耳人前军大溃，为什么不乘胜追击，却要摆这迟钝的阵势哩？压舱石还从没见过赤头鹦鹉像今天这样谨慎。平时，他的指令总是果断、蛮横的。看见船头船尾的锁链，压舱石闪过一个杂念，虽然失败不太可能，但现在只能进不能退，走不掉了。

草船上散发着一种古怪的气味，那是一种黑色的黏泥，艾鸥抓了一把在鼻翼间嗅嗅，居然是鸟粪鼠屎。敌船临近了，就连旗帜上飘扬的鸟羽都瞧得清楚了，一阵落水声，飞石如雨点般浇下。

"躲避飞石——"小稻子喊道。短耳人跳下草船，藏入船底，石块将草船砸出了窟窿，散成了草屑。

先生马欢讲的郑和事迹中，曾有一场发生于永乐五年的海战，传说郑和船队航行于南海时，遇到了海贼王的侵袭，贼兵有五千余众，一位旧港首领提前告知了海贼的行踪，郑和做了一番准备，借助火矢火炮烧灭来敌，活捉海贼王陈祖义，盘踞南海十余年的海贼团就此被剿灭一空。

小稻子告诉人们，要用大火烧光饿鬼神的船队。少年组建了一队火船，每人背一副短弓，面前摆一盆火炭。可是火焰怎能在大海上点燃呢？人们不禁纳闷。

小稻子发令："点火——放箭——"

艾鸥走向船头，举起洁白的海螺，刹那间，海面上响起了嘹亮的螺号，长耳人听见，那原本属于开膛咔嗒的螺号，竟成了短耳人进攻的信号，短耳人从船底伸长脖子，对着他们嗷嗷挑衅。弓箭手们拉满弓，火矢点燃了四方的草船。

赤头鹦鹉看见火船正由船下人推着，朝着战阵开来，他扬手咆哮，喝令船只闪避，水手们扯起了帆，挥起了桨，可船只彼此拉扯着，一艘也动不了，飞驰的火筏扑向船头，蹿上了漂亮的羽旗，狂暴的海风背叛了他们，火苗像伸长的舌头，眼看着将一艘艘大船吞下了肚，压舱石取了一把石斧，瞄着绳索猛劈下去。

水手们忙跪下来哀嚎："船长，不能砍呐，斩断了绳索，饿鬼神会杀了我们的。"

"不用饿鬼神杀人，我们就已经被烧死啦。"忽然，他停下手，示意众人安静，俯耳贴近甲板。

水下，好像有人在叩门，水手问："是祖灵要从暮的世界钻出来了吗？"

"鲸族人，别说傻话，那是短耳人在水底凿船嘞！"压舱石提眉道，"谁敢跟我下水去捉杂鱼？"

一艘脱缰的长耳人大船撞上了小稻子的芦苇筏，少年率众迎战，人们面对面扔出长矛，在狭小的船身上肉搏，棍棒挥不开就用匕首，拳头打软了就用牙咬，除了战死没有退路。

面对大火，长耳人的一翼开始散开，鲸族族长黑鳍命令水手斩断了相连的麻绳，他记得祖先是一头鲸鱼，横尸在日出海湾，鲸族人的灵力随之而去，他要逃出这片冲天的火海。

赤头鹦鹉攀缘上高高的船首，就像一个上树摘果子的人。他坐在古老的木雕上，张开双臂，引着脖子发出一连串短促的尖叫，天上传回一声凄唳哀鸣，一只红嘴的荆棘鸟从云中落下，冲向通明的火光。海中升起一块漆黑的礁石，泛着点点金光，仿佛插满了火把，石孔中喷出有毒的云雾，日光变得暗淡，鲸族与鲨族水手们对着它战栗地叩拜不止，人们看见巨浪翻滚，一块白珊瑚冉冉浮起，片片磷光漫过船帮，擦出燧石般的声响，在明晃晃的火光下，那便是魔物肉、皮、骨。

"拉弓——放箭！"小稻子喝令。黑琉璃箭头刺入海蛇的皮甲，鲜血迸溅。海蛇潜入水中，失去了踪迹。

草筏一侧暗波涌动，呼喝声中大蛇蹿出脑袋，像一座海底升起的宝塔，缓缓坍塌下来，屈身盘绕草筏，芦苇沙沙作响，草束崩裂，化作一摊摊茅草，小稻子和众人跌入水中，哀叫着被海蛇拉入水底，黑水鼓动，海蛇"皮"正游来，一对尖利的毒牙豁然张开，小稻子伸手去挡，浪花一滚，却见一缕青丝缠在蛇头，一块鲸骨的鱼钩扎进了蛇皮，一个少年站在长耳人的大船上，手里握着一柄粗大的鱼竿。

艾鸥长呼："神龟保佑，海蛇出水，乖乖上钩咯——"

小稻子浑身一颤："艾鸥！"

巨浪汹涌，大风歪斜，艾鸥在大船甲板上飞跑。

人们惊呼："是开腔咔嗒！"

艾鸥一只脚踏在甲板上，另一只脚踩上船帮，两手攥紧鱼绳，绳索将他的手掌勒出了鲜血，身体随着蛇行一起一伏。一声轻喝，黑蛇出水，浪花飞溅，船身随之摇摆。艾鸥随浪拉扯，将鱼竿插入甲板，从背上摸出一把乌阿手杖，这满脸愁容的人头杖正是红帽子所赐，乌阿朝蛇身上击去，"皮"如遭腰斩，猛烈扭动起来。

白蛇"骨"在海底盘旋，在独木舟间穿行，它嗅到"皮"的血气，弓起身，甩动长尾撞向大船腐朽的甲板，艾鸥抱着鱼竿翻身落水，"骨"嘶嘶地张开了尖牙，"皮"挣脱束缚，回身游向它的垂钓人，它们将毒牙嵌入艾鸥的身体，拉着他沉入了幽深的海底。

这番鏖斗，没人叫好，更没人插手，只有半神跳跳鸟纵身跳入水中，追寻海蛇的花尾，二人在水底久久不见浮起。

面对汹涌的波涛，小稻子发出一声尖锐的嚎啕，大风将熊熊烈焰播向四方。

粮仓的秘密

大火烧了一天一夜，清晨时，人们站在百鸟巢墙头，光明港内寂静萧索，不见归人。

小嗡嗡的见识略胜于城内软脚的长耳人，刚嗅到港口飘来的呛人心肺的黑烟，她便不愿再看一眼。瞬息之心带着敬佩目送她离去，宽阔的背影渐行渐远，鲜艳的贝壳耳夹在阳光中闪耀，她给戍守在城墙上的丈夫只留下一句话："只要有吃的就不怕，如果连这黑炭似的石墙峭壁也阻挡不了他们，那么我们也哪儿都别想去。"

短耳人甩动石锚和大鱼钩，抓住墙顶向上攀爬，几个结实的短耳人就要跳上城墙，可最终都被飞石轻易地砸落了，长耳人都以为是城头上的活人之脸保护了他们，如今，他们是岛上最后一排仍旧站立的活人之脸。

小嗡嗡说得对，饿鬼神给了他们数不尽的粮食，还有什么可担忧的？神谱家族里的长老们似乎也是这么想的，他们今早就去了饿鬼神的粮仓。那里一整天都乱哄哄的，挤满了人。

城头上，几名戍守的战士忽然丢下武器，朝城中跑去，瞬息之心在他们身后追问："你们这是去哪儿？"他们却头也不回。

"难道你没听说吗？粮仓里没粮了。"一名士卒道。

"你说什么，这不可能，饿鬼神的粮仓永远是满的。"城头上又溜了几个士卒，瞬息之心追着他们的脚步，朝城中走去。

粮仓建在山顶上，这几座坚固的圆形石屋，平时只要远远看一眼它严丝合缝的墙面，就会觉得踏实。瞬息之心挤过人群，看见了饿鬼神的管粮官，他是个神的骨头，名叫肋骨之间。

"我是神谱家长，我想来领粮。"

"神谱家族的人来了几次了，可不管你是谁，我今天一袋粮食也不发。"肋骨之间端起一碗人血，他面色红润，大口地啜饮。

"仓库里是不是没粮了，你这个吝啬的家鬼！"人群中有人大喊。瞬息之心还从未听过谁敢贬损神的骨头。这个人要是被发现，一定会遭受严酷的惩罚。可是今天，神的骨头只是在人群中厌恶地扫了一圈，然后顿了顿脚低头喝血。

难道说，粮仓里真的没粮了？这怀疑本身就是一种禁忌，瞬息之心敲了敲脑袋，走到仓库边，想找个石缝朝里窥视，可绕着石屋转了一圈也没找到一个缝隙。如此坚固的墙壁，恐怕连地底人也钻不进去吧？

"沙沙沙……"瞬息之心好像听见有人在墙后走动，竖耳贴近墙壁，一队乱步踩过，瞬息之心呼道："墙里有人！"

几个长耳人也靠上墙："听听，里面有人偷吃。"

人们叫道："谁在里面，把他们揪出来。"

骚乱成了一场暴动，挡门石被踢倒了，人们要钻进仓库看个究竟，仓门洞开，刺鼻的腐臭扑面而来，像被人噼里啪啦扇了一顿耳光，成团的蝇虫撞脸，成群的硕鼠绕足，长耳人惊叫着四散，不知是惊动了什么鬼怪。

瞬息之心逆着人流挤进饿鬼神的粮仓，这里没有鬼怪，只有堆积霉烂的甘薯饼、红薯粉和发臭的干鱼。虫鼠如一片黑潮，掀翻街上的行人，有些人脱下草鞋对着鼠群迎头痛打，可这努力是徒劳的。它们顺着石墙爬到了屋顶上，在地窖旁挖洞，大胆地定居下来，在人们熟睡时吱吱叫唤，啃食人们的脚趾、耳朵。它们飞到了神仙居住的灯芯湖里，数量比湖里冒出的气泡还多。

长耳人在山腰的市集里盲目地游荡、搜索。这里不再出售短耳人缴纳的粮食，只剩下经久不散的鱼腥味，和一地踩烂的红薯皮。

关于粮仓被红帽子施了邪术的谣言开始流传，人们冲进亡灵新居，抢走了祖先的遗物——那些大明人留下的器物。桑皮寿衣冷峻的面孔像干涸的河床一样布满裂纹，举手恳求道："我是替饿鬼神办事，这些都是引背神者上钩的鱼饵！"

没人听他狡辩，谁都知道丧葬家族敛财太多，无论是长耳人短耳人，还是追随者背神者，但凡死了就能牟利。人们拖着违禁品游街示众，瓷碗漆器砸了个粉碎，丝绸布帛烧了个精光，看着这些发光耀眼的东西，只觉得陌生而怪异。

　　然而没过多久，更离奇的事发生了。一些碰过大明器物的人得了怪病，他们浑身发热，呻呀大叫，赤着身子钻进最凉的湖底，到隔日又浑身发冷，就是埋进沙堆依然发抖，如此反复，直到虫鼠包围，啃食他们僵死的身躯。

　　铁木棺船被迫无偿地为他们举办隆重的丧事，可怪病演变成了一场瘟疫，丧事办不过来，人们在崖边找了一个洞穴，把尸体塞进去，再放上个活人之躯。铁木棺船总是在尸体上盖一层薄薄的土就收手，好留地方给新的死人，人们迈着快步匆忙离开，据说死者的怪病会传给活人，祖先的魔咒是看不见的，谁也不想无端中了诅咒。大半夜也经常有人死了要埋，铁木棺船伸脖子进洞，就睡在尸体旁，有时还会迷糊地把土层拨开，和新死者亲切地握手，关照地搁上石枕，耳语般轻声交谈，断断续续地发笑。

　　"你今晚也在城墙上过夜吗？"小嗡嗡问。

　　"为了饿鬼神，神谱家族的人必须坚守大门。"瞬息之心发现，最近小嗡嗡常来城墙上探望，大概是因为夜晚寂寞的缘故。可二人总是无话可说，小嗡嗡望着城墙下埋伏的短耳人，一看就失了神，像在挂念着某个人，他是风尘中呼喊吗？每次问及，妻子总是不答，背身离去。

　　这时候，他身边的武士就开始窃窃私语，说他不愿意接近女人，舍得让这么美丽的妻子独守空房，会不会是个麻后——喜欢男人的男子。瞬息之心并不发怒，他早就习惯了这种议论，早在多年前，他的叔叔无饰青面就当着众人取笑他，问他要不要从长耳人里找一位有身份的长辈，或者在短耳人中找一个腴润的，还没娶妻的男孩给他做伴，姐妹们喜欢给他扎辫子，一起同吃同睡也并不忌讳，即使是擅长诵读能言之木，也被家里人视为缺乏男子气概，因为这个年纪的男孩大多会去划船爬山，舞棍弄棒。

这样的苦恼，直到被人发现他对妹妹开芽的赤诚爱慕才随之而去，在赤头鹦鹉看来这是一桩美好的结合，因为兄妹的后代，就自然地保留了这个神圣家族全部的灵力和地位。可这个愿望，终究没有实现。饿鬼神点选开芽为鸟王的消息，对他而言就是一个噩耗。开芽变化成了一尊神，一具无人能近的化身。

清晨，饿鬼神只身走上城头，四下里静悄悄的，除了瞬息之心谁也没有察觉出他的到来。他抚摸着活人之脸，像在和谁攀谈。瞬息之心知道，饿鬼神即使醉倒也不要人搀扶，一个人晃悠悠走回神殿，单枕而眠，从不见他如此温存地细语。

当人们聚集到他的周围，饿鬼神告诉人们，舰队的损失算不了什么，粮食没了也不要紧，背神者很快就会被消灭。此刻瞬息之心发现，饿鬼神似乎比以前矮小了，说起话来像一只气息不稳的老海鸥，也许城外倒石像的运动终究让他的身体受到了损害，因为每一尊石像都分割了他的一片灵魂。

受到鼓舞的人们叫嚣着要杀出城去，解救这座天神居住的城市。

鸟羽家族献上了珍藏的厚皮甲，誓要扭转地底人造成的贸易损失；黑琉璃家族奉上了最上乘的黑琉璃，墨色如铁，阳光不能穿透；人们推举神谱家族的瞬息之心为头领，长耳人的各大家族忽然攥成了一个拳头，这拳头摩擦得发热，等不及地要挥打出去。

战斗的口号喊了一日。深夜，瞬息之心踏着碎步走到家门前，这片神谱家的聚居区已经没有声响，妻子和仆人们都入睡了，他松了一口气，在土灶边坐下，捡了些吃剩的甘薯嚼了起来。

他从石壁上取下一把狍阿，端详着它，这是一件饿鬼神赏赐的宝贝，锋利的蚌刃发出耀眼的颜色。他将首次带领长耳人出战，掌握家族的命运，他必须装成一个老人，每天参加长老们烦琐的家族会议，可他终究还是太年轻了。

瞬息之心听见隔墙响动，有两人在说话。

赤头鹦鹉："草垫子在说谎，墨口一步也没有离开过鸟神庙。"

虾须胡子："有多少人看见了,穿鸟王羽氅的人跑出了城?草垫子说这都是鸟神在作祟,梅克梅克在对抗饿鬼神,偷偷派遣了鸟王去对付开膛咔嗒。你告诉我,船队是怎么败的?"

"寻路人在海上点燃了篝火,我的舰队被烧成了烤鱼,现在还能闻到炭灰的味道,它沾染在我的伤口上,残留在我的鼻子里。"

"对,你还漏了最精彩的桥段,篝火边珊瑚白的舞女让你拐跑到椰子林里去了,你们狂欢了好几宿。难怪比起草垫子扯谎,你的话更让饿鬼神生疑。鲸族和鲨族人说,他们的族长现在还在海底和背神者搏斗,只有你安然地逃回来了。还记得饿鬼神对绕橼鸟王说过什么吗?"

"狡猾的鸟神,敢从饿鬼神口中夺食。"赤头鹦鹉喃喃道。

"你也该察觉了,这不仅是个断言,也是条禁忌。以前鸟神为飞鸟族争取特权,才有了长耳人的安逸,现在他要和饿鬼神争食,会是个什么情况?"

"飞鸟族不会舍弃他们的王。"赤头鹦鹉嘀咕道。

"听好了,如果这次长耳人又输了,草垫子一定会归罪于鸟神,他们会逮捕鸟王,到那时,你们整个神谱家族的戏也该闭幕了。"

瞬息之心退回到黑屋子里。首次听见鸟神夺食的传言是在奴隶们造反的宴会上,之后是草垫子的栽赃。饿鬼神亲口说,这次出击一定会扭转一切,背神者将被消灭,可城外有那么多短耳人呐,饿鬼神的左右手——神的骨头和他的船队居然都受了重创。一定是哪里出了错。

黎明前,瞬息之心轻手轻脚地走到门前。"但愿你能活着回来。"小嗡嗡开口道。

瞬息之心摸了摸墙壁道:"长耳人不会输的。"

鸟王街一片幽黑,这里住着飞鸟族中最古老的支脉——占星家族,他们是结印大巫师的嫡系子孙,代代侍奉鸟神,从梦的时代到绕橼鸟王,诞生过许多知名的王。虽然这些年,鸟王被神谱家垄断,可占星家仍掌握着无可匹敌的灵力,他们或许早已料到了这场战斗的结局。

古道生青草,崖顶铺巨石,石头上刻有太阳巨眼和星辰窟窿,当占星者插上木棍，影子在窟窿间徘徊，人们就能知晓神的作息。不知鸟叉骨是怎么做到这些的，似乎他拥有不平凡的力量。

瞬息之心在一间石屋前唤了一声，久久不闻应答。鸟叉骨已经有好些日子没去学堂了，自从鸟神夺食的传言出现，占星家就被视作鸟神的同谋，学子们揭发他的罪状，用鲨鱼牙划破他的手掌，逼迫他承认背叛了饿鬼神。幽静的学堂曾是鸟叉骨最喜欢的地方，现在已成了一座劝战中心，每天有人喊打喊杀，一遍遍对神像宣誓效忠。瞬息之心等得焦急，正要再喊，一个瘸腿的男人拉开门网，瞧了一眼他身上的刺青，便恭敬地让进屋中。

"瞬息之心。"鸟叉骨微睁开眼，从草褥上挣扎坐起，"鸟脊骨舅舅，这里交给我吧。"男子拄着拐杖，一瘸一拐地走出屋去。

瞬息之心在鸟叉骨身上仔细打量了一番，发现他和那男子一样，少了条腿，问道："鸟叉骨，你的腿呢？"

"一点礼物，送给了开膛咔嗒。"从伤口上看，他的腿是被黑琉璃刀斩断的，难道是遭到开膛咔嗒的迫害？对此，鸟叉骨不肯言明，只是笑脸问道："你来找我，是做什么？"

瞬息之心拎起手中的狍阿，擦拭了一番道："请你告诉我这次突围的胜负吧。"

"这需要强大的法力，凭我办不到。"鸟叉骨虚弱地叹道。

"占星家族的咒语能驱逐古老的守护神，你们赶走了鲸族垂暮的墨鲸、鲨族凶猛的百齿，拥有这样的灵力，我知道你能帮我。"

鸟叉骨问道："而今大海的肚脐只有一个神灵，你日夜侍奉，为什么不去问他呢？"

瞬息之心的指头在狍阿上敲出了响声："我不过是个家奴，怎么敢惊动饿鬼神。"

"服从神令，你就能够获胜，难道你不相信？"

"饿鬼神的话灌进了我的耳朵，融入了我的血液，我会遵照他的每一条神谕去做。"瞬息之心瞪眼道。

"你为什么来找我呢，我想你是来找她的，她不仅熟知能言之木，更有通天的本事。"鸟叉骨在额前画了一只眼睛。

"她在哪儿？"

"关在神庙里，开膛咔嗒在审查她，等她认罪。"

瞬息之心低声吼道："那是诬陷！"

"等她认了罪，神的骨头就会摘下她的耳坠，脱掉她的羽衣，把她送上饿鬼岛，墨口之名将从能言之木中抹去。你是神谱家族长，这些应该比我更了解。"

"你能让我面见鸟王吗？"

鸟叉骨抬起头，瞳孔在他眼中缩小了："要是让饿鬼神知道了……"

"鸟叉骨，帮个忙，让我见见她。"

鸟叉骨取出一把琉璃刀，刀锋贴在瞬息之心胸前，问道："你怕疼吗？"

"不怕。"瞬息之心以为鸟叉骨捉弄他，不肯屈服，刀锋渐渐出力，越扎越深，似乎疼得要刺穿了，瞬息之心一把将刀推开。

"没人不怕疼，可我不怕。"鸟叉骨出神地笑着，朝屋外呼唤道，"鸟脊骨舅舅，请你来一下。"鸟脊骨瞪视着他，鸟叉骨点点头，鸟脊骨放下拐杖，端出一个大陶罐，里面装满了水。他替鸟叉骨擦洗了一番，取出一把闪亮的黑琉璃刮刀，交给他。鸟叉骨将刀缓缓伸向小臂。

瞬息之心问道："你要干什么？"

"瞬息之心，为了我们的王，我一直在等你。"鸟叉骨一咬牙，短刀斩下，一阵痉挛，昏厥过去。鸟脊骨接过他斩下的断臂，用一条树皮布勒紧他的胳膊，直到开口处不再流血。他挖出一个土灶，生火点燃，将断臂放入香蕉叶中埋下。过了一阵，鸟叉骨缓缓苏醒。香蕉叶包内的人手已有了熟肉味。

鸟叉骨借助拐杖，揽着瞬息之心的肩膀，走到鸟王街的尽头。鸟神庙门前，横躺着七八个开膛咔嗒，他们瞪着来人，眼中发光。

鸟叉骨上前吆喝："闻闻看呐，空肠咕咕的开膛咔嗒，我给你们带来了新鲜的人肉。"

这些开膛咔嗒大多是长沟一战的败兵，凶恶的嘴脸只剩下愚妄。鸟叉骨解开草绳，取出烤熟的胳膊，看见上面占星家族的刺青，开膛咔嗒睃了二人一眼。

"长耳人的肉，稀罕。"他们露出森然利齿，留着馋涎，夺过手臂，不再理人，开口大嚼起来。瞬息之心咬了咬牙，低头看着脚下。

神庙的石门上刻着一行赤头鹦鹉的禁令："奉饿鬼神旨意关押鸟王墨口，飞鸟族人不得入内。"

"来这儿的人，不是像我这样缓缓挪进来的，就是冲进来的。"鸟叉骨道。

"什么人敢擅闯……"

"来羞辱鸟王的人，只要鸟王肯认错服软。"

墨口独坐在幽暗的神龛上，半闭着眼，空气中隐约有她的气味。

"尊贵的鸟王，我给你带来了粮食和水。"鸟叉骨将一袋红薯摆在神龛上。

鸟王起身问道："鸟叉骨，你这是怎么了……"

鸟叉骨遮住断臂，回答："不碍事的。鸟王，我给你带来了一位朋友。"

"哦？"

"是我，我的鸟王。"瞬息之心开口道。

女孩双目闪亮，摘下鸟冠，快步走下神坛。可她脸上的笑容渐渐隐去，瞳光如落地的火花一般泯灭："瞬息之心，是他派你来的吗？你是来带我去饿鬼岛的吗？"

"开芽，你说什么呐……"瞬息之心忽然噤声，有一对无处不在的眼睛在看着他，饿鬼神能看见。他咽下气，沉声问道："通灵的鸟王，请你告诉我这次出征的胜负吧。"

"啊，我的好兄弟，原来你是为了这事而来，"鸟王努力站起身，"随我来吧，我去问问天上的星星。"

三人登上庙顶观星的天台。鸟叉骨摘下鲨鱼牙制的耳坠，在一块鲸鱼肋骨上刻字，他写的不是平常惯用的草书而是正体，这手字硬朗挺拔，字字如山。天空微亮，晨星点点，开芽点亮一个神木火盆，拔下一缕鸟羽毛，与鲸骨一同投入火盆。占星的仪式，流传自古老的梦之时光。

　　鸟王指着一颗孤星，愕然捂嘴：“我从未见过这样的凶兆。黑眼星当空，而战星刺眼。”

　　鸟王指着一道弯足般的星系说道：“我还看见鱼人咬饵，牵绳拉钩，饥饿之星当道。”

　　“居然会这样……”鸟叉骨神色凝重，喃喃自语。

　　瞬息之心昂首道：“鱼人上钩，这可不是吉兆嘛，饿鬼神消灭了短耳人，取得了大胜呀！”

　　墨口摇摇头道：“早在梦的时光，结印大巫师就把这些星星的模样，用巨石摆在了这座山顶上，他让人们警惕三颗灾星：黑眼星、战星与饥饿星，三星偶尔单独出现，降下厄运，但极少同处一字，这景象说明一场无可挽回的大灾要来了。任何人不得杀戮、犯忌，不然……”

　　“不，我只想听你亲口告诉我，我们会打胜仗。一切都会安然无恙。”

　　“这些天很多人会死去，但当星星移位，灾难就会过去。瞬息之心，只要你待在城里就会平安无事，要是出城战斗，我怕……”

　　“我是饿鬼神的仆人，这场仗我是首领。”

　　“啊，鸟神呐，请你保佑我的哥哥吧，别让他踩在不稳的鹅卵石上。”

　　瞬息之心提起狍阿，攥紧了。如果自己输了，长耳人输了，背神者会杀进百鸟巢，那时候，心爱的鸟王啊，谁来救你呢？只有消灭了短耳人，才能为你洗刷背叛的罪名啊。

　　“为了飞鸟族，为了高贵的鸟王，请让我为你出战吧！”瞬息之心高亢的声音在殿中回响，头也不回地冲出了神殿。

　　城门打开的时候，长耳人争相挤出狭窄的甬道，他们脚底板上沾满了虫蚁，长袍上点缀着蝇虫，狂热的呐喊声中，夹杂着数不清的鼠叫声。

城里的长耳人，战败残存的开膛咔嗒，重新归附的鲸、鲨族人组成了这支大军，密集投出的黑琉璃石击穿了短耳人的胸膛，短耳人似乎被这突如其来的进攻唬住了，躲避着追杀，滚爬着朝内陆跑去。瞬息之心率众掩杀，这场仗看来一早就注定了，起先，鸟王的预兆还让他有些忐忑，可现在卑劣的背神者失败在即，他们将被赶下悬崖、驱入大海，正如饿鬼神所预料的一般。

"饿鬼神在上，赶走短耳人，杀光背神者！"瞬息之心高喊，人们给他戴上了一顶狭边的高帽，像个宝塔状的鸟笼，以此来凸显他饿鬼神家仆的身份。长耳人夺回了黑玉山的矿坑。瞬息之心跑到山下的小路上，他记得这里有一片红薯地，一间茅屋里，住着一个短耳的女人，她曾给过他一根甘蔗解渴，他喊了一声，没人应答，推门进去，发觉土灶边睡着一个女人，灰扑扑的，他伸手要摇醒她却收回手来，女人已是一具干尸。

天色暗了，四下里黑黢黢的，难辨前路，短耳人的惊叫声仿佛是黑暗中的路标，直通地底。他们彻夜都在兜圈子，一整晚没走出过这片山丘，但是嘹亮的口号声，支撑着他们一直跑下去。

瞬息之心翻身跌倒，抱起剧痛的脚板，原来是踩了满脚的麻刺。

杀声四起，飞石和箭头从高处落下，厚重的树皮战袍被刺成了荆棘灌木。短耳人冲下山头，队伍被截断了，武士们上前招架，短耳人石斧劈来，黑琉璃刃崩碎成渣。

"长耳的头目在这儿嘞！"石背龟大喊。

"看谁先逮住他！"醉山道。

"不许动，我是饿鬼神的家奴，饿鬼神能看见，饿鬼神快救我！"飞石砸在高帽上，柔韧的竹笼骨噼啪作响，瞬息之心扶着帽子，不让它掉下来，找了个岩缝藏了进去。

袭击声停息了，短耳人中，一位白皙的少年快步走来。小稻子朗声道："瞬息之心。"

"阿噜？"

少年笑道："是我。"

瞬息之心扬起脑袋，伸出狍阿："你这肮脏的短耳人，卑鄙的背神者，怎敢挑战高贵的长耳人，伟大的饿鬼神？"

少年指向四方山丘："你看看他们，他们是制衣的树衣族，伐木的燃族，刻石的石像族，种田的甘薯族，医病的蜥蜴族，捕鱼的虾族，还有曾和你们一样高贵的神龟王族。他们为你送粮送衣，奉上所有你喜爱的东西，还为你建造城市。你们却焚毁了他们的家园，驱赶他们去喂开膛咔嗒。他们就是你说的肮脏的短耳人，卑鄙的背神者，可没有他们，你就是现在这副模样，高贵的长耳人唷。"

"狡黠的下等人，我怎会和你一样，不心存感激，敢背叛自己的主人？"瞬息之心咬牙摸向肩头的伤痛。

他看见小稻子伸出手，对他柔声说道："多谢你当初助我逃脱，请你相信我。"

瞬息之心将手推开："我犯下禁忌包庇你，那是你交了好运，要是知道你有今天的灵力，我绝对不会手软。"他看见惨败的长耳人，羽毛在大风中纷飞，他们的死状，像是一笼子被宰杀的鸡。他丢下高帽和狍阿，甩掉累赘的羽服，踉跄地起身，转身跑开。小稻子止住追赶的人。

猛地，他脚下一麻，跌倒在路旁。一名高大丑陋的男子走来，双目凶狠地瞪着他。

"别杀我！"瞬息之心大叫，忽然认出了眼前的短耳人，"你是风尘中呼喊！甘薯族人，听从我的指令，我需要你的帮助。"

男子冷眼瞪着他："长耳人，你是谁，居然能叫出我的名字？"说着便举起大棒。

瞬息之心嚎道："你知道我是谁，我是小嗡嗡的丈夫！"

风尘中呼喊放下狍阿，朝他上上下下地睃看："小嗡嗡和我说，她出嫁了，丈夫是个长耳人。原来，她嫁给了一个海跳蚤。"

"大胆短耳人，不准取笑我。"

风尘中呼喊揪住他的衣襟，咬牙说道："我答应了小嗡嗡，放过你

362

们。你滚回城去，保护好她！可你听着，小嗡嗡是我的女人，城破那天，我会把小嗡嗡讨回来！"说罢，风尘中呼喊将他推开，瞬息之心四脚爬着钻入草丛。

人寂神亡

神的居所建在灯芯湖的高地上，城中的万千响动都被烤火山环形壁聚拢来，传到饿鬼神的耳中。大屋内散发着神木的清气，石炉子升起白檀香。瞬息之心跪拜求见饿鬼神，奴隶们眼神闪烁，说没有看见主人，瞬息之心逮住一个问："你们在隐瞒什么？"

"我一定是喝了脏水，不小心吃了青婆婆肉……我看见他戴着红羽冠，对我们说，"奴隶环视了一圈，盯着墙边的活人之躯，"他是红帽子呢……"

瞬息之心同样扫视了一圈，凝眉望向屋里暗处："别把你做梦梦见的怪相胡乱说。"

瞬息之心站在门旁，太阳落入灯芯湖中，瞬息之心松了松筋骨，在一块大石头上坐下，像一尊石雕，手捧狍阿守候饿鬼神归来。云烟缭绕，湿气温软，他长吁一口气。清晨，瞬息之心在蚊虫的叮咬中醒来，门前坐了一宿，浑身都是酸疼的。

他听见屋里传来一声响动，祭盆被掀翻在地上，奴隶们都不见了，瞧那一地的残渣，准是叫他们偷食了贡品。瞬息之心将祭盆摆正，骂了几声，拔腿向贪嘴鸟的肉铺走去。刚踏上浮土，只见湖沼中漂着一具尸体，阳光下发着酸味儿。是哪个不怕死的擅闯神的居所？也许是个饥渴的寻水人，不知泥草变化，落入了芦苇的纠缠中；或者，是个得了瘟病刚死的人。

想起还未见过小嗡嗡，瞬息之心绕路走到家门前，这座安静的新屋仍然散发着石灰的气味。他摸了摸地上的草褥，席子是凉的，粮食陶盆空了，盛水的碗也喝干了，不见仆役的身影，想必是开城的时候跟着老鼠苍蝇跑了。

她也像别的短耳人一样跑出城了吧？

海上有什么响动，举目眺望，耀眼的海面传来歌声，那是一名男子在诉说衷肠，他戴着一副木制的面具，站在一艘孤独的草船上。这浑厚的声音，是风尘中呼喊？山崖边，小嗡嗡浑圆的身子斜倚在石头上，正在聆听，并跟着哼唱。

艳阳把她的皮肤晒黑了，瞬息之心发觉自己并不恼怒，这个全城为之倾倒的女人，比长耳人更妩媚的短耳女人，他却没来得及爱她。

结婚典礼当晚，当新房里点着灯，瞬息之心带着一身酒气爬上了她的褥子。美好的身体是神的恩赐，可在那扁平鼻子与光滑秀发间，是一张难过落寞的脸。瞬息之心以为那些短耳的女人对长耳的男人都充满了欲望，哪会无动于衷？族里的长老公开检验了她的童贞，发现她并没有处子之血，令人蒙羞的消息传开了，神谱家族长娶了位不贞的短耳女人。

她思念着旧爱，何不离去？瞬息之心心里这样想，嘴上却说："你在家等我。"小嗡嗡顺从地点头。

武士们辱骂着崖下渺小的短耳人，看见瞬息之心走过，都敬畏地鞠躬赞美。

瞬息之心随着人流，走到山顶戏台，戏里在演城外的惨败，只是角色颠倒了。人们齐声高唱着一首新歌，据说是赤头鹦鹉的新作，旋律激情澎湃——"灵力无穷的饿鬼神哦，让风吹，让风高唱，让骄阳炙烤，风干暴晒死掉的人鱼，我们把人鱼献给饿鬼神，从庆典的大盘子里吃人肉，把敌人吃精光！"

每次唱到"把敌人吃精光"的时候，人们都唾液横飞。瞬息之心一脸痴笑地跟着人们哼唱，想到饿鬼神一定还有什么神力没有施展，定能将短耳人顷刻打败。

赤头鹦鹉全身的毛发被烧了个精光，他看起来像只被拔了毛的鸡，挥舞着指尖，要人们唱得整齐，偶尔扬一扬手，让歌声更加嘹亮。一群人登上戏台，打断了歌声。

"来了，小小的长耳人，我是草垫子，不是戏里演的，而是真正的神的骨头草垫子。今天的戏由我来唱。吃呀不吃，杀呀不杀。"人们对草垫子屏息凝望。"吵闹的长耳人，睁大你们的眼睛，看看我给你们带来了什么？"

四名开腔咔嗒走到台前，第一人手里拎着一个头戴石坠子的脑袋，第二人搂着一个只剩一半躯体的女人，第三人扛着一个邋遢的老者，最后一人抓着一个身子单薄的家伙。

人们仰着脖子注视着，却都有些疑惑，这些人的名字，他们一个也叫不出来。草垫子呼哧呼哧地笑了起来，笑得弯了腰："你们天天看戏，居然认不出他们？"

人们凑近了细看，谬诉指着头戴耳坠的脑袋："那是树衣族的半神，猎鱼耳坠！"

"她是地底的女巫医，毒鳞女人！"炽热红石粗野地喊道。

神的骨头满意地咧开嘴，人们指着那邋遢而面熟的老人，踟蹰着叫不上名字，他不是门口那个讨烟的乞丐吗？

赤头鹦鹉弯下腰，无人察觉地低唤了一声："绕橡鸟王？"

他穿着鸟王似的大羽氅，每次经过城门时瞬息之心都有些疑惑，不过看见他是个短耳人，他早就收起了好奇心。

"你们难道忘了，这个戏台是谁搭的？他是你们过去的族长——绕橡鸟王呀。不过现在，你们该叫他吹烟。"人们惊愕地左右顾盼，似乎在寻求确认，草垫子说道，"飞鸟族人的王居然做了地底人的半神。你们要问，他为什么这么做？因为鸟神梅克梅克在和我们作对嘞！"

"饿鬼神睁眼，我是绝对忠诚的。"赤头鹦鹉轻声自诉。

草垫子吐了口唾沫，数了数手指道："地底的半神，一共有四个。"

"还有跳跳鸟！"桑皮寿衣用他古怪的高音喊道。

"啊，跳跳鸟，他的尸首让皮和骨吃掉了。"草垫子揪出最后一个瘦弱的家伙，他的脸看起来还是个孩子。

"快看，他是寻路人！"观众们登时辨识出来。

有那么一瞬，瞬息之心以为他就是寻路人，然而，这家伙扯着嗓子大喊："饿鬼神开眼——饿鬼神救救我——"叫声引得众人哄笑。

"啊，我猜这就是戏剧的妙处了。这个讨人厌的家伙是个地底人，他叫自己嘴角渣渣，在改信饿鬼神之前，我听说，他很崇拜寻路人。看戏的长耳人，你们说我该怎么对付他？"

"杀了他！"人们齐声嚷道。

"吃掉他！"桑皮寿衣的声音与众不同。

"谁说的'吃掉他'？"草垫子问，众人噤声，"说得好，长耳人，吃人能给你们灵力。瞧瞧这些半神，红色能言之木上的四个背神者都在这儿了，是我给你们抓的，你们也想复仇吗，想成为开膛咔嗒吗？"毫无迟疑，草垫子的话引发了全场的呼应。"去饿鬼神的肉铺吧，我把它搬到戏台下来了，店里还有半神的肉哩。吃了人肉，你们都能做开膛咔嗒。"

吹烟长吸一口气，猛然苏醒了。赤头鹦鹉摇晃着走近，看见他淌着鼻涕，虚喘着气。赤头鹦鹉正要开口叫唤，却看见草垫子拔出一把匕首，扎在他胸口上，吹烟胸中的气泻光了。

开膛咔嗒熟练地将半神肢解，敲开肋骨，取出心肺。人们爆发出震天的欢呼，在这沸腾的秽气中，瞬息之心感到憋闷，想起人肉的味道，酸水就在胃里翻腾，这简直是渎神啊！几名孩童因凑得太近，被飞溅的污血玷污了眼睛，哭了起来。

草垫子提着匕首朝嘴角渣渣走近，正要下刀，却见赤头鹦鹉冲到他面前道："草垫子唷，一次把他们都杀了，戏还怎么演呐？我看这个人声音很响，样子、年龄跟寻路人差不多，是个当替身的好料嘞。"

几名开膛咔嗒围上来，草垫子示意他们走开："啊，赤头鹦鹉，绕橡鸟王的继任人，我忘了戏台上的事你比我专长。"

赤头鹦鹉剥下男孩破烂的腰布，转向台下观众："这里有一个寻路人的追随者，他身上附着膜拜后获得的灵力，你们想吃的寻路人，是带有烟草味的男人，还是甜甘薯似的女人？"

这似乎是个谜题，有人说要吃男人，也有人说要吃女人，双方争论不休，甚至拿出珍贵羽毛、彩色石子，要赌上一把。

"要我说，你们人人都想吃，不如把他阉了！"赤头鹦鹉拿出一把锋利的匕首，将年轻人的睾丸割下，他疼得尖叫，那声音让瞬息之心双耳轰鸣。赤头鹦鹉将睾丸扔到台下，扯出一块树皮布，缠在嘴角渣渣腰上，叫来两个手下，转送下了台。

"这只人鱼太瘦了，但是阉了的畜生会长得快一些，等养肥了我再让他给你们表演。"

开膛咔嗒陆续拉来短耳人，戏台上被宰杀的人，都是贪嘴鸟肉铺里的出售品。大嘴鸟死后，他的弟弟贪嘴鸟继承了饿鬼神的肉铺。铺里摆放着一堆堆人肉，脑袋搁在肚皮上，男女老少明码标价，要是在台上看中了，台下就能买到。贪嘴鸟嚅动肥唇吆喝道："赞美饿鬼神吧，他给你们带来了新鲜的口粮！"

当百鸟巢的粮仓成了废墟，长耳人中间蔓延着饥荒。他们需要新的食物果腹，那便是吃人，但挑起食来，却还保留着追求好货的矜贵。

肉堆上的人脸象征着品相。贪嘴鸟向年轻人推荐细嫩的异性的肉，这买卖最是好赚，给武士推荐同样皮粗肉厚的壮士，因为他们想获取敌人身上的力量。

吃人不仅是为了果腹，更有许多难以言明的缘故。那张脸大致勾勒出了你的冤家，他蔑视践踏过你，你却不能反抗，只能窝囊地找自己发泄，现在你却可以糟蹋他污秽的身体，看着这张狂愚蠢的脸，不过是个肉价。贪嘴鸟的肉铺里，碎肉被剁成了鱼饵般大小，内脏五颜六色丑陋不堪，正是抢手的好货。

另有一种贪心的。那些你曾羡慕的，高贵、聪颖、遥不可及，你想占有他。他的脸蛋勾起了你动人的回忆，那个爱而不得把你吊在悬崖上的人，让你发痴发恨捶胸自怜，你不惜把珍贵羽毛都花出去也要把他买回来，在这扒皮嚼骨的激情中，让爱人的血肉淌入你的喉咙，最后化成一缕白烟排泄出去。

因为爱恨嗔痴种种因由，吃了人，便都是开膛咔嗒。要说出手最阔还数几大家族，他们早已习惯了人肉，挑起来轻车熟路，那些最丰满、好看的肉体大多先给他们买去。所以依旧是上等人吃下等人，下等人只能捡些渣。

瞬息之心来告诉贪嘴鸟，他来挑选饿鬼神的口粮。他捡了个肥瘦均匀的人腿。饿鬼神吃人，并不特别讲究，只需要是个背神者、无用的人，或者祖先的鬼魂。青年还要了一大一小两罐棕榈酒，饿鬼神只喝酒，贪嘴鸟只卖人血，这酒是专门酿的，用的是灯芯湖里最甜的淡水，和湖边几棵孤独的棕榈树的果子，有一点腥味。

瞬息之心自己不吃，这些人肉会让他想起鸟叉骨的断手和残足，对此，小嗡嗡赞同他，她拿出自己带来的仅存的一点嫁妆，那是一袋藏在草褥下干瘪的红薯。小罐的棕榈酒是买给她的，为了感谢她陪在他身边吃苦。

自从鳖农当上了长耳人，他和甘薯族人就住在城下区，几天前他带着一帮亲戚，还有一陶罐人肉来探望他们。"尝尝人肉罐头吧，贪嘴鸟在里面混了人手脚、鸡肉、鸡屎、阿噜肉、阿噜屎，卖得可贵了，因为鸡和阿噜比人肉金贵嘞，有些人的舌头吃不出来，可我是甘薯族人，下了肚的东西心里有数。鸡肉、阿噜肉、人肉各有各的美味哩。"

瞬息之心朝那罐头上吐了口唾沫，小嗡嗡看见亲戚们吃得满口是血，竟抹起泪来干呕，鳖农叉着腰歪着嘴，说下城区已经开始冒出鬼屋了，小嗡嗡幽闭太久不懂事："你不吃人，人家就会吃了你的。"临行，他带走了所有能换人肉的羽毛衣，声称这些东西小嗡嗡也用不上。

没人再提断粮的事了，人们在贪嘴鸟的肉铺里找到了保障。只是极少的传闻会引发全城的骚动，灯芯湖像一个巨大的喇叭，每到寂静的夜晚，家家户户的石枕下就会传来无休止的凿石声，传说那是地底人在挖地道。

瞬息之心瞥见肉铺里一张怒目的人脸，是个黪面的鲨族武士，一个被处决的罪人。瞬息之心不禁扭头看去，这里不仅有鲨族人、鲸族人、

368

甘薯族人，还有售价更高的、戴着耳坠的长耳人。

"是她！你们这些食土的畜生！"在正午的阳光下，船长压舱石像一把焚烧的烈火，咒骂声搅扰了众人。

贪嘴鸟一脸的诧异，在他的肉铺里，还从没有人来认尸的，因为每张脸都被割成了和生前不同的模样，文身也用火炭烧化了，他咧嘴道："客人，你认错人啦。"

"我妻子是去寻找一个丢失的仆人时失踪的，她虽然是鲸族人，但是跟着我也算是半个长耳人了。我早听说过你们肮脏的勾当，那时候我就在猜了，没想到果真如此啊！她每一根发丝的颜色我都熟悉，就是剁成肉泥我也认得，你们杀了她，我知道是你们干的！"

人们喧嚷开了，有爱看热闹的围了过来，贪嘴鸟见势拿了把狍阿，将压舱石砸倒，男人没了声响，任由着贪嘴鸟把他拖走。

瞬息之心匆匆往回赶，不知走了多久，只觉得这条路细长，像条肠子。山崖下隐约传来鬼泣声，他记得那下面有几个洞穴，忙快走了几步，一声惨叫，好像有人遇到了不测，他回过头来，是谁在那儿？他慢步挪近崖边，刚瞥见洞穴入口，忽然脚下一滑，溜下了山崖。

所幸没有受伤，他慌忙爬起来，对着黑洞喊："别动！"

洞内蹿出几只老鼠，几个歪歪斜斜的人走出洞来，黑琉璃的眼珠，嘴上满是乌血。草垫子呢喃道："吃呀不吃，杀呀不杀——"

一口黑牙逼来，瞬息之心捡起石头，嘶声咆哮着甩出。当他镇定下来，眼前的人影不见了，洞中传出呻吟声。这是一个没手没脚的男子，肚皮敞开着，五脏六腑散落了一地。瞬息之心认出了他脸上的刺青："鸟叉骨？"

鸟叉骨微微睁眼，望着洞顶："……瞬息之心？"

"我把伤害你的开膛咔嗒赶走了。"瞬息之心扯下地上的树皮布垫，想为他包扎。

鸟叉骨："我就要动身，前往暮的世界了……"

"你这是怎么了，是草垫子把你抓来了？"

鸟叉骨歪歪头，像在宽慰他："我已经不觉得疼了。"四下里一片寂静。瞬息之心朝洞中瞧去，这里坐卧着许多干瘦的人，有占星家族的，也有其他的长耳人，他们衣着华贵，不像穷人。

"你们是占星家族，总还有点粮食，再困难也不至于饿死吧？"

"我们是鸟王的仆人，要把粮食留给历代鸟王们。"鸟叉骨皱着眉，抬起沾了露水的睫毛，"瞬息之心，好朋友，帮帮我吧。"

瞬息之心似乎看见鸟叉骨的灵魂坐起了身，便挺直了腰平视他："鸟叉骨，只要是我能做到的。"

"替我……守护好她。"

人们都说墨口是背神者，谁敢来保护她呢？瞬息之心想到了落崖时洒光了的棕榈酒，还有不知掉到哪儿去的人腿贡品。他张了张嘴，对着鸟叉骨直愣愣的目光说道："嗯，我答应你。"

鸟叉骨呼出胸中热气，含笑闭上了眼。瞬息之心为他盖上草褥。他捏着拳，走出洞去，蹒跚着走上回家的路，一些怪念头纠缠着他。

山路上，一行新鲜的血迹勾起瞬息之心不祥的预感，他快步走到家门前，血迹从这儿来的，门网被人扯烂了，屋里没人。瞬息之心在山崖上大喊，听不见回应声。他循着血迹追上了大道，更多的血脚印从各个小路、山道汇集到这儿，它们庞杂地重叠着。

瞬息之心发现自己走到了鸟王街边，一间石屋中隐约传来咕咕的低吟，是鸡叫声，它比这世上别的声音更加悦耳。门橡上有一行赤头鹦鹉的禁令：此屋中住着年迈的趴窝鸟王，任何人应该立即回避。

这里许多屋子都刻着赤头鹦鹉的禁令。赤头鹦鹉本人宽敞的石屋也在其中。

瞬息之心转向门内，开口问道："趴窝鸟王，你在吗？"

屋里没有声响，他将门网拉开，地上的香蒲垫上躺着一个老人，看见亮光，僵直地支起身子。

"哎哟，太亮了。"

瞬息之心连忙钻进阴湿的石屋。"我叫瞬息之心，在找妻子小嗡嗡，她是个白皙丰满的女子，被人劫走了。智慧的鸟王，你可曾见到他们经过？"

老鸟王摇摇头，弯腰盘腿坐着。屋里有一只鸡，缓缓地踱步，发出惬意的低鸣声。

"城里都在吃人，你还养着鸡呐？"

老鸟王这才抬头，正眼瞧来，看见这莽撞的青年，微笑道："这只金鸡是我屋里的家神，它陪了我好多年啦，每天都会打鸣为我带来天明，一直在照顾我哩，我不吃它。"

趴窝鸟王已经瘦得像具枯木，却还护着他的公鸡，他一定是饿昏了头，在说胡话吧。

戏台上的表演彻夜不休，人们用空屋子顶上的茅草来生火，茅草烧完了便拆房骨，珍贵的檀木、酒王棕榈木在燃烧中发出甘甜的香气。

瞬息之心每晚都来到台下，这里遍地的血脚印，有一双就是小嗡嗡的。这几晚演的是赤头鹦鹉的新戏，预示长耳人获胜的戏。

"你们想看什么，想听什么，我就给你们演什么，追随者们，欢叫起来吧！"赤头鹦鹉吆喝。那个叫作嘴角渣渣的地底人，装扮成寻路人的模样爬上了戏台，手里抓着一块甘薯，一边吃，一边按赤头鹦鹉的指令，走到戏台的各个方位，他的任务就是露个脸，幕布后面有人给他配音。甘薯塞得他满嘴都是，偶尔和着观众露出愉快的傻笑。不过瞬息之心发现，不管他怎么吃，也没有明显胖起来。

关于小嗡嗡的失踪，赤头鹦鹉又着腰骂骂咧咧的，说要找神的骨头问问。瞬息之心拜谢不已，指望了几日，至今也没等到答复。瞬息之心听见身旁两个年轻人在说话。

鲸族黑鳍之子——无骨鱼身道："听我说，饿鬼神不在了。"

"啊，这出戏我看过。"鲨族白齿之女——明玑鱼卵笑道。

"不是戏，是真的，开膛咔嗒干的。"

明玑鱼卵收敛了笑容："饿鬼神睁眼吧，哪里发生的？"

371

"城南，一个偏僻的海崖下面。听说他正要乘船出海，不过开膛咔嗒背叛了他，在他胸口扎了一把黑琉璃匕首，那具尸体还在那儿，但没人敢去看哩。"

自从饿鬼神出走以来，下城区的人不是每天躺在草席上听老鼠叫，就是编造各种离奇的传言，他们手头那点鸡毛早没了，就靠偷点长耳人的肉罐头过活，嘴里没一句实话。

一名仆役爬上戏台，对着赤头鹦鹉耳语了几句，赤头鹦鹉脸色大变。台下草垫子带着一行人登上戏台，面色凝重，对众人宣布道——

"我有一个坏消息，我们至高无上的饿鬼神，死了。"台下一片死寂，草垫子指向脚下，"红帽子从地底钻了出来，杀死了饿鬼神！"

赤头鹦鹉摇摇晃晃就要倒地，被仆人扶住。有人发出一个不协调的怪音，随即，惊叫、怒吼、呜咽。人们推搡着，抱在一起撕咬、痛哭，在别人眼中印证自己的无助。

"今天是个永远的忌日，所有的戏剧一律禁止，我们要为伟大的饿鬼神献上活人祭品，"草垫子拔出匕首，走近嘴角渣渣，"先用这寻路人追随者的血啊。"

人们零星地哀嚎："杀死寻路人！"

赤头鹦鹉过来拉扯："慢着，我可是拿的甘薯来养肥他，才开了个好头，还不到吃的时候哩。"草垫子一抬手，将匕首插入嘴角渣渣的心脏，年轻人嘴里吐着唾沫，咀嚼物喷了一地。草垫子对着口齿生津的人群说道："拿去吃吧，分享饿鬼神的祭品吧。"

瞬息之心长舒一口气，这个地底人死得利索，没遭遇多少痛苦。

草垫子问："什么东西最美味？"

"人鱼，人鱼，人鱼——"众人齐声道。

"你们想要什么？"

"吃人，吃人，吃人——"

草垫子喝了一头盖骨人血，润了润嗓子，他今天说话有些漏风："把他们抬上来。"

开膛咔嗒用大棒驱赶着一队胖大的长耳人, 他们嘿嘿喘气, 爬上戏台。瞬息之心瞪圆了眼, 那都是飞鸟族最高贵的几大家族。

在一片呼叫声中, 草垫子嘶声道: "黑琉璃家的炽热红石, 卖武器给城外的背神者, 敌人变得猖狂, 就是他制造的麻烦。"炽热红石啐了一口, 一甩头, 却被乱石砸得直嚷嚷: "别再打了。"

"鸟羽家族的谬诉, 一个地地道道的背神者, 他敢藐视神的骨头, 非议我们伟大的饿鬼神!"谬诉一身淤青都是给狍阿砸的, 一张浮肿的脸像吹了气, 他歪着脑袋, 斜视着天上的云。

"丧葬家族的桑皮寿衣, 瞧见亡灵之家地窖里的珍奇了吧, 那都是这只虱子从你们身上吸的血哩!"有人朝桑皮寿衣身上扔屎泼尿, 台上发出让人作呕的恶臭。

"吃了长耳人的肉, 我们也是上等人了。"无骨鱼身喊道。

"让那些高贵的家族灭亡吧, 看看谁才是百鸟巢的主人。"明玑鱼卵嚷嚷。

一眨眼, 公正颠倒了, 尊卑打乱了, 像一场戏里在杀人。草垫子对着宣判有罪的人都刺了一刀, 踢下台去, 人们像鲨鱼闻到血腥, 争抢起来。

"小嗡嗡……"瞬息之心呆愣了。女孩被推拉着, 神色恍惚, 摇晃着行走。

明玑鱼卵惊声道: "那不是神谱家族的新娘吗?"

无骨鱼身感叹: "她长得可真美啊, 比我心上人还美。"

"百鸟巢的人们, 别被她的美貌所迷惑了。还记得她刚来百鸟巢的那一天吗? 能言之木上伟大的胜利, 原本会在那一天重现, 可是, 天上飘来一股恶风, 我们输了, 为什么呢, 因为那天这个女人进城了, 嫁给了神谱家。这个女人是颗灾星, 是个不祥的征兆啊。我问你们, 吃呀还是不吃, 杀呀还是不杀?"

"杀, 杀, 杀——"人们的呼声整齐划一。

草垫子提着匕首走近了, 小嗡嗡看见那匕首, 尖声叫道: "父亲, 你在哪儿——"

女孩喊得气竭，直到匕首搭在她脖子上，她慌乱地扫视着台下的人群，再度高声叫道："瞬息之心！"

瞬息之心张开嘴，以为会像唱赞美饿鬼神的激扬歌曲时一样同声回应，可却闭了息，好像被人掐住了喉咙。

忽然，有人指着他喊："他在这儿，他在这儿呢！"

"放开我，我是饿鬼神的仆人！"瞬息之心叫道。

"饿鬼神已经离席了，你的主人死了。"草垫子摸了摸他的下颚，那里明显有个肿块，"你砸烂我一颗牙，我要你给饿鬼神陪葬。"

人们围着他，磨着牙齿，使劲地嗅闻，好像对着一块芭蕉叶上的熟肉。瞬息之心有些站不稳了，缩身向后退去，他看见台上小嗡嗡在朝他苦笑，秀发披散，娇容如穿云的月色。

草垫子一抬手，割断了女孩的喉咙，鲜血喷涌而出。

瞬息之心终于大喊了一声，感觉身体就要炸裂开来。众人将他扑倒，有人拉扯他的手，有人抱着他的腿，有人骑着他的脖子，他感到一阵阵剧痛，人们在撕咬他的肉，开他的膛，鲜血溅在他们脸上，人们要喝他的血，像钳棘海星吸附在礁石上。

饿鬼神平时看戏端坐的草褥子上，正上演着一场抢椅子的闹剧。草垫子在草褥子上坐下，屁股还没沾边，另几个神的骨头便尾行而来，不朽纹图一边干咳一边爬，可他身体好像不太灵便，被草垫子踹了下去。人们看戏似的瞧着。神的骨头们放声狂笑，披着厚重的树皮与鸟羽，他们一定洗劫了饿鬼神殿，一个个看起来臃肿可笑。

瞬息之心想起了鸟叉骨的死状，想起了交待给他的事情，他的回答是那么掷地有声。一声暴喝，他推开吸血的人头，向众人猛扑过去，人们像潮水般退去又涌上来，一时竟不分彼此，相互啃咬着，哀嚎声响成一片。

和平之笛

"站住，"赤头鹦鹉从一个石屋后面探出身子，望向去路，"你这是去鸟神庙？别怕，我们是一家人嘛。"

瞬息之心走到石屋后面，避开一行追逐的人："我差点死了，怎么没看见族里的人呢？"

赤头鹦鹉瞪了他一眼："草垫子要消灭神谱家族，消灭你我。你看各家族的人谁敢出头？家里的软脚虾恨不得跟咱们不是同族。"

"既然这样，你叫住我做什么？"

赤头鹦鹉指向去路，正张嘴，一个阴沉的声音说道："现在百鸟巢里只有一尊神了。"

"谁在说话？"瞬息之心伸手去捡石头。

虾须胡子露出脸来："鸟神梅克梅克的庙门敞开，可女孩肉身凡胎没人照管。"

赤头鹦鹉道："别动手，是自己人。"

小窗外的海风时有时无，神庙里闷热得像一座蒸笼。那天鸟叉骨在神殿前放下一袋口粮，从此便不知去向，整个占星家族也音讯断绝。街上只有几个石屋里还住着人，他们是往昔的鸟王，一年期满后，卸下守护神的担子重为凡人。占星家族走前，也为他们每人留了口粮。这些天，也不见他们出来走动了。曾经熙攘的鸟王街，现在却没有一点人声。

门网掀起，虫声大作，一行人影闯了进来。

"谁？"

来人朗声道："神谱家赤头鹦鹉，携瞬息之心同神的骨头虾须胡子，特来拜会鸟王。"

瞬息之心一身血迹，风尘仆仆的脸上挂着泪痕。正色道："开芽，饿鬼神死了。"

"你说什么？我从没预见他的死哩。"

"不管鸟神知不知道,饿鬼神已经不在了。"虾须胡子向前迈出一步,"那灵力该是让草垫子吃了,我一直提防着他的野心,可他杀了我的眼目,把坏事做成了。"

赤头鹦鹉搓手道:"嘿嘿,这吃土的世道哟,咱们有新的饿鬼神了,草垫子的话比旧神的还要响亮,没人敢装聋,几大长耳人家族长都被他吃掉了,嘀,我们居然残杀起了自己人。"

墨口低语:"草垫子,那个无魂的厉鬼呀。"

赤头鹦鹉长叹了几声,忽然拽起墨口的手:"饿鬼神输了,我们输了,再这样下去,长耳人全要跟着完蛋。依我看,应该出城去见红帽子,用长耳人的方式和他谈判,提出投降,早点了结这场晦气的恶仗。"

瞬息之心嚷道:"不,百鸟巢是攻不破的,我们绝不能认输!"

虾须胡子:"百鸟巢现在落到了草垫子手里,没人听你的话,短耳人更不会相信一个素有恶名的鸟王,他们会杀了你泄愤。我看还是你族里的晚辈有胆量,长耳人不能开城投降。"

"你想做什么?"

"这城里,草垫子的对手只剩我们几个了,然而你瞧,即便我们联起手来也敌不过他。"虾须胡子朝活人之躯瞄了一眼,"我们还得借饿鬼神的力量,做一场法事。"

赤头鹦鹉提高了嗓子:"好容易送走了一个,怎能再请回来?难道你也想当个活神吗?"

虾须胡子笑容惨淡:"我吗?不,瞧呐,一个含恨的冤魂,在大地上游荡,让我们把他请来,带往暮的世界吧。"

墨口咬了咬嘴唇,坐直了身子:"你要我举行一场魂祭?这不难,我需要一具尸体。"

"一具扮作饿鬼神的假尸。"虾须胡子捏了捏长须。

"我知道在哪儿找。"瞬息之心道。

"好,以鸟王的名义祭祀,咱们分头去做吧,把我们的力量召集起来。"赤头鹦鹉说罢,三人各自散去。

墨口拿出一套古老的祭服，据说传自结印大巫师本人，靛蓝色、碧绿色的鸟羽毛，是她从未见过的颜色。

水手们抱着船桨，背着渔网，陆续走入鸟神殿中，他们大多是黑鳍的部下，还有如压舱石般机灵的人。压舱石走上前来："尊贵的鸟王墨口，赤头鹦鹉召集了我们，但我们不是为了神谱家族，而是为了你而来的，鸟神是我们信奉的神，你是一位守戒的王，有什么吩咐，尽管让我们去做吧。"

"船长，你的话让我心安哩。"墨口欠身道。

捉拿长耳人时，鲸族和鲨族都冲在最前面。当赤头鹦鹉梗着脖子发布号召，却得到满眼的敌意。赤头鹦鹉发现，是鸟王墨口的名号，才使得他能够平安回来，还带回了众多应招者。

神谱家族抬着一具尸体放上神台，尸体被包裹在精致的鸟羽服，以及厚重的树皮毯下，可是依旧难掩臭气。瞬息之心从灯芯湖里打捞起了这具浮尸，它一身肿，像个饱死鬼。

瞬息之心道："墨口，神谱家族的人来了，饿鬼神的尸体我也带来了。"

"这就是饿鬼神的遗体啊……"人们低语。

"我率开膛咔嗒前来，"虾须胡子擤了擤鼻涕，凑近了察看，"好好好，没什么比一具腐尸更好的了。饿鬼神，我知道你死了开不了口，有些话我来替你说吧。"

神坛里一片寂静，众人都仰望着死尸，蛆虫在它的喉管里蠕动，又在鼻翼间攀缘，在蓝色的肠胃漂流，发出咕叽的响声。

忽然，有人道："他们来了！"

墨口望向窗外，鸟王街上人头攒动，一路喧嚣。

"抓鸟王，吃鸟王的肉……"他们像是来参加一年一度的鸟王比赛，都想抓获目标。有人看见石屋上刻字，又退了回来，"草垫子饿鬼神，墙上有字。"

"赤头鹦鹉？"草垫子扬手，众人再无顾忌。

石屋中住着隐居的鸟王，他们本已被世间遗忘，现在却像藏在崖洞里的鸟蛋，被一个个掏了出来。有人钻到趴窝鸟王的屋里，又咒骂着蹦跳而出："真晦气，居然有个饿死鬼！"

人们闯进鸟神庙。草垫子站住脚，喝问："里面是什么人？"

他看见地上跪满了鲸族与鲨族的水手，过道上立着两排开膛咔嗒，神台上正坐着鸟王，神谱家拥立在侧，团团围着神台上的一具尸体。

鸟王墨口抬起双手，发出一串高渺的颤音。幽暗的神庙里燃起了一盏灯，人们点着了火把，将石屋照得通亮，草垫子用手遮眼。墨口跳下神案，与众人拉起手，绕着尸体高声起舞。

"这是在做什么？"草垫子叱问。

"草垫子，别紧张。"虾须胡子捧着一块黑色的书板走近。

"那是什么？"

"饿鬼神的遗言。"

"你说什么？"

"我知道你不喜欢能言之木，这便念给你听。"

随着鸟王的一声长调，众人收声，歌舞中止了。

"追随者们，这是饿鬼神最后的声音，我遭到了刺杀，不得不在灯芯湖的泥潭里挣扎，我将要说的话会让你们汗毛倒立，等我说完，我的魂魄也就消散了。"屋里没有了一点杂音，就是人们的呼吸声也听不见了，"我死了，但并不是给红帽子杀死的，真正杀我的人，正坐在我的草褥子上，对你们发号施令嘞。他虚伪善妒，谋害了我唯一的子嗣，还把我指定的继承人推下了死人的壕沟。这个凶手就是草垫子！"

众人却步，远离草垫子。

"草垫子趁我熟睡的时候，用黑琉璃匕首扎进了我的胸膛。我的肺里咳出了鲜血，我的心跳渐渐微弱。我最信任的神的骨头杀死了我。真正的追随者们，现在应该为你们的受骗而愤怒，我需要你们的力量，挥动你们的拳头，抓住这个杀死我的凶手，消灭他，别让他逃脱怨灵的惩罚。"虾须胡子敲打着能言之木书板，两撇胡子微微上扬。

人们低语着遗言，顺从地挪动步子，在草垫子周围站成了一圈，瞬息之心抓紧长矛，正要下令。一声响亮的爆破声，神台上的尸体在厚布毯的重压下，肚皮炸裂了，几坨秽物溅到跪拜者的脸上，浆汁滚淌而下。

草垫子沙哑地发出干笑："虾须胡子，你竟敢戏耍我。吃呀不吃，杀呀不杀，戏里戏外，真真假假，迷迷瞪瞪的人哟，全信了你的鬼话。但这里不是你的戏台，它是我捞鱼的水洼。"

草垫子招了招手，开膛咔嗒们收拢了。"这地方有鸟神的臊味，抓住他的仆人墨口，杀了她。"神庙里登时大乱。

"开芽，快跑！"瞬息之心拉起女孩，闪身蹿向崖边的小窗。高崖下是万丈深海，那些参加鸟王比赛的勇士便是从这里下海，游向鸟之国岛的。

"开芽，游到鸟之国岛你就安全了。"

"瞬息之心？"

身后传来一片激斗声。一名开膛咔嗒爬到窗前，嗷叫起来。

"我去拦住他们。"瞬息之心举起长矛，朝窗口突刺。

开芽来到海边，这里有游水用的草捆子，她骑上草捆，朝鸟之国岛游去。

海岛上布满了嶙峋的礁石，候鸟还未从远方到来，长居此地的大海燕高旋于天空。没有淡水，也没有吃的，这是个波光耀眼的海岛，没有开膛咔嗒。

一天清晨，百鸟巢方向，一艘神木雕刻的独木舟漂来。船上只有一个男人，戴着一顶猩红的鸟羽帽。

"红帽子……你这是去哪儿呀？"

"女孩，我要出海去嘞。"男子曼声回答。

"出海做什么去？"

"和祖先一样，去寻找另一块陆地，去发现新的天堂。"红帽子招招手，要她过来，开芽走到崖边，看见小舟的船帆是人皮拼的，船上别无他物，只有一包带血的干粮。男人开口问道："女孩，你知道我是谁吗？"

"老人家，你叫红帽子，你可别忘了。"

男人望着无尽的海面，扒开胸口的衣袍，露出一块醒目的新伤，"可有人刺我的时候，管我叫'饿鬼神'。"

他忽然摘下帽子，在里面摸索，捉出一只独角仙。"海上风浪太大，我怕不适合带着它。"他将独角仙放飞，虫子飞到小岛的崖壁上，开芽把它捡起来。这只独角仙生得如鸟儿般大，背着暗色的盔甲，顶着一根长矛似的尖角，两根叉角威武地从肩头拔出。它抱着开芽的手，炫耀着那有力的脑袋。

"嘿嘿，要是小虫儿还活着，他该会喜欢你哩。"男子望向海面，他牵动缆绳，挂起一张帆，朝阳落在他的小船上，他朝着那光芒颠簸驶去。

礁石间飘来一阵烤鱼的香味，一个土炉里正冒着白烟。开芽拨开泥土，海草叶里找到一尾海鱼，旁边还有清水。这座荒芜的岛上，难道还住着人？

远远的一星人影晃过，开芽跑近，人影滑下礁岩，纵身跳入海中。开芽朝海底张望，在不远处一块海礁上，瞥见一具挂满海草的浮尸，他浑身赤红，瞪着大眼，下颚随着激浪一张一合。那是个鬼影？

天空突然阴沉下来，大白天的仿佛夜晚，海上刮来一片乌云，稀稀落落地酝酿着一场大雨。树衣族人换上了崭新的挡雨袍，在这发咸的朦胧细雨中祈祷。

随着一阵闷沉的响声，百鸟巢的城门打开了，没人看见开门的人，短耳人的地道只挖了一半。风尘中呼喊用单个鼻孔，吹响了和平的笛子。地底人争相传递，瞬间，笛声四起。地底人大摇大摆地走进城去。

人们经过鸟蛋般的石屋，走到半山的市集，发现这些石屋都是空的。鸟王街上零星地传来打斗声，几个浑身是血的长耳人嘶叫着饿鬼神的名字，扑向短耳人成排的长矛，糖葫芦似的挨个串成了串。他们的首领瞬息之心，肩头中了小稻子的一箭，滚爬着逃进了灯芯湖。长耳人挥舞着瘦弱的拳头，不准来人靠近。从藏身处赶出来的人，鹑衣烂衫，徐徐游荡，向进城的人讨要吃食，所求不过一口甘蔗皮而已。

一人睁着深陷的瞳仁，趴在一具残尸上咀嚼。

"吃土的东西。"蚌壳风帆挥动狍阿，狠砸吃人者脑门，直到鲜血飞溅，不成人形。

破浪而出在饿鬼神的居所找到一个陶罐，他认得这便是装了小虫儿骨粉的陶罐。

鸟神庙里挤满了开膛咔嗒，他们散发着恶臭，玷污了庙的清幽。开芽不在庙中，这里只有几具老鸟王的尸体。人们说，神台上那具头戴红羽冠的尸骸，是饿鬼神的肉身，可它已经腐烂了。有人说那不是，饿鬼神被草垫子吃了，草垫子才是百鸟巢里真正的无眠的饿鬼。

鸟神庙的窗外人声嘈杂，有人从鸟之国岛游上了岸，小稻子跑到山崖下的海滩，看见一名湿漉漉的女子。

少女道："寻路人，我听见了你的和平之笛！"

小稻子咽了一口气："你平安无事，真是太好了。"

永不落下的天南星为我指路，你的眼睛为我照明。少年想，只要你还在，便能帮我度过昼夜更替，四季轮转。

鸟王宣布：饿鬼神死了，战斗结束了。

雨水填满了各村各户的水池，幸存的人们走出茅屋，举着坛坛罐罐收集屋顶流下的雨水，这种黄酒般暗金色的浆液被称为"纯净之水"，每人斟一大碗，相互传递，小稻子举碗，对着苍天，仰喉饮尽。

鸟王只对小稻子说出了饿鬼神真正的去向。小稻子据此告诉短耳人，红帽子已坐船离去，人们说，他已回归了暮的世界。

和平的仪式，由墨口代表飞鸟族、鲸族、鲨族投降开始，鸟王献上一只油亮发光的金鸡，它是趴窝鸟王所养，在杀鸡与饿死之间，他选择了后者，当人们在他发臭的尸体边找到鸡时，谷槽里还有几天的鸡食。小稻子带领短耳七族，与墨口互换和平的信物，这是一尊名为"少酋长"

的小石偶，样子是照着小稻子刻的，石偶身上散发着辛辣的烟味儿，出自半神破浪而出之手。

小稻子低声问道："和平的笛声会长久吗？"

"让我给破坏和平的人下一道诅咒吧。"墨口说着，便开始绕着石偶一边转圈一边祈祷。

"我，鸟王墨口恳请鸟神和诸位祖先聆听。苔藓和海跳蚤交欢，生出卑微的蠕虫，弯鳍和长钳媾合，诞下贪婪的章鱼爪。要是琐屑之事破坏了和平，恶鬼盗匪挑起了战争，请你们睁大眼睛，降下冲天的海啸吧，卷走他们的茅屋，拖他们入海吧，他们的尸骨将被海草捆绑在礁石上。"

蚌壳风帆喊道："不能放过开膛咔嗒！不能叫神的骨头活着！"

众人举起石头，相互推搡着，有些哭，有些叫，第一次忘我地嚎啕。

小稻子道："带他们出来吧！"

开膛咔嗒们被推挤了出来，长耳人贪嘴鸟一族也在其中，几名神的骨头被渔网缚着，唯独不见虾须胡子。开膛咔嗒抹干净了嘴巴，还会记得吃掉的人鱼吗？越来越多的人被推了出来，被指认者立马反咬一口：你也吃人了！

对神的骨头和开膛咔嗒的刑罚是当众砸死。贪嘴鸟跪着，弯腰讨饶着，可他肚子太圆，头没点地就被肚皮推了回来。

人们将不朽纹图身上的衣服一件件剥离抢走，这个美服爱好者瞬间变得一丝不挂，就像昆虫剥离了羽翼和四肢，没得手的人便把他的人皮撕下来，当作披风、手套和靴帽，穿戴在身上。

草垫子面对眼前的行刑者，忽然站直了腰，好像豁然间心胸舒畅了，他双臂连接天地，嘴角裂开一丝微笑。

小稻子问："你笑什么，怎么，不怕死吗？"

"寻路人啊，暮的世界就在我脚下，死有什么可怕？"他扬起灰色的眼睛，"饿鬼神睁眼唷，如你所愿，光的世界寂静了，嘿哈，来年会是个丰年，他们将不会饿死，大海的肚脐不再怕饥荒嘞……吃啊不吃，杀啊不杀……"

人们花了半日才将他砸死，却终也砸不掉他脸上阴惨的匿笑。

假如艾鸥也在这儿，他也会被砸死吧。小稻子想，人吃人，其实并不难，饿得凶了便要吃人。艾鸥犯的错或许我也难免，凭什么我活着，他却要死？难道他们真的不可恕，该死吗？

按照旧俗，本该还有一场盛筵，可没有粮食和酒。仪式草草结束。

人们找到族人残骸，抬到屋檐下风干，在石像脚下掩埋。大雨中有个飞跑的孤魂，不息地呼唤着情人小嗡嗡的名字。

芋头洞中，老人们仍旧围坐着，好像在说话，他们身上是熏香的，乌里开口叫唤他们，摇摇他们僵硬的身体。树衣族人封闭了芋头洞里所有的洞口。小稻子受邀参加了每一场葬礼，死者被尸解安置家中，作为家神代代受人供奉。半神吹烟、跳跳鸟、毒鳞女人、猎鱼耳坠，族长高耸船首、金背公鸡，还有嘹亮之音、槐树皮、猴仆，想起他们生前的样子，仿佛刻在一幅潮湿的壁画上，时光不能抹去。百鸟巢的牺牲者，小嗡嗡、乌叉骨、乌脊骨、黑鳍、白齿、嘴角渣渣，他们的残骸大多找不见了，人们恳请乌王召唤这些游荡的灵魂，给他们安葬。

葬礼本该是欢乐的，可是雨不停地下，人们左右顾盼，却发现身边没有一张熟悉的脸。

开膛咔嗒的乱葬岗上，有一个空坟，那是神龟王族人给艾鸥挖的。这个坟虽不大，却摆了许多陪葬品，海龟图腾的鱼钩、鸡毛花冠、树皮新衣，还有来历不明的活人之躯。不知真相的人，还以为里面埋的是个大族长哩。

小稻子跪在坟前，没人敢靠近，因为寻路人的泣声，大雨一直在下。这座空坟最终也没有填土。

名为饿鬼神的腐尸被放在三块镇魔的能言之木上，在百鸟巢最宏大的石像神坛前下葬，他的葬礼就像过去的大阿睿鳍那般隆重。只不过，人们祈祷他的灵魂不再回来滋扰。

饥饿的长耳人纷纷拿出自己的财产，换取短耳人的粮食。为了一口吃的，他们什么都拿得出来，这些东西是如此地叫人眼红，短耳人开始

383

讨论，城里还藏着什么宝贝。

渴水之鱼歪嘴向那缔结了和平的金鸡道："把那只鸡烤熟了，它的油水一定很足。"

"长耳人不仅有烤鸡，百鸟巢里啥都有哩。"臀骨针说。那些饿鬼神搜刮去的东西，大概一件不少，都在城里等着他们呢。

鬼疫

甜水村，人们将枯草捆扎成束，给旧茅屋作顶，炊烟掩盖了朽木的霉味。原野上女孩们为寻路人歌唱，晚风柔情绵绵。太阳下山，四方渐渐归于一片沉寂。

"阿噜哥哥——"乌里冲进门来，"他们不让我说，可我想这事不能瞒着你……"

小稻子把他拉近问："怎么了？"

"快去看看吧，大家都中咒了！"

二人穿过村道，来到一处破茅舍前，满屋子横竖躺着唉声叹气的人。

"乌里，你去找刺麻之根，就说寻路人请她。"乌里应声离去。

"下咒的长耳人海螺腿哟……"这是渴水之鱼的声音。小稻子在门边站定。

"别嚷嚷了，听着要命。"臀骨针道。

渴水之鱼怨声道："为什么咱们的寻路人不愿当个大阿睿鳍，为什么他没有灭了长耳人，让我们树衣族人享享清福？你看看我这次遭了多少罪！哎哟，要死……"

"你别喊了，屋子都给你喊得摇摇晃晃的，我怕再下一场雨，这房顶就塌了。"臀骨针道。

"要是这病好不了，干脆拿墙皮一裹就地埋了。"

"嘿哟，叫你扮神去吓唬长耳人，结果却把自己吓成这个样子，还弄

384

得我们都跟丢了魂似的，哎哟呵，我怎么沾上了你这么个没用的家伙。"臀骨针说着，开始咿咿呀呀地喘气，好像再没力气开口。

"知道了吧，这病就是他的邪咒，就是那烂死在灯芯湖里的，化作鬼的……"

"你尽瞎说，尽吓人！"臀骨针打起了哆嗦。

"你别过来。"渴水之鱼道。

"我怕冷唉……"

"我怕热！"

"你个没良心的！"臀骨针一把将他抱住，涂抹鼻涕眼泪。

渴水之鱼竟敢违背和平契约，去城里偷窃？这病就是他带回来的？小稻子夺门而入："渴水之鱼——"

"是寻路人！"小稻子好像一脚踩进了鸡窝，满屋子的汗酸味，人们弯腰撅腚，汗流直下，渴水之鱼更是吓得哇哇大嚷。

乌里领着一人匆忙进来，说道："巫医刺麻之根请来了。"

高地一战后，小稻子再没听见蜥蜴族人的消息，直到出现在和平仪式上，才知道他们中还有幸存者，据说毒鳞女人用刺果苏木的花粉，迷了开膛咔嗒的眼睛，给族人开了条生路，她自己却没能走出来。

蜥蜴族新的巫医，就是刺麻之根。他来时没有遮脸，小稻子嗅到一抹淡香，看见巫医间的一朵山茶，少年痴痴地闻了闻，这才红着脸长鞠一躬："仁慈的女巫医呀，请你受我一拜。"

"咦？"刺麻之根抬眉。

"阿噜哥哥说错了，他是个男子哩。"乌里道。

聚集在屋外的人们听见这话，都发出惊诧的声音，蜥蜴族的领袖居然是个男人。瞧这身材和嗓音，难不成是个少年？小稻子低声道："失礼了。"

刺麻之根淡然浅笑，戴上辟邪的羽毛，一个个察看病者，眉头渐渐收紧了。他走到臀骨针面前，摘下山茶花为女人戴上，臀骨针闻到花香，愁容舒展了许多。他又为渴水之鱼擦去额上汗渍，说道："我和同伴受

385

过重伤，是毒鳞女人救了我们。我们是刺麻人，稻草人。我受她照料日久，粗略地学了点医术。你看他们，有的脸红冒汗，像在火上炙烤；有的脸白发寒，如入深谷幽潭，寒热交替，实在难熬。"刺麻之根说着，开始翻开渴水之鱼的眼皮，嗅他发间的汗味。

山茶花香充盈满室，小稻子闻着依稀有些恍惚了。这气味似有许多种，有深山里的海棠，有浴房中的澡豆，还有各种油烟味、市井味、硫磺味，诸般熟悉的味道。

"毒鳞女人曾预见，大战后将伴随疫病流行，要我准备好草药，可这种病十分少见，毒鳞女人也没有见过，不知道它的来由，也无药可医。"刺麻之根对渴水之鱼道，"好了，你没染病，可以起来了。"

渴水之鱼抹去胸口的汗，急道："我感觉就要死了，我是有病的呀！"

"你是不是受了什么惊吓？"

臀骨针嚷道："你骗我，你这坏东西！难怪见了他，你跑得最快，连邪气也追不上你！"

小稻子问："你说这种病少见，可还能医治吗？"

刺麻之根道："我要去一趟百鸟巢，找到疫病的根源。"

渴水之鱼正哼哼着，听见巫医的话猛然坐起："百鸟巢去不得呀，去了可是要中邪的。"

刺麻之根学着毒鳞女人的腔调缓缓开口："暮的世界就在脚下。"

"好，我与你同去。"小稻子道，"还有你，渴水之鱼，把你走过的地方再走一遍，见过的东西都指给我看。"

渴水之鱼临行前，不忘背了一罐棕榈酒。三人奔了一夜来到百鸟巢城下，棕榈酒就要见底，渴水之鱼不肯再走。城里城外一片死寂，空气中飘着酸臭味，这是死人的气味。

"长耳人在哪儿？"小稻子问道。

"你看不见他们，他们却在听呢。"渴水之鱼目光凝滞。

刺麻之根拿来棕榈酒罐子，一口喝干，说道："你中邪了。"渴水之鱼侧头歪眼靠着墙。

"这场瘟疫，就是对你破坏和平的诅咒。"小稻子说。渴水之鱼开始哼唧，扶着腰，像鱼一样打嗝，吐着气泡。"带我们进城，也许我能帮你化解这诅咒。"

渴水之鱼拍了拍脸，从墙根一点一点向城门挪近，小稻子一把将他揪来，快步往城里拖行。

空旷的街道沙尘迎面，一个男子盯着脚下，缓步而行。当他经过时，猛然抓起一尊木偶，用沙哑的嗓音问道："要买一尊信仰吗？"他是门使泅渡贼鸥，圆睁的眼睛渐渐暗淡，小稻子叫了一声，他没有回应，又低头走远了。

前面就是半山市集，依稀有人语的嗡嗡声。

这里聚满了人。一间卖鱼的铺子里只剩下鱼骨头，但是客人们叽叽喳喳，声音小得如梦中呓语，空气中残留着鱼腥味。卖鸟羽衣的铺子上空无货品，只有几根鸡毛，店主谬诉肤色惨白，正与客人们说笑，小稻子记得曾参加过他的葬礼，他的脸颊上还布着尸斑。黑琉璃的店铺半开着，炽热红石端坐在他的宝贝石头上，睁着一只眼睛，另外的一只，与半边肚皮都被挖空了，除了地板上发出沙沙声的黑琉璃的粉末，这里什么也没有。

渴水之鱼闭上眼睛，嘀咕有声，念起一种辟邪的咒语。

仔细瞧瞧，人们都佝偻着背，和开城时相比，胸前又挂起了活人之躯，说话轻声细语，不时伴随着轻咳的声音。

"请留步……请问……"人们好像没长耳朵，无人应答。小稻子出手拽住一人，那人竟被这一拽仰面跌倒，刺麻之根上前搀扶，却见他气喘如牛，咳了一地的涎水。喘咳声如同波涛，在市集里弥漫开去。

小稻子惊问："他们都生病了吗？"

"是生病吗？我不知道……"刺麻之根开口道。

渴水之鱼一展眼："看见了吧，他们是鬼，满城的鬼呀！"

"有短耳人？"人们停下脚步，"又有短耳的窃贼溜进城了。"

谬诉告诉他的顾客："哎呀呀，你瞧啊，那不是短耳的寻路人吗？"人们泛白的眼睛，就像白纸上的黑点。

小稻子加快脚步，原本狭小的市集，变得如迷宫一般，上山的方向蜿蜒曲折，只有鸟王的神庙依稀可见，三人慌乱地朝山上爬去。

"你听，那是什么声音？"刺麻之根问道。

"那是在朗诵能言之木啊。"小稻子道。

渴水之鱼捂紧双耳："不对，那是黄昏的祭典呀。"

是谁在说话，声音如此响亮？只见山顶戏台上，一个戴草帽留长须的人举着乌阿，他说一句，大家便跟着唱一句。台下是一片灰色的人群，都张嘴呼着同一个声音。那声音闷沉作响，却听不明白说的是什么。

忽然，他将乌阿插在戏台上，所有的声响化成一句话："睁眼，醒来，从暮的世界回来！"说完，人们便呆立着，眼中饱含着期待。渴水之鱼捂紧了耳朵，口中又开始念经。

戏台上布满了腐烂的泥藻，人们寂静良久，也没听见一点响动，男子跺了跺脚，拔出乌阿朝地上砸去。

"啊呸！"喷涌的吐水声，几个人影从那烂泥水草间坐起，咳嗽着问："我在湖里做梦，是谁把我拽出淤泥，叫醒了我？"

男子说道："饿鬼神开眼，是我把你们叫醒的。"

"你是谁，为什么要这么做？"一个人哀怨道，伸出只剩白骨的手掌，"族人把我当作叛徒，家人把我当作开膛咔嗒。"

"我们跳进灯芯湖里，就是想寻死，是谁在骚扰我们？"另一人身上爬满了蛆虫，话音沙哑难听。

男子摘下草帽。台上的人看见他的样貌，慌忙在烂泥里滚爬。"他是神的骨头虾须胡子！别吃我，去吃他，去吃她！"

"你们不要怕我嘛，我又不咬人。"虾须胡子弯下腰，"我把你们叫醒是为了给予帮助，伟大的饿鬼神让我来转告你们，开膛咔嗒都是好人。"

"可是我们已经染了重病，恐怕活不了多久了。"

"难道说饿鬼神还活着，能够帮助我们？"有人问道。

虾须胡子道："饿鬼神不会死，他的灵力无处不在，这种病就是他赐予的礼物。你瞧，病魔帮我们赶走了进城偷盗的短耳人，并传播向整个大海的肚脐，它在替我们惩罚所有的背神者，那些海跳蚤终将挨个死去。"

"我们怎么办，我们也会死吗？"

"只有背神者才会遭受惩罚，你们只要相信饿鬼神，当然就不会死。像过去一样做个衷心的追随者吧，你们要做的，就是让百鸟巢恢复往昔的荣光。"虾须胡子看着这些烂泥中滚爬的人哭泣着跪拜在他的脚下，便用棕榈果壳舀了凉水，从头顶灌下，清洗干净的人摇摇晃晃地走下了戏台。虾须胡子捻着长须，信步走了一圈，在一团烂泥前停下脚。

"赤头鹦鹉，饿鬼神的好仆人，这里除了追随者没别人，你大可以睁眼了。"虾须胡子提起长袍，踹了几脚，见他不动，高举乌阿，一杖照脑门砸去，赤头鹦鹉闷哼一声，张开一嘴稀疏的牙，嘶喊："饿鬼神在上，饿鬼神仁慈，我的眼里全是泥，任何扮成你的伪善者也别想叫醒我！"

"饿鬼神要你死，你就活不成，要你活，你就别想死！"虾须胡子举起乌阿，用力过猛，滑了个仰面翻，干咳起来。台下的人爬上台，拳头如雨点般打来。

"我就是不起来！"赤头鹦鹉昂头喊道。

小稻子身旁，两个年轻人叫道："赤头鹦鹉已经死了。"

"赤头鹦鹉的灵魂在灯芯湖里腐烂了。"这二人一个文着鲸面，一个刺着鲨齿。

虾须胡子抹去头上的汗珠，向鲸族和鲨族人望去："谁在说话？"没人回应。

"饿鬼神睁眼，谁在冒充祖先，说起那可怜的灵魂？我看你们当中还有信仰不坚定者，没有参拜过饿鬼神的鬼影，没让他的灵力占据全身。都随我来。"虾须胡子庄严地走下戏台，观众跟随着他，缓缓地朝火山口走去。

刺麻之根说:"我闻到山上的空气比山下的污浊,那里一定有什么不祥。"

渴水之鱼捏紧鼻子,细声道:"他还在呦,就住在灯芯湖里哩。"

小稻子瞄了他一眼,前方只有花香和色彩斑斓的湖水,少年爬过山脊,在落瀑似的人流中驻足而望。只见这灯芯湖里浊气升腾,漂满了死尸,暗流搅动着发出咕咕的声响,芦苇枯死了,岸边的树也光秃了,腐败物遮盖了湖水,催生着一汪巨大的沼泽。

湖里有一个年轻人在泅水,人们叫他"饿鬼神的好家仆""勇敢的瞬息之心"。他从水底打捞落湖者,拖向岸边。人们手脚并用爬下陡峭的山路,湖里的蚊虫开始嗡嗡地杂鸣。

"把赤头鹦鹉丢回湖里去!"虾须胡子喝道,"伟大的饿鬼神,降下你的灵力吧!"

众人将赤头鹦鹉高高地抛起,扔在山壁乱石间,他像一根僵硬的滚木直入湖底,须臾冒出,竟如一具浮尸。

虫鸣之声大作,湖中升起密密层层的黑点,逐渐壮大,遮蔽了日光,似一只巨鬼伸出了手脚向人们抓来,众人匍匐下跪,对着那蝇虫的阴影叩拜不止。

渴水之鱼冲向下山的路,没了踪影。强劲的海风吹散了飞舞的蚊虫,吹开一条大道,小稻子指了指山顶,那里的鸟神庙依稀可见。一定要找到墨口,只有她能告诉我城里发生了什么。

小稻子屈身踏入庙中,却踏了个空,险些跌倒。庙里漆黑无光,如同地底洞穴。刺麻之根用火石点亮了鲸油灯,庙中景物逐渐显现。

神台上,一个女子的躯体,在灯光下微微发亮。

"阿噜携巫医刺麻之根拜见鸟王。"

神台上依稀有人呻吟,鸟羽褂滑落下来,少女打了个寒颤,小稻子捡起,替女孩裹紧。

"刺麻之根,你看……"巫医伸出手,指尖触腕,为鸟王把脉。样子竟像个大明郎中。小稻子坐在一旁,不敢发出一点声响。

"这病和树衣族人的一样。"

"难道真是饿鬼神作祟？"

"湖里蚊虫烟瘴化身成形，只怕是蚊子鬼作祟。"

"我当是何方神魔呢，巫医莫不是在开玩笑？"小稻子问，"开芽，你生了重病，怎么也不派人来找我？"

开芽挺腰坐起，托着小稻子面庞："我每天都在想，只要我向神灵祈祷，就能看见你。"

"可我没听见……"

鸟王止住少年话头，弯眉低吟道："我们的病是神灵的惩罚，惩罚饿鬼神的奴仆开膛咔嗒……"

"我见到虾须胡子，他说这病是饿鬼神的法术？"

"饿鬼神出海了，我亲眼看见的，他的独木舟太小了，会被大浪打翻的，不可能还活着。"

刺麻之根抬起头，催促道："要找到病源。"

小稻子点点头："开芽，城里发生了什么，谁最先染病？"

鸟王唤来仆人沉船与漂流木，二人受命去了。不多时，沉船带着一名枯瘦男子进殿。

"亡灵新居的桑皮寿衣带到。"

桑皮寿衣脸上涂了一层厚厚的黄色粉末，他屈膝跪拜，恭谦极了。然而鸟王寒症又起，开始哆嗦不能言语。刺麻之根抹了些草药，用岛民的罗密罗密按摩术为她活血。

"鸟王病得不轻呀。"桑皮寿衣对沉船道，"她请我来，是不是在为自己的葬礼做打算呐？"沉船摇了摇头，退到一边。桑皮寿衣盯着鸟王，掐指盘算着什么。

刺麻之根低声道："这个人面色吓人，可说话如常，好像没有染病。"

小稻子："巫医有所不知，他是丧葬家族之长，咱们这是大白天见阎王——活见鬼了。"

"我还以为是地底神婆怀孕——出了鬼胎嘞。"

小稻子笑了笑，可笑容逐渐僵硬了，猛然抬起头，刚才听见的确是岛民的语言，可这句式是大明人的，是一句歇后语，只是地底神婆取代了城隍奶奶，难道岛上也有相似的俏皮话？刺麻之根露着牙，像是在微笑。

漂流木走进神殿："禀告鸟王，铁木棺船没有找到。"

"家兄铁木棺船病死了，现在尸体都腐烂了。唉，他死得冤呐。"桑皮寿衣道。

鸟王愕然。小稻子问："铁木棺船生的什么病？"

桑皮寿衣堆着笑，粉尘扑簌，压低嗓门："那病不正是……你寻路人降下的诅咒吗？"

"你说什么？"

"这场瘟疫的来历，我可是十分了解的。"桑皮寿衣清了清嗓子，"一个棕榈年前，祖灵们带来了这种疾病，开膛咔嗒吃了祖灵的肉，便受到了他们的折磨，变得像凡人一样虚弱。"

小稻子回想起了上饿鬼岛时，那些开膛咔嗒的确像是着了病魔。"可这病并没有杀死开膛咔嗒。"

"的确，那是因为开膛咔嗒拜了饿鬼神，消化了祖先的灵力。说来唏嘘，家兄铁木棺船打扫战场，捡到了些祖灵的遗物，这些空心棍子能杀死开膛咔嗒，可是没有灵力驱动不了，赤头鹦鹉来找他，说只要能使遗物重现威力便要重金购买。铁木棺船猜想要获得祖先的灵力只能靠染疾，不久，他如愿以偿，却不治而死，交易告吹。这些遗物我是不敢碰的，不仅不碰，我还要抹姜汁，辟邪。"

"遗物能传染。"刺麻之根嗅了嗅，"擦的是老姜粉。"

小稻子问："你说说，这病魔如何在城中扩散的？"

"很遗憾你没有亲眼看见。我还从没见过这么强的诅咒，能让满仓的粮食全都腐烂，让全城的老鼠蚊子跑出来。"桑皮寿衣指了指自己，"他们说，我们丧葬家族是背神者。天天有人来亡灵新居里砸抢，把祖灵身上剥下来的祭袍穿在身上，见到人还要毒打，家族里的人都被拉去游街了。寻路人呐，那时候我可盼望你来了，替我把这些吃土的家伙踹进臭泥潭里去！"

说到这儿，桑皮寿衣忽然笑了起来："我知道向你祈祷一定灵验，你看，没过几天，这些吃土虫就都得病了，你的诅咒比过去更强大，即便没碰过祭品的人也要得病了。寻路人，我是崇拜你的，我知道是你让我免于生病。可是我怕饿鬼神就要还魂了，寻路人呐，你什么时候才会带领短耳人进驻城中，永生永世地降伏他们哩？"

"阿噜，"一人跌撞进庙，螃蟹横行，拖了一地的泥泞，"我看见你钻进鸟神庙……"

小稻子搀扶来人："瞬息之心——"

一声咆哮，瞬息之心挥手推开小稻子，他面色如铁，锁骨箭伤处串了一根草绳，束着一个"活人之躯"。望向神台上虚弱的鸟王，瞬息之心拜倒在地。

"我的鸟王，你不该和这短耳人见面。他是来抢战利品的海跳蚤，是要处死我们的屠夫，请关上城门吧，把寻路人赶走，将他们挡在城外。"

他颤抖着站起身，伸出一只手，靠近神坛："只有饿鬼神能帮助我们，只有饿鬼神能宽恕我们，高贵的鸟王，你也感受到了吗？饿鬼神给我们的恩赐……"

瞬息之心说完，再也提不上气，僵直地抬着手，身躯仿佛雕塑一般。

结庐煮茶

剌麻之根道："这个人的病很重，比鸟王更危险。"

小稻子问："寻到病根了吗？"

"丧葬家族和死人打交道，如他所言，是祖先带来了这场疾病。"

"这些祖先……可是……我的同胞都战死了，这病不该和他们一起

393

入土了吗?"

"没有入土,它化成一团瘴气,附着在祖先遗物上,叫触碰它的人得病,然后,是粮仓里的臭虫老鼠,还有灯芯湖里的蚊子吸了人血,把瘟疫传开了。"

我宁可相信这是饿鬼神作祟,小稻子想,若是大明人带来的,那便只有大明人能治好吧,可我对治病救人一无所知,懂的那一点点,都是小米子教的。

小稻子走到瞬息之心面前,将他平放在地:"瞬息之心,对不住了……"

刺麻之根问:"你对这个咒骂你的人为什么这么在乎?"

小稻子叹息着,噘了噘嘴:"我曾看见一个预言,说这里将是一座荒岛,没有植被和鸟,只有几个孤魂野鬼,所幸它还没有成真。刺麻之根,你也不愿见它成真吧?"

刺麻之根长叹了一口气。小稻子续道:"有的时候,我会做梦,梦见我的故乡,家人在等我,梦见朋友们都还活着。这些梦很短,可我总希望自己不要醒来……"

刺麻之根正睁着一对黑色的眸子,定定地凝视着某处。只见他转身走出神庙,轻声道:"长耳人说,生姜就长在这湖边的沙土上……"

灯芯湖岸边,有人在啃食野草,忽然打了个喷嚏,开始抹着眼泪呕吐。巫医走到呕吐处,地上有一些贴地而长的绿草,扒开泥沙,挖出一地金黄:"老姜。捣烂了敷在膝上祛寒。"小稻子懵懂地点点头。

巫医走到水边,这里长满了马齿苋,人们正是拿这种野菜充饥,刺麻之根摘了一片:"尝尝。"

小稻子嚼了一口,吐了去:"酸的。"

"酸的,但是拿水煎煮,服下可以解毒。"

二人爬上高崖,这里除了岩石,几乎寸草不生。面海的一侧,土地更加干燥,巫医躬身在危险的巨石上攀爬,手脚笨拙得像一只螃蟹。

石壁间,有一株不起眼的茅草,刺麻之根伸手,却够不着。小稻子找来一个木杈，让巫医抱着腿，倒悬着方才摘下。巫医看着那草根，抹去满头的汗水道："甘草捣成粉，敷在肚脐上，对止咳最是管用。这里的草种类少，都不是极易见效的，我还得再想想法子。"

先前巫医不是说，这样的怪病没人见过吗？怎么这一会子就想出了药方？

在饿鬼神神坛的废墟上，躺满了湖中打捞起来的病患。土灶上是一个热气腾腾的陶罐，空气中满是姜茶的味道。

瞬息之心醒来时，望向身旁的一名男子："压舱石船长，我这是怎么了？"

"你醒了哟，年轻人，说明你的病好了。"

"我的病……"瞬息之心茫然四顾，"这是哪里？"

"这是饿鬼神神坛，不过，现在是寻路人的居所。"

他摇晃着脑袋，喝问："你是说，寻路人阿噜？"

"是呀，你瞧瞧，你能这么大嗓门说话，多亏了寻路人嘞，是他喂你吃的药，你应该好好感谢他。"

瞬息之心张着嘴，木讷得像个嵌着琉璃眼的木偶，打了个喷嚏："他给我吃的什么药？"

压舱石指着湖岸边的一片绿色："谁能想到，那些刺麻人会用这些草来治病。"

"城里还有……刺麻人？"

"不像一般的短耳人，刺麻人很友好，但是从不说话。他们之中有个头领，白天出城夜晚回来，只有不眠的蝎子见过他的脸，他总是背着个装满药粉的大葫芦，将难闻的粉末倒进每家人的蓄水池里，然后不停敲打一颗发光的海螺，他说有一种叫瘟神的邪魔会被这吵闹的脆响吓走，无知觉的人们照常来取水，可病魔却悄悄地离开了。你知道吗？每天早上太阳还未升起时，刺麻人会吃泡在盐水里的生姜，还有些其他的味道古怪的东西。我总觉得他们不像是任何一族的人。"

"生姜，你是说那种擦在身上的香精？"瞬息之心接着又打了个喷嚏。

"啊,这是白胡椒粉的作用,寻路人是这么叫它的,这种小豆子是他带来的,长在地底,兑着地下泉酿的酒喝,能叫你一整天打喷嚏。"

瞬息之心咬唇:"这是在羞辱我们吗?"

"不,这是寻路人的恩惠,咱们应该好好报答他。可寻路人没把这当回事,长耳人的礼物他一概不收,即使给那些刺麻人,他们也不要,除了一样东西。"

"鸟蛋。"瞬息之心舔了舔嘴唇。

"对,生鸟蛋,他们收了,也是取蛋清,倒入棕榈酒做药,叫你一口气吞下。"

瞬息之心背对石屋,面朝鸟王街,沉声道:"看见远方的荆棘鸟了吗,它们要下蛋了吗?"

"它已经来了,在适应水土哩,一年一度的鸟王比赛很快就要开始了。"

刺麻人见到寻路人的时候,一个个神色肃穆,在石屋前跪拜。他们来湖里采药,并培育新苗。可他们种在湖边的甘草却因积涝而死,马齿苋的种子在泥沼里发了霉,而种在山坡上的姜苗也被烈阳晒枯萎了。也许火山湖的环境叫他们无法捉摸,他们开始模仿甘薯族人,把草药种在温润的浮岛上,总算见了成效。湖里的活人和死人都被打捞了出来,湖水澄清了,蚊子不喜欢清水,更讨厌生姜,不几日便消停了许多。它们仍在一些隐秘的地方繁殖,被遗忘的死人正在与泥藻融合,水苔爬上头颅,代替了毛发,芦苇穿过肋骨,在胸膛上开花。

刺麻人早上会给小稻子送姜茶,托他们关照,少年一直没有染病。小稻子发现刺麻人还喜欢煮一锅热水,泡槐花、嫩桑叶、香蒲草茶,每当此时,灯芯湖畔便香气四溢。他们喝茶时的谈笑声像是大明话,也许是连日的疲惫,所以才总想起大明人吧?

陶罐里熬的白胡椒汤冒着若有若无的白烟,白胡椒可不是寻常药,它是大明所没有的,只出产在古里、苏门答腊、婆罗的一种昂贵商品。小米子曾节衣缩食数周,在甲板上清理鸟粪攒下银子,从南洋商人那儿买了些新鲜的胡椒子,胡椒子有白有黑,摊开来像一盘棋。

小米子将它们一颗颗数着,弯眉笑道:"有了这些宝贝疙瘩,让我再铲一年的鸟粪,也是值了。"

"它味道呛人,亏你稀罕。"小稻子道。

"大哥不知道,当地人拿它来做药呐。"

"它能治什么病?"

"胃病、寒症,还有疟疾。"

小稻子记得,小米子的确说过能治疟疾。在大明,疟寒疾多发于春秋之时,但凡大疫,家家有伏尸之痛,室室有号泣之声。岛上的时疫像极了此病。

小稻子正沉思着,只听屋外一声嚎,刺麻人结结巴巴道:"刺麻之根,刺麻之根……"

他们除了这个名字,别的什么话也说不出来。小稻子望见屋外,天快亮了,难道巫医去城中撒药还没有回来?为了避开饿鬼神残党,他每次深夜上街,从来不叫人陪同,一个人或许遇到了什么不测。

小稻子一个大步,朝山下飞跑。这场瘟疫少不了他,病魔时有反复,每当人们庆幸的时候,总有新人患病死去。

天空微亮,城里小巷泛着幽蓝的光,小稻子看见有人围着一口池水,刺麻之根躺在地上。

"刺麻之根……"小稻子在他身上摸了一番,没有伤口,没有血迹。巫医一丝丝地喘着气,嘴唇发白,眼皮耷拉着,绵软极了。小稻子摇了摇,巫医呜呜作声,不能醒来。

刺麻之根城里城外地奔走,几夜也没有合眼,一定是劳烦过度。少年跪下拉着他背到背上,正起身,刺麻之根紫唇嚅动:"大哥……"

说的是大明话。小稻子一转身,盯着他那张样貌难辨的脸:"小米子?"

朦胧的山峰，落石震荡，火山口里嗡嗡作响。

"寻路人——"小仆沉船叫喊着进屋，推搡着小稻子走出屋去。灯芯湖面的浮土上站满了人，有长耳也有短耳。

娴熟的手朗声宣布："从今天起，百鸟巢将改名捉魂山，它是我们石像族的领地了，破浪而出就是你们新的族长，我们会在山东侧开辟采石场。今后，我们石像族就是新的长耳人了。"

飞鸟族喧哗着推出一个人，他是能说会道的泅渡贼鸥。门使低眉扫视了一圈，涨红了脖子，喊道："百鸟巢是飞鸟族的，是我们的财产，凭什么让给你们！"

"海螺腿，你难道忘了吗？是我们石像族徒手接力，将石头一块块运到这儿，打造了这座华丽的城市，可这里的好处，我们一天也没享受过。现在，你们的好运到头了，该轮到我们了。"石匠娴熟的手叫道。

瞬息之心喝问："百鸟巢是饿鬼神建造的，是饿鬼神的领域，这里遍布着瘟病的邪气，难道你们不怕死吗？"

娴熟的手答道："我们喝了刺麻人的药水，不怕饿鬼神的诅咒！"

瞬息之心举起拳头，向着族人们呼喊道："不能向狡诈的短耳人低头！"

"饿鬼神在上，饿鬼神睁眼！"众人齐声高喊。石匠们人数众多，也高喊着，搓起了拳掌。

山道上升起一团烟尘，一行人快步抬着顶坐轿，鸟王墨口的长翎如旌旗般左右摆荡。石像族纷纷推挤开一条过道，请出了他们的族长破浪而出。

二人轻声细语，相互寒暄。忽然，破浪而出跨近鸟王坐轿，伸手探向鸟王长翎，准备要抓，他终究什么也没做，转身朝山顶的神庙看去，随即拔腿上山而去。鸟王紧随其后，众人拥沓着跟在后面。

破浪而出像赛跑似的，众人都被他甩在后面，他爬上高台，环顾饿鬼神庙的残垣废墟，看见一个会说话的影子，从断壁后探出脑袋："到家了，我的大巫师。"

破浪而出问："未来的大阿睿鳍，这地方就是你选定的居所吗？"

"没错，这就是我的新家，人们给我盖了一间石屋子。"那影子笑了笑，转身飞跑，破浪而出赶忙追了上去。可那影子像是用鳍游水，一扭身便隐没在灯芯草中。废墟尽头，破浪而出看见一间石屋，寻路人阿噜伫立在门前。

"破浪而出。"少年笑吟吟地开口。

破浪而出眯眼瞧去："这间简陋的石屋就是你的住所，寻路人？"

墨口和瞬息之心随之跟来，少年道："请进来吧。"

屋里一个刺麻人正拨弄着土炉里的火苗，他从芭蕉叶中取出几个新制的陶碗，分摊在每个人面前，又拿出一个芦苇秆编织的草盒，盛着各式各样的枯叶、干花与干果，分洒在碗中，浇上热水。

破浪而出端起碗，枯叶在水中伸展，渐露新绿，抽枝发芽。一抹清气袭来，像雨后湿泥，破浪而出捻起一片，是桑树嫩芽。

"瞧，开花了。"会说话的影子指着鸟王面前的陶碗，碗中几朵初开的槐花如蚌壳般晶莹，小小石屋，一幅春色。

鸟王端起陶碗，微启面具，抿了一口。原来这汤水能喝，破浪而出慢慢地品了起来，却瞥见影子伸手，摸向鸟王。破浪而出诧道："小虫儿。"

那影子回头，咧嘴指着鸟王："她身上好香，一定是个大美人，为什么藏在唬人的头冠下面，你能帮我把它摘下来吗？"

又是方才在湖里的请求，叫他怎么办哩？鸟王的三只眼睛，都看着破浪而出，他咬着唇敛眉低头。

瞬息之心见碗中漂着半青色的婆婆肉，甘甜好喝，直喝得舌头发麻，两眼发眩，听见众人致意了一番，竟挨坐谈笑起来，便猛灌了几口："现在不是闲扯的时候，破浪而出，我们没有你这样的客人，请你带上族人离开百鸟巢！"他喘着热气，长耳人三三两两随声附和，他们喝了婆婆肉泡的水，一个个都红了脸。

破浪而出觉得口中苦涩，便将陶碗放在草席上。小稻子为他重新斟上，问道："这是桑叶茶，族长可还习惯？"

"刚开始喝是苦的，这阵子舌头底下倒有点甜。"破浪而出面对飞鸟族人，露出笑脸，"我破浪而出不是强盗。战争结束了，开膛咔嗒死了，饿鬼神也不再现身。这一仗，我们石像族人出力最大，牺牲最多，可现在我们不仅没有得到回报，日子还比以前更难过了。没有人来买我们的石像了，我的族人在捉魂窟里掏鸟窝、挖野菜。我们被迫到处流浪，只有西方的沃土能够养活我的族人，为此我们来到了百鸟巢里寻求帮助，可城里人傲慢地驱赶我们，依旧把我们当作卑贱的短耳人，我们奔波辛苦，没有耐性，愤怒是自然的。"

石匠的人数如此之多，如今几乎是短耳人的代名词。谁敢违抗这一大族的索求呢？

"这就是你们闯入的理由吗，来抢夺我们的东西？"瞬息之心嚷道，"鬼疫爆发前，城里没有一天不遭到骚扰洗劫，要是让你们再夺走了百鸟巢，长耳人该去往哪里？和平仪式后，我们本该互不干扰，享有安宁。如果你们敢擅闯，撕毁和平，那便要承受鸟神的诅咒！"

破浪而出看见那瘦小的影子，现在乖乖地蹲在他身边。"既然进城来了，我们就不打算回去。"他抿了一口茶，瞥向寻路人的方向，目光渐渐沉淀，"除非大海的肚脐出现一位公正的大阿睿鳍，才能降旨调遣我们，不然，石像族绝不会退出。"

一个闷沉的声音开口道："你们石像族人数最多，要推举大阿睿鳍，便是选你自己吧？"这声音发出一连串的狞笑，"如此，长耳人的尊号，神龟王族之后是飞鸟族，飞鸟族之后轮到石像族，为了一点点可笑的粮食物资，新的饿鬼神将诞生，短耳长耳间的战争又将开始。"

众人听闻，全都哑然，相望寻找说话的人。

"是谁在说话，请你出来吧。"不闻回应，小稻子问道，"既然你说战争将循环往复，你可有办法打破这循环？"

那人道："只有免除大阿睿鳍，消去长耳人的特权，才能终止这一切。"

"没错，大阿睿鳍已经不在了，谁也别想自称长耳人！"这高喊来自屋外鲸族的无骨鱼身，不少人随之发出共鸣。

小稻子问："没有领袖，没有长耳人，谁来掌管大海的肚脐呢？"

"他们就坐在你们中间，他们的来历几乎和这座岛屿一样悠久。鸟神梅克梅克、海狮神骸笏，十族守护神仅剩的幸存者，千百年来一直是我们的神祇。这场战争，正是由他们带领你们取得的胜利。"瞬息之心挠了挠痒痒，这墙后闷沉的声音，定是老鸟王赤头鹦鹉吧？

破浪而出摸着下巴，审视着墙壁上一块突出的石头："墙里人，你说得对，可我做族长的，必须为族人的生计考虑，不能轻易相信一个不愿露脸的人。"

"潮涨潮落，海水带走了我们的一切，长耳人挥霍了剩下的所有，假如大阿睿鳍的船队还在，那么我们将举族出海，寻找能言之木中提到的异域。可你们都明白，我们被困住了，未来只会更加贫苦，我们手里的东西将越来越少。"那声音放低了，显得神圣而凝重，"下面我要说的，能言之木里没有，是我自己琢磨出来的。未来无论是各族无主，还是长耳人统治，我们都应当遵循祖先的规定，去呼唤鸟神梅克梅克，去崇拜海狮神骸笏，因为他们是善良的化身，秉持着绝对的权力，地里的产出、岛上的所有，都是他们的馈赠，受到他们的庇佑。"

破浪而出循声走到墙边，石屋是由拆毁的饿鬼神庙拼凑成的，这块突出的石头是一尊活人之脸的残躯。小虫儿的影子扶墙贴耳，坐在这石头上。看来说话人就在这石头后面。破浪而出摸了摸，合掌将石头抱住。

瞬息之心犀利地说道："这间屋子是我们长耳人盖的，虽然不太漂亮，但正说明了我们飞鸟族也不需要别人帮忙。"

破浪而出立定，正是这短暂的迟疑，墙里人已警觉，一声风响再无动静。将来某个访客也许会细心地发现这块残石，他会激动地告诉世人，那个曾在大会上开口的人其实是个石头人。

瞬息之心续道："我向来尊敬海狮神，同样感激帮助我们的寻路人,可是墨口才是我们的王、我们的领袖,除此之外,我们不会听命于任何人。"

破浪而出面朝小稻子道:"以守护神的名义选新领袖,我不反对。只不过墨口任期将满,之后谁来称王?由飞鸟族把持的领袖我无法信服。可海狮神的化身只有一个,寻路人阿噜曾是我们的头领,将来也是。"

争论占据了余下半日的时光。小稻子回想起数周前,蚌壳风帆曾带着一群地底人,气势汹汹地来到门前质问:"记得红帽子的神谕吗?你是还魂的少酋长,现在红帽子走了,你就是我们新的大阿睿鳍。"

"没错,你还是我们新的神灵,比饿鬼神更加尊贵。"渴水之鱼管这神叫"远游之神"。

红帽子曾说:"崇拜一个活人,换回一个吃人的邪神。"一个凡人,怎么能自称为神呢?就是大明的天子,也要敬畏天地,不敢妄自称神。

小稻子俯身下拜,感谢族人的好意,而后端正坐姿道:"如果我像饿鬼神一样,总是被人抬着,脚不能沾地,不让任何人靠近,那么谁愿亲近我,与我为伴呢?你们将看到一个同饿鬼神一样的邪神,终有一天,我也会把人当家畜,开口吃人吗?我年轻任性,仰仗族长半神们关照走到今天,可族长们哪个不比我老练周全,比我更熟悉这片土地?领袖人物应该是他们,难道你们忘了,我是个外来人?"

小稻子的话,在地底人听来是不实的,渴水之鱼道:"寻路人,你为什么要骗我们嘞?你就是祖先派来的,我们当中土生土长的族人呀!"

小稻子再三推却,然而这次不会像上次一样不了了之。人们在问:"祖先的英灵呀,你将派谁来照管大海的肚脐哩?"

历代鸟王都是飞鸟族中的人杰,因为任期只有一年,他们只管做好事,而无暇培植自己的势力,以免卸任之后,遭人唾弃。鸟王的努力让飞鸟族比别族更齐心而富有,以至能取代神龟王族成为统治者。如果不是饿鬼神,鸟王的职位本该是神圣而有效的。人们都说小稻子身上有大阿睿鳍的血,还有守护神的灵魂,说得玄乎其事信不得。好在小稻子不是个轻浮的人,这身肉体凡胎百年之后,谁还会迷信海狮神?但是鸟神的灵魂却能代代相传。

开芽咀嚼着杯里甘甜的槐花，吹起了口哨，人们以为那是鸟雀杂鸣，只有小稻子在听，噘起嘴学了几声，可吹得不像。众人立时侧目，少年清了清嗓子，挺直了腰板，开口道："朋友们，听我说，选鸟王做你们的领袖吧，把鸟神当作你们高贵的神。或许有些人不愿意接受鸟王，可如果我说，今后的鸟王将从十族中选出，而非来自飞鸟一族，你们觉得如何呢？"

少年的话，客人们都肃穆地聆听着。"我听说，每当成群的荆棘鸟从外海飞来，飞鸟族就会举行比赛来选拔鸟神的化身，开启新的一年。假如各族均有权参与比赛，这样选出来的王各位是否愿遵从哩？如果让这位鸟王，公平分配这一年的产出，大家是不是就不会挨饿了呢？这对赢得比赛的一族也是件幸事，他们将作为鸟王的眷属，同样受到尊敬和帮助。假如这位鸟王有失公允，大家也不必沮丧，来年将举办另一场比赛，诞生出新的鸟王。"

内书房，小稻子观《礼记》有言："大道之行，天下为公。选贤与能，讲信修睦。"

天下是天下人所共有，选出贤德能干的人，世间自然和睦。虽然这样的制度，在大明早已流失，在天下诸国中也闻所未闻，可如今这鸟王之位只由贤者居之，各路能人必将粉墨登场。

墙后之人是已经离去，还是在默许呢？

屋外的无骨鱼身问道："你说的是真的吗？我们鲸族和鲨族人，一直是飞鸟族的从属，每次鸟王比赛，我们都是作为长耳人的仆人，替长耳人参赛，长耳人当上鸟王，我们却只得到一只鸡作为奖赏。你说像我们这样的部族，也有权利参加比赛，争夺鸟王吗？"

忽然，在众人的惊诧声中，鸟王摘去面具，褪下羽服，走出屋外，她的嗓音清脆而动听："我们的祖先火屠大阿睿鳍，从梦之时光乘船来到大海的肚脐，他的十个儿女繁衍出了如今的十族。所以这十族人本来都是兄妹，都是亲族。"墨口对小稻子含笑道，"鸟神很喜欢这个方法，他正等待着寻找新的宿主。无论谁赢得比赛，鸟神都会占据这个获胜者的肉身，再度降临人间。"

破浪而出叹道："谁能想到，这面具底下，竟藏着这么可爱的一位女孩。"石匠们闹腾起哄，他们喝的是香蒲草根茶，甘味清新，仿佛置身在湖中荡漾。

"我很高兴今天能够摘下面具。"鸟王长舒了一口气，在众人的瞩目下低眉微笑。

人们欢呼道："寻路人阿噜，鸟王墨口，你们就是我们的守护神呐！"

破浪而出盯着噼啪作响的炉火，光影散发出跳动的暖意，面对小稻子询问的目光开口道："我破浪而出，与石像族愿遵从这个提议。"

瞬息之心欠身笑道："瞬息之心，和飞鸟族同意这个决议。"

竞争鸟王的消息如潮水般传遍全岛，人们欢快地讨论着，为即将来临的赛事忙碌起来。

鸟王盛典

在烤火山西南方目力所及的海上，有"尖嘴岛""雏鸟岛"和"飞鸟国"三座小岛，鸟王比赛就是在其中最大的"飞鸟国"上进行。

当昂宿星升起，大批渡海来的荆棘鸟会在这里求偶，在飞鸟国下蛋，谁能爬下烤火山的高崖，游过鲨鱼密布的海洋，从飞鸟国找回第一颗鸟蛋，鸟神梅克梅克就会化身在谁的身上，他将作为新一任鸟王统治大海的肚脐。

鸟神庙的壁画上记录着历年来发生的大事。墨口年画的是一艘多帆的大船，代表寻路人的出现。

人们穿着干净光鲜的衣服，热热闹闹地从大海的肚脐各个角落赶来，城里到处是欢欣鼓舞的吆喝声，女孩们拍打着身上裸露的肉，男孩们学着海鸟唱着求爱的歌。

"下注了，下注了，鸟神梅克梅克睁眼了，十族的选手，谁将是今年的鸟王，哪一族将荣升神的眷属，赶紧来下注吧！"渴水之鱼坐在一块平岩上，身边摆满了酒坛子，一张草席上铺设了各色的押宝石。

"朋友，能讨碗酒喝吗？"刺麻之根从山道上走来，擦拭着一头的汗水。

渴水之鱼递来一个酒碗："今天是鸟王节哩，大巫医不来下个注吗？"

刺麻之根瞧了瞧这些石子，上面一目了然地刻着各族的图腾，下注的人只要选中一族，在石头背面刻上自己的名字，再交纳赌金，坐等结果揭晓便可。

有人乱步撞来，丢下一块闪亮的蚌壳道："树衣族人，快给我个黄色的押宝石。"

渴水之鱼将那蚌壳收下，在一块黄石头上写下那人名字，用草绳绑在蚌壳上，收在结实的芦苇筐中。这些芦苇筐有十个，分属十族，每一个都被赌金撑得歪歪斜斜。渴水之鱼揉着鲨鱼牙将它收拾在耳朵上，现在他也自称是个能言之木读者了，他很庆幸没有把节日所有的时光消遣在酗酒上，而是用两卷树皮布跟飞鸟族人学会了认字。传授读写方法，公开能言之木的知识，是墨口鸟王在位期间颁布的为数不多的政令之一，其他的包括买卖自由，不按尊卑论价，等等。一夜之间，人们发现飞鸟族不再斜着眼睛看人，允许别族人挨坐在一起唱歌、谈话说笑了。

那黄石头上刻着一个根状植物，刺麻之根瞧着眼熟："这是哪一族？"

渴水之鱼摸了摸那石头图案，细着嗓子说道："这就是你们刺麻人的押宝石，我本来画的是只蜥蜴，可下注的人不多，想来蜥蜴族隐居日久，大家都有些生疏了，我便改换了这生姜，这下子来下注的人可就多了，你快看——"渴水之鱼揭开一个芦苇筐，里面全是投给刺麻人的押宝石和赌金。

刺麻之根问："他们为什么爱给刺麻人下注？"

渴水之鱼道:"我跟他们说,刺麻人是毒鳞女人缝补成的异人,他们的头领擅长各种草药,刺麻人吃了便灵力超群,凡人远远不能相比……"

"你怎么乱说哩?"

"咦,一定是我猜得不对,大巫医还有什么更厉害的招数?"渴水之鱼咬起了嘴巴。刺麻之根想起这次被族人请来参赛,一则是鸟王盛邀,二则是蜥蜴族人丁稀少,没有后继者,况且同胞们有不少已娶了蜥蜴族的女人,虽然他远避俗事,但却拗不过族人的祈请,只好悄悄地来瞧瞧,不想闹出什么动静。

人群中又插进来一人:"树衣族人,今年的竞争者都很厉害,你快告诉我哪一族赢面最大?"

渴水之鱼一抹脸:"问得好呀,族长、半神和新进者,谁会是今年的鸟王?你不必困惑,让我来告诉你吧。他会是神龟王族人吗?新族长石背龟人如其名,是个精通水性的武士哩,荣耀归于大阿睿鳍的嫡长子;是落天山顶的燃族人吗,天赐神力的醉山呦,谁的力量能和他相比哩;是船队的领袖鲸族或鲨族人吗,亡故族长的儿女们,养育着一条堪比'皮肉骨'的神兽,这两位叛逆的年轻人,比他们的父辈更具邪气哩;是虾族老练的头领新捕之虾吗,要知道他网里收获的海货,总是全族人中最多的;还是甘薯族人风尘中呼喊呢,虽然农人不善水性,可这一次他们也一定是做足了准备的。"

"不,他们都不是!"渴水之鱼像喝醉了般,一脸的猪肝色,"今年的鸟王,将是我们树衣族的,是属于树衣族寻路人的!"

"为什么,难道说寻路人有必胜的法子?"刺麻之根问。

"那是肯定的,寻路人身上,穿着我们的女人们缝制的,最精细的……"渴水之鱼摸了摸鼻子,咽了口唾沫,"我还不能告诉你。"人们都瞪着眼,可现在,全都撇着嘴,咬着牙。

"树衣族人,你还没说我们石像族呢!"石匠一块土道。

"还有我们飞鸟族,难道你给忘了吗?"小仆沉船也伸长了脖子尖声责问。

"你们这俩族我都不爱提, 因为他们不可能赢。"渴水之鱼向后靠去, 遮挡住这两族臃肿的箩筐。

一块土喝道: "你说什么？"

"你们石匠, 一身的石灰, 一落水就沉了, 大海可不是捉魂窟的小湖, 踩不到底的, 哪里还浮得起？你们飞鸟族人哩, 没有奴仆的帮忙, 送那位尊贵的小青年出海, 就不怕有去无回？"

"呸, 瞬息之心一定能当王！"沉船大喊。

人们一拥而上, 纷纷下注。刺麻之根看见那代表十族的芦苇筐, 个个都装满了, 没有一个落空的。真是一帮好赌之徒, 但他们赌的, 都是对自己族人的信心。刺麻之根从怀里掏出一块虎头玉佩, 找到一块绿色的石头绑上, 石头图腾是一株楮树。

"你这是给……"渴水之鱼有些吃惊, 随即咧嘴笑了, "我又要做亏本的买卖了, 寻路人能得到你的帮助, 真是件极大的幸事, 只是, 这种石头我从没见过, 它大概很值钱吧？"

"宝物无价。"

"假如输了, 不可惜吗？"

"要是从前, 我定会舍不得, 不过现在我愿拿它用来一赌。"

渴水之鱼将它塞进了一个特殊的行囊, 小心地捆好, 朝刺麻之根挤了挤眼: "大巫医知道吗？十个参赛者, 除了我们的阿噜, 都来这里下过注哩。这本该是件须保密的事儿, 可真没想到啊, 没想到……"

"怎么说？"

"嘿嘿, 说来你可能不信……"渴水之鱼咂巴着嘴凑到巫医耳边, "他们和你一样, 都把赌注压在了同一个对手身上哩。"

晌午时分, 烤火山顶鼓声点点, 参赛者们身上涂抹着鲜艳的颜色, 头戴着荆棘丛般的羽冠, 逐一向鸟神庙走去。神庙前遍插旌羽, 摆设贡品, 大眼的鸟王浮雕旁, 多了各族祖先的刻像。拜过诸神, 鸟王为每个选手祈福。

半神破浪而出抱着一个等身高的草筏，迎接着人们热切的目光，他一身浪花翻腾的刺青，从后背延伸到腹股沟。

追随瞬息之心的人挤满了大街，他们自称是他的追求者和家眷。奈何人们是如此爱他，他想，难怪叔叔要娶几十个妻子。他用家族的财产定制了一艘漂亮的独木舟，舟上塞满了飞鸟族人的赞助品。许多人瞪直了眼，把赌注全加在了飞鸟族上面。

随后走来两个年轻人，分别是鲸族的无骨鱼身和鲨族的明玑鱼卵。他们的父辈听命于饿鬼神，曾作为替身夺得过数届鸟王之位。他们是鲸和鲨的后代，水中的王者，沐浴着阳光，抬头挺直了胸膛。

并非所有的族长都能享受热闹的追捧。燃族的醉山孤独地伫立在竞争者之中。石背龟手握着曾属于半神跳跳鸟的船桨，眼中透露着作为古老王族的骄傲。而蜥蜴族的选手，是刺麻之根挑选出来的一个瘸了腿却身形矫健的替身，恭敬地等待着比赛的开始。

鸟王在小稻子面前站定，寻路人柔软的头发被姜粉染得金黄，化作一缕缕鬃毛俊朗地梳在脑后，胸脯上新添了一块带血的刺青，那是一个双头的船桨，代表寻路人开辟航道时所用的工具。

鸟王透过刺眼的阳光，凝注着地上逐渐伸长的影子："寻路人准备好了吗？"

"一切妥当。"小稻子回答。

鸟王将一个冰凉的东西放在小稻子掌心，这是个骨制的鱼钩，曲线内卷如同漩涡，不像能用来钓鱼，倒像个挂坠。

鸟王道："要是你遇见了飞鸟国善良的幽灵，请把我的这份礼物送给它。"

"岛上的幽灵？"

墨口点点头："愿你能够平安归来，我会为你祈祷。"

鸟王宣布道："出发吧，我的勇士们，鸟神梅克梅克将在飞鸟国迎接你们的到来。"

醉山、石背龟、刺麻人飞跑到绝壁边，大叫着纵身跳水，余者爬下地势较缓的陡坡。

飞鸟族的独木舟早在海边等待它的主人。破浪而出的草筏虽然不比一束草捆大多少，却能稳当地承载他一人的重量。无骨鱼身和明玑鱼卵并坐在一条珍珠纹大魟鱼背上，魟鱼一身芭蕉叶似的软骨，悠然地在水面徐行。新捕之虾一身细沙打磨过的古铜色肌肤，在海中起伏如活虾般灵巧。他听着激越的水声，发现刺麻人竟与他平齐，便钻入水中，埋头踢起水来，刺麻人双臂猛铲并不示弱。

小稻子看见自己被甩在后头，只与风尘中呼喊并列，便闷头踢了踢水，艾鸥教的驾驭大浪的法子，仿佛深埋在了海底，苦涩的海水灌进鼻子，刺痛着眼睛。

树衣族人知道寻路人不善游水，年轻女子们争相为其出赛，然而，横渡海峡是件危险的事情，少年不想让她们为自己犯险。传说闹饥荒的时候，不少游泳到飞鸟国偷鸟蛋的人，都因体力不支半途而返，也有淹死在海里的。无奈，树衣族人做了一条特殊的腰布，它由最柔软的楮树皮敲打成，即便是大浪打来，也不会沉底。

"快，寻路人，我们该落后了。"年迈的醉山努了努嘴，似乎有意和小稻子保持不远的距离，他回头对着风尘中呼喊，"落在最后的年轻人，要我救你上岸吗？"

风尘中呼喊没有作声，只是划水的动作更加连贯了。

众人游过尖嘴岛，那是一座形如鲨鱼鳍的小岛，离飞鸟国近了一半，瞬息之心和破浪而出的船在最前头领路。此时，各种鸟雀飞舞在天边，荆棘鸟发出尖锐的嘶鸣。

雏鸟岛紧挨着飞鸟国，是个颇为险峻的小岛，四方的峭壁阻断了任何人登岛的企图。游到这里，众人开始感到力竭。石背龟仰躺在海面上，胸腔随着浪花的拍打一起一伏，嘴里嘀咕着祈福的咒语。只有风尘中呼喊好像不知疲倦，从后面追赶上来。幸得族人赠衣，小稻子虽然累得呛了好些水，却也不至于沉入海底。

一阵阵大浪，将人们拍打上飞鸟国，这里是鸟神梅克梅克的领地，大家都静默着不做声。

那荆棘鸟蛋下在山崖上，野草间，只有半个鸡蛋大小，布满斑点。这一整天，没人找到鸟蛋，到了第三天，仍然没有。也许是因为迟来的雨季，荆棘鸟的产卵期也随之推迟了。

过了小半个月时，大部分人的干粮已经吃完，小稻子也断粮了，开始忍受饥饿。

只有瞬息之心的独木舟里满载了食物，他每天在船里梳头抹香，吟弄诗歌，愁眉望着鸟神庙的方向出神，时不时将甘薯掰碎了喂给荆棘鸟，等待吃饱的鸟儿在他船上做窝下蛋。风尘中呼喊有一袋晒干的红薯饼，吃半个可饱，好像一时不会见底。新捕之虾在水下摸鱼，一天总有那么几条收获，其余的人都没有他空手捞鱼的本事。

清晨，鸟群鸣噪，夹杂着嘶吼声，小稻子循着声晃去，看见瞬息之心躲在他的独木舟中，手里抓着石头，脸色惨白。

"瞬息之心，发生了什么……"小稻子话音未落，飞石已扑面而来，少年连忙躲到礁石后面，"慢着，我是阿噜。"

"快走开，别想趁我熟睡的时候来掐脖子，更别想抢我的食物……"

空气中有一股血腥气，好几天没吃没喝，小稻子扶着脑袋，跌跌撞撞地走开去，附近有一座砖石搭建的旧屋子，那是过去人们背着石块来岛上建造的鸟神坛。明玑鱼卵和无骨鱼身坐在一个土灶前，正在烤肉饮血。

"埋藏起来吧，被吃掉的鸟骨头，沉到海里去吧，无名鸟的灵魂。"他们一边吃着，一边念着辟邪的咒语，将骨头扔过肩头，小稻子从地上捡起一根，果然是鸟骨头。在鸟神节吃鸟肉，亵渎神灵，他们好大的胆子。小稻子摸摸肚子，偏想起和艾鸥在饿鬼岛上捉鸟的情景，肚子不争气地绞痛起来。

鸟雀戛然哀鸣，飞旋在同伴的尸骸边，二人用火光驱赶它们，灼烧它们的羽毛，使它们坠入海中。好一对野蛮的家伙。

子夜，岛礁上喊杀阵阵，火光扑闪，棍棒相交，有人在黑暗中厮打。杀声沉寂，刺麻人走近，拿出一块甘薯，用汉语低唤道："寻路人小稻子，吃吧。"

小稻子一把捡起，狼吞下肚。刺麻人又在面前摆了一碗水。

"谢谢你。"不闻应声，刺麻人已抽身而去。

破晓时分，飞鸟国是深蓝色的，如同置身海底。朦胧中有个影子，握着鱼竿，在晨光中伫立。小稻子爬起，那影子钻入无色的水雾中，漆黑的礁石上，留下一排露水凝聚成的脚印。

"慢着……"小稻子开口。他就是岛上的幽灵？

小稻子冲出水雾，一支鱼竿穿行而出，戳在少年胸口，正落在鸟王的鱼钩挂坠上，另一端却是一张怒容。

"艾鸥！"鱼竿转动，收走了鱼钩，人影遁身无形，"别走——"

踩上潮湿的泥土，水雾浓重得像细雨缠绵，全身都沁透了。断岩劈面而立，一道海沟子，曦光如鱼鳞般荡漾，小稻子一头扎进水中，沟底布满了木槿花般的海胆，柔软的藻类随水流轻摇，鱼群玲珑成团，好似散落的锦缎。

钻出水面，那个人影正坐在岸边，看见小稻子追来，惊得一踩水，举起手，作势要甩动鱼竿。

"艾鸥，我是阿噜！"

小稻子爬上岸，那影子将挂坠抛出，幽幽道："这个鱼钩，还给你。"

"原来你还活着，藏在这个地方。"小稻子向前一步，一股奇异的鸟禽味袭来，"我要带你回去，去我的新屋……"

"不去，他们不喜欢我。"

"他们的确不喜欢开膛咔嗒，可能还会用石头砸你，可我不允许他们这么做，我会告诉他们，你是我的图穆。"

艾鸥歪头问道："我还是你的图穆吗？"

"你这只大鬼永远是我的图穆。"

艾鸥嘴角若有若无地抽动了一下："你来做什么？我看见族长和半

411

神们都来了飞鸟国。"

"我来找一颗鸟蛋。"

"啊，你在参加比赛，你想当鸟王？"艾鸥随着潮汐回落，退到浓荫之中，"你跟我来，我看见了一颗初生的鸟蛋。"

小稻子跟着他走到一处看不见光的地方，听见刨沙子的声音，艾鸥道："它在里面。"

小稻子循着声音，往黑暗处掏去，这儿有处石缝，一伸手便摸到个鸡蛋大小的鸟卵："这是什么蛋？"

艾鸥接过来摸了摸："大海燕蛋。"

"我要找的是荆棘鸟蛋。"

"你再掏一掏。"小稻子摸出个鹌鹑蛋大小的卵，艾鸥道，"这是灰海鸥蛋。嘿嘿，荆棘鸟蛋就在洞里。"

"我摸到一颗还热乎的蛋。"

艾鸥笑道："就是它了。"小稻子探头朝石缝顶端望去，难道这石缝直通地表，有鸟蛋从上面滚落了下来？

"现在你有了鸟蛋，该回到大海的肚脐了。"

"我还能再回来看你吗？"

"只准你一个人来，等天黑了我就出来陪你玩耍。"艾鸥背着身子，"要是你看见我在睡觉，别摇醒我，别让海草漫过我的床铺，别让蛆虫钻进我的耳朵，我不喜欢它们蠕动的声音。"

"我会铭记住这个地方的。"小稻子将鸟蛋用草绳绑在头顶，海面的一块礁石上，坐着一具人骨，下巴上长满了绿色的绒毛，新生的水草从他的盆骨间长出。身后洞中有老鼠窸窸窣窣的声响，它们踢打着石头，正在洞中奔走。

小稻子游泳入海。岛上传来一声呼喊："快看，寻路人找到荆棘鸟蛋了！"

众人闻声而至，高声乱叫着，快乐地大笑着，破浪而出跳上草船，瞬息之心钻入独木舟，人们从鸟之国的高崖翻身入水，都朝着小稻子游来。

群鸟高悬于天空，海面异常地宁静。一条大鱼推开浊浪，从小稻子身旁游过。鲛皮坚硬粗糙，擦得小稻子鲜血淋漓。

"可恶的鱼骨头！"明玑鱼卵一声咒骂，热浪滚滚，那大鱼渐渐游近，竟是一只巨鲨。

小稻子慌乱之下，四脚踢打。一群清晨觅食的鲨鱼，嗅到了新鲜的血气。

巨鲨扑向破浪而出，男子一翻身，让鲨鱼咬了满口的芦草。鲨群游弋在巨大的魟鱼身旁，放肆地撕咬它宽大的蝶鳍，一阵激浪，鲨鱼猛然挣扎起来，魟鱼生了倒刺的尾巴扎穿了它的腹腔，巨鲨挣脱不了，便拉着魟鱼，朝海底游去，明玑鱼卵与无骨鱼身潜水去追。风尘中呼喊被鲨鱼咬住了胳膊，嘶声惨叫。醉山接过石背龟扔过来的鱼桨，掀开层层逆浪，半神虽有开山裂石的力气，在水中也是徒然。刺麻人握着把铁匕首，扎向近身的鲨鱼，新捕之虾躲闪着巨口，渐入狼狈之境。

"寻路人，快上船！"瞬息之心喊道，他将独木舟划得如掠过海面的飞鸟一般。

"无骨鱼身，你在哪里？"明玑鱼卵呼喊。

"撑住了，甘薯族人，别让那恶鱼把你拖走。"醉山喝道。海面上血气渐浓。

小稻子拉住他的船桨，可又松开了，喊道："瞬息之心，快去救人！"

"这艘独木舟，只能载你一个。"

"先别管我！"

瞬息之心咒骂了一句，对着船身上下打量，忽然蹲下身，掏出了芭蕉叶包裹的食物，还有各种宝贝，朝着鲨鱼，统统扔了出去。

"现在可以坐三个人了，"瞬息之心喊道，"快把受伤的送上船来！"

众人围向独木舟，瞬息之心将风尘中呼喊拉到船上，又载了受伤的明玑鱼卵，"寻路人，你也上来吧。"

瞬息之心跳入水中，不容小稻子争辩，一把将之推入独木舟中。新捕之虾、刺麻人和瞬息之心三人以手作桨，推动船身前行，醉山和石背龟握着船桨，随护在侧，只待鲨鱼游来，小稻子便向众人发出预警。

船尾后方，一艘草船渐渐追赶来，船上趴着两个人，破浪而出和受到重伤的无骨鱼身。

一个小人站在飞鸟国的高崖上，手握颀长的鱼竿孤独地守望着，身影消散在蒸腾的晨雾中。

一年之后

雨季与旱季交替，大海的肚脐又过了一年，这一年被称为"寻路年"，也是小稻子作为鸟王的名字。

乌里在捉魂窟采石场里找到了块大石，既完整又毫无杂色，在夜晚发出柔和的光泽。他跟着破浪而出学习雕刻，族长特别留心这位聪明的学徒，为了回报树衣族往日的恩情，他教会了乌里所有的石匠秘技。乌里要用自己的双手，为他挚爱的哥哥雕一尊石像。

这将是一尊坚强而挺拔的石像，独立于面北的海岸，寻路人到来的地方，正如乌里所知道的哥哥的样子。

退位归隐后的哥哥，和鸟王墨口住在一所僻静的崖屋中，这附近的洞窟里，有二人尊敬的友人，鸟叉骨及占星家族人最后的遗骸。崖屋前总是摆满了新鲜的山茶花冠、茶饼，院中偶尔有斗蛐蛐的欢笑声，每逢佳节，便会有刺麻人来到崖屋里烹饪团聚。虽然恢复为凡人，但两者的威望依旧不减，按习俗一名侍从将终生伴随左右，乌里希望在完成石像以后，就来陪伴哥哥。小稻子寻回的那颗荆棘鸟蛋，孵出了一只漂亮的荆棘鸟，这一年，它帮助寻路人完成了许多心愿，死后将合葬在主人的墓穴中。

一年期满，鸟王的灵力不再，小稻子遵照约定，把这灵力传给下一个人。比赛前，寻路鸟王已在鸟神的托梦中，得知了下任鸟王的人选。

能言之木上所说的未来："我们或者饿死，或者吃人，直到最后，

414

大地归于沉寂，只留下吞噬掉这片土地的'活人之脸'，在恐怖的寂静中一声不响。"这个未来，也许不是今年，因为在寻路鸟王治理下的这一年，岛上充满了和平与生气，或许，也不会是明年，因为哥哥相信新的鸟王将是一位仁义之君。乌里边雕刻边想，要是哥哥继续做鸟王，大海的肚脐会咋样哩？

古老的守护神在鸟神庙里齐聚一堂。暴雨过后，巨蚰的后代在平地间爬出了一条条蛇道，甘薯族人在水道边精心耕作，一场丰收使得人人都能吃饱。虾族神圣的夜明洞，以及东方那些贫瘠的海湾得到了休渔。寻路鸟王草编的新船队，为鸟王节捕获了深海的鱼虾。燃族人在落天山上找到了几颗被虫鼠遗漏的大棕榈果，他们以石板铺就水渠，在苗圃里埋下章鱼仔，打算在山顶重造一片神木森林。新的市集转移到了更加便捷的光明港，只等草木生长，树衣族人就有办法让所有人穿上新衣，改换往日的流民形象，而变得端庄得体、谦和有礼，虽然岛上寒冷少水，棕榈树、楮树生长缓慢，这一代人或许等不到这一天了，但是百鸟巢的戏台上，已经在轮番上演着各族的新故事。

制陶技艺失传了，人们发现的时候，最后一位制陶师已死于突发的瘟疫。有些人想自行模仿，但并没有完全成功，造出来的陶器丑陋而脆弱。家畜阿噜也消失了，最后一只猪在人们毫无警觉的情况下被宰杀。也许，能言之木上的话，终究还是会慢慢应验。

新一年的鸟王比赛正激烈地进行着。烤火山上空升起一团焰火，洒开漫天花雨。那是大明运来的宝物，装在大大小小的陶罐中，和火山口中的硫磺粉末混在一起，人们凑近脸来观看寻路鸟王施展法术，随着一声巨响，粉末包化作一团冲天的霹雳，喷出呛人的青烟。人们遮眼捂鼻，因为靠得太近，有人翻滚着跌下了山坡，摔歪了屁股。

百鸟巢里爆发出疯狂的呼声，看来新的鸟王诞生了。乌里继续埋头揉搓着一个大海胆，为他的石像磨平棱角。这尊石像和别的不同，它有一对短耳，背对内陆，后臀上两个能言之木字符，分别代表无尽和鸟神。

在它身旁，石匠们应飞鸟族和神龟王族的邀请，雕刻了另外两尊石

415

像。他们用枯井山的红石头打造了一位裸女神，浑身遍布着代表生殖的阴户，第三只眼永不闭合地打量着人们；还有一尊身形矮小、一身遒劲的刺青浮雕，涌动着旺盛的灵力。

三尊石像将面朝大海，并排站立。

这座神坛上还会出现更多的石像，它们将属于大海的肚脐未来的英雄们。

后记

  复活节岛位于南纬27度，西经109度的南太平洋上，是一个与深圳南山区面积大体相当的岛屿。岛人称之为"大海的肚脐"，这种自豪的说法，就像我们称中原之地为"中国"一样。岛外，四方陆地多远在3 000海里之外，但这块海中心的岛屿，却从来不是绝对的遗世而独立的。

  复活节岛人和中国人有血亲关系。E.S.C.Handy在其著述中说：大洋洲的波利尼西亚诸岛居民，由两批移民组成，第一批是印欧吠陀语族，第二批是来自中国台湾的南岛语族，而后者取代前者占据了主导地位。库克船上的自然学家曾描述复活节岛岛民样貌："相对于黑皮肤卷发坏脾气的一类，复活节岛人的皮肤更白皙，肢体匀称有力，性格友好仁慈。"

  在翻阅复活节岛史料时，我找到一条不大受注意的信息：岛上有史可考的第一首民谣，歌唱的是一船晚清的中国人——"他们是流着汗水快乐的外国人呐，长发就像女子一样，来到了我们这里。"温存之词，仿佛是献给远来的旧友。

  中国人会不会比白种人更早抵达过复活节岛呢？

  费信，是伴随郑和四次下西洋的翻译官，其著作《星槎胜览》中提到一个名叫吉里地闷的岛国，那儿离澳大利亚达尔文港只有400英里，早在《马可·波罗游记》里，中国人就把澳大利亚称为大爪哇。而在当地也流传着穿纱衣，捕捞海参、龟壳、珍珠，深入内陆寻找檀香木的"白吉尼人"（李露华，《当中国称霸海上》），说明早在宋元时期，中国人就已经深入太平洋，寻找他们想要的贸易品。

  和番国的贸易扩张，促使郑和的分船队东航。这个时期，大明人将遇到几个大型贸易点，比如有"太平洋上的威尼斯"之称的水城南马都尔（古称"礁之天堂"），还有地域广阔的图依汤加帝国，且其正值鼎盛时期。而循着波利尼西亚人传统的迁徙路线，船队可能在岛与岛之间跃进。

12月至次年4月间，西风推动着一条向东的海路：郑和的分船队东出太平洋，经汤加、马克萨斯群岛可抵达复活节岛。小说受历史启发，创造并重构了这块空白的时空。

复活节岛的象征，似乎总是一排面朝大海的石像，事实上它们都是面朝内陆，且有上千座，与其说是在向天祈祷，不如说是在向下监控。小说开始的15世纪，大明人将看见许多刚刚造出来的、面容一致的石像。在新西兰、拉罗汤加、马克萨斯岛和赖瓦瓦埃岛，它们是祖先崇拜的石木雕刻，但在这儿，它们神情一致，不禁会让人起疑：那些是同一个人吗，他是谁？难道是岛上最高的神灵，为什么又如此逼真？

我把这个神叫作"饿鬼神"，当时复活节岛正在经历盛极而衰的巨变。木材因运输石像而耗尽，过剩的人口把狭小的岛屿改造成了一座大农庄，施肥的海鸟遭到捕杀，近海没有珊瑚礁与鱼群，最后，土地肥力不能再生，生态急速恶化，挣扎求生的人转向乞求神助（罗纳德·莱特《失控的进步》），后世留下许多吃人的故事，还有恶鬼的传说，它们占了口传历史的一大半。崇拜令人畏惧的凶神，一直是波利尼西亚统治者控制人民的手段，饿鬼神正是这样一个为系统地减少人口而出现的吃人的凶神。

"复活节岛的微观世界"是"人类自己的脆弱小岛，如果我们可以，我们应该以它作为实例来学习"（Alan Drake, *The Ceremonial Center of Orongo*）。戴蒙德在其知名读物《崩溃》中，提到岛上有一种罕见的巨型酒王棕榈，它最终被岛民砍伐殆尽。这印证了岛民的传说：随着他们每一位君王的离世，大海的肚脐就会少一样东西。他们没船出海，彻底地与世隔绝。

如果这时候，有外来人到来，会经历怎样惊心动魄的冒险？

史书上统称的"郑和下西洋"，将郑和下南洋、往东洋的痕迹轻轻抹去了。郑和的远航是人类探险史上的壮举，这样一个勇于开拓知识新疆域的人物，会不会朝着除西洋以外的各大洋行走呢？除了宣扬天朝国威、进行贸易和探索航路的使命，郑和下南洋，应该还有更深的心理动机。郑和幼时遭难，净身入宫，一生七次出海，为什么所到之处，一次比一次遥远，一次比一次陌生，最终被世人称为海财神呢？如果说太监是一个不完全的人，那么郑和是否想借此摆脱自己苦难的命运，出走到海上呢？随他同行的，宝船队的中枢也是一众宦官，他们是否也想改换命运，随之开拓一个未知的人生？

或许，每一次越来越远的航行，都是一次自我的逃亡、孤独的远征，是追寻缺失的那一部分自我的悲壮努力，在冒险中体验解放的欢乐与自由的荣耀。

这个故事，就是从船队穷尽大明海疆，一群大明人"逃离"去到复活节岛开始。主角小稻子，一位海外闯荡的中国少年，你可以想象成少年郑和会有的样子。

人类史上独立造字的民族屈指可数，复活节岛的"朗格朗格"或许就是一种独创的文字体系，经过好几代的更替，字形搭配趋于巧妙和优美。然而因存世稀少，难以破译，在与包括古印度文在内的几种象形文字对比后，亦成果寥寥。2009年M.De Laat所著的*Words Out of Wood: Proposals for the Decipherment of the Easter Island Script*一书中，给出了一种惊人的设想，如果把这些象形文字拆分成一个个小的部分，那么将得到50～60个音节混合字母，她由此试译了几部朗格朗格木板，得到的故事生动有趣，我决定采信这种推测。复活节岛人相信文字是有神力的，正如商朝的金文、甲骨文，流传下来的诗歌奇光异彩，我努力将它们用汉语来表达，悟其神韵。

挪威人类学者托尔·海尔达尔认为岛民的石刻技术，不下于印加人，还发现了普遍认为已经遗失的陶器。从后世制造的独木舟以及无数的海豚冢可以看出，这里也曾有过发达的海洋文化。一群部落民，却拥有着城邑文明才需要的各项要素，这里会不会有一座遗失的城市呢？鸟人村遗留下来的街道房屋，还有位于Vinapu（维纳普）地区的一段印加式石墙说明，这儿很可能有一座山城，由此出现了小说里的百鸟巢城——一个海岛小城。岛上十族领地则按现存部落划分。托尔·海尔达尔，及美国作家詹姆斯·米切纳、美国人类学家玛格丽特·米德等人的著作，帮助我还原岛屿生态，希望能为读者提供一个丰富的古复活节岛社会。

人类学家Métraux在其专著*Ethnology of Easter Island*末尾说："我希望此书能给你带来这样的见识，即文明不是静止的，复活节岛文明不需要外来的催化和影响，就能臻至某种程度的完美。"由于小说主要采信了他的著述资料，我对这种说法十分敬重。小稻子也会像一个异乡客一样，在这里求生、融入，最后蜕变。或许，无论他从哪儿来，都将如一颗璀璨的流星不留痕迹。但是，小稻子参与的，是一段波澜壮阔的历史，文明在倾塌，人们走在悬崖边上，爬上神坛的巨石像是真实的，吃人也是真实的。一切好像已经注定，非人力所能违背，这时候，复活节岛需要一位寻路人，也就是波利尼西亚语里的导航员的意思，在人们的推举下，这个角色将由小稻子来扮演。

根据18世纪欧洲人的记录，遗留的岛民在资源耗尽的情况下，演化出了一套鸟人传统，也就是每年选出一位神附体的鸟王来公平地分配资源。这大概是无数次冲突后的妥协，却成功延续了数百年之久，小说推敲历史的走向，带你亲临这种制度诞生的现场。

复活节岛似乎处于神话时代的晚期，人、神和鬼生活在一起，虚与实的界限是模糊的，梦境、神话与现实交织在一起，相互影响改变着，无数个角色真假难辨，他们因为寻路人的出现，从迷雾和洞穴里走出来，共同登上了残阳下的戏台。

严影